KB163017

악녀 카루나가 작아졌어요

문이경 장편소설

II

동아

악녀 카루나가 작아졌어요 II

초판 1쇄 인쇄일 | 2020년 02월 21일
초판 1쇄 발행일 | 2020년 02월 28일

지은이 | 문이경
펴낸이 | 박성면
펴낸곳 | (주)동아

출판등록 | 제406-2007-000071호
주소 | 경기도 파주시 문발로 115, 세종출판벤처타운 201-A호
전화 | (031)8071-5201
팩스 | (031)8071-5204
E-mail | bear6370@hanmail.net

정가 | 12,000원

ISBN 979-11-6302-306-7 (04810)
      979-11-6302-304-3 (set)

ZERO NOVEL

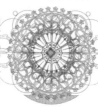

악녀 카루나가
작아졌어요

문이경 장편소설

II

동아

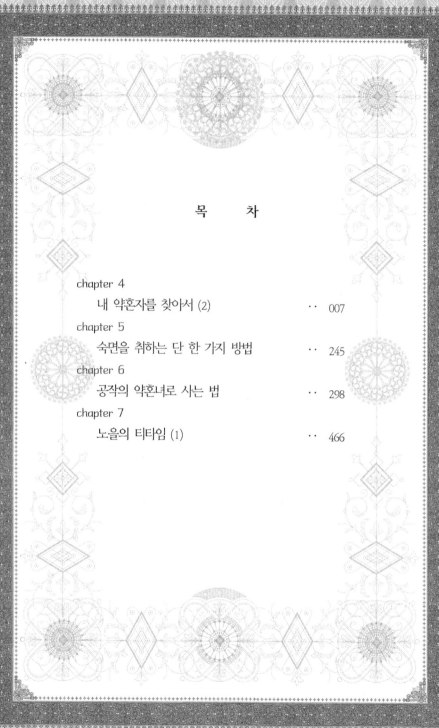

목   차

chapter 4
내 약혼자를 찾아서 (2)

석 달 전, 저택에 처음 오자마자 발작 상태인 라크안을 무찔러 저택 사람들에게 꿈과 희망을 되찾아 주었던 라안 슬레이어, 포도주 통의 여전사. 황태자에게 난동을 부려 황실 모독죄를 지을 뻔한 라크안에게 후추 폭탄을 던져, 바이켈드 공작 가문을 황실 모독죄로부터 구원한 후춧가루로 폭풍을 부르는 마법사.

카루나.

그녀가 이제는 라크안을 되찾아 오기 위해 기꺼이 '바이켈드 공작의 약혼녀'가 되기로 한 것이다. 처음엔 농담이냐며 믿지 않았던 저택 사람들은 하룻밤 만에 태도를 바꾸었다.

"카루나가 나섰으니까, 어떻게든 해결되겠지."

"그동안 괜히 걱정했네."

"그러게 말이야, 하녀장님도 진즉에 카루나한테 어떻게 할지 물어보시지."

"아무튼 라안 님과 관련된 건 카루나를 통하면 바로 해결되잖아."

저택 사람들은 처음부터 그랬다는 양 카루나를 따랐다.

라크안이 실종되고 카루나가 라크안의 약혼녀가 되어야 하는 상황. 밖에서 보면 기묘할지 몰라도 저택 사람들은 이 상황을 축제처럼 받아들였다. 카루나의 비현실적인 변신은 그런 생각의 전환에 단단히 한몫했다.

카루나는 어디에 내놔도 아무도 의심하지 못할 만큼, 완벽한 귀족 영애의 모습을 보여 주었다. 덕분에 저택 사람들은 카루나를 쉽게 제 머리 위로 받들 수 있었다.

바로 어제까지 카루나와 함께 식사하고 잠들었던 하녀들은 이제 카루나를 아가씨로 받들고 시중들었다. 워낙 카루나를 예뻐했기에, 오히려 이제야말로 마음껏 꾸며 줄 수 있다며 좋아했다.

카루나는 태어나면서부터 시중을 받으며 살아온 귀족 같았다. 익숙하게 시중을 받고 하녀들을 부렸다. 그저 흉내만 내는 정도가 아니었다. 카루나의 몸가짐은 당장 수도의 사교계에 데뷔해도 이상하지 않을 정도로 우아하고, 모자람이 없었다.

그런 카루나를 귀족 영애로 가꾸기 위한 준비 작업이 본격적으로 시작됐다. 하녀들은 도자기 욕조에 따뜻한 목욕물을 가득 담고 장미수와 허브 잎도 뿌렸다. 카루나는 그 목욕물에 머리와 몸을 푹 담그고 때를 빼고 광을 냈다.

하녀들 일곱 명이 욕조 주변을 빙 둘러섰다. 카루나는 세 명이면 충분하다고 말했으나 하녀들은 들은 척도 하지 않았다.

"본래 공작 가문의 안주인은 스무 명 이상의 하녀를 거느리는걸요."

제일 나이가 많은 하녀가 이렇게 주장했다. 그러면서 일곱 명밖에 안 되는 자신들이 모두 목욕 시중드는 걸 정당화하려 했다.

"그 모든 하녀가 다 목욕 시중 담당은 아닐 텐데."

카루나가 다소 떨떠름한 목소리로 대꾸했지만, 하녀들의 웃음소리에 묻혔다. 하녀들은 카루나의 젖은 머리카락을 만지며 환호성을 질렀다.

"꼭 이 머리카락에 기름을 발라서 땋아 보고 싶었어요."

"좀 더 길었으면 좋겠다!"

"마탑에서 머리카락이 빨리 자라는 약을 사 오면 안 될까요?"

"그거 너무 어린아이한테 쓰면 안 좋대. 키가 안 자란다잖아. 적어도 성인식을 치를 때까지는 사용하면 안 된다네요."

"아아, 아쉽다. 빨리 머리카락이 자랐으면 좋겠어요."

어깨에 닿을락 말락 하게 자란 머리카락은 숱이 많고 결이 좋았다. 하녀들은 카루나의 머리카락을 향유에 적셔 은은한 향이 배도록 했다.

자그만 몸은 보드라웠다. 하녀들은 올리브기름으로 만든 비누로 거품을 만들어 카루나의 팔다리를 닦았다. 이때만큼은 카루나도 자꾸 도망을 갔다. 하녀들의 손을 피해 욕조 구석으로 도망가 몸을 동그랗게 말았다.

포르륵, 코까지 목욕물에 잠그고는 저항했지만, 그때마다 하녀들은 힘을 합쳐 카루나를 잡아 왔다. 그러고는 다시 카루나의 몸을 거품으로 덮었다.

카루나의 몸에서 가장 거친 부분은 손과 발이었다. 험한 일을 하여 손과 발이 트고 굳은살이 박였다. 하녀들은 카루나의 손바닥과 발바닥을 약초 물을 묻힌 돌로 문질렀다. 그러고는 조그만 단지에 든 고약을 손가락마다 듬뿍 발라 주었다.

고약의 냄새는 고약했다. 카루나는 고개를 옆으로 돌리고 숨을 참으려 애썼다. 한두 시간 정도 지난 후엔 하녀들이 엄지손가락만 한 망치를 가져왔다. 은으로 만들고 금으로 무늬를 새겨 박은 망치였다. 망치로 톡톡 두들겨 굳은 고약을 깨고 고약 가루가 묻은 손을 따뜻한 물수건으로 닦아 주었다.

손에 난 생채기와 굳은살이 대부분 사라졌다. 귀족 영애의 손이라 하기엔 아직노 거칠었지만, 그래도 제법 보드랍고 말랑말랑해졌다.

"귀한 약초를 가지고 마탑의 마법사가 만든 약이랍니다. 우리 아가씨의 손에 난 상처를 싹 없애 줄 거예요."

"하녀장님이 얼른 사 오라고 해서 마탑에 남은 고약은 몽땅 다 쓸어 왔대요. 열 단지도 넘게 있으니까, 손이 거칠어질 거 같으면 바로바로 말씀하세요."

하녀들은 카루나의 손을 제 뺨에 대고 문댔다.

"아, 너무 부드러워졌어."

"아직 부족해! 앞으로 매일매일 해야 한다고."

하녀들은 무척이나 즐거워 보였다. 카루나는 자신이 시중을 받는 건지, 아니면 하녀들이 자신을 인형놀이 하듯 가지고 노는 건지, 도통 분간이 안 갔다.

그렇게 하녀들의 사랑과 정성을 한 몸에 받았다. 카루나는 눈만 데굴 굴릴 뿐, 좋다 싫다고 말을 하지 않았다. 하녀들은 카루나의 어정쩡한 표정마저도 귀여워 죽으려 했다.

같은 하녀 신분이었는데, 한 명이 주인의 약혼녀로 껑충 뛰어올랐다. 그게 실종된 주인을 찾기 위한 미끼이든 뭐든 간에, 아무튼 신분 상승을 한 것이다. 시기와 질투가 뒤따라야 하는 게 당연한 일이건만. 하녀들은 전혀 그런 기색을 보이지 않았다. 기다렸다는 듯 카루나를 아가씨로 대했다.

'이 사람들은 내가 죽으라고 하면 죽는 시늉이라도 할까?'

문득 궁금해졌지만 답은 금방 떠올랐다.

'아니, 무슨 소리를 하냐면서 내 입에 쿠키를 물려 줄 거야. 배고프면 이상한 소리를 하기 마련이라고.'

그들이 카루나에게 쏟는 건 애정이지 충성이 아니었다.

'이들의 충성심을 받으면, 뭐 어쩔 건데? 딱히 쓸 일도 없을 건데.'

그 애정 덕분에 라크안의 약혼자라는 거창한 이름표를 쉽게 거머쥘 수 있었다. 그걸로 충분했다.

카루나는 쓸데없는 생각을 털어 내려 고개를 저었다. 후드득. 젖은 머리에 매달려 있던 물방울이 사방으로 튀었다. 졸지에 물세례를 받은 하녀들은 그마저도 좋다고 웃어 댔다. 어린 강아지를 목욕시키는 사람들 같았다. 강아지가 푸드득, 몸을 털어도 좋아 죽으려 하는.

욕실의 덥고 습한 기운에 진이 다 빠질 때 즈음. 드디어 카루나는 욕실에서 해방되었다. 과거, 열 살 때 마카레나 백작저로 끌려갔다가 처음 목욕을 했을 때만큼 오래 걸린 듯했다.

물론 그때는 지금처럼 편안하고 느긋하지 않았다. 하녀장은 더러운 때를 벗긴다며 욕실 바닥을 청소할 때 쓰던 솔로 카루나의 등과 배를 문질렀다. 얼마나 세게 문질렀던지 온몸이 시뻘겋게 부어 무척 아팠다. 밤새 한숨도 못 자고 끙끙거려야 했다. 나중에 연고를 발라 가라앉긴 했지만.

인간이 아니라 오물 묻은 짐승 취급을 받았던 기억만큼은 오래도록 지워지지 않았다. 갑자기 그때가 생각나 우울해질 뻔하였으나 바이켈드 저택의 하녀들은 카루나가 우울해질 틈을 주지 않았다.

"어서 물기를 닦으세요. 안 그러면 감기에 걸리실 거예요."

"벌써부터 추우시죠?"

하녀들은 양털로 성기게 짠 큰 수건으로 카루나를 둘둘 말았다.

카루나는 맨발로 폭신폭신한 바닥을 걸어 벽난로로 갔다. 벽난로 앞의 소파에 앉으니, 하녀들이 머리를 말려 주었다. 얼굴과 몸의 물기도 꼼꼼히 닦아 주었다. 카루나는 가만히 그들의 시중을 받았다.

하녀들은 모든 게 서툴렀다. 본래 귀족 영애를 돌보던 하녀들이 아니었기에, 당연한 일이었다. 열심히 한다고 했지만 부족한 점이 많았다.

예를 들면, 머리를 감기는 손에는 힘이 너무 많이 들어갔다. 마탑에서 사 온 고약에 유향을 섞으면 고약한 냄새를 잡을 수 있는 것두 몰랐다. 바이켈드 공작저의 하녀들은 그 기본적인 내용마저 몰랐다.

클레이엔일 때는 열흘에 한 번씩은 저 고약 단지에 손을 집어넣었다.

그때마다 고약 냄새가 심하면 담당 하녀를 매질했다. 목욕물엔 항상 쓰던 허브 외에 다른 허브를 쓰면, 그 또한 담당 하녀를 가만두지 않았다.

목욕 시중이 한 번 끝나면 하녀 여섯 중 둘은 울음을 터뜨리며 뛰쳐나 갔다. 물론 카루나는 어딜 도망치느냐며 더 크게 혼을 냈다.

굳이 변명하자면, 살아남기 위해서였다. 시중을 드는 하녀들은 마카레 나 백작의 명으로 일 년에 몇 번이고 바뀌었다. 얼굴이나 이름을 외우고 친해질 틈이 없었다. 누구도 믿을 수 없었다.

목욕물에 어제와 다른 허브가 뿌려져 있으면 혹시라도 독이 아닌지 의심 해야 했다. 고약 단지에서 수상한 냄새가 나면 그 또한 독이 아닐까 싶어 손을 담글 수 없었다. 몸을 감싸는 수건마저 익숙한 향이 나야 했다. 늘 쓰던 감촉이어야 했다. 그래야지만 살 수 있었다.

카루나가 예민하고 잔인하게 구는 만큼, 그녀를 클레이엔으로 알고 모 시는 하녀들은 톱니바퀴로 만든 인형처럼 굴었다. 카루나가 원하는 대로 움직였고, 카루나가 두려워 감히 허튼 짓을 하지 못했다.

하지만 여기에서는 아니었다. 하녀들은 카루나를 죽일 이유가 없었다. 카루나는 하녀들을 의심할 필요가 없었다.

바이켈드 공작저의 하녀들은 숲의 일족의 혼혈. 오랫동안 라크안을 믿고 따랐던지라, 라크안을 배신하지 않을 가능성이 높았다. 자연히 그녀에게 해 코지할 가능성은 적었다. 그들의 출신 배경은 카루나에게 더없는 평온함을 주었다.

'클레이엔이었을 때는, 왜 그렇게 매수하기가 힘든 거냐고 투덜댔었는데. 이제는 이게 다 안심이 되네.'

과거가 생각나니 헛웃음이 났다. 저택에 식료품을 나르는 점원, 가끔 저택으로 들어가 건물을 수리하거나 밀린 허드렛일을 해 주는 일꾼들. 매수할 수 있는 선은 거기까지였다.

바이퀠드 저택 내에서 일하는 하인과 하녀들을 제 편으로 끌어들이기는 어려웠다. 부하를 저택의 하인으로 들이는 건 아예 불가능했다. 철십자 기사단을 꾀는 건 시도조차 하지 않았다.

클레이엔이었을 때는 철옹성 같았던 바이퀠드 공작저가 그리도 얄미웠건만. 카루나가 되어 바이퀠드 공작저에서 머무니, 이보다 더 마음이 놓일 수가 없었다.

하녀들이 드레스 룸에서 드레스 세 벌을 꺼내 왔다.

"어떤 걸 입으시겠어요?"

"오늘은 날씨가 좋으니 분홍색이 어떤가요?"

"시원한 푸른색이 잘 어울릴 거 같아요."

하녀들은 저마다 제가 든 드레스를 권했다. 카루나는 그중 짙은 분홍색 드레스를 골랐다. 프릴과 레이스가 잔뜩 달린 옷이었다. 치맛자락이 풍성해서 한 바퀴만 휙- 돌아도 파도처럼 물결쳤다. 카루나는 하녀들의 도움을 받아 드레스를 입었다. 그리고 투왈렛 룸으로 갔다.

투왈렛 룸엔 커다란 거울이 있었다. 카루나의 피부에 맞는 순한 향의 화장수도 종류별로 준비된 상태였다. 한쪽에는 바이퀠드 공작 가문의 인장이 새겨진 화려한 보석함이 여러 개 있었다.

카루나는 거울 앞에 앉아 화장을 하고, 머리 장식을 골랐다. 은으로 하얀 꽃잎을 만들고, 사파이어와 루비로 꽃술을 만든 꽃장식을 머리 양쪽에 꽂아 머리카락을 고정했다.

하녀들은 뜨겁게 달군 인두로 머리카락 끝을 돌돌 말았다. 그러는 동안 카루나는 하얀 두 발을 달랑달랑 흔들었다. 뮬을 발끝에 걸고 까닥, 까닥이기도 했다. 풍성한 드레스 자락 밖으로 하얀 발등이 나타났다가 사라졌다. 하녀들은 얼른 그 작은 발에 보라색 부츠를 신겨 주었다. 뮬은 다시 침실로 가져다 두었다.

이어서 하녀들이 커다란 보석함을 들고 왔다. 안에는 온갖 화려한 보석들이 가지런히 놓여 있었다. 귀걸이, 반지, 목걸이, 팔찌, 발찌까지. 이는 바이퀠드 공작저의 영애가 사용할 수 있는 보석의 일부분이었다. 하녀장이 밤새 카루나 정도 나이에 하기 어울릴 법한 보석을 골라 정리한 것이었다.

카루나는 보석함 제일 아래층에 놓여 있는 티아라를 손끝으로 톡, 건드려 보았다. 자잘한 보석들이 찰랑거리며 맑은 소리를 냈다.

"그건 대대로 바이퀠드 공작가의 영애께서 사교계에 데뷔할 때 쓰는 티아라래요."

옆에 선 하녀가 얼른 설명해 주었다.

"윽."

카루나는 얼른 손을 거뒀다.

'그런 걸 왜 나한테 보내 준 거야. 실수로라도 만지지 말아야겠다.'

카루나는 얼른 마지막 층의 뚜껑을 닫았다.

마카레나 백작 영애 클레이엔으로 살며 꽤 사치를 부렸다. 온갖 보석을 사들였다. 마카레나 백작은 어차피 모두 다 진짜 클레이엔의 것이 될 거라 생각해서인지, 모두 사 주었다. 그래서 카루나는 값비싼 드레스와 보석을 몸에 두르고 10년을 살았다.

덕분에 보는 눈만큼은 높아졌다고 생각했건만. 바이퀠드 공작저의 보석함을 보니 그 자신감이 콩알만 하게 쪼그라들었다. 공작가는 공작가였다. 유서 깊은 공작가에서 대대로 이어져 내려온 보석은 어마어마했다. 감히 마카레나 백작 가문 따위를 들이댈 게 아니었다.

카루나는 느긋이 보석함을 구경하고는 아무것도 고르지 않고 닫았다. 그러고는 잠시 화장대에 올려두었던 그것을 다시 들어올렸다. 가죽 주머니에 담겨 있던, 부서진 브로치.

카루나는 얇은 은줄에 브로치를 걸어 목걸이 형태로 만들고는 목에 걸었다.

하녀들이 다른 보석을 고르라며 발을 동동 굴렀다.

"이거면 충분해요."

카루나는 고개를 들어 앞을 보았다.

커다란 거울에 한 소녀가 비쳤다. 아름다운 소녀였다. 사랑을 듬뿍 받고 자란, 고귀한 귀족 집안의 영애 같아 보였다.

소녀는 하녀들에게 둘러싸여 있었다. 볼은 발그레했고 녹색 눈은 반짝였다. 밝은 갈색 머리카락은 사라락, 결 좋게 살랑였다. 분홍색 드레스는 몸에 꼭 맞았다.

카루나는 그녀에게 속삭였다.

"자, 그럼 시작해 볼까?"

거울에 비친 소녀는 카루나에게 웃어 주었다.

* * *

다시 다섯 명이 모였다. 하녀장과 연두색 머리 남자, 철십자 기사단장과 기사 세나, 그리고 카루나. 카루나는 마지막에 들어왔다. 먼저 와 있던 네 사람은 자신들에게 걸어 들어오는 카루나에게서 눈을 떼지 못했다.

그들이 알고 있던 어린 하녀는 온데간데없었다. 당장 사교계에 데뷔해도 손색이 없을 귀족 영애가 나타났다.

"그간 안녕하셨나요."

드레스 자락을 양손으로 살포시 들고, 살짝 무릎을 굽혀 인사했다. 그러고는 고개를 들고 생긋 웃었다. 근심 가득하던 네 사람의 얼굴이 밝아졌다.

"어쩜 이렇게나……."

하녀장은 두 손을 꼭 잡고 감격한 마음을 숨기지 않았다.

"……."

연두색 남자는 입을 벌린 채 멍하니 카루나를 바라보았다. 그의 노을빛 눈은 카루나에게서 한시도 떨어지지 않았다.

"맙소사, 카루나. 아니, 이제는 아가씨라고 불러야 하겠죠?"

세나는 한쪽 무릎을 꿇고 앉아 카루나와 눈높이를 맞췄다.

"네. 잘 부탁드려요, 세나 경."

카루나는 사뿐한 걸음으로 걸어 세나의 앞에 섰다.

"제가 아가씨께 인사할 수 있는 영광을 주시겠습니까."

세나는 한 손을 가슴에 얹고 고개를 숙였다.

"지금이 그럴 때인가."

맞은편에 선 철십자 기사단장이 불평했다.

"물론이지요."

카루나는 아랑곳하지 않고 우아하게 손을 내밀었다. 세나는 카루나의 손을 살짝 잡고 그 손등에 입을 맞추었다. 그러고는 씩씩하게 일어서 철십자 기사단장에게 뻐기듯 말했다.

"라안 님의 약혼녀분께 제일 먼저 인사드린 건 바로 저입니다."

카루나에게도 한쪽 눈을 찡긋하며 말했다.

"절 기억해 주세요. 나중에 꼭 한자리 부탁드립니다. 기왕이면 철십자 기사단장 자리였으면 좋겠습니다만."

"오, 좋아요. 제가 바이켈드 공작 각하를 구해 낸 다음 잘 구워삶아 보겠어요."

카루나는 기꺼이 그녀의 청탁을 받아들였다.

"이야, 우리 미래의 공작 부인님은 말이 잘 통하시는군요. 제가 완전히 충성하겠습니다!"

"그러게요, 딱딱하기 그지없는 철십자 기사단에 이렇게 유쾌한 분이 있는 줄 저도 처음 알았어요."

둘은 눈을 마주치고는 깔깔, 웃음을 터뜨렸다.

"경! 지금 그런 농담이 나오나."

졸지에 자리를 위협받은 기사단장은 둘의 농담을 꾸짖었다.

"어머나, 왜 그렇게 과하게 화를 내실까나."

"뭐라고?"

"설마 벌써 세나 경보다 능력이 떨어지신 건가요? 아직 한창인 나이이
신데."

"하녀 주제에 함부로 말하지 말거라."

기사단장의 눈썹이 꿈틀, 했다.

"걱정돼서 드리는 말씀인걸요. 부디, 너무 세게 화내지 마세요. 약해 보
이니까요."

카루나는 생글생글 웃으며 말했다.

'아, 아쉽다. 부채를 챙겨 올걸. 깃털 부채를 쫙 펴 들고 살랑이며 말하면,
더 열 받을 텐데.'

오랜만이라 소품을 챙기지 못한 게 아쉬웠다.

하녀장이 분위기를 환기하려 찻주전자를 들었다. 카루나는 향이 좋은 차
를 한 모금 마신 후, 자신의 계획을 설명했다. 카루나를 별로 마음에 들어
하지 않는 기사단장조차도 그녀의 말에 집중했다.

"계획은 간단해요. 일단, 제가 유명해져야 해요. 갑자기 툭 튀어나온 바
이켈드 공작의 어린 약혼자로서 말이죠. 그다음에 그 유명세를 업고 보쉬
엔 자작저로 찾아가서 당당하게 바이켈드 공작 각하를 돌려 달라고 요구
하면 되어요."

"돌려 달라고 순순히 돌려줄까요?"

세나가 물었다.

"아니요, 절대 그러지 않겠지요."

카루나는 단호하게 대답했다.

"그런데도 널 내세워야 한다는 말이냐."

기사단장이 턱을 문지르며 흠, 숨을 내뱉었다.

"그럴 리가요. 제가 나서는 건 무력을 행사해도 되는 정당성을 얻기 위해서예요."

카루나의 녹색 눈이 반짝였다. 여기 모인 사람들은 라크안이 보쉬엔 자작저 어딘가에 있을 거로 추측했다. 하지만 생각만 할 뿐, 보쉬엔 자작저를 뒤져 라크안을 찾지는 못하고 있었다.

라크안이 보쉬엔 자작저 어딘가에 있다는 증거가 없다. 또한 함부로 움직였다가는 황제파의 주요 세력인 보쉬엔 자작가와 분란만 일으켜 귀족파만 좋은 일을 시킬 수 있다. 이 두 가지가 큰 산이었다.

기사단장이 따로 보쉬엔 자작을 찾아가 보았으나 달라지는 건 없었다. 보쉬엔 자작은 폭주하는 제 딸을 팍팍 밀어주지는 않았다. 하지만 말리지도 못했다.

철십자 기사 중 은신에 뛰어난 몇 명이 자작저에 잠입하는 방법도 논의되었다. 몰래 라크안을 데리고 나오면 모든 일은 깔끔하게 해결될 수 있을 테니까. 하지만 그러려면 라크안이 정확히 어디 있는지 알아야 한다. 설사 라크안을 찾더라도, 라크안이 몸을 움직이기 힘든 상태라면 조용히 데리고 나올 수 없다. 혹여 라크안이 발작 직전의 상태라면? 역시나 그를 조용히 데리고 나올 수 없을 터.

결국 보쉬엔 자작과 척을 질 결심을 하고, 철십자 기사단으로 자작가를 습격하지 않는 이상. 보쉬엔 자작저 어디에 있을지 모를 라크안을 되찾을 수 없다.

차라리 라크안이 변경의 전쟁터에서 적군에게 붙잡힌 상태라면 일이 좀 더 쉽게 풀렸을지 모른다. 제국 수도 한복판에서, 함께 황제파의 세력을 이루는 귀족과 엮인 문제이다 보니 무식하게 접근할 수 없었다.

"이 사건을 바이켈드 공작 가문과 보쉬엔 자작가 사이의 일로 만들지 않으면 돼요. 한 남자를 두고 싸우는 두 여자의 다툼으로 만들면 되는 거지요. 이를테면 삼각관계로 인한 치정 싸움이랄까요?"

카루나는 그 예의와 정치로 맞물린 틈을 사랑이란 이름으로 비틀고자 하는 것이었다.

"작전명은 '사랑의 이름으로 절대 용서하지 않겠다.'라고 할까요?"

연두색 머리 남자를 보며 물었다.

"작전명으론 너무 긴 거 같네요."

연두색 머리 남자는 멋쩍게 웃으며 답했다. 달 없는 밤, 달빛의 이름으로 루시온을 절대 용서하지 않겠다고 외쳤으면서. 오늘은 이상하게도 부끄러움이 많았다.

카루나를 계속 바라보다가도 카루나와 눈이 마주치면 후다닥 고개를 돌렸다. 귓불이 붉었다. 카루나는 기꺼이 그 무례를 용서해 주었다.

'나의 미모에 반했나 보네.'

미인 앞에서 수줍다는데, 미인으로서 당연히 용서해 줘야 하지 않을까 생각하였으나.

'잠깐. 지금의 나한테 반했다고?'

금세 눈이 뾰족해졌다.

'나 지금 열두 살인데.'

연두색 머리 남자의 나이를 정확히는 알지 못하나, 대략 라크안과 비슷할 터. 그렇다면 대략 이십 대 초중반, 혹은 이십 대 후반이나 삼십 대 초반일지도 모른다. 아무튼 열두 살 여자아이를 보고 얼굴을 붉히기에는 나이가 너무 많았다.

'역시 변태 공작 밑엔 변태만 있구나.'

카루나는 슬금슬금 세나 옆으로 다가갔다. 세나에게 몸을 꼭 붙이고 섰다. 세나는 영문도 모른 채 카루나를 껴안았다. 카루나의 어깨에 달린 레이스를 손끝으로 매만져 보며 싱글벙글 웃었다.

"작전명은 무엇이든 좋네. 그다음을 빨리 말해 봐."

기사단장이 카루나를 재촉했다. 카루나는 말을 이었다.

"어느 날, 바이켈드 공작 각하가 사라졌어요. 그의 어린 약혼녀는 애타게 공작 각하를 찾아 헤매다가, 공작 각하가 보쉔 자작저에 있다는 소문을 듣게 되지요."

"무슨 소문?"

세나가 눈을 크게 떴다. 웃는 모습을 보아하니 카루나가 어떤 말을 할지 대충 눈치챈 듯했다. 다만 아직도 감을 잡지 못한 기사단장을 위해 묻는 것이었다. 카루나는 능청스럽게 묻는 세나를 위해 기꺼이 설명해 주었다.

"공작 각하를 너무 사모한 나머지 루린토프 영애가 공작 각하에게 사랑의 묘약을 먹이고 가둬 두고 있다는 소문이요."

정말 루린토프가 라크안에게 사랑의 묘약을 먹인 건지 아닌지는 중요하지 않다. 그런 소문이 떠들썩하게 나기만 하면 된다.

"그 소문을 들은 어린 약혼녀는, 사랑하는 약혼자를 되찾아야 한다는 생각으로 가득 차서 앞뒤 안 가리고 날뛰어야겠죠?"

카루나가 생긋, 웃어 보였다. 기사단장은 소름이 오도독 돋는 느낌에 제 팔을 쓸어내렸다.

'저런 얼굴, 저 표정을 어디서 봤더라? 낯익은데.'

저렇게 활짝 웃으며 저렇게 사악해 보일 수 있다니. 기시감이 들었다. 하지만 고지식한 기사단장은 스무 살의 클레이엔과 열두 살의 카루나를 연결하지 못했다.

'아직 어린 거 같은데, 제법이군.'

다만 어린 카루나에게 감탄했다. 자고로 남이 머리를 굴리면 더러운 계략, 내 편이 머리를 굴리면 지혜로움이니. 기사단장에게 그녀의 잔꾀는 지혜였다.

"이를테면 약혼자의 집무실에서 가문의 인장을 찾아서, 철십자 기사단을 멋대로 움직인다던가?"

카루나의 말에 기사단장은 제 허벅지를 주먹으로 내리쳤다.

"그래, 우리가 쳐들어가면 되겠군! 네 명령을 받고."

"그동안 기사단에서 보쉬엔 자작의 저택을 잘 감시해서, 사람이 빠져나가는 걸 막았다면, 분명 공작 각하는 보쉬엔 자작저에 있을 거예요."

"분명히 각하를 밖으로 빼돌리진 못했네. 내가 장담하지."

"그런가요? 그렇다면 저택을 부수든 땅을 파든 무슨 짓을 해서든 찾아낼 수 있다는 거지요?"

"그렇지!"

기사단장이 얼른 맞장구를 쳤다. 그의 안색은 요 며칠 새 중 가장 밝았다. 당장이라도 보쉬엔 자작저에 쳐들어가 라크안을 구해 낼 수 있을 것 같았다.

"그러면, 철십자 기사단의 단장님. 바이켈드 공작 각하의 약혼녀에게 기사도를 보이시지요. 바이켈드 공작 각하를 구하기 위해서."

카루나가 그런 기사단장에게 왼손 손등을 내밀었다. 생긋. 조금 전 기사단장을 떨게 했던 그 미소가 기사단장을 향했다.

"거짓은 진실보다 더 진짜 같아 보여야 한답니다."

"……."

기사단장은 대꾸할 말을 찾지 못하고 돌처럼 굳었다. 지켜보던 세나가 두 손으로 입을 틀어막았다. 어깨를 들썩이면서 웃음을 참으려 애를 썼다. 연두색 머리 남자는 슬쩍 뒤로 물러섰다. 하녀장 또한 별말 없이 기사단장을 바라보았다.

카루나는 하녀복을 벗고 귀족 영애로서 꾸미고 이곳에 발을 들였다. 그런 카루나를 계속 하녀로 대한 건 기사단장뿐이었다.

"각하를 구하셔야지요."

카루나는 제 손을 좀 더 들이밀었다. 기사단장의 표정이 기묘해졌다. 얼굴을 찡그리진 않았지만, 아니 찡그리지 않으려고 노력하고 있지만, 당황하고 불쾌해 어쩔 줄 모르는 얼굴.

그리 잘생기지 않은 얼굴이 그러고 있으니, 볼 맛이 나진 않았다. 이런 표정의 달인은 황궁에 있었다.

'이럴 땐 황태자가 아쉽네.'

황궁에서 무도회가 열릴 때면 황태자의 첫 춤은 언제나 그녀의 것이었다. 그녀는 황태자 주변을 얼쩡거리며 다른 영애들을 모조리 밀어냈다. 어떻게 해서든 황태자가 자신에게 춤을 신청할 수밖에 없도록 만들었다.

그러면 황태자는 항상, 지금의 기사단장과 같은 표정을 지으며 그녀를 바라보았다. 그 모습을 보는 게 얼마나 짜릿하던지.

'역시 높은 사람을 괴롭히는 게 최고라니까. 짜릿해. 늘 새로워.'

비록 그 높은 사람이 그리 잘생기지 않은 사람이라 하더라도.

"그동안 실례를 범한 것을 부디 용서해 주십시오, 영애."

크흠. 기사단장이 헛기침을 하고는 입을 열었다. 그 잠깐 새 목이 멘 듯했다. 목소리가 약간 쉬어 있었다.

"철십자 기사단의 단장, 공작 각하의 약혼녀이신 영애께 인사드립니다."

기사단장이 카루나의 왼손을 잡고 그 손등에 스치듯 입을 맞췄다. 입술이 손등에 닿을 듯 안 닿았다. 카루나는 그것으로 만족했다. 조금 전까지 내내 자신을 무시하던 그 콧대를 꺾었으니, 충분했다. 이 이상 밀어붙이는 건 과한 것이었다.

'이렇게 딱딱한 사람은 이 정도 구부린 거로 만족해야 해. 더 구부렸다가는 부러질걸? 난 부러져 삐죽한 부분에 찔릴 테고.'

카루나는 한풀 죽은 기사단장을 보며 미소 지었다. 굴욕을 견디며 저보다 한참 낮은 여인에게 고개를 숙이고야 마는 그 모습은 언제 봐도 참 안타까웠다. 그래서 아주 좋았다.

'뭐, 바이켈드 공작을 되찾아 와도 한동안은 날 공작의 약혼녀로 모셔야 할 테니까. 미리 연습 좀 한다고 생각하세요.'

절대 이들에게 말할 수 없는, 자신을 위한 계획이 하나 더 있었다.

카루나는 루시온에게 정체를 들켰다. 어째서인지 모른 척하고 있지만, 연두색 머리도 알고 있을지 모른다. 이런 상황에서 바이켈드 공작저를 벗어나 도망치는 건 불가능하다. 갑자기 대마법사급의 능력을 발휘해 이동 마법을 쓸 수 있게 되면 모를까.

도망가겠다며 바이켈드 공작저에서 도망치는 그 순간, 어딘가 숨어 있던 루시온이 나타나 그녀를 덥석 움켜쥘 것이다. 그렇다고 바이켈드 공작 저에 가만히 있자니, 연두색 머리 남자가 걱정이다.

그는 라크안의 사람이다. 지금이야 상황이 상황이니만큼 침묵을 지키는 것일지 모른다. 라크안이 돌아온다면, 라크안에게 지난밤에 들었던 말들을 전할지 모른다. 이를테면, 카루나가 아무래도 마카레나 백작 영애, 클레이엔인 것 같다는 식의 이야기를.

'바이켈드 공작은 그 자리에서 내 목을 부러뜨리려고 할지도 몰라.'

라크안과 그녀 사이의 원한이 그렇게 깊고 깊었다.

이미 늑대의 아가리에 몸을 집어넣은 상태였다. 그 입이 닫혀 저를 집 어삼키기 전에, 혹은 제가 도망 나오길 기다리고 있는 독사가 저를 물기 전에. 살아남을 궁리를 해야 했다.

'내가 바이켈드 공작을 구하고, 또 바이켈드 공자의 약혼녀가 되면 돼.'

라크안은 카루나와 달리 착했다. 악녀의 적수였으면서 악당이 되지 않았다. 은혜를 원수로 갚지는 않을 테니, 카루나가 그를 구해 준다면, 그는 차마 카루나를 죽이지 못하리라.

게다가 온 사교계에 바이켈드 공작의 약혼녀로 소문이 난다면, 그리고 그 위치를 어떻게든 움켜쥐고 있으면. 루시온은 물론이거니와 마카레나 백작마저 그녀를 함부로 건들 수 없게 된다. 바이켈드 공작을 방패로 이용해 루시온과 마카레나 백작을 막는 것이다.

'일단, 내가 살기 위해서라도 바이켈드 공작을 구해야 해.'

카루나는 언제나 라크안만 쳐다보며 황홀히 웃던 루린토프를 떠올렸다. 동그란 얼굴형에 동그란 눈. 부드럽게 호선을 그리던 입가. 전체적으로 무척 귀여운 영애였다. 클레이엔이었던 카루나와는 정반대였다.

'그 영애가 반려인 줄 알고 쪼르르 쫓아갔다가 두 번이나 당해?'

짜증이 훅 밀려왔다.

'그나마 다행인 건, 그 여자가 바이켈드 공작의 반려가 아니라는 거지.'

카루나는 애써 마음을 가라앉혔다. 하나 곧 제 생각에 스스로 놀랐다.

'다행? 다행이라고?'

카루나는 얼른 머리를 굴렸다. 자신이 왜 다행이라고 생각했는지 타당한 이유를 찾아야 했다. 최대한 빨리.

'그래, 나 말고. 바이켈드 공작에게 다행이라는 거지. 그런 여자가 반려인지 뭔지가 아닌 거니까.'

이유를 찾아내니 마음이 좀 편해졌다. 카루나는 생긋 웃으며 하녀장을 보았다.

"도와주시겠어요?"

카루나가 말했다.

"얼마든지요, 아가씨."

하녀장은 카루나에게 고개를 숙였다

하룻밤 새 수도의 의상실들이 발칵 뒤집혔다.

수도의 서쪽엔 사람들이 '의상 거리'라고 부르는 거리가 있다. 그 거리를 지나는 도로는 마차 네 대가 동시에 지나도 될 만큼 넓었다. 도로의 좌우에는 옷을 파는 상점들이 죽 늘어섰다. 귀족을 위한, 그리고 귀족의 유행을 뒤쫓으려 애쓰는 부유한 평민들을 위한 곳이었다.

화려한 드레스와 금은으로 만든 구두, 여인의 드레스에 걸맞은 남자의 정장까지. 모든 것을 이곳에서 구할 수 있었다. 귀족 가문의 여인이라면 누구나 꿈꾸는 마담 마돌레나의 의상실도 의상 거리에 위치했다.

언제나 상품을 만드는 장인과 파는 상인, 그리고 사려는 사람들로 북적이는 거리였다. 하지만 늦은 밤까지 북적북적한 건 아니었다. 거리의 장인들도, 거리를 찾는 손님들도 밤엔 잠이 들었다. 거리는 낮의 화려함이 무색하게 조용해졌다. 언제나 그랬지만, 어젯밤만큼은 아니었다.

바이켈드 공작가에서 나왔다는 사람들 수십 명이 잠들었던 의상 거리를 깨웠다. 그들은 저마다 커다란 마차를 타고 왔다. 제 머리보다 큰 횃불을 들고, 불 꺼진 의상실의 문을 두드렸다. 아무 의상실의 문을 두드리는 건 아니었다. 마담 마돌레나의 의상실을 시작으로, 수도에서 유명세를 떨치는 의상실만을 찾았다.

"바이켈드 공작가에서 나왔소이다. 문을 여시오!"

"나이 어린 아가씨께서 입을 만한 드레스가 있소? 있다면 무조건 다 사겠소."

"값은 얼마든지 쳐 드릴게요. 다른 가문의 영애의 것을 만들고 있다면 그 가문에 우리가 양해를 구하겠으니, 무조건 우리에게 파세요!"

그들이 문을 두드리는 의상실들은 기성품을 팔지 않았다. 철저히 예약제로

운영되었다. 의뢰한 여인의 몸을 재고, 그에 맞춰 드레스를 만들었다. 하나 한밤의 방문자들은 그런 절차를 모두 무시했다. 그들은 약탈하듯 다른 귀족 가문의 영애들을 위해 만들고 있는 드레스를 사 갔다. 단 하나도 남김없이.

드레스만이 아니었다.

"이 드레스와 어울리는 구두, 장신구를 함께 준비했다면 모두 다 주시오."

"모자는? 이 의상실에 있는 모자를 모두 가져오세요, 다 살게요."

"있는 대로 다 주세요! 값은 금화로 내겠습니다. 일시불로! 지금 이 자리에서 당장 드릴 테니, 무엇이든 있는 대로 다 내오세요!"

한밤의 방문자들은 드레스, 구두, 모자, 목걸이, 팔찌, 반지, 귀걸이, 리본, 숄, 비단 장갑, 스타킹 등등. 모든 걸 쓸어 갔다. 꾸벅꾸벅 졸며 의상실을 지키던 막내 점원, 혹은 가게의 주인들은 자다 말고 금화 벼락을 맞았다.

밤새 그들이 지나간 의상실은 텅 비었다. 그나마 남는다면 성인 여인을 위한 드레스뿐.

"도대체 이게 무슨 일이랍니까."

"아니, 입으실 분도 없을 텐데. 공작가에서 이런 걸 다 왜 사 가시는 건 가요?"

가게 점원과 주인은 물건을 마차에 실어 나르는 사람들에게 매달려 물었다. 그러면 그들은 귀찮아하면서도, 제게 질문하는 사람에게 속삭였다.

"다른 사람들에게는 절대 말하지 말고, 당신만 알고 있으시오. 조금 전급하게, 공작 각하의 약혼녀께서 수도에 당도하셨소이다. 조금 이르게 당도하시어 공작저에 부족한 게 많아 급히 사러 온 것이오."

"이건 꼭 혼자만 알고 있으세요. 오늘 공작 각하의 약혼녀께서 오셨어요. 그분을 위해 나온 거예요."

"여기서 사 간 물건을 그분께서 마음에 들어 하시면 따로 주문을 더 넣을 테니, 알아서 일정을 조정해 놓는 게 좋을 거예요."

공작가의 사람들은 당신만 알고 있으라며 수십 명의 귓속에 속삭였다. 혼자만 알고 있어야 하는 사람들은 그 비밀을 혼자 감당하지 못했다. 해가 뜨자마자 의상 거리는 발칵 뒤집혔다. 그리고 채 이틀도 지나지 않아, 온 수도가 떠들썩해졌다.

바이켈드 공작의 약혼녀가 수도로 왔다!

귀족과 평민을 가리지도 않고 매일같이 여자를 만나러 다니던 미혼의 공작에게 약혼녀가 있다니. 소식을 들은 사람들은 귀족이나 평민 할 것 없이 놀라워했다. 황제마저도 어전 회의에서 이게 무슨 소문이냐고 황태자에게 물었다는 소문까지 떠돌았다.

사교계의 열기는 더 뜨거웠다. 바이켈드 공작가에서 공작의 약혼녀를 위해 급히 사들인 드레스들은 모두 다른 귀족 영애를 위한 것이었다. 제 딸의 드레스를 빼앗긴 귀부인들은 살롱과 티 파티를 돌아다니며 하소연했다.

그 덕에 사교계에는 바이켈드 공작의 약혼녀가 고작 십 대 초반의 소녀라는 소문이 파다하게 퍼졌다. 그리고 그 소문은 금방 루린토프의 귀에도 닿았다.

* * *

카루나의 침실엔 좀 더 작은 방 두 개가 연결되어 있었다. 드레스 룸과 투왈렛 룸. 잠들기 전까지만 해도 드레스 룸은 휑하기 이를 데 없었다.

아침에 다시 덧문을 열었을 땐, 드레스 룸은 지난밤 수도의 유명 의상실을 습격해 털어 온 드레스들로 가득 차 있었다.

"우와."

카루나는 밤사이 달라진 드레스 룸을 보며 영혼 없는 탄성을 내뱉었다.

"밤새 고생하셨겠네요."

하아암, 하품은 덤이었다.

"놀라실 줄 알았는데."

"밤새 정리하느라 얼마나 힘들었는데요."

"좀 더 놀라 주세요!"

하녀들은 밋밋한 카루나의 반응에 실망했다.

'그렇게 하도록 지시를 내린 게 나거든요?'

카루나는 어깨를 으쓱이고는 돌아섰다. 그리고 놀랐다.

"헉!"

어느새 하녀장이 와 있었다. 발소리가 들리지 않았다. 인기척도 없었건만. 갑자기 툭 나타난 하녀장을 보니 심장이 벌렁거렸다.

"마침 잘 오셨습니다. 아가씨."

"아, 뭐……."

카루나는 손가락으로 제 머리를 배배 꼬며 말을 얼버무렸다. 하녀장은 이미 완벽하게 머리와 복장을 갖춘 상태였다. 그런 하녀장 앞에서 잠옷 차림으로 서 있으려니, 괜히 민망했다. 하지만 그 민망함은 오래가지 못했다.

"오신 김에 드레스를 점검해 볼까요? 아침 식사가 준비될 때까지 말입니다."

"무슨 체크가 필요한…… 어? 어어어?"

하녀들이 대뜸 카루나를 번쩍 들고는 드레스 룸 안으로 들어갔다.

"일단, 인근 의상실의 드레스를 모두 가져왔습니다. 치수를 재고 맞춘 게 아니라 맞는 것도 있고, 맞지 않는 것도 있을 겁니다. 일단 하나하나 다 입어 보고, 맞지 않는 것은 버리도록 하지요."

"네? 왜 그렇게까지 해야 하는데요?"

하녀장의 말에 카루나는 두 눈을 동그랗게 떴다.

자고 일어나 부스스한 머리카락에, 평퍼짐한 원피스 잠옷. 막 일어난 카루나는 좀 더 귀여웠다. 하녀장은 그런 카루나를 보며 저도 모르게 미소를 지었다.

　카루나는 귀엽고 사랑스러웠다. 똑소리 나게 야무지고, 똑똑했다. 하녀복을 입고 라크안의 뒤를 쫓아다니는 모습은 씩씩하고 어여뻤지만. 먼지와 때를 벗고 고운 옷을 입으니, 얼굴에서 빛이 났다.

　"그래야 어떤 옷이 부족한지 확인할 수 있으니 새 드레스를 주문할 때 다른 것보다 우선 완성하도록 주문을 넣을 수 있겠지요."

　"드레스를 또 산다고요? 아니, 왜요? 이 정도면 충분할 텐데?"

　"부족하답니다."

　"아니, 충분해요. 이미 소문이 날 만한 불은 지폈으니까, 이제는 지켜보면서 소문이 활활 타오르길 기다리기만 하면 된다구요."

　애초부터 목표는 드레스가 아니었다. 드레스에 뒤따르는 소문이었다. 갑자기 나타난 '바이켈드 공작의 약혼녀'에 대한 소문.

　'정말 수도의 유명한 의상실을 탈탈 털어 왔잖아. 소문이 빨리 나게 드레스를 잔뜩 사 오라고는 했지만, 이 정도는 아니었는데.'

　10년간 클레이엔으로 살며 키워 온 눈썰미가 빛을 발했다. 대충 구분해 봐도 대략 스무 곳이 넘는 의상실을 다녀온 듯했다.

　'뭐, 덕분에 소문은 금방 퍼지겠네. 며칠 안 가서 떠들썩해지겠어.'

　카루나는 소문에 만족했지만 하녀장은 드레스에 만족하지 못했다.

　"당장 급해서 사 오긴 했지만, 하나같이 도련님의 약혼녀께서 입으시기엔 격이 맞지 않습니다. 다행히 몸에 맞는 드레스들도 당분간만 입으시는 것일 뿐, 아가씨 마음에 드는 드레스를 말씀해 주시면, 그 의상실 사람을 따로 불러 새 드레스를 주문하도록 하겠습니다."

　황궁에 인사드리러 갈 때 입을 드레스는 시간이 오래 걸리니 미리 서너 벌 준비를 해 둬야 하고, 티 파티용 드레스는 일단 열 벌. 곧 있을 여름 사냥 모임에 입고 나갈 드레스 적어도 일곱 벌, 음악회나 야간 연회 때 입을 이브닝드레스와 숄 각 세 벌, 등등. 하녀장의 말대로라면 적어도 백 벌 이상의 드레스를 맞춰야 했다.

"아니, 왜요? 앞으로 외출할 때는 여기서 적당한 것을 골라 입을게요. 그럼 되잖아요?"

어차피 라크안을 되찾을 때까지만 활동하면 된다. 그마저도 루린토프를 자극하기 위해서 몇 번 움직일 게 다인데. 라크안을 되찾아 온 후에도 약혼녀 자리는 어떻게든 붙잡고 있을 셈이지만, 그렇다고 해서 사교계 활동을 활발히 할 생각은 없었다.

'안 그래도 내가 클레이엔이었다는 걸 알면 죽이려 들 텐데. 더 심기를 거스르기 싫다고!'

라크안 성격상 제가 드레스 몇 벌, 아니 몇백 벌쯤 샀다고 그걸 불편해하지는 않을 것 같지만. 물론 그런 쪽으론 아예 관심이 없을 것 같지만.

"아가씨, 부디 공작 가문의 위신을 세우기 위해서라도 허락해 주시길 바랍니다. 오랫동안 여주인이 없었던 공작가입니다. 아가씨께 소홀히 한다면, 공작 가문의 이름이 부끄러워집니다."

"그, 그렇기는 하지만……."

하녀장이 이렇게까지 나오자 카루나는 평소답지 않게 주춤했다. 문득, 마카레나 백작이 제게 했던 말이 떠올라서였다.

'네가 감히 우리 가문의 이름에 먹칠을 하려는 게냐.'

'쯧, 그 정도도 하지 못하다니. 생긴 것만 닮았을 뿐, 역시 피는 속일 수가 없구나. 내 딸에게 비할 게 아니었어.'

마카레나 백작은 항상 그녀에게 가문의 위신을 들먹였다.

열 살 때 마카레나 백작저에 들어갔고, 열두 살 때 본격적으로 클레이엔인 척하며 사교계 활동을 시작했다. 그사이 2년. 카루나는 저택에 갇혀 고문과 같은 훈련을 받았다.

뒷골목 쓰레기통을 전전하던 고아 계집이 태어나면서부터 레이스와 비단을 두르고 살았던 귀족 영애를 흉내 내야 했다. 아무리 노력한들 단 며칠 만에 완벽해질 수 없었다. 하지만 마카레나 저택에선 아무도 그런 사정을 봐주지 않았다.

잘하지 못하면 피나게 매질을 당했다. 사람 아닌 취급을 받았다. 그 마지막은 훈련의 정도를 확인하러 온 마카레나 백작의 싸늘한 눈빛이었다. 그는 카루나를 사람으로 보지 않았다. 시장에서 가축을 사듯, 이게 정말로 내게 쓸모가 있을지 없을지를 가늠하였다.

쓸모가 없으면 바로 죽음이었다. 그래서 카루나는 그의 입에서 '가문의 위신'이란 말이 나올 때마다 공포에 떨어야 했다.

오래전 일이건만, 그때의 공포는 영혼에 각인된 듯 사라지지 않았다. 그리고 이렇게, 때때로 나타났다.

아마 평생 지우지 못하리라.

라크안을 구하기 위해 바이켈드 공작의 약혼녀 행세를 하기로 한 이후. 카루나는 단번에 제 태도를 바꾸었다. 공작 각하를 공작 각하로 안 보고 제멋대로 굴던 어린 하녀가 아니라, 우아하게 티스푼을 들 줄 아는 귀족 영애로 변했다. 그렇게 단번에 태도를 바꾼 것도 이 공포 때문이었다.

'쓸모가 있어야 하는데, 허술하게 행동하면 안 돼. 쓸모 있어 보여야 해.'

언제나 그래야 살아남았다. 그때도, 그리고 지금도.

손이 떨렸다. 카루나는 두 손을 등 뒤로 감췄다. 나름 빨리 숨긴다고 숨긴 것이었건만. 하녀장의 눈을 피하진 못했다.

"아가씨, 두려우신가요?"

"……."

카루나는 재빨리 하녀장의 눈치를 보았다. 자신에게 실망하지는 않았는지,

혹은 화를 내고 싶어 하지는 않는지.

하녀장은 언제나처럼 엷게 웃고 있었다. 카루나를 비난하거나 업신여기는 표정은 아니었다. 그래도 카루나는 마음이 놓이지 않았다.

'자신 있다고, 잘할 수 있다고 말해야 해.'

마음만 조급해졌다.

"그런 게, 아니에요. 나는-."

"괜찮아요, 아가씨."

하녀장은 카루나의 작은 두 손을 감싸 쥐었다.

"⋯⋯."

맑은 녹색 눈이 흔들렸다. 하녀장은 그 떨림이 잠잠해질 때까지 기다려 주었다.

잠시 후.

"나는, 두려운 게, 그런 게 아니에요. 그저 조금 당황스러울 뿐이에요. 이렇게까지 할 필요가 있을까 해서요. 그래서 그런 거예요."

카루나는 숨을 고르고는 천천히 말했다.

"그럼요. 당연히 이렇게 할 필요가 있습니다. 아가씨는 우리 저택의 소중한 분이십니다. 아주 소중한 손님이에요. 그리고 이제는 도련님의 약혼녀가 되셨죠, 도련님을 구해 주기 위해서요."

하녀장은 카루나의 손을 조금 더 힘주어 잡았다.

카루나가 저택에 온 후로 거짓말처럼 라크안의 발작이 가라앉았다. 저택은 활기를 되찾았다. 무엇보다 라크안이 밝아졌다.

그래서 하녀장은 카루나가 라크안의 셔츠에 후추를 뿌리는 걸 말리지 않았다. 그 셔츠를 입고 따갑다며 몸을 구르는 라크안도, 그런 라크안을 보며 깔깔 웃는 카루나도. 오래 볼 수 있기만을 바랐다.

하녀장과 저택 사람들은 진심으로 카루나를 좋아하고, 또 고마워하고 있었다. 믿고 있었고. 하녀장은 이 마음을 카루나가 알아주길 바랐다. 카루나가 저택에 웃음을 가져다주었듯, 저택이 카루나의 든든한 방패가 되어 주려 한다는 것을.

그러면 이렇게 남몰래 손을 떨면서도, 아닌 척 감추려 하진 않을 테니까.

녀장은, 옆에 멀뚱히 서 있는 하녀들에게 눈짓했다. 하녀들은 귀신같이 하녀장의 뜻을 알아채고는 바삐 움직였다. 하녀 한 명이 드레스 룸의 문을 닫고 그 앞을 지켜 섰다. 다른 하녀들은 잔뜩 쌓인 드레스 중 아름다운 드레스부터 쏙쏙 뽑아 들었다.

"잠깐 두 손을 번쩍 들어 주시겠어요?"

하녀장은 눈을 데굴데굴 굴리며 제 눈치를 보는 카루나에게 정중하게 부탁했다. 과거, 어린 라크안을 돌볼 때 이렇게 말하곤 했다.

"네? 이렇게요?"

카루나는 아무 생각 없이 두 손을 들었다. 그러자 헐렁한 원피스가 후루룩, 카루나를 떠났다. 하녀장이 카루나의 잠옷을 머리 위로 벗겨 버린 것이었다.

"꺄악!"

카루나는 속치마만 입은 채 두 팔로 가슴을 가렸다.

"자, 잠깐만요. 이렇게 갑자기 이러는 게 어딨어요!"

카루나는 눈을 크게 뜨고 하녀장을 올려다보았다. 누가 봐도 심통이 난 어린아이의 얼굴이었다.

"전 분명 예고해 드렸는걸요, 아가씨."

하녀장이 호호, 웃으며 답했다. 편안한 잠옷에서 불편한 정장으로. 매일 아침 라크안의 옷을 갈아입힌 때마다 전쟁이었다. 미운 나섯 살, 더 미운 일곱 살 라크안을 이렇게 놀리며 옷을 갈아입힌 건 언제나 하녀장이었다.

이제야 제 나이에 맞는 표정을 짓는 귀여운 아가씨에게 하녀장은 정중히 새 드레스를 대령했다. 물론 귀여운 아가씨가 갈아입어야 하는 드레스는 그 뒤에도 줄줄이 준비되어 있었다.

* * *

오늘도 바쁜 하루가 끝났다.

이른 아침에 눈을 떠, 촛불이 없으면 앞을 내다볼 수 없는 밤까지. 하녀 장은 바이켈드 공작저를 관리하고, 그 안에 사는 사람들을 살뜰히 돌보았 다. 오늘의 가장 큰 일은 바이켈드 공작의 약혼녀의 드레스 룸을 채우는 것이었다.

카루나에게 수십 벌의 드레스를 입히고 핑그르르 돌게 했다. 꼬박 반 나절이 걸렸다. 하지만 하녀장도, 곁에서 돕는 하녀들도 끝까지 얼굴에 웃음이 만면했다.

오랜만에 느껴 보는 즐거움이었다.

그동안 라크안만을 모시며 칙칙하고 무뚝뚝했던 저택 공기에 익숙해 졌다고 생각했건만. 아니었다. 사실은 이런 화사한 분위기가 그리웠던 듯했다.

간만에 피가 끓는 걸 느끼며 나이도 잊고, 카루나가 먼저 지칠 때까지 계속 드레스를 입히고 벗겼다. 그런데도 모자랐다. 더욱더 많이 입혀 보고 싶었다.

'어서 더 많은 드레스를 준비해야겠어.'

언제 또 이런 기회가 생길지 모르니, 기회가 있을 때 마음껏 누려야 했다.

'일단 내일, 마담 마돌레나부터 시작해서 스무 곳의 의상실을 모두 불러 들여야겠어.'

하녀장은 내일 꼭 해야 할 일을 되뇌며 자신의 방으로 갔다. 그리고 조그만 나무 책상 앞에 앉아.

"하아……."

긴 한숨을 쉬며 홀로 근심에 잠겼다.

'조금만 더 나이가 많았다면 좋았을 텐데.'

열둘. 그리고 스물둘. 하얀 종이에 둘의 나이를 써 보았다. 아무리 빼고 또 빼도 열 살 차이가 다섯 살이나 네 살 정도로 줄어들진 않았다.

'열 살은 너무 격차가 커. 한 네다섯 살 정도면 어떻게든 되었을 텐데.'

대륙 어디엔가 혼인할 때 나이를 크게 안 따지는 나라가 있다고 들었지만, 어차피 남의 나라 이야기였다. 파라 제국은 혼인할 때 남녀의 나이 차가 많이 나는 걸 금기시한다. 법으로 정해진 건 아니지만 혼인하는 남녀의 나이 차가 크면 매매혼으로 보고, 귀족이든 평민이든 손가락질을 하고 뒤에서 흉보기 일쑤.

오죽하면 전대 바이켈드 공작이 그 남편과 결혼할 때 남편의 나이를 숨겼을까. 남편이 제국 내에서 아무런 작위를 가지고 있지 않은 숲의 일족이란 건 중요하지 않았다. 중요한 건 나이였다.

태어나는 아이의 신분은 어머니의 신분을 따른다.

이것이 파라 제국의 신분법이다.

예전엔 귀족의 사생아들이 장성하여 나타나서는 상속권을 주장하는 경우가 많았다. 그 때문에 골머리를 앓던 귀족들은 황제에게 청을 올려 이러한 신분법을 만들었다. 귀족의 수가 늘어나는 것을 막고, 귀족 가문의 재산이 쪼개지는 것을 막기 위해서였다.

치사한 법이었다. 신분 낮은 여자가 귀족을 덮쳐 사생아가 생기는 경우는 적었다. 그 반대가 월등히 많았다. 귀족들은 강제로, 혹은 달콤한 말로 꾀어

여염집 평민 처녀를, 또 제 저택에서 부리는 하녀를 쓰러뜨렸다. 그렇게 건드려 아이를 낳게 하고는 그 아이를 자식으로 인정하지 않으려 했다.

이후 내란이 일어나 많은 귀족이 죽었다. 내란 중에 대를 이을 아들이 모조리 죽어 멸문의 위기에 처한 귀족들이 제 딸에게 작위를 이을 수 있는 법을 청했다. 황제는 역시 그들이 원하는 법을 만들어 주었다. 그래서 제국의 역사 중반기, 귀족 여성은 남성과 동일하게 작위 승계권을 가지게 되었다.

그 이후 아이는 어머니의 신분을 따른다는 신분법은 아무도 예상하지 못한 방향으로 제국의 역사를 만들어 냈다. 아버지의 혹은 어머니의 작위를 승계한 귀족 여인들이 신분 낮은 애인들을 거느리기 시작한 것이다.

작위를 가진 귀족 여인들은 가문의 격과 위신을 생각해 적당한 가문에서 남편을 골라 결혼하고 의무적으로 한 달에 한두 번 잠자리를 같이 했다. 대신 몸 좋고 잘생기고 정력 좋은 사내들을 애인으로 삼았다. 물론 신분은 상관없었다.

귀족 여인이 낳은 아이는 그 아비의 신분이 어떻든 귀족. 가문의 재산에 대한 상속권을 가질뿐더러 작위를 승계할 수도 있다. 설사 귀족 남편과의 사이에서 얻은 아이가 아니라 사생아라 할지라도.

그리하여 신분 제도가 더없이 엄격한 파라 제국에서 기묘한 모습이 나타났다. 아버지가 평민, 혹은 그보다 못한 천민이나 노예인 귀족들이 등장한 것이다. 당연히 어머니와 귀족 남편과의 사이에서 태어난 거라 서류를 고치고 가계도에 이름을 올리긴 했지만, 눈 가리고 아웅 격이었다.

유서 깊은 가문의 남자 귀족들은 '천박하고 음탕한' 문화에 격분했다. 그러한 타락을 뿌리 뽑아야 한다고 목소리를 높였지만, 선대가 만든 법을 고작 천박하고 음탕하다는 이유로 고칠 수는 없었다. 그건 그 선대들의 피를 이은 자신들의 입지를 불안정하게 만드는 일이었다. 음탕하고 천박한

법을 만든 선대의 대를 이은 황제와 귀족이라니.

할 수 있는 일이라고는 사생아로 가문의 대를 잇지 못하도록 하는 것뿐이었다. 그들은 정식 혼인 관계를 통해 낳은 자식만이 예배당에서 세례를 받고, 신의 가호로서 가문의 승계권을 가질 수 있도록 하는 법을 만들었다.

그런다고 상황이 달라지진 않았다. 역대 황제들의 엄명 아래 몸을 낮추고 쉬쉬할 뿐. 작위를 승계한 귀족 여인들은 여전히 잘생기고 젊고 몸 좋은 애인들을 거느렸다.

아이를 가진 것을 알았을 즈음에 적당히 정식 혼인한 남편과 잠자리를 하고, 아이가 예정보다 일찍 태어났다고 말하곤 했다. 그 아이가 정말 정식 혼인한 남편과의 사이에서 낳은 아이인지, 애인과의 사이에서 만들어진 아이인지는 오직 낳은 당사자만 알 뿐이었다. 다만 혹시 모를 의심을 피하고자, 되도록 정식 혼인한 남편과 비슷한 머리카락과 눈 색을 가진 애인을 고르는 분위기가 생기기는 했다.

전대 바이켈드 공작도 그 법을 훌륭하게 이용했다. 자신이 이미 고귀한 공작이기에 남편의 신분 따위는 크게 신경 쓰지 않았다. 설사 남편으로 삼고 싶은 사내가 이웃 나라의 노예 출신이었어도 기꺼이 돈으로 몸값을 치르고 혼인했으리라.

하물며 신비로운 숲의 일족 출신이라니. 전혀 거리낄 것이 없었다. 그에게 제국의 귀족 작위가 있든 없든 그건 중요한 게 아니었다. 필요하다면 바이켈드 공작 가문에서 가진 여러 하위 작위 중 몇 개를 주면 그만이었다.

그런 전대 바이켈드 공작도 뛰어넘지 못했던 것이 나이 차였다. 숲의 일족은 숲 밖의 사람들과 달리 오래 산다. 삼백 년 정도 사는 것으로 알려져 있다. 전대 바이켈드 공작의 남편, 라쿠안의 아버지 역시 숲의 일족답게 오랜 삶을 살았다. 전대 바이켈드 공작을 만날 때 이미 백 살이 넘었다고 했다. 겉으로 보기에는 이십 대 중반 정도로 보였지만.

삶의 길이가 다르니 그의 백 년이 제 스무 살과 같다고 주장할 수는 있겠으나 역시나 신성하지 못한 결혼이라고 손가락질을 받을 터였다. 그래서 전대 바이켈드 공작은 과감하게 남편의 나이를 속였다.

어차피 숲의 일족. 언제 태어났는지 공식적으로 기록된 문서는 제국 내에 없었다. 최초의 숲으로까지 가야 볼 수 있을 테니, 가짜 문서를 만든들 들킬 위험이 적었다. 전대 바이켈드 공작은 남편의 출생 서류를 위조한 후, 세간의 축복을 받으며 결혼했다.

결혼식은 축제와 같았다. 모든 제국민이 그 결혼식을 축하했다.

전대 바이켈드 공작은 참으로 아름다웠다. 그 어느 때보다 행복해 보였다. 그녀의 옆에는 눈처럼 하얀 드레스를 입은 제 반려에게서 한시도 눈을 떼지 못하던, 그녀의 남편이 있었다. 전대 바이켈드 공작의 남편이 되기 위해 백여 년간 살아왔던 자신의 모든 삶을 송두리째 포기하고 제국으로 온 사내.

그때에도 바이켈드 저택의 하녀장이었던 하녀장은 가까운 거리에서 둘의 모습을 보았다. 얼마나 행복해 보이던지. 얼마나 기뻐 보이던지.

오랜만에 전대 공작 부부를 추억하며 미소 짓던 하녀장은 이내, 한숨을 푹 내쉬었다.

'그때와 지금은 너무 달라.'

라크안은 제국 내에서 태어났다. 태어난 연도와 날짜가 황궁의 귀족 계보에 기록되었다. 카루나 또한 황태자가 운영하는 구빈원에 몸을 의탁하며 자신의 나이를 밝혔다.

두 사람의 출생 연도 기록은 절대 조작할 수 없다. 굳이 태어난 연도를 확인하지 않더라도, 겉모습만 보면 두 사람의 나이 차를 알 수 있었다.

라크안은 이십대 초반의 혈기왕성한 청년이었다. 전쟁터를 떠돌며 다져진 몸은 다부지고 키는 훤칠했다. 그에 비하면 카루나는 작았다. 작아도 너무 작았다. 그 나이 또래 아이들보다도 훨씬. 겉으로 보기에 둘은 열 살 이상 차이 나 보였다.

후우. 또 한숨이 나왔다. 책상 앞에서 내쉰 한숨만 모아도 책상 다리 하나쯤은 닳아 없앨 수 있지 않을까. 그만큼 많은 한숨이 책상 위에 켜켜이 쌓여 있었다. 그 한숨 위에 문득, 웃음이 더해졌다.

"나도 참, 주책이라니까."

스물두 살의 도련님이 행방불명 상태인지 벌써 일주일째. 그런데 그 걱정 말고 전혀 다른 걱정을 하고 앉아 있었다.

"이런 걱정은 도련님이 돌아오시고서 해도 늦지 않은데."

하녀장은 호호 웃으며, 숫자 22와 12가 적힌 종이를 반으로 접었다.

뒤늦게 라크안을 걱정해 보려 마음먹었으나, 마음이 잔잔했다. 막 라크안이 사라졌을 때만 해도 이렇지는 않았는데.

어디에서 혼자 발작을 일으킨 건 아닌지, 늑대로 변했다가 진짜 늑대인 줄 알고 사람들이 사냥해 간 건 아닌지. 온갖 걱정을 사서 했다. 시간이 지날수록 초조함은 깊어만 갔다. 그런데 그 초조함이 옛일인 듯 마음이 편안했다.

'걱정하지 마세요, 제가 꼭 구해 올 테니까요.'

제 주름진 손등 위에 제 작은 손을 얹으며 위로해 주었던 카루나 덕분이었다.

'분명 지금 공작 각하를 감금하고 있는 건 보쉬엔 자작 가문의 루린토프 영애예요. 아마 지난번 사랑의 묘약이랑은 성분이 다른 뭔가를 먹이지 않았을까요? 저번에 당했으면서 이번에 또 당한 머저…… 공작 각하가 참으로 안쓰러워요. 그러니까 제가 꼭 구해 낼게요.'

카루나는 라크안을 조금도 걱정하지 않았다. 그게 신기해서 물어보니, 카루나는 오히려 하녀장에게 다시 물었다.

'누굴 걱정해요? 공작 각하를요? 말도 안 돼요. 차라리 보쉬엔 자작 가문을 걱정해 주셔야 하는 거 아닌가요? 지금은 무슨 수를 썼는지 공작 각하를 얌전하게 만들어서 가둬 두고 있지만, 나중에 공작 각하가 다시 돌아와서 복수한답시고 보쉬엔 자작가를 박살 내려 하면 어떡해요?'

카루나가 눈을 동그랗게 뜨고 말했다. 하녀장은 무심코 고개를 끄덕였다. 라크안의 성미라면 그러고도 남을 듯했으니까. 분명 방방 뛰겠지. 반려도 아닌 여자가 자길 가지려 했다고.

'딸이 좋아하는 남자가 권력가라 멸문당할 위기에 처하는 거잖아요. 공작 각하가 무서워서 아무도 안 도와주려 할 텐데. 완전 끝 아니에요?'

카루나는 고개를 절레절레 젓고는 말을 이었다.

'공작 각하가 누가 해코지한다고 해코지당할 분이신가요? 지금도 아마 엄청 편하게 뒹굴뒹굴 쉬고 있을 거예요. 맨날 일하기 싫다고 그러고, 여자나 만…… 아니, 영애들이랑 티타임을 즐기시는 데 열중하셨잖아요.'

뭐가 그리 마음에 안 드는지, 카루나가 양 볼을 부풀렸다.

'게다가 루린토프 영애는 공작 각하를 엄청 좋아하니까, 아마 머리카락 하나 다치지 않게 잘 모셔 두고 있을 거예요. 뭐, 다른 쪽으로 좀 위험할 수는 있겠는데. 그건 공작 각하가 알아서 잘 지키시겠죠. 이십이 년을 지켰는데, 고작 며칠을 못 버틸까.'

목소리가 퉁명스럽게 바뀌었다. 이상하게도 그 말을 듣자니 마음이 편안해졌다. 옆에 서 있던 세나와 연두색 머리 남자도 하녀장과 비슷한 기분인 듯했다.

연두색 머리 남자는 라크안이 사라진 후 제 탓이라며 안절부절못했다. 불러도 못 들을 정도로 깊게 생각에 잠겼다. 세나는 그때 그냥 가만히 돌아오는 게 아니라 깽판을 치며 보쉬엔 자작저를 다 부숴 놔야 했다고 길길이 날뛰었다.

그랬던 두 사람이 피식, 피식 웃으며 카루나의 말에 귀 기울이고 있었다. 자신의 표정도 그 둘과 비슷했을 거라고, 하녀장은 생각했다.

그 이후로 하녀장은 라크안에 대한 걱정을 잠시 내려놓았다. 그리고 라크안을 구하기 위해 카루나의 계획대로 움직이기 시작했다. 그 과정에서 약간, 자신의 욕심을 챙기기도 했다. 예를 들면 내일, 스무 곳의 의상실을 모두 불러 카루나의 드레스를 이백 벌 정도 주문하기로 한다던가.

하녀장은 잠들지 못하고, 반 접어 놓았던 종이를 다시 폈다.

스물둘. 그리고 열둘.

"하아."

한숨 한 움큼. 그렇게 밤이 깊어 갔다. 라크안이 실종된 지 7일째 되는 밤이었다.

* * *

보쉬엔 자작은 딸만 넷이었다.

첫째는 가문을 이을 후계자로서 아버지 보쉬엔 자작과 함께 황궁을 드나들었다. 혼인하여 아들과 딸 하나씩을 두었고, 남편은 작년에 병으로 죽었다. 그 믿음직한 첫째는 지금 수도에 없었다. 지난달, 지방의 영지를 둘러보기 위해 어린 자녀들을 데리고 떠났는데 두어 달 뒤에나 돌아올 예정이었다.

그 아래 두 딸은 일찍 혼인했다. 모두 같은 황제파 귀족 가문들과 혼사를 맺었다. 이제 남은 건 막내딸 하나였다. 늦둥이라 애지중지 키운, 눈에 넣어도 아프지 않은 루린토프.

보쉬엔 자작 부부는 커다란 식당에서 막내딸과 셋이서 매일 이침 식사를 했다. 듬직한 첫딸과 귀여운 손주들이 없는 빈자리가 컸지만 며칠 전부터 정신 나간 것처럼 들떠 있는 막내딸 덕분에 식탁이 썰렁하지는 않았다.

자작 부인은 그간 우울해하던 딸이 왜 갑자기 기운을 되찾았는지 그 이유를 알지 못했다. 그저 제 딸이 방긋방긋 웃는 걸 보고 행복해할 뿐이었다. 이유를 알고 있는 자작만 안색이 어두웠다.

그는 한껏 애교를 부리는 제 막내딸을 보며 마냥 행복할 수 없었다. 걸릴 게 없는 수프를 떠먹어도 뭔가 목에 걸리는 것 같았다. 딸이 꺄르륵, 웃을 때마다 어깨 위로 커다란 돌덩이가 얹혔다.

휴우, 보쉬엔 자작은 부인 몰래 한숨을 푹 내쉬었다. 영지를 시찰하러 떠난 첫째가 간절하게 그리워졌다.

'네가 있었다면 이런 일이 벌어지지는 않았을지도 모를 텐데. 왜 하필 지금 영지로 간 게냐.'

잘 다녀오라고 웃으며 배웅해 준 지 한 달도 지나지 않았건만. 보쉬엔 자작은 이 위태로운 시기에 저택을 비운 첫째가 그립고 원망스러웠다.

첫째는 부모님이 막내를 오냐오냐 길러 고집이 세졌다며 막내를 못 잡아먹어 안달이었다. 루린토프는 첫째 언니 앞에서는 숨도 제대로 못 쉬었다. 그 첫째 언니가 수도에 없는 이 때, 루린토프는 자칫 잘못했다간 가문이 멸문될지도 모를 만한 사고를 쳤다.

폭풍이 몰려오는데, 모르는 척 들판 한가운데 식탁을 두고 아침 식사를 즐기는 격이었다.

차마 도망칠 수 없어, 간혹 고개를 들어 태풍이 어디까지 다가왔나 살피기만 해야 하는 심정이라니. 사랑하는 아내와 막내딸과 함께하는 평화로운 아침 식사건만, 보쉬엔 자작은 음식이 입으로 들어가는지 코로 들어가는지도 몰랐다.

보쉬엔 자작의 속내가 어떻든 자작 부인과 루린토프는 즐거웠다. 겉으로 보기에 세 가족의 아침 식사는 제법 단란했다. 하지만 그 분위기는 끝까지 이어지지 못했다. 마지막 요리가 나왔을 때였다.

"어머나, 내가 이 이야기를 한다는 걸 깜박했네."

자작 부인이 이제야 기억이 났다는 듯 짝, 손뼉을 쳤다.

"무슨 이야기를요, 어머니?"

루린토프가 웃으며 물었다.

"어제, 의상실에 들렀단다. 늘 가던 거기 있잖니. 네가 거기서 맞춘 장갑을 마음에 들어 하길래."

"나비가 수놓인 장갑 말이죠? 네, 제가 가장 좋아하는 장갑이에요!"

"그래, 그거. 다른 문양으로 몇 개 더 맞추고, 간 김에 새로운 드레스 디자인이 나온 게 있나 확인하러 하녀를 보냈는데. 의상실이 아주 난리가 났다고 하지 뭐니. 마침 아이쉬 남작 부인과 차를 마시던 중이라, 무슨 일인지 궁금해서 함께 의상실에 가 봤단다. 그런데 정말 난리도, 그런 난리가 없더구나."

보쉬엔 자작 부인이 고개를 절레절레 흔들었다.

"왜요? 밤새 번개라도 쳐서 의상실이 불타기라도 했나요?"

"아니, 이틀 전에 갑자기 바이켈드 공작가에서 의상 거리의 의상실들을 다아~ 쓸어 가 버렸단다."

"바이켈드 공작 가문에서요?"

루린토프가 나이프를 놓쳤다. 달그락. 그릇 위에 나이프가 떨어지며, 큰 소리를 냈다.

"얘야!"

자작 부인이 검지를 까닥이며 루린토프를 불렀다. 예의 없는 행동을 꾸짖으려는 건 아니었다. 얼굴엔 여전히 웃음이 가득했다.

"어머니, 제발요. 어서 계속 말씀해 주세요."

루린토프는 두 손을 모아 꼭 쥐고는 자작 부인에게 재촉했다. 그 모습이 귀엽고도 안쓰러워서, 자작 부인은 웃음을 터뜨렸다.

"그럼. 당연히 말해 주고말고. 널 위해 하나도 빼뜨리지 않고 다 듣고 왔단다."

자작 부인은 기꺼이 막내딸의 간절한 부탁을 들어주었다. 어제 들었던 의상실 마담의 푸념을 하나도 빼놓지 않고 말해 주었다. 그러자 루린토프의 얼굴이 하얗게 질렸다.

"공작 각하께 약혼녀가 있다고요?"

달그락. 이번에는 포크마저 놓쳐 버렸다.

"어머, 얘. 내 말을 마저 들으렴."

보쉬엔 자작 부인이 루린토프를 달랬다. 그녀는 막내딸을 살피느라 제 옆의 남편을 보지 못했다.

'결국 공작가에서 움직이는구나.'

보쉬엔 자작의 얼굴에서도 핏기가 가셨다. 그는 '바이켈드 공작의 약혼녀'가 왜 지금 이 시기에 갑자기 나타난 건지 단번에 깨달았다.

"그런데 정작 공작가에서 가져간 드레스는 모두 열 살이나, 많아 봐야 열세 살이나 되었을 법한 아이들이 입을 옷들뿐이었단다. 그게 말이나 되니, 뭔가 잘못된 걸 거야. 그 소동에 무슨 소릴 잘못 들은 거겠지. 먼 친척 아이가 방문했다거나, 응? 얘야, 듣고 있니?"

보쉬엔 자작 부인은 딸을 위해 호들갑을 떨었지만 루린토프는 웃으며 맞장구쳐 주지 않았다.

'라안 님께 약혼녀라니? 나 말고, 다른 약혼녀?'

라크안을 가졌다는 기쁨에 세상이 온통 아름답게만 보였건만. 갑자기 온 세상이 새까맣게 변해 버렸다.

"아버지!"

루린토프가 보쉬엔 자작을 불렀다. 송곳처럼 뾰족한 목소리였다.

"어머, 얘야. 갑자기 왜 그러니?"

자작 부인이 깜짝 놀라며 루린토프에게 손을 내밀었다. 루린토프는 제 어머니의 손을 잡으며, 아버지를 째려보았다.

"어흠, 내 갑자기 급히 황궁에 들어가 봐야 할 일이 생각나서 먼저 일어나겠소. 천천히 식사하시구려."

보쉬엔 자작은 급히 몸을 일으켰다.

"어머, 당신! 갑자기 무슨 일이에요?"

"으응, 급한 일이긴 한데 벼, 별일은 아니니까. 걱정은 말고, 어, 어서 식사나 계속 하시구려. 얘야, 너도 어머니와 함께 있고. 배웅은 필요 없단다."

보쉬엔 자작은 급히 냅킨으로 입을 닦았다. 아내의 뺨에 입 맞추는 것은 빼먹지 않았다.

"잠깐만요, 잠깐만요, 아버지!"

루린토프가 보쉬엔 자작을 붙잡으려 했으나.

"배웅은 피, 필요 없대도."

보쉬엔 자작은 꽁지 빠지게 도망갔다. 루린토프는 식당 입구까지 쫓아갔으나 보쉬엔 자작을 놓쳤다.

"이잇!"

분해서 발을 동동 굴렀다. 역시나 아버지는 전혀 도움이 되지 않았다.

"얘야, 루리? 대체 둘 다 왜 그러는 거니?"

겉으로나마 평화롭던 아침 식사에 큰 돌을 던진 장본인은 정작, 아무것도 모른 채 눈을 깜빡이고 있을 뿐이었다.

'약혼녀라니? 약혼녀라니! 라안 님께 약혼녀라니!'

루린토프는 치맛자락을 움켜쥐고 아랫입술을 꽉 깨물었다.

'절대 안 돼. 그런 일은 있을 수 없어. 라안 님의 약혼녀도, 부인도, 오직 나뿐이라고!'

저를 애타게 부르는 자작 부인의 부름도 무시한 채, 루린토프는 식당 밖으로 달려 나갔다. 황궁으로 도망간 아버지를 쫓기 위해서는 아니었다. 이미 그녀의 손안에 들어온, 라안을 보기 위해서였다.

* * *

"약혼녀?"

멀건 수프를 접시째 꿀꺽꿀꺽 마시고 있던 라크안은 켁, 소리를 냈다. 수프여서 다행이었지 다른 걸 먹고 있었더라면 큰일 날 뻔했다.

"라안 님. 아니죠? 제발 아니라고 말해 주세요."

문 앞에 선 루린토프가 발을 동동 구르며 소리쳤다.

"……흐음. 글쎄."

라크안은 애써 태연한 척하며, 접시로 얼굴을 가렸다. 마치 접시 바닥에 묻은 수프를 핥아먹는 듯 보였다. 채신머리없는 행동이었지만 제 당황스러운 마음을 가리기 위해서라면 그보다 더한 짓도 할 수 있었다.

'갑자기 웬 약혼녀? 태도를 보아하니, 꽤 열 받은 거 같은데. 날 떠보려고 거짓말을 하는 건 아닌 거 같고.'

접시에서 수프가 뚝, 떨어져 라크안의 코에 묻었다.

'내 쪽에서 움직인 건가? 그런데 약혼녀라니?'

라크안은 엄지로 코에 묻은 수프를 닦아 혀로 핥았다.

"어머!"

그 모습을 본 루린토프가 얼굴을 붉혔다. 그녀는 어느새 방 안으로 들어와 구석에 서서 사선 방향으로 라크안의 얼굴을 훔쳐보고 있었다. 라크안은 접시를 내렸다. 얼굴엔 루린토프에 대한 짜증이 고스란히 드러났다.

"뭐 하는 거지?"

"라안 님을 보고 있지요."

"난 그쪽을 보고 싶지 않아, 그만 나가 줬으면 좋겠는데."

"그럼 제게 말해 주세요. 약혼녀라뇨? 뭔가 잘못된 거죠? 그렇죠? 라안 님께 약혼녀라니요, 그동안 저희 가문에서 청한 혼담을 열다섯 번이나 모른 척하시고, 다른 가문에서 보낸 혼담도 모두 거절하셨잖아요!"

"……."

라크안의 눈가가 떨렸다.

'열다섯 번이나 왔었나.'

그러고 보면 보쉬엔 자작가에서 여러 번 혼담이 들어오긴 했었다. 잊을 만하면 날아왔다. 그 정도면 무례한 정도가 아니라 민폐 수준이었는데. 차마 거절할 수가 없어 그냥 모른 척 묻어 두고 있었건만.

"왜 내게 약혼녀가 없다고 생각하는 거지? 그동안 그 혼담들을 다 거절한 이유가 뭘까? 내게 약혼녀가 있기 때문이라는 생각은 안 들었나 보지?"

"그, 그럴 리 없어요! 라안 님 정도 되시는 분께서 혼인하시려면, 당연히 황제 폐하의 허가가 있어야 하잖아요!"

"그래, 결혼이면 그렇지. 하지만 약혼은 다른데?"

라크안은 대놓고 이죽거렸다.

"내게 아주 아름다운 약혼녀가 있지. 정말 사랑스럽고, 아름다운 약혼녀 말이야. 그쪽이랑은 비교도 안 되는 여인이야. 혹시 봤나? 아, 아직 못 봤나?"

"거짓말하지 마세요! 일부러 절 상처 주기 위해서 그러시는 거 다 알아요!"

루린토프가 비명을 지르듯 외쳤다.

"내가 왜?"

"약혼녀가 있으신 분이 어째서 온 수도의 여자란 여자는 다 만나고 다니셨던 건데요? 말이 안 되잖아요!"

"……아."

라크안은 하마터면 혀를 찰 뻔했다.

'기억력도 좋네.'

자기가 그동안 하고 다녔던 짓은 생각도 않고, 루린토프의 기억력만 탓했다.

"내가 한 일이라고는 고작 여인들 몇과 티타임이나 가졌던 것뿐인데. 그게 문제 될 게 있나?"

"아무 여자나 다 만나고 다녔잖아요!"

"그래, 아무 여자나 만났지. 내게 약혼녀 말고 다른 여자는 다 아무 의미가 없는 아무 여자들이니까."

"그, 그건 비겁한 거짓말이에요."

"무슨 소릴 하는지 모르겠군. 거짓말이라니? 난 내 가문의 명예에 맹세코, 내 약혼녀의 눈을 마주 보기에 부끄러운 행동을 한 적이 없어. 나는 약혼녀를 사랑하고, 약혼녀는 날 사랑해. 우린 서로의 신뢰를 저버리는 일을 하지 않아."

라크안은 생각나는 대로 떠들었다.

물론 나중에 반려가 루린토프처럼 화를 낸다면 이런 말도 안 되는 말을 변명이랍시고 할 생각은 요만큼도 없었다. 변명은 무슨. 무조건 무릎을 꿇고 싹싹 빌어야지. 반려인 당신을 만났으니 이제 죽을 때까지 다른 여자와는 차를 마실 일이 없을 거라고. 난 죽을 때까지 이제 당신뿐이라고.

마음의 준비는 충분히 되어 있다. 그 마음을 받아 줄 반려를 못 만나서 문제지.

"영애가 무슨 착각을 하는지는 모르겠지만, 어차피 내 몸과 마음은 다 내 약혼녀의 것이야."

라크안은 태연하게, 입술에 침도 안 바르고 거짓말을 했다.

'아주 거짓말은 아니야. 내 반려를 찾으면 바로 청혼하고 약혼할 텐데. 난 내 약혼녀를 정말 사랑하게 될 거야. 약혼녀도 날 사랑해 주길 바라며

그녀의 마음을 얻기 위해 노력할 거고.'

생각만 해도 괜히 기분이 좋아졌다. 루린토프의 얼굴을 봐도 짜증이 안 날 정도로. 상상 속 약혼녀의 얼굴에 갑자기 카루나의 얼굴이 덧그려지는 바람에 그 좋은 기분이 오래가진 않았다.

"라안 님!"

"부르지 말라고 해도 어차피 안 듣겠지만, 방금 식사를 해서 기운이 있으니 한 번쯤은 다시 말하지. 날 그렇게 부르지 마."

"전, 저는, 라안 님을 포기할 수 없어요!"

"언제는 날 가져 봤다는 듯이 말하는군."

"지금, 지금부터 가질 거예요!"

"뭐?"

"다들, 당장 와서 잡아!"

루린토프의 말에, 문밖에 서 있던 하인들이 우르르 방 안으로 들어왔다.

"뭐 하려는 거야."

라크안은 급히, 몸을 일으켰다. 침대 위에 차려져 있던 음식과 접시들이 부딪쳐 침대 아래로 떨어지고, 깨지고, 침대에 음식이 묻고 엉망이 되었지만 누구 하나 신경 쓰지 않았다.

"어서, 라안 님이 움직이지 못하시도록!"

루린토프는 단단히 마음을 먹은 듯했다. 그녀의 명을 따르는 하인들 또한 평소와 달랐다. 두꺼운 장갑을 끼고, 가죽으로 만든 바지와 구두를 신고 들어와서는 덥석, 바닥에 늘어진 사슬을 붙잡았다. 사슬 하나마다 하인들 두셋이 달라붙었다.

하인들이 사슬을 잡아당겼다. 마치 줄다리기를 하는 듯했다. 사슬에 돋은 쇠침은 두꺼운 장갑과 가죽 앞에서 힘을 쓰지 못했다. 라크안은 루린토프의 수작을 눈치챘다.

"젠장, 이렇게 나온다 이거지."

사슬을 팽팽하게 당겨 라크안이 사슬을 가지고 길을 막지 못하도록 하려는 것이었다. 어차피 목에 찬 사슬의 끝은 침대 벽에 붙어 있다. 그러니 사슬을 잡아당기는 걸 노려 문 쪽으로 달아날 수 없다.

도리어 목의 사슬과 팔다리의 사슬이 팽팽하게 당겨져 그 가운데서 오도 가도 못하게 된다. 그러면 루린토프가 제게 다가오는 걸 막을 수도 없게 된다.

하인들이 사슬을 당기는 동안 루린토프는 드레스 위에 걸친 숄을 벗어 내렸다. 평소보다 편안하게, 다시 말해 얇게 입고 온 차림새가 드러났다. 그녀는 몸의 곡선을 그대로 드러내는 얇은 드레스만 입고 있었다.

"오늘 반드시, 제가 라크안 님의 여인이 되고 말겠어요."

"나의 의사 따위는?"

"필요 없어요!"

루린토프가 비장하게 말했다. 라크안은 온몸에 닭살이 오르는 걸 느꼈다. 정말 정조를 빼앗길 위험이 눈앞에 닥친 것이었다. 라크안은 이를 갈며 제 팔다리에 연결된 사슬을 침대 헤드의 기둥에 한 바퀴 둘렀다.

"내가 순순히 당할 거 같은가?"

철컥! 문가에 선 하인들이 사슬을 팽팽히 당겼다. 하나 침대 기둥에 한 바퀴 둘려져 있어, 라크안은 단단히 버티고 설 수 있었다. 그 상태로 라크 안은 제 목에 연결된 사슬을 제 목에 둘렀다.

사슬을 움켜쥔 손은 단번에 피투성이가 되었다. 사슬에 박힌 쇠침들이 손등과 손바닥, 손가락을 가리지 않고 푹푹 박혔다. 목에 두른 사슬은 구속구 바로 위, 턱 아래의 여린 살에 쇠침을 들이밀었다. 따끔하다는 느낌이 들자마자 여기저기서 핏방울이 맺혔다.

"안 돼요! 라안 님!"

"멈춰, 다가오지 마."

라크안이 나직이 말했다. 루린토프는 한 발 앞으로 내디뎠다가 뒤로 두 발 물러섰다.

"어디 다가와 봐. 내가 어떻게 되나."

라크안이 사슬을 움켜쥔 손에 힘을 주었다. 쇠침이 좀 더 살갗을 파고 들었다. 시뻘건 핏물이 쇠침을 타고 내렸다.

"꺄아악!"

루린토프가 비명을 질렀다. 라안의 귀가 따가울 정도로 컸다.

"다들 뭐 해, 얼른, 얼른 내려놔! 다 내려놓으라고."

루린토프는 곧바로 하인들을 물렸다.

"어떻게, 왜 이렇게까지 하시는 거예요. 그 약혼녀라는 여자가 그렇게 좋으신 건가요? 저보다 훨씬 더요? 이렇게 하실 만큼요?"

그녀는 믿을 수 없다는 듯 라크안에게 물었다. 루린토프의 동그란 눈에 눈물이 그렁그렁 맺혔다. 뒤통수를 한 대 얻어맞은 듯 충격을 받은 얼굴 이었다.

"그래, 좋아. 미치도록 좋아. 그녀가 아닌 다른 여자와 잘 바엔 차라리 죽겠다는 마음이 들 만큼."

라크안은 조금도 망설이지 않고 대답했다.

"어, 어떻게 제게 그런 말씀을 하실 수가……. 잔인하세요."

루린토프가 애처롭게 울었다. 뒤로 슬금슬금 물러섰던 하인들마저 불쌍 하게 쳐다볼 만큼 가엾어 보였다.

라크안의 얼굴은 무표정했다. 루린토프가 아무리 눈물을 흘려도 라크안 은 눈썹 하나 꿈쩍하지 않았다. 우는 루린토프를 쳐다보지도 않았다. 루린 토프는 제 울음과 라크안의 냉대를 견디지 못하고 비틀거렸다.

"그래도 전, 라안 님을 포기할 수 없어요. 절대 놓아 드리지 않을 거예요.

약혼녀 따위에게 라안 님을 빼앗기지 않을 거라고요."

루린토프는 하인들의 부축을 받으며 사라졌다. 라크안은 모두 사라지고 문이 닫히고 난 다음에야 안도의 한숨을 내쉬며 주저앉았다.

"허, 이번엔 진짜 위험했어."

혹시라도 루린토프가 하녀들을 더 불러, 끝까지 자신을 제압하려 들면 어쩌나 싶었다. 다행히 거기까진 가지 않아서, 턱 아래를 쇠침으로 쿡쿡 찔리는 정도에서 끝낼 수 있었다.

"빌어먹을!"

라크안은 제 목에 둘렀던 사슬을 벗어 던지고 오른 손을 주먹 쥐어 보았다.

"크으."

아팠다. 여기저기서 피가 줄줄 흘렀다. 하지만 손가락이 모두 움직였다.

"그나마 다행이군."

라크안은 침대맡에 등을 기대고 앉아 천장을 올려다보았다. 루린토프와 한바탕하고 나니, 기운이 빠졌다. 아침 식사로 먹은 게 오른손을 타고 피와 함께 줄줄 흘러내리는 것 같았다. 하아. 한숨이 났다.

"도대체 밖에서 무슨 일을 꾸미고 있는 거야."

약혼녀는 또 무슨 소리인지. 자신을 구해 내기 위해 뭔가 애를 쓰는 것 같다는 생각이 들어 대충 장단을 맞추기는 했지만.

"날 구하러 올 거면 보쉬엔 자작 가문을 하나 망가뜨릴 각오로 밀고 들어오든지, 아니면 어떻게든 보쉬엔 자작을 구슬리든지 하라고. 갑자기 생뚱맞게 무슨 약혼녀야, 약혼녀가."

말은 그렇게 하지만, 정말 철십자 기사단이 여기로 밀고 들어오길 바라진 않았다. 이런 상황이 되어서도 라크안은 아직, 보쉬엔 자작 가문이 다치지 않길 바랐다. 그건 제가 충성을 맹세한 황제와 황태자의 안위에 위협이 되는 일이었으니까. 저를 구하기 위해 노력하고 있을 제 사람들역시 비슷한 생각일 거라고 믿었다. 그렇기에 라크안은 장기전을 각오하고 있었다.

"아무튼 적당히 하라고, 적당히 좀. 잡혀 있는 사람 생각도 좀 하란 말이야."

라크안은 혀를 차며 중얼거렸다.

"아무튼, 이 빌어먹을 꼬맹이."

어째서일까. 아무런 증거도 없건만, 지금 이 사달에 카루나가 연결되어 있을 거란 생각이 들었다. 그렇게 생각을 하니 오른손에 구멍이 송송 뚫린게 그리 나쁘지 않다는 생각이 들었다.

라크안은 한숨을 내쉬며 천천히 눈을 감았다.

* * *

"에치!"

카루나는 대뜸 재채기를 했다.

"어머나, 감기에 걸리신 건가요?"

"괜찮으셔요?"

카루나의 주변에 빙 둘러서 있던 귀부인들이 호들갑을 떨며 카루나를 걱정했다. 바이켈드 공작저의 사람들과 다르게, 정말 걱정하는 마음은 조금도 담겨 있지 않았다.

"죄송해요, 주변에 아름다운 꽃 같은 부인들께서 계셔서, 꽃향기에 코가 간지러워졌어요."

카루나는 방긋 웃으며 부채를 접었다 폈다.

"어머나, 아직 어리신데 이리도 여여쁘게 말씀을 하시네."

"꽃은 우리가 아니라 아가씨죠."

사방에서 웃음소리가 터져 나왔다. 한참 어린 아가씨에게 예쁘다는 말을 듣는 건 기분 좋은 일이었으니까. 그 아가씨가 작고 귀여우면서도 고귀한 신분이 될 예정이라면 더더욱.

'아, 피곤해.'

카루나는 속으로 투덜거리면서도, 얼굴색을 밝게 유지했다. 클레이엔이었을 때보다 좀 더 착하게 굴어야 하는 게 영 피곤했다.

지금 와 있는 곳은 아이쉬 남작 부인의 티 파티였다. 아이쉬 남작 부인은 중앙 사교계에서 내로라하는 마당발이었다. 중앙에는 그녀의 주선으로 혼사를 치른 가문이 수두룩했다.

아이쉬 남작의 티 파티는 수도의 사교계에서 꽤 중요한 모임 중 하나였다. 카루나는 아이쉬 남작 부인에게 그 모임에 자신을 초대해 주었으면 좋겠다고 청했다. 더없이 정중하고 예의 바르게 편지를 써서.

아이쉬 남작 부인은 단 며칠 만에 사교계를 들썩이게 만든 화제의 인물을 놓치지 않았다.

'아이쉬 부인은 보쉬엔 자작 부인과 오랜 친구 사이이기도 하지.'

아쉽게도 오늘의 티 파티에는 보쉬엔 자작 부인이 참석하지 않았다. 보쉬엔 자작 부인과 친분을 만들고, 자작저로 초대를 받으려 했건만. 카루나는 아쉬운 대로 '갑자기 나타난 바이켈드 공작의 약혼녀'에 대한 소문을 더 부채질하고자 노력했다.

"바이켈드 공작의 약혼녀 아가씨. 이름이……."

한 귀부인이 부채를 퍼덕이며 물었다.

"카루나입니다. 부디 편하게 카루나라고 불러 주세요."

숲의 일족답게 신비로워 보이는 건 쉬운 일이 아니었다. 카루나는 두 손을 다소곳이 모아 명치에 대고 사근사근한 목소리로 말했다.

"최초의 숲에 사는 우리 일족은 성을 따로 만들지 않고 오직 이름으로만 불린답니다."

"어머나, 정말로 숲의 일족이셨군요. 그런데 숲의 일족은 머리카락이 숲의 색이라고 하던데. 아가씨는 밝은 갈색이군요."

아이쉬 남작 부인이 한 발, 앞으로 나서며 말했다.

"숲의 일족은 머리카락뿐 아니라 눈에도 숲을 담는답니다. 저는 숲을 닮은 눈을 가졌지요."

카루나는 태연하게 대꾸했다. 어차피 숲의 일족에 대해 잘 아는 사람은 여기에 아무도 없었다. 숲의 일족의 머리카락 색이 연두색인지, 눈 색이 녹색인지, 진실을 가늠해 줄 사람은 아무도 없었다.

"전대 바이켈드 공작 각하의 부군이셨던 크리스탄 님께서 제 먼 친척이 되신답니다."

카루나의 말에 주변에서 어머나, 다시 탄성이 들렸다.

"그러시군요. 저는 그분을 여러 번 뵈었답니다. 어쩐지, 그분과 많이 닮았다 싶었어요."

아이쉬 남작 부인의 말이 빨라졌다. 그녀는 슬그머니 카루나의 옆으로 다가오는 다른 귀부인을 밀어내고는 카루나의 옆자리를 꿰찼다.

'흥, 이제야 내가 합격인가 보지?'

그런 아이쉬 남작 부인을 보며 카루나는 순진한 척 웃어 보였다.

아이쉬 남작 부인은 카루나를 맞이할 때부터 지금까지 뜨뜻미지근한 태도를 보였다. 티 파티 초대장을 보내긴 했지만 카루나에 대해 완벽히 신뢰하지 못한다는 태도였다.

카루나는 바이켈드 공작 가문의 마차를 타고, 철십자 기사들의 호위를 받으며 왔다. 티 파티에 와서도 호위 기사를 대동했다. 그 기사는 분명 철십자 기사단의 기사였다. 입고 있는 드레스는 어떤 가문에서 빼앗긴 최고급 드레스였다. 장신구는 대대로 바이켈드 가문에 전해져 내려오는 보석이었다. 그런데도 아이쉬 남작 부인은 그것만으론 부족하다고 온몸으로 말하고 있었다.

'언제까지 그렇게 뻣뻣하게 굴 수 있나 두고 보자고.'

그런 그녀를 무시한 채, 카루나는 다른 귀부인들과 어울렸다. 모두들 갑자기 툭 튀어나온 바이켈드 공작의 약혼녀에게 관심이 많았다. 그들의 관심과 경계 속에서 카루나는 단번에 그들을 휘어잡았다.

클레이엔으로 살았던 10년은 카루나의 작은 몸에 고스란히 남아 있었다. 고작 아이쉬 남작가 티 파티에 참여하는 귀부인들 따위는, 카루나에게 아무것도 아니었다.

카루나가 있는 곳에서 웃음소리가 끊이질 않았다. 아이쉬 남작 부인은 그제야 슬쩍 카루나 옆에 자리를 잡고는 점수를 매기는 듯한 눈빛으로 카루나를 살폈다.

카루나는 그녀에게 보란 듯이 행동했다. 한 치의 흐트러짐 없이 완벽한 모습으로. 머리끝부터 발끝까지, 완벽하고 우아하게. 그녀는 당장 황태자비가 되어도 이상하지 않을 만큼 아름다웠다. 엄지와 중지로 살짝 티스푼을 잡는 가벼운 손짓마저 우아했다.

귀부인들은 카루나를 보며, 저택에서 뒹굴뒹굴하고 있을 제 어린 딸을 떠올렸다. 비슷한 나이임에도, 혹은 카루나보다 더 많은 나이임에도 누구 하나 카루나의 발끝에도 미치지 못했다.

아이쉬 남작 부인은 카루나를 인정하자마자 납작 엎드렸다. 사교계를 주름잡는 마담이라고는 하나 그래 봤자 남작 부인이었다. 제국 유일의 공작 가문인 바이켈드의 위세 앞에서는 이름 없는 들풀에 불과했다.

"이렇게 누추한 모임에 와 주셔서 자리를 빛내 주셔서, 얼마나 감사드리는지 모릅니다. 바이켈드 영애."

카루나가 자신을 카루나라고 부르라 했지만, 정말 카루나를 이름으로 부를 정도로 정신머리 나간 사람은 이 자리에 없었다. 아이쉬 남작 부인부터 깊이 무릎을 굽혀 인사하며 카루나에게 바이켈드의 이름을 붙였다.

"아니요, 제가 감사드려야지요."

카루나는 제 앞에서 몸을 굽히는 아이쉬 남작 부인을 얼른 일으켜 세웠다. 아이쉬 남작 부인의 두 손을 꼭 맞잡으며, 주변을 둘러보았다. 조금 전까지 활짝 웃고 있었건만 어느새 카루나의 눈가가 촉촉해져 있었다.

"전 아직 많이 부족합니다. 그래서 좀 더 숲에 머물며 라안에게 어울리는 여인이 되고자 준비하려고 했는데, 라안이 자꾸 제가 그립고 보고 싶다고 보채는 터에. 어쩔 수 없이 이리 일찍 숲 밖으로 나오게 되었어요."

"어머나, 그럴 수가."

"바이켈드 공작 각하께 그런 로맨틱한 면이 있었군요."

귀부인들이 급히 부채를 펴덕였다.

"아니, 그간 그렇게 귀족 평민 안 가리고 여자를 만나고 다니지 않았어요?"

"약혼녀가 저렇게 어리니, 맙소사. 당연히 그럴 수밖에 없었겠네요."

"분명 선대 바이켈드 공작 부군께서 강요한 혼담이 분명해요. 그렇지 않고서야 어떻게 가능했겠어요."

"딱 봐도 나이 차가 엄청나 보이는데, 바이켈드 공작 각하께선 무슨 생각이시래요? 나, 참."

부채 사이사이로 속삭이는 소리가 카루나에게도 고스란히 들렸지만 카루나는 못 들은 척했다.

"남작 부인."

"무엇이든 말씀하셔요, 영애."

"저는 이제 막 이곳에 온지라, 사실 숲 밖의 생활에 대해 잘 모른답니다."

"어머나, 이를 어쩌면 좋을까. 제게 어린 여식이 있다면, 기꺼이 영애의 동무가 되게 하였을 텐데. 아쉽네요."

아이쉬 남작 부인이 한숨을 내쉬었다.

주변에 몰려든 귀부인 중 카루나 또래의 딸을 가진 이들의 눈빛이 돌변했다. 카루나는 아이쉬 남작 부인이 그들을 수완 좋게 쳐내는 걸 충분히 구경한 뒤, 수줍게 속삭였다.

"아이쉬 남작 부인께선 루린토프 영애를 잘 아시나요?"

"어머나? 영애께서 루리를 어떻게?"

"라안과 그 영애의 부친께서 깊은 친분을 나누고 있다고 들었어요. 나이를 뛰어넘어서요. 그러니 그 가문의 영애와 저도, 나이와 상관없이 좋은 우정을 나눌 수 있을 거라고 말해 주었어요."

보쉬엔 자작 부인과 더없이 친한 아이쉬 남작 부인은 당연히, 뛸 듯이 기뻐했다.

"어머, 그럼요. 바이켈드 공작 각하께선 역시나 보쉬엔 자작 가문을 특별히 여기시는군요. 여기 있는 모든 분들이 아시겠지만, 저는 보쉬엔 자작 부인과 매우 친분이 깊답니다."

아이쉬 남작 부인은 거보라는 듯 뻐기며 주변을 둘러보았다. 그러고는 한 손을 가슴에 얹고, 카루나에게 살짝 몸을 숙였다.

"저와 보쉬엔 자작 부인이 그러하듯, 영애께서도 루린토프 영애와 깊은 우정을 나누실 수 있도록, 기꺼이 제가 다리를 놔 드리겠어요."

바이켈드 공작 가문이 보쉬엔 자작 가문을 아낀다는 인식. 그리고 카루나가 보쉬엔 자작저의 초대를 받을 기회. 카루나는 그 두 가지를 아주 쉽게 얻었다.

"역시 제 약혼자의 말대로군요. 그럼 부디, 부탁드려도 될까요?"

방긋, 웃으면 모든 것이 이루어졌다.

카루나는 아이쉬 남작 부인의 티 파티를 시작으로, 이후 닷새 동안 쉬지 않고 다른 곳을 방문했다. 르로프 백작 부인의 살롱, 만달프 남작의 트럼프 카드 클럽, 마담 마돌레나 의상실의 새 디자인 발표 티 파티, 오르프 백작 영애의 사교 모임, 그리고 푸일 후작의 보석 감정 모임까지. 모두 제국 수도의 중앙 사교계에서 내로라하는 모임이었다.

그곳에서 카루나는 마음껏 자신의 매력을 뽐냈다. 덕분에 바이켈드 공작은 나잇값도 못 하고 열 살이나 어린 소녀에게 푹 빠져 약혼도 결혼도 미룬 도둑놈이 되었다.

교계는 혜성처럼 등장한 소녀에게 열광했다. 소녀는 바이켈드 공작 가문의 저택에서 머물며, 철십자 기사단의 호위를 받았다. 수도에서 가장 값비싼 드레스와 보석을 몸에 휘감았다. 숲의 일족다운 신비로운 녹색 눈동자를 가지고 있었으며, 봄꽃처럼 상큼하고 어여뻤다.

막상 본인은 제게 '신비로운' 눈동자가 아름답다고 칭찬하는 사교계 인사들의 말을 들으며 내심 비웃었다.

'그럼 클레이엔은? 안 신비로운 녹색 눈동자를 가지고 있는 건가?'

마지막 일정은 푸일 후작의 보석 감정 모임이었다. 그곳에서 카루나는 루시온을 만났다. 루시온은 더 급한 일정 때문에 모임에 참석하지 못한 마카레나 백작을 대신해서 왔다고 했다.

푸일 후작은 오십 대 중반의 여성으로, 수십 년간 제국의 동부 변경을 지켰던 동부군 사령관이었다. 부상으로 더는 검을 잡을 수 없게 되자, 동부군을 제 아들에게 맡기고는 수도로 올라왔다. 이후엔 소일기리처럼 보석 원석을 모으기 시작했다.

그녀가 한 달에 한 번씩 여는 보석 감정 모임은 희귀한 보석 원석을 구경할 수 있는 모임이었다. 무역상을 초대하여 진귀한 보석 원석이나 장신구를 살 수 있는 경매를 열기도 했는데, 그 때문에 수도의 뭇 귀족들은 언제나 이 모임의 초대장을 탐냈다.

카루나가 참석한 날은 마침 경매가 열리는 날이었다. 무역상은 동방의 비취와 푸른 수정을 가져왔다. 푸일 후작저의 그랜드 홀은 작은 경매장이 되었고 수십 명의 귀족들은 품질 좋은 비취와 수정을 얻기 위해 커다란 테이블에 둘러앉았다. 무역상이 테이블 위에 보석을 올리면, 귀족들은 그것을 감상하고 경매에 참여했다.

카루나는 경매에 올라오는 보석에는 딱히 관심이 없었다. 진귀하다고는 하나, 바이켈드 공작 가문의 보석들에 비하면 아무것도 아니었다. 다만 바이켈드 공작이 제 약혼녀를 너무 사랑해 돈을 아끼지 않고 펑펑 쓴다는 소문을 만들기 위해 값비싼 보석이 나올 때마다 앞선 귀족이 부른 가격의 두 배, 세 배를 불렀다. 시세보다 비싼 가격으로 보석을 사들였다. 어느새 옆으로 다가온 루시온은 비취 원석 몇 가지를 적당한 가격에 낙찰받았다.

'진짜 클레이엔이 돌아왔을 때 쓰려나 보지?'

안 봐도 뻔했다. 클레이엔의 붉은 머리에 비취는 제법 잘 어울릴 테니까.

경매가 한창일 때였다. 루시온이 카루나에게 다가왔다. 카루나의 뒤에 서 있던 세나가 앞으로 나섰다.

"용건을 밝히시오."

허리춤을 손으로 툭툭 치며 말했다. 루시온은 세나가 아니라 그 너머에 앉아 있는 카루나를 바라보았다.

"잠시, 저 보석에 대한 영애의 고견을 청하고 싶습니다."

테이블 위에는 커다란 비취 원석이 있었다. 반투명한 백색과 녹색이 반반 섞인 돌은 그 형태가 기괴했다. 둘로 쪼개 각각 다른 장신구를 만들어도 좋고, 아니면 백색과 녹색을 섞어 장신구를 만들어도 좋을 법했다.

"저야말로 경의 의견을 듣고 싶네요."

카루나는 힐끔힐끔, 이쪽을 바라보는 주변의 시선을 의식하며, 싱긋 웃었다. 루시온을 경계하는 세나도 다시 제 뒤로 물렸다. 곁을 허락받은 루시온은 카루나의 곁에 섰다.

"다시 뵙습니다, 아가씨."

"별로 반갑지는 않네요."

"다시 뵈면 꼭 되찾겠다고 말씀드렸는데 쉽지 않군요."

루시온이 순순히 제 어려움을 털어놓았다.

"몇 번을 다시 만나도 쉽지 않을 거예요. 난 이제 바이켈드 공작의 약혼녀니까."

카루나는 테이블 위 비취 원석을 보며 대꾸했다. 경매에 참석한 귀족들은 삼삼오오 모여 서로 이야기를 나누는 터라, 대화의 내용이 어쨌든 둘의 모습 또한 그와 비슷해 보였다. 옆에서 작게 웃음소리가 들렸다.

'웃어? 루시온이?'

카루나는 설마, 하면서도 고개를 돌려 루시온을 바라보았다. 조금 전 들렸던 웃음소리가 착각이었는지, 루시온의 얼굴은 무표정했다.

'그럼 그렇지.'

잘못 들었구나 싶어 다시 고개를 돌리려 할 때였다.

"곧 돌아오실 겁니다, 클레이엔 아가씨께서."

"……."

손이 움찔, 했다. 카루나가 죽을 뻔한 이후 어느덧 8개월이 지났다. 1년 간 요양 갔다는 거짓말로 시간을 번 클레이엔의 진정한 귀환이 다가오고 있었다.

"그래요? 나랑은 전-혀 상관없는 일이네요. 왜 저한테 그런 말씀을 하시는 거죠? 전 숲 밖을 나온 지 얼마 안 되어서, 클레이엔이란 분이 누군지도 잘 모르겠네요. 아, 물론 경이 누군지도 아직 모르고 있었네요."

"이런, 제 소개가 늦었군요. 부디 무례를 용서하시길."

루시온은 그 자리에서 바로 한쪽 무릎을 꿇고 앉았다. 주변에서 와아, 하는 탄성이 들렸다. 클레이엔에게 말고는 그 누구에게도 제 곁을 내주지 않는 루시온은 사교계의 유명 인사였다. 그런 그가 바이켈드 공작의 약혼녀에게 무릎을 꿇어 인사를 청하고 있는 것이었다.

푹신한 일인용 소파에 앉아 있는 아름다운 소녀. 그 소녀 앞에 무릎을 꿇은 은발의 미청년. 둘의 모습은 한 폭의 그림처럼 아름다웠다.

소녀의 옆에 선 호위 기사는 그 아름다운 그림의 완성을 방해하겠다는 각오로, 자리를 지켰다. 주변 귀족들이 옆으로 좀 물러서라고 손짓해도 꿈쩍하지 않았다.

"저를 소개할 기회를 주시겠습니까?"

루시온이 정중히 부탁했다.

수도의 많은 영애가 제게 일어나길 꿈에 그리는 상황이었다. 오직 클레이엔에게만 충성을 다하는, 녹지 않는 얼음의 루시온이 제게 무릎을 꿇다니. 누구든 설레는 마음을 어쩌지 못하고 얼른 손을 내밀었을 것이다. 하지만 카루나는 아니었다. 설레지도, 수줍지도 않았다.

'갑자기 왜 이렇게 눈에 띄는 짓을 하는 거야.'

오히려 짜증 났다. 사람이 안 하던 짓을 하면 눈에 띄기 마련이다. 평소 여자에게 냉담하던 루시온이 갑자기 어떤 소녀에게 관심을 보인다? 그 여자에게 무릎을 꿇고 인사를 청하는, 평소라면 절대 하지 않던 짓을 한다?

이미 주변 사람들이 술렁이고 있었다. 테이블의 커다란 보석 원석보다 이쪽에 더 관심을 가지고, 무슨 대화를 나누는지 귀를 쫑긋 세운 귀족들이 여럿이었다.

"호오?"

푸일 후작마저 이쪽을 쳐다보고 있었다. 오늘이 지나기 전에 마카레나 백작의 귀에도 닿으리라.

'내일 보쉔엔 자작가로 쳐들어갈 거니까, 그 전까지만 무슨 일이든 일어나지 말아라. 제발.'

카루나는 그렇게 바라면서도 요행을 바라진 않았다. 만약 마카레나 백작이 이 일을 계기로 자신에 대해 알거나 바이켈드 공작저에서 일어난 소란을 알게 되었을 때, 어떤 훼방을 놓을지를 계산해 보았다.

"네, 그래 주시겠어요?"

그러면서 애써 상냥한 웃음을 지었다.

손을 내밀자 루시온은 퍽 감격스러운 마음으로 얇은 비단 장갑을 낀 손을 조심스럽게 움켜쥐었다.

"부디, 다시 모실 때까지 평안하시기를. 나의 아가씨."

그의 나직한 목소리가 오직 카루나의 귓가에만 닿았다.

"류헤든 남작가의 차남 루시온입니다. 기사 작위를 받았으며, 마카레나 백작 영애를 모시고 있습니다."

루시온은 좀 더 큰 소리로 말했다.

"그렇군요, 루시온 경."

"안색이 창백하시군요. 이곳의 과열된 열기 때문인 것 같은데, 잠시 테라스로 나가서 휴식을 취하시는 게 어떠하시겠습니까. 제가 에스코트하겠습니다."

"감사한 제안이나 굳이 그러고 싶지 않네요."

"어떤 귀한 원석을 다듬은들, 사랑에 빠진 여인의 마음만큼 빛나진 못하지요. 사랑에 빠진 여인이란 무엇이든 할 수 있는 존재가 아니겠습니까. 그 마음은 보석처럼 빛나기도, 독처럼 위험해지기도 하지요."

단지 원석에 대한 이야기가 아니었다. 카루나는 루시온이 하려는 말을 알아듣고는 세나를 올려다보았다. 세나는 굳은 표정으로 고개를 저었다. 카루나는 괜찮다는 듯 세나의 손등을 쓸어 주었다.

'어차피 한번 대화를 나눌 필요는 있어. 도대체 무슨 생각을 하는 건지, 원하는 게 뭔지, 정확히 알아야 해.'

지난 10년간, 루시온과 함께였다. 루시온의 부모보다 루시온에 대해 더 잘 알고 있다고 자신했건만. 지금은 도통 무슨 생각을 하고 있는 건지 알 수가 없었다. 단지 자신을 죽이기 위해서라면 이렇게 크게 일을 벌이지 않아도 될 일이었다. 마카레나 백작가의 사병이 아니라 자신의 부하를 부릴 필요도 없었다.

그날 밤. 루시온이 바이켈드 공작저 근처까지 자신을 잡아가려고 왔을 때. 카루나는 루시온이 자신을 죽일 거라고 생각했다. 잡아다 노예처럼 부려 먹으려는 건가 의심도 했다.

하지만 모두 아니었다. 카루나는 루시온이 마카레나 백작 몰래 자신을 빼돌리려 한다는 걸 느꼈다. 자신을 빼돌려 무얼 어쩔 생각인지는, 아무리 생각해도 도통 답이 나오지 않았다.

'분명 무슨 꿍꿍이가 있는 거야?'

무슨 생각을 하는 건지 정확히 알아야 했다. 물어본다고 해서 대답해 줄까 싶었지만. 그래도 가만히 있는 것보다는 나으리라. 카루나는 자리에서 일어났다.

"말씀을 들으니 조금 답답한 거 같네요. 안내를 부탁드려도 될까요?"

"영광입니다,"

둘은 근처의 테라스로 향했다. 둘을 바라보는 귀족들의 시선이 꽂혀 등이 따가웠다.

'내일부터 클레이엔의 사냥개가 바이켈드 공작의 약혼녀에게 반했다는 소문이나 들리지 않으면 다행이겠네.'

카루나는 하, 숨을 내쉬고는 루시온을 올려다보았다. 그는 이 상황에서조차 무표정했다. 그의 얼굴은 대리석으로 만든 조각상 같았다. 사람의 온기나 감정이란 게 조금도 느껴지지 않았다. 소름 끼칠 정도로 무감각한 얼굴이었다.

"도대체 어떻게 한 거야? 도대체 무슨 수를 써서 바이켈드 공작이 얌전히 루린토프 영애한테 붙잡혀 있도록 만든 거냐고."

테라스로 나가 창문을 닫자마자 카루나는 본색을 드러냈다.

"그렇게 만든 건 제가 아니라 루린토프 영애입니다. 저한테 물으신들, 저의 대답은 아가씨의 궁금증을 완벽히 해결해 드리지 못할 겁니다."

"루린토프 영애 따위가 혼자서 벌일 수 있는 일이 아니잖아. 당신이 판을 다 깔아 놓고 그 위에 루린토프 영애를 불러들여 춤을 추게 만든 거면서."

카루나가 루시온에게 쏘아붙였다.

"도대체 왜? 나를 잡기 위해서? 나를 잡으려고 바이켈드 공작을 건드려? 제정신이야? 마카레나 백작이 시켰다고 거짓말하지 마. 마카레나 백작이 이렇게 무리수를 둘 리 없으니까."

"그날 밤, 말씀드렸을 텐데요?"

"나를 죽이기 위해서?"

"그 과정도 필요는 하겠지요."

루시온이 조금 전처럼 다시 카루나의 앞에 한쪽 무릎을 꿇고 앉았다. 그래야 눈높이가 맞았다.

"날 어쩔 셈이었던 거야?"

"그저 되찾고 싶을 뿐입니다."

"되찾아? 그래서 뭘 하려고? 노예로라도 만들이시 그간의 원한을 갚아 주려고?"

"원한이라. 딱히 아가씨께 원한을 가진 건 없습니다만."

"그러면 뭘 할 생각인데! 고작 날 죽이려고 이런 일을 벌이진 않았을 텐데."

카루나가 팔짱을 끼고, 탐탁잖다는 눈빛으로 루시온을 바라보았다.

"소중히 여겨 드릴 생각입니다."

"……뭘 해?"

"두 번 묻는 버릇이 생기셨군요."

루시온이 담담히 말했다.

"……."

카루나는 입을 닫고, 눈을 굴렸다. 착각이라면 다행이겠으나, 어쩐지 루시온이 화가 난 것 같은 느낌이 들었다. 카루나가 삐딱하게 서서 루시온을 올려다보았다.

"왜 그래, 무슨 일 있어?"

목소리는 불퉁했으나 얼굴에는 슬며시, 걱정하는 기색이 스쳤다.

"아가씨께서 다른 남자의 약혼녀 행세를 하고 계십니다."

"그래, 당신이 벌인 일을 해결하려고 그러고 있지."

"그래서입니다."

"그래서 화가 났다고?"

"하아."

루시온이 대놓고 한숨을 내쉬었다.

'지금 한숨을 쉬어야 할 사람이 누구인데.'

카루나가 발끈하여 뭐라 한 마디 하려 했으나, 루시온이 먼저 말을 이었다.

"남의 말을 귀담아듣지 않는 버릇 또한 생기셨군요. 부디, 이번엔 똑똑히 들어 주십시오, 아가씨."

"난 이제 당신의 아가씨가 아니야. 그러니까 그렇게 부르지 말고 얘기해."

"아니요, 아가씨."

루시온의 남색 눈이 카루나를 똑바로 바라보았다.

"저는 반드시 당신을 되찾을 겁니다. 그리고 매우 소중히 다뤄 드리겠습니다. 당신께서 원하든, 원하지 않으시든."

"……."

모르는 척하려야 도저히 모르는 척할 수 없게 만드는 선전포고였다.

* * *

푸일 후작의 보석 감정 모임을 마지막으로, 카루나는 대외 활동을 마무리했다. 갑자기 나타나 사교계를 휩쓸고서는 뚝, 멈춘 것이다. 사람들의 눈은 바이켈드 공작저의 닫힌 철문을 향했다.

다음 번 방문할 모임은 어디가 될 것인가. 언제 철문이 다시 열리고 바이켈드 공작의 약혼녀가 다시 나타날 것인가. 모두 신경을 곤두세웠다. 바이켈드 공작의 약혼녀와 진실한 교제를 나누고 싶다며 날아오는 초대장은 작은 산을 이루었다.

밖에서 그런 긴장감이 쌓여 가는 새, 저택 안에서는 행복에 겨운 비명이 울려 퍼지고 있었다. 물론 카루나의 것은 아니었다.

"꺄악, 이걸로 드레스를 만들면 정말 예쁘겠는데요?"

"아가씨, 아가씨 눈 색이랑 너무 잘 어울리는 비취예요. 아니, 마카레나 백작의 하수인이라는 그 루시온? 그 남자가 이걸 선물로 보낸 거래요?"

"어머나, 이 구두 좀 보세요. 비단으로 나비 모양을 만들었나 봐요. 어쩜 이렇게 작고 앙증맞을까?"

히녀들은 매일 쏟아지는 드레스, 구두, 보석, 그리고 꽃을 보며 즐거워했다. 바이켈드 공작과 그의 약혼녀에게 잘 보이기 위해 각계각층의 인사들이 보낸 선물이었다. 누가 탐스러운 꽃다발을 보내면 다른 이들은 그에 뒤질세라 더 화려한 꽃다발을 보냈다. 의상실에서는 최신의 디자인으로 드레스를 만들어 보냈다. 젊은 귀족들은 귀걸이나 팔찌 등의 장신구를 보냈다.

"어디 독이라도 묻어 있을지 모르니까 함부로 만지지 않는 게 좋겠어요."

카루나는 '에이, 지지. 그런 걸 왜 만져.'란 표정을 지으며 하녀들을 말렸다. 선물 중 유독 고운 걸 카루나에게 대 보며 즐거워하던 하녀들이 뻘쭘해하며 물러섰다. 한편으로는 기시감이 들어 고개를 흔들었다.

"꼭 예전에 마카레나 영애가 수도에 있었을 때랑 비슷한 상황이네."

"마카레나 백작가에서 온 물건은 물론이고 아무튼 외부에서 반입되는 모든 걸 의심하고 보라고 했잖아."

"하녀장님이 항상 은으로 만든 막대기랑 독약 확인 시약을 가지고 다니셨지."

불과 반년 전의 일이건만, 마카레나 백작 영애 클레이엔이 수도에 없는 동안 긴장이 풀려 버렸다. 하녀들은 카루나와 하녀장에게서 멀찍하게 떨어져 자기들끼리 수군거렸다. 아차, 하면서도 뭔가 찜찜한 기분이 들었다.

"그런데 카루나가 어떻게 저렇게 말할 수 있는 거지?"

"그러게. 카루나는, 아니 카루나 아가씨는 이전엔 평범한 여관에서 일했다고 하지 않았어?"

"요즘은 길거리 여관에서도 오가는 음식에 독약이 묻었을까 봐 걱정해?"

"그러게. 카루나 아가씨께서 그런 걸 어떻게 아는 거지?"

하녀들은 의아해하며 카루나를 바라보았다. 카루나는 그런 하녀들의 분위기는 알지 못했다. 그저 허술하고 순진한 바이켈드 저택 보안에만 신경을 쏟을 뿐이었다.

'아니, 이 저택 사람들은 경계심이 없어, 경계심이. 그동안 내 공격은 어떻게 다 막은 거야?'

카루나는 쯧쯧, 혀를 차며.

"다 어디 창고에라도 쌓아 놔요. 아, 누가 뭘 보냈는지는 다 기록해 놓구요. 나중에 시간 좀 나면 쓸 거 버릴 거 분류를 하자구요."

하녀장에게 지시했다.

'이런 소소한 것까지 챙기는 건 고마운 일이긴 한데. 참 신기한 일이야.'

하녀장은 하인들보다 좀 더 일찍부터 카루나의 태도를 이상하게 여기고 있었다.

하녀장은 라크안의 명령을 받아 카루나에 대해 뒷조사를 했던 적이 있었고, 그때 봤던 카루나에 대한 기록을 아직도 기억하고 있었다. 분명 어느 지방 귀족의 영지에서 살았던 농부의 딸이라고 했다. 부모를 잃고 이리저리 떠돌고 인신매매당할 뻔했다가 황태자가 운영하는 구빈원으로 도망쳐 왔다지. 이후에는 몇 달간 음식점을 겸하는 작은 여관에서 일했다.

그런 이력을 가진 열두 살 소녀가 이토록 능숙하게 귀부인의 삶을 흉내 내고 있었다. 그저 흉내만 내는 정도가 아니었다. 눈 돌아가게 화려한 선물더미 앞에서 놀라울 정도로 차분하게 굴었다. 아름다운 구두와 보석에 정신이 팔리지 않았다. 오히려 그 속에 독이 묻어 있을까 경계를 했다.

"거절해 봤자 더 큰 걸 보낼 테니, 적당하게 받아 주는 게 좋을 거예요."

적절한 선에서 호의를 받아들이고 예의를 차리는 법까지 알았다. 교육을 받지 않고서는 불가능한 생각과 태도이다. 아니, 그저 교육을 받았기에 할 수 있는 수준을 넘어섰다. 모든 행동이 숨 쉬는 것처럼 자연스러웠다. 적어도 수년간 사교계에 몸을 담았던 귀부인이나 가능할 법하게 생각하고 행동했다.

하녀장은 수십 년간 바이켈드 공작저에서 일했다. 제국에서 가장 격이 높은 귀족 가문을 모셨다. 그렇기에 저택 사람 중 누구보다 예민하게 카루나의 태도를 알아차렸다.

문득, 카루나가 처음 공작저에 왔을 때가 떠올랐다. 라크안이 보는 앞에서 카루나를 하녀로 고용하고 계약서를 작성했다. 그때 하녀장은 라크안에게 신호를 받고 카루나에게 펜과 잉크를 내밀었다. 카루나는 당연하다는 듯 펜을 잡고 고용 계약서에 서명했다. 왼손으로 삐뚤빼뚤하게 쓰긴했으나 분명 제국어로 제 이름을 적었다.

고용 계약서를 읽을 줄 알고 제 이름을 쓸 줄 아는 열두 살짜리 평민 아이가 이 제국에 몇이나 될까. 과연 평범한 아이일까.

처음부터 의심은 하고 있었다. 다만 라크안이 카루나에 대한 의심을 한수 접고 받아들였기에, 라크안의 결정을 좇고 있을 뿐이었다.

주인의 결정을 따르는 건 고용인의 사명. 게다가 지금은 주인에게 도움이 필요한 상황이니, 그 도움을 제공할 수 있는 사람을 믿고 지원해야 한다. 그것이 하녀장인 그녀의 의무였다. 때문에 하녀장은 굳이 카루나의 그런 능숙한 태도를 지적하지 않았다.

"말씀하신 대로 따르겠습니다."

그저 웃으며 명령에 따랐다.

"고맙다고 인사치레를 해야 하니까, 내 방에 편지지랑 잉크, 그리고 장부를 올려 주세요. 뭘 답례로 보낼지도 제가 정할게요."

"편지를 직접 쓰시나요?"

"당연하죠. 여기 저택에는 집사가 따로 있는 것도 아닌데. 하녀장님 한 분만 있잖아요. 저걸 다 어떻게 맡겨요. 나중에 공작 각하 돌아오시면 저도 할 일이 없어질 테니까, 답례 편지나 쓸게요."

"선물을 보낸 가문들에서 영광으로 여길 겁니다."

"당연히 그래야죠, 내가 보내는 건데."

카루나가 팔짱을 끼고는 흥, 콧김을 내뱉었다. 그러고는 그새를 못 참고 다시 슬금슬금, 선물 더미로 다가가는 하녀들을 막아섰다.

"아, 귀찮게. 좀 더 눈치를 보지 왜 들이대는 거야. 공작 각하 평판을 생각하면 그냥 먹고 입을 싹 닦을 수도 없고. 적당히 상대해 줘야 하잖아."

시작은 카루나가 아이쉬 남작 부인에게 친근하게 굴어, 그걸 본 다른 귀부인들의 마음에 불을 지핀 것이었건만. 카루나는 남의 탓이라는 듯 투덜거렸다. 하녀장은 그런 카루나를 보며 빙그레 웃었다.

"왜 그렇게 웃어요, 사람 불안해지게?"

카루나는 뭔가 이상한 느낌이 들어 하녀장을 유심히 바라보았다. 하녀장은 아무것도 아니라며 얼른 돌아서 사라졌다. 아무것도 아닌 게 아니라는 걸, 카루나는 오후가 되어서야 알 수 있었다.

그날 오후, 바이켈드 공작저의 문이 열렸다. 반년 이상 외부인의 방문을 막았던 것이 무색할 정도로 활짝. 귀족 가문의 문장이 그려져 있지는 않았지만, 최신 유행을 따라 화려하게 꾸민 마차 수십 대가 공작저로 맹렬히 달려왔다. 문을 여는 문지기도, 저택을 지키는 기사들도, 누구도 그들을 막지 않았다.

차례로 멈춰 선 마차에서 내린 건 유명 의상실의 마담들이었다. 그들은 뭐가 그리 급한지 마차가 완전히 멈추기도 전에 마차에서 뛰어내렸다. 땅에 발이 닿자마자 두 손으로 치맛자락을 붙잡고는 저택으로 달려갔다. 혹여 비슷하게 도착한 다른 의상실에 밀릴까, 몸과 마음이 급했다. 그 뒤로 여러 명의 조수가 뒤뚱뒤뚱 뒤따랐다. 양손에 샘플 옷감과 디자인 책, 견본용 드레스 인형을 가득 든 채였다.

"바이켈드 공작저에 어서 오십시오."

기다리고 있던 하녀장과 하녀들은 기꺼이 그들을 맞이했다. 그러는 동안, 카루나는 아무것도 모른 채 침대에서 뒹굴고 있었다.

"도대체 내가 나중에 써야 하는 감사 편지가 몇 통이야."

하녀장이 방에 올려 준 장부나 뒤적이며 들여다보고 있었건만, 문을 열고 뛰어 들어온 하녀들에게 붙잡혀 드레스 룸으로 끌려갔다.

반쯤 차 있던 드레스 룸은 어느새 깨끗하게 비어 있었다. 아니, 다른 것들로 차 있었다. 눈이 부실 정도로 화려한 원단 뭉치. 줄자와 디자인 북, 견본 드레스 인형 따위를 들고 기세등등하게 서 있는 유명 의상실의 마담과 조수들로.

카루나는 저번에 사 온 드레스를 제 몸에 맞게 수선하러 온 줄 알고 순순히 제 몸을 내맡겼다. 뭔가 이상하다는 느낌을 받았을 때는, 이미 늦었다. 의상실 조수들은 몸의 치수를 꼼꼼히 재고는 가져온 옷감을 몸에 대기 시작했다.

"어라? 왜?"

카루나가 인상을 찌푸리며 물었지만,

"자자, 아가씨. 잠시 눈을 감아 주시겠어요."

"뒤로 돌아도 보실까요?"

하녀들이 나서 카루나를 정신없게 만들었다.

"어쩜 이리 모든 게 다 잘 맞으실까요? 제가 가져온 옷감들은 모두 최고급인데, 역시나 최고의 영애께 잘 어울리네요."

마담이 입에 발린 소리를 하면.

"당연한 말을 하는군요. 모두 사겠습니다. 모두 최고급으로 맞추세요."

하녀장이 영수증에 서명했다.

"아니, 왜?"

카루나가 눈을 동그랗게 뜨고 하녀장에게 물어봤다.

"왜 지금 이 순간에 새 옷을 맞춰야 하는 건가요, 라임스 부인?"

주변에 선 의상실 마담과 조수들을 의식해 우아하게 말을 걸었다. 그들만 아니었다면 몸에 걸친 걸 다 집어 던지며 쪼르르, 하녀장에게 뛰어 갔을 터였다.

카루나는 계획했던 모든 사교 모임에 참석했다. 어느 정도 유명세를 얻고, 바이켈드 공작의 약혼녀로서 인지도를 얻었다. 이제 더는 화려한 드레스를 입을 자리에 참석할 일이 없었다. 새로운 드레스를 맞출 필요는 더더욱 없었다. 카루나는 그걸 말하고 싶었다. 주변의 외부인들을 의식해 굳이 입 밖으로 꺼내지 않았지만, 이 정도로 말하면 하녀장이라면 알아들으리라 믿어 의심치 않았다.

역시나, 하녀장은 카루나가 말하고 싶은 바를 알아차렸다.

"그런 말씀 마세요, 아가씨께서는 도련님의 약혼녀십니다. 언젠가 바이켈드 공작 가문의 안주인이 되실 분이시지요. 이 수도에서 황족을 제외하면 가장 존귀한 여인이 되실 터인데, 그 몸에 댈 어느 것 하나 허투루 댈 수 있을까요."

그리고 단칼에 카루나의 사양을 사양했다. 하녀장의 말에 의상실 마담의 입이 헤- 벌어진 건 덤이었다. 의상실 마담의 눈에 비치는 카루나는 그저 평범하게 귀여운 소녀가 아니었다. 황금을 부르는 거위였다.

모든 것을 최고로. 최고급으로.

하녀장의 주문은 딱 그 하나였다. 값을 깎지도, 과하다고 물리지도 않았다. 모든 드레스를 사들일 기세였다. 첫 주문으로 스물두 벌의 드레스를 맞췄다. 마담과 그녀의 조수들, 하녀들에게 시달린 카루나는 옆의 의자에 쓰러지듯 주저앉았다.

'클레이엔인 척할 때도 이렇게 많은 드레스를 한 번에 맞춰 본 적이 없었는데.'

카루나는 지독한 하녀장의 욕심에 치를 떨었다.

"어머나, 아가씨. 어지러우세요?"

"우리 아가씨, 몸도 약하고 아직 어리시고, 그래서 이렇게 힘든 일을 하시면 안 되는데, 어쩌면 좋아."

"공작 각하께서 아시면 저희의 목을 치려 하실지도 몰라요. 아가씨, 부디 힘들면 말씀해 주세요. 무리하실 거 없어요."

하녀들이 호들갑을 떨었다. 팔다리를 주무르고, 차가운 물에 과일즙을 타 가지고 와선 카루나에게 먹여 주었다. 그사이 하녀장은 의상실 마담과 조수들을 내보냈다. 문이 닫히자마자 카루나는 물잔에서 입을 뗐다.

"아니, 진짜 약혼녀도 아니고 잠깐 척만 할 뿐이잖아요. 척만."

물론 라크안을 구해 온 이후에도 계속 약혼녀 행세를 할 계획이 있긴 했지만. 그렇다고 해도 이건 아니었다.

'클레이엔인 척할 때처럼 세상 모든 사람을 10년 넘게 속여야 하는 것도 아니고, 잠깐 속이는 것일 뿐인데. 굳이 이렇게까지 할 필요가 있는 거야?'

설사 자신이 정말 라크안의 약혼녀라 할지라도 이건 너무한 과한 것이었다. 황궁의 황후도 이렇게까지 비싼 옷감을 펑펑 써서, 한 번에 스물두 벌의 드레스를 맞추진 못할 터였다.

바이켈드 공작 가문의 재력이야 익히 들어 알고 있었지만, 직접 겪어 보니 정말 입에서 억 소리가 났다. 카루나는 팔을 내저으며 제 몸에 얹은 얇은 천 조각과 줄자 따위를 털어 냈다. 소파 위에 앉은 채로 몸을 웅크리고는, 모두의 손길을 거부했다. 하나 하녀장은 눈 하나 꿈쩍하지 않았다.

"잠깐이라고 해도 그 기간 동안 아가씨께서 우리 도련님의 약혼녀라는 건 변치 않는 사실입니다."

"그렇긴 하지만……."

"거짓은 진실보다 더 진짜 같아야 하는 법이지요."

하녀장은 언젠가 카루나가 했던 말을 고대로 다시 카루나에게 들려주었다.

"아……."

"지난번에도 말씀드렸지만, 바이켈드 공작 가문의 위신과도 관련된 일입니다. 부디, 아가씨. 저를 믿어 주시겠어요? 결코 가문과 아가씨께 해가 되는 일은 하지 않겠습니다."

하녀장이 웃으며 카루나에게 말했다.

'네, 당연히 믿어요. 납치나 당하는 공작님이 아니라 하녀장님, 당신을 믿어요.'

라고 고백하고 싶게 만드는 모습이었다.

"아니 그때만 해도 이 정도인 줄은 몰랐단 말이에요. 아무리 그래도 이건 너무 과한 거 같은데요."

"과하다니요, 고작 이 정도로요?"

하녀장은 재미있는 농담을 들은 사람처럼 호호, 웃었다.

'……도대체 어느 정도로 부유한 거야, 바이켈드.'

하녀장의 반응을 본 카루나는 좀 얼떨떨해졌다.

7년간 전쟁터에서 떠돌며 생활해서인지, 라크안은 저를 치장하는 데 그리 능숙하지 않았다. 식사 예절만 봐도 알 수 있듯 겉치레에 전혀 신경 쓰지 않았다.

언제든 발작을 일으키고 늑대로 변할 수 있기 때문인지 옷에도 욕심이 없었다. 하녀장이 그나마 챙겨 주어 남부럽지 않게 차려입었을 뿐. 그마저도 과한 치장은 거추장스럽다며 뜯어 버려 엉망으로 만들기 일쑤였다.

그러다 보니 지금까지, 바이켈드 가문의 재력을 드러낼 방법이 전혀 없었다. 그런 바이켈드 가문과 하녀장 앞에 이제야 카루나가 나타나 준 것이다.

"부디, 이 부분에 관해서는 저를 믿어 주시겠어요? 모든 선 바이켈드 공작 가문을 위한 일이랍니다."

이 기회를 놓치고 싶지 않은 하녀장은 카루나에게 간곡히 부탁했다.

카루나는 그 진심에 밀려, 고개를 끄덕일 수밖에 없었다. 그러나 이어 문을 열고 들어온 마담 마돌레나를 보고, 곧바로 후회했다.

"제가, 들어가서 저의 회심의 신작을 선보여도 될까요?"

계속 문 앞에 서 있던 마담 마돌레나가 기다리다 못해 문을 빼꼼히 열고 고개를 들이민 것이다. 처음 왔던 의상실 마담이 끝이 아니었다. 아래층의 응접실에는 다른 의상실의 마담과 조수들이 잔뜩 벼르며, 자신의 순서를 기다리고 있었다.

뒤늦게 그것을 알게 된 카루나는, 배신감에 찌든 눈으로 하녀장을 쳐다보았다. 다시 드레스 룸에 들이닥친 마담 마돌레나와 그 조수들 때문에 대놓고 입을 열 수는 없었다.

하녀장은 살짝 고개를 돌려 카루나와 눈 마주치기를 피했다. 그러면서도 마담 마돌레나가 부를 때는 냉큼 대화에 응했다. 새로운 디자인이랍시고 견본 드레스 인형을 보여 줄 때마다 한 번도 거절하지 않고 고개를 끄덕였다.

"좋아요, 주문하겠어요. 금화 열 개 하고 두 개. 모두 일시불로."

드레스를 주문하는 목소리가 너무도 밝았다.

'사실, 하녀장도 다른 하녀들만큼이나 지금 이 상황을 꽤 즐기고 있는 게 아닐까?'

카루나는 이제야 현실을 깨달았다.

* * *

의상실 마담들이 휩쓸고 간 날 밤. 여전히 저택은 낮처럼 환했다.

카루나는 의상실 마담들이 모두 돌아가고야 쉴 수 있었다. 침대에 누웠지만 여전히 저택이 시끌시끌해 잠들 수 없었다.

또 무슨 일이 있나 싶어 부들부들 떨리는 팔과 다리를 질질 끌고 계단에 섰건만. 저택 사람들이 축제를 즐기듯 웃고 떠들고 있었다. 그 밝은 모습을 보니 어쩐지 배신감이 들었다.

'난 죽을 뻔했는데.'

"다들 정말 공작 각하 걱정하는 거 맞아요?"

차마 자신은 힘든데 왜들 그렇게 좋아하냐고 말하진 못하고, 애꿎게 라크안을 끌고 들어왔다. 사람들이 일제히 멈추고 카루나를 올려다보았다.

"윽……."

모두의 시선을 한 몸에 받게 되니 괜히 움찔, 했다. 이와는 비교도 안 될 정도로 많은 사람에게 악녀 소리를 들으며 비난을 받던 때도 있었건만. 고작 이 정도 눈빛 공격에 주춤거리다니.

'정신 차려, 카루나! 약해지지 마!'

카루나는 자신을 다그쳤다. 바이켈드 공작저의 부드러운 분위기에 휩쓸려 느슨해진 자신을 다잡았다. 허리를 곧게 펴고, 눈에 힘을 주고, 카루나는 다시 사람들을 내려다보았다.

"오, 아가씨. 안 주무셨네요."

"괜찮으세요? 아까 보니까 많이 피곤하신 거 같던데."

저택 사람들은 웃으며 카루나를 반겼다. 나이 지긋한 하인들은 모자를 벗고 정중하게 고개를 까닥였다. 밤늦게 일하면서도 카루나를 원망하는 기색이 조금도 없었다.

"왜 그런 말씀을 하십니까. 아가씨."

요 며칠 카루나의 호위를 맡았던 기사, 세나가 어깨를 으쓱였다. 그녀는 오늘 밤 경비를 맡아 저택을 돌아다니던 중이었다.

"당연히 아가씨께서 도련님을 구해 주시리라 믿기 때문이지요."

사람들에게 지시를 내리고 있던 하녀장이 웃음기 띤 얼굴로 말했다. 카루나를 바라보는 사람들의 눈빛에는 신뢰와 애정이 담겨 있었다.

'왜 이 사람들은 이렇게까지 날 믿어 주는 거지?'

카루나는 이해할 수 없었다. 고작 석 달을 알고 지냈을 뿐인데. 10년간 함께했던 마카레나 백작가 사람들이 한 톨도 보여 주지 않았던 온기를 퍼 주다니.

그들에게 있어 최대의 비극인 라크안의 실종은 사실 카루나 때문에 일어난 일이나 마찬가지였다. 루린토프가 라크안을 좋아해 벌인 일이긴 하나, 루시온이 관여했으니까. 카루나는 거기에 더해 라크안의 실종을 해결하는 척하면서 뒤로 제 이득을 채우려 하고 있었다.

'그런 줄도 모르고……'

가슴이 답답해졌다. 무방비한 상태로 이 저택 사람들의 사랑을 받는 건 항상 이렇게 치명적이었다.

몸을 앞으로 숙이니, 계단의 저 아래 누군가 앉아 있는 게 보였다. 땋아 내린 연두색 머리 타래가 눈에 들어왔다.

"으하암."

연두색 머리 남자는 하품을 하며 길게 기지개를 켰다.

"라안 걱정은 너무 하지 말고, 꼬마 아가씨 하고 싶은 거 다 해요. 우리가 받쳐 줄 테니까. 아, 난 물론 보이지 않는 곳에서."

그가 졸음에 취한 목소리로 웅얼웅얼 말했다.

"그렇게 졸리면 그냥 들어가서 주무십시오. 도와주지도 않으면서, 왜 거기 계속 앉아 계시는 겁니까."

세나가 하녀의 부탁으로 커다란 화분을 옮기며, 연두색 머리 남자를 타박했다. 연두색 머리 남자는 졸린 눈을 손으로 비비면서도 고개를 저었다.

"혼자 자면 외롭다구요."

연두색 머리 남자가 카루나를 돌아보며 방긋 웃어 보였다.

"우리 꼬마 아가씨도 그래서 나온 거지요?"

"어……"

카루나는 대답하지 못했다. 조금 전까지만 해도, 짜증이 날 정도로 지치고 힘들었건만. 지금은 조금도 그런 생각이 들지 않았다. 팔다리가 아프긴 했지만.

"다리 아플 텐데, 거기 서 있지 말고 이리로 와요."

연두색 머리 남자가 제 옆자리를 툭툭 쳤다. 카루나는 슬그머니, 계단을 내려가 연두색 머리 남자의 옆에 앉았다. 화분을 옮기고 돌아온 세나가 얼른 망토를 풀어 카루나에게 둘러 주었다.

"아니, 옆에 계시면서 뭐 하시는 겁니까. 기사도 모르십니까?"

세나는 번데기 고치처럼 망토를 몸에 똘똘 두르고 있는 연두색 머리 남자에게 눈치를 주었다.

"아, 추운걸."

연두색 머리 남자가 중얼거리고는.

"미안해요, 꼬마 아가씨."

카루나에게 꾸벅 고개를 숙였다. 카루나는 연두색 머리 남자를 따라 세나의 망토를 몸에 둘둘 두르며 고개를 저었다.

"괜찮아요, 기대도 안 했으니까. 봐드릴게요."

"아…… 이런 식으로 언제나 내게 가슴 아픈 말만 한다니까. 우리 꼬마 아가씨는."

연두색 머리 남자가 계단 난간에 몸을 기대며 흑흑, 우는 척을 했다. 세나는 꼴좋다며 한껏 비웃어 주고는 돌아섰다. 한편 카루나는 연두색 머리 남자의 말마따나, 이렇게 함께 있으니 조금 진 혼자 침실에 있었던 세 외로웠다는 게 실감났다.

망토를 둘러 따뜻하고, 주변엔 온통 아는 사람들뿐. 그 속에 있으니 마음이 놓였다. 청소하느라 시끄러운 와중에도 슬슬, 잠이 몰려왔다.

"이런, 우리 꼬마 아가씨가 금방 잠이 들었네."

멀찍이서 연두색 머리 남자의 목소리가 들렸다. 이윽고 몸이 들리는 느낌이 들었다.

"어서 침실에 모셔다 드려요."

"오늘 많이 고단하셨을 거예요. 부디 좋은 꿈 꾸고 푹 주무셨으면 좋겠네요."

"내일 큰일을 하셔야 하는데."

주변 사람들의 목소리가 웅웅 울렸다.

'아니야, 싫어. 계속 여기에 있을래.'

카루나는 칭얼대고 싶었지만 생각과 다르게 몸이 움직여지지 않았다.

"자아, 괜찮아요. 우리 아가씨. 걱정하지 말고 자요. 악몽도 꾸지 말고."

누구의 목소리인지 모를, 부드럽고 따뜻한 목소리가 들렸다. 그것을 마지막으로 카루나는 깊이 잠들었다. 아무 걱정 없이. 무엇도 두려워하지 않고. 푹 잘 수 있었다.

* * *

다음 날 아침. 카루나는 일찍 눈을 떴다. 일주일 정도 잠만 잔 것처럼 몸이 뻐근했다. 하지만 기분이 나쁘지 않았다. 오히려 개운했다. 그래서 잠을 깨고도 한참 침대에 가만히 누워 있었다.

지금의 기분을 놓치고 싶지 않았다. 할 수만 있다면 계속, 오래도록 누리고 싶었다. 하지만 이미 아침을 맞이한 저택의 사람들은 그런 카루나를 가만히 놔두지 않았다.

하녀들이 카루나를 깨우러 왔다. 카루나는 발딱 일어서 그녀들을 맞이했다. 약간 아쉬웠지만 짜증 나진 않았다. 하녀들이 들고 온 따뜻한 세숫물로 얼굴과 손을 씻고, 거울을 보았다.

한 소녀가 비쳤다. 개운해 보이는 얼굴이었다. 뺨은 장밋빛으로 발그레하고, 녹색 눈을 반짝였다. 무엇이든 할 수 있어 보였다. 다행이었다.

오늘, 거울에 비친 소녀는 루린토프에게 붙잡혀 있는 라크안을 구하러 가야 했으니.

'자아, 힘내자!'

카루나는 힘차게 아침을 열었다. 든든하게 아침 식사를 하고, 드레스를 골랐다. 하녀장과 하녀들은 무도회에 갈 때나 입을 법한 화려한 드레스를 권했다.

"첫눈에 기선을 제압하셔야 해요!"

"눈 화장도 진하게 하고 가요!"

하녀들도 잔뜩 힘이 들어가 있었다. 카루나는 그들이 추천하는 드레스 말고, 언젠가 입었던 분홍색 드레스를 골랐다. 레이스와 프릴이 가득 달리긴 했지만 하녀들이 권한 드레스에 비하면 약소했다. 비슷한 또래의 영애가 주최하는 티 파티에 가거나 평소 저택에서 입으면 적당할 법한 드레스였다.

하녀들은 안 된다며 비명을 질렀지만 카루나는 물러서지 않았다. 결국 카루나는 고집대로 분홍색 드레스를 입었다.

분홍색이라고 하여 한 톤으로만 만든 드레스는 아니었다. 밝은 분홍색과 흰색 원단을 여러 겹 겹쳤다. 목과 가슴 부분이 파이지 않았다. 오히려 목깃을 높이 올렸다. 어깨에서 가슴으로 내려가는 라인에는 꽃무늬 레이스를 둘렀다.

팔꿈치까지 내려온 소매는 얇아서 하늘거렸다. 그 끝에도 심세하게 싼 레이스가 팔랑였다. 코르셋은 하지 않았다. 분홍색 비단으로 허리선을 잡고, 그 아래에 풍성히 치맛자락을 내렸다.

치맛자락 끝에는 역시나 꽃장식을 두르고, 그 아래로 하늘하늘한 원단을 덧대 주름을 잡았다. 보석을 박지 않았지만, 저울에 달아 같은 무게만큼의 황금을 준다는 값비싼 레이스는 치맛자락에도 잔뜩이었다. 장인이 한 땀 한 땀 바느질하여 만든, 아름다운 드레스였다.

마지막을 장식하듯 목에 두른 보라색 리본은 카루나에게 더없이 잘 어울렸다. 카루나는 얇은 비단 장갑도 잊지 않고 챙겼다. 너무 검소한 드레스라며 투덜거렸으면서 하녀들은 막상 카루나가 드레스를 입자 탄성을 질렀다.

하녀장이 보석함에서 보석 머리핀을 가져와 달아 주었다. 어제 어느 의상실 마담이 들고 온 것을 바로 그 자리에서 구입한 것이었다. 하녀들은 보라색 부츠를 신겨 주었다. 카루나는 그 자리에서 한 바퀴 빙그르르 돌았다. 풍성한 드레스 자락이 사라락, 출렁였다. 결 좋은 갈색 머리가 흔들렸다.

"어때요?"

카루나가 물어보았다. 답은 정해져 있었다.

"너무 예뻐요!"

"귀여워 죽겠어요!"

"아, 심장이 아파요."

하녀들은 가슴을 움켜쥐고 쓰러지는 흉내를 냈다. 장난스러웠지만 분명 진심이었다. 카루나는 꺄르륵 웃으며 드레스 룸을 나섰다. 문 앞에서 대기하고 있던 세나가 휘익, 휘파람을 불었다.

"나쁜 마녀를 물리치고 왕자님을 구하러 가시는 공주님이신가요?"

"아니요, 첫사랑에 허우적거리는 어느 영애한테 사로잡힌 어벙한 공작님을 구하러 가는, 그 공작님의 약혼녀랍니다."

"부디 제가 에스코트할 수 있는 영광을 허락해 주시겠습니까?"

세나가 정중히 손을 내밀었다.

"물론이죠, 세나 경."

카루나는 그 손을 잡고 천천히 계단을 내려갔다. 하녀장과 하녀들이 뒤를 따랐다. 계단 아래에는 긴장한 기색이 역력한 연두색 머리 남자가 서 있었다. 연두색 머리 남자는 고개를 푹 숙이고 있다가, 계단을 내려오는 발소리를 듣고는 고개를 들었다.

"꼬마 아가씨, 이제야 내려오……."

그는 카루나에게 알은척하며 말을 하다 말았다. 안 그래도 순해 보이는 얼굴이 일순간 멍청해 보일 정도로 풀어졌다. 저녁노을을 닮은 눈이 카루나에게서 떨어지지 못했다.

카루나는 그 시선을 기꺼이 즐기며 걸었다. 그리고 그와 눈높이가 맞는, 그보다 계단 네댓 개 위에 서선 잠시 걸음을 멈추었다. 손가락으로 연두색 머리 남자의 코끝을 톡톡, 두드렸다.

"자, 이제 마법에서 깨어날 시간이에요. 서서 잠든 왕자님."

"아!"

그제야 연두색 머리 남자가 정신을 차렸다. 정말 잠들었다 깨어난 사람처럼, 바로 제 눈앞에 다가온 카루나를 보고는 화들짝 놀라며 뒤로 물러섰다. 카루나가 유유히 그를 지나쳤다.

연두색 머리 남자는 또 잠시 멍하니 서 있다가 하녀장이 등을 떠밀자 더듬더듬, 카루나를 뒤따랐다. 문을 열고 저택 밖으로 나가자, 철십자 기사단이 그녀를 기다리고 있었다. 기사단장이 가장 앞에 서 있었다. 완전 무장을 한 채였다.

"아가씨, 안녕하십니까."

그는 깍듯하게 카루나에게 인사했다.

기사단장의 뒤에는 백여 명의 철십자 기사들이 서 있었다. 저택에 머물던 수십의 기사들과 저택 밖에서 라크안의 명령을 기다리던 철십자 기사들이었다. 그들은 모두 한 몸인 것처럼 동시에 카루나에게 인사했다. 카루나는 미소로 그들에게 화답했다. 그리고 계단을 내려가, 마차 앞에 섰다.

마차는 새까맸다. 흑단목으로 만든 마차였다. 별다른 문양을 새기지 않고, 바이켈드 공작 가문의 문장만 새기고 금박을 입혔다. 라크안이 루린토프 영애를 만나러 갈 때 타고 갔던 마차였다. 결국 그 날, 빈 채로 돌아왔던.

"여기에 공작 각하를 태워서 돌아올게요."

카루나는 마차의 문손잡이를 쓸어내리며 말했다.

하녀장은 들고 있던 초대장을 내밀었다. 보쉬엔 자작 부인이 쓴 초대장이나, 정말 이것을 보낸 사람은 보쉬엔 자작 부인이 아니라 루린토프였다. 이것은 초대장이 아니라 일종의 결투장이었다.

'어디 한번, 올 테면 와 보시든지요.'

단정한 보쉬엔 자작 부인의 글씨 위로, 루린토프의 목소리가 들리는 듯했다. 생각 같아서는 꾸깃꾸깃해지도록 움켜잡고 싶었지만, 카루나는 인내심을 발휘해 살짝, 초대장을 집어 들었다.

어쨌든 초대를 받았으니 이제 보쉬엔 자작저에 갈 수 있다. 물론 그쪽에서는 카루나가 백여 명의 기사들과 함께 올 거라고는 생각지도 못하고 있겠지만.

"다른 준비는 어떻게 되었나요?"

카루나가 세나에게 물었다.

"모두 완료했습니다. 모두에게 절대, 보쉬엔 자작저로 들어가서 물 한 방울, 비스킷 하나 먹지 말라고 신신당부를 했고요. 마탑의 마법사가 만든 코마개를 갖추도록 했습니다."

세나가 냉큼 대답했다.

얼마 전, 보쉬엔 자작저로 쳐들어가는 일을 의논하는 자리에서 그에 대한 대비책을 의논했다.

"그 향기의 정체가 정확히 무엇인지 모르니 해독약을 구할 순 없겠죠. 그럼 향기를 안 맡을 방법을 찾아야 해요."

"아가씨, 그런 방법이 어디 있겠습니까?"

세나가 고개를 휘저었다.

"방법이 전혀 없는 건 아니에요. 마탑에서 코마개를 팔아요. 마탑에서 손 관리를 위해 파는 고약의 냄새가 무척 고약하거든요. 적절히 유향을 섞으면 냄새를 없앨 수 있는데, 그게 말처럼 쉬운 일은 아니라서요. 그 고약을 손에 바를 동안 귀족 영애가 냄새를 못 맡도록 하는 도구를 따로 팔거든요."

"오호라, 그런 게 있었습니까? 그럼 그걸 사 오면 되겠군요."

"안 돼요. 대량으로 코마개를 사 간다면 마카레나 백작 쪽에서 수상히 여길 거예요. 공작 각하의 실종을 들키지 않기 위해 그동안 그렇게 고생을 한 거잖아요. 저쪽에서 아직 모르고 있는지, 면서 모르는 척하는지는 알 수 없지만. 의심을 더할 필요는 없지요."

카루나는 당장이라도 마탑으로 달려갈 듯한 세나를 말리며 말했다.

"다른 방법을 찾아야 해요."

"흠…… 혹시 그 코마개라는 거, 마탑의 마법사라면 누구든지 만들 수 있는 건가요?"

"글쎄요. 잘은 모르겠지만, 그러지 않을까요?"

"뭐, 못 만든다고 해도, 만들라고 하면 어떻게든 만들어 내겠지요."

세나의 말에서 무언가 이상한 점을 느낀 카루나가 고개를 갸웃, 했다.

"저기, 세나 경?"

"네, 아가씨."

"혹시 바이켈드 저택에 남몰래 매수한 마탑의 마법사가 있나요?"

마탑은 항상 정치에 관해서는 중립을 지켜왔다. 제국 역사를 살펴보노라면 마탑이 권력과 유착되었을 때, 언제나 마탑에는 피바람이 불었다. 권력의 단꿀은 잠시였다.

한쪽 편을 든다는 건 다른 쪽의 원한을 산다는 뜻. 마탑이 편을 든 세력이 무너지고 나면 상대편 세력은 마탑을 무너뜨리려 들었다. 제 편을 들지 않는 강한 힘은 없는 게 나은 법이었다.

여러 번 같은 일을 반복하고야 마탑은 권력과 거리를 두는 법을 익혔다. 현재에 이르러 제국의 귀족들이 황제파와 귀족파로 갈라져 치고받고 싸우고 있었지만. 마탑은 양쪽 모두에게 순종하고 마법을 팔았다. 하지만 어느쪽에 더 특혜를 주거나 친분을 쌓지는 않았다.

그 때문에 마카레나 백작 측에서는 일찌감치 마탑이나 그 소속 마법사를 매수하는 걸 포기했다. 괜히 심기를 거슬러 바이켈드 공작 쪽으로 기울게 하느니, 중립을 지키는 한에서는 회색 지대로 놔두려 했다. 바이켈드 공작 측도 그럴 거로 생각했건만.

"아, 매수라. 그런 건 아니고요."

세나는 히, 웃으며 뒷머리를 긁적였다.

"그냥, 오다가다 어쩌다 보니 뭐, 이러저러하게 되었습니다."

"그게 무슨 말이에요?"

"잘하면 마카레나 백작에게 들키지 않고, 철십자 기사단 모두에게 나누어 줄 마탑의 코마개를 만들 수, 아니, 구할 수 있다는 말입니다."

"그렇군요."

카루나는 더묻지 않았다.

평소 세나는 카루나에게 이상하리만치 솔직했다. 그런 세나가 굳이 말을 얼버무리는 건 정말 말할 수 없다는 뜻이었다.

'내가 바이켈드 공작의 모든 비밀을 다 알아야 한단 법은 없지.'

어째서인지 약간, 서운한 마음이 들었지만. 그 마음은, 스스로 생각하기에도 너무 가당치 않은 것이었다. 카루나는 서둘러 서운한 마음을 털어냈다.

그리고 오늘, 세나는 제 품에서 무언가를 꺼내 카루나에게 내밀었다.

"혹시 모르니 아가씨께서도 하나 가지고 계시지요."

마탑의 코마개였다. 카루나는 코마개를 받아 들고 이리저리 살펴보았다.

클레이엔일 때 카루나는 늘 살해의 위협에 시달렸다. 바이켈드 공작의 지분이 가장 크긴 했지만, 다른 방향에서 독살 위협을 당하기도 했다. 살기 위해서는 감각을 예민하게 만들어야 했다. 모든 걸 의심해야 했다.

마탑의 고약을 사용할 때에도 마찬가지였다. 평소와 조금만 다른 향이 나도 절대 손대지 않았다. 유향을 섞는 하녀를 탓하며 매질했다. 그 소동을 틈타 그 고약 단지를 깨부숴다.

그 때문에 코마개 같은 건 절대 사용하지 않았다. 향을 맡길 포기하다니, 당장 독살당하고 싶다고 외치는 것과 다름없었다. 그래서 익숙하지 않으나 그 모양과 효능은 잘 알고 있었다. 세나가 내미는 건 분명 마탑의 코마개가 맞았다.

"정말로 구했군요."

"마카레나 백작은 절대로 모를 겁니다. 마탑에서 사 온 게 아니니 염려 놓으셔도 됩니다."

세나가 제 가슴을 턱턱 치며 자신 있게 말했다. 도대체 어떻게 구한 거냐고 묻고 싶었지만, 꾹 참았다. 대신 세나에게 대단하다며 듬뿍 칭찬을 쏟았다.

"참, 그리고 따로 알아보니, 어제 보쉬엔 자작가에서 마탑의 코마개를 엄청 많이 사 갔다고 합니다."

세나가 목소리를 낮춰 카루나에게 속삭였다.

"보쉬엔 자작가, 라기보다는 루린토프 영애겠군요."

카루나가 쯧, 혀를 찼다.

'내가 철십자 기사단을 끌고 갈 거라고 예상한 건가? 아니, 그렇다면 아예 초대장을 보내지 않았겠지. 그렇다면…… 그 사랑의 묘약인지 뭔지를 내게도 쓸 생각인 거겠지.'

카루나가 고운 이마를 살짝 찌푸렸다.

"우리 계획이 샌 걸까요?"

세나가 카루나의 눈치를 보며 물었다. 카루나는 고개를 저었다.

"아니요, 그런 건 아닌 거 같아요."

"아니라면, 됐습니다. 그쪽에서 무슨 짓을 꾸미든 아가씨는 제가 지킬 테니 믿어 주십시오."

세나는 싱글벙글 웃으며, 얼른 마차 문을 열었다.

"오르시지요, 나의 아가씨."

더없이 정중하게 허리를 굽혔다. 그녀가 말하는 '나의 아가씨'라는 말에 카루나는 잠시 멈칫, 했다. 목소리도 다르고 전혀 다른 사람임에도 루시온이 생각났기 때문이었다. 카루나는 아랫입술을 꾹 깨물었다.

'정신 차려. 지금은 오로지, 바이퀼드 공작을 구하는 것만 생각해.'

그렇게 막 마차에 오르려 할 때였다.

"저기, 꼬마 아가씨."

등 뒤에서 연약한 목소리가 들렸다. 카루나는 세나의 손을 잡은 채로 뒤를 돌아보았다. 연두색 머리 남자가 뒤에 서 있었다.

"제게 할 말이 있나요? 혹시 신비로운 숲의 일족으로서, 루린토프 영애의 무시무시한 사랑의 묘약 공격에 대해 조언을 해 주실 게 있다거나?"

"그랬으면 좋겠지만, 아쉽게도 그쪽으론 아직 도움을 줄 수 없겠네요."

연두색 머리 남자가 우울한 표정으로 고개를 저었다.

"다만 라안을 찾고, 라안에게 쓴 마법의 약을 찾는다면 가져와 줘요. 그럼 내가 그 정체를 밝힐 순 있을 거예요."

"네에, 그러도록 할게요. 용건은 끝나셨나요?"

"혹시 내 도움이 필요하나요?"

"도움이라 하시면?"

"라안을 구하러 가는 길이잖아요. 내 도움이 필요하다면, 내가 함께 갈게요."

"지금 제게 물어보는 건가요?"

"꼬마 아가씨가 내게 부탁한다면."

"왜 공작 각하를 구하러 갈까 말까를 나한테 물어보나요?"

카루나가 연두색 머리 남자의 말을 중간에 끊으며 말했다.

'왜 내게 부탁을 바라는 거지?'

카루나는 이해할 수 없었다.

"그건……."

연두색 머리 남자가 머뭇거렸다.

카루나는 제가 도망치려 했던 날 밤을 떠올렸다. 그때 연두색 머리 남자는 카루나에게 이렇게 말했다. 라크안이 부탁해서 카루나를 지켜보고 있었다고. 지켜 주었다고.

그런데 지금 연두색 머리 남자는 카루나에게 물어보고 있었다. 라크안을 구하러 갈 때 자신의 도움이 필요하냐고, 부탁할 거냐고.

'그에게 어떤 제약이 있는 걸까?'

충분히 가능한 일이었다. 그는 숲의 일족이니까. 제국민인 카루나가 모르는 무언가 신비로운 한계가 있을지 모른다.

그러고 보면 연두색 머리 남자는 지난 석 달 동안도, 라크안의 외출에 거의 동행하지 않았다. 지금, 카루나를 앞세워 출발하는 일행에노 끼지 않았다. 저택 사람들과 철십자 기사들은 당연하게, 연두색 머리 남자를 대외 활동에서 제외했다.

그런 그가 카루나에게 '부탁'을 하고 있다. 하지만 카루나는 그의 부탁을 들어 그에게 부탁하고 싶은 마음이 조금도 들지 않았다. 카루나는 그 무게마저 감당할 자신이 없었다.

주변을 둘러보았다. 배웅하러 나온 하녀장과 저택의 사람들. 고작 소녀의 질투심에 휘둘려 움직였다는 불명예를 감수하면서까지 라크안을 구하려 제 뒤를 따르려는 철십자 기사단. 모두 라크안을 걱정하고 염려하고 있었다.

라크안의 절친한 친구인 연두색 머리 남자가 이들과 함께 하고 싶은 마음이 있다면, 제 스스로의 의지로 이들과 함께여야 했다.

'만약 제약 때문이라면 그 제약에 머무는 게 나아. 고작 내 부탁 따위에 움직이지 말라고.'

카루나는 돌아서 연두색 머리 남자를 바라보았다.

"공작 각하께 부탁받은 거라 날 지켜 준 거고, 이제는 나한테 부탁받아서 공작 각하를 구하러 가려 하는 건가요?"

"당신은 라안이 내게 부탁한 사람이니까요."

"그럼, 당신은 어떻게 하고 싶은 건데요?"

"……."

카루나의 물음에 연두색 머리 남자는 답하지 않았다.

"묻지 말고 스스로 하고 싶은 대로 행동해요. 당신은 어떻게 하고 싶은 건데요?"

연두색 머리 남자는 하하, 어색하게 웃었다. 그는 무척 곤란해 보였다.

"내 이름도 모르는 아가씨께서 그렇게 무겁게 물어보시면."

그는 살짝 고개를 숙여 카루나의 눈을 피했다. 그때.

"리센."

카루나가 그를 불렀다. 그 순간, 두근. 연두색 머리 남자의 심장이 뛰었다.

"……어?"

그는 믿을 수 없다는 표정을 지으며 제 가슴에 손을 얹었다. 노을을 닮은 눈동자가 크게 떨렸다.

"알아요, 당신 이름. 다른 사람들이 리센이라고 부르던데."

"……어? 어, 아…… 저기, 그게."

"부탁해요, 리센. 당신의 뜻대로 하세요. 그게 무엇이든 공작 각하는 결코 당신을 원망하지 않을 거예요."

"아……."

연두색 머리 남자가 멍하니 고개를 끄덕였다. 카루나가 그에게 살포시 웃어 보이고는 다시 돌아섰다. 그러고는 단번에 마차에 올랐다. 세나가 뒤따라 마차에 오르며 문을 닫았다.

마차가 떠났다. 백여 명의 철십자 기사들이 그 뒤를 따랐다. 마차가 사라질 때까지, 그 뒷모습을 하염없이 바라보던 연두색 머리 남자는 스르륵 그 자리에 주저앉았다. 사람들이 무슨 일이냐고 물으며 다가오려 했지만 손사래를 치며 물리쳤다.

두근, 두근. 두근.

심장이 미친 듯이 뛰었다. 당장 터져 버려도 이상하지 않을 만큼 세게.

카루나가 그의 손을 쥐었을 때, 머리 위로 번개가 내리꽂히는 듯했다. 카루나가 제 손을 놓고 돌아설 때는 달려들어 그 손을 다시 움켜쥐고 싶었다.

그런 감정은 처음이었다.

언제나 웃음으로 가득했던 얼굴이, 울음으로 일그러졌다.

"어떡하지?"

목소리가 떨렸다. 달싹이는 입술마저 파르르, 떨렸다. 설레서. 아니, 미안해서. 아니, 답이 없어서.

연두색 머리 남자는 결국 무너져 내렸다. 몸을 웅크리고 두 손으로 제 귀를 막았다.

쿵, 쿵, 쿵쿵쿵.

온 세상이 제 심장 소리로 가득 찼다. 귀를 막아도 들렸다. 눈을 감아도 보였다.

'부탁해요, 리센.'

그를 부르는 새침한 목소리. 그를 바라봐 주었던 반짝이는 녹색 눈. 보는 것만으로도 즐겁고 좋았던 작은 소녀. 그녀가 '리센'이라고 이름을 불러 주자 백여 년간 움직이지 않았던 심장이 뛰었다.

처음 느껴 보는 감정이었다. 아니. 카루나를 처음 봤을 때부터 이러한 감정을 예감하고 있었던 전지도 모른다.

숲의 일족은 일평생, 단 한 명의 사람을 사랑한다. 그, 혹은 그녀를 '반려'라고 부른다. 첫눈에 사랑에 빠지는 경우가 없는 건 아니나, 대개의 경우는 서로를 조금씩 알아 가며 서로의 영혼에 물든다.

그렇게 마음이 통하고 서로를 알게 되면 숲 밖의 사람들이 결혼반지를 나누듯 서로의 진짜 이름을 나눈다. 탁한 소리를 넣어 만든 껍데기의 이름이 아니라 그 속에 숨겨 놓은 진짜 이름을.

진짜 이름은 소중한 것이다. 반려가 그 이름을 불러 주었을 때 이름을 가진 자는 비로소 그 이름의 존재가 된다. 그렇기에 숲의 일족은 어느 정도 친분을 쌓은 사람들에게 자신의 진짜 이름을 알려 준다. 그들 중 자신의 반려가 있기를 바라기 때문이다. 또한 상대방을 자신의 친우로 인정한다는 증명이기도 하다.

자각의 계기는 자신의 진짜 이름.

그리고 연두색 머리 남자의 진짜 이름은 리센.

그간 연두색 머리 남자를 실없이 웃게 했던 작은 소녀가 그의 이름을 불러 주었다. 카루나가 리센이라고 불러 주었을 때, 리센은 비로소 실감했다.

'아…… 난 이래서, 꼬마 아가씨, 당신에게 계속 내 이름을 알려 주고 싶었던 거구나.'

처음 만났을 때부터 저 작은 소녀에게 마음을 빼앗겼다. 카루나가 라크안의 반려일지 모른다고 생각하면서도, 눈을 뗄 수 없었다.

그때 카루나는 남자아이처럼 머리를 짧게 자르고 낡은 옷을 입고 있었다. 볼품없는 모습이건만 오히려 빛나 보였다. 어쩌면 마음은 그때부터 움직이고 있었는지 모른다.

이후 카루나는 저택에 머물며 라크안의 보좌 하녀가 되어 언제나 두려움 없이 씩씩하게 라크안의 뒤를 쫓고, 라크안을 괴롭혔다. 리센의 눈은 언제나 그런 카루나를 쫓았다. 하녀장이 경고했을 때 자신은 뭐라 말했던가. 마음속에 피어오르는 기묘한 두근거림을 외면한 채 그러지 않겠다고 대답했다.

라크안이 저택을 비우며 카루나를 보호해 달라고 부탁했다. 리센은 그 부탁을 변명 삼아 매일같이 카루나를 찾아갔다. 라크안 없이 혼자서 카루나를 만나는 게 좋았다. 함께 산책하고 체스를 두는 게 즐거웠다. 체스에서 이기면 활짝 웃고 지면 분해 어쩔 줄 몰라 하는 카루나를 바라보는 게 삶의 낙이었다.

라크안만 보는 카루나를 볼 때마다 왼쪽 가슴이 지끈지끈 아려 오곤 했건만. 그랬던 주제에. 내내 자각하지 못했다.

'바로 눈앞에 두고서도 몰라봤어. 좀 더 일찍 알아봤어야 했는데. 그랬어야 했는데.'

노을빛 두 눈에서 눈물이 흘렀다.

카루나. 그녀가.

"내 반려였어."

연두색 머리 남자, 리센이 제 심장에게 속삭였다. 백여 년 만에 겨우 찾은 기쁨이었다.

* * *

카루나를 태운 바이켈드 공작저의 마차가 보쉬엔 자작저로 향하고 있을 때. 보쉬엔 자작저에서는 바이켈드 공작의 약혼녀를 맞이하기 위한 준비가 한창이었다. 자작 부인은 새벽부터 일어나 저택을 휘젓고 다녔다. 드물게 활기찬 모습이었다.

저택의 고용인들은 저택을 쓸고 닦았다. 정원사들은 티 파티가 열릴 후원 가제보 주변의 나무를 다듬고 꽃들을 살폈다. 요리사들은 며칠 전부터 신경 써 준비한 품질 좋은 재료로 티 푸드를 만들었다. 집사는 고급 찻잎과 중요한 날에만 꺼내 쓰는 찻잔을 다시 한번 살폈다. 아이쉬 남작 부인은 아침 일찍 찾아와 보쉬엔 자작 부인을 도왔다.

"우리 루리가 바이켈드 공작 각하의 약혼녀와 친구가 된다니. 이게 뭔 일이래."

보쉬엔 자작 부인의 얼굴에선 웃음이 떠나가질 않았다.

"이게 다 내 덕이라는 걸 잊지 마세요, 언니."

아이쉬 남작 부인은 그런 보쉬엔 자작 부인의 옆구리를 아프지 않게 쿡쿡 찌르며 말했다. 중년의 두 부인은 서로를 바라보며 웃음을 터뜨렸다.

아이쉬 남작 부인과 보쉬엔 자작 부인이 그리 아끼는 루린토프는 아직 저택 안에 있었다. 그녀는 하녀들의 시중을 받으며 드레스를 입고 머리를 말아 올리는 대신 아버지의 서재로 달려가 잠옷 바람으로 서재의 문을 막아섰다. 보쉬엔 자작은 황궁에 가고자 성장을 한 채였다. 딸이 쫓아오기 전에 도망갈 수도 있었지만 그는 오늘도 딸이 제 앞길을 막길 기다렸다.

"루리. 애야. 이미 백 번도 넘게 말한 거 같지만, 이제 포기하려무나."

그는 지쳐 보였다. 얼마 전까지만 해도 막내딸을 볼 때마다 저 아이가 결혼해 아이를 낳는 것까지는 봐야 한다는 생각에 힘을 냈건만. 요즘엔 루린토프를 보기만 해도 수명이 깎이는 기분이었다.

"아니요, 싫어요!"

"네가 그랬지, 공작 각하께서도 널 좋아한다고. 사흘이면 충분하다고. 공작 각하의 마음을 확인하고 청혼을 받겠다고."

루린토프가 벌인 일을 알았을 때는 이미 일이 벌어진 뒤였다. 루린토프는 바이켈드 공작을 납치했고 감금했다. 그리고 자신만만하게 말했다. 바이켈드 공작 또한 자신을 좋아하고 있으니, 사흘 안에 청혼을 받겠노라고.

보쉬엔 자작은 막내딸의 말을 믿었다. 믿고 싶었다. 혹시나 싶었다. 정말 바이켈드 공작이 루린토프를 좋아하는 걸지도 모른다고. 그러지 않고서야 제국의 방패요 검이라 불리는 사내가 어찌 루린토프처럼 연약한 여인에게 붙잡혀 있을 수 있단 말인가.

시간이 지나 뭔가 일이 잘못 돌아간다는 걸 알아챘을 때, 보쉬엔 자작은 기시감을 느꼈다. 루린토프의 납치극을 막지 못했을 때처럼 또 한 박자 늦어 버렸기 때문이었다.

갑자기 사교계에 바이켈드 공작의 약혼녀가 등장했을 때, 보쉬엔 자작은 모든 일이 제 손을 떠났음을 깨달았다. 남은 건 그저, 바이켈드 공작의 자비를 바라는 것뿐이었다.

"애야, 그만 포기하거라. 제발. 응?"

"왜 제가 포기해야 하죠? 포기해야 하는 건 공작 각하와 아버지시라고요."

루린토프는 동그란 눈을 부릅뜨고 보쉬엔 자작을 올려다보았다. 보쉬엔 자작은 긴 한숨을 내쉬었다.

"지금이라도 늦지 않았단다. 어디에 공작 각하를 숨겨 누였는지는 모르겠지만, 어서 풀어 드려. 그분은 네 짝이 아니야."

보쉬엔 자작은 제 앞을 막아선 루린토프에게 진심으로 충고했다. 이제

다 컸다고 제 말일랑 귓등으로도 듣지 않는 딸이지만, 그럼에도 자작에게는 언제까지나 소중한 막내딸이었다.

"정말 그분이 우리 가문과 혼사를 맺을 생각이 있었다면 이미 오래전에 이야기가 오갔을 게야. 그렇지 않았다는 건, 마음이 없다는 뜻이고."

"귀족 간의 결혼은 그저 당사자의 마음에 들고 안 들고의 문제가 아니잖아요."

정작 본인은 라크안이 마음에 든다며 혼담을 조르지 않았던가. 그러다 못해 라크안을 납치, 감금하는 초유의 사태를 일으켰으면서. 루린토프는 라크안이 제 자유의사로 결혼을 결정하면 안 된다고 말했다.

보쉬엔 자작은 성격이 소심할 뿐 본디 이성적인 사람이었다. 그는 떼를 쓰는 제 딸의 말을 들으면서도 휩쓸리지 않았다.

"얘야, 내 어린 딸. 너는 그 나이를 먹고도, 내 딸로 20년을 넘게 살았으면서도 어찌 그리 철이 안 든 게냐."

"저는 충분히 철이 들었어요."

"아니, 하나도 안 들었구나. 네가 철이 들고, 가문을 걱정했다면 어떻게 이렇게 말할 수 있을까."

보쉬엔 자작은 아예 두 손으로 이마를 감싸 쥐었다.

"바이켈드 공작을 좋아한다면서 바이켈드 공작가에 대해 그리도 모르느냐. 그 가풍을 알지도 못하면서 도대체 뭘 보고 그분이 좋다고 그러는 게냐."

"얼굴이요. 당연히 얼굴을 보고 좋아하는 거지요."

루린토프는 한 치의 망설임 없이 바로 대답했다.

"제가 그분과 오래 말을 섞어 봤나요, 함께 춤을 춰 봤나요. 당연히 제가 그분께 반할 수 있는 거라곤 그분의 얼굴뿐 아니겠어요?"

"……뭐?"

"그러니 더 나이가 들어 그 얼굴이 시들기 전에 어서 그분과 혼인을 하고 싶어요. 그래서 그분을 닮은 아들을 낳고 싶다고요!"

"아이구야."

보쉬엔 자작은 쓰러지듯 주저앉았다. 루린토프는 잔뜩 골이 난 표정으로 제 아버지를 내려다보았다.

"네가 정말 모르는 건지 모르는 척하고 싶은 건지 모르겠지만, 바이켈드 공작 가문은 결혼에 관해서는 가풍이 자유롭단다."

보쉬엔 자작이 힘없는 목소리로 중얼거리듯 말했다.

"전대 공작 각하께선 숲의 일족이라는 사내를 데려와 남편으로 삼으셨지. 그 남자는 결혼 전까지 어느 나라에도 적을 두지 않아서 평민도 귀족도 아닌 사내였단다."

전대 바이켈드 공작의 결혼은 큰 사건이었다. 보쉬엔 자작 또래의 귀족이라면 누구든 바로 어제 일처럼 생생하게 기억하고 있다. 전대 바이켈드 공작은 내로라하는 구혼자들을 모두 제치고, 이름도 처음 들어 보는 사내와 결혼했다.

혹여나 황제가 제 결혼을 허락하지 않을까 봐, 결혼 전에 변경 전쟁터를 떠돌아 공을 잔뜩 세우고 돌아왔다. 황제가 너무 기뻐 무엇이든 원하는 걸 들어주겠다는 헛소리를 제풀에 하도록 만들었다.

그래서 황제는 제국의 공작이 아무 작위도 없는, 평민이나 다름없는 사내와 결혼하는 걸 반대하지 못했다. 그 전대 바이켈드 공작의 아들이 지금의 바이켈드 공작, 라크안이었다.

"그 사이에서 태어난 게 지금이 바이켈드 공작 각하란다. 생각해 봐라, 그분이라고 다르겠니? 그분의 피의 반은 숲의 일족의 피이지 않니. 여태 그분의 태도를 떠올려 보려무나. 보통 귀족들의 격식에 얽매이는 분이 아니야."

"몰라요, 저는 그런 거 몰라요!"

"애야, 모르는 척 말거라. 네 어머니가 그분의 약혼녀를 오늘 티타임에 초대했잖니. 그분이 오시거든 무조건 잘못했다고 빌고 공작 각하를 풀어 드리거라."

아무것도 모르는 아내는 바이켈드 공작의 약혼녀와 제 딸이 친해지도록 만들겠다고 들떠 있지만. 보쉬엔 자작은 알았다. 바이켈드 공작의 약혼녀가 제 약혼자를 찾으러 오는 것이라는 것을.

그녀가 진짜일까, 가짜일까. 사교계가 떠들썩했지만 보쉬엔 자작은 끼어들어 말을 더하지 않았다. 진짜면 어떻고 가짜면 어떨까. 중요한 건 바이켈드 공작 가문에서 그 소녀를 내세웠다는 점이었다.

'나와 척을 질 생각은 없는 거구나. 그래서 그 아가씨를 내 저택으로 보내는 거야. 그 아가씨 손에 바이켈드 공작을 곱게 들려 보내라고.'

보쉬엔 자작은 바이켈드 공작 가문에서 자신에게 보내는 메시지를 알아챘다. 그 때문에 보쉬엔 자작은 막내딸을 설득하고자 노력했다.

"공작 각하께선 이전부터 주변에서 아무리 결혼과 약혼을 이야기해도 꿈쩍도 안 하셨지. 그리고 이제, 그분의 약혼녀가 나타났단다."

"그만 말씀하세요, 저는 듣는 것만으로도 고통스럽다고요."

"그래도 들으렴. 그분은 보통의 가문과 같은 방법으로 결혼하실 생각이 애초부터 없으셨던 거란다."

"……."

"약혼녀까지 나타난 마당에, 공작 각하를 붙들어 매 놓고 있는 게 무슨 의미가 있단 말이냐. 예야, 루리야. 응?"

"몰라요, 저는 그런 거 몰라요! 지금 제게 중요한 건, 그분을 향한 제 마음이에요. 아버지, 저는 정말로 그분을 사랑해요."

루린토프의 표정은 세기의 사랑을 하는 듯 애절했다. 보쉬엔 자작은 자신이 막내딸의 사랑을 훼방 놓는 악역이 된 듯한 기분이 들었다.

"……얼굴을 말이냐?"

바이켈드 공작의 잘생긴 외모가 원망스러울 지경이었다. 가문 좋고, 검술 실력이 뛰어나고 젊으면, 좀 덜 잘생겨도 되지 않았을까. 왜 잘생 기기까지 해서 순진한 제 딸을 이렇게 푹 빠지게 만들었을까.

"계기 따위가 무엇이 중요하나요? 그만큼이나 완벽히 잘생긴 사람이 곁에 또 없었는걸요."

"아이고, 내 딸아. 남자는 얼굴이 다가 아니야."

"하지만 각하는 얼굴뿐만 아니라 다른 것도 부족한 게 없잖아요."

"그건 그렇긴 하다만……."

보쉬엔 자작은 더 말을 잇지 못했다. 확실히 바이켈드 공작, 라크안은 보쉬엔 자작이 보기에도 완벽했다.

'전쟁터를 그렇게 오랫동안 떠돌았으면서 그 잘생긴 얼굴에 상처 하나 없이 깨끗하다니.'

결국 오늘도 보쉬엔 자작이 먼저 지쳐 나가떨어졌다. 자식을 이기는 부모가 되긴 어려운 일이었다. 보쉬엔 자작은 더더욱 힘들었다.

"아가씨, 이제는 준비를 하셔야 합니다. 시간이 없어요."

"마님께서 치장이 얼마나 되었냐고 물어보세요."

문 밖에서 하녀들이 발을 동동 구르며 루린토프를 불렀다.

"이제 그만하세요. 전 절대 라안 님을 포기하지 않을 거예요. 그러니까 아버지께서는 지켜만 보세요. 제가 라안 님의 청혼을 받을 때까지 우리 라안 님이 처리하셔야 할 업무나 대신 해 주시면서요."

루린토프는 획 돌아섰다. 그러고는 저를 부르는 보쉬엔 자작의 목소리를 무시하며 서재를 나섰다.

드레스 룸으로 간 루린토프는 보쉬엔 자작 부인이 골라 준 드레스를 입고 급히 머리를 말았다. 거울에 비친 자신이 모습을 보며 마음을 굳게 다졌다.

'누가 와도 절대 라안 님을 빼앗기지 않을 거야.'

루린토프는 서랍 깊숙이 감춰 두었던 작은 향수병을 꺼냈다. 반 정도 남은 향수가 찰랑거렸다.

* * *

바이켈드 공작 가문의 문양이 그려진 까만 마차가 보쉬엔 자작저 앞에 섰다. 마차를 맞이하러 나온 집사와 하녀들은 마차를 뒤따라온 철십자 기사단을 보며 경악했다. 어느 영애가 티 파티에 참석한다며 백여 명의 기사를 끌고 온단 말인가.

집사가 카루나에게 어찌 된 영문인지 물었다.

"라안 님께서 제 걱정이 너무 심해서, 어쩔 수가 없었네요."

카루나는 마차 문을 열지도 않고 대답했다. 공작이 약혼녀를 걱정해 기사 백 명을 호위로 붙였다는데 더 무슨 말이 필요할까. 백여 명의 기사를 접대할 생각에 골치 아파진 집사는 할 말을 잃었다. 카루나는 그를 배려하듯 마차 밖으로 하얀 손을 내밀어 까딱, 흔들었다.

"명령을 주실 때까지 대기하고 있겠습니다."

기사단장은 마차를 향해 깍듯이 인사하고는 기사들을 물렸다. 기사들은 저택 주변을 빙 둘러쌌다. 미혼의 귀족 영애들 간의 작은 티 파티를 호위한다기보다는 저택을 함락해야 할 성으로 착각해 공성전을 준비하는 것 같은 태도였다.

카루나는 집사의 안내를 받아 바로 후원으로 향했다. 카루나의 호위를 맡은 세나가 뒤따랐다.

자작저의 후원은 아름다웠다. 동산같이 언덕을 만들어 그 둔덕에 세운 가제보는 한 폭의 그림 같았다. 둥근 지붕의 가제보에는 세 여인이 서 있었다. 보쉬엔 자작 부인과 아이쉬 남작 부인. 그리고 루린토프 영애.

"초대해 주셔서 감사해요, 라안 님께서 자작저의 후원이 아름답다고 칭찬하셨는데, 과연 아름답네요."

카루나는 생긋, 웃으며 세 사람의 얼굴을 살폈다.

"어머나, 공작 각하께서 그런 말씀을 해 주시다니!"

"언니, 좋으시겠어요."

보쉬엔 자작 부인과 아이쉬 남작 부인은 활짝 웃으며 좋아했다. 카루나의 빈말에 가까운 칭찬에도 행복해했다.

"칭찬 감사드려요."

루린토프는 웃는 건지 우는 건지 미묘한 표정이었다. 한쪽 눈가가 부르르 떨리는 게 보였다.

'역시나.'

카루나는 웃으며 가제보에 올랐다.

오늘 이 자리에서만큼은 보쉬엔 자작 부인과 아이쉬 남작 부인이 미혼의 두 영애의 샤프롱 역할을 해 주었다. 아이쉬 남작 부인은 카루나의 옆에 앉고, 보쉬엔 자작 부인은 루린토프의 옆에 앉았다. 두 부인의 배려로 카루나와 루린토프는 서로를 마주 보며 앉았다.

둘 사이에 놓인 하얀 티 테이블에는 고운 다기가 놓였다. 하얀 도자기에 금테를 두른 다기와 그릇은 척 보기에도 꽤 고급품이었다. 삼단 트레이에 올망졸망 놓인 티 푸드도 정성이 가득했다. 카루나를 배려한 건지 색색의 아기자기한 쿠키와 초콜릿이 담겨 있었다.

루린토프가 찻주전자를 들었다. 빈 찻잔에 달콤한 향이 나는 차가 담겼다. 아이쉬 남작 부인과 보쉬엔 자작 부인은 차의 향을 품평하며 내화를 열었다. 루린토프는 곧잘 대화에 끼어들어 대답하며 힐끔힐끔 카루나를 바라보았다.

카루나는 전혀 대화에 참여하지 않았다. 그저 은은히 웃으며 세 사람을 바라보았다. 차를 마실 듯 말 듯 하게 찻잔에 손을 댔다 떼는 게 고작이었다. 카루나의 그런 미적지근한 태도는 금세 화기애애한 분위기에 금을 냈다.

"그나저나 뒤에 서 계신 분은 호위 기사이신가요?"

견디다 못한 보쉬엔 자작 부인이 카루나를 바라보며 물었다.

"공작 각하께서 정말로 아가씨를 아끼시는군요. 이런 티 파티에 오시는 데도 호위 기사를 가까이 두게 하시다니요."

아이쉬 남작 부인이 말을 보탰다. 그녀의 말에 찻잔을 쥔 루린토프 영애의 손이 파르르 떨렸다.

"네에, 라안 님은 정말로 저를 아끼신답니다. 그렇죠, 세나 경?"

카루나는 세나를 돌아보며 활짝 웃어 보였다. 인형처럼 반듯이 서 있던 세나는 그제야 살아 있는 사람처럼 움직였다. 세나는 허리를 살짝 굽혀 카루나에게 예의를 갖추고는 답했다.

"물론입니다. 아가씨의 머리카락 하나 다친다면 그날로 철십자 기사단 모두의 목숨이 위험해질 겁니다. 공작 각하께서는 아가씨를 지키지 못한 저희를 절대 용서하지 않을 테니 말입니다."

세나의 목소리는 평소와 달리 딱딱하고 차분했다. 웃음기 없는 얼굴은 바짝 날을 세운 칼처럼 예리했다.

"어머나, 어쩜 좋을까나. 공작 각하께서 그런 분이셨을 줄이야."

보쉬엔 자작 부인은 슬쩍 제 딸의 안색을 살폈다.

'이렇게 끔찍이 사랑하는 약혼녀가 있는데도, 그걸 모르고 혼담을 넣었구나. 우리 딸, 부디 마음의 상처가 크지 않아야 할 텐데.'

혹시 울지는 않을까 염려했건만, 어째서인지 루린토프는 잔뜩 화가 나 보였다.

"예전에 라안 님께서 루린토프 영애의 티 파티에 두 번이나 찾아오셨다고 들었어요. 사실인가요?"

"그럼요, 우리 루리에게 두 번이나 방문해 주셨답니다."

"이 제국 수도에 아는 사람 하나 없는 제게 친구를 만들어 주고 싶으셨나 봐요. 그래서 그러셨다고 하더라구요."

카루나는 루린토프 쪽은 바라보지도 않고 살짝 눈을 내리깔았다. 부끄럽다는 듯, 혹은 수줍다는 듯.

"어머나, 그때부터 우리 루리를 그렇게 생각하셨다고요?"

보쉬엔 자작 부인의 얼굴에 화색이 돌았다.

"오늘도 제가 다녀온다고 하니, 웃으면서 배웅해 주셨어요. 보쉬엔 자작가는 라안 님께서 오랫동안 친분을 쌓아 온 가문이니 안심이 된다면서, 따라오진 않으셨어요. 그렇지 않나요, 경?"

카루나가 세나를 돌아보며 물었다. 세나는 얼른 말을 받아 능청스럽게 대답했다.

"만약 아가씨께서 다른 가문에 방문하려 하셨다면 제가 아니라 공작 각하께서 호위 기사를 자처하셨을 겁니다. 지난번에 푸일 후작저를 방문하려 할 때도 각하께서 동행하시겠다고 나서시는 통에 난감하였지요."

"맞아요, 그러고 보니 그랬네요. 요즘 계속 바쁘다고 했으면서, 왜 제가 어딜 가려고만 하면 그렇게 동행하겠다고 하시는지."

카루나와 세나는 척척 거짓말을 쌓았다. 정작 말을 하는 카루나는 태연하건만, 둘의 대화를 듣는 보쉬엔 자작 부인과 아이쉬 남작 부인의 얼굴이 발그레해졌다.

"정말로 공작 각하께 그런 면이……."

"오늘, 당신을 배웅해 주셨다고요? 라안 님이?"

내내 가만히 있던 루린토프가 보쉬엔 자작 부인을 세치고 말을 꺼냈다. 목소리가 뾰족했다.

"얘야, 루리?"

옆에 앉은 보쉬엔 자작 부인이 당황하여 루린토프를 막으려 했다. 루린토프는 보쉬엔 자작 부인의 손을 밀치며 몸을 앞으로 내밀었다.

"그럴 리가 없어요."

루린토프가 단단한 육포를 씹듯 한 음절씩 끊으며 말했다.

라크안은 지금 루린토프의 손안에 고이 들어와 있었다. 눈앞의 소녀가 라크안을 만나 그런 로맨틱한 대화를 나눌 수 있었을 리 없다. 그런데 눈앞의 소녀는 제가 진짜 라크안의 약혼녀라는 듯, 말도 안 되는 거짓말을 하며 그녀를 농락하고 있었다.

'감히, 내 앞에서 라안 님을 들먹이며 거짓말을 하다니.'

루린토프는 제 드레스 자락을 꽉 움켜쥐고 있었다. 아름다운 레이스가 손안에서 형편없이 구겨졌지만, 그걸 걱정할 여유가 없었다.

"어머, 왜 그렇게 말씀하시는 거죠?"

카루나는 깜짝 놀란 듯한 표정을 지으며 루린토프를 바라보았다.

"오늘만 해도 라안 님은 제 방의 문 앞에서 저를 기다리다 마차까지 에스코트해 주셨답니다."

"거짓말하지 마세요!"

"거짓말이 아닌걸요. 마차의 계단이 높은 걸 보시곤, 제가 혹시나 위험해질까 봐 염려된다고 절 안아서 마차에 앉혀 주기까지 하셨는데."

카루나는 눈꼬리를 접으며 사르르, 웃어 보였다. 카루나는 정말 행복해 보였다. 누가 봐도 약혼자에게 사랑을 받고 아낌을 받는 소녀였다.

보쉬엔 자작 부인은 제 딸의 무례를 말리다가도 카루나의 사랑스러움에 취해 눈을 떼지 못했다. 아이쉬 남작 부인도 비슷했다. 오직 루린토프만이 눈꼬리를 치켜뜨고 카루나를 노려보았다.

"그럴 수 있을 리 없어요!"

"그럴 수 있을 리 없다라······."

흐음, 카루나가 살짝 고민하는 척하다가 고개를 들어 루린토프를 똑바로 바라보았다. 녹색 눈이 반짝였다.

"혹시나 했는데, 역시나. 루린토프 영애, 영애는 제가 마음에 안 들죠?"

"어떻게 안 그럴 수 있겠어요. 라안 님이 안 계신 틈에 제멋대로 공작가에 비집고 들어가신 거잖아요?"

"바이켈드 공작가가 어디 제가 비집고 들어가고 싶다고 마음대로 들어갈 수 있는 곳인가요? 그럴 수 있는 곳이라면 이미 영애께서 들어가 있지 않겠어요?"

"날 당신과 같은 급으로 보지 마세요. 약혼녀라니, 그게 가당키나 한가요. 지금 영애의 나이가…… 몇이나 되셨나요? 라안 님이 어떻게 영애처럼 어린 소녀를 약혼녀로 삼으실 수 있었겠어요!"

루린토프는 결국 카루나의 나이 이야기를 꺼내고야 말았다.

"루리, 그만두지 못하겠니?"

보쉬엔 자작 부인이 벌떡 일어섰다.

"언니, 언니까지 이러면 어떡해요. 진정해요!"

아이쉬 남작 부인도 덩달아 일어섰다.

"아니요, 부인. 말리지 마세요."

카루나는 오히려 두 부인을 막으셨다. 그러고는 할 말이 남았거든 더 해 보라며 루린토프를 바라보았다.

루린토프는 드레스를 움켜쥐고 있던 손을 풀고 찻잔을 들었다. 달그락. 찻잔을 움켜쥔 작은 두 손이 살짝 떨리고 있었다.

"영애께서는 어려서 잘 모르시겠지만, 그리고 라안 님도 분명 다시 영애를 만나지 못해 말씀을 드리지 못했겠지만, 라안 님은 제게 마음을 주셨답니다."

"루리?"

"얘! 루린토프, 무슨 소릴 하는 거니!"

카루나보다 보쉬엔 자작 부인과 아이쉬 남작 부인이 먼저 놀랐다. 특히나 보쉬엔 자작 부인은 까무러칠 기세였다.

"영애, 미안해요. 우리 딸이 원래 이런 아이가 아닌데-."

다음으로 이어지는 건 흔한 레퍼토리였다. 보쉬엔 자작 부인은 갑자기 돌아 버린 딸을 말리기보다는 차라리 카루나에게 양해를 구하려는 듯했다.

"어머나, 그런 말씀을 하실 줄이야."

카루나는 주절주절 이어지는 기도 안 차는 딸 사랑을 귓등으로 흘리며 고개를 숙였다. 루린토프와 귀부인들은 카루나가 혹여 우는 게 아닌가 생각했다. 하지만 아무리 유심히 보아도 찻잔으로 눈물방울이 떨어지지 않았다.

그때 카루나는 찻잔 속, 투명한 황금빛 찻물 위에 비친 자신의 얼굴을 바라보고 있었다. 너무 즐겁다는 듯 웃음을 띤 모습이 보였다. 카루나는 다시 고개를 들어 루린토프를 바라보았다.

"너였구나."

생글생글 웃던 얼굴은 순식간에 돌변했다. 카루나는 찻잔을 들어 루린토프에게 집어 던졌다. 촤악! 맑은 찻물이 루린토프의 얼굴을 덮쳤다. 귀한 찻잔은 뎅그르르 바닥을 굴렀다.

"꺄아아악!"

"어머나, 영애! 무슨 짓이에요!"

보쉬엔 자작 부인과 아이쉬 남작 부인이 비명을 질렀다.

카루나는 벌떡 일어나 티 테이블을 발로 밟고 올라섰다. 뒤에 서 있던 세나는 혹시나 카루나가 다칠까 싶어 허리를 받쳐 주었다. 카루나는 예전에 라크안이 그러했듯, 찻주전자와 아름다운 트레이를 발로 뻥뻥 찼다. 그리고는 당황해하며 엉거주춤 일어서려는 루린토프의 머리카락을 확 잡아챘다.

"네년이지? 네년이 내 약혼자를 납치하고 감금한 거지!"

까아아아악. 루린토프의 비명은 가제보를 넘어, 후작저 저택의 담 밖으로까지 터져 나갔다. 조금 전까지만 해도 귀부인들과 미혼의 아름다운 영애들의 웃음소리가 울려 퍼지던 후원은 엉망이 되었다.

"당장 내 약혼자를 내놓지 못해?"

카루나는 세 사람분의 비명을 씹어 먹으며 소리쳤다. 온 자작저에 쩌렁쩌렁 울려 퍼질 만한 성량이었다.

급기야 카루나는 아예 두 손으로 루린토프의 머리를 휘어잡고는 마구 흔들었다.

"무, 무슨 짓이에요."

"그만두지 못해요!"

보쉐엔 자작 부인과 아이쉬 남작 부인이 뒤늦게 카루나에게 달려들었다. 하지만 그들은 카루나에게 다가갈 수 없었다.

"감히 우리 아가씨에게 손을 대기 전, 마음의 준비를 단단히 하셔야 할 겁니다."

어느새 세나가 카루나와 그들 사이를 가로막고 섰다. 허리춤에 손을 댄 채였다. 철십자 기사단의 예복은 검은색이었다. 검은 예복을 은실과 은 단추로 장식했다. 어깨엔 바이켈드 공작가의 문장이 새겨진 장식을 붙이고 술을 달았다.

예복은 단정하고 아름다웠다. 또한 위협적이었다. 세나는 온통 하얗고 알록달록 화려한 티타임 공간에서 홀로 까맣게 빛났다. 주인을 지키는 표범 같았다. 크지 않은 동작, 나직한 목소리만으로 티스푼보다 무거운 걸 들어 본 적 없을 귀부인들을 제압했다. 그사이 카루나는 루린토프의 뒷머리를 확 잡아끌어 목을 꺾었다.

"내 약혼자 어디다 감췄어?"

엉망이 된 루린토프의 얼굴을 내려다보며 물었다. 루린토프는 울음을 터뜨렸다. 그녀는 태어나서 단 한 번도 이런 고통을 겪어 본 적이 없었다. 이렇게 우악스럽게 머리를 쥐어뜯기다니.

언젠가 누군가가 이렇게 당하는 걸 본 적은 있다. 오래전, 어머니를 따라갔던 티 파티에서였다. 아직 사교계에 데뷔하지 않은 어린 영애들의 모임이었는데, 거기서 어느 영애가 겁도 없이 황태자에 대해 떠들어 댔다.

솔직히 마카레나 백작 영애가 뒷배가 든든해 황태자비 후보로 거론되는 거지 외양만 보자면 자신이 좀 더 어울리지 않느냐고. 외모와 몸매에 꽤 자신이 있는 영애였다. 무역으로 큰돈을 모아 황제파의 돈줄 역할을 하는 가문이기도 했다. 유망하지는 않지만 그 영애 또한 황태자비 후보로 손꼽히고 있었다.

그 영애는 클레이엔이 없는 줄 알고 그렇게 떠들어 댔다. 그런데 하필이면 그때 클레이엔이 그 자리에 나타났다. 클레이엔은 지나가던 하인이 들고 있던 샴페인을 그 영애의 드레스에 뿌렸다. 까아아악! 그 영애도 지금의 루린토프처럼 비명을 질렀다.

'감히, 그딴 소리를 지껄이다니. 내 뒷배와 당신의 그 반반한 얼굴 중 무엇이 더 오래 버티는지 겨루어 볼까요?'

불꽃이 타오르는 듯한 붉은 머리카락, 그리고 표독스럽게 빛나는 녹색 눈. 클레이엔은 무섭도록 아름다웠다. 클레이엔은 그 영애에게 덤벼들어 머리채를 단번에 휘어잡고 영애를 개처럼 질질 끌고 다녔다.

그 영애는 눈물콧물을 다 빼며 손이 발이 되도록 살려 달라고 빌었다. 수십 명의 어린 영애들이 거기 있었지만 누구 하나 클레이엔을 말리지 못했다.

루린토프는 황태자에게 전혀 관심이 없었기 때문에 자신은 그런 일을 겪지 않을 거라 생각했다. 클레이엔만 조심하면 되니까. 황태자만 넘보지 않으면 되니까.

그런데 지금, 그때의 그 얼굴이 예뻤던 영애와 똑같은 재앙을 맞게 되었다.

'그 영애도 이만큼 아팠을까?'

머리채가 붙잡혀 이리저리 흔들리며 정신이 없는 와중에도 문득 그 영애가 생각났다.

"아직 네가 정신을 못 차렸구나."

루린토프가 대답하지 않자 카루나는 루린토프의 머리채를 쥔 손에 힘을 주었다.

"그만해요! 제발, 제발!"

보쉬엔 자작 부인이 비명을 질렀다.

"도대체 왜 그렇게까지 하시는 건가요, 영애! 제발 그만해요! 제발!"

"댁의 따님께서 제 약혼자를 훔쳐갔는데, 이 정도는 약과 아닌가요?"

"훔쳐가다니, 그게 무슨 소리예요. 오늘만 해도 공작 각하께서 영애를 배웅해 줬다고 하셨잖아요."

"아, 그거. 댁의 따님 말씀처럼 거짓말이에요."

"……뭐라고요?"

"내 약혼자, 라안 님이 당신 따님의 티 파티에 참석하러 간 이후 행방불명이 되었거든요, 사실."

카루나가 루린토프의 머리를 쥔 채로 보쉬엔 자작 부인을 바라보았다.

"그게, 무슨……."

보쉬엔 자작 부인이 혼란스러워하며 카루나와 루린토프를 번갈아 바라보았다. 설마, 하는 표정을 짓는 듯했지만 이내 다시 눈가에 눈물이 차올랐다. 뭐가 어떻든 지금 괴롭힘당하고 있는 딸이 더 눈에 들어오고 마음에 와닿는 듯했다.

"무슨 오해가 있는지는 모르겠지만, 그렇다고 내 딸을! 어떻게 귀족 영애가 그런 짓을 하는 건가요."

"사랑하는 약혼자가 함정에 빠져 딴 여자의 치마폭에 갇혀 있는데, 어떻게 이런 짓을 안 할 수가 있겠어요?"

카루나가 발로 티 테이블 위에 남아 있는 접시를 밟았다. 콰직. 부츠의 굽이 접시에 박혔다. 귀한 자기 접시가 단번에 아작 났다. 마치, 네 막내딸을 이 접시처럼 만들어 주고야 말겠다는 선언 같아 보였다.

"사, 살려 주세요. 우리 딸은 아무 죄가 없어요!"

보쉬엔 자작 부인이 사색이 되어 길을 막고 선 세나에게 매달렸다. 아이쉬 남작 부인은 일단 보쉬엔 자작 부인을 말리자고 마음을 정하고 손을 뻗었다. 그때.

"아……."

"갑자기, 왜 이러지?"

보쉬엔 자작 부인과 아이쉬 남작 부인이 동시에 비틀거리기 시작했다.

"흡."

세나는 괜히 콧등을 움찔거렸다.

잠시 후 아이쉬 남작 부인과 보쉬엔 자작 부인은 바닥에 풀썩, 쓰러졌다. 아예 정신을 잃은 듯 꿈틀대지도 못했다.

"역시나 그 향기가 문제였나 봅니다."

세나가 카루나를 돌아보며 말했다.

"어째서 쓰러지지 않는 거죠?"

루린토프는 눈물로 얼룩진 얼굴로 카루나를 바라보았다. 영문을 모르겠다는 표정이었다.

"말했잖아, 내 멍청한 약혼자 구하러 왔다고. 내 약혼자가 이런 수에 당했다고 나까지 당하라는 법 있어?"

카루나가 루린토프에게 얼굴을 바짝 가져다 댔다.

"내가 잠들 일은 없어. 내 뛰어난 호위 기사도 마찬가지이고. 그러니까 불어, 내 약혼자 지금 어딨어?"

"……"

"어디다가 처박아 놨니, 응?"

"누가 말할 줄 알고?"

퉤- 루린토프가 카루나에게 침을 뱉었다. 얼굴을 맞대고 있던 터라 피할 겨를이 없었다. 루린토프의 침이 카루나의 볼에 찰싹 들러붙었다가 주르륵, 흘러내렸다.

"아가씨!"

세나가 얼른 품에서 손수건을 꺼내 내밀었다.

"감히 내 라안 님을 탐내다니. 꿈도 꾸지 마세요. 절대 라안 님은 빼앗기지 않을 테니까. 당신은 절대 라안 님의 약혼녀가 될 수 없어요."

루린토프가 입술을 앙다물었다. 머리채가 휘어잡힌 게 아파 눈물을 흘리고 있으면서도, 라크안에 대해서만큼은 입을 꽉 다물었다. 그 근성만큼은 감탄스러웠다. 하지만 카루나는 제 앞길을 가로막는 남의 근성을 존중해 주는 사람이 아니었다.

"그래? 그렇게 나온다면, 좋아."

주변에서 여러 사람의 발소리가 들렸다. 허리를 펴고 주변을 둘러보았다. 후원에서의 비명을 듣고 나온 건지 자작저의 하인들이 우르르 몰려오고 있었다.

그들의 눈에 비친 가제보 안의 모습은 분명 오해의 소지가 있었다. 바닥에 쓰러져 뒹굴고 있는 보쉬엔 자작 부인과 아이쉬 자작 부인. 카루나에게 머리채가 붙잡혀 있는 **루린토프**. 데이블 위에 당당히 올라신 카루나와 그 곁을 지키는 검은 예복의 기사.

"어서 날 구해 줘!"

루린토프가 소리치자 하인과 하녀들이 가제보로 뛰어들었다. 개중에는 애초부터 몽둥이나 장대처럼 무기가 될 만한 것들을 들고 오는 하인들도 있었다. 루린토프의 명을 받는 개인 하인들인 게 분명했다.

'어제 보쉬엔 자작가에서 마탑의 코마개를 대량으로 사 갔다고 했으니, 알아서 고꾸라지길 바랄 수는 없겠고. 좀 귀찮아지겠네.'

카루나가 강 건너 불구경을 하듯 말했다.

"꽤 수가 많네요."

"그래 봤자 한주먹 거리도 안 됩니다. 등 뒤에 우리 철십자 기사단을 두시고 그런 걱정을 왜 하십니까."

세나는 주먹으로 가슴을 팍팍 때리며 자신 있게 말했다.

'내가 바이켈드 공작의 약혼녀라는 걸 알면서도 저렇게 굴다니?'

카루나는 몽둥이를 위협적으로 휘두르는 하인들을 보며 고개를 갸웃했다. 제법 기특하고 가련한 마음에 들어서 세나에게 물어보았다.

"공작저에서 본받을 만한 충성심일까요?"

"설마요. 제 목숨 귀한 줄 모르는 충성심 따위, 라안 님은 결코 바라지 않으십니다."

세나가 답했다.

"그렇겠죠?"

카루나는 세나의 대답이 마음에 들어 빙긋 웃었다.

툭하면 발작을 일으키는 라크안. 그를 두들겨 패서라도 지키는 기사들. 홍수나 태풍을 피하듯 발작 일으키는 라크안만 보면 얼른 도망가는 하인과 하녀들. 그게 바이켈드 공작 저택의 일상이었다.

라크안은 꿈에라도, 제가 발작을 일으켜 쓰러졌다고 그걸 구하겠다고 달려오는 부하나 하인을 원치 않으리라. 차라리 멀찍이 떨어져 제게 포도주 통을 쏟아붓기를 바랄 것이다.

저택 곳곳에 포도주 통 트랩을 설치하는 것도 처음에만 투정을 부렸을 뿐, 몇 달이 지나도록 가만히 놔두고 있지 않은가. 그러니 카루나는 그런 라크안의 약혼녀로서 라크안의 의지를 이어받아야 했다.

적의 소굴에 쳐들어와서 머리카락 하나 다치면 안 된다. 호위 기사인 세나도 결코 죽으면 안 된다. 제게 달려오는 수십 명의 자작저 고용인들을 앞에 둔 지금 상황에선 불가능한 일이 아닐까 생각될 수도 있겠지만, 카루나는 당황하지도, 겁먹지도 않았다. 왜냐면.

쿵- 쿠웅! 지진이라도 난 듯 땅이 흔들렸으니까.

가제보 근처까지 달려온 하인과 하녀들의 몸이 크게 흔들렸다. 쿵. 쿵. 쿠웅. 땅이 계속 흔들렸다. 가제보도 흔들렸다. 지붕이 흔들릴 때마다 잔돌 부스러기들이 머리 위에서 떨어졌다.

"조심하십시오."

세나는 얼른 카루나의 옆에 다가와 머리 위로 손을 들어 올렸다.

"에이, 무식한 사람들. 저래서 어디 가서 철십자 기사단 이름이나 내밀겠습니까."

세나가 이 굉음이 울리는 진원지 쪽을 바라보며 혀를 끌끌 찼다. 자신은 지금 이 굉음을 만드는 사람들과 전혀 연관이 없다는 듯 천연덕스러웠다.

"머리카락 하나 다치시면 안 됩니다. 조금 전 제가 한 말은 진심이니까요."

세나는 혹여 작은 돌조각이라도 하나 카루나의 머리 위로 떨어질까 염려했다. 그러는 사이 저 너머에 있던 자작저의 높은 담벼락이 무너졌다. 돌을 쌓아 만든 벽이 무너지는 건 한순간이었다. 우르르. 무너진 담 저편에는 무장한 기사들이 몰려 서 있었다.

"처, 철십자 기사단?"

"철십자 기사단이다!"

굉음과 땅이 흔들리는 소란을 견디지 못해 자빠져 있던 하인, 하녀들이 기겁했다. 그들에게 공포와 두려움을 알려 준 이들이 자작저 안으로 침투했다. 쿵, 쿠웅, 쿵. 그들의 발소리만으로도 땅이 약하게 흔들렸다.

백여 명의 기사가 지나가면 길이 아닌 곳도 길이 되었다. 정원사들이 애쓰며 다듬고 관리했던 정원은 그들의 발아래 무참히 짓이겨졌다. 꽃나무가, 풀잎이, 고운 잔디가 사라지고 땅이 패었다.

"아가씨를 뵙습니다."

선두에 선 기사단장이 가제보 아래에 서 한쪽 무릎을 꿇고 앉았다.

"어서 와요."

카루나는 루린토프를 내팽개쳤다. 까악, 루린토프가 비명을 지르며 바닥을 뒹굴었다.

"아가씨!"

"어머나, 어쩌면 좋아!"

하녀 두셋이 얼른 가제보 안으로 들어오려 했으나, 세나가 눈을 부라리며 막아섰다. 카루나는 세나의 도움을 받아 가제보의 난간 위에 섰다.

"일어나셔요, 경."

카루나가 허락하자 기사단장이 일어섰다. 철컥, 갑옷 소리가 났다.

"경, 나는 지금 무척 화가 나 있어요. 이 저택의 루린토프 영애가 내 약혼자, 라안 님을 납치 감금했다는군요. 나는 방금 그걸 루린토프 영애에게 직접 확인했고요. 소문을 듣고 설마 설마 했는데, 진짜였을 줄이야."

"나, 나는 말한 적이 없어!"

등 뒤에서 루린토프의 목소리가 들렸지만 카루나는 깔끔하게 무시했다.

"나는 매우, 매우 화가 나요. 내 약혼자가 지금 이 저택 어딘가에 갇혀서 저 영애에게 모진 괴롭힘을 당하고 있었을지도 모른다니."

카루나는 슬퍼하면서도 화가 난 목소리를 꾸며 냈다.

"더는 단 한시도 저 영애의 손에 내 약혼자를 놀아나게 할 수 없어요!"

"명을 내려 주십시오."

기사단장은 제가 충성을 맹세한 사람이 카루나인 듯 충실하게 카루나를 따랐다.

"당장 이 저택을 탈탈 털어서 내 약혼자를 찾아내세요. 필요하다면 저택을 다 때려 부숴도 좋아요. 모든 책임은 내가 질게요. 난 저 영애에게서 반드시 내 약혼자를 되찾고야 말겠어요."

카루나가 자작저의 본채가 있는 쪽으로 힘차게 손을 뻗었다.

"당장 가세요. 가서 내 약혼자를 찾아오세요!"

"명을 받듭니다."

기사단장이 우렁찬 목소리로 답했다.

"가로막는 건 바이퀠드 공작의 약혼녀, 나 카루나의 이름으로 다 쓸어 버리세요. 누구든 막는 자가 있다면 처리하세요. 죽이지만 않으면 됩니다. 아시겠어요?"

"명을 따릅니다."

"명을 따릅니다."

"명을 따릅니다."

백여 명의 기사들이 한목소리로 대답했다. 그것만으로도 귀가 웅웅 울릴 정도였다. 카루나의 명을 받은 기사들이 일제히 움직였다. 자작저의 하인과 하녀들은 제게 다가오는 기사들을 피해 뿔뿔이 흩어졌다. 카루나는 세나를 붙잡고는 그들 중 몇몇을 가리켰다.

"루린토프 영애의 개인 하인들인 거 같아요. 처음부터 아예 무기를 들고 있었어요. 저 사람들은 따로 잡아 둬요."

"알겠습니다."

시원하게 대답한 세나가 휘적휘적 걸어 나갔다. 당연히 저 난리통에 뛰어들 줄 알았건만, 그러지는 않았다. 대신 기사단 후방에 있던 젊은 기사 두엇에게 뭐라고 말을 하고는 다시 카루나의 곁으로 다가왔다.

"세나 경?"

"저는 아가씨의 호위 기사이니 절대 곁을 떠나면 안 됩니다."

세나는 어깨를 으쓱하고는 다시 카루나의 옆에 섰다. 그녀의 그림자가 길게 늘어나 카루나의 위를 덮었다. 따뜻하고 든든한 그늘이었다.

철십자 기사들은 카루나의 말대로 저택 곳곳을 뒤엎고 다녔다. 철십자 기사들을 막아설 수 있는 사람은 아무도 없었다.

주인이 없는 성을 습격하는 것만큼 쉬운 전투는 없다. 철십자 기사들은 모처럼의 소동에 신이 나서 카루나의 명을 곧이곧대로 지켰다. 융통성 따 윈 발휘하지 않았다.

"어? 여기 벽이 좀 두껍지 않아?"

"그러게, 라안 님을 가두기 충분한 벽이야."

닥치는 대로 벽을 부쉈다. 더 부쉈다가는 건물이 무너질지도 모른다는 경고를 듣고 나서는 조금 자제했다.

"라안 님이 지하에 감금되어 있는데 저택이 무너지면 안 되겠지?"

"죽지는 않으실 텐데, 그걸 파내야 하는 우리가 힘들어 죽을 거야."

응접실, 서재, 침실은 물론이거니와 지하실과 지붕의 다락방까지. 자작 저의 본채를 샅샅이 뒤졌다. 하지만 라크안은 나오지 않았다.

온 저택을 뒤져도 라크안이 발견되지 않자 죄인처럼 수그려 있던 집사와 하녀장의 목이 슬슬 뻣뻣해졌다.

"이게 무슨 짓입니까, 자작님께서 돌아오시면 가만있으실 것 같습니까!"

"어떻게 이렇게 핍박하실 수가 있으십니까."

하녀들은 앞치마에 눈물을 찍어 냈고, 하인들은 주먹을 움켜쥐며 반항 의 기세를 보였다. 카루나는 세나의 에스코트를 받으며 사뿐히 가제보를 걸어와 그들 앞에 섰다.

"내 앞에서 다시 한번 그 입을 지껄여 봐. 목숨이 여러 개인가 보지?"

카루나가 화사하게 웃으며 그들을 둘러보았다. 조금 전까지 기사들에게 불만을 늘어놓던 이들은 카루나와 눈이 마주치자 움찔하며 고개를 숙였다.

"난 지금 내 약혼자를 찾고 있어. 너희가 그토록 충성하는 루린토프 영애가 내 약혼자를 납치, 감금해서 내가 직접 찾으러 온 거라고. 그런데 지금 이 상황에서 감히 루린토프 그 계집애의 편을 들어?"

카루나의 목소리가 표독스러워졌다.

"나는 이 저택을 모두 불태워서라도 반드시 내 약혼자를 찾아낼 거야."

"부, 불태우다니요. 이 저택은 유서 깊은 보쉬엔 가문의!"

"바이켈드 공작가만큼 유서 깊은가 보지?"

"그, 그렇지는 않지만……."

"아닌 줄 알면 조용히들 있는 게 좋을 거야. 그 불이 잘 타오르도록 장작이 되고 싶은 자가 있다면 어디 계속 그 가벼운 입을 지껄여 보도록 해. 잘 마른 장작이라고 티 내는 줄 알고 제일 먼저 던져 줄 테니까."

자작저의 하녀, 하인들이 다시 조용해졌다.

"우와, 우리 아가씨 너무 멋있습니다."

옆에서 세나가 감탄하며 손뼉 쳤다. 카루나는 그런 세나를 잡아끌어 자작저의 별채들을 둘러보았다. 본채에 라크안이 없다는 걸 확인한 기사들은 별채들을 뒤졌다.

자작저엔 별채가 다섯 채였다. 손님용으로 만들어져 작았고, 최근에 사용한 흔적은 없었다. 다섯 채의 별채에서도 리크인은 나오시 않았다. 혹시 밀실이 있을까 바닥과 천장을 모두 두들겨 보았지만 아무것도 없었다.

"정말 불이라도 지르든지, 아니면 건물들을 다 때려 부숴야겠습니다."

기사단장이 말했다. 얼굴에 초조한 기색이 어렸다. 라크안이 아직 자작 저에 있다고 확신하여 자작저를 불시에 덮쳤건만. 라크안이 나오지 않으니 그 뒷수습을 어찌해야 하나 걱정이 되는 듯했다.

"공작 각하는 반드시 이곳에 있어요, 걱정하지 마세요."

"정말로 확신하십니까?"

기사단장은 묘한 표정으로 카루나를 보았다.

"당연하지요. 최강의 철십자 기사단이 밤낮으로 자작저 주변을 지켰어요. 공작 각하를 저택 밖으로 빼내는 걸 발견하지 못했고요. 그럼 당연히 이 안에 공작 각하가 있지 않겠어요?"

철십자 기사단을 믿는다는 말이었다. 기사단장의 얼굴이 대번 밝아졌다.

'루린토프 영애가 바이켈드 공작을 밖으로 빼돌렸을 리가 없어. 어떻게든 가까이에 두고 이렇게든 저렇게든 하려 했을 거야.'

기사단장이 그답지 않게 불안해하기에 기사단의 능력을 믿는다고 입에 발린 소리를 해 주었을 뿐, 애초부터 카루나는 루린토프 영애가 라크안을 제게서 멀리 떼어 놓았으리라고 생각하지 않았다.

어떻게 손에 넣었는데 함부로 밖으로 내돌리겠는가. 몸이 아프다는 핑계로 요양해야 한다며 지방 영지로 내려갈 때 라크안을 함께 데려가면 데려갔지.

그러니 라크안은 분명히 이 저택에 있다. 보쉬엔 자작 부부가 찾지 못하는 곳. 대부분의 하인, 하녀들이 눈치채지 못하고 지나치는 곳.

'그게 어딜까.'

카루나는 세나와 기사단장을 등 뒤에 둔 채 산책하듯 자작저를 둘러보았다.

후원 정원의 안쪽에 조그만 건물이 하나 있었다. 반쯤 부서진 건물이었다. 이미 기사들 몇 명이 안을 살피고 있었다.

"이건 무슨 건물인가요?"

카루나는 가까이 다가가 건물을 살펴보았다. 흙으로 만든 벽돌을 쌓아 올린 작은 집이었다.

"10년 전까지는 별채로 쓰이다가 지금은 사용하지 않는다고 합니다. 건물 자체도 별다를 게 없습니다. 이층 건물인데 지하실도 없고, 밀실이 있을 만한 공간이 없습니다."

건물을 살피던 기사 중 한 명이 답했다.

카루나는 주변을 둘러보았다. 가제보에서 멀지 않은 위치였다. 이런 곳에 이런 폐가를 그냥 버려두었을 리 없다. 잘 정돈된 정원을 보면, 후원을 관리할 여력이 없는 것도 아니건만. 벽돌집 근처는 빈 공터였다. 자세히 보니 이랑과 고랑을 만든 흔적이 있었다.

"아!"

카루나는 이 건물의 정체를 금방 알아챘다.

"아리드네식 별장이었나 보네요."

기분 나쁜 곳이라고 투덜대던 기사들이 새삼스럽다는 듯 다시 이층 벽돌집을 바라보았다. 카루나는 쓰게 웃으며 흙벽돌을 발로 툭툭 찼다. 벽돌의 모서리가 후두둑, 부서졌다.

7~8년 전까지, 수도의 귀족들 사이에서 제 저택의 후원에 이런 작은 벽돌집을 만드는 게 유행이었다. 백성들이 흙으로 벽돌을 구워 얼기설기하게 집을 지어 사는 걸 보고는 운치 있다며 따라 별장을 만든 것이다.

귀족들은 그 안에서 백성들의 삶을 흉내 내 소박하게 식사하고 텃밭을 일구는 '놀이'를 즐겼다.

홍수만 나면 백성들이 지은 흙벽돌집은 뭉그러졌다. 백성들은 무너지고 쓸려나가는 집에 갇혀 다치고 죽었다. 살아남은 백성들은 홍수가 끝나면 다시 흙벽돌을 쌓아 집을 지었다. 그렇게 겨우겨우 이어 가는 삶을, 귀족들은 재미있어 보인다며 흉내 내며 놀았던 것이다.

이런 놀이를 유행시킨 건 당시 황제의 정부였던 아리드네 남작 부인이었다. 그녀의 이름을 따 이런 별장을 아리드네식이라고 불렀다. 카루나가 마카레나 백작저로 끌려 갈 즈음의 유행이었다.

뒷골목 소매치기였던 카루나는 귀족들이 이런 취미를 가지고 있다는 소문을 듣고는, 썩은 빵을 씹어 먹고 더러운 물을 마시며 귀족들을 욕했다. 그러다가 마카레나 백작을 만나 클레이엔이 되었다.

마카레나 백작저에도 이런 아리드네식 별장이 있었다. 클레이엔을 위해 마카레나 백작이 만들어 준 것이었다.

비가 왕창 내리는 한밤, 카루나는 혼자 도끼를 들고 가 그 별장을 다 때려 부쉈다. 하루하루 겨우 살아남는 게 전부였던 그 삶이 고작 귀족의 놀잇거리가 되는 걸 절대 용서할 수 없었다.

그 뒤로 마카레나 백작에게 들켜 일주일 동안 골방에 갇혀 물만 마시면서 굶어야 했지만. 그때의 일을 단 한 번도 후회하지 않았다.

카루나는 그때를 떠올리며 계속, 건물의 밑에 깔린 흙벽돌을 툭툭 발로 찼다. 부서진 흙가루 속에 단단한 돌 모서리가 보였다.

"······."

발길이 멈췄다.

그 옛날, 카루나는 혼자서 아리드네식 별장 하나를 부숴 봤다. 장대비의 도움을 받긴 했지만. 그래서 카루나는 아리드네식 별장에 대해 잘 알았다.

아리드네식 별장은 고증이 철저한 별장이었다. 백성들의 흙집처럼 흙벽돌로 건물을 쌓아 올렸다. 물론 백성들처럼 대충 불에 구워 만드는 흙벽돌을 쓰진 않았다. 단단하고 잘 구워 낸 흙벽돌로 벽을 쌓아 올렸다. '이 건물처럼' 돌이나 바위 따위로 기둥을 만들지 않았다.

카루나는 주저앉아 흙벽돌 주변의 바닥을 손으로 긁었다.

"아가씨, 손 다치십니다. 제가 하겠습니다."

세나가 얼른 옆에 쭈그려 앉아 같이 바닥을 긁었다. 카루나에게 무슨 일이냐고 묻지도 않았다.

잠시 후.

두 사람의 손 아래 까슬까슬한 알갱이 큰 흙과 자잘한 자갈더미가 드러났다. 이상한 일이었다. 표면의 포슬한 흙을 파면 밑엔 당연히 단단한 흙더미가 나와야 한다. 이곳은 정원의 일부이며 아리드네식 별장에 딸린 텃밭이니, 식물이 자랄 수 있는 기름진 흙이 단단히 뭉쳐 있어야 한다.

그런데 이곳엔 알갱이가 큰 가벼운 흙과 모래, 자갈이 덮여 있었다. 마치 땅을 파 무언가를 파묻어 놓고, 그 무언가를 누르는 흙의 무게를 줄이기 위해 작업한 것처럼. 마치 한 번 땅을 팠다가 다시 흙으로 묻은 것처럼.

"……."

"……."

카루나와 세나의 눈이 마주쳤다.

"찾았네요."

카루나가 생글 웃었다.

"역시 아가씨가 최고십니다."

세나는 제 흙 묻은 손으로 카루나의 작은 손을 붙잡았다. 그러고는 후후 입김을 불어 손에 묻은 흙먼지를 털어 주었다. 카루나는 세나의 시중을 받으며 고개를 들었다. 멀뚱히 자신을 내려다보고 있는 기사단장에게 말했다.

"당장 기사들 모두 다 이리로 불러오세요."

* * *

수도의 웬만한 귀족 저택엔 밀실이나 비밀 통로가 존재한다. 반란이나 전쟁에 대비해 만들어 두는 것이다. 오래되거나 크기가 작은 저택의 경우 본채에 그러한 공간을 만들기 어렵다. 때문에 본채와 가까운 곳에 밀실을 만들어 본채에서 바로 옮겨 갈 수 있도록 대비한다.

보쉬엔 자작 가문은 유서 깊은 가문이다. 넓은 평야를 낀 영지를 경영하며 지방의 유지로 군림하였다. 전전대 보쉬엔 자작가는 수도에 올라와 본격적으로 정계에 뛰어들었다. 황제에게 수도의 저택을 하사받아 터를 꾸렸다. 그 저택이 지금의 보쉬엔 자작저였다.

보쉬엔 자작 가문이 머물기 전에는 멸문한 어느 백작 가문의 저택이었다고 한다. 수백 년의 세월을 버틴 저택은 여전히 튼튼했다. 고풍스러운 운치를 자랑했다. 그렇기에 함부로 건드려 밀실이나 비밀 통로를 만들기 힘들었다.

멸문한 백작 가문에서 만든 밀실과 비밀 통로가 저택 어디에 있는지 모를뿐더러 안다 해도 폐쇄해야지, 어찌 그대로 사용할 수 있을까. 보쉬엔 자작 가문만을 위한 비밀 공간을 만들어야 하는데.

그러니 아리드네식 별장을 짓기 위한 공사는 꽤 좋은 기회였을 것이다.

보쉬엔 자작 가문은 아리드네식 별장을 지으며 남들의 눈을 피해 근처에 땅을 파고 지하 방을 만들었다. 바로 옆의 땅에서 그런 공사를 함께 진행했으니, 아리드네식 별장을 흙벽돌로 짓지 못했으리라. 흙벽이 견디지 못하고 무너졌을 테니까.

카루나가 발견한 것이 바로 그 공간이었다. 보쉬엔 자작 가문의 밀실.

루린토프의 하인들은 꽤 입이 무거운 자들이었다. 밀실을 발견했으니 그 입구가 어디에 있는지 말하라 했으나 끝까지 입을 열지 않았다. 카루나와 철십자 기사단은 하인들을 고문해 입구를 찾지 않았다.

하인들의 충성심에 감명을 받아 그들을 순순히 풀어 주려는 것은 아니었다.

조금이라도 빨리 라크안을 구해야 하는데, 하인들을 고문할 시간이 아까웠기 때문이었다. 차라리 철십자 기사단 백 명이 땅을 파는 게 빨랐다.

기사들은 사방에서 삽이나 땅을 팔 만한 도구를 구해 왔다. 자작저의 물건을 강탈해 오기도 하고 인근 거리에서 물건을 사 오기도 했다. 자작저의 사람들을 감시하기 위한 몇 명을 뺀 나머지 모든 철십자 기사들이 아리드네식 별장 뒤의 공터에 몰려들었다.

땅은 푹푹 잘 파였다. 딱 카루나 키만큼 파 내려가니 삽 끝에 무언가 부딪쳤다. 텅텅. 금속의 느낌이었다.

"보물, 아니 라안 님이 든 보물 상자다!"

기사 중 누군가가 신나서 외쳤다.

기사들은 얼른 주변의 흙을 모두 파냈다. 큰 사각형의 금속판이 모습을 드러냈다.

"토굴을 파고 금속으로 방을 만든 모양이네요."

카루나는 세나의 도움을 받아 폴짝, 구덩이 안으로 내려왔다. 부츠로 금속판을 팡팡 두드려 보았다.

"공작 각하, 여기 있으세요? 제 말 들리세요?"

카루나는 소리쳐 말한 후 귀를 기울여 보았다. 뭔가 소리가 들리는 것 같기도 하고 아닌 거 같기도 했다. 카루나가 고개를 갸웃, 하자 기사들 열댓 명이 구덩이 안으로 들어와 펄쩍 뛰었다.

쿵쾅쿵쾅! 건장한 기사들이 뛰어 대니 금속판이 진동했다. 카루나는 판 위에 엎드려 귀를 기울였다. 치마와 머리카락에 흙먼지가 묻었지만 상관하지 않았다. 카루나가 판에 귀를 기울이자 세나가 주변 기사들에게 뛰지 말라 손짓했다.

안에서 뭔가 웅웅 울렸다. 희미하지만 사람의 목소리였다. 카루나는 고개를 들어 주변을 바라보았다. 세나와 기사들이 잔뜩 기대 어린 눈으로 카루나를 내려다보고 있었다. 카루나는 손가락으로 금속판을 가리켰다.

"여기에 제 약혼자가 들어 있는 거 같아요."

우와아! 기사들이 함성을 내질렀다.

* * *

평소와 다를 바 없는 하루였다. 밤인지 낮인지 모르지만, 잠깐 잠들었던 라크안은 바로 눈을 떴다. 하인이 뜨거운 물과 수건을 가져다주어서 그걸로 몸을 닦았다.

수건에 흙먼지가 조금 묻어 있는 게 보이긴 했는데, 딱히 거슬리지는 않았다. 전쟁터에서는 피 묻은 수건으로 몸을 닦는 게 일상이었으니 흙먼지 정도야.

"이 정도 되니 꽤 익숙해지는데?"

라크안은 천천히 손을 쥐었다 폈다. 감시하고 있는 하인들이 들으라고 하는 말일 뿐, 사실 하나도 익숙하지 않았다.

'힘은 여전히 돌아오지 않고 있어.'

하인이 대야와 수건, 피 묻은 셔츠를 들고 나갔다.

다시 혼자가 된 라크안은 침대에 기대앉은 채 멍하니 천장을 올려다보았다.

얼마나 시간이 지났을까. 땅이 흔들렸다.

"지진이라도 났나?"

단순한 지진은 아닌 듯했다. 머리 위에서 쿵쿵. 금속끼리 부딪치는 소리가 났다. 사람들의 발소리도 들리는 듯도 했다.

"뭐지?"

라크안은 몸을 일으켰다. 그리고 숨소리도 죽이고 머리 위에서 나는 소리에 귀를 기울였다. 소리는 끊어지지 않고 이어졌다.

"설마 나, 정말로 지하에 갇힌 건가?"

쿵쿵! 문이 있는 벽 쪽 천장에서 두드리는 소리가 났다. 이내 두드리는 소리는 천장 곳곳에서 울렸다. 강도는 더 심해졌다. 쿵쾅쿵쾅! 할 수만 있다면 이 방을 밟아서 납작하게 만들어 버리겠단 의지가 담겨 있는 거친 발소리였다. 텅텅 울리는 소리를 견디다 못한 라안은 귀를 틀어막고 소리를 질렀다.

"그만두지 못해!"

제 목소리가 들릴지 안 들릴지는 중요하지 않았다. 딱히 무슨 소리인지 모를 이 소음이 당장 없어지기를 바라는 것도 아니었다. 그저 제풀에 열받아 낸 소리였다. 그런데 소리를 지르자마자 거짓말처럼 소음이 그쳤다.

"도대체 뭐야? 무슨 일이야?"

라크안은 인상을 찡그리며 천장을 계속 올려다보았다. 둥탕둥탕. 천장 여기저기에서 계속 소리가 들렸다. 가만 들어 보니 발소리 같기도 했다.

그렇게 또 얼마의 시간이 지났을까.

제일 먼저 소리가 났던 문 쪽의 천장에서 이상한 소리가 들렸다. 끽. 끼기긱. 끽. 아까의 소음과는 비교도 안 될 정도로 귀에 거슬렸다.

"으윽."

라크안은 귀를 틀어막았다. 능력을 잃어서 다행이란 생각이 들었다.

끽!

천장에서 무언가 쑥 밀고 들어왔다. 얇고 뾰족뾰족한 금속. 사람들이 톱이라고 부르는 물건이었다. 라크안은 제 눈을 의심했다. 눈을 비벼 뜨니, 그 금속이 보이지 않았다.

"이젠 환각까지 보……."

끼익. 또 톱이 천장에서 밀고 들어왔다.

"……."

라크안은 입을 다물었다.

끼익, 끽. 끽. 소음에 맞추어 톱이 천장에서 쑥 나타났다 사라지기를 반복했다. 소음은 더 이상 소음으로 들리지 않았다. 라크안은 뚫어져라 천장을 바라보았다.

'내가 미친 게 아니라면 분명, 저 톱이 천장을 자르고 있어.'

왜 갑자기 천장에서 이상한 소리가 들리고, 톱이 천장을 끽끽대며 자르고 있는 걸까. 벌써 쓸데없는 희망을 품긴 싫지만. 그래도.

'날 구하러 온 건가?'

가장 가능성이 큰 가설은 이것이었다.

* * *

구멍을 내는 데 제법 시간이 걸렸다. 라크안은 양손으로 사슬을 단단히 움켜쥔 채 구멍이 뚫리기를 기다렸다. 이곳에서 벗어날 수 있을 거라는 희망 어린 생각을 하면서도. 최악의 상황 역시 염두에 두고 있었다.

만약 루린토프의 수작질이라면 방어를 해야 하니 사슬을 단단히 움켜쥐었다. 또 쇠침에 스친 손에서 피가 흘렀다.

이윽고 천장에 구멍이 뚫렸다. 동그란 구멍이 열리며 시원한 바람, 아니 흙냄새가 섞인 바람이 밀려 들어왔다. 흙먼지가 섞였지만 상쾌했다. 그제 야 라크안은 제가 갇힌 방 안이 꽤 답답하고 숨 막힌 곳이었다는 걸 실감 했다.

부스스스. 구멍을 통해 흙이 자꾸 흘러내렸다. 그리고.

"오, 열렸네요!"

지금 이곳에서 들려서는 안 되는 목소리가 들렸다.

'환청인가?'

라크안은 어안이 벙벙해져서 구멍이 뚫린 천장을 올려다보았다. 천장에 동그란 구멍. 거기서 툭, 줄사다리가 떨어져 내려왔다. 누군가 그 줄사다리를 타고 한 발, 한 발, 아래로 내려왔다.

보라색 부츠가 가장 먼저 보였다. 손바닥에 올리면 손가락 밖으로 넘치지 않을 정도로 작은 발이었다. 이어 분홍색 치맛자락이 씩씩하게 펄럭였다. 보라색 부츠가 반쯤 내려오고서는 멈췄다. 발만큼이나 작은 손이 줄사다리를 움켜쥐었다. 손도 발도 너무 작아서, 누군지 모르려야 모를 수가 없었다.

"꼬맹이, 너……."

라크안은 이를 꽉 깨물고 좀 더 고개를 들었다.

밝은 갈색 머리카락은 어깨에 닿을 듯 말 듯 살랑였다. 양옆에 꽂은 꽃 모양 머리핀이 더없이 잘 어울렸다. 녹색 눈은 이 세상에서 가장 크고 아름다운 녹주석보다 더 반짝였다. 조막만 한 하얀 얼굴엔 흙먼지가 묻어 있었다. 그리고 환하게 웃고 있었다.

"안녕하세요, 공작 각하. 제가 구하러 왔어요."

카루나가 손을 흔들었다. 라크안은 제 눈을 의심했다.

'너무 오래 갇혀 있어서 정신이 나가 버린 걸까.'

그렇지 않고서야 카루나가 여기에 있을 리가.

'꼬맹이가 날 구하러 왔다고? 그것도 멀쩡한 문을 놔두고 천장에 구멍을 뚫어서?'

말도 안 되는 일이었다.

'환각에 취하면 안 돼. 정신 치리자.'

이성적으로 생각한다면 이렇게 하는 게 맞았다. 그런데.

"공작 각하, 눈 아프세요? 아니면 오랜만에 해를 봐서 눈이 아픈 건가?

다시 뚜껑 닫아 드릴까요?"

귓가에 들리는 목소리가 너무 달콤했다. 본래 단 걸 좋아하지는 않는다. 하지만 지금, 이 달콤함만은 예외였다. 라크안은 그 달콤함에 취해 다시 눈을 떴다. 카루나는 여전히 눈앞에 있었다.

"너, 설마 진짜…… 꼬맹이?"

라크안은 겨우 목을 쥐어짜 말했다. 아니, 물었다.

"오, 저를 알아보시는군요. 다행이에요, 아직 제정신이어서."

카루나가 한 손을 들어 흔들었다. 그 순간 카루나의 모습이 흐려졌다. 그 위로 달밤의 언젠가 보았던 여인의 모습이 덧씌워졌다. 예고도 없이 툭 나타나 라크안에게 찐하게 짱돌을 맞추고 사라져 버렸던 그녀. 하지만 그 신기루는.

"에취!"

카루나의 재채기와 함께 후루룩 날아갔다. 라크안은 얼른 눈을 꽉 감았다 다시 떴다. 환각은 사라졌다. 줄사다리에 매달려 있는 건 카루나였다. 하아. 라크안은 안도의 한숨을 쉬었다. 혹시나 사랑의 묘약인지 마법의 묘약인지 때문에 환각을 보게 된 건지 모른다는 의심을 했…….

"……넌 누구냐."

의심은 사라지지 않았다.

"네?"

카루나가 고개를 갸웃했다. 더없이 라크안이 알고 있는 카루나의 모습 그대로였다. 하지만 라크안은 쉽게 믿지 않았다.

'꼬맹이가 여기 있을 리가 없잖아.'

갑자기 천장에 구멍이 뚫린 것도 수상쩍은 일이었다. 빨리 탈출하고 싶은 마음에 허약해진 몸이 만들어 낸 환각이 아니라면. 지금 눈앞에 있는 저건 분명.

'환각 마법을 쓰는 건가?'

루린토프일 것이다. 라크안은 그렇게 생각했다.

'마법의 약으로 내 발작을 돋우고, 날 기절시켜 능력과 감각을 모두 가둘 수 있다면. 환각을 보게 하는 건 그리 어려운 일이 아니겠지.'

평소의 몸이라면 환각 마법 따위를 두려워하지 않았을 것이다. 하지만 지금은 아니었다. 쇠약해지고, 감각이 닫힌 몸은 보통 사내만도 못했다.

'아예 작정하고 날 노리고 있구나.'

온몸의 솜털이 곤두섰다. 안 그래도 요 얼마간, 루린토프는 집요하게 라크안의 순결을 노렸다. 원하는 걸 얻기 위해 무엇이든 할 수 있는 여자이니, 자신을 카루나처럼 보이는 환각 따위를 마법으로 만들었을지 모른다.

'카루나에 대해서도 알고 있으니까.'

라크안과 카루나가 외출하는 장면을 훔쳐봤다고 했다. 그렇다면 카루나의 인상착의를 알고 있을 테니 더더욱 카루나의 환각을 꾸며 내기 쉬웠을 터. 라크안은 제 셔츠의 목 부분을 꽉 움켜쥐었다.

"이런다고 내가 경계를 늦출 것 같은가?"

"저기요?"

"내가 여기 갇혀 있다고, 날 아주 만만히 보는 거 같은데."

"저, 공작 각하? 저기요, 잠깐만요."

"이미 알아봤으니, 꼬맹이 흉내 내는 건 이제 집어치우지. 더는 통하지 않아."

라크안은 아예 마음을 굳힌 듯했다.

'정말 꼬맹이였다면 지금 저렇게 얌전히 있지 않았을 거야. 나한테 뭔 소리를 하느냐고 화를 내고, 후춧가루라도 뿌렸겠지.'

'단단히 오해하고 있는 거 같은데?'

무슨 오해를 하고 있는지는 대충 짐작 갔다.

"공작 각하, 정신 똑바로 차리고 절 보세요. 저 모르겠어요?"

카루나는 '너 지금 제정신 아니니?'라는 말투로 물어보았다. 목소리에 한껏 띠꺼움을 둘렀건만 라크안은 그 신호를 알아듣지 못했다. 사슬을 움켜쥔 손에 힘이 빡 들어간 게, 카루나에게도 보였다.

'뭐야?'

어이가 없었다. 카루나는 약간의 서운함과 거대한 짜증을 느꼈다. 굳이 예시를 들자면, 잃어버렸다가 겨우 찾은 개가 자신을 못 알아보고 컹컹 짖어 대는 걸 볼 때의 분노랄까.

'정말 개 같네.'

라크안이 개처럼 보인다는 뜻이었다. 카루나는 흐린 눈으로 라크안을 보았다.

후우. 카루나는 한숨을 내쉬며 마음을 가라앉혔다. 라크안이 움찔, 하는 게 보였다.

'루린토프 영애에게 무슨 짓을 당했나 보지. 그래서 저러는 거야. 내가 이해해 줘야지. 참자. 한 번만 참아 주자.'

그 모습은 카루나가 마음을 다잡는 데 조금, 아주 조금 도움이 되었다.

"공작 각하, 뭘 의심하는지 모르겠는데. 저는 공작 각하를 구하러 온 사람이에요. 공작 각하의 보좌 하녀였던 카루나라고요."

어떻게든 말로 해결해 보려 했건만.

"아니다, 이 악녀야!"

라크안은 그 기회를 제 발로 차 버렸다.

'역시 꼬맹이일 리 없어.'

카루나가 은근한 목소리로 설득하려 하자 라크안은 더욱 확신했다. 저게 카루나일 리 없어, 라고.

'아니 날, 못 알아봐? 나랑 루린토프를 구분을 못 해? 아무리 제정신이 아니어도 그건 아니지!'

한 번은 몰라도 두 번은 참을 수 없었다. 감히. 다른 여자와 자신을 착각하다니. 카루나는 아랫입술을 질끈 깨물었다.

"그대는 내 눈을 절대 가리지 못해. 내 능력을 모두 가둔대도, 내 눈을 멀게 한다 해도. 그대는 날 손끝 하나 건드리지 못할 거다."

라크안은 계속 헛소리를 늘어놓았고.

"마카레나 백작 영애 같은 짓을 하다니."

자신이 생각하기에 가장 큰 욕을 내뱉었다. 듣는 것만으로 상대방을 모욕할 수 있는 최악의 비난을.

"……뭐라고요?"

녹색 눈에 독기가 어렸다.

"다시 말해 봐으요."

이를 악다무니 발음이 샜다.

"왜. 지금 모습이 마카레나 백작 영애와 같은 급이라는 걸, 그대도 인정하나 보지?"

라크안이 썩은 미소를 지으며 답했다.

"하?"

카루나는 실소했다.

'그래, 그렇단 말이지?'

카루나는 그네를 타듯 두 발에 힘을 주었다. 줄사다리가 흔들리며 위에서 기사들이 놀라는 소리가 들렸다.

"단단히 잡아요!"

카루나는 그렇게 소리치고는 펄쩍 뛰었다. 줄사다리가 크게 휘청였다. 사다리의 줄이 구멍 뚫린 천장 주변을 쓸자, 흙이 우수수 떨어졌다. 카루나는 흙먼지를 뒤집어쓰며 작게 기침했다. 콜록, 콜록. 그러는 새 줄사다리가 그네처럼 휘며 라크안에게 가까이 갔다.

"역시 내 몸이 목적이었군!"

라크안은 제게 가까이 다가오는 카루나를 보며 성급히 외쳤다. 그러거나 말거나. 카루나는 공중그네를 타며, 위에서 우수수 흘러내리는 자갈과 모래를 치마에 수북이 모았다.

바닥에 깔린 사슬과 쇠침 따위는 카루나를 막지 못했다. 카루나는 힘차게 발을 굴러 그 험한 장애물 위를 날아올랐다. 할 수 있는 한 가장 가까이 다가갔을 때. 치마를 흔들었다. 가득 쌓였던 흙더미가 허공에 부웅— 떠올랐다.

줄사다리가 출렁, 하며 반대쪽으로 날았다. 카루나의 작은 몸은 저편으로 휙— 날아갔고, 내던진 흙더미는 라크안의 얼굴을 향해 날아갔다.

모래와 자갈이 라크안의 얼굴을 덮었다. 제 몸의 셔츠를 여미기 바빴던 라크안은 그 흙더미를 피하지 못했다.

퍼억. 소리가 묵직했다.

"푸흡!"

숨넘어가는 소리도 들렸다.

"좋았어!"

카루나는 환호했다.

성공이었다. 한 치의 오차도 없는 성공!

흙은 라크안의 얼굴을 정면으로 덮었다. 자잘한 자갈이 판판한 이마와 오뚝한 코를 난타했다. 헛소리를 지껄이는 입에는 후두둑 자갈이 박혔다. 퉤퉤, 돌을 뱉는 소리가 참으로 요란했다.

"악, 내 눈!"

라크안은 눈을 비비며 괴로워했다. 카루나는 그 모습을 보며 깔깔 웃음을 터뜨렸다. 웃음소리를 듣기만 해도 알 수 있었다. 지금 카루나가 얼마나 통쾌해하고 있는지.

"어떠세요, 공작 각하? 후춧가루가 없어서 흙으로 대신했는데?"

카루나가 웃음 반, 목소리 반을 섞어 물었다.

"으, 으…… 너, 진짜, 꼬맹이…… 이 자식."

라크안은 억지로 눈을 떠 카루나를 보았다. 흥, 카루나는 라크안을 내려다보며 의기양양하게 웃어 보였다.

"이제는 저인 줄 알겠어요?"

"……진짜 꼬맹이, 너였구나."

줄사다리에 대롱대롱 매달려 웃고 있는 저 소녀는 분명, 카루나가 맞았다. 루린토프가 만들어 낸 환각 따위가 아니었다.

'꼬맹이가 날 구하러 왔어.'

그걸 깨닫는 순간 온몸에서 긴장이 확 풀렸다. 라크안은 눈으로 울면서, 입으로 웃었다.

"하, 하하, 맙, 소사……."

눈이 아파서 눈물이 났다. 눈이 아픈데도 기분이 좋았다. 이게 뭐 하는 짓이냐고 화를 내야 하는데, 화를 내고 싶지 않았다.

"공작 각하, 아직도 제가 딴 여자로 보이면 말씀하세요. 한 번 더 던져 드릴게요."

카루나가 라크안의 머리 위에 협박을 쏟아 냈다. 라크안은 진절머리를 쳤다. 또 카루나가 눈에 흙을 뿌릴까 봐 무서워서. 정말 카루나가 눈앞에 있다는 게 좋아서. 절대 함께 느낄 수 없는 두 감정이 제멋대로 뒤섞였다.

라크안은 겨우 눈을 떠 카루나를 보았다. 나치거나 아파 보이진 않았다. 언제나처럼 건강하고 씩씩했다. 자신을 구하러 올 만큼.

"이제 좀 알아보겠어요?"

카루나가 싱긋 웃으며 물어보았다. 겁을 주려고, 부스스 떨어지는 흙을 한 줌 움켜쥐어 상쾌하게 흔들어 보았다.

"어! 어! 알아봤어, 당연히 알아봤다고!"

라크안은 다급히 대답했다.

"오, 그거 참 아쉽지만, 다행이네요."

카루나가 허공에 흙을 뿌리며 사악하게 웃었다. 그 모습에 몸서리치는데 어쩐지 한껏 당겨진 두 볼이 아파 왔다. 라크안은 제 입을 손으로 더듬었다. 그제야 자신이 웃고 있다는 사실을 깨달았다.

'너무 오래 갇혀 있어서 정신이 나가 버린 걸까?'

스스로 생각하기에도 어이가 없었다.

"자, 그럼 다시 물어볼게요. 공작 각하. 제가 공작 각하를 구하러 왔어요. 어때요. 기쁘죠?"

카루나는 라크안이 알지 못하는 걸 물었다.

'기쁘다고?'

눈이 따갑고 얼굴이 아프고, 입이 텁텁한 와중에도 기분이 좋았다. 왼쪽 가슴에서부터 간질간질하게, 달콤한 무언가가 몽글몽글 솟아 온몸으로 살금살금 퍼졌다.

심장에 고양이가 천 마리쯤 들어 있는 것 같았다. 모두가 제멋대로 뒹굴고, 야옹야옹 울어 대며 털을 비볐다. 처음 느껴 보는 감정이었다. 이 감정에 '기쁨'이라는 꼬리표를 달아야 하는 걸까?

라크안은 혼란스러웠다. 문득 루린토프의 말이 생각났다. 루린토프는 카루나를 생각하고 있는 라크안에게 말했다. 기쁘고 행복하다는 듯이 웃고 있다고. 지금, 제 눈에 흙을 뿌린 카루나를 보며 웃고 있는 것처럼.

'이게, 이게? 이게 그거라고?'

라크안은 눈을 크게 떴다. 쓰라린 고통 따윈 이제 방해가 되지 않았다.

"안 기뻐요? 구하러 왔다니까요, 공작 각하. 좀 기뻐해 보세요!"

카루나가 기쁨을 채근했다.

"어……. 어?"

라크안은 입술을 달싹였다.

이게 기쁨인 거냐고, 내가 지금 기뻐하고 있는 거냐고, 카루나에게 물어보고 싶었다. 그런데 말이 나오질 않았다. 맞을까 봐. 아니, 틀릴까 봐. 아니둘 다일까 봐.

라크안은 굳은 목을 힘겹게 들어 올렸다. 활짝 웃는 녹색 눈과 눈이 마주쳤다.

두근.

심장이 뛰었다. 천 마리 고양이가 단숨에 천 마리 늑대로 자라났다. 자그만 심장을 비집고 서서는 마구 발을 굴렀다. 심장이 터질 듯 뛰었다.

'이게, 그거…… 라고?'

변경의 전쟁터를 떠돌 때, 간혹 음유시인을 만나곤 했다. 그들은 목숨을 구걸하고, 먹을 것과 동전닢을 얻고자 부대로 찾아왔다. 라크안은 음유시인을 홀대하지 않았다.

음유시인은 구슬픈 가락으로 살아남은 병사들의 마음을 달래 주었다. 엄숙한 장송곡으로 죽은 병사들의 넋 또한 달래 주기도 했다. 전투가 없는 날에는 병사들에게 둘러싸여 사랑의 노래를 부르기도 했다.

발작에 지쳐 널브러진 라크안의 막사로도 그 노랫소리가 스며들었다. 모두들 한목소리로 노래했다.

사랑은 기쁨이라네.

보기만 해도 행복한 것을.

사랑. 기쁨. 행복. 그 중 무엇도 라크안은 경험해 본 적 없었다. 그것이 도대체 무엇이냐고 묻자 그들은 이렇게 노래했다.

그대를 보고만 있어도 좋아요

내 심장을 달라고 오셔도 웃음이 나네요.

그대가 어떤 모습을 하고 있든 어여쁘고 어여쁘네요.

그저 내 눈에 그대의 모습을 담는 것만으로도

내 심장은 이렇게 울리네요.

누군가 나에게 속삭이죠.

이게 사랑이라고

기쁨이라고

행복이라고

'그렇다면 지금 깨달은 이 감정도 그러한 것일까?'

라크안은 얼떨떨했다. 깨달음을 인정하고 받아들일 시간이 필요했건만, 카루나는 기다려 주지 않았다.

"기쁘시냐고요!"

흙을 움켜쥔 손을 크게 흔들었다. 명백한 협박이었다.

"……응. 그러네."

그런 무시무시한 협박을 받고 있는데, 입가에서 웃음이 샜다. 라크안은 제가 웃는지도 모른 채 웃었다. 카루나가 그 모습을 보고는 쯧쯧, 혀를 찼다.

"그동안 힘들었어요? 왜 그렇게 힘이 없어요. 이제 다 끝났다고 펄쩍 뛰며 춤을 춰도 모자랄 판에. 하나도 안 기쁜 거 같아."

아니, 그럴 리가.

어떻게 표현해야 할지 모를 정도로 기쁘다고 말하고 싶었다. 하지만 목이 메어 말이 나오지 않았다.

"뭐, 좋아요. 오랫동안 갇혀 있어서 힘이 빠진 거 같으니까, 봐줄게요."

카루나는 혀를 끌끌 차며 사면령을 내려 주었다.

"영광이네."

라크안은 피식, 웃었다.

'이게 행복인 걸까?'

카루나를 보기만 해도 자꾸 웃음이 났다. 온몸의 긴장이 풀려 도통 몸을 가눌 수 없었다. 라크안은 잔뜩 술에 취한 것 같은 이 상태에 이름을 붙여 보았다.

"아주, 행복해."

소리 내 말해 보았다. 그토록 찾았던 행복. 바로 옆에 있는지도 모르고, 찾아다녔던 그것.

"기쁘고 행복한 사람 목소리가 왜 그 모양이에요."

라크안에게 그것을 준 파랑새는 그의 목소리가 마음에 안 든다며 투덜거렸다.

"정신 차리세요. 공작저로 돌아가야지요. 다들 기다리고 있어요."

카루나가 라크안에게 손을 내밀었다. 라크안은 그녀를 올려다보았다. 구멍 난 천장에서 빛이 쏟아져 들어왔다. 빛 속에서 그의 꼬맹이가 활짝 웃고 있었다.

* * *

'왜 하필 너일까.'

달밤 아래에서 만난 여인이 있었다. 카루나와 달리 나이가 많았다.

적어도 스무 살은 되어 보였다. 카루나처럼 갈색 머리와 녹색 눈을 가지고 있었고, 카루나와 꼭 닮아 있었다. 카루나가 자라면 이런 모습이지 않을까 싶을 정도로.

그래서, 그러니까. 그녀라면 마음 놓고 좋아해도 될 수 있을 것 같았다. 설레는 마음도, 떨리는 마음도 그녀를 향한 것이라고 생각했다.

그런데 아니었다. 이곳에 갇힌 내내 라크안이 보고 싶었던 건 이름 모를 그녀가 아니었다. 알면서도 모르는 척 눌러 두었던 마음이 고작 이 정도에 터져, 흘러나와 버렸다.

'역시 너였구나.'

눈물이 흘러내렸다. 눈에 흙이 들어가서 흘렸던 눈물과는 다른 의미였다.

"공작 각하? 우시는 거예요? 왜? 눈 아픈 건 이제 익숙해졌을 텐데?"

카루나도 그것을 안 듯했다.

"아니, 아무것도 아니야."

라크안은 고개를 저으며 두 손에 얼굴을 묻었다. 이 눈물만큼은 카루나에게 보이고 싶지 않았다.

'너였어. 너여야만 했던 거야.'

그러고 보면 언제나 라크안을 울린 건 카루나였다. 이전에도, 지금도.

"뭐야, 얼굴은 왜 가려요?"

카루나가 사다리에서 폴짝 뛰어내렸다. 라크안은 그 소리를 들었다. 카루나의 두 발이 바닥에 닿는 소리.

'안 돼.'

라크안은 고개를 번쩍 들었다.

"위험해, 오지 마."

급히 말했다. 잔뜩 쉰 목에서 쇳소리가 나왔다. 바닥에는 스치기만 해도 상처 입을 것들이 가득했다.

"위험하다니, 누구에게 하는 말이에요, 지금?"

카루나가 팔짱을 끼고는 흥, 코웃음을 지었다. 그녀는 폴짝폴짝, 바닥에 늘어진 철창의 잔해들을 잘도 피해 뛰며 라크안에게 다가왔다.

오구오구, 천장에서 고개만 쑥 빼 안을 들여다보던 기사들이 기특하다, 잘한다는 표정을 지었다. 라크안은 순간, 기사들에게 살의를 느꼈다.

'멍청한 것들, 뭐 하는 거야. 그렇게 보고만 있지 말고, 말리라고. 빨리 여기서 내보내!'

이를 악물며 주먹을 쥐니 수갑이 팔목을 파고들었다. 살이 파이고 찢겨 피가 흘렀다. 하지만 라크안은 아픈 줄도 몰랐다.

"뭐 해요, 갇혀 있는 동안 힘만 잃어버린 게 아니라 지능도 떨어졌어요? 얼른 손에 힘 풀어요! 피가 나잖아요!"

작은 손이 제 팔에 닿자 라크안은 돌처럼 굳었다.

카루나는 손수건을 꺼내 라크안의 팔에서 흐르는 피를 닦아 주었다. 상처를 꾹 누르니 손수건은 금세 피로 물들었다.

"크윽!"

라크안이 나지막이 신음했다. 카루나는 덩달아 얼굴을 찌푸렸다.

이토록 약한 라크안을 처음 보는지라, 카루나는 제 마음속에 뭉클뭉클 피어오르는 감정을 어찌할 바 몰랐다. 그 감정이 울음처럼 목구멍으로 솟구치는 걸 꾹 참고, 애써 태연한 목소리로 말했다.

"많이 힘들었죠? 잘 버텼어요, 내가 구하러 올 때까지."

라크안은 카루나의 목소리를 들으며, 그녀가 자신을 걱정해주고 있다는 것만으로도 손목의 고통 따윈 잊고 웃게 되는 자신을 실감했다.

라크안이 저를 보며 웃는지 우는지, 카루나는 신경 쓰지 않았다. 당장 그녀의 눈에 들어오는 건 오직 하나, 라크안의 상처뿐이었다.

너덜너덜해진 손목.

'이렇게까지 할 필요가 있나? 아니 그것보다 이런 건 어떻게 구한 거야?'

라크안을 감싼 사슬은 무시무시했으나 침대 위에 앉아 있는 라크안은 손목만 빼면 멀쩡해 보였다. 깨끗이 세수하고 면도를 한 채였다. 구김이 거의 없는 셔츠도 깨끗했다. 그래서 그나마 다행이라고 생각했다.

'그래도 루린토프 영애가 제가 좋아하는 남자 간수는 잘해 놨네.'

그런데 가만히 보니, 손목의 상처가 심해도 너무 심했다.

마치 오랜 시간을 두고 계속 계속 덧난 상처처럼. 마치 옛날, 마카레나 백작저에서 클레이엔인 척 훈련받을 때마다 채찍으로 맞았던 자신의 팔다리, 등의 상처처럼.

'……설마?'

찬물을 뒤집어 쓴 듯 정신이 번쩍 들었다. 카루나는 다짜고짜 라크안의 셔츠를 움켜잡았다.

"꼬맹이, 뭐 하는 거야."

라크안이 도망치려 했으나 카루나가 한 발 빨랐다. 그마저도 이상했다. 예전 같았으면 잽싸게 피했을 텐데. 무거운 구속구 때문이라고 하기엔, 역시나 뭔가 이상했다.

카루나는 셔츠를 잡아 뜯었다. 얇은 셔츠는 카루나의 손힘만으로도 투둑, 단추가 뜯겼다.

"이게 뭐예요?"

셔츠 속 몸뚱이가 말도 아니었다. 엉망이라는 말로도 표현할 수 없을 정도였다. 군함에서 노젓는 노예의 몸도 이 정도는 아니리라. 눈가에 툭, 눈물이 맺혔다. 목이 다 메었다. 그가 왜, 이런 꼴을 당해야 한단 말인가.

'루린토프에게 반항하다 이렇게 다친 걸까? 설마 루린토프, 그녀이 이렇게 만든 건 아니겠지? 만약 그런 거라면 죽여 버릴 거야. 절대 가만 안 둬.'

원흉에게 분노의 칼이 향했다. 그 칼은 양날의 칼이었다.

'이렇게 될 때까지, 난 뭘 한 거지?'

자책을 넘어 죄책감이 몰려왔다. 조금 전 카루나는 라크안의 얼굴에 자갈과 모래를 뿌렸다. 그리고도 모자라 또 눈에 모래를 던지겠다며 협박을 했다.

'이렇게 아픈 줄도 모르고…….'

카루나의 얼굴이 울상이 되었다.

"보지 마."

그걸 본 라크안은 반대쪽 손을 들어 카루나의 눈을 가려 버렸다. 카루나는 그 손을 제 두 손으로 감싸 쥐었다.

라크안의 손은 붕대에 칭칭 감겨 있었다. 미처 붕대가 감기지 않은 손가락에도 상처가 가득했다. 누가 봐도 쇠침에 찔리고 박힌 상처였다. 그 상처를 본 카루나의 얼굴은 라크안이 놀랄 정도로 싸늘해졌다.

"누가 이랬어요? 누가 이랬냐고요!"

카루나는 아예 팔이 반쯤 드러난 셔츠를 찢어 버릴 듯 잡아당겼다. 팔목에도 시뻘건 상처 자국이 가득했다. 덧나고 덧나고 덧나서 아예 살갗이 파여 버린 듯했다.

"누가 이랬냐고, 이거!"

카루나는 진심으로 분노했다.

"꼬맹아?"

라크안이 얼떨떨한 목소리로 카루나를 불렀다.

카루나의 녹색 눈이 라크안을 노려보았다. 그 쨍한 눈빛 위로, 눈물이 차올랐다. 뚝, 뚝. 볼을 타고 흐르지도 못하고 바로 떨어졌다. 그 눈물이 너무 무거워서 라크안의 눈물이 멎어 버렸다.

"왜, 왜 울어. 울지 마. 꼬맹아? 울긴 왜 울어."

라크안은 당황했다. 진심으로 당황했다. 카루나가 왜 우는지 이유를 알 수 없어 더 당황스러웠다.

이유를 알 수만 있다면 그 이유를 없애 버릴 텐데. 이유를 알 수 없으니 해결책을 찾을 수도 없었다. 할 수 있는 일이라고는 구속구가 매인 손을 들어 카루나의 눈물을 닦아주는 것뿐이었다.

사슬들이 얽혀 거친 쇳소리를 냈다. 살짝 닿자마자, 라크안은 덜컥 겁을 먹었다. 카루나의 얼굴은 라크안의 손만 했다. 상처 입고, 거칠고, 거기에 크기까지 한 제 손에 비하면 카루나의 얼굴이 너무 작았다.

살짝 건드리려고 했는데. 잘못해서 세게 치기라도 하면 다칠 것 같았다. 아파할 것 같았다. 그래서 라크안은 차마 눈물을 닦아 주지도 못하고 다시 손을 내렸다. 아니, 내리려고 했다.

카루나가 그 손을 놓아주지 않았다. 카루나는 라크안의 손을 꽉 잡았다. 작은 손은 고작 라크안의 손가락 세 개를 움켜쥐었다.

"이거 누가 그랬는지 말하라고요, 얼른. 내가 다 죽여 버릴 거야."

흐윽. 카루나가 울음을 삼키며 말했다.

태평하게 잘 있을 줄 알았다. 라크안을 좋아하는 루린토프가 라크안을 다치게 할 리 없다고 생각했다. 또 라크안이 고작 루린토프, 그 작은 귀족 영애에게 당하면 얼마나 당할까 싶었다.

자만했다. 그래서 천천히 일을 꾸몄다. 사실 2주씩이나 걸릴 일은 아니었다. 빨리 소문을 내고 하루 이틀 만에 쳐들어왔어도 됐을 텐데. 그런데 안 그랬다.

얄미워서. 멍청하게 두 번이나 루린토프에게 속은 라크안이 미워서. 어디 실컷 골탕이나 먹어 봐라, 라는 마음이었다. 이렇게 다칠 줄 알았다면 절대 이렇게 오래 놔두지 않았을 것이다.

'누가 이렇게 만든 거야. 절대 가만 안 둬.'

라크안을 이렇게 만든 사람이 누구든, 절대 가만 놔두지 않으리라. 루린 토프라면 머리끄덩이를 휘어잡고 머리카락을 다 뽑아 버리리라. 보쉬엔 자작이라면. 무슨 수를 써서라도 보쉬엔 자작 가문을 멸문시켜 버리리라. 살의마저 품었건만.

"내가 그랬어. 내가 그런 거야."

라크안의 말을 듣는 순간. 카루나는 증오해야 할 대상이 자신이라는 걸 깨달았다. 라크안이 이렇게 될 때까지 방치한 건 카루나였다.

'왜 이렇게 될 때까지 그대로 내버려 둔 걸까.'

새벽까지 잠 못 들어 술과 약으로 버티던 사람인데. 자기 반려가 아니라면, 옆에 있는 것조차 싫어하는 사람인데. 루린토프 따위에게 붙잡혀 있는 상황을 태평하게 즐길 만한 사람이 아닌데.

그냥 놔뒀다. 이렇게.

'내 잘못이야.'

카루나는 두 손으로 얼굴을 가렸다. 자기 환멸, 부끄러움, 미안함, 슬픔, 온갖 어두운 감정이 뒤죽박죽 섞여. 손가락 사이로 방울방울 흘러내렸다. 카루나는 감히 울음소리를 내지도 못하고 울었다.

"왜 우는 건데. 꼬맹아. 꼬맹아?"

라크안은 카루나의 눈물을 보고는 안절부절못했다.

"……설마 나 다쳐서 우는 거야? 그건 아니지?"

"그런 거면 어쩔 건데요."

"어쩌고 말고 할 게 아니라……. 설마, 진짜 그 이유로 우는 거야?"

라크안이 믿을 수 없다는 듯 중얼거렸다.

"그런 걸로 왜 울어. 내가 다친 게 뭐라ㄱ?"

"뭐라구요?"

카루나는 눈물진 눈으로 라크안을 째려보았다.

"미안하다. 내가 잘못했어."

"……."

"내가 다 잘못했으니까. 그러니까 울지 마. 어? 꼬맹아."

라크안이 조심스럽게, 카루나의 머리에 손을 얹었다. 카루나는 획하니 그 손을 뿌리쳤다. 그래도 라크안은 자꾸 카루나를 달래려 했다.

"울지 마. 네가 울면…… 난 어떻게 하면 좋을지 모르겠어."

라크안이 목을 쥐어짜 내 겨우 말하며, 카루나의 두 손을 잡아, 끌어 내렸다. 펑펑 우는 카루나와 눈을 마주치려 했다. 카루나는 고개를 옆으로 돌리며 라크안을 피했다. 그래도 라크안은 계속 미안하다고 말하며 카루나와 눈을 마주치려 애썼다.

결국 카루나가 졌다. 눈물에 흠뻑 젖은 녹색 눈과 순하게 누그러진 붉은 눈이 서로를 마주 보았다.

"하지 마요. 하지 말라고요."

우는 자신을 방해하지 말라는 건지, 이렇게 다치지 말라는 건지. 무엇을 하지 말라는 건지는 카루나 자신도 몰랐다. 그런데 카루나도 모르는 걸 라크안은 알았다.

"미안. 안 그럴게. 이제 다시는 안 그럴게."

라크안이 천천히, 또박또박 말했다. 주문을 외듯, 그 낮은 목소리가 카루나의 귀에 닿았다. 아니, 박혔다.

"울지 마, 그러니까 나 때문에 울지 마. 다시는 안 다칠게."

제 상처에 둔한 남자가 제 상처를 보고 울어 주는 소녀에게 맹세했다. 그 의미가 무엇인지, 카루나는 모를 터였다.

* * *

라크안을 밖으로 꺼내는 데에는 꽤 시간이 걸렸다. 라크안을 얽어맨 구속구는 매우 크고 단단했다. 기사들이 시험 삼아 칼이나 검집으로 내리쳐 보았으나, 작은 흠 하나 생기지 않았다.

근처에서 대장장이를 불러와야 하나. 아니면 차라리 사슬째로 라크안을 바이켈드 공작저로 옮겨야 하나. 철십자 기사들은 진지하게 고민했다. 라크안은 금세 기사들 틈에 둘러싸였다.

한쪽으로 밀려나 그들을 지켜보던 카루나는 훌쩍, 사다리를 타고 위로 올라갔다. 세나가 급히 카루나를 뒤따랐다.

"아가씨, 아가씨? 어디 가시는 겁니까?"

세나가 물었지만 카루나는 들은 척도 하지 않았다. 아니, 아예 귀가 안 들리는 사람같이 굴었다. 세나는 의아해하다가 발걸음 폭을 넓혀 성큼, 성큼 앞으로 걸었다. 카루나보다 앞서 걸으며 카루나의 얼굴을 확인했다.

"음."

세나는 입을 꾹 다물었다. 그리고 다시 걸음 폭을 줄여, 카루나의 뒤를 따랐다.

'단단히 화가 났구나.'

카루나는 곧바로 후원의 가제보로 갔다. 철십자 기사 세 명이 가제보를 둘러싸고 있었다. 루린토프는 여전히 가제보에 쓰러져 있었다. 겨우 정신을 차린 보쉬엔 자작 부인과 아이쉬 남작 부인이 루린토프를 얼싸안았다.

"사, 살려 주세요. 제발, 루리만은!"

"왜, 왜 또! 꺄아악!"

두 부인은 카루나가 돌아오자 비명을 질렀다. 그 소란에도 루린토프는 눈을 뜨지 않았다. 카루나는 말을 살려 달라며 비는 보쉬엔 사작 부인을 밀쳤다.

"영애, 좀 일어나 보시지?"

카루나는 루린토프를 흔들어 깨웠다. 루린토프가 겨우 눈을 뜨고 정신을 차렸다.

"루리, 애야!"

등 뒤에서 보쉬엔 자작 부인의 애타는 목소리가 들렸다. 카루나는 그 목소리를 무시하고, 루린토프를 내려다보았다. 몸을 일으키려는 루린토프의 어깨를 꽉 잡아 앉혔다.

"어디 있어."

카루나가 대뜸 물었다.

"싫어요."

루린토프는 바로 알아듣고는 고개를 옆으로 돌렸다.

"열쇠 어디 있는지 말해."

"……."

"말해. 그 흉측한 것들 풀 수 있는 열쇠 어디 있는지 당장 말하라고."

카루나가 루린토프의 어깨를 움켜쥐었다. 조그만 고사리 손은 철심이라도 박힌 것처럼 단단했다.

마탑의 고약을 발라 부드러워졌다고는 하나, 카루나의 손은 본래 굳은 살이 박이고 거칠어진 손이었다. 아가씨의 가녀린 어깨 따위는 얼마든지 비틀 수 있었다.

"꺄악!"

루린토프는 이십 대 초반의 성인이었지만 카루나는 겉으로 보기엔 고작 열두 살 소녀였다. 하지만 루린토프는 카루나를 당해 내지 못했다.

"마, 말 못 해. 내가 그걸 왜 말해 줘야 하는!"

그 고통 속에서도 루린토프는 라크안을 놓지 못했다. 그 근성은 칭찬해 줄 만한 것이긴 했다. 하지만 카루나는 제 앞을 가로막는 장애물 따위를 존중해 주는 성미가 아니었다.

짝! 카루나가 손바닥으로 루린토프의 뺨을 내리쳤다. 루린토프의 고개가 홱 돌아갔다.

"나 지금 너랑 말장난할 기분 아냐. 어디 있어, 당장 말해."

너무 화가 나면 오히려 흥분이 가라앉고 차분해진다던데. 카루나가 딱 그 상태였다. 놀랍도록 주변이 조용했다. 아무 소리도 들리지 않았다. 아무도 보이지 않았다.

오직 눈에 담겨 있는 건 라크안의 상처투성이 몸이었다. 제국에서 제일 강하다는 사람이 그런 몰골로 갇혀 있었다. 제 팔과 다리, 목을 얽매는 쇳덩이 하나 벗지 못해서 상처 입고 피를 흘리고 있었다.

라크안을 사랑한다면서 루린토프는 라크안을 그렇게 만들었다. 라크안은 강하다고 믿었던 카루나는 라크안이 그렇게 되도록 방치했다. 루린토프에게 화가 났다. 그 이상으로 자기 자신에게 분노했다. 그 감정이 뒤죽박죽 섞여 손에 힘이 들어갔다.

등 뒤에서 통곡 소리가 울렸다. 보쉬엔 자작 부인은 아예 바닥에 엎드렸다. 제발 딸을 살려 달라고 울며 빌기 시작했다. 하지만 카루나는 눈썹 하나 꿈쩍이지 않았다.

지금도 라크안은 사슬에 칭칭 매여 있었다. 그 매인 살갗이 찢겨 피가 흐르고 있다. 그에 비하면 누구의 눈물도 가엾지 않았다.

"어, 어머니……."

루린토프가 훌쩍이며 제 어머니에게 손을 내밀었다. 찰싹, 카루나는 매섭게 그 손등을 내리쳤다.

"말해. 어디 있어, 열쇠."

"……."

그래도 루린토프는 입을 열지 않았다.

"그래?"

그걸 본 카루나의 얼굴에 웃음이 어렸다.

"어디 계속 버텨 봐."

쉽게 털어놓지 않는 게 더 좋았다.

고작 뺨 한 대로 라크안이 당했던 모든 걸 갚아 줄 순 없을 테니까.

짝- 짝, 짝. 카루나는 연달아 루린토프의 뺨을 내리쳤다. 뽀얬던 뺨이 시뻘겋게 달아오르는 건 금방이었다. 카루나의 손바닥 또한 얼얼하게 아려왔다. 카루나는 꽉 주먹을 쥐며 그 통증을 참았다.

"어, 어떻게 이런 폭력을, 내, 내게."

루린토프는 도망칠 생각도 못 한 채 카루나를 올려다보았다. 얼굴엔 그득 두려움이 칠해져 있었다.

"네가 공작 각하한테 한 건? 그건 폭력이 아니고 이건 폭력이야?"

라크안의 상처를 생각만 해도 이가 갈렸다.

"사랑한다면서 그따위로 만들어 놔? 소중하게 보관해 놨어도 모자랄 판국에, 그렇게 만들어 놓고, 뭐? 다 들통난 마당에 아직도 열쇠를 못 내놓겠다고?"

카루나가 어깨를 잡은 손에 힘을 주었다. 흐윽, 루린토프가 울음을 토해냈다. 하나도 안타깝게 느껴지지 않았다. 오히려 아무렇지 않게 구는 라크안이 더 안타까웠다.

지금도 라크안은 구속구에 매여 있었다. 그의 모습을 생각하는 것만으로도 머리가 펑- 터져 버릴 것 같았다.

"왜 말로 해서 안 들을까? 응?"

카루나는 루린토프의 멱살을 잡아끌어 올렸다. 루린토프는 전혀 맥을 못 추고, 카루나가 잡아끄는 대로 무릎을 꿇고 섰다. 카루나는 루린토프에게 제 얼굴을 바짝 가져다 댔다.

"말해, 어디 있는지."

녹색 눈이 죽일 듯 루린토프를 노려보았다.

"아……."

루린토프는 저보다 한참 어린 카루나에게 짓눌려 덜덜 떨었다. 엉클어진 머리와 눈물로 얼룩진 눈, 시뻘겋게 부풀어 오른 뺨. 어느 것 하나 가련해 보이지 않는 게 없었다. 그런 루린토프를 몰아세우는 카루나는 악녀의 모습 그 자체였다.

"하, 하지만, 하지만, 라안 님은…… 윽."

"감히 공작 각하의 이름을 함부로 부르지 마세요, 영애."

카루나가 검지를 루린토프의 턱에 대고 밀어 올렸다.

"남의 남자 이름을 함부로 입에 올려서야 쓰나, 응?"

"흐윽. 하, 하지만……."

"말해, 열쇠. 어디 있어?"

카루나는 가차 없었다. 루린토프의 반대쪽 뺨을 때리기 위해 손을 높이 들어 올렸다.

"사, 살려 주세요. 다 말할게요."

결국 루린토프는 펑펑 눈물을 흘리며 항복을 선언했다. 카루나는 여전히 손을 든 채로 루린토프를 노려보았다. 루린토프는 더듬더듬, 열쇠가 있는 곳을 말했다.

자신의 투왈렛 룸에 숨겨 놓은 작은 보석 상자에 넣어 놓았다고 했다. 세나는 가제보를 지키고 서 있던 기사를 그곳으로 보냈다. 잠시 후 기사가 조그만 보석함을 들고 뛰어왔다. 열어 보니 자그만 향수병과 열쇠 꾸러미가 들어 있었다.

"맞는 것 같습니다."

세나는 열쇠 꾸러미를 들어 올려 카루나에게 보였다.

"됐네요."

카루나는 바로 루린토프를 놓아 주었다. 털썩. 루린토프가 다시 바닥에 쓰러졌다.

"루리, 내 딸!"

보쉬엔 자작 부인이 엉금엉금 기어 제 딸에게로 갔다. 그녀는 루린토프를 등 뒤에 숨기고는 바들바들 떨며 카루나를 올려다보았다.

"제, 제발 자비를…… 부탁드려요, 영애."

어머니는 딸보다 현실 판단이 더 빨랐다.

"오히려 제가 양해를 구해야지요. 오늘 이래저래 폐를 많이 끼쳤네요."

카루나가 빙긋 웃으며 인사했다. 치맛자락을 들어 올리며 무릎을 살짝 굽혔다가 폈다. 더없이 우아한 모습이었다. 엉망이 된 가제보 안에서 카루나가 홀로 반짝반짝 빛났다.

카루나는 조금 전과 크게 달라지지 않았다. 치맛자락에 흙먼지가 조금 묻어 있긴 했지만 그뿐이었다. 세 사람은 머리가 산발이었다. 드레스는 구겨지고 찢긴 채였다. 그러한 모습으로 바닥에 쓰러져 카루나를 올려다보고 있었다.

"약혼자를 너무 사랑하는 어린 마음에, 다급했거든요."

카루나는 그런 그들에게 고개를 숙여 양해를 구했다.

"그래도 덕분에 제 약혼자를 되찾았으니 부디 이해해 주시겠어요?"

티타임에 초대받아 차 한 잔을 마시고, 왔던 것처럼 조용히 떠나는 듯 굴었다. 하지만 그런 게 아님을 모르는 사람은 여기에 아무도 없었다. 당장 이 자리에 있는 모든 사람을 독살해 버려도 시원찮다는 듯, 녹색의 두 눈이 무섭게 빛났다.

보쉬엔 자작 부인은 정신을 놓은 사람처럼 멍하니 카루나를 바라보았다. 루린토프는 펑펑 울며 어머니의 드레스에 얼굴을 묻었다. 아이쉬 남작 부인은 어깨를 부르르 떨었다.

"전 제 약혼자에게 돌아가 봐야겠네요. 이만, 먼저 실례하겠습니다."

카루나는 그들을 뒤로한 채 세나의 에스코트를 받으며 계단을 사뿐사뿐 내려갔다.

"손은 괜찮으십니까?"

세나가 걱정스레 물었다.

"괜찮아요."

카루나는 짧게 답했다. 쩔그럭. 열쇠 뭉치를 쥔 손에 힘이 들어갔다.

* * *

쿵, 쿵. 구속구가 무거운 소리를 내며 바닥에 떨어졌다. 근 2주 만에 자유의 몸이 된 라크안은 침대에서 벌떡 일어섰다.

몸이 가벼웠다. 여전히 상처가 난 곳이 쓰리고 아프긴 했다. 아직은 회복되지 않은 듯했다. 그럼에도 구속구가 풀린 것만으로 하늘로 날아갈 듯 몸이 가벼워졌다.

라크안은 신기하다는 듯 손을 내려다보았다. 그러는 새 기사들은 두꺼운 장갑을 끼고 사슬들을 한쪽으로 밀어 놓았다.

모두가 기뻐하는 동안, 정작 열쇠를 가져온 영웅은 방 한구석에 어정쩡하게 서 있었다. 카루나는 구속구에서 풀려난 라크안을 보고서도 쉬이 다가가지 못했다. 라크안은 고개를 들고 주변을 둘러보더니 바로 카루나를 찾았다.

"꼬맹이, 거기서 뭐 하냐?"

라크안이 이리로 오라며 손짓했다. 카루나는 그걸 보고서도 가만히 있었다. 톡톡, 발끝으로 바닥을 두드리며 데면데면하게 굴었다.

그 모습을 본 라크안이 바로 얼굴을 구겼다.

"꼬맹이? 왜 그래?"

조금 전만 해도 구하러 왔다며 폴짝폴짝 다가왔으면서 몸의 상처를 본 뒤로는 줄곧 저런 태도인지라, 라크안은 애가 닳았다. 하지만 티를 내지 않으려 애썼다.

라크안은 빠르지 않게 천천히, 카루나에게 다가갔다. 그리고 카루나의 앞에 한쪽 무릎을 꿇고 앉았다. 고개를 푹 숙인 카루나와 눈을 마주치려고, 라크안도 허리를 숙이고 고개를 옆으로 비틀었다.

한참 지난 뒤.

"……미안, 미안해요."

카루나가 조그만 목소리로 중얼거렸다. 라크안은 겨우 놓치지 않고 귀에 담을 수 있었다.

"뭐가?"

"좀 더 일찍 구하러 오지 않은 거요."

고민 끝에 어렵사리 말했건만.

"말도 안 되는 소리."

라크안은 당치도 않다는 듯 카루나의 사과를 발로 뻥 걷어찼다.

"그런 생각 하느라 구석에서 이러고 있던 거야? 너답지 않게 뭐 하는 거야."

라크안이 카루나의 머리 위에 손을 올렸다. 손바닥에 부드러운 갈색 머리카락이 닿았다. 혹시나 제 손길이 거칠게 느껴질까, 잔뜩 긴장한 채로 살살 쓰다듬어야 했다.

"고맙다, 이제라도 구하러 와 줘서."

라크안은 애써 가벼운 말투를 흉내 내며 말했다.

"난 사실, 더 일찍 구하러 올 수 있었어요."

카루나는 라크안의 손길을 피해 한 걸음 뒤로 물러섰다. 벽에 등을 바싹

붙이고, 두 손을 등 뒤로 숨겼다. 여전히 고개를 푹 숙인 채였다.

루린토프에게 화풀이를 했지만, 정작 그 취급을 받아야 하는 건 자신이었다. 라크안이 이렇게 될 때까지 가만히 내버려 뒀던. 그리 생각하니 도무지 고개를 들 수 없었다. 그런데 이런 마음도 몰라주고, 라크안은 제멋대로 카루나에게 면벌부를 주었다.

"더 늦게 구하러 올 수도 있었겠지. 아예 오지 않았을 수도 있었을 테고."

"……."

"근데 구하러 와 줬잖아. 도망 안 가고."

라크안의 말에 카루나의 눈이 커졌다.

"알고 있었어요?"

겨우 내뱉은 목소리가 살짝 떨렸다.

"뭘?"

"내가, 그러니까, 내가요."

"도망가려고 벼르고 있다는 거?"

라크안이 대신 말해 주자 카루나의 어깨가 움츠러들었다.

"알고 있었네요."

"그냥 추측만 했지. 네가 유독 자꾸 밖으로 나가려고 안달 내는 거 보고. 또 그 자식, 클레이엔의 사냥개를 보고 두려워하는 걸 보고."

라크안은 어깨를 으쓱였다.

"그 자식에게 네가 여기에 있는 걸 들키기라도 하면 어쩌나, 그걸 무서워하는 게 아닌가. 들킬까 봐 도망가고 싶어 하는 게 아닐까, 하고."

"거의 다 알고 있었네요."

카루나는 아랫입술을 꽉 깨물었다.

'이제 내가 클레이엔이었다는 것만 알면 되겠네.'

이미 루시온이 알고 있다. 연두색 머리 남자, 리센도 알게 됐다. 라크안이 알게 되는 건 시간문제이리라. 그 시간을 멈추고 싶다는 생각이 들었다.

거의 다 알면서도, 카루나가 클레이엔이었다는 것만 모르는 라크안은 아직 이렇게 다정했다. 머뭇대는 제게 다가와 무릎을 꿇고, 애써 부드러운 목소리로 말을 걸어 주었다.

하지만 자신이 클레이엔이었다는 걸 알면 완전히 바뀌리라. 라크안은 클레이엔을 혐오했으니까. 아니, 클레이엔인 척하는 카루나를 정말 싫어했으니까.

라크안은 진짜 클레이엔을 모른다. 라크안이 아는 클레이엔은 모두 카루나의 모습이다. 그는 오직 카루나가 클레이엔인 척하는 모습만 보고 그녀를 싫어하고 경멸했다.

"무서워하지 말고, 계속 내 저택에 있어."

카루나가 클레이엔이었다는 걸 아직 모르는 라크안이 말했다.

"……."

그래서 카루나는 대답할 수 없었다.

"고개 들고 나 좀 보자, 응? 꼬맹아. 얼굴 좀 보자고. 우리 진짜 오랜만이잖아."

남의 속도 모르고, 라크안은 살살 카루나를 꼬드겼다. 카루나는 그 말에 넘어가 고개를 들 수밖에 없었다. 라크안의 말마따나 너무 오랜만에 보는 얼굴이었다. 루린토프가 머리는 제때 감겨 줬는지 까만 머리가 살랑였다.

좀 피곤해 보이는 얼굴은 여전히 잘생겼다. 붉은 두 눈은 루비처럼 반짝였다. 그 눈동자에 카루나가 고스란히 담겨 있었다. 오직 카루나만 담겨 있었다.

라크안이 사르륵 웃었다. 눈꼬리가 곱게 접혔다. 카루나는 멍하니 라크안의 붉은 눈을 바라보았다. 붉은색이었다. 핏빛이 아니었다. 색이 흐리지도 않았다. 흐리멍덩하니 초점이 없는 상황도 아니었다. 선명한 붉은색이 오늘따라 따뜻했다. 제정신으로 하는 말이었다. 달빛에 취하지도, 해롱대지도 않은 상태로 하는 말이었다.

'왜?'

카루나는 눈을 깜박였다. 라크안은 또 픽, 웃으며 검지로 카루나의 코끝을 톡톡 두들겼다.

"계속 내 옆에 있어."

그의 목소리가 달달하게 카루나를 감쌌다.

"지금은 이런 꼴이라 우습지만, 사실 난 엄청 강한 사람이야. 네가 무서워하는 그 자식보다 훨씬 더 강해."

말하는 본인도 쑥스럽긴 한지 멋쩍어하며 웃으며 말을 이었다.

"너 정도는 거뜬히 지켜 줄 수 있어. 걱정하지 마."

라크안의 목소리가 카루나의 머리로, 어깨로 내려앉았다. 어쩐지 왼쪽 가슴이 간질간질해지는 느낌이 들어서, 카루나는 입술을 꼭 깨물었다. 카루나는 눈을 내려 라크안의 몸을 보았다. 여기저기 상처투성이인 몸을 보자니, 퉁명스럽게 말이 나왔다.

"아직도 피 나고 있는데요. 하나도 안 강해 보이는데."

"아······."

라크안은 제 상처투성이 팔을 보고는 쯧, 혀를 차더니 이내 자신 있게 말했다.

"금방 나을 거야."

"언제 금방 낫는데요?"

"네가 위험해지기 전에."

"참 빨리도 나으셔야겠네요."

카루나는 입술을 비쭉였다. 라크안의 몸에 난 상처는 언뜻 봐도 심각해 보였다. 깊게 패어 살이 드러나고 피가 흐르는 게 하루 이틀 만에 나을 상처가 아니었다. 그런데 그런 몸을 하고서는 저렇게 당당했다.

그냥 멍이 든 정도라면 그 아픈 곳을 꾹꾹 누르면서 괴롭힐 수 있을 텐데. 살이 찢기고 피가 흐르는 상처 앞에서 카루나는 꼼짝달싹도 할 수 없었다.

"금방 나을 거라니까. 그러니까."

라크안이 손을 내밀며 환하게 웃었다. 행복하다는 양, 기쁘다는 듯이.

"꼬맹아, 집에 가자."

그래서 카루나는 그 손을 잡았다.

'내가 누군지 알면 놓을 거면서. 안 지켜 줄 거면서.'

믿지 않으면서도 잡을 수밖에 없었다. 코끝이 간지러웠다. 그래서 서러웠다. 짜증이 났다.

"웃차."

라크안은 카루나를 번쩍 들더니 어깨에 얹었다.

"까악!"

갑자기 허공에 붕 뜬 카루나는 비명을 질렀다.

"내려 줘요. 나 혼자 걸어갈 수 있어요!"

"날 구해 줬잖아, 은혜도 갚을 겸 저택까지 들어다 줄게."

라크안이 갑자기 신이 나선 쿵쾅쿵쾅 걸었다. 몸이 들썩였다. 카루나를 놀리려 일부러 그렇게 걷는 것이었다. 제 몸을 보곤 잔뜩 기죽은 카루나를 위로해 줄 셈이었지만, 카루나는 전혀 그렇게 받아들일 수 없었다.

"다쳤으면서 무슨! 무거우니까 내려 줘요!"

"그거 설마 진심으로 하는 말은 아니지? 꼬맹아, 네가 백 명이 돼서 나한테 업혀도 난 끄떡없거든?"

"지금 날 업은 것도 아니잖아요! 내려 줘요!"

"버둥대지 마. 그러다 떨어질라. 네 말대로 난 다쳐서 아프잖아. 잘 걸어갈 수 있게 도와줘야지."

"그러니까 내려 달라고요!"

"싫은데?"

라크안은 제 어깨에서 버둥대는 카루나를 한 손으로 단단히 잡았다. 절대 떨어지지 않도록.

카루나의 목소리 때문에 귀가 쨍쨍했다. 라크안은 그래서 기분이 좋았다. 하하하, 라크안이 갇혀 있던 방 안에 시원한 웃음소리가 울렸다.

기사들은 놀라 라크안을 바라보았다. 라크안은 한 손으로 줄사다리를 잡고 올랐다. 위험하니 카루나를 제게 달라고 손 내미는 세나를 본척만척했다.

내가 손이 없냐, 발이 없냐, 당장 내려놔라, 카루나가 말할 때마다 웃음소리가 흘렀다. 십수 년간 모아 놨던 웃음을 이제야 풀어놓는 사람처럼, 라크안은 자꾸 실없이 웃었다.

"그 마술의 약인지 향수인지의 부작용인 거야?"

"……언젠간 제정신으로 돌아오시겠지?"

기사들은 두려움에 떨며 라크안을 바라보았다.

라크안은 그 온기를 짊어진 채로 밖으로 나왔다. 풋풋한 바람이 그를 반겼다. 2주 만에 보는 햇빛에 눈이 부셨다. 라크안은 숨을 한껏 들이켜며 하늘을 올려다보았다. 하늘이 푸르렀다. 언제나 똑같은 하늘, 별다를 거 없는 색이라 생각했건만.

"당장 내려놓지 못해요? 물어뜯어 버릴 거야!"

이런 귀여운 협박을 받으며 보는 하늘이 유독 맑았다. 지나가는 하얀 구름이 행복해 보였다. 태어나서 처음 보는, 참 아름다운 하늘이었다.

* * *

그리고 얼마 지나지 않아.

"취소, 취소할래."

라크안은 뒤늦게 후회했다.

푸른 하늘로 뭉게뭉게 피어오르는 연기를 보며, 생각했다. 할 수만 있다면 한 시간, 아니 삼십 분 전으로 돌아가고 싶었다고.

"뭘요?"

절대 그렇게 두지 않겠다는 듯 앙증맞은 작은 머리통이 불쑥 앞에 나타났다. 라크안은 그 귀여운 얼굴을 흐린 눈으로 바라보았다. 세상에서 제일 귀엽고 예쁜데. 그만큼 악독한 소녀였다.

'아니, 제일은 아니고, 두 번째로.'

세상에서 제일 악독한 사람은 마카레나 백작 영애, 클레이엔이었다.

'그 다음가는 악독한 사람이 나의 반려였다니.'

평생 치고받고 싸워야 할 정적이 이 세상 제일의 악녀인데. 그것도 모자라 한평생 아끼고 지켜 줘야 할 반려는 이 세상에서 둘째가는 악당이었다.

'내 인생은 왜 이런 걸까.'

스물두 살 먹은 청년은 갑자기 인생의 허무함을 느꼈다. 하아. 한숨이 또 나왔다.

"모든 걸 다."

그 한숨을 실어 대답했더니.

"무슨 생각이신지 모르겠지만, 아마 안 될 거예요."

깜찍한 목소리가 1초의 망설임도 없이 대꾸했다. 귀엽고 앙증맞고 깜찍한 카루나가 샐쭉하니 웃으며 한 걸음 뒤로 물러섰다. 온 집 안을 엉망으로 만든 고양이가 제 죄를 알고 살랑살랑 꼬리를 흔들며 도망칠 준비를 하려는 듯했다.

"이리 오시지?"

라크안이 손짓했다. 원래 서 있던 자리로 돌아오라는 신호건만. 카루나는 다르게 받아들이고는 냅다 도망쳤다.

"꼬맹이! 너 이리로 안 와?"

"싫은데요."

카루나는 얼른 세나의 뒤로 숨었다. 그래 봤자 치맛자락이 다 보여서 감춰지지도 않건만, 세나의 허리를 껴안고 매달렸다.

"왜 그러십니까. 우리 아가씨가 무슨 잘못을 했다고?"

세나는 어미 새처럼 카루나를 감싸고는 퉁명스럽게 말했다. 네가 뭔데 감히 카루나에게 큰 소리를 치느냐, 란 표정이었다. 누가 봐도 라크안에게 충성을 맹세한 철십자 기사의 모습은 아니었다.

"지금 이 꼴을 보고서도 그런 말이 나와?"

하! 라크안이 어이없다는 듯 숨을 내쉬며 손을 들었다. 툭 치면 와르르 무너질 듯 아슬아슬한. 어째서인지 군데군데에서 회색 연기가 피어오르는 저택이 라크안의 손가락에 걸렸다. 유서 깊은 보쉬엔 자작의 저택 본채였다.

"허허, 허허허…… 저는 그저, 공작 각하께서만 무사하시다면…… 허허…… 허허……."

연락을 받고 급히 돌아온 보쉬엔 자작이 저택 앞에 서 있었다. 그는 돌이 되다 못해 풍화된 모습으로 헛웃음을 짓고 있었다. 입은 허허, 웃고 있는데 주름 진 눈꼬리엔 눈물이 그렁그렁 매달려 있었다.

보쉬엔 자작의 옆에는 보쉬엔 자작 부인과 아이쉬 남작 부인, 그리고 루린토프가 하녀들의 부축을 받고 서 있었다. 성난 고양이 떼를 마주친 사람들처럼 모습이 엉망이었다.

"히이익!"

"사, 살려 주세요."

그들은 라크안의 옆에 있는 카루나를 보자마자 자리에 주저앉으며 울음을 터뜨렸다. 악마라도 본 듯한 얼굴이었다.

"왜들 저러시는 걸까요. 우리가 공작 각하를 찾으러 간 새 무슨 일이 있었던 걸까요?"

카루나가 천연덕스럽게 궁금해하며 세나에게 물었다.

"그러게 말입니다. 저는 아가씨를 모시느라 무슨 일이 일어났던 건지 도통 모르겠습니다. 흐음, 과연 무슨 일이 있었던 걸까요."

세나가 의뭉스럽게 웃으며 맞장구를 쳐 주었다. 라크안은 이를 갈며 기사단장을 돌아보았다. 기사단장은 얼른 고개를 돌려 라크안의 시선을 피했다.

설마 철십자 기사단을 몰고 와 자신을 구할 거라는 생각은 하지 않았다. 그랬기에 감금된 후 장기전을 예상했다. 시간이 걸려도 어떻게든 보쉬엔 자작가와 직접적인 부딪침 없이 일을 해결할 거라 믿었건만.

그 믿음은 당장이라도 주저앉을 듯 위태로운 보쉬엔 자작저 앞에서 폭삭, 꺼졌다. 카루나는 토끼처럼 깡충깡충 뛰어와서는 제게 귀를 빌려 달라고 손짓했다.

'네 머리 위에 긴 토끼 귀를 달아 주고 싶구나.'

라크안은 허탈함을 견디다 못해 쓰잘머리 없는 생각을 하면서도 카루나의 부탁을 들어주었다. 다리를 접고 앉아 무릎에 팔을 대고 턱을 괴었다. 그러고는 제게 속닥속닥 말하는 카루나의 목소리를 들었다.

카루나는 진지하게 설명했다.

철십자 기사단을 데리고 오긴 했지만 무턱대고 데리고 온 게 아니다. 치정 싸움으로 잘 포장했으니 걱정 말아라. 기사단장을 통해 보쉬엔 자작에게도 살짝 언질을 해 줬다. 바이켈드 공작가의 넘쳐나는 돈으로 보쉬엔 자작저를 수리만 해 주면 된다. 두 가문 사이에 절대 어떤 앙금도 남지 않을 거다. 카루나는 눈 하나 깜짝하지 않고 그 모든 이야기를 줄줄 늘어놓았다.

'정말 아무 생각 없이 사고를 친 건 아니구나.'

그제야 라크안은 가슴을 쓸어내렸다. 그런데 카루나의 설명 중엔 귀에 살짝 거슬리는 단어가 있었다. 이를테면 치정 싸움이라거나, 치정 싸움이라거나, 치정 싸움이라거나. 하지만 라크안은 그 단어를 그리 깊게 생각하지 않았다.

그리고 며칠 뒤.

라크안은 그 단어를 대수롭지 않게 넘긴 자신의 귀를 원망해야 했다. 토끼 귀를 달아야 할 사람은 카루나가 아니라 자기 자신이라는 걸 너무 늦게 깨달았다.

* * *

카루나는 약속대로 마차에 라크안을 태우고 돌아왔다. 애타게 기다리고 있었던 저택 사람들은 라크안의 귀환을 환영했다. 라크안은 셔츠의 깃을 한껏 올리고, 목의 상처 위에 크라바트를 느슨하게 맸다. 셔츠의 소매 단추도 단단히 잠갔다. 몸의 상처를 대부분 가린 것이다.

언뜻 보면 라크안의 몸 상태를 알 수 없었다. 그저 약간 수척해 보인다는 느낌이 들 뿐이었다. 그래서 저택 사람들은 라크안의 상처를 눈치채지 못했다. 저택 사람들이 떠들썩하게 라크안을 맞이했다.

"왜들 이래, 내가 죽다 살아난 것도 아니고."

라크안은 그들을 보며 퉁명스럽게 말했다.

"너 2주 동안이나 감감무소식이었어. 모두 너를 얼마나 걱정했는지 알아?"

리센이 두 팔을 벌리며 라크안에게 다가왔다.

"라안, 어서 와!"

"뭐 하는 짓이야, 저리 안 가?"

라크안은 질색하며 리센을 밀쳤다.

"딱히 걱정한 것 같아 보이지는 않는데? 다들 안색들이 아주 좋아. 나 없는 동안 잘 먹고 마셨나 보지?"

"어머나, 들켰다."

"빈 술 창고는 금세 다시 채워 넣겠습니다."

"원래 주인 없는 저택은 하인들의 천국 아니겠습니까?"

저택 사람들은 싱글벙글 웃으며 제멋대로 떠들어 댔다. 라크안의 무뚝뚝한 타박에도 저택 사람들의 웃음은 사라지지 않았다. 라크안이 정말 자신들을 구박하는 게 아니라는 걸 알고 있어서였다.

카루나는 세나의 에스코트를 받아 마차에서 내렸다. 카루나의 눈에도 라크안의 귓바퀴가 시뻘겋게 달아올라 있는 게 보였다.

"부끄러운가 봐요."

카루나가 세나에게 소근, 말했다.

"그러게요. 저런 모습은 처음 봅니다. 창피하신가 봅니다."

"가녀린…… 이라고 말해도 될지 모르겠지만. 아무튼 귀족 영애한테 납치됐다 돌아오는 거니까요?"

"게다가 그보다 더 가녀린 우리 아가씨께서 구출해 왔으니 말입니다. 아, 저라면 정말 부끄러울 겁니다."

세나는 라크안이 들으라는 듯 큰 소리로 말했다.

"레이디를 보호해야 하는 기사가 레이디에게 납치되다 못해 또 다른 레이디에게 구해지기까지 했으니, 말입니다."

라크안은 세나의 말을 못 들은 사람처럼 굴었다. 하지만 귀가 붉어지다 못해 익을 듯 달아오른 게 훤히 보였다. 카루나와 세나는 눈을 마주치고는 킥킥, 숨죽여 웃었다.

하녀와 하인들은 지치지도 않고 계속 라크안 주변으로 몰려들었다. 하녀장은 라크안 앞에서 무릎을 꿇고 신께 감사 기도라도 올릴 참이었다.

"언제부터 이렇게 내 걱정을 해 줬다고? 새삼 왜 이러는지 모르겠는데. 그만들 좀 하지?"

라크안은 으으, 진절머리를 내며 도망치듯 저택 안으로 뛰어 들어갔다.

"아니, 저희가 언제는 안 그랬다고요?"

"잠깐만요, 좀 더 눈물겨운 재회의 인사 같은 건 안 해 주시나요?"

"라안 님 안 계시는 동안 저택을 잘 지켰다는 치하의 말씀이나 보상금 같은 건요?"

하녀장과 하인, 하녀들은 쪼르륵 라크안의 뒤를 쫓았다. 카루나와 세나는 마차 앞에 서서 그 모습을 지켜보았다. 하인과 하녀들에게 붙잡혀 어쩔 줄 몰라 하는 라크안을 보며, 세나가 웃음을 터트렸다.

"이게 다 아가씨 덕분입니다."

"제 덕분이라뇨?"

"아가씨 덕분에 사람들이, 라안 님을 무서워하지 않게 된 거 아닙니까."

세나는 카루나가 없었을 때의 저택을 생각해 보았다. 그때에도 사람들은 다른 귀족 저택가 사람들보다 널널이 일하고 자유로웠다.

적당히 웃고 떠들며 살았다. 하지만 이 정도의 활기는 없었다. 저택의 사람들과 라크안은 적당히 서로를 챙겨 주고, 또 그만큼 적당히 서로에게 무관심했다.

'자연재해와 친해지고 싶어 하는 사람은 없지.'

라크안의 발작은 재앙, 혹은 자연재해급이었다.

갑작스러운 자연재해를 맞닥뜨린 사람은 체념하게 된다. 어쩔 수 없는 일이지, 라고. 저택 사람들도 마찬가지였다. 고작 다섯 달이었지만, 라크안의 발작에 익숙해져 체념했다.

'라안 님은 원래 저래.'

'우리가 알아서 조심해야지 뭐 별수 있나.'

자연재해는 조심하고 피해야 하는 것일 뿐. 걱정하고 염려하고, 이렇게 환영받을 수 있는 것은 아니었다.

그런데 카루나가 모든 걸 바꿔 버렸다. 라크안의 발작을 고작 포도주 통으로 막을 수 있는 것으로 만들었다. 라크안의 갑작스러운 실종 상태를 축제처럼 즐길 수 있게 만들어 주었다.

제가 라크안을 구해 오겠다고 당차게 말하는 소녀를 보고, 저택 사람들은 근심과 시름을 잊었다. 어느 날 갑자기 저택에 나타난 카루나가 그렇게 바꿔 주었다. 마법처럼.

'마탑의 어떤 마법사도 이런 마법을 부리진 못하겠지.'

세나는 마탑의 마법사로 분장한 카루나를 생각해 보고는 혼자 낄낄 웃었다.

"흥, 공작 각하를 왜 무서워하나요? 발작? 그게 뭐 대수라고요?"

카루나는 계단을 오르며 대수롭지 않다는 듯 말했다.

"맞습니다, 아가씨 말씀이 무조건 옳습니다."

웃느라 잠시 걸음을 멈췄던 세나는 얼른 카루나의 뒤를 쫓았다. 카루나의 등장 이전까진 아무도 그렇게 생각하지 않았고, 아무도 그렇게 라크안을 대하지 않았다는 걸. 이 저택에서 오직 카루나만 몰랐다.

그리고 세나는 그걸 카루나에게 알려 줄 생각이 없었다. 감탄하는 건 지켜보는 관객의 몫이었다. 무대 위 주인공은 그저 마음껏 활약을 펼치면 될 뿐이니.

* * *

격한 환영 인사를 받으며 씩씩하게 저택에 돌아왔지만. 라크안의 상태는 그리 좋지 않았다. 제 침실로 온 라크안은 셔츠를 벗었다. 새 셔츠를 들고 온 하녀장은 기절할 듯 놀랐다.

"리센 좀 불러 주겠어? 좀 아파서, 견디기가 힘드네."

라크안은 멋쩍어하며 하녀장에게 말했다. 그간은 어떤 심한 상처를 입었든 놔두면 알아서 아물었다. 그래서 약이나 의사가 딱히 필요하지 않았다. 리센이 라크안을 돌봤지만, 대개는 발작과 관련해서였다. 그 외에는 굳이 리센을 찾은 적이 없었다.

그런 만큼 라크안은 고작 몸이 좀 다치고 상처 입었다고 진찰받는 걸 어색해했다. 리센은 라크안의 몸을 보자마자 눈가에 눈물이 그렁그렁해졌다.

"네 탓 아니야."

라크안이 먼저 말했다.

"그냥 좀 다친 거야."

"……왜 낫지 않아?"

리센이 눈물이 그렁한 눈으로 라크안을 보며 물었다.

"내가 맡았던 그 꽃향기에 뭔가 있는 거 같아. 상처가 낫지 않고, 몸에 힘도 없어."

말하던 중 라크안은 비틀거렸다.

"라안?"

"도련님!"

두 사람분의 비명이 라크안의 침실에 울려 퍼졌다. 라크안은 침대에 주저앉았다.

"솔직히 지금도 좀 기운이 없거든. 알아서 좀 봐 줘."

그렇게 말하고는 아예 침대에 누워 버렸다. 철십자 기사단과 저택의 고용인들 앞에서 아무렇지 않은 듯 버틴 게 마지막 힘이었다. 하녀장과 리센만 남자 라크안은 바로 무너져 내렸다.

"도대체 그 향기의 정체가 뭐길래 너를 이렇게까지 만든 건지 알아봐야 겠어."

리센은 연고를 잔뜩 만들어 하녀장에게 건네주고는, 당분간 라크안이 침대 밖으로 나가지 못하도록 붙들어 매 놓으라고 신신당부했다. 그러고 는 훌쩍 사라졌다.

덕분에 라크안은 바이켈드 공작저에 돌아와서도 꼼짝없이 침대에 갇혔다. 하녀장은 평소보다 세 배 더 커진 눈으로 라크안을 부리부리하게 쏘아보았다.

"들으셨지요?"

"지난 2주 동안 계속 침대에 누워 있기만 했는데, 돌아와서도 또 그러 라고?"

"억울하시면 얼른 나으세요. 다 낫기 전까진 절대, 밖으로 못 나가실 겁니다."

하녀장은 아예 문 앞에 의자를 가져다 두고 뜨개질 거리를 가져와 앉았다. 그렇게 온종일 라크안을 감시했다. 라크안은 영락없이 또 침대에 갇힌 신세가 되었다.

하루 이틀, 사흘이 지나도 몸은 나아질 기미가 보이지 않았다.

"신기하군, 정말 상처가 낫질 않아."

라크안은 여전히 상처투성이인 제 몸을 새삼스럽게 바라보았다.

"보통은 다들 그런답니다. 상처가 나면 쉽게 낫지 않아요. 그래서 다들 다치지 않으려 조심하는 거랍니다."

하녀장이 침대 옆 협탁에 대야와 수건을 내려놓으며 말했다. 대야 옆에 는 미지근한 물이 반쯤 담겨 있었다. 약초를 으깨 끓인 물이었다. 연고를 바르기 전, 하녀장은 약초물을 적신 수건으로 상처 근처를 닦아 주었다.

"으……."

간지러우면서 따갑고, 쓰렸다. 라크안은 매번 이를 악물고 하녀장의 손길을 버텼다.

"아픈 건 아무리 해도 익숙해지질 않아."

라크안이 이를 갈며 말했다. 상처 입는 데 익숙해지는 것과 고통에 익숙해지는 건 엄연히 다른 문제였다. 게다가 라크안은 이렇게 오랜 기간, 상처 입은 채 지내 본 적이 없었다.

"누구나 그렇답니다."

"하지만 난 누구나가 아니야."

"지금은 누구나에 속하는 평범한 사람 중 한 분이시죠."

"윽. 조금, 천천히."

"아, 죄송합니다. 도련님. 이쪽 팔은 특히나 심하네요."

하녀장은 라크안의 상처를 보며 입술을 깨물었다. 라크안을 구했을 때 카루나의 얼굴에 스쳤던 것과 비슷한 감정이 하녀장의 얼굴을 덮었다.

죄책감. 충성으로 떠받들어야 하는 주인이 이런 꼴이 된 것도 모른 채, 카루나를 붙들고 드레스 놀음이나 하고 있었다는 자책감. 이 세상 무엇이 감히 라크안을 상처 입힐 수 있을까. 그리 자만했던 것이 이런 결과를 가져올 줄이야. 당장 혀를 깨물고 죽고 싶은 심정이었다.

"라임스 부인. 난 괜찮아."

하녀장을 죄책감의 바다에서 건져 내 준 건, 라크안이었다. 라크안은 평소와 다를 바 없는 목소리로 말했다.

"고작 이 정도로 내기 이렇게 될 거라고 생각하는 건 아니겠지? 이 정도는 그냥, 긁힌 거야. 곧 리센이 약을 만들어 올 테니까, 그 약을 먹으면 다시 괜찮아질 거야. 평소처럼."

"도련님."

"그러니까 쓸데없는 생각 하지 마."

이어 라크안은 이를 갈며 투덜댔다.

"젠장, 그나저나 언제까지 이러고 있어야 하는 거야."

바이켈드 저택으로 돌아온 지 수일이 되었건만. 본래의 힘과 능력이 좀처럼 되돌아오지 않았다. 몸의 상처는 일반 사람의 몸과 비슷한 속도로 아물어 갔다. 한 마디로 말하자면, 거의 차도가 없었다.

그런 데다 바이켈드 공작저에 돌아와 긴장이 풀린 몸은 멋대로 약한 척을 했다. 상처 난 몸이 아팠다. 아픈 거야 당연한 건데, 당황스러울 정도로 아팠다. 밤이면 상처에서 나는 열 때문에 잠들 수 없었다.

하루에 세 번, 끈적한 연고를 상처에 발라야 했는데. 라크안은 그 시간이 제일 고통스러웠다. 제 손은 물론이거니와 하녀장의 조심스러운 손길도 소용없었다. 무엇이든 상처에 닿기만 하면 쓰렸다. 몸이 불에 타는 것 같이 화끈거렸다.

그 오랜 기간 그 두꺼운 구속구를 차고 어떻게 아무렇지 않게 있을 수 있었는지. 지금 와서 생각하면 자신도 실감이 안 날 정도였다. 자기 치유력도, 늑대로 변할 수 있는 힘도 사라진 라크안은 그저 평범한 이십 대 초반의 청년이었다.

평범한 청년의 몸은 상처를 쉬이 견디지 못했다. 그나마 연고를 바르면 통증이 좀 가셔 한동안은 버틸 만했다. 그러면 라크안은 바로, 좀이 쑤신다며 침대에 있는 걸 못 견뎌 했다.

"산책도 안 되나?"

라크안은 슬쩍, 하녀장의 눈치를 보며 물었다. 조금 전까지 아픈 게 싫다며 끙끙거렸으면서. 금세 태도가 바뀌어 버렸다.

"절대 안 됩니다."

"적당한 운동은 건강에 좋을 텐데?"

"지금 도련님 몸은 그 적당한 운동조차도 해선 안 되는 상태랍니다."

하녀장은 고개를 설레설레 저었다. 쳇, 라크안은 혀를 찼다. 침대 밖으로 나갈 수 없다니, 기분 전환이라도 할 겸 창문을 바라보았다.

벽 하나를 다 뚫은 듯 큰 창문은 커튼이 없었다. 밖으로 나가지 못하는 라크안이 견디다 못해 커튼을 잡아 뜯어 버린 덕이었다. 커튼 없는 창문에선 밝은 햇살이 쏟아져 들어왔다. 조금 고개를 내밀면 푸른 하늘과 정원이 보였다. 창문을 열어 놓으면 정원에서 나는 소리도 들렸다.

지금처럼.

"세나 경. 꺄악! 너무 빨라요!"

꺄르륵. 웃음소리가 들렸다. 맑은 하늘과 푸른 잔디에 잘 어울리는 소리였다.

라크안은 창밖을 보았다. 카루나가 있었다. 세나와 함께였다. 세나는 카루나를 목말 태우고, 정원을 빙빙 돌며 뛰었다. 카루나는 세나의 머리카락을 고삐 쥐듯 움켜쥐고 있었다.

"도와주십시오, 제가 지금 벌칙 수행 중이라니까요. 으으, 움직이지 말아 주세요. 골이 울립니다."

"세나 경 머리는 내가 꽉 잡고 있으니까 걱정하지 말아요. 그런데 우리, 왜 이러고 있는 건가요?"

"어제 술내기를 했는데 이긴 사람이 아가씨를 안고 정원을 백 바퀴 뛰기로 했거든요. 그런데 제가 그 술자리에서 이겨 버렸습니다."

카루나의 새초롬한 목소리와 세나의 뻐기는 목소리에 라크안은 큭큭, 웃음을 터뜨렸다. 그걸 지켜보는 하녀장의 표정은 괴상해졌다.

'상처가 정말 심하신 건가? 평소와 다른 모습을 보이시네.'

실없이 소리 내 웃는 라크안이라니. 라크안이 아픈 지금이 아니고서는 볼 수 없는 모습이리라. 하녀장은 그리 생각했다. 창 밖에서는 계속 카루나의 목소리가 들렸다. 라크안은 가만히 그 목소리에 귀를 기울였다.

"이겼는데 왜 벌칙을 받는 건가요?"

"술을 엄청 처먹고도 안 취해서 맨정신으로 동료들 지갑을 털어 술값을 냈거든요. 덕분에 아가씨를 안고 뛸 수 있는 영광을 얻었지요. 속 풀이도 못 하고."

세나의 얼굴은 허여멀건했다. 숙취에 시달리는지 간간이 우웩, 헛구역질했다. 그러면서도 카루나를 붙잡은 손은 굳건했다. 카루나는 세나가 정원을 뛰는 바퀴 수를 셌다. 한 바퀴. 두 바퀴. 세 바퀴.

"힘내요, 세나 경. 이제 아흔여섯 바퀴밖에 안 남았어요!"

간간이 격려도 해 주었다.

"우와, 켁. 아주 힘이 나네요. 고작 그것밖에 안 남았다니. 우욱."

세나가 웃는 건지 우는 건지 모를 목소리로 사정했다.

"그간의 정을 생각하셔서 적당히 숫자를 대충 세거나 중간 숫자 세는 걸 깜빡해 주실 순 없나요?"

"어머나, 거짓말을 하라니. 그럴 순 없지요. 어젯밤 술내기의 승자분께, 저를 안고 뛸 수 있는 행복을 오래오래 누릴 수 있게 해 드려야 하지 않겠어요?"

카루나는 세나의 머리를 꼭 끌어안으며 얄밉게도 말했다.

"헉, 예에, 저는 아주 행복합니다. 켁, 행복해 미쳐 버리겠습니다."

카루나와 세나의 대화가 고스란히 라크안의 침실로 쏟아져 들어왔다.

"이상한 일이지, 세나가 남에게 쉽게 마음을 여는 사람이 아닌데."

라크안이 중얼거리듯 말했다.

"세나 경뿐만이 아니랍니다."

하녀장이 답했다. 여전히 뜨개질하는 손은 멈추지 않았다.

"모두가 카루나를, 음. 저 작은 아가씨를 좋아하고 있지요."

하녀장의 목소리엔 웃음이 가득했다.

"저도 마찬가지긴 한데, 숲의 일족의 피가 섞인 사람들은 특히나 더 카루나에게 쉽게 마음을 여는 것 같습니다. 꼭 마법에라도 걸린 것처럼."

두 눈은 뜨개질 거리를 바라보고 있지만, 입가에 띤 미소는 뜨개질 때문이 아니었다. 라크안도 하녀장을 보지 않았다. 두 눈은 여전히 정원을 빙빙 돌고 있는 세나와 카루나, 아니 카루나에게 고정되어 있었다.

카루나는 밝은 햇살 아래에서 환하게 웃고 있었다. 그걸 보는 것만도 좋았다. 빨리 능력이 돌아왔으면 좋겠다는 생각이 들었다. 멀리까지 내다볼 수 있는 눈을 되찾는다면, 이렇듯 멀찍이 떨어져 있어도 저 웃는 얼굴을 선명하게 볼 수 있을 테니까.

아파서 침대에 누워 있는 건 지루하고 재미없지만. 생각을 정리할 기회가 되었다. 라크안은 침대에 누워 자신과 카루나의 관계를 고민했다.

숲의 일족의 '반려'는 마냥 행복한 운명은 아니다. 동화처럼 모든 사람이 적당한 때에 비슷한 또래의 반려를 만나 오래오래 행복하게 살면 얼마나 좋을까. 하지만 그러지 못하는 경우도 종종 존재한다.

죽을 때까지 반려를 찾지 못하는 경우도 없진 않다. 겨우 찾은 반려와 나이 차가 많이 나는 경우도 존재한다. 나이 따위는 숫자에 불과하다고 우기는 숲의 일족조차 어찌할 수 없는 나이 차.

기록에 의하면, 죽기 몇 년 전 겨우 반려를 찾아낸 숲의 일족도 있었다. 반려는 갓 태어난 아기였다. 숲의 일족은 죽기 전날까지, 제 반려의 대모이자 보모로서 살았다. 그리고 죽을 때 간절히 바랐다고 한다. 부디, 제 반려가 저 말고 다른 사람을 만날 수 있기를. 그 사람과 행복하게, 기쁘게 살 수 있기를.

'우연히 읽었던 건데. 내가 그와 비슷한 경우가 될 줄은 몰랐네.'

라크안은 헛웃음을 지으며 고개를 저었다.

'반려라고 해서 꼭 결혼하고 부부의 인연을 맺으라는 법은 없는 거야.'

라크안은 자기 자신을 설득했다. 반려를 찾아 헤맸던 긴 세월. 밤마다 외로움에 몸서리치며, 반려를 꿈꾸었다. 반려와 함께하는 삶을 간절히 바랐다.

반려와 결혼하고, 부부로서 한평생을 행복하게 사는 상상만 했다. 혈기 왕성한 청년이었기에, 저와 비슷한 나이의 반려를 만나 뼈와 살이 불타는 밤을 상상하기도 했다. 하지만 이젠 그런 상상조차 해선 안 된다.

'포기하자. 반려를 찾았잖아. 그것만으로도 충분해.'

라크안은 잠깐, 뒤를 돌아보았다. 창문 너머에선 여전히 밝은 웃음소리가 정원의 꽃잎에 묻어나고 있었다. 그저 웃음소리를 듣는 것만으로도 왼쪽 가슴이 뻐근하게 저렸다.

'곁에서 지켜 줄 거야.'

행복인지, 기쁨인지, 아니면 둘 다의 감정일지 모를 들뜬 감정이 온몸에 천천히 퍼졌다. 하지만 뒤이어 무거운 돌이 왼쪽 가슴 위에 턱, 얹혔다.

'네가 내게 준 행복만큼, 내가 돌려줄 수 있을까?'

라크안은 주먹을 꽉 쥐었다. 상처가 시큰거렸다. 그래서 코끝이 시렸다. 다른 이유에서가 아니라, 상처 때문이었다. 분명히.

* * *

보쉬엔 자작가에서 라크안을 묶은 구속구의 열쇠를 찾을 때. 루린토프의 보석함에는 열쇠 꾸러미와 함께 작은 향수병이 들어 있었다. 빈 병이었다. 라크안을 묶어 둔 구속구의 열쇠와 함께 보관한 향수병이었다. 분명 평범한 향수병은 아니리라.

'아마도 이 향수병에 사랑의 묘약인지 뭔지의 향수가 들어 있었겠지.'

카루나는 그것을 열쇠 꾸러미와 함께 챙겼다. 그리고 바이켈드 공작저로 돌아왔다. 라크안과 감격스러운 포옹을 하지 못한 리센은 어느새 슬그머니, 카루나에게 다가왔다.

"다녀왔어요."

카루나는 리센에게 살짝 손을 흔들어 인사했다.

"활약은 이미 전해 들었어요. 정말 대단해요, 꼬마 아가씨."

리센이 생글생글 웃으며 카루나를 칭찬했다. 카루나는 사양하지 않고 그 칭찬을 마음껏 누렸다.

"저니까 할 수 있는 일이었어요."

"그럼요, 그럼요."

리센은 잘한다 잘한다, 칭찬에 칭찬을 더했다. 평소에도 실없이 헤프게 웃는 사람이건만, 지금은 유독 심했다. 리센은 당장이라도 녹아 없어질 사람처럼, 계속 웃었다. 카루나와 눈이 마주치기만 해도 방긋방긋 웃었다.

'라안 님이 돌아온 게 그렇게 좋은가? 이렇게 좋아할 거였으면 아까 구하러 갈 때 좀 도와나 주지.'

뒤에서 지켜보던 세나의 눈에 경련이 날 정도였다. 평소에도 리센은 카루나에게 친근히 굴었지만, 지금은 이전과 비교도 안 될 정도로 사근사근했다.

'바이켈드 공작을 구해 와서인가?'

카루나는 막연히 그리 생각했다.

"가져오면 한번 조사는 해 보겠다고 하셨죠?"

카루나는 리센에게 루린토프의 향수병을 건네주었다.

"이게 그것인가요?"

"본인이 끝까지 입을 다물고 아니라고 해서, 확실하진 않아요."

"그렇군요. 제가 한번 조사해 볼게요."

리센은 향수병을 눈에 가까이 가져다 대고 흔들어 보았다. 빈 병으로 보이지만 기울여 보면 향수가 한두 방울은 남아 있는 듯 보였다. 리센이 향수병을 살피는 동안 카루나는 저택 안으로 들어간 라크안을 바라보았다.

'몸은 괜찮은 건가?'

옷으로 상처를 감싼 라크안은 겉으로 보기엔 멀쩡해 보였다.

'딴 사람도 아니고, 제국의 방패를 걱정하는 건 좀 우스운 생각이려나?'

제국에서 가장 강한 기사라 손꼽히는 라크안이다. 쇳덩이 좀 차고 있다 다쳤다고, 목숨이 위험할 정도로 아프거나 하진 않을 것이다. 그래도 아픈 건 아픈 것일 터.

'상처가 가볍지 않던데.'

카루나는 계속 라크안이 신경 쓰였다. 예전에 마카레나 백작저에서 채찍질당했던 기억 때문일지도 모른다.

'얼른 치료를 받아야 할 텐데.'

살갗이 찢기고 찢긴 상처는 꽤 아프고, 오래간다. 제때 치료를 안 하면 상처의 독이 뼛속까지 스며 오래도록 사람을 괴롭힌다.

'이제 좀 올려 보내 줘. 여태 감금당했던 사람인데, 좀 쉬게 놔두지.'

라크안이 아픈 줄 모르고 좋다고 달려드는 저택의 사람들을 보자니 괜히 짜증도 났다. 그래서 카루나는 라크안을 바라보는 자신을 다른 누군가가 바라보고 있는 줄은 꿈에도 몰랐다.

"꼬마 아가씨?"

카루나가 라크안을 본 만큼, 카루나를 바라보고 있던 리센이 카루나를 불렀다.

"아, 네? 네."

그제야 카루나는 다시 리센을 바라보았다.

"라안이 많이 걱정되나요?"

"흥, 걱정은 무슨. 구해 줬으면 됐지 걱정까지 해 줘야 하나요?"

카루나는 고개를 저었다. 하지만 이내,

"아, 지금 여기서 이러고 있어도 되는 거예요?"

급히 리센을 저택 쪽으로 밀었다.

"어어, 어어어?"

리센은 카루나가 미는 대로 죽죽 밀렸다. 혹여 제가 힘주고 버티고 섰다가 카루나가 튕겨져 나갈까 봐 염려해서였다. 카루나는 리센의 그런 배려를 전혀 눈치채지 못했다.

"얼른 가 봐요, 공작 각하가 엄청 다쳤단 말이에요!"

그저 리센을 라크안에게 보내는 데에만 집중했다.

"라안이 다쳤다고요? 얼마나요?"

리센이 놀라며 멀리에 있는 라크안과 옆의 카루나를 번갈아 바라보았다.

"가서 직접 확인해 보세요."

훠이, 훠이. 카루나는 얼른 가라며 손짓했다.

"……나중에 꼭 다시 이야기를 나누도록 하죠. 기다려 주세요."

리센은 아쉬움이 그득한 얼굴로 미련을 남긴 채 떠났다. 라크안에게 뛰어가면서도 연신 카루나를 돌아보았다.

"왜 저래? 우리가 언제부터 다음에 다시 만날 날을 기약하는 사이가 된 거지?"

카루나는 갑자기 제게 질척거리는 리센을 보고 영문을 몰라 했다.

"혹시 부단장한테 돈 빌려준 적 있으세요?"

카루나의 바로 뒤에 서서 리센이 하는 꼴을 모두 함께 지켜본 세나 또한 어깨를 으쓱였다.

이후 카루나와 세나는 며칠 동안 리센을 만나지 못했다. 그래서 찜찜한 기분은 오래가지 않아 잊었다. 향수병에 담겼던 향수가 무엇인지 조사하겠다며, 리센은 약초실로 들어가 나오지 않았다.

매일 찾아오던 사람이 찾아오지 않으니 허전함을 느낄 법도 했지만, 카루나의 곁에는 세나가 있었다. 카루나는 리센이 며칠간 나타나지 않았다는 것조차 깨닫지 못했다.

라크안은 리센이 향수병을 들고 사라진 뒤부터 이틀쯤 지났을 때, 리센이 어디 있는지 하녀장에게 물어보았다. 하녀장은 그가 약초실에 들어가 나오지 않고 있다고 말해 주었다.

사흘째 되던 날 밤.

리센이 라크안을 찾아왔다. 본래 불면증이 있기도 했고, 상처의 통증 때문에 좀처럼 잠들지 못하고 있던 차. 라크안은 그를 맨정신으로 반겼다.

"몸은 좀 어때?"

유령처럼 불쑥 나타난 리센을 보며 라크안이 픽, 웃었다.

"환자를 버려두고 방구석에 틀어박혀서는 이제야 나타나?"

"미안."

"됐어, 미안하다는 소리 들으려고 물어본 건 아니야."

라크안은 침대 옆의 빈 의자를 손짓으로 가리켰다. 리센은 의자를 침대 맡에 끌어다 놓고 앉았다.

"얼굴을 보이는 건 뭔가 알아냈다는 거지?"

"응."

리센이 고개를 끄덕였다. 등불에 어른어른 비치는 얼굴은 그리 밝지 않았다.

"설마 숲과 연관된 물건인 건가?"

"그건 아니야."

"그런데 표정이 왜 그래?"

"숲이 아니라. 음, 어쩌면 그 너머의 것일지도 모르겠어."

"숲 너머라면. 눈의 땅을 말하는 거야?"

라크안의 얼굴이 딱딱하게 굳었다. 리센은 고개를 끄덕이며 손에 쥐고 있던 걸 내밀었다. 카루나가 보쉬엔 자작가에서 찾아온 향수병이었다.

"너와 기사들이 그날 맡았던 향수가 여기에 두 방울 남아 있었어. 그걸 조사해 봤는데, 절대 평범한 마법의 약은 아니야."

"평범하지 않다는 건?"

"내가 풀 수가 없어."

"……네가?"

라크안이 대번 인상을 찡그렸다. 사실 리센은 최초의 숲을 돌보는 장로의 후계자로, 태어나면서부터 마법에 천부적인 재능을 타고난 존재였다.

너무 뛰어난 능력을 갖췄기에, 숲 밖으로 나올 때 항상 제약을 달고 나왔다. 제약을 어겨 능력을 사용하면 바로 숲으로 끌려갔다. 그런 리센이 완벽히 꿰뚫지 못하는 마법의 약이 숲 밖에 있을 리가 없었다.

"그럴 리 없어."

라크안은 바로 부정했다.

"지금 네가 제약에 묶여 있어서 못 푸는 거 아니야?"

"제약에 묶인 건 내 능력이지 지식이 아니야. 여기에 담긴 마법은 내게 낯설어."

"제국민 중에 너보다 뛰어난 능력을 갖춘 마법사가 있다는 말이야? 그건 말도 안 돼."

라크안은 리센의 말을 쉬이 믿지 않았다.

"사람이 묘약이라고 불리는 엉터리 약 따위는 마탑에서 파문된 마법사나 약초에 능통한 마녀들이 먹고살려고 만드는 거야. 그렇게 대단한 게 아니라고."

시중에 나도는 사랑의 묘약이란 이름의 물약이 대개 그러했다. 사랑에 빠진 순진한 소년, 소녀들의 주머니를 노리는 얄팍한 사기에 불과했다. 혹여나 잘못 먹었다가 탈이라도 나면 난리가 날지 모르기에, 물약을 파는 엉터리 마법사와 마녀들은 대충 몸에 좋다는 약재를 넣어 약을 만들곤 했다.

그래서 사랑의 묘약이란 건 차라리 몸을 건강하게 해 주면 해 주지 사랑을 이루어 주진 않았다. 진짜 마법의 약을 만드는 건 어려운 일이다. 길거리에서 파는 사랑의 묘약 따위가 정말 마법의 약일 순 없다.

"리센, 요즘 나 때문에 네가 많이 바쁘고 피곤했을 텐데. 그래서 잘못 본 거 아닐까? 다시 한번 조사해 봐. 시간은 충분해, 급할 거 없잖아."

"아니. 아니야."

리센은 고개를 저었다.

"그 대단하지 않은 약이 네 능력을 가둬 두고 있잖아."

리센이 라크안의 팔목에 팬 상처를 만지려다 손을 거두었다.

"그냥 평범한 숲 밖 인간들의 솜씨는 아니야."

"왜 그렇게 단언하는 거야?"

"약에 담긴 마법이 한 가지가 아닌 거 같아. 널 정신 잃게 만들고 능력을 가뒀어. 그러면서 너와 함께 간 기사들의 정신을 흐려 놓았고. 적어도 세 개 이상의 마법이 담겨 있다는 거야."

리센의 설명을 들은 라크안은 잠시 고민하다, 조심스러운 말투로 물었다.

"숲에서 흘러나온 걸 수도 있잖아."

"아니, 그럼 내가 못 풀 리 없어."

"젠장, 그럼 정말 눈의 땅이라고?"

라크안이 욕설을 내뱉었다. 지금 몸 상태가 안 좋은 게 다행이라는 생각이 들었다. 본래의 상태였다면 화를 참지 못하고 발작을 일으켰을지도 모른다.

"눈의 땅. 그 저주받은 곳의 마법이 왜 여기, 제국까지 내려온 건데."

말을 하던 도중 라크안의 몸이 앞으로 푹 꺾였다. 헉, 헉. 라크안이 급히 숨을 몰아쉬었다. 상처에 지친 몸은 조그만 흥분도 견디질 못했다.

"진정해, 라안. 나는 가능성을 이야기한 거야. 확실하진 않아."

리센은 얼른 라안을 붙잡아 침대의 헤드에 등을 기대도록 도왔다. 그리고 협탁에 놓인 미지근한 물을 따라 건넸다. 라안은 물잔을 반 정도 비웠다. 붉은 눈은 어둠 속에서도 빛났다.

발작을 일으키지 않고, 늑대로 변하지 못한다 해도 몸속에 흐르는 피는 아직 뜨거웠다. 라크안은 그 끓어오르는 열기를 견디지 못하고 침대 시트를 움켜쥐었다. 찢을 듯 그러쥐었다. 손목의 상처가 터져 피가 흘렀지만 아랑곳하지 않았다.

"라안, 진정해, 제발."

리센은 그런 라크안을 말렸다.

라크안의 몸은 지금 정상이 아니었다. 숲의 일족 혼혈로서 가진 능력이 억눌린 상태였다. 라크안의 능력은 숲의 일족 중에서도 유례가 없이 강했다. 그러니 능력을 내리누르는 힘 역시 결코 가벼울 수 없었다. 때문에 지금 라안의 몸 안에는 거대한 두 힘이 맞붙고 있는 거나 마찬가지였다.

능력이 눌린 몸은 평범한 인간의 몸과 다를 바 없다. 그런데 그 몸에 평범한 인간이 감당할 수 없는 상극의 두 힘이 서로를 짓누르고 있다. 상처를 치유하려는 치유력이 꿈틀댈 때마다 그만큼의 강력한 힘이 라안의 몸을 억누른다. 상처가 쉬이 낫지 않는 건 그러한 이유에서였다.

하녀장이나 다른 사람들은 보통 사람들처럼 상처가 더디게 낫고 있는 거라고 알고 있지만. 그런 게 아니라는 건 라크안과 리센만 알고 있었다.

바이켈드 공작저에 돌아온 지 사흘이 지났다. 아무리 연고를 바르고 약초물로 상처를 씻어도, 상처가 아물기는커녕 점점 더 심해져갔다. 상처의 열기와 독소가 몸 안으로 파고들고 있고 있으니. 이대로 가다간 정말, 라크안의 몸은 얼마 버티지 못할 것이다.

리센은 그것을 가만 두고 볼 수 없었다.

"라안, 나한테 부탁해 줘."

"뭘?"

"내가 이걸 조사하고, 널 구할 수 있도록."

리센이 손에 든 향수병을 흔들었다.

"내가 너한테 목숨을 구걸하는 날이 오다니."

라크안은 어이가 없다는 듯 중얼거렸다.

"그러니까 함부로 단언하면 안 되는 거야. 세상일은 어떻게 될지 모르거든."

백 년쯤 세상을 산 리센이 고작 22년을 산 라크안에게 충고했다.

과거 변경의 전쟁터를 떠돌던 라크안에게도 질풍노도의 시기는 찾아왔다. 그 시절, 싸울 때마다 라크안은 리센에게 이렇게 말했다.

'내가 죽든 말든 상관하지 마, 내가 죽을 위기에 처해서 옆에 아무도 없고 너만 있어도 절대 너한테 살려 달라고는 안 할 테니까.'

한두 번 말한 것도 아니고 여러 번 말했다. 라크안이 발작을 일으키면 항상 리센이 뒤처리를 도와주었다. 그게 고마우면서도 괜히 짜증이 나서. 고맙다는 말을 하는 대신 그렇게 윽박지르곤 했다.

처음에야 몇 번 그러려니, 넘어갔지만. 얼마 안 가 리센 또한 라크안에게 질세라 목소리를 높였고. 한동안 둘은 눈만 마주치면 싸웠다. 지금 생각해 보면, 어쩜 그렇게 유치할 수 있었을까 싶을 정도지만. 당시의 라크안과 리센은 더없이 진지했다.

시간이 지나 머리가 좀 굵어진 다음에야 리센과 크게 싸울 일은 없었지만. 그래도 그 시절의 기억은 선명했다.

"맙소사, 내가 죽으면 죽었지."

라크안은 손바닥으로 두 눈을 가려 버렸다.

"자, 어서 나한테 부탁해 봐. 살려 달라고 부탁해 보라고. 지금 넌 죽을 위기에 처했고 옆에 아무도 없고 나만 있잖아. 응?"

리센도 그때의 기억을 잊지 않은 듯했다. 리센은 모처럼 신이 나서는 라크안의 상처 없는 옆구리를 콕콕 찌르며 재촉했다. 아으. 라크안은 괴로워하며 고개를 들지 못했다.

한참 후에야 라크안은 겨우 고개를 들었다. 저를 걱정해 주는 선한 노을빛 눈동자를 쳐다보았다. 미운 정 고운 정 쌓아 가며 만들어 온 우정과 신뢰가 거기에 담겨 있었다.

발작이 본격적으로 시작된 때부터 지금까지. 리센은 그림자처럼 라크안의 곁을 지켜 주었다. 낯간지러워 한 번도 말을 한 적은 없지만, 라크안은 누구보다 리센을 믿었다. 누가 뭐래도 리센은 가장 절친한 친우였다. 필요하다면 기꺼이 줄 수 있는 모든 걸 다 줄 수 있는.

목숨만 빼고.

이 목숨은 오직 자신의 반려의 것이니까.

리센 또한 자신과 비슷한 마음이리라. 라크안은 생각했다. 그래서 리센이 자신에게 부탁한 대로, 라크안은 리센에게 부탁했다. 쪽팔림을 무릅쓰고.

"부탁할게, 날 좀 살려 줘. 리센."

"응, 라안. 네 부탁을 들어줄게."

리센은 기다렸다는 듯 라크안의 부탁을 받아들였다.

"라안, 그런데 말야."

뒤이어 리센은 짐시 머뭇거렸다.

'지금 말을 해야 할까? 상황이 좀 그렇긴 하지만, 그래도 라안한테는 말해 둬야 할 거 같은데.'

카루나가 제 반려인 거 같다는 말을 해 주고 싶었다. 하지만 이제 겨우 살아 돌아온, 상처투성이 친구에게 이런 말을 해도 될지 망설여졌다. 아직 반려를 찾지 못한 불행한 친구에게 제 행복을 자랑하는 격이지 않은가. 지금 말할까 아니면 다음에 말할까. 리센은 고민했다.

"왜 그래, 갑자기? 말하기 힘든 말이면 억지로 하지 말고, 나중에 천천히 해."

라크안은 평소답지 않게 망설이는 리센을 보며 의아해했다.

"어…… 응."

리센은 여전히 머뭇거리다가 라크안의 말에 겨우 고개를 끄덕였다.

"네가 다 나은 다음에 말할게."

"무슨 이야기를 하려고 그러는 건지, 무서워지려고 한다. 너무 뜸 들이지는 마라."

라크안은 피식 웃으며 대꾸했다.

"응. 내가 빨리 널 낫게 하고, 꼭 말할게."

리센은 노을빛 눈동자를 곱게 접어 웃으며 고개를 끄덕였다.

* * *

다음 날 새벽, 리센은 홀로 바이켈드 공작저를 나섰다. 문을 통하지 않고 높은 담을 훌쩍 넘었다. 하녀장이 알려 준 약도는 일찌감치 외워 머릿속에 들어 있었다. 그 약도대로 어둠을 헤치고 달렸다.

리센은 수도 서쪽의 슬럼가, 뤼베르 거리로 갔다. 어둔 밤의 거리 중에서도 유독 침침한 뒷골목으로 스며들었다. 리센은 낡은 가게의 문 앞에 섰다. 사랑의 묘약으로 유명한 마녀, 루치아네의 가게였다.

가게라기보다는 폐가라고 부르는 게 어울릴 것 같은 곳이었다. 다 낡아 반쯤 무너진 건물의 1층. 창문은 대못으로 못질되어 있었는데, 그 못마저 시뻘겋게 녹이 슬어 있었다. 리센은 작게 숨을 내쉬고는 문손잡이를 잡았다.

삐걱- 문은 바로 열렸다. 리센은 문의 자물쇠 부분을 보았다. 누군가 내려쳐 부순 흔적이 보였다.

"이런."

리센은 신음하며 문을 열고 안으로 들어갔다. 안은 깜깜했다. 리센은 손가락을 튕겨 빛무리를 만들었다. 반딧불 같은 자그만 빛무리가 리센의 손끝에서 퐁퐁 솟아나 사방으로 흩어졌다.

가게 안이 밝아졌다. 안은 겉에서 본 것보다 넓었다. 화덕이 가운데 있고, 커다란 솥이 걸려 있는 게 특이했다. 화덕은 오랫동안 사용하지 않은 듯 싸늘했다. 사방의 벽에는 선반이 층층이 걸려 빽빽했다. 약초를 분류해 담아 놓은 단지. 마법의 물약을 넣어 놓은 유리병. 그것들이 빼곡하게 들어차 있었다.

그리고 그것들은 대부분 깨지고 박살 난 상태였다. 바닥에 누군가 쓰러져 있었다. 낡은 로브를 뒤집어쓴 사람의 형상이었다. 엎드려 있는데 등에 커다란 도끼가 박혀 있었다.

주변엔 피 웅덩이가 졌던 듯했다. 이제는 피가 말라붙어 시커멓게 얼룩으로만 남아 있었다. 로브 자락 사이로 마른 손가락이 보였다. 아마도 이 가게의 주인, 마녀 루치아네이리라.

"한발 늦었네."

리센은 한숨을 푹 내쉬며 주변을 둘러보았다. 단지든 약병이든 성한 게 하나도 없었다. 낭패였다. 해독약을 찾으러 왔건만. 찾을 길이 요원했다. 혹여 마법의 약을 만드는 방법을 기록해 놓은 게 남아 있을까 싶어서, 책이나 노트를 찾아 주변을 둘러보았다.

내키지는 않지만 시체를 뒤져 보려 쓰러진 시체 가까이 다가갔다. 한 발자국을 남겨 두고 리센은 멈춰 섰다.

"뭐지?"

그제야 이상함을 느꼈다. 리센은 뒤로 두 걸음 물러섰다. 그리고 다시 시체를 유심히 바라보았다. 죽은 지 족히 수일은 되었을 법한, 썩어 가는 시체가 눈앞에 있건만.

"왜 아무 냄새도 나지 않는 거지?"

시체 썩는 악취가 나지 않았다. 아니, 아무런 냄새가 나지 않았다. 리센이 좀 더 뒤로 물러서 발을 굴렀다. 풀썩. 바닥에 깔린 먼지가 자욱이 피어올랐다. 그러자 시체가 꿈틀, 움직였다.

"맙소사."

리센은 얼른 허공에 팔을 휘둘렀다. 그의 손짓을 따라 허공의 빛무리가 뭉쳐 글자를 만들었다. 마법의 문자였다. 허공에서 빛나던 문자는 곧 반투명한 보호막이 되어 리센의 앞을 막아섰다.

거의 동시에 시체에서 새까만 채찍 같은 것이 여러 가닥 튀어나왔다. 살아 있는 듯 마구잡이로 움직이며 리센에게 달려들었다. 채찍 같은 검은 기운들은 반투명한 보호막에 막혀 떨어져 나갔다.

"흘흘, 제법이구나, 숲의 늑대여."

시체에서 사람의 목소리가 들렸다. 메마른 목을 쥐어짜 내 말하듯 거친 목소리였다. 노파의 목소리였으나 때때로 젊은 청년의 목소리가 섞여 들리는 것 같았다.

"누구냐!"

"날 모르고 찾아온 건 아닐 텐데."

"내가 네 껍데기의 정체를 묻고 있다는 걸 알 텐데."

"흘흘흘……."

시체가 어깨를 들썩이며 웃었다. 리센은 한 발 더 뒤로 물러섰다. 다시 허공에 손을 휘저었다. 빛무리가 그 손끝을 따라 쏟아졌다. 가게 안은 대낮처럼 환해졌다. 시체의 아래 깔렸던 어둠은 쪼그라들었다.

우득, 우드득. 시체의 관절이 제멋대로 꺾이며 움직이기 시작했다. 시체가 두 발로 우뚝, 섰다. 머리를 푹 덮은 후드가 뒤로 넘어갔다. 반 이상 썩은 시체의 머리가 드러났다.

두 눈두덩이는 푹 패어 있었다. 눈동자가 있어야 할 자리가 텅 비어 있었다. 보는 것만으로도 끔찍한 모습이건만.

"나를 알아 무엇하려 하는가, 네게 중요한 건 그게 아닐 텐데. 흘흘흘."

뼈만 남은 턱이 딱딱, 부딪쳐 움직이며 말을 했다. 리센은 마른침을 삼키며 그 모습을 지켜보았다. 언제든 마법을 쓰려고 긴장을 하고 있지만, 의미 없는 행동일지 모른다는 두려움이 밀려들었다.

아무리 봐도 달라질 건 없었다. 로브를 뒤집어쓴 시체는 이미 죽은 몸이었다. 마법에 걸린 건지 아니면 다른 방법을 쓴 건지 모르겠으나 온기는 조금도 느껴지지 않았다.

로브 속에서 썩어 문드러진 몸뚱이는 가벼웠다. 그 몸 안에 담겨 있던 영혼은 이미 옛날에 신께로 돌아간 듯했다. 그런데 시체가 살아 있는 것처럼 움직이고 말을 했다. 리센은 시체에 연결된 가느다란 마법의 기운을 감지했다.

가늘고 긴 실이 노파의 목에 둘둘 감겨 있었다. 비쩍 마른 노파의 시체는 그 실을 조종하는 자의 인형에 불과했다. 그 실타래에서 타르처럼 찐득하고 까만 마력이 흘러들었다. 노파의 시체는 그 힘에 붙잡혀 흔들리고 있었다.

리센은 검을 빼 들었다. 날카로운 검 끝에 손을 대고 마법의 문지를 중얼댔다. 손바닥에서 흰빛이 아지랑이처럼 흘러나와 검으로 흘러들었다. 검에 마법을 입힌 리센은 그 검으로 노파의 시체를 겨눴다.

"눈의 땅에서 온 건가. 어떻게 여기까지 내려올 수 있었던 거지?"

언제나 웃음 가득했던 얼굴은 딱딱하게 굳어 있었다. 최초의 숲은 대륙의 중심부를 가로지르고 있다. 숲이 닿지 못한 서쪽은 열사의 사막으로 막혀 있다. 숲과 사막은 북쪽의 땅으로부터 대륙의 남쪽을 지키기 위한 경계.

숲의 늑대와 사막의 전사는 '눈의 땅'이라 불리는 북쪽에서 내려오는 존재들을 막았다. 그리하여 수백 년간, 대륙의 남쪽은 평안했다. 최초의 숲 너머에 무엇이 있는지조차 잊은 채.

그런데 지금, 북쪽의 힘이 남쪽에 내려와 있었다.

그 힘은 노파의 시체를 움직여 작은 소동을 일으켰다. 그 소동에 라크안이 휘말렸다. 결코 일어나서는 안 되는 일이 일어났다.

라크안이 휘말린 게 단지 우연일까.

'아니, 그럴 리 없어.'

리센은 검을 움켜쥔 손에 힘을 주었다.

"왜 라안을 노린 거냐."

"흘흘. 네 반려를 빼앗아 가려는 늑대를 친우랍시고 걱정하다니, 어리석게도 기특하구나."

"눈의 권속이여, 사특한 말로 내 귀를 더럽히지 마라. 나는 너의 말은 단 하나도 믿지 않는다."

"믿지 않을 거면서 어째서 내게 묻는 거지? 흘흘, 내가 무슨 말을 하든 믿지 않겠다면, 나의 말 따위는 들을 필요도 없이 이 목을 따 버리면 되지 않나."

노파의 시체가 말했다.

"이 약의 해독제를 찾으러 왔다."

리센은 주머니에서 향수병을 꺼내 노파에게 던졌다. 떼구르르. 작은 향수병이 노파의 발 아래로 굴러갔다.

"호오, 친구의 목숨을 구하러 왔구나. 의로운 늑대여."

"네게 칭찬을 들으러 온 게 아니니, 더는 아무 말 말고 해독제를 내놓아라. 순순히 내놓는 게 좋을 거야."

"흘흘, 내 말을 믿지 못한다면서 내가 준 해독제의 효능은 믿을 수 있겠나?"

"내가 왜 아직 너의 마법을 가만 놔두고 있는 것 같은가? 깰 수 없어서?"

검의 끝은 노파의 목을 겨누고 있었다. 검에 씌운 마법이라면 노파의 시체를 얽어맨 마법을 단번에 깰 수 있다.

"흘흘흘…… 내게 자비를, 베풀겠다는 건가?"

노파의 입에서 흘러나오는 목소리가 굵어졌다.

"그래. 조종 마법이 부서지면 시전자인 내게도 타격이 오겠지……. 흘흘."

"그러니 내가 네 마법을 부수기 전에 순순히 해독약을 내놓고 사라져라."

"나를 그냥 보내 주겠다는 건가?"

"……."

리센은 잠시 망설였지만,

"네가 진짜 해독제를 내놓는다면."

이내 답했다.

"나의 이름을 걸고 너를 놓아주겠다. 이번만큼은 네 마법을 깨뜨려 널 공격하지 않겠어."

"숲의 늑대들은, 흘흘, 이름을 건 맹세는 반드시 지킨다던가……."

"그래. 나의 이름은 리아센. 그리고 존재의 이름은 리센. 숲의 리센이 너에게 맹세하겠다."

리센의 목소리가 먼지 가득한 바닥에 깔렸다.

"흘흘, 숲의 늑대여. 그대의 아버지와 닮지 않았구나. 고작 친구 한 명을 구하기 위해 날 놓아주다니."

"너는 고작이라고 생각하겠지. 그게 너와 나의 차이인 거다. 북쪽, 땅끝의 존재여. 어떤 연유로 이곳까지 흘러 내려왔는지는 모르겠으나, 속히 돌아가라. 네가 갇혀 있어야 할 곳으로."

철컥. 리센은 검을 고쳐 쥐며 한 발자국, 앞으로 나섰다. 검에 씌운 마법이 좀 더 환하게 빛났다.

"흘흘. 백 년 만에 찾은 반려를 빼앗길지도 모르는데, 참으로 태평하군."

노파의 시체가 딱딱, 이빨을 부딪치며 말했다. 팔에 소름이 돋을 정도로 음산한 목소리였다.

"네 말은 아무것도 믿지 않는다고 했을 텐데?"

말은 그렇게 했지만. 노파의 입에서 '반려'라는 단어가 나온 순간부터 리센은 잔뜩 긴장했다. 그걸 아는지, 노파는 흘흘- 웃으며 한쪽 팔을 들어 올렸다.

동시에 리센은 검을 잡지 않은 손을 허공에 휘저었다. 방을 밝히던 빛무리 중 일부가 날카로운 화살촉처럼 변했다. 파바박. 빛의 화살이 노파의 팔을 꿰뚫고 지나갔다.

노파의 팔이 끊어져 바닥에 떨어졌다. 풀썩. 마른 장작이 땅에 부딪치는 소리가 났다. 피는 한 방울도 흐르지 않았다.

"흘흘, 안 통할 걸 알면서 힘을 낭비하는군."

노파의 시체는 반쯤 남은 팔을 아래로 기울였다. 그러자 발치에 떨어진 팔이 두둥실 떠올라 다시 들러붙었다. 검에 베인 로브만이 펄럭이며 늘어졌다.

"내 오랜 친구 라안이 말하기로, 이런 걸 경고라고 한다는데. 경고는 한 번뿐이야. 움직이지 마."

"지금까지 보여 준 자비와 경고에 대한 답례로 선물을 드리지."

노파의 몸이 흔들, 좌우로 움직였다. 허공에 검은 구름이 뭉게뭉게 피어나

꾸물꾸물 움직였다. 팔이 잘리기 전 마법의 술식이 이미 완성된 듯했다.

리센은 급히 허공에 마법의 문자를 그리려 했다. 하지만 문자를 완성하기 전, 손이 굳었다. 검은 기운이 허공에 사람의 형상을 그려 냈다. 섬세하게도 찰랑거리는 머리카락까지 똑같이 만들어 냈다. 리센은 그 사람이 누군지 단번에 알아보았다.

"카루나?"

갈색 머리카락과 녹색 눈이 아니어도 알아볼 수 있었다.

"라안이 아니라 카루나를 노렸던 건가!"

리센의 얼굴이 일그러졌다. 검이 허공을 갈랐다. 날카로운 빛의 끝은 정확히 노파의 목을 노렸다. 막 검이 노파의 시체를 찌르기 직전, 노파의 시체가 연기처럼 사라졌다.

"흘흘, 얄팍한 자비로고."

노파의 스산한 목소리가 등 뒤에서 들렸다. 리센은 바로 검으로 제 뒤를 찔렀다. 푹. 박히는 감각이 손끝에 닿았다. 역시나 나뭇가지를 찌른 듯 둔탁했다.

리센은 힘을 주어 검을 찍어 누르고, 돌아섰다. 노파의 배에 검이 박혔다. 마법의 기운이 맴도는 목이 아니기에 치명타는 아니었다. 리센은 바로 검을 빼 들어 뒤로 물러섰다.

"흘흘흘, 왜 이리 흥분하는 거요. 숲의 늑대여. 친구의 목숨을 구해야 할 텐데, 해독제를 받지도 않았으면서 나를 죽이려 하다니."

"왜 저 아이를 노린 거지?"

리센은 노파의 말에 대답하지 않았다. 손을 들어, 여전히 허공에서 흔들리고 있는, 검은 연기가 그려 낸 카루나를 가리켰다. 검은 연기로 만들어진 카루나는 리센의 말을 알아들은 듯, 리센을 돌아보며 방긋 웃어 보였다.

리센의 손이 부르르 떨렸다. 검은 연기는 흑마법의 결정체였다. 온몸에서 거부감이 들었다. 당장이라도 깨부수고 싶지만. 리센은 차마 카루나의 형상에 손을 대지 못했다.

'단순히 모습만 그려 낸 게 아니라면, 꼬마 아가씨가 위험해질 수도 있어.'

혹여 카루나에게 피해가 갈까 봐 함부로 건드리지도 못했다.

"노린 게 아니라네. 흘흘, 그저 자네의 자비에 감사하여 알려 주려 했을 뿐이지."

"무슨 말을 하더라도 네 간교한 이간질은 내 귀에 닿지 않을 거다. 눈의 땅에서 온 어둠의 존재여."

리센이 검을 쥐지 않은 손을 쫙 폈다. 그리고 주먹을 쥐었다. 그 손짓에 따라 빛무리가 노파의 몸을 감쌌다. 빛은 사슬처럼 얽혀 노파의 시체를 휘휘 감았다. 노파는 아까처럼 다시 사라지려 시도했지만 실패했다. 흐릿해지던 노파의 몸은 저를 얽맨 빛의 사슬에 막혀 움직이지 못했다. 목에 감긴 마법의 기운이 검은 불꽃을 튀겼으나 그마저도 빛무리에 막혔다.

"말했을 텐데. 나는 네 마법을 깨지 못하는 게 아니라, 그냥 봐주고 있는 거라고."

목소리에 색을 입힐 수 있다면. 지금 리센의 목소리는 빛의 사슬보다는 노파의 목에 감긴 흑마법의 색에 가까울 터였다. 주먹 쥔 손에 힘이 들어가 부르르 떨렸다. 그만큼 빛의 사슬은 강하게 노파의 시체를 옥쥤다.

팔뼈가 부러지고, 갈비뼈마저 으스러지는 소리가 났다. 하지만 리센은 사슬을 풀지 않았다. 인형이 아플까 봐 속박을 풀어 줄 필요가 있을까. 노파는 죽었다. 영혼이 사라진 빈 시체는 꼭두각시가 되어 인형 놀이에 이용당하고 있다. 시체를 부순들 노파는 고통을 느끼지 못한다.

우두둑, 우두둑. 노파의 시체가 부서져 갔다. 리센은 놀랍도록 냉정하게

그 광경을 바라보았다. 이름을 건 맹세를 지키고자 목만은 건드리지 않았기에,

"흘흘, 친우를 걱정하며 나에게 이름을 건 맹세로 거래를 하려 했으면서, 고작 반려의 모습을 내가 한 번 그려 냈다고 날 해치려 하다니."

노파는 계속 쉰 목소리로 말을 지껄였다.

"……."

"그렇게 소중한 반려를 친우에게 빼앗긴다 할지라도, 그래도 친우를 살릴 겐가?"

당장 죽어도 이상하지 않을 만큼 힘없는 노파의 목소리였다. 녹슨 쇠가 부딪치는 듯한 소리도 섞였다. 아니, 단지 노파의 목소리만이 아니었다. 굵은 사내의 목소리도 되었다가,

"반려가 자네를 못 알아보고 친우에게 가 버린대도?"

얇고 가느다란 여인의 목소리도 되었다. 그 목소리는 카루나의 것과 흡사했다.

"사특하구나!"

리센이 왈칵 화를 내며 발을 굴렀다. 쿵. 땅이 울렸다. 또다시 먼지가 풀썩이며 피어올랐다. 노을빛 눈동자가 노파를 노려보았다.

"흘흘, 생각만으로도 화가 나고 두렵나?"

"지금까지 그 사특한 입술로 이 숲 밖의 사람들을 꼬여 내고 멋대로 움직였던 것 같은데, 여러 번 말했지만 나에겐 통하지 않을 거야. 난 네가 하는 말을 하나도 믿지 않으니까."

리센이 허공에 선을 그었다. 그러자 노파의 입이 절로 닫혔다. 이젠 말을 못 하겠구나 생각했선만.

—믿지 않는다면 흘려들으면 될 것을, 왜 그리 화를 내는가.

노파에게서 다시 목소리가 들렸다.

노파의 몸에서 흘러나오고 있으나 노파의 것은 아니었다. 아까부터 노파의 목소리에 섞여 들리곤 했던, 굵직한 목소리였다. 노파의 시체를 가지고 꼭두각시 인형 놀이를 하는 자의 목소리일 터였다.

─원하는 대로 해독제를 주마.

노파의 로브가 펄럭였다. 혹여 마법으로 공격을 할까 긴장했으나, 로브에서 나온 건 작은 약병이었다. 새끼손가락만 한 물약 두 개가 두둥실 떠올라 리센에게 갔다. 리센의 앞에 도착해서는 저를 잡으라는 듯 출렁였다.

"둘 중 무엇이 해독제지?"

─둘 모두 해독제다. 다만 누구를 위한 해독제이냐는 차이가 있겠지.

"날 시험하려는 거군."

리센은 한숨을 내쉬며, 손을 내밀었다. 달칵. 약병 두 개가 그의 손 안으로 들어왔다. 두 유리병엔 모두 맑은 액체가 담겨 있었다. 하나는 붉은색 물약이었고, 하나는 파란색 물약이었다.

두 물약 모두에서 마법의 힘이 느껴졌다. 하나에는 해독의 기운이, 다른 하나에는 해방의 기운이 담겨 있었다.

"미안하게 됐지만, 난 마법의 약에도 꽤 조예가 깊어서 말야. 네 복잡한 술식을 풀 순 없지만, 적어도 네가 준 것 중 어느 것이 해독약인지 정도는 알 수 있어."

─그렇다면 무엇을 쓸 텐가?

"당연히……."

─둘을 구분하지 못한다 해도 내가 알려 줄 생각이었다. 숲의 늑대여.

"……무슨 속셈인지는 모르겠지만."

─속셈 따윈 없다. 단지 네 자비에 감사하며 너를 위한 해독제 또한 준비했을 뿐.

검은 연기가 허공에 그린 카루나의 모습은 사라졌다. 동그랗게 뭉쳐진 검은 연기는 스르륵, 다시 노파의 몸속으로 빨려 들어갔다.

— 푸른 약을 먹으면, 내 마법이 사라진다. 네 친우의 목숨을 구할 수 있겠지. 대신 너는 네 반려를 빼앗길 것이다.

빛의 사슬은 이제 거의 노파의 몸을 두 동강 낼 듯 빡빡해져 있었다.

— 붉은 약을 먹으면 네 친우는, 더 이상 발작을 억누르지 못할 거다. 발작을 막고 있던 이성을 잃어버리고, 발광하다 죽겠지. 대신 너는 네 반려를 되찾을 수 있을 것이다. 그 미치광이로부터.

노파의 목에 감겨 있던 흑마법의 실타래가 한 올 한 올 풀리기 시작했다.

— 그는 본디 반려를 가질 수 없는 돌연변이로 태어났으니. 평생 발작을 일으키다 쓸쓸히 죽어 가야 하건만. 살기 위해서는 누구의 반려든 빼앗으려 살아왔구나. 슬프게도, 그가 빼앗은 반려가 자네의 반려인 것을.

"말도 안 되는 소리!"

리센은 검을 휘둘렀다. 노파의 목을 치려는 움직임이었다.

— 그를 살린다면, 그는 너의 반려를 빼앗을 것이다. 아니, 이미 빼앗긴 것 같은데, 아닌가?

검이 목에 닿기 전, 마법의 실타래는 모두 풀려 사라졌다. 검은 텅 빈 시체의 목만을 벴다. 시체의 목이 푹 꺾였다. 흑마법은 사라졌다. 한 끝의 차이로, 리센은 제 이름을 건 맹세를 어기지 않을 수 있었다.

차라리 맹세를 어기느니만 못했다. 흑마법이 사라지기 전 남겼던 말이 리센의 마음에 얼룩을 남겼으니까.

'그를 살린다면, 그는 너의 반려를 빼앗을 것이다. 아니, 이미 빼앗긴 것 같은데, 아닌가?'

등줄기를 타고 오르는 섬뜩한 느낌에 리센은 몸을 떨었다.

"아니야, 아냐."

리센은 급히 고개를 내저었다.

"믿으면 안 돼."

주문을 외듯 자신에게 말했다.

"눈의 땅에서 온 존재다. 흑마법을 쓰는 자는 분란을 일으키길 좋아하여 언제나 거짓말로 사람들을 꾀어 내. 그러니까 나는 절대 그 꾐에 빠져서는 안 돼."

리센은 손에 든 물약 두 개를 내려다보았다.

"해독제를 구했으니까 된 거야. 그거 말고 다른 건 생각하지 말자. 다 잊자."

믿지 말자고, 잊자고 끝없이 되뇌었다. 하지만 그럴수록 더더욱 그 목소리가 귀에 쟁쟁해지는 것 같았다. 리센은 제 손으로 제 뺨을 내리쳤다. 찰싹, 찰싹. 그러고는 물약을 쥔 제 손을 내려다보았다.

푸른 약, 그리고 빨간 약. 어떤 약을 라크안에게 먹일지는 명확했다. 실수로라도 붉은 약을 먹이는 일은 없을 것이다. 결코.

"절대 네 꾐에 빠지진 않을 거다. 눈의 존재여. 절대."

리센은 물약을 움켜쥐었다. 물약이 그의 손 안에서 찰랑거리며 빛났다. 안에 담긴 마법의 기운이 일렁였다.

그는 물약을 소중히 품에 넣고는 가게를 나섰다. 가게 문을 닫기 전, 뒤를 돌아보았다. 리센이 빛무리를 거둬들였기에 가게 안은 깜깜했다. 노파의 시체만 쓸쓸히 쓰러져 있을 뿐이었다.

끼이익, 문이 요란한 소리를 내며 닫혔다. 리센은 몸을 돌려, 거리의 어둠 속으로 사라졌다. 마녀 루치아네의 가게는 그렇게 다시 고요한 어둠 속에 잠들었다.

* * *

리센은 떠났을 때와 마찬가지로, 조용히 바이퀼드 공작저 안으로 스몄다. 그림자처럼 소리 없이 담을 넘었다. 발소리를 내지 않으며 뛰었다. 저택의 문 앞에 작은 등불이 밝혀져 있었다.

등불 앞에 작은 소녀가 웅크리고 앉아 있었다. 추위를 피하려 두꺼운 담요를 뒤집어쓰고 있었지만 결 좋은 갈색 머리카락이 삐져나와 있었다. 턱, 리센은 저도 모르게 발소리를 냈다. 그러자 담요를 쓴 조그만 얼굴이 바로 고개를 들었다. 자고 있지 않았던 건지 녹색 눈동자가 선명했다.

"다녀왔어요?"

소녀가 리센을 알아보고는 인사했다.

"아……."

리센은 우뚝 멈춰 섰다. 입을 벌렸으나 아무 말도 하지 못했다.

조금 전, 노파의 시체가 그려낸 카루나를 보았다. 여지없이 카루나라고 생각해 알아보았다. 하지만 막상 카루나를 다시 보니, 조금 전 제 눈이 마법에 걸려 있었던 게 아닌가 생각이 들었다.

어떻게 그딴 형상을 보고 카루나라고 생각했을까. 검은 연기의 형상은 전혀 카루나를 닮지 않았다. 일렁이는 불빛이 비친 카루나의 얼굴은 그 어떤 말로도 설명할 수 없었다.

담요를 뒤집어써서 정전기가 일었는지 붕 뜬 밝은 갈색 머리카락. 밤하늘의 별을 쏟아부은 듯 반짝이는 녹색 눈동자. 그리고 저를 보고 반기는 얼굴. 생기 넘치는 이 모습이야말로 카루나였다.

어여쁘고, 어여뻐서. 보는 것만으로 콱, 목이 막혔다. 며칠 만에 만나는 카루나가 이리도 반갑고 좋았다.

'왜 어째서 여기에? 설마 날 기다린 건가? 아니, 내기 나긴 길 어떻게 안 거지? 라임스 부인, 하녀장님이 말해 준 건가? 아니면 라안이? 하지만 지금은 너무 깊은 밤인데, 자고 있어야 하는데 왜 일어난 거지? 왜? 왜? 왜?'

머릿속에 물음표가 가득 찼다. 머리가 빵 터질 것만 같았다. 그래서 리센은 차마 다가가지 못하고 카루나를 바라보았다.

카루나는 리센이 걸어오기를 기다리다가 먼저 일어섰다. 한 손으로는 뒤집어쓴 담요를 꽉 움켜쥐고, 다른 한 손으론 등불을 잡았다. 등불을 잡아 높이 들어 올려 리센의 얼굴을 확인했다. 멍한 표정을 보고는 고개를 갸웃, 했다.

"나갔던 일이 잘 안됐나요?"

"⋯⋯어, 그, 그게."

"공작 각하를 치료할 약을 찾으러 나갔다 온 거 아닌가요?"

"아, 네. 그, 그렇지요."

리센은 뒤늦게 카루나의 말을 알아듣고는 고개를 끄덕였다.

"해독제는 구해 왔어요?"

"그, 그럼요. 물론 구해 왔지요."

리센은 또 멍청하게 고개를 마구 끄덕였다. 그러자.

"잘됐네요."

카루나가 활짝 웃었다. 기쁘다는 듯이. 행복하다는 듯이 웃었다. 조금 전 리센을 반길 때와는 비교도 되지 않을 만큼 밝은 표정이었다. 그런 카루나를 보며, 리센은 망치로 뒤통수를 얻어맞은 듯한 기분이 되었다.

'어째서? 어째서 그렇게 웃는 거죠?'

리센은 손을 내밀었다. 카루나를 잡고, 흘러내리는 담요를 꼼꼼히 여며 주며 물어보고 싶었다.

'내 반려는 너인데.'

마음이 쿵쾅쿵쾅 떨렸다. 백 년 동안 한 번도 느껴 보지 못한 감정이었다. 그런데 정작 이런 감정을 그에게 선물해 준 카루나는, 그런 감정 따위 모르겠다는 듯 태연했다.

"으으, 추워요. 얼른 들어가요."

카루나는 제게 내미는 리센의 손을 못 보고 돌아섰다.

"그 사랑의 묘약을 만드는 마녀라는 사람한테 갔다 온 건가요? 그 마녀는 어떻게 됐어요? 설마 죽이진 않았겠죠? 해독제만 받아 온 건가요?"

카루나는 대답할 틈을 주지 않고 질문했다. 그러면서 문을 열고 안으로 들어갔다. 세 걸음, 그리고 네 걸음. 앞서 걷던 카루나가 다섯 걸음째에 발을 멈추고 돌아보았다. 여전히 문 밖에 서 있는 리센을 보고는 손짓했다.

"뭐 해요, 어서 들어와요."

상냥한 채근이었다. 하지만 리센은 한 발자국도 움직이지 못했다. 돌처럼 굳어서는 제게 손짓하는 카루나를 하염없이 바라보았다. 깨달음은 순식간이었다. 그리고 그 순간의 깨달음은 극심한 고통이 되었다.

온몸의 모든 감각이 카루나를 향하고 있었다. 눈동자의 흔들림, 숨소리, 발걸음, 그 모든 게 천둥처럼 크게 다가왔다. 그랬기에 자신과 라크안에 대한 카루나의 마음을 실감했다. 고작 웃음 하나에 담긴, 어쩌면 카루나 자신도 모르고 있을 그 선명한 온도 차이를.

모두 잠든 이 깊은 밤. 카루나는 홀로 문 밖에 나와서 웅크리고 있었다. 작은 등불을 켜고 리센이 돌아오길 기다려 주었다. 리센을. 아니, 리센이 가져올 약을. 그 약을 먹고 회복될 라크안을.

홀로 기다리고 있었다. 찬바람 부는 밤, 호호 입김을 불어 언 손을 녹이면서.

'내가 아니라, 라안을……'

깨닫는 순간.

'그를 살린다면, 그는 너의 반려를 빼앗을 것이다.'

누군가 귓가에 속삭였다. 그 목소리는 섬뜩하리만치 익숙한 것이었다.

털어 내야 한다고, 절대로 믿어선 안 된다고, 그리 자신에게 말했건만. 그 목소리는 사라지지 않고 리센의 주변을 맴돌았다. 그 목소리가 독을 품은 뱀처럼 몸을 타고 올라 귓불을 꽉 깨물었다. 독이 귀에서부터 온몸으로 서서히 퍼져 나갔다.

'아니, 이미 빼앗긴 것 같은데, 아닌가?'

* * *

리센은 해독제를 바로 라크안에게 먹이지 않았다. 우선은 카루나를 침실 앞까지 에스코트해 들여보내고는 약초실에 처박혔다. 꼬박 하루 동안 해독제를 조사했다. 정말 라크안에게 먹여도 되겠다는 확신이 서고 나서야 그는 약초실을 나왔다.

리센은 라크안에게 해독제를 먹였다. 당연히 파란색 물약이었다. 라크안에게 파란색 물약을 건넬 때, 붉은색 물약은 리센의 바지 주머니 안에 들어 있었다.

리센은 붉은색 물약을 버리지 못했다. 라크안은 리센이 준 물약을 단번에 마셨다. 그 물약을 수상쩍어하는 기색은 전혀 없었다. 라크안은 제게 물약을 건네는 리센을 믿었다.

물약은 꽤 썼다.

"크으!"

라크안은 꼭 독약을 먹은 사람처럼 오만 인상을 다 찡그렸다. 해독제를 먹는다는 소식을 들은 카루나와 세나, 하녀장이 구경하러 와 있었다. 세 여인은 그런 라크안을 보면서 웃음을 터뜨렸다.

"한번 먹어 봐, 웃음이 나오나 안 나오나."

라크안은 하녀장이 건네는 물로 입가심을 하고는, 빈 병을 세나에게 던졌다. 병이 휙- 빠르게 날아갔다. 세나는 공놀이를 하듯 쉽게 그것을 받아챘다.

"정중히 사양하겠습니다."

세나는 낄낄 웃으며 대꾸했다. 그러면서 빈 약병을 던졌다 받았다 하며 손장난을 했다.

"음."

라크안은 손바닥을 폈다 주먹 쥐어 보았다. 그리고 목을 꺾어도 보고 기지개도 켜 보았다. 그러고는 불만스러운 눈초리로 리센을 바라보았다.

"뭐야? 별다를 게 없는데?"

"바로 효과가 나타나진 않을 거야. 며칠 더 두고 봐야 해."

"당할 땐 바로 효과가 오는데 해독은 바로 안 된다고?"

"독살 시도를 한두 번 당해 보는 거 아니잖아, 마음을 느긋하게 가져."

리센이 라크안을 위로했다.

"하긴. 그동안 뜸해서 잊고 있었지."

라크안은 순하게 수그러들었다.

'당장 회복되게 만들라고 깽판을 칠 줄 알았는데, 안 그러네?'

예상과 다르게 라크안이 얌전하게 굴자 카루나는 고개를 갸웃했다. 하지만 이어지는 두 사람의 대화를 듣고는, 살포시 눈을 내리깔았다.

"예전에 마카레나 백작 영애가 보낸 거 실수로 먹었다가 진짜 고생했었지."

"너 그때 피 토하고 난리도 아니었어. 피부도 뒤집어져서 얼굴에 반점 돋고. 한 일주일 정도 고생했었나?"

"그랬을 거야. 목구멍이 타 버려서 제대로 식사도 못 했지."

라크안과 리센은 아무렇지 않게 지나간 추억을 이야기했다.

'내가 보냈었지…….'

카루나는 아예 고개를 푹 숙였다. 자꾸 얼굴이 찌그러져서 표정 관리에 애를 먹었다.

해독제를 구해 일단 한숨 놓여서일까. 라크안과 리센은 계속 클레이엔이 보낸 독에 대해 이야기를 나누었다. 카루나는 둘의 대화를 들으며 일단, 한 번 놀랐다.

'내가 보낸 독으로 죽을 뻔한 적이 있긴 있었다는 거네.'

아무리 독을 보내도 영 죽질 않기에 중간에 알아채 먹지 않았겠거니 했건만. 또한 독을 먹고도 고작 일주일 아프고 말았다는 라크안의 체력에 감탄했다.

꽃구경도 한철인데. 두 남자의 대화가 한도 끝도 없이 길어졌다.

"마카레나 백작 영애가 들으면 그간 보냈던 독을 아예 한 번에 몽땅 또 보내고 싶어지겠습니다. 이렇게들 좋아하시는 걸 알면 말입니다."

세나도 질렸는지 혀를 내둘렀다. 듣다 못한 카루나가 한 발자국, 앞으로 나섰다. 딱히 큰 소리를 낸 것도 아닌데, 라크안과 리센은 약속이라도 한 듯 동시에 고개를 돌렸다.

"꼬맹이, 왜?"

"무슨 일인가요, 꼬마 아가씨."

두 사람분의 시선을 받으며, 카루나는 리센에게 물었다.

"그럼 이제 공작 각하는 괜찮은 거지요? 확실히?"

"괜찮을 거예요. 상처도 금방 아물 겁니다."

리센이 대답했다.

"너무 걱정하지 마……."

"꼬맹이, 이리로 와 봐."

리센은 애써 밝게 웃으며 말하려 했지만, 라크안의 목소리에 걸려 말이 끊겼다. 라크안이 부르자, 카루나가 쪼르르 라크안에게로 갔다.

"내가 괜찮은지 안 괜찮은지는 나한테 물어봐야지, 왜 저 자식한테 물어봐?"

라크안은 괜히 툴툴거렸다. 카루나는 무슨 소리를 하냐며 라크안을 타박했다.

"주치의한테 묻는 게 더 정확하지 않겠어요?"

"내 몸은 내가 더 잘 알아."

처음에 대화를 나눌 때만 하더라도, 라크안은 살짝 카루나의 눈치를 보는 듯했다. 하지만 카루나가 예전처럼 자신을 스스럼없이 대하자, 라크안 또한 예전의 방자함을 되찾았다.

"어이구, 그래서 이 꼴이 되도록 두고 보셨어요?"

"상황이 특수하잖아. 어쩔 수 없었다고."

"네에, 네에."

"대답이 불량하다? 좀 더 충성스럽게 공손하지 못하겠어?"

"다 나으시면 한번 고민은 해 볼게요."

둘은 쉴 새 없이 투닥거렸다. 지켜보는 사람들은 모처럼 마음 편히 웃을 수 있었다. 특히나 하녀장과 세나가 그러했다.

바이켈드 공작의 약혼녀가 된 카루나는 깜짝 놀랄 정도로 다른 모습을 보였다. 정말 유서 깊은 귀족 가문의 영애인 듯 말투부터 손짓 하나까지 전부 달라졌다. 감탄스러웠다. 또한 그만큼 다가가기 어려웠다. 그런데 라크안과 함께 있으니, 어느새 예전의 카루나로 돌아왔다.

라크안은 아직 카루나가 제 약혼녀 행세를 했다는 걸 몰랐다. 철십자 기사단이 자신을 구하러 온 것도 그저 보쉬엔 자작과 잘 논의하여 적당한 변명거리를 만들어 낸 거로 생각하고 있는 듯했다. 때문에 카루나를 예전처럼, 보좌 하녀 대하듯 편하게 대했다.

카루나도 라크안 앞에서는 고귀하고 우아한 귀족 영애의 꾸밈을 벗고, 본래 카루나의 모습을 보였다. 그런 둘의 모습이, 특히나 카루나의 모습이 보기 좋아서, 리센 또한 미소 지었다. 하지만 웃고 있는데도 어딘가 쓸쓸해 보였다. 평소의 실없는 웃음이 아니었다.

제 반려가 저를 보지 않고, 다른 사람과 웃고 떠들고 있는데 어찌 행복할 수 있을까. 리센은 슬펐다. 하지만 그럼에도 기뻤다. 비록 저를 보진 않지만, 밝게 웃는 반려를 보는 것만으로도 행복했다.

카루나는 라크안의 상태에 정신이 팔려 그런 리센을 눈치채지 못했다. 카루나는 침대 위에 앉아 있는 라크안을 바라보았다. 상처를 치료하는 중이어서 셔츠를 입고 있지 않았다. 그래서 상처로 얼룩진 몸이 고스란히 보였다.

목과 양 팔뚝에 난 상처는 여전히 심했다. 가슴과 배에도 사슬과 쇠침에 긁히고 쓸린 생채기가 가득했다. 벌집처럼 구멍이 숭숭 난 손은 여전히 너덜너덜했다. 그런데도 라크안은 아픈 기색을 내비치지 않았다.

'인내심이 대단한 건지, 미련한 건지.'

카루나는 그런 라크안이 어쩐지 마음에 들지 않았다. 그래서 팔짱을 끼고 라크안을 바라보았다. 얼굴에 불만스러운 기색이 드러났다. 그러던 중 흠흠 리센이 헛기침을 하며 주의를 끌었다. 카루나와 라크안, 세나, 하녀장은 모두 리센을 바라보았다.

"도련님의 상태에 대해 뭔가 더 말씀해 주실 게 있나요?"

하녀장이 물었다.

"아니요, 그게 아닙니다. 다른 이야기를 할 게 있어요."

리센이 고개를 저었다.

"뭔데 그렇게 무게를 잡아. 지난번에 하려다 못 한 말을 하려는 거야?"

라크안이 이틀 전 밤을 떠올리며 물었다. 리센은 고개를 끄덕였다.

"뭐든 말해 봐, 내 도움이 필요한 일이라면 뭐든 도울 테니까, 괜히 걱정 먼저 하지 말고."

무뚝뚝하지만 온기가 담긴 말이었다.

'분명 라안은 카루나가 자신의 반려가 아니라고 했어. 그러니까 그자가 말한 것 같은 일은 일어나지 않아.'

리센은 그 온기에 힘입어, 요 며칠 계속 자신을 사로잡고 놔주지 않는 그 어두운 목소리를 털어 냈다. 카루나가 자신보다 라크안을 더 따르는 문제 또한 시간이 해결해 주리라.

리센에게는 아직 이백여 년의 삶이 남아 있었다. 카루나 역시 이제 열두 살. 시간은 그의 편이었다. 적어도 리센은 그렇게 믿었다. 리센은 카루나에게 다가가 한쪽 무릎을 꿇고 앉았다.

"뭐 하는 짓이야."

카루나보다 라크안이 먼저 반응했다. 라크안은 용수철이 튕기듯, 몸을 벌떡 일으켜 세웠다.

"어?"

뒤늦게 카루나의 눈도 커졌다. 모두가 놀란 와중에 리센만 차분했다. 그는 오른손을 왼쪽 가슴에 얹고, 카루나에게 정중히 인사했다. 그러고는 다른 한 손으로 카루나의 손을 잡고, 손등에 살짝 입을 맞추었다.

"헉."

세나가 가지고 놀던 약병을 놓쳤다. 약병이 바닥을 떼구르르 굴러 하녀 장의 발끝에 부딪쳤다. 하녀장은 그걸 줍지도 못하고, 돌처럼 굳어 있었다.

"……."

라크안은 손으로 눈을 비볐다.

'방금 먹은 게 해독제가 아니라 환각제인가?'

혹시 약병에 든 게 해독제가 아니라 환각제였던 걸까. 덜컥 의심이 들었다.

"나와 결혼을 전제로 진지하게 연애를 해 주시겠습니까. 카루나 아가씨?"

리센은 평소 카루나를 부르던 꼬마 아가씨란 호칭을 쓰지 않았다. 카루나의 이름을 수줍게 입에 담았다. 열망에 젖은 노을빛 눈동자로 카루나를 바라보았다.

"엑? 저요?"

카루나는 무심코 말했다가 아차, 싶었다. 당황해서 생각 없이 반응해 버렸다. 리센이 상처받은 게 여실히 얼굴에 드러났다. 그런데도 리센은 웃음을 잃지 않았다.

"네, 카루나 아가씨."

그는 상냥한 목소리로 카루나에게 대답했다. 카루나는 한 발자국 뒤로 물러나 리센을 보았다. 리센은 저를 향하는 카루나의 눈빛을 피하지 않았다.

선하게 잘생긴 남자가 한쪽 무릎을 꿇고 앉아 있었다. 그러고 보니, 내내 약초실에 있었다는 사람답지 않은 모습이었다. 기사단의 예복을 입지는 않았지만 깨끗하게 정장을 입고 있었다. 구두는 새것처럼 반질반질했다. 연두색 머리도 단정하게 땋아 한쪽 어깨에 걸친 채였다.

잘생긴 얼굴엔 실없는 웃음 대신 우수에 잠긴, 어쩐지 쓸쓸해 보이는 웃음이 자리 잡고 있었다. 그림 같은 광경이었다.

'그냥 그림이 아니라 연애 소설 삽화라는 게 문제지만.'

카루나는 한숨을 폭 내쉬었다.

'요즘 누가 이렇게, 남들 다 보는 데서 무릎을 꿇고 교제를 신청해? 연극을 하는 것도 아니고.'

카루나는 고개를 들어 옆을 보았다. 세나는 아예 돌아서 있었다. 어깨가 들썩이는 걸 보니, 웃음을 참기가 쉽지 않은 듯 보였다.

"으, 읍, 읍읍!"

두 손으로 입을 틀어막고서도 어쩔 줄 몰라 했다.

"너무 티 나게 웃지 마세요. 얼마나 부끄러우시겠어요. 최대한 웃음을 참아 봐요."

하녀장이 그런 세나의 어깨를 쓸어 주며, 진정하라고 속삭이고 있었다.

'왜 언제나 부끄러움은 나의 몫일까.'

카루나는 울적해졌다.

'바이켈드 공작도 그렇고 리센도 그렇고. 왜 남의 시선 따위는 신경 쓰지 않는 거지?'

정작 무릎을 꿇은 리센은 조금도 부끄러워하지 않았다. 당당하게 고개를 들고 카루나를 보고 있었다. 부끄러움을 못 이겨 자꾸 얼굴에 열이 오르는 건 카루나뿐이었다.

카루나는 라크안을 돌아보았다. 그가 조용한 게 이상하게도 마음에 걸렸다. 세나처럼 웃음을 참으려는 노력조차 안 하고 미친 듯이 웃고도 남을 사람인데, 숨소리 하나 들리지 않았다.

'웃음을 참다가 기절이라도 했나?'

아예 뒤로 벌렁 넘어가진 않았나 싶었건만.

"엑."

카루나는 또 생각 없이 소리를 내고야 말았다.

"너 이 자식."

라크안은 무시무시한 얼굴을 하고, 화르륵 불타올라 있었다. 성냥을 가져다 대면 불이 붙을 것 같았다. 흥분하여 몸에 힘을 주니, 상처가 터져 피가 흘렀다.

"어, 어어! 피! 라안 님, 피!"

"도련님!"

세나와 하녀장이 수건을 들고 라크안에게 달려들었다. 라크안은 그 모든 손길을 다 뿌리치고는, 대뜸 리센의 멱살을 잡았다.

"일어나, 어서!"

라크안이 리센을 억지로 일으켜 세웠다.

"미치지 않고서야 그딴 소리를 지껄일 수 없겠지. 미치려면 곱게 미치지,
왜 남의 꼬맹이를 건드리려는 거야!"

라크안이 불같이 화를 냈다. 지금 이 순간, 세나와 하녀장, 그리고 카루
나는 라크안이 마법의 약에 중독되어 골골대는 상태라는 것에 진심으로
감사했다. 만약 평소처럼 건강한 상태였다면, 분명 발작을 일으켜 늑대의
몸으로 변했으리라.

라크안이 불이라면 리센은 물이었다.

"라안, 넌 날 막을 수 없어. 넌 그녀를 고용한 사람일 뿐이니까. 넌 카루
나 아가씨와 아무 사이도 아니잖아."

리센은 제 멱살을 잡은 라크안의 손을 쳐내며, 차분하게 말했다. 차분하
다 못해 싸늘하게 들렸다. 카루나는 저도 모르게 리센의 얼굴을 보았다.
아직 리센이 웃고 있는 걸 보고서야 어째서인지 안심이 되었다.

"그녀? 그녀라고?"

라크안은 다시 리센의 멱살을 잡았다. 리센을 마구 흔들려 했으나 리센은
꿈쩍도 하지 않았다. 지금의 라크안은 리센을 어찌할 수 없었다.

"정신 차려!"

"내가 하고 싶은 말이야, 라안."

"리센!"

"라안, 넌 그녀의 자유를 가로막을 수 없어. 넌 카루나 아가씨와 아무
사이도 아니니까."

라크안은 카루나와 리센의 사이에 서서, 카루나를 제 등 뒤로 가리고
있었다. 리센은 라크안이 카루나를 가리는 것도, 이렇게 화를 내는 것도
마음에 들지 않았다. 매우 싫었다.

"그녀는 네 반려도 아닌데, 네가 왜 막아서는 거야."

리센은 또박또박 말했다. 그의 말은 라크안의 화를 더욱 부채질했다. 이미

극에 치달았다고 생각했건만, 더 화가 났다. 라크안은 머리 뚜껑이 열린다는 게 무슨 의미인지 경험했다. 붉은 눈이 제 소중한 친우를 죽일 듯 노려보았다.

"아니, 있어. 저 꼬맹이는 나의 권속이다. 그저 평범한 고용 관계가 아니야. 난 황태자 전하로부터 저 꼬맹이의 신변을 위임받았어. 나는 저 꼬맹이를 지키고 보호해야 할 권리와 의무를 모두 가지고 있어."

라크안은 리센을 씹어 먹을 듯 이를 갈며 말했다.

"아!"

카루나가 탄성을 질렀다. 카루나도 잠시 잊고 있었던 부분이었다. 지금 카루나가 가진 신분증에는 바이켈드 공작의 인이 찍혀 있다. 라크안의 말대로 그녀의 신분을 증명해 주는 건 다름 아닌 라크안이었다.

'지키고 보호해야 할 권리와 의무? 그런 게 있었나?'

그 점은 고개를 갸우뚱하게 되지만. 아무튼. 라크안은 마치 도전장을 내밀듯, 아니 협박하듯 리센에게 말했다.

"난 저 꼬맹이의 신분을 증명해 준 후견인이야. 지금 이 상황에 간섭할 권리가 있어. 생뚱맞은 남인 너보다는 내가 저 꼬맹이랑 훨씬 더 가깝다고."

"아……."

카루나는 아까와는 다른 의미로 탄성을 내질렀다.

'어째서인지는 모르겠지만. 나와 바이켈드 공작이 아무 사이도 아니라고 말한 부분을 매우 부정하려고 애쓰는 느낌인데?'

물론 여전히 고개를 갸우뚱하게 했다. 또 아무튼. 카루나의 앞에 멍청한 두 남자가 놓여 있는 건 변치 않은 사실이었다. 무릎을 꿇고 요란스럽게 교제를 신청하는 남자와 그걸 막으려는 남자.

'이건 또 무슨 상황인 걸까?'

그 두 멍청이를 바라보는 녹색 눈에 반짝, 이채가 어렸다.

'일단 청혼은 청혼이니까. 그럼 나한테 좋은 감정을 가지고 있다는 말인데. 그래서 여태껏 입을 다물어 주고 있었던 건가? 날 위해서?'

리셴은 카루나가 클레이엔이었다는 걸 알고 있다. 그런데 아직도 그 사실을 라크안과 저택 사람들에게 말하지 않았다. 카루나는 저택에 오고 나서부터 라크안을 만날 때마다 라크안의 눈치를 봤다. 혹시 오늘은 리셴이 라크안에게 말했을까 싶어서.

'날 좋아한다 이거지?'

그런데 왜 그랬는지 이유를 알게 되었다.

'내가 잘만 관리하면 앞으로도 입 다물고 있을 확률이 높고.'

앞으로도 리셴의 입을 잘 막아 둘 수 있는 길 또한 알게 되었다. 카루나의 얼굴에 화색이 어렸다.

클레이엔인 척할 때부터 뭇 귀족 영식들의 뜨거운 눈길을 한 몸에 받아 왔다. 줄곧 황태자비가 되겠노라 외쳐 댔음에도 간 크게도 그녀에게 혼담을 넣는 영식도 여럿 있었다. 황태자와 결혼한 후에라도 정부로라도 삼아 달라고 매달리는 사내들도 많았다.

그런 추억 아닌 기억을 가지고 있는 카루나에게 연두색 머리 남자, 아니, 리셴의 고백 따위는 그리 무거운 것이 아니었다.

"아주 허리를 분질러 주마!"

때마침 라크안이 리셴의 허리춤을 잡아서는 밀 포대를 던지듯 집어 던져 버렸다.

"컥!"

리셴이 비명을 지르며 방구석으로 날아가 데굴데굴 굴렀다. 카루나는 얼른 리셴을 쫓아 쪼르르 달려갔다.

"야, 꼬맹이!"

그걸 본 라크안이 기겁하며 카루나를 불렀다. 라크안이 부르거나 말거나.

카루나는 그의 목소리를 등 뒤로 흘려버렸다. 대신 바닥에 널브러진 리센의 머리 옆에 쪼그리고 앉았다.

"저기요, 리센 님. 괜찮아요?"

더없이 걱정된다는 듯 물으니,

"아…… 카루나 아가씨."

리센은 금세 눈가에 눈물이 그렁해져서는 카루나를 울망하게 올려다보았다. 그 얼굴이 얼마나 순하고 불쌍해 보이던지. 카루나는 저도 모르게 살짝, 아주 살짝, 마음이 두근거릴 뻔도 했다. 리센의 얼굴과 성격은 분명 카루나의 취향이었으니까.

하지만 라크안이 그런 카루나를 가만 놔두지 않았다. 카루나의 머리 위로 긴 그림자가 드리워졌다.

"리센?"

음산한 목소리가 카루나의 등줄기를 타고 내렸다.

"……공작 각하?"

카루나가 어깨를 떨며 뒤를 돌아보았다. 라크안은 성큼 걸어와 카루나의 바로 등 뒤에 서 있었다. 붉은 눈이 활활 타오르고 있었다. 그간 루비처럼 붉은 눈이라 생각했건만. 루비 따위가 아니었다.

라크안의 눈은 불꽃이었다. 손을 대지 않아도, 그저 눈만 마주쳐도 온몸이 타 버릴 듯 뜨겁게 일렁이는 불꽃. 카루나는 순간 숨을 멈췄다.

'화난 건가?'

가장 먼저 든 생각은 이것이었다.

'내가 자기 친구를 이용하려 한다는 걸 눈치채서?'

카루나는 슬쩍 라크안의 눈치를 실폈다. 그런네.

"딸꾹."

순간적으로 너무 놀래서인지 갑자기 딸꾹질이 나왔다.

"딸꾹."

카루나는 두 손으로 입을 막았다. 히끅. 그래도 어깨가 들썩거렸다.

"리센이라니, 꼬맹아?"

그런 카루나를 바라보며, 라크안이 나직한 목소리로 물었다. 오싹, 팔을 타고 소름이 돋았다.

"어, 어? 딸꾹, 네?"

카루나는 딸꾹질하며 눈을 깜박였다. 순식간에 제압당해서, 옴짝달싹할 수 없었다. 뱀 앞에 선 개구리가 된 느낌이었다. 라크안이 그런 카루나를 보며 웃었다. 입꼬리가 삐죽 올라갔다.

"잘못 말한 거지, 꼬맹아?"

어르듯이, 혹은 꼬여 내듯이. 라크안이 속삭였다.

"응? 누가 리센이야?"

"이름이, 리센…… 이라고, 딸꾹."

카루나는 얼결에 손을 들어 리센을 가리켰다.

"아니, 이 자식은 리센이 아니야."

"라안, 내 이름은 리센이 맞…… 읍!"

라크안은 항변하는 리센의 입을 손으로 막았다. 여전히 카루나에게서 눈을 떼지 않은 채였다.

"이 자식은 그냥, 할아버지. 그래, 할아버지야. 알았지, 꼬맹아?"

"할, 읍! 이라, 읍!"

리센이 기겁하며 고개를 마구 저었다. 아니라고, 애절한 눈빛으로 카루나를 바라보았다.

'화, 화가 난 게 아닌가?'

카루나는 얼떨떨한 느낌으로 또 딸꾹, 소리를 냈다.

"따라 해 봐, 할아버지. 응?"

라크안이 자꾸 재촉했다.

"할아버지? 끅!"

카루나는 얼결에 라크안을 따라 말했다.

"그래, 할아버지."

라크안이 매우 만족스럽게 웃었다. 그러고는 특별히, 비밀을 말해 주겠다는 듯 입을 열었다.

"이 자식은 네 할아버지뻘이야. 어쩌면 증조할아버지쯤 될지도 모르지. 백 살이 넘었어. 백 년을 살았다고."

"헉."

카루나가 급히 숨을 들이켰다. 덕분에 딸꾹질은 사라졌다.

"정말요?"

카루나는 뜨악한 표정으로 리센을 바라보았다.

'숲의 일족은 우리와 다르게 수명이 무척 길다고 듣긴 했지만……'

그래도 설마 리센이 백 살이나 먹었을 줄이야. 상상도 못 했다. 카루나는 슬쩍 세나를 보았다. 세나는 하도 웃어서 얼굴이 시뻘게져 있었다. 세나는 카루나와 눈이 마주치자 얼른 손을 내저었다.

"전 아닙니다. 혼혈은 대개 숲 밖의 시간을 따르니까, 전 늙어 죽어도 백 살까지는 못 삽니다."

카루나는 안심하며 다시 라크안과 리센을 보았다. 그 잠깐 새 라크안의 손에서 도망친 리센은 다급히 카루나에게 제 나이에 대해 해명했다.

"카루나 아가씨, 숲의 일족은 삼백 년 정도를 삽니다. 숲 밖 인간들의 나이로 치면 아직 스물…… 읍!"

"맘대로 그렇게 정하지 마. 넌 숲 밖에서도 백 실이야. 하얀 머리에 하얀 수염을 한 할아버지여야 한다고."

라크안이 다시 리센의 입을 막고 윽박지르듯 말했다. 다시 라크안과 리센이 엎치락뒤치락 싸우기 시작했다.

"어이구, 아가씨. 위험합니다. 뒤로, 뒤로."

세나가 카루나에게 손짓했다. 카루나는 사뿐히 물러서 세나에게로 갔다. 세나의 뒤에 서서는 마음 편히, 리센을 괴롭히는 라크안을 구경했다.

'꽤 친한 사이 같던데, 그러면서도 저러고 있네.'

리센은 믿을 만한 사내니 리센의 청혼을 긍정적으로 생각해 보라고 말했다면. 그렇게 말한 걸 처절하게 후회하도록 만들어 주려 했는데. 기특하게도 본인이 나서서 리센을 막아서고 있었다. 그 모습이 제법 마음에 들어서, 카루나는 슬그머니 웃었다.

물론 리센을 패느라 바쁜 라크안은 그걸 알지 못했다.

* * *

파란 약을 먹은 라크안은 하루가 다르게 나아졌다.

다음 날, 상처에 피딱지가 앉았다. 그리고 다시 하루가 지나자, 상처에 새살이 돋고 불그스름한 자국만 남았다. 2, 3일 정도 더 지나면 그 자국마저 사라질 터였다.

"정말 빨리 낫네요."

카루나는 매일매일 달라지는 라크안의 모습에 신기해했다.

"내가 말했지, 이 정도는 아무것도 아니라고?"

라크안은 으스대며 말했다. 그 모습이 얄미워서 카루나는 톡 쏘듯 말했다.

"그렇다고 계속 다치고 다니라는 말은 아니었어요."

"알아, 약속했잖아."

라크안이 카루나의 머리를 마구 헤집으며 웃었다. 애써 곱게 빗어 내린 머리가 엉망이 되었다. 카루나는 라크안의 손을 밀어내며 인상을 찌푸렸다.

"뭐 하는 짓이에요. 무례하시네요, 공작 각하. 손 치우세요!"

그렇게 둘이 정답게 투닥거릴 때면 슬그머니 리센이 나타났다. 라크안을 위한 약이나 연고를 들고 있었으나, 실상 카루나 옆에 있기 위해 온 거라는 걸 라크안도 알고 카루나도 알았다.

"안녕하세요, 리센 님."

카루나가 순진무구한 얼굴로 리센에게 인사하면.

"네, 네네. 카루나 아가씨. 지난밤에도 행복한 꿈을 꾸면서 잘 잤는지."

리센이 방긋 웃으며 카루나에게로 달려왔다. 만약 엉덩이에 꼬리가 달려 있다면 눈에 보이지 않을 정도로 맹렬히 흔들리고 있을 듯했다. 순하디순한 커다란 개, 아니 늑대가 반가움을 주체 못 해 마구 달려올 때면, 그보다 더 성질 더러운 늑대가 카루나 앞을 막아섰다.

"야, 꼬맹이. 내 말 안 듣지."

라크안은 으르렁거리며 카루나를 제 등 뒤로 숨겼다.

"라안. 내 진심을 알아 줘."

리센은 몸을 이리저리 틀며, 라크안의 뒤에 숨어 버린 카루나를 보고자 애썼다. 라크안은 애절한 리센의 표정을 같잖다는 듯 바라보며, 절대 카루나를 내놓지 않았다.

카루나는 둘의 그런 다툼을 별생각 없이 지켜보았다. 라크안이 공격의 화살을 제게 돌리기 전까지는.

어느 날.

라크안은 카루나에게 말 한마디라도 걸기 위해 애쓰는 리센을 무찔러 멀리 던져 버렸다. 그러고는 카루나를 붙잡아 제 앞에 앉히고는 진지하게 말을 꺼냈다.

"꼬맹이, 너 말야. 너무 허술해."

"허술? 제가?"

카루나가 황당하다는 듯 되물었다.

"힘없는 귀족 영애에게 납치, 감금당하신 공작 각하께서 하실 말씀은 아닌 거 같은데요?"

"됐어, 이미 지나간 일은 들추지 말고. 지금은 너, 네가 허술하다고."

라크안은 손을 휘휘 저으며 대뜸 말했다.

"흐음."

카루나는 팔짱을 끼고 라크안을 바라보았다. 어디 하고 싶은 말이 있으면 해 보라는 태도였다.

"그래. 내가 저 자식 할아버지라고 부르라고 했는데. 그런데 왜 자꾸 이름을 불러 주는 거지? 꼬맹아, 아무 남자 이름 막 부르고 그러면 안 돼. 정말 네 남자다 싶은 사람을 만났을 때만 이름을 불러 줘야지."

"사람을 만나서 이름을 안 부르면 어떻게 대화를 나눌 수 있나요?"

"왜 못 해? 할아버지, 아저씨, 부단장, 의사 양반, 등등. 얼마나 많아?"

라크안이 말도 안 되는 떼를 썼다. 무척 진지하게.

"……."

카루나는 어이없다는 듯 라크안을 쳐다보았다.

"진심이세요?"

"응."

라크안은 조금도 망설이지 않고 고개를 끄덕였다.

그게 시작이었다. 이후 라크안은 카루나를 만나기만 하면 '이 세상 남자는 다 늑대이니 조심해야 한다, 믿을 사람은 나밖에 없다.'는 연설을 늘어놓기 시작했다.

'바이퀠드 공작, 당신이 제일 못 믿을 사람이야. 고작 루린토프 따위한테 납치나 당하고, 내가 누군지도 못 알아보면서.'

그때마다 카루나는 쏘아붙이고 싶은 말을 애써 꿀꺽 삼켜야 했다. 세상에서 가장 띠꺼운 표정으로 쳐다보기도 했지만. 라크안은 영 정신을 차리지 못했다. 결국 카루나는 다른 방법을 선택해야 했다.

'무서워서 피하나, 더러워서 피하지.'

카루나는 슬슬 라크안을 피하기 시작했다. 덕분에 라크안은 카루나를 만나기 위해 침대에서 일어나야 했다.

* * *

어제와 달리 유독 눈이 번쩍 뜨인 오늘. 라크안은 이르게 잠에서 깼다. 하녀장이나 카루나의 도움 없이 침대에서 일어나 후춧가루가 안 뿌려진 셔츠를 입었다. 그러고는 저택을 돌아다녔다. 닫힌 문이 보이면 무조건 벌컥벌컥 열었다.

"꼬맹이 어디 있어. 여깄나?"

마주치는 사람들에게 전부 물어보았다.

"꼬맹이는 어디 갔지?"

공작저는 라크안의 고함과 바쁜 걸음 소리로 이른 아침을 맞이했다.

카루나 역시 언제나처럼 이르게 눈을 떴다. 하녀의 시중을 받으며 씻고 드레스를 갈아입었다.

하녀들은 카루나의 단발머리를 빗으로 쓸고 꽃 모양 머리핀을 달아 주었다. 카루나는 하녀들이 머리카락에 대고 '어서 자라나라, 빨리 좀 자라라.'라며 중얼거리는 걸 못 들은 척했다.

치장을 마친 후 카루나는 하녀들을 모두 밖으로 내보냈다. 목에 걸고 있던 목걸이의 주머니에서 브로치를 꺼냈다. 브로치는 녹색 돌을 가느다란 은사로 감싼 단순한 모양이었다.

은은 변색되어 살짝 누런색을 띠고 있었다. 가운데 박힌 녹색 돌은 부서져 반밖에 남아 있지 않았다. 그간의 소란 틈에서 어디 부딪치기라도 한 걸까. 반밖에 안 남아 있는 돌에 좀 더 금이 간 것처럼 보였다.

카루나는 브로치를 높이 들어 자세히 들여다보았다. 브로치의 돌은 그냥 보기에도 보석이라 생각할 수 없을 만치 탁했다. 하지만 부서진 단면은 별을 갈아서 뿌린 것처럼 반짝반짝했다. 카루나는 그 반짝임을 그리 특별하게 여기지 않았다.

"흐음……."

브로치를 화장대에 올리고는, 손가락으로 한쪽을 꾹 눌러 뒤집었다. 그렇게 별생각 없이 브로치를 가지고 놀았다. 그런데, 몇 번 굴리지 않았는데 작은 파편이 몇 개 후드득 떨어졌다.

'이대로 놔두면 얼마 안 가 다 부서질지도 모르겠네.'

카루나는 깜짝 놀라 브로치를 손에 쥐었다.

"하녀장님에게 부탁해서 고쳐 볼까?"

그때였다.

"꼬맹이, 어디 있어?"

멀리서 라크안의 목소리가 들렸다.

"이크!"

카루나는 얼른 주머니에 브로치를 넣고 다시 목에 걸었다.

"꼬맹이! 숨지 말고 나와 봐!"

라크안의 목소리가 점점 가까워졌다. 카루나는 문을 열고 나가려다가 몸을 돌렸다. 어쩌면 라크안이 문 근처까지 와 있을지도 모른다. 평범하게 문을 열고 나갔다가는 마주칠 위험이 크다.

카루나는 창문을 열고 폴짝 뛰어내렸다. 과연 카루나의 판단은 옳았다. 카루나가 아래층의 테라스로 뛰어내려, 다시 정원 쪽으로 뛰어갔을 때였다.

똑똑- 라크안이 카루나의 침실 문을 두드렸다.

"여기 있는 거 다 알아, 들어간다."

안에서 아무 기척도 안 느껴지자 라크안은 벌컥 문을 열고 들어왔다. 텅 빈 방을 보고도 라크안은 돌아서지 않았다. 붉은 눈이 예리하게 빛나며 방 안을 살폈다. 활짝 열린 창문과 바람에 흩날리는 커튼이 눈에 들어왔다. 그걸로 충분했다.

"도망갔다 이거지."

라크안은 성큼 걸어 창밖 테라스로 나갔다. 포르르 도망치는 카루나의 모습이 보였다.

"오늘도 도망치겠다?"

라크안의 입가에 심술궂은 웃음이 어렸다.

"도망갈 테면 가 보라지. 내가 반드시 찾아낼 테니까."

라크안은 급하게 굴지 않았다. 정원으로 도망친다면, 정원이 훤히 보이는 이곳에서 위치를 확인한 후 움직이는 게 유리했다.

"꼬맹이, 도망치지 말고 이리 오지?"

라크안은 테라스의 난간에 기대어 서선 카루나에게 손짓했다. 카루나는 도망치다 말고 뒤를 돌아보았다. 여유작작한 라크안의 모습이 한눈에 들어왔다. 카루나는 메롱, 혀를 내밀었다.

'그렇게 나온다 이거지?'

카루나는 곧장 방향을 틀어 부엌 쪽으로 도망갔다. 바로, 숨을 곳이 많은 저택 안으로 돌아간 것이다.

카루나가 저택 쪽으로 달려오자 라크안은 훌쩍 테라스를 뛰어넘어 가볍게 착지했다.

"오늘은 반드시 잡겠어."

새롭게 각오를 다지며 카루나의 흔적을 뒤쫓았다. 바로 어제도 똑같은 말을 하고는 온종일 저택을 뛰어다녔다는 걸 잠시 잊었다.

"좀 서 보라니까, 얘기 좀 하자고!"

라크안은 보이지 않는 카루나에게 말하듯 소리를 질렀다. 물론 부엌으로 숨어든 카루나는 대답하지 않았다. 예전과는 다른 모습이었다. 라크안은 카루나를 쫓아다니고, 카루나는 라크안을 피해 도망 다녔다.

"꼬맹이 어디 있나? 어디다 숨겨 놨어?"

라크안은 저택 곳곳을 쑤석거리고 다녔다.

"저 좀 숨겨 주세요."

카루나는 우는 척하며 저택 사람들의 민심을 등에 업고 여기저기 숨어 다녔다.

부엌의 커다란 밀가루 자루 뒤에 숨었다. 정원사가 손질하는 꽃나무에 숨기도 했다. 연무장에서 훈련하는 세나에게 달려가, 세나가 벽에 세워 놓은 커다란 방패 뒤에 몸을 웅크려 숨었다.

예전에도 그러했듯. 저택 사람들은 이번에도 그 쫓고 쫓기는 광경을 즐겼다.

"못 봤습니다만."

"아직 후각은 돌아오지 않으셨나 보네요. 못 찾으시겠습니까?"

"어제 저어쪽에서 본 거 같기도 한데, 아닌 거 같기도 하고. 아, 어제 어디에 있었는지는 별로 안 궁금하시지요?"

저택 사람들은 카루나의 편이었다. 라크안은 저택 사람들의 방해 아닌 방해를 받으며 이를 갈았다.

"내가 못 찾을 줄 알고?"

라크안은 아예 저택 사람들을 다 무시하고 뛰어다니더니 기어이 카루나를 찾아냈다. 노란 꽃이 가득 핀 꽃나무 뒤에서 분홍색 치맛자락을 발견한 것이었다.

발소리를 죽이고 살금살금 다가가니, 노란 꽃에 파묻혀 있는 카루나가 보였다. 라크안은 노란 꽃을 한 움큼 따서 휙- 던졌다. 카루나의 머리 위로 우수수 꽃비가 내렸다.

"윽!"

카루나는 꽃비에 어울리지 않는 괴상한 소리를 내며 벌떡 일어섰다.

"찾았거든? 이제 그만 도망치시지?"

라크안이 피식 웃으며 카루나의 등에 대고 말했다.

"으아, 진짜 싫어!"

카루나는 뒤도 돌아보지 않고 바로 앞으로 달려 나갔다. 하지만 라크안은 카루나를 놓치지 않았다.

"잡았다, 요놈!"

오늘 카루나는 꽃무늬 드레스를 입고 있었다. 등에 큼지막한 리본이 매여 있었다. 라크안은 나비를 잡듯 그 리본을 잡아 카루나를 들어 올렸다. 카루나의 몸이 허공에 붕 떠올랐다.

"쳇."

카루나는 어미 늑대에게 뒷목이 물린 새끼 늑대처럼 가만히 있었다.

"포기가 빠르군?"

"괜한 반항으로 힘을 낭비하지 않는 거예요. 훗날을 대비하는 거죠."

뚱한 표정으로 라크안을 바라보며 입술을 쭉 내밀었다.

"좋은 전략이야. 보통 사람을 상대한다면 통했겠어."

"힘없는 귀족 영애한테 납치, 감금당했다가 제가 구해 줘서 풀려난 공작 각하한테는요?"

"그 공작 각하는 지금 해독약을 먹어서 아주 건강해졌거든. 그래서 통하지 않겠지."

라크안이 으스대며 말했다.

"아아, 예에. 예에."

카루나가 영혼 없이 대답했다. 라크안은 그런 카루나를 어깨에 얹고는 배부른 늑대처럼 어슬렁어슬렁, 저택으로 걸어갔다.

'어차피 도망 못 칠 거, 잔소리나 좀 들어 주는 척하다가 도망가자.'

에휴. 카루나는 한숨을 푹 쉬고는 라크안의 어깨 위에서 축 늘어졌다. 그러자 라크안이 소리 내 웃었다.

'좋냐?'

카루나는 입을 삐쭉이면서도, 슬쩍 라크안의 얼굴을 보았다. 요즘 들어 라크안은 자꾸 웃었다. 역시나 납치당하기 이전과 다른 모습이었다.

납치당하기 전엔 웃을 줄 모르는 사람처럼 굴었다. 웃어 봤자 상대방의 피를 말려 죽이려는 듯 살벌하게 웃는 웃음뿐이었다. 그건 차라리 안 웃느니만 못한 것이었다.

그런데 요즘엔 리센과 영혼이라도 바뀐 몸뚱이처럼 툭하면 웃었다. 억지로 웃는다거나 상대방을 겁주기 위해 웃는 건 아니었다. 정말 웃고 싶어서 웃듯 웃었다.

그 모습은 여러모로 카루나의 심장에 안 좋았다. 인생 최고의 정적이 활짝 웃어 대니. 반년간 클레이엔이 아니라 카루나로 살며 겁을 상실한 심장은 자꾸 쿵쾅쿵쾅 뛰었다.

어쩐지 자신을 보는 붉은 눈이 온기를 띠고 있는 것 같았다. 눈꼬리를 곱게 접으며 웃는 그 미소가 자신을 향하는 것 같았다. 그런 착각이 들 만큼 라크안의 웃는 얼굴은 달콤했다. 본인은 본인이 그런 얼굴로 웃는 걸 아는지 모르겠지만.

'모르겠지.'

울컥, 짜증이 났다. 그런 카루나의 마음을 알지 못하는 라크안은 오늘도 또 일장 연설을 하려 했다.

"꼬맹아, 내가 계속 말하지만……."

"이 세상은 온통 늑대들만 가득하다면서요. 공작 각하 말고는 아무도 믿으면 안 된다면서요."

카루나는 며칠 동안 귀에 못이 박히도록 들었던 라크안의 잔소리를 술술 말했다.

"그렇지."

라크안은 뭐 그리 좋은지 실실 웃으며 대답했다. 그 얼굴이 괜히 얄미워서 톡, 속마음이 입 밖으로 튀어나왔다.

"그렇게 걱정되면 좀 더 확실한 방법으로 지켜 주면 어때요?"

"좀 더 확실한 방법? 이를테면?"

"약혼녀라든가?"

카루나는 살짝 떡밥을 던져 보았다. 아직 라크안은 카루나가 바이켈드 공작의 약혼녀로서 사교계를 휘젓고 다닌 걸 몰랐다. 몸이 회복되었으니 이제 알 테지만. 그 전에 미리 들어서 충격을 좀 덜라고, 또 이 소식을 들었을 때 라크안의 반응이 어떨지 궁금해서. 카루나는 말을 꺼내 보았다.

그런데.

"뭐?"

라크안이 바로 얼굴을 구겼다.

"말이 되는 소리를 해라. 꼬맹아."

그걸 본 카루나의 얼굴도 절로 구겨졌다.

"왜 마리 안 되는 데으여."

이를 으득 갈며 물어보았다. 안 되는 이유는 생각만 해도 많았다. 첫째, 신분 차이. 둘째, 신분 차이. 셋째, 역시나 신분 차이.

"……그냥 안 돼."

그런데 라크안은 잠시 머뭇거리더니, 아무 이유 없이 무조건 안 된다고만 했다. 카루나는 라크안의 대답이 너무 같잖아서 입술을 삐죽였다. 라크안은 그런 카루나를 보더니, 손을 꿈틀거렸다. 결국 참지 못하고 라크안은 카루나의 머리를 쓰다듬으려 시도했다.

"어디 숙녀의 머리를 함부로!"

카루나가 찰지게 라크안의 손을 때려 밀쳐 냈다. 찰싹찰싹. 꽤 매운 솜씨였다. 라크안은 손을 떼어 내 허공에 휘휘 저으며 하하, 웃었다. 그러더니 하늘을 한 번 올려다보고는 대뜸 제안했다.

"우리 같이 차를 마시자. 꼬맹아."

의외의 말인지라 카루나는 고개를 갸웃했다.

"차요?"

"그래, 차."

"술이 아니라 차? 마시는 차요?"

카루나는 라크안의 침실에 굴러다니는 술병들을 떠올리며 말했다. 라크안은 고개를 설레설레 저었다.

"그래, 차. 어린 게 무슨 술이야, 술은. 넌 술 먹으려면 아직 멀었으니까, 꿈도 꾸지 마."

"내가 마신댔나요."

뾰로통하니 카루나가 중얼거리는 새, 라크안은 저택 안으로 훌쩍 들어갔다. 라크안은 카루나를 저택 1층에 내려 주었다. 그러고는 껑충, 계단을 뛰어 올라가더니.

"라임스 부인, 리센, 어디 있나? 다들 나와 봐. 날씨가 이렇게 좋은데 저택 안에 틀어박혀서 뭣들 하는 거야. 자, 다들 밖으로 나가자고."

대뜸 저택을 뒤흔들었다. 평소처럼 자신들의 일을 하던 사람들을 끄집어내고는 난데없는 제안을 했다.

"같이 차를 마시자고! 밖으로 나가서!"

라크안은 라임스 부인을 찾고, 리센과 세나를 찾았다. 제가 이름을 아는 하인과 하녀들을 모두 불러 젖혔다. 그 목소리가 훈련장까지 닿았는지, 세나와 여러 기사들이 헐레벌떡 뛰어왔다.

"지금 제 귀에 들리는 이 목소리가 정말 라안 님의 목소리가 맞는 겁니까? 그 우리겐지 만리겐지 하는 정신 나간 마법사가 감금된 방에서 탈출해서는, 이상한 마법을 써서 우리를 혼란에 빠트리는 게 아닌 거 확실하죠?"

라크안이 3층까지 단숨에 뛰어 올라갔을 때 세나가 허겁지겁 뛰어와 물었다. 저택의 1층 로비에 덩그러니 선 카루나는 그 질문까지는 듣지 못했다. 라크안의 말 한마디에 저택이 떠들썩해졌다.

"갑자기 준비하려면 미흡할 수밖에 없습니다, 도련님. 좀 더 시간을 두고 준비하여 여시지요."

하녀장이 걱정스러운 표정으로 뛰어와 라크안을 말렸다.

"손님은 초대하셨나요? 아직 저택에 외부인을 들이는 건 좀 더 고민해 봐야 할 일입니다."

"외부 손님 따위는 없어. 저 꼬맹이와 이 저택 모든 사람을 초대해서, 내가 직접 여는 티 파티가 될 거야."

"카루나 아가씨와 저희를요?"

"그래. 어차피 몸이 완전히 나을 때까진 발작도 안 일어날 테니까. 이렇게 느긋하게 있을 수 있는 것도 이제 고작 하루 이틀뿐이라고."

라크안은 웃으며 말했다.

"또 이런 기회가 없을지도 몰라. 기회가 있을 때 즐겨야지."

그 말을 들은 하녀장은 라크안을 말리는 걸 포기했다. 대신 라크안만큼 열심히 갑작스러운 티 파티를 준비하기 시작했다.

"티타임을 가지려면 뭐가 필요하더라?"

라크안은 필요한 걸 손으로 일일이 꼽으며 소리쳤다. 라크안이 이렇게 말을 많이 할 수 있는 사람이란 걸, 저택 사람들은 처음 알았다.

"도련님, 숨넘어가시겠습니다. 다 알아들으니 천천히, 천천히 말씀하세요!"

하녀장이 말려도 소용없었다.

"급해, 해 떨어지기 전에 후다닥 해치우자고. 내가 어디까지 말했더라?"

라크안이 아래에서 부산스럽게 움직이는 하인들에게 소리쳤다.

"수도 내 찻잎을 파는 가게를 죄다 사들여도 좋으니까 제일 좋은 거로 사 와."

"찻잎은 저택에도 충분합니다. 제가 일러서 준비할 테니, 걱정하지 마세요. 수도의 찻잎 가게를 죄다 사들이지 않으셔도 됩니다."

하녀장이 얼른 라크안을 뜯어말렸다.

"그래? 그럼 큰 천막이랑 양산은 좀 있나? 햇볕이 따가울지도 모르니까, 그런 거 좀 펴 두자고."

"양산이라면 전대 공작 각하께서 쓰시던 게 있습니다. 하지만 천막은, 좀 찾아봐야 할 것 같습니다."

"그래? 젠장, 한번 찾아봐. 왜 내 저택엔 가제보나 정자 같은 게 없는 거야."

라크안은 불만스럽다는 듯 중얼거리더니 슬쩍, 하녀장에게 물어보았다.

"근처 다른 저택 걸 뽑아 오면 안 되겠지?"

"안 됩니다, 절대 안 됩니다."

하녀장은 목이 부서져라 고개를 저었다. 쩝, 라크안은 입맛을 다시며 알았다고 대꾸했다.

"몇 개 만들어 두긴 해야겠어. 왜 어머니는 호수는 파 놓고 그런 건 안 만들어 두신 거야."

그동안 여러 귀족 가문의 초대를 받아 다녀왔던 가락이 있어서인지.

라크안은 티타임에 뭐가 필요한지 제법 잘 알고 있었다. 하지만 알고 있다 뿐이지 어떻게 준비해야 하는지, 어느 정도 준비해야 하는지는 몰랐다. 그저 무조건 좋게, 많이, 화려하게만 외칠 뿐이었다.

하녀장은 뒤를 좇아다니며 라크안의 말도 안 되는 주문을 고쳤다. 그리고 하녀와 하인들에게 다시 지시를 내렸다. 묵혀만 두었던 티 파티용 찻주전자와 찻잔이 오랜만에 밖으로 나왔다. 저택 사람들은 하던 일을 모두 멈추고, 티 파티 준비에 뛰어들었다.

일하지 않는 건 오직 카루나뿐이었다. 카루나는 1층 벽난로 앞의 푹신한 일인용 소파에 앉아 부산스러운 광경을 구경했다. 쩌렁쩌렁하게 울리는 라크안의 목소리. 그에 따라 이리저리 우르르 달려가는 하인과 하녀들. 그 모습을 보며 카루나는 저도 모르게 킥킥, 웃어 버렸다.

"갑자기 이게 무슨 난리람."

어이없다는 듯 말하면서도 입가의 웃음은 사라지지 않았다. 그렇게 갑작스러운 티 파티 자리가 마련되었다.

호숫가의 큰 나무 아래 테이블을 두고, 하얀 레이스를 두른 양산을 펼쳤다. 카루나는 그 자리에 사뿐히 앉았다. 저택 사람들은 그 주변의 테이블과 의자, 혹은 깔개에 한 자리씩 차지했다. 씻고 머리를 말리지 않은 채로 달려온 기사들도 그 틈을 비집고 들어왔다.

라크안도 리센도 이리로 와서 앉으라는 기사들의 말은 들은 척도 하지 않고, 카루나가 앉아 있는 티 테이블로 갔다.

티 테이블은 작았다. 귀족 영애 셋 정도가 앉으면 딱 맞을 크기건만. 라크안과 리센은 굳이 제 몸에 맞는 큰 의자를 들고 와서 카루나의 맞은편을 차지했다. 기사들 틈에 자리를 잡고 앉았던 세나가 그 모습을 보고는 벌떡 일어섰다.

"내가 아가씨의 호위기사인데 나라고 질 수 없지!"

그러면서 의자를 들고 와 굳이 카루나의 옆자리에 비집고 앉았다.

"보아하니 제가 없으면, 아가씨께서 차를 따르시느라 고생하시겠군요."

하녀장 또한 슬그머니 다가와 마지막 남은 자리를 따냈다.

그렇게 작은 티 테이블에 다섯 명이 빼곡하게 둘러앉았다. 덩치가 큰 라크안과 리센 때문에 더더욱 비좁아 보였다.

"아, 거기 덩치 큰 분들께서 알아서 다른 곳으로 좀 가시면 안 됩니까. 두 분 때문에 공기가 텁텁해지는 것 같습니다."

세나가 카루나 대신 나서 구박했으나 둘은 꿈쩍도 하지 않았다. 저택 사람들은 그 모습을 보며 웃고 떠들 뿐, 말리지 않았다.

티 파티는 갑작스럽게 준비되었다. 제대로 된 초대도 초대장도 없었다. 하지만 그 어떤 티 파티보다 편안하고 유쾌했다. 예절, 예의 따위는 필요 없었다. 입에 발린 말도 굳이 할 필요 없었다. 차의 향을 느끼고, 한 모금 작게 마셔 입 안에 굴려 그 맛을 음미하고. 차 맛에 대해 평가를 할 필요도 없었다.

모두들 아름다운 문양이 그려진 자기 찻잔에 아무렇게나 차를 따랐다. 홀짝홀짝 소리를 내 마시기도 하고, 벌컥 마시기도 했다. 과자를 입 안에 문 채로 차를 마시기도 했다.

"마셔도 마셔도 써. 아니면 밍밍해. 이런 걸 뭔 맛으로 먹는지."

라크안은 과자를 먹고 입가심으로 차를 마시며 투덜거렸다.

"얼마나 마셨다고 그러십니까."

세나 경이 퉁명스럽게 대꾸했다. 그리고 자신과 카루나의 찻잔에서 식은 차를 따라 버렸다. 따뜻한 새 찻물을 가득 따랐다. 역시나 예절 따윈 밥 말아 먹은 거친 손놀림이었다.

달그락달그락. 찻잔과 찻주전자가 서로 전쟁이라도 하듯 격렬히 부딪쳤다. 그걸 본 하녀장의 눈썹이 삐쭉, 솟았다. 하녀장은 차분한 말투로 그 찻잔이 세나의 월급 몇 년 치를 모아야 살 수 있는지 말해 주었다. 세나는 기겁하며 찻주전자를 내려놓았다.

"그치, 떠돌 땐 이런 걸 굳이 먹을 필요가 없었는데. 난 맥주나 와인이 좋아."

"술고래시네요."

카루나가 생글 웃으며 말하자, 라크안이 얼른 대꾸했다.

"술주정뱅이는 아냐. 중독도 아니고. 그냥 시원하게 마시는 걸 좋아할 뿐이야. 잠들기 전에."

잠들기 위해서라고 말해야 하나, 굳이 그렇게 말하진 않았다.

카루나는 따뜻한 찻잔을 손 안에 들고 주변을 둘러보았다. 맑은 하늘, 잔잔한 호수. 그 옆에 양산을 펴고 티 테이블을 차려놓고. 또 그 주변에는 평소 알고 지내는 저택의 사람들과 기사들이 어울려 차를 물처럼 마시고, 쿠키를 던져 서로의 입 안에 집어넣으며 놀고.

"카루나 아가씨, 차 마시는 모습도 더없이 아름답네요."

리센은 싱글벙글 웃으며 느끼한 말이나 늘어놓고.

"눈 감아라, 꼬맹이 쳐다도 보지 마."

옆에 앉은 라크안은 으르렁대며 그런 리센을 구박하고 있고.

"으아, 내일도 모레도 딱 오늘만 같았으면 좋겠네요."

세나는 아예 바닥에 드러누워 마들렌을 한 손 가득 움켜쥐고 하나씩 던져 먹고 있고.

"저택에서 도련님께서 티타임을 즐기시는 걸 보는 날이 오긴 하는군요."

하녀장은 감격에 젖어 감상을 늘어놓고 있고.

그렇게 평화로운 풍경이었다. 그 풍경에 자신이 들어 있다는 게 당연하면서도 어색하고, 또 신기했다.

카루나는 차를 한 모금 마셨다. 향은 부드러우나 맛은 쌉쌀했다. 쿠키와

마들렌이 달게 만들어져 균형을 맞추려 일부러 이런 찻잎을 낸 듯했다. 하녀장의 배려이건만,

"으, 써."

라크안은 연신 쓰다며 혀를 내둘렀다. 그러고는 쿠키를 한 움큼 털어 먹고는.

"으, 달아."

혀가 얼얼하다며 다시 찻잔을 비웠다.

"아, 역시 쓰네."

그렇게 쓴맛과 단맛을 번갈아 가며 즐겼다. 카루나는 라크안을 따라 별 모양의 초콜릿을 먹고, 단맛에 얼얼해진 혀를 달래려 차를 마셨다. 그리고 라크안을 따라 말해 보았다.

"으, 쓰네요."

"그치? 진짜 쓰지?"

동료를 얻은 게 반가운지, 라크안의 얼굴이 밝아졌다.

시간이 지날수록 티 파티는 주최자의 의도와 다르게 굴러갔다. 과자로 배를 채운 기사들은 천막으로도 막지 못하는 햇볕을 탓하며 풍덩풍덩 호수에 몸을 던졌다. 그러고는 친하게 지내는 하인과 하녀들을 붙잡아 물속에 던져 버렸다.

오늘만큼은 라크안도 표적이 되었다. 기사들은 라크안의 몸이 완전히 회복되지 않았다는 걸 알았다. 물에 집어 던져도 발작이 일어나지 않으리라. 기사들은 음흉하게 웃으며 서로 눈빛을 교환했다. 그리고 용감하게도 라크안에게 달려들었다.

"오늘에야 지난날들의 원한을 갚겠습니다!"

"라안 님, 수영 좋아하시죠?"

"뭐 하는 거야, 안 놔? 당장 놔라! 어? 이건 지금 하극상이야! 경들,

당장 놓지 못해?"

라크안은 도망가려 했으나 옆에 앉아 있던 리센의 배신으로 흠뻑 젖은 기사들에게 붙잡혔다. 기사들은 두셋이 한 팀이 되어 각각 라크안의 팔다리를 잡았다. 그러고는 있는 힘껏 호수로 던졌다.

풍-덩!

커다란 분수처럼 혹은 폭포처럼. 호수의 물이 튀어 올랐다. 호수 물은 그대로 호숫가의 티 테이블을 덮쳤다. 얇은 양산은 맥없이 부서졌다. 파도가 티 테이블에 앉아 있던 사람들을 덮쳤다. 피할 틈도 없었다.

"꺅!"

"으악!"

"이런."

카루나, 하녀장, 리센은 단번에 흠뻑 젖었다. 세나만 날렵하게 피해 살아남았다. 라크안이 호수에 던져지자마자 몸을 데굴데굴 굴러 도망친 덕이었다.

카루나는 머리끝부터 발끝까지 물을 뒤집어썼다. 꼭 물에 빠진 생쥐 꼴이었다. 예쁘게 빗은 머리카락은 얼굴에 축 늘어져 달라붙었다. 드레스는 흠뻑 젖어 천근만근 무거워졌다. 하녀장도, 리센도 마찬가지였다.

라크안은 거꾸로 던져졌다. 호수에 머리부터 처박혔다. 하지만 물속에서 금세 정신을 차렸다. 푸-하, 물을 뱉으며 두둥실 떠올랐다. 그러고는 티 테이블에 앉은 채로 젖어 버린 카루나와 리센, 하녀장을 보고는, 하하하! 웃음을 터뜨렸다. 요즈음 본 것 중 가장 시원한 웃음소리였다.

제국 유일의 공작, 제국의 방패, 피의 기사. 어떤 호칭도 지금의 라크안을 설명할 수 없었다.

"꼬맹이, 너도 들어올래?"

라크안이 카루나에게 손짓했다. 카루나는 싫다고 말도 못 하고 멍하니 라크안을 바라보았다.

푸른 하늘. 밝은 햇살 아래. 호수 속에 풍덩 빠진 라크안이 그늘 한 점 없이 밝게 웃고 있었다. 지금의 라크안은 그냥, 평범한 청년이었다. 차가 쓰다며 진절머리를 내고, 물에 빠져 푸하하— 웃음을 터뜨리는. 그 모습을 보는 것만으로도 온몸의 피가 얼굴로 몰리는 것 같았다.

'왜 이러지?'

카루나는 찻잔을 내려놓고, 두 손에 얼굴을 묻었다. 얼굴이 뜨끈뜨끈했다.

흠뻑 젖어서는, 경계심 하나 없이 이쪽을 보고 웃는 라크안이. 그 모습이 못내 좋았다. 물을 뒤집어써도 하나도 짜증이 안 날 만큼. 오히려 온몸이 심장이 된 것처럼 두근두근 떨릴 정도로.

'안 돼, 안 돼. 안 되는데, 아는데……'

안 된다고 아무리 말해도 이 마음을 도무지 억누를 수가 없었다.

'그렇게 내 취향대로 웃지 말라고!'

카루나는 결국 다시 고개를 들었다. 그런데 라크안이 보이지 않았다. 잠깐 고개를 숙였을 뿐인데 그새를 못 참고 라크안이 사라졌다.

"어?"

놀라기 무섭게.

"감기 걸릴라."

등 뒤에서 부드러운 목소리가 들렸다. 굳이 돌아보지 않아도 누군지 알 수 있었다. 라크안이었다. 그 잠깐 새 천막으로 썼던 침대 시트를 걷어 온 것이었다. 라크안은 그것으로 카루나를 둘둘 말아 버렸다. 카루나는 금세 누에고치가 되어 버렸다. 얼굴만 내놓은 채였다.

"병 주고 약 주시는 건가요?"

"병나서 약 먹지 말라고 예방해 주는 거지."

라크안은 제 솜씨가 마음에 들었는지 씩 웃으며, 카루나의 코끝을 손가락으로 톡 튕겼다.

"하지 마요."

카루나가 얼굴을 잔뜩 찡그렸다. 그리 예쁜 모습이 아닐 텐데도, 라크안은 세상에서 제일 예쁜 꽃을 보듯 눈을 반짝였다. 아예 의자를 끌고 와 턱을 괴고, 그런 카루나를 보았다.

카루나는 당황스러웠다. 그런데 무슨 말을 해야 할지 알 수가 없었다. 두근두근. 심장은 제정신을 못 차리고 멋대로 뛰었다.

"얼굴이 빨개졌네."

라크안이 말하자마자 얼굴이 더 뜨거워졌다.

"뭐야, 그 잠깐 새 감기에 걸린 거야? 꼬맹이, 너 그렇게 약해?"

그렇게 말하며 라크안이 카루나의 이마에 손을 얹었다.

"아니에요, 그런 거."

카루나는 최대한 목을 뒤로 빼 반항했지만 소용없었다. 누에고치가 된 카루나는 라크안의 손을 피할 수 없었다. 라크안의 손은 카루나의 얼굴을 다 가릴 정도로 컸다. 카루나의 세상은 금방 어두워졌다. 세상에서 제일 따뜻하고 안전한 어둠이었다.

"열이 좀 있는 거 같기도 한데."

그 손 너머로 라크안의 목소리가 들렸다. 얼굴을 안 보고, 표정을 안 보고 귀로만 들어서일까. 라크안의 목소리가 정말 자신을 걱정해 주고 있는 것처럼 들렸다. 그 목소리를 듣고 있자니, 어쩐지 노곤노곤해지면서 졸음이 밀려왔다.

'내가 닭도 아니고, 이대로 잘 리가…… 없잖아!'

라고 생각하며 눈을 부릅떠 보았지만. 자꾸 눈꺼풀이 아래로 내려갔다. 커다란 손은 따뜻하고 믿음직했다. 때문에 기루니는 지금 이 순간만큼은 일말의 경계심 없이 꾸벅꾸벅 졸 수 있었다.

'믿음직하다니…… 말도 안 돼. 이 손이 나한테 보낸 독약이 몇 개이……'

자기 생각이 어이없어 헛웃음 짓던 것도 잠시. 이내 카루나는 라크안의 손에 얼굴을 기대고 천천히 눈을 감았다.

* * *

라크안은 제 손 안에서 가만히 있는 카루나가 좋았다. 그래서 열이 있는지 없는지 재고도 손을 치우지 않았다. 그러기를 한참. 라크안은 카루나의 숨소리가 변한 걸 느꼈다.

"꼬맹이, 자니?"

혹시나 싶어 슬쩍 물어보았는데.

"……."

역시나 대답이 없었다. 아쉽지만 슬쩍 손을 치워 보았다. 카루나가 눈을 감은 채 색색, 고른 숨을 내쉬며 잠들어 있었다.

라크안은 제 손을 주먹 쥐었다 펴 보았다. 아직 카루나의 온기가 남아 있었다. 어린 새를 손 안에 붙잡아 잠재울 때 이런 기분이 들까. 뭔가 간질간질한, 이상한 기분이 손바닥에서 온몸으로 퍼져 나갔다.

'내가 편하다는 거잖아. 내가 옆에 있는데도 잔다는 건.'

그렇게 생각하니 괜히 어깨가 으쓱여졌다. 자랑하고 싶은 마음에 주변을 휘휘 둘러보았다. 누구보다도 리센에게 보여 주고 싶었다. 그런데 리센이 보이질 않았다.

'어디 간 거야, 이 자식은. 꼭 있어야 할 때 없다니까.'

아까 티 테이블에 앉아 있다가 물세례를 맞은 걸 봤는데, 아무리 찾아도 보이지 않았다. 라크안은 감각을 끌어 올려 리센을 찾을까 하다가 그냥 포기했다. 대신 잠든 카루나를 보았다.

보는 것만으로도 좋았다. 감히 손댈 생각조차 들지 않았다. 하염없이,

이대로 영원히. 이렇게 바라보는 채로 시간이 멈춰 버렸으면 좋겠다는 생각이 들었다. 그런 멍청한 생각이 들 만큼 평화로운 하루였다, 오늘은.

라크안은 이렇게 아무렇지 않게 하루를 보냈다는 게 신기해서, 헛웃음을 지었다.

"고맙다, 꼬맹아."

혹여나 카루나가 깰까 봐. 라크안은 조그만 목소리로 중얼거렸다.

"고맙다, 카루나."

문득 아버지 생각이 났다.

'지금에야 당신을 이해할 수 있을 것 같습니다, 아버지.'

아버지는 숲의 일족이었다. 숲에서 살았던 백여 년의 삶을 모두 버리고 어머니를 사랑했다. 그리고 어머니를 따라 죽었다. 다치거나 병에 걸려서 죽은 게 아니었다. 그저 제 반려가 이 세상에 없다는 것을 견디지 못해 죽었다.

아버지가 죽었을 때 라크안은 울지 않았다. 죽음을 앞둔 아버지가 너무도 행복해 보였기 때문에 울 수 없었다. 이후 홀로 발작을 겪으면서 때로는 아버지를 원망했다.

어머니의 죽음은 어쩔 수 없었다. 하지만 아버지는 아니었다. 아버지는 라크안을 위해 살 수 있었다. 하지만 아버지는 그러지 않았다. 아버지에게 어머니가 없는 세상은 살 의미가 없는 세상이었다. 아들이 살아 있어도, 아들이 발작으로 괴로워하여도, 그게 살아야 하는 이유가 되지 못했다.

라크안은 그런 아버지를 원망했다.

'날 위해서 살 순 없었던 겁니까, 아버지.'

발작의 두려움에 몸서리치던 밤이면 무서웠다. 전생터에서 피를 뒤집어쓴 채 정신을 차리고 나면, 곁에 아무도 없는 것이 슬펐다.

그래서 더더욱 반려를 기다렸다. 가족이라 하여도 허망하게 떠나 버리는 세상에서 오직 나를 사랑해 주고, 내가 사랑할 수 있는 사람. 내가 죽기 전까지 나를 떠나지 않아 줄 나만의 사람. 그런 사람을 간절히 바랐다. 한 번도 만나 본 적 없는 사람을 그리워했다.

그리고 드디어, 만났다. 지금 이 순간에서야 라크안은 아버지를 이해할 수 있었다. 보고만 있어도 좋은데. 보고 있어도 그리운데. 이 사람이 없는 세상은 감히 상상할 수 없었다.

'이상한 일이야. 고작 석 달을 알았을 뿐인데. 이제는 네가 없는 삶을 상상도 할 수 없다니.'

마음을 깨달은 뒤, 시간이 흐를수록 그 마음이 깊어져 간다. 오늘 같은 평화로운 하루. 카루나가 없었다면 결코 있을 수 없는 이 하루처럼 카루나가 좋았다.

'이런 게 기쁨이구나. 이런 게 행복이구나.'

어린아이가 걸음마를 배우듯. 라크안은 지금에서야 카루나를 통해 하나하나 배워 가고 있었다. 그것은 진정 기쁘고 행복하면서도 서글프고 두려운 일이었다.

카루나를 잃어버린다면……. 라크안은 자신이 어떻게 될지, 무슨 짓을 하게 될지 감히 예상할 수 없었다.

"오래 살아라, 꼬맹아."

잠든 카루나는 듣지도, 대답하지도 못하겠지만. 라크안은 진심을 담아 말했다.

"아프지 말고, 다치지도 말고, 오래오래 행복하게 살아야 해. 내가 꼭 그렇게 만들 테니까."

가슴이 먹먹해졌다. 이것마저도 기쁨이요, 행복이라고 할 수 있는 건지 카루나에게 묻고 싶었으나 그럴 수 없었다. 홀로 감당해 내야 할 감정이었다.

* * *

 리센은 라크안과 카루나와 얼마 떨어지지 않은 나무 뒤에 서 있었다. 두 손엔 보송보송한 수건이 한 아름 들려 있었다. 카루나가 물에 젖자마자 저택으로 달려가 가져온 것이었다.

 제 몸에선 아직도 물이 뚝뚝 떨어지건만. 제 몸 닦을 새도 없이, 수건을 들고 뛰어왔다. 혹여나 카루나가 감기에 걸릴까 봐 서둘렀는데. 라크안이 한발 앞서 버렸다.

 손에 들고 있던 수건이 우수수, 바닥으로 떨어졌다. 리센은 빈손을 주머니 속으로 집어넣었다. 작은 약병이 손 안으로 굴러 들어왔다. 버려야지, 버려야지. 하루에도 수십 번, 수백 번 생각하면서도 차마 버리지 못하는 것이었다.

 그 단단하고 차가운 감촉이 손끝에서 번졌다. 단번에 심장까지 타고 올라와 리센을 옥죄었다. 리센은 더없이 맑은 정신으로 라크안과 카루나를 바라보았다. 나무 그늘 속에서 노을빛 눈동자가 느리게 감겼다가 뜨였다.

 '그를 살린다면, 그는 너의 반려를 빼앗을 것이다. 아니, 이미 빼앗긴 것 같은데, 아닌가?'

 나무 그늘 밖의 세상은 밝았다. 카루나는 곤히 잠들어 있었고, 라크안은 행복하게 웃고 있었다. 오직 그만이 음습한 목소리에 사로잡혔다.

* * *

 카루나가 영 깨어날 기색이 없지 라그안은 기루니를 인아 들고 지덱으로 갔다. 깃털을 만지듯 조심스럽게 카루나를 침실에 옮겼다. 이불도 목 끝까지 얹어 주었다. 그런 다음 막 돌아서려는데.

"우웅."

카루나가 몸을 뒤척이며 손을 뻗었다. 라크안은 저도 모르게 손을 내밀었다. 잠꼬대라는 걸 알았지만 어쩔 수 없었다. 본능이었다. 카루나가 손을 내미는데, 그걸 거부할 수 없었다. 카루나는 라크안의 손가락을 꽉 움켜잡았다.

"이런."

라크안은 낭패란 표정을 지었다. 조심히, 카루나의 손을 떼어 내려 해 봤으나 불가능했다.

"음냐."

무슨 꿈을 꾸는지, 카루나는 입맛을 다시며 라크안의 손가락을 더 꽉 잡았다. 라크안은 어쩔 수 없이 침대 맡에 살짝 걸터앉았다.

'이건 정말 어쩔 수 없는 일이야.'

억지로 손을 빼내다, 카루나의 단잠을 깨우고 싶진 않았다. 침대의 한쪽이 무너지듯 기우는데도 카루나는 알지 못했다. 덕분에 라크안은 잠든 카루나의 얼굴을 편하게 봤다. 아까 호숫가에서 봤는데, 또 보니 또 좋았다.

'어떻게 하면 이렇게 푹 잘 수 있을까.'

부럽기도 했다. 그런데 이상하게도, 카루나의 잠든 얼굴을 쳐다보니 졸린 것 같은 느낌이 들었다. 확실하진 않았다. 졸리다라는 기분을 느낀 지 너무 오래됐다. 때문에 라크안은 자신이 정말 졸리다고 생각하는 건지 확신하지 못했다.

다만, 자꾸 눈이 감겼다. 색색- 카루나가 고른 숨을 내쉬었다. 그 숨소리에 맞춰 라크안도 숨을 쉬었다. 곤히 잠든 카루나의 얼굴을 보자니······.

'어쩌면 나도 이리 편히 잘 수 있지 않을까?'

라는 생각이 들었다. 처음엔 그저 생각뿐이었다. 어차피 손이 잡혀 옴짝 달싹도 못 하는 처지.

'손을 풀어 줄 때까지 가만히 있기만 하자.'

그랬을 뿐인데. 어느샌가 슬그머니 눈꺼풀이 감겼다. 감기는 눈꺼풀을 다시 들어 올리는 게 영 쉽지 않았다. 라크안은 저도 모르는 새 꾸벅꾸벅 졸았다.

어느 순간, 푹. 라크안의 목이 꺾였다. 몸이 옆으로 스르륵, 쓰러졌다. 그렇게 라크안은 카루나에게 손가락을 잡힌 채로, 카루나의 침대 구석에 몸을 구긴 채 잠들었다. 라크안에게서 카루나만큼이나 고른 숨소리가 들렸다.

* * *

다음 날 아침. 카루나는 눈을 번쩍 떴다. 언제 자든 일찍 일어나는 습관은 쉬이 바뀌지 않았다. 그런데 오늘따라 머리가 띵-했다.

'내가 언제 잠들었지?'

어제 일이 잘 기억이 나지 않았다. 지금 푹신한 침대 위에 누워 있었는데, 침실로 와서 누웠던 기억이 없었다. 게다가 한쪽 손이 움직이지 않았다. 무언가에 꽉 붙잡힌 것처럼. 몸을 뒤척이고 일어나려는데 무언가 손을 붙잡고 놔주지 않았다.

'뭐지?'

카루나는 눈을 깜박이며 앞을 보았다.

"……어?"

하얀 셔츠가 보였다. 눈을 드니 그보다 더한 게 보였다. 긴 목선, 뾰족한 턱선. 붉은 입술. 뽀얀 우윳빛 피부. 오똑한 코. 진짜인가 의심이 될 만큼 긴 속눈썹. 흰 피부와 대조되게 새까만 머리카락.

이리 보고 저리 봐도 더없이 잘생긴 청년이 하나 누워 있었다.

"으음."

조금 쉰 듯한 낮은 목소리가 들렸다. 나직한 신음이 더해진 숨에 카루나의 머리카락이 살랑, 흔들렸다. 그 간지러운 느낌에 밀려 눈꺼풀에 살짝 매달려 있던 잠기운이 확 달아났다.

"어?"

카루나는 고개를 들어 위를 올려다보았다. 엄청 잘생긴 얼굴이 곤히 자고 있었다. 제 팔을 베고 누워서는, 까만 머리카락을 우수수 한쪽으로 쏟아낸 채. 아마도 붉디붉은 두 눈을 꼭 감고. 이리 보고 저리 봐도 라크안이었다.

"……왜?"

카루나는 저도 모르게 소리 내 물었다. 물론 라크안은 질문에 대답해 줄 상황이 아니었다. 라크안은 침대 끄트머리에 누워 불편한 자세로 자고 있었다. 다른 팔로는 카루나의 손을 꼬옥 쥔 채였다. 엄마를 잃어버릴까 봐 엄마의 손을 꽉 잡고 있는 어린아이 같았다. 이불은 덮은 듯 만 듯 하게 덮고 있었다.

'내 이불을 뺏어다 덮은 건가?'

새삼 배신감이 밀려 올라오려다가.

'아니, 중요한 건 그게 아니지. 이 인간이 왜 여기에 있는 건데?'

더 중요한 걸 깨닫고 눈을 깜박였다. 카루나는 눈을 데굴 굴려 주변을 둘러보았다. 아무리 봐도 자신의 침실이었다. 라크안의 침실은 아니었다. 왜 라크안과 자신이 이 모양 이 꼴인지 생각해 보았다.

'뭐야, 날 여기로 옮겨 주다가 같이 잠든 건가?'

답은 뻔했다.

"쯧."

카루나는 혀를 차려다 혹시나 라크안이 깰까 봐 입을 다물었다.

'일단 여기서 벗어나야 해.'

카루나는 라크안에게 붙잡힌 손을 꼼지락거렸다. 어떻게든 풀어 보려 했지만 불가능했다.

'뭐야, 깬 거 아냐? 나 놀리려고 이러는 거 아니냐고.'

카루나는 얼굴을 찌푸리며 라크안을 올려다보았다.

"혹시 깼어요?"

만약에, 혹시나 싶어 카루나는 조그만 목소리로 물어보았다. 하지만 라크안은 미동도 하지 않았다. 누가 업어 가도 모를 정도로 곤히 잠든 것 같은 얼굴이었다. 커튼 친 창문에서 빛이 새어 나오고 있었다. 아침이 된 지 한참 된 거 같은데 라크안만 한밤중이었다.

'왜 이렇게 깊이 잠든 거지? 불면증이 심한 사람인데?'

카루나는 고개를 갸웃했다. 이렇게 곤히 잠든 라크안을 보는 건 처음이었다.

'다행히 오늘은 악몽도 안 꾸나 보네.'

별수 없으니 카루나는 라크안의 잠든 얼굴을 구경하기로 마음먹었다.

'깨기 전에 풀려나는 건 무리일 듯하니. 포기하자.'

카루나는 그녀의 길고도 짧은 삶에서 드물게도, 너그러워졌다. 만약 라크안이 아니라 다른 사람이었다면 이렇게 태평한 생각은 하지 않았을 것이다. 소리를 지르며 다른 사람의 도움을 요청하고, 꼬집고 발로 차서라도 자는 사람을 깨웠을 것이다.

하지만 라크안에게는 그럴 수 없었다. 라크안은 지독한 불면증을 앓고 있었다. 매일같이 조금이라도 잠들고자 약과 술의 기운을 빌리곤 했다. 그런 그가 모처럼 이렇게나 곤히 잠들었는데, 그걸 군이 깨울 필요가 있을까.

'잠이 깨서 이 모양 이 꼴을 보면, 뭐라고 할까?'

라크안이 깨고 난 뒤의 상황이 궁금하기도 했다. 카루나는 잠을 깰 때까지 기다려 주는 값으로 잠든 라크안을 마음껏 구경했다.

그렇게 얼마나 시간이 지났을까. 라크안이 아직 일어나지 않았는데 문 열리는 소리가 들렸다. 카루나를 깨우러 온 하녀의 방문이었다. 카루나는 라크안에게 손을 꽉 잡힌 채로 고개만 들어 문 쪽을 보았다.

하녀는 미지근한 물이 담긴 대야와 수건을 들고 들어왔다. 눈을 댕그랗게 뜬 카루나를 보고는 미소 지었다.

"일어났…… 헉!"

하녀는 잠들어 있는 라크안을 보고는 입을 쩍 벌렸다. 대야를 쥔 손이 파르르 떨렸다. 그럼에도 하녀는 용케 대야를 놓치지 않았다.

'나라면 분명 놓쳤을 텐데.'

카루나는 하녀의 침착함과 민첩성에 마음으로나마 박수를 보냈다.

"아……."

한동안 하녀는 말을 잇지 못했다. 하지만 곧 평정을 되찾았다. 하녀는 카루나와 라크안을 보고는 대충 어떤 상황인지 짐작했다.

'어머나, 이게 무슨 일이래요! 어쩌면 좋아!'

하녀가 입만 벙끗거리며 카루나에게 말했다. 좋아 죽겠다는 표정이었다. 그러더니 살금살금, 발뒤꿈치를 들고 뒷걸음치기 시작했다. 하녀는 들어온 그대로 돌아 나갔다. 열렸을 때도 조심스럽게 열렸건만. 그보다 몇 배는 더 조심스럽게 문이 닫혔다.

카루나는 에휴, 작게 한숨만 내쉬고 말았다. 하녀가 나가서 뭐라고 떠들고 다닐지는 안 봐도 뻔했다.

'귀찮아지겠네.'

라크안이 눈을 뜨면 알아서 해명하고 다니겠지만. 저택 사람들의 요상한 눈빛을 감당하는 게 꽤 귀찮겠구나, 싶었다. 하지만 이내 생각이 바뀌었다.

'아니지, 좋은 거 아닌가? 약혼녀로서 내 위치를 굳히기엔 아주 좋은 일 일지도?'

흐음. 카루나의 입꼬리가 슬그머니 위로 올라갔다. 그 뒤로도 한참이나 라크안은 영 잠에서 깨지 않았다. 하녀가 어떻게 말한 건지, 저택 사람들은 카루나의 방 근처에 얼씬거리지도 않았다.

'이제 슬슬 와 줘도 될 거 같은데.'

차라리 세나나 하녀장이 와서 라크안을 깨워 주면 좋겠다는 생각이 들다가도, 푹 자는 라크안을 보면 그런 모진 마음이 스르륵 풀렸다.

'아직 몸이 다 회복이 안 돼서 그런 걸까?'

라크안은 영 일어날 생각이 없어 보였다. 그 잠든 얼굴을 보니, 걱정도 들었다. 그렇게 하염없이 라크안이 깨어나기를 기다리던 중. 기다리다 지친 카루나가 다시 잠들 뻔했을 때 즈음이었다.

드디어 라크안의 눈꺼풀이 부르르, 떨렸다. 잠에 취해 있던 몸에 힘이 들어가는 게 느껴졌다. 카루나의 손을 잡고 있는 라크안의 손에도 힘이 더 들어갔다.

"좀, 놔요!"

카루나는 라크안의 팔을 주먹으로 두들겼다. 카루나 입장에서는 때린 것이었으나 라크안이 느끼기에는 간지러운 수준이었다. 하지만 카루나의 주먹질이 라크안이 눈을 뜨는 데 도움이 되긴 했다.

"으흠."

라크안이 간지럽다는 듯 카루나가 때린 곳을 긁었다. 더 자고 싶은 마음과 이제 일어나야 한다는 생각에 눈가가 꿈틀, 움직였다.

몇 년 만에 취한 숙면이었다. 잠에서 깨어나서도 이게 꿈인지 생시인지 분간이 안 갈 정도였다. 이렇게 잔 건 처음 있는 일이었다. 그렇지만 아무리 달콤해도, 잠을 영원히 붙잡고 있을 순 없었다.

라크안은 천천히 잠에서 깨어났다. 영영 감겨 있을 것 같던 눈꺼풀이 열렸다. 카루나는 그 광경을 바로 눈앞에서 바라봤다. 해 뜨는 동쪽을 바라보는 것만큼 볼만한 광경이었다.

긴 속눈썹이 파르르 떨리더니, 루비처럼 붉은 눈이 드러났다. 그 붉은 눈동자에 카루나가 비쳤다. 아직 잠이 덜 깬 듯 눈은 약간 흐릿했다. 카루나를 보고도 알아차리지 못했다. 깜박. 깜박. 눈을 감았다 뜰 때마다 눈동자가 조금씩 더 선명해졌다. 이윽고 라크안이 감았던 눈을 번쩍 떴다.

'오.'

카루나는 드디어, 자신이 오래 기다려 온 때가 왔음을 느꼈다.

'놀랄까? 어이없어할까? 아니면 꿈인 줄 알고 다시 잠들려고 할까?'

어쩐지 손에 땀을 쥐게 하는 긴장감이 몰려들었다. 카루나는 저를 알아보는 라크안을 바라보며 생긋, 웃어 보였다.

"안녕히 주무셨어요, 공작 각하."

"……."

라크안은 눈앞에서 살아 움직이는, 꼬물거리다 못해 말까지 하는 카루나를 보았다.

"……."

입술이 벌어졌는데 아무 말도 나오지 않았다.

"……."

"……."

라크안은 카루나를 보았고, 카루나는 라크안을 보았다. 그렇게 서로 말 없이 쳐다보기를 한참.

"으아악!"

라크안은 고함, 아니 비명을 지르며 벌떡 일어났다. 바로 카루나의 손을 놓고는 뒤로 물러섰다. 등 뒤는 절벽이었지만 라크안은 그걸 몰랐다. 라크안의 몸이 뒤로 휙 넘어갔다. 침대에서 떨어져 바닥을 데굴데굴 굴렀다.

그 와중에도 용케 몸의 중심을 잡아, 라크안은 바로 벌떡 일어섰다. 붉은 두 눈이 침대 위를 향했다. 카루나는 멀뚱하니 앉아서 라크안을 보았다. 라크안은 슬금슬금 뒤로 물러서다가 발을 헛디뎌 엉덩방아를 찧었다. 바닥에 주저앉아서는 제 발에 걸린 침대 시트를 있는 대로 끌어당겨 제 몸을 가렸다.

지금이야 무난하게 셔츠와 바지를 입고 있으나, 라크안은 제가 옷을 입고 있는지도 몰랐다. 원래 라크안은 잘 때 옷을 훌훌 벗고 잤다. 그러니 지금 자신의 모습이 그러하리라 생각하고 있는 듯했다.

'잠이 덜 깼구나.'

애써 이불로 제 몸을 가리려 애쓰는 라크안을 보며 카루나는 쯧쯧, 혀를 찼다.

"어, 어, 어떻게, 왜, 너, 아니, 네가 내 방에…… 내 침대에……."

그런 카루나를 보면서도, 라크안은 당황하여 사태를 정확하게 파악하지 못했다. 이보다 더 당황할 수 없을 만큼 당황해했다. 이렇게 푹 잔 라크안의 모습도 처음이지만, 이렇게나 당황하는 라크안의 모습도 처음이었다.

한쪽으로 누워 자서 머리가 한쪽은 꽉 찌그러졌고, 다른 한쪽은 확 부풀었다. 까만 머리카락이 삐죽삐죽 뻗쳐서는 사방팔방 날아다니고 있었다. 눈은 푹 자서 그런지 흰자위까지 붉어져서 꼭 토끼 눈 같았다. 그런 귀엽게 잘생긴 얼굴을 해서는 귀신을 보듯 카루나를 보고 있었다.

'뭐야, 놀라야 하는 건 내 쪽 아닌가?'

그 모습을 보자니 뭔가 선수를 빼앗긴 거 같아서 카루나는 억울해졌다. 놀란다, 믿지 않는다, 다시 잠들려 한다. 카루나의 예상은 이 정도였다. '카루나를 보자마자 기겁하며 비명을 지르고 도망치려 한다.'라는 선택지는 없었다. 과도하게 당황하는 라크안의 모습이 영 마음에 들지 않았다.

"여기가 공작 각하 방 같으세요?"

그래서 말투가 곱게 나오진 않았다.

"어? 내, 내, 내 방이 아니면……."

라크안은 카루나의 퉁명스러운 말투를 알아차릴 여유가 없었다. 그저 카루나의 말을 듣고는 급히 주위를 둘러보았다. 익숙할 리 없다. 바이켈드 공작저라 하나 라크안이 저택의 손님방에 머물 리는 없을 테니까.

"아······."

제 방이 아니라는 걸 깨닫자 얼굴이 한층 더 해쓱해졌다.

"내, 내, 내가 왜 여기에서······. 자, 자고? 자고 있었던 거지?"

라크안은 애달프게 카루나를 올려다보았다. 답을 구하는 듯 절실한 눈빛에 카루나는 생긋, 웃어 보였다.

"자는 틈을 타서 남의 침실에 기어들어 오다니!"

"······뭐?"

붉은 눈동자가 마구 흔들렸다. 남이 봤다면 지진이라도 난 줄 알 정도였다.

"부끄러운 줄 아세요, 공작 각하. 나중에 반려인지 뭔지 나타나면 다 이를 줄 알아요."

"······."

마지막 협박이 꽤 충격적이었던 걸까. 라크안이 포도주 통에 얻어맞은 듯 멍청한 표정을 지었다. 역시나 카루나의 마음엔 들지 않는 얼굴이었다.

'반려인지 뭔지 얘기만 나오면 아주 정신을 못 차리는구나, 정신을 못 차려.'

자연히 눈이 뾰족해졌다. 물론 지금의 멍청한 라크안이 마냥 싫기만 한 건 아니었다. 푹 자서 그런지 피부가 평소보다 뽀얬다. 그래서인지 더 억울하고 불쌍해 보이긴 하지만. 아무튼 그거 하난 마음에 들었다. 다른 사람도 아닌 자신이 푹 자게 만들어서 가능한 거였으니까.

하지만 딱 그뿐이었다. 라크안의 얼굴이 파래졌다 다시 하얘지기를 반복했다. 카루나는 그걸 보고는 팔짱을 끼고 입술을 삐죽였다. 그렇게 바이켈드 공작저의 늦은 아침이 시작되었다.

chapter 5
숙면을 취하는 단 한 가지 방법

평소보다 늦은 아침을 시작한 날 이후. 카루나는 며칠간 라크안의 그림자도 볼 수 없었다. 하루, 아니 이틀까지는 카루나도 가만히 기다려 주었다.

'뭐가 그리 쪽팔린지 모르겠지만, 아무튼 쪽팔린가 보지. 부끄럽고.'

잠이 깨자마자 이불을 둘둘 말아 껴안고 비명을 지르던 라크안의 모습이 생생했다. 그 모습이 생각날 때마다 절로 웃음이 났다. 이리저리 잔뜩 뻗친 머리에 푹 자서 뽀얀 얼굴. 깜짝 놀라 댕그래진 붉은 두 눈까지. 정말 귀여웠다.

하지만 그런 너그러운 마음의 유통 기한은 딱 이틀까지였다. 사흘째 되는 날에도 여전히 라크안이 모습을 비추지 않자, 카루나는 슬슬, 짜증이 나기 시작했다.

'이건 좀 아니지 않아?'

수줍고 부끄러워서 피하는 것도 정도가 있지, 이건 너무 심했다.

"이래선 구해 온 보람이 없잖아."

"네? 그게 무슨 말인가요?"

눈앞에서 밝은 연두색 머리카락이 살랑였다.

"아…… 죄송해요."

카루나는 앞에 앉은 리센에게 고개를 까닥였다.

"아닙니다. 그저 저와 함께해 주는 것만으로도 전, 너무나 행복한걸요."

리센은 눈꼬리를 사르르 접으며 웃었다. 노을빛 눈동자가 꿀이 뚝뚝 떨어질 듯 달콤하게 카루나를 바라보았다.

지금, 카루나와 리센은 저택의 가장 큰 테라스에서 앉아 있었다. 햇볕이 내리쬐는 따뜻한 오후. 자신의 취향에 꼭 맞게 잘생긴 남자. 향이 좋은 차와 갓 구운 마들렌, 초콜릿 쿠키. 완벽한 티타임 시간이었다.

하지만 카루나는 그리 행복하지 않았다. 짜증스럽기만 했다.

'어디에 숨어 있든 말든 난 신경 하나도 안 쓰고, 딴 사람이랑 이렇게 즐겁게 놀고 있거든?'

어디에선가 라크안이 자신을 보고 있을 거란 생각이 들었다. 그래서 여봐란듯이 리센과 티타임을 벌이고 있건만.

'정말로 안 나타나? 내가 딴 사람이랑 이렇게 잘 놀고 있는데?'

그럼에도 라크안은 나타나지 않았다. 어디선가 자신을 보고 있기는 한 건지. 이제는 그 생각마저도 흔들렸다.

'이 사람 반만 좀 닮아 봐라.'

카루나는 자신이 좋아 죽겠다는 티를 내뿜는 리센을 보며 작게 한숨을 내쉬었다.

며칠 전까지만 하더라도, 리센이 나타나면 라크안도 따라서 등장했다. 하루가 멀다 하고 카루나에게 찾아오는 리센을 내쫓는 게 라크안의 일이었다. 그런데 그날. 침대에서 카루나의 손을 꼭 잡고 잔 날 이후. 리센은 계속 나타나는데, 라크안은 나타나지 않았다.

'보아하니 리셴은 갑자기 나와의 관계가 틀어지지 않는 이상, 내가 클레이엔이었다는 걸 바이켈드 공작한테 말할 생각이 없어 보이는데.'

카루나는 리셴에게 싱긋, 웃었다. 리셴은 차를 마시다 말고 카루나를 멍하니 바라보았다.

'그럼 이제 바이켈드 공작만 잘 설득하면 되는데. 만날 수가 없잖아. 아예 만날 수가 없는데 무슨 수를 써서 설득을 해?'

카루나는 마들렌이 라크안의 머리통이라도 되는 양 꼭꼭 씹어 삼켰다.

'몸이 다 낫기 전에 어떻게든 결판을 내야 하는데, 어쩌면 좋지?'

내일, 기사단장이 저택을 방문한다고 했다. 그러면 분명 그동안 미뤄 두었던 업무 보고를 할 터. 카루나가 자신의 약혼녀 행세를 하고 다녔다는 것도 알게 될 것이다.

그 전에 어떻게든 라크안을 불러내 이야기를 나누어 보려 했건만. 아무래도 오늘의 티타임은 수줍어 숨어 버린 늑대를 끌어내기엔 부족한 덫이었던 것 같았다.

에휴. 카루나는 한숨을 푹 내쉬며 차를 마셨다. 그런 자신을 바라보고 있는 리셴을 또 까맣게 잊은 채로.

* * *

카루나를 피해 다닌 지 사흘째 되던 날. 기사단장이 바이켈드 공작저에 들어왔다. 라크안을 찾아다니며 저택 곳곳을 거닐던 카루나는 라크안 대신 기사단장을 발견했다.

'오늘인가 보네? 밀린 보고를 하는 날이?'

기사단장은 하녀장의 안내를 받아 어디론가 가고 있었다. 그의 뒤를 쫓으면 분명, 라크안이 있을 터였다. 뻔히 짐작 갔지만 카루나는 기사단장의 뒤를 쫓지 않았다. 아니, 오히려 기사단장과 정반대 방향으로 사뿐히 걷기 시작했다. 카루나의 하얀 얼굴에 난감한 표정이 스쳤다.

"늦어 버렸잖아!"

기사단장이 카루나가 바이켈드 공작의 약혼녀인 척했다는 걸 보고한다면, 라크안은 카루나를 가만두지 않을 터였다.

'일단 도망쳐서 상황을 파악한 후에 움직여야겠어.'

라크안이 어떻게 반응하는지를 살핀 후 그에 맞추어 움직여야 했다. 그러려면 일단, 라크안의 가까이에 있으면 안 됐다. 꼬르륵. 때마침 배에서 소리가 울렸다. 이른 아침부터 라크안을 찾아다니느라 아침 식사를 걸렀더니, 이 급한 와중에 배가 고팠다.

"으으, 일단…… 배를 채우자. 도망 다니려면 배라도 든든해야지."

추격자에서 도망자가 되는 건 한순간이었다. 카루나는 폴짝 뛰어 부엌으로 달려갔다. 카루나가 뒤늦게 아침 식사를 하는 동안, 라크안은 기사단장에게서 그간의 정세를 보고받았다.

지금, 사교계 최고의 화제는 단연 '바이켈드 공작의 어린 약혼녀'였다. 철십자 기사단이 보쉬엔 자작저를 때려 부순 건 이미 파다하게 소문이 퍼져 있었다. 덕분에 바이켈드 공작의 어린 약혼녀에 대한 이야기는 빼도 박도 못할 사실이 되었다. 기사단장은 가감 없이 그 내용을 라크안에게 전달했다.

"우리 제국에, 나 말고 또 다른 바이켈드 공작이란 자가 있나?"

라크안은 잠시 현실 도피성 발언을 하며, 현실을 믿지 않으려 했다.

"그 작자가 내 기사단과 이름이 같은, 또 다른 철십자 기사단을 가지고 있는 건가?"

"각하, 송구하지만 이는 각하에 대한 소문이 맞습니다."

"뭐?"

"이제야 말씀드려서 죄송합니다. 하지만 각하의 건강이 위중한지라 잠시 보고를 미루었습니다."

기사단장은 그간의 일을 소상히 아뢰었다. 들으면 들을수록 하나같이 기가 막힌 소리였다.

그제야 라크안은 보쉬엔 자작가에서 구출되었던 날, 카루나가 흘리듯 말했던 내용이 기억났다. 분명 치정 싸움으로 포장했다고 했다. 치정 싸움. 워낙 정신이 없던 상황이라 대충 흘려듣고 그러려니 했건만.

"내 약혼녀라고?"

라크안의 얼굴이 희게 질렸다.

"야, 이 꼬맹이!"

집무실이 떠나갈 정도로, 라크안의 목소리가 크게 울려 퍼졌다.

"꼬맹이, 너 당장 나와. 숨어 있지 말고!"

라크안의 목소리가 저택 안에 쩌렁쩌렁하게 울렸다. 물론 주방 안에까지.

"이크, 이제야 알았나 보네."

사흘 동안 그토록 듣고 싶었던 목소리였건만. 온 저택을 울리는 고함 소리가 이제는 전혀 반갑지 않았다. 카루나는 남은 타르트를 얼른 입 안에 털어 넣고, 높은 의자에서 폴짝 뛰어내렸다.

"어이구, 또 시작인가 봅니다. 이번엔 쫓기는 쪽?"

주방장이 동그란 주머니에 쿠키를 가득 담아 주며 물었다. 카루나는 얼른 주머니를 건네받고는 대답할 틈도 없이 달렸다.

"카루나, 너 당장 나오지 못해!"

라크안이 포효했다. 으르렁. 정말 몸 상태가 다 회복된 건지, 늑대 울음 소리마저 들리는 것 같아 등골이 오싹했다.

"누가 나오란다고 그냥 나오냐."

카루나는 코웃음을 치며 잽싸게 도망쳤다. 하지만 등골이 오싹하게 떨리긴 했다.

'약혼이 뭐 별건가? 나이 어린 약혼녀 좀 생긴 게 뭐 어때서 저렇게 화를 내는 거야?'

카루나는 애써 아무것도 아니라고 스스로를 달래고는 후다닥 뛰었다. 혹시 라크안이 너무 화가 나서 늑대로 변할지도 모르니, 그걸 대비하기 위해 주로 포도주 통이 쌓여 있는 쪽으로만 숨었다.

라크안은 아직 더 보고할 게 남았다며 자신을 붙잡는 기사단장을 뿌리치고, 집무실의 창문을 열었다. 정원을 가로질러 포르르 도망가는 카루나의 모습이 한눈에 들어왔다. 라크안은 삼 층 높이 테라스에서 단번에 뛰어내렸다.

"공작 각하!"

기사단장의 비명이 저택을 뒤흔들었다. 그러거나 말거나. 라크안은 카루나의 뒤를 쫓았다. 카루나는 몸이 완전히 회복된 라크안을 따돌릴 수 없었다. 금세 둘 사이의 거리가 좁혀졌다.

라크안은 장미 덤불 아래로 숨으려는 카루나를 잡아채 두 손으로 번쩍 들어 올렸다. 꼭 밭에서 무를 뽑는 농부 같은 자세였다.

"꺄악!"

"꺄악? 지금 꺄악 소리가 나와?"

"왜요!"

카루나는 눈을 치켜뜨고 라크안을 쳐다보았다.

"나 보기 싫다고 숨어 다닐 땐 언제고?"

하, 참. 라크안은 어이없다는 듯 한숨을 푹 내쉬었다.

"네가 무슨 짓을 저질렀는지 까먹었을 거 같은데."

"어디 저 혼자 한 일인가요?"

"그러니까, 내 말이. 아니, 애초에 그런 일을 저지를 생각은 어떻게 한 거야. 딴 사람들은 네 뭘 믿고 따른 건지……."

허, 참. 라크안은 다시 한번 한숨을 내쉬었다.

"제가 뭐 어때서요? 똑같은 수에 두 번이나 당해 연약한 귀족 영애께 감금당한 공작 각하보다는 제가 더 믿음직했나 보죠."

카루나는 뚱한 표정으로 라크안을 보았다.

"……그래서 내 약혼자 행세를 하고 다니셨다?"

"공작 각하를 구하기 위해서는 어쩔 수 없었거든요."

카루나는 차분하게 라크안의 말에 대꾸했다.

"꼭 그 방법만 가능했던 건 아니었을 텐데?"

"뭘 모르시네, 그 방법이 가장 적절했거든요?"

"너…… 어쩔 거야. 내가 그동안 쌓아 왔던 평판과 명예가, 한순간에 날아가 버렸잖아."

"어머? 언제부터 그렇게 사교계 평판과 명예에 신경을 쓰셨다고요?"

카루나가 눈을 동그랗게 뜨고는 믿어지지 않는다는 표정을 지었다. 그 표정이 너무도 깜찍하고 앙큼해서, 라크안은 더 화를 내려야 낼 수가 없었다. 한 마디도 안 지고 따박따박 대답하는데. 그 모습이 왜 그리도 예뻐 보이는 건지.

'미치겠네. 이 정도면 중병이야, 중병이라고.'

라크안은 고개를 설레설레 저었다.

"내가 진짜 너 때문에 미치겠다."

라크아운 카루나를 나무 그늘 아래 내려놓고, 한숨을 푹 내쉬었다.

"미칠 게 뭐 있어요, 이렇게 된 거 그냥 받아들이세요."

카루나는 얼른 나무 뒤로 숨으며 라크안과 안전거리를 확보했다. 그제 야 마음이 놓이는지 배시시 웃었다. 눈에 영원히 벗겨지지 않을 콩깍지가 썬 라크안은 그런 카루나가 숲의 요정처럼 보였다.

이 세상 어디에 또 저렇게 사악하고 귀엽고 말 잘하고 예쁘고 똑똑한 요정이 있을까 싶긴 했지만.

'내 인생은 망했어.'

라크안은 오늘 몇 번째인지 모를 한숨을 푹 내쉬었다.

'화가 금방 가라앉네.'

카루나는 금세 누그러진 라크안을 보며 고개를 갸웃했다.

'아직 몸이 다 안 나았나? 철십자 기사단장이 업무 보고를 하러 들어왔을 정도면, 회복이 되었다는 걸 텐데?'

오늘의 라크안은 어딘가 모르게 피곤하고 지쳐 보였다. 그래서 카루나는 라크안이 금방 화를 가라앉힌 게 그 때문이라고 생각했다.

"나는 이 제국의 유일한 공작이야. 명예를 잘 지키고 갈고닦아야 하는 귀족이거든?"

라크안이 팔짱을 끼고 카루나를 바라보았다. 나름 엄히 말하려 애를 쓰는 것 같았으나 전혀 그렇게 보이지 않았다. 맹렬히 쫓아올 때와 달리 목소리가 부드러웠다.

"어차피 귀족 영애들이랑 부유한 평민 여식들과 마구잡이로 티타임을 즐기실 때부터 그 귀중한 명예에 흠집이 꽤 나지 않았을까요?"

"……."

팔짱 낀 라크안의 손이 꽉 주먹을 쥐었다. 정곡을 찔려 민망한 듯했다.

"……너를 약혼녀로 두는 거에 비할까?"

"왜요? 제가 한낱 하녀라서요? 저 따위가 공작 각하의 약혼녀라고 소문이 나서 불쾌하신가요?"

"그게 중요한 게 아니잖아."

라크안은 카루나에게 성큼 다가왔다. 카루나는 얼른 나무에 숨어 반대편으로 삐죽 얼굴을 내밀었다. 라크안은 카루나의 그런 움직임을 일찌감치 알아채고는, 나무 반대편 쪽에 한쪽 무릎을 꿇고 앉았다.

다시 두 사람의 눈높이가 같아졌다. 카루나는 저를 똑바로 바라보는 붉은 눈을 보고는 눈을 깜박였다.

"왜, 왜요."

"그리고 그런 식으로 말하지 마라."

"제가 뭐 틀린 말을 한 것도 아니잖……."

"너 따위라니? 누가 네 앞에서 네게 그렇게 말한 자가 있었나?"

붉은 눈이 순간 섬뜩하게 빛났다.

"혹시 마카레나 백작 영애의 사냥개, 그 자식이 너한테 그딴 말을 한 건가?"

카루나가 무서워하며 제 품으로 안겨 들게 만들었던, 그날의 기억이 아직 남아 있었던 듯했다.

라크안은 대번에 루시온을 대며 이를 갈았다. 목울대에서 짐승의 울음과 비슷한 소리가 끓었다. 어깨와 팔의 근육이 크게 부풀었다. 당장 늑대로 변신해도 이상하지 않을 만큼, 화가 났다. 조금 전 카루나를 쫓아오며 화를 냈던 게 애들 장난처럼 느껴질 정도였다.

"감히 네게 그런 말을……."

"아니요, 아무도 그런 말 안 했어요."

카루나는 급히 손을 내밀어 라크안의 어깨에 얹었다. 라크안의 눈이 핏빛에 가까울 정도로 붉어져 카루나를 바라보았다. 카루나는 그 눈을 피하지 않고 마주하며 천천히 말했다.

"아무도. 제게 그런 말을 하지 않았어요. 그러니까 진정해요."

새끼 늑대를 어르듯이 라크안의 어깨를 쓰다듬었다.

카루나의 손길을 따라 라크안의 거칠었던 숨이 차분해졌다. 카루나의 손 아래서 라크안은 화를 가라앉히고 누그러졌다. 그건 카루나에게 생소

하면서도 꽤 기분 좋은 경험이었다. 동시에 라크안이 자신에게 전혀 해를 입히지 않을 거란 확신이 들었다.

이렇게 크고 강한 사람이건만. 자꾸 새끼 늑대 같아 보였다. 카루나는 그 분위기에 취해, 그동안 해 보고 싶었는데 못 하고 있었던 걸 도전해 보았다. 예전부터 줄곧 만져 보고 싶었던 라크안의 머리카락에 손을 댔다.

라크안은 가만히 카루나의 손길을 받았다. 카루나는 좀 더 대담해졌다. 아예 라크안의 탐스러운 정수리를 살짝 쓰다듬어 보았다. 까만 머리카락이 카루나의 하얀 손에서 사르륵 흘러내렸다.

라크안은 움찔, 하더니 싫은 내색 없이 가만히 제 머리를 내어 주었다. 요즈음 자주 웃긴 하지만, 평소엔 워낙 얼굴에 표정이 없는 사람이라. 지금 무슨 생각을 하는지 알 수 없었다. 다만 싫어하지는 않는 것 같았다.

그런데 가까이에서 보니, 라크안의 얼굴이 영 푸석푸석했다. 윤기 흐르는 까만 머리카락과 달리 피부가 거칠었다. 눈 밑이 약간 거뭇한 게 한 사흘쯤 아예 잠을 못 잔 사람 같았다.

'또 잠을 못 자나? 왜 이렇게 얼굴이 안 좋아? 며칠 전엔 아주 쿨쿨 잤으면서.'

그래도 지금, 기분은 좋아 보였다.

"어차피 사교계에 파다하게 소문도 퍼졌고, 이제 와서 아니라고 할 수도 없는 상황이니까. 그냥 받아들이는 게 어떠세요?"

"……뭐?"

라크안의 몸이 움찔했다.

"제가 공작 각하를 그 영애로부터 구해 드렸잖아요. 그 공을 생각해서라도, 그냥 남자답게 인정하시고 절 약혼녀로."

"……꼬맹아? 너 지금 그걸 말이라고."

어디선가 으르렁, 늑대 울음소리가 들리는 것 같았다.

'그냥 일관되게 차분하게 있으면 안 되는 거야? 화가 났다가 기분 좋아졌다가 다시 또 금세 화를 내다니. 이런 변덕스러운 남자를 봤나.'

라크안을 그렇게 만든 게 자기라는 사실은 까맣게 잊어버리고, 카루나는 입을 삐쭉이며 얼른 뒤로 물러섰다. 라크안이 아무리 화를 내며 그 붉은 눈을 번뜩여도 하나도 무섭지 않았다. 클레이엔인 척할 때 워낙 많이 겪어 보기도 했을뿐더러, 저렇게 눈을 부라려도 자신에겐 감히 손끝 하나 대지 못할 거라는 확신이 있었다.

"공작 각하께서 말씀하셨잖아요. 절 지켜 주시겠다고요. 그러니까 제가 안전할 수 있도록 계속 약혼녀 자리를 잠시 빌려주세요. 반려인지 뭔지를 찾으시면, 그때는 저도 그냥 물러날게요."

카루나는 지난 사흘 동안 머리를 굴려 준비했던 말을 꺼냈다.

"그때에도 지금처럼, 제가 계획을 잘 짜서 알아서 잘 파혼할게요. 이번에 보쉔 자작가의 일 보셨잖아요. 저 이렇게 잔머리 굴리고 하는 거 잘해요."

카루나는 아무렇지 않게, 당연하다는 듯 말했다. 언젠가 라크안의 곁을 떠날 거라고.

"아, 나는……."

그러자 라크안이 갑자기 머뭇거렸다.

카루나는 라크안이 자신의 제안이 마음에 들어 그런 거라고 생각했다. 흔들리는 라크안의 마음을 붙잡기 위해 카루나는 더욱 열심히 자신의 제안을 홍보했다.

"공작 각하의 그 대단하신 반려님이 오시면 제가 알아서 자리를 비켜 드리겠다고요. 어차피 소문 날 대로 난 거, 그냥 조금만 더 참아 주시면 안 돼요? 제가 옆에 있으면 그 루린토프 영애처럼 공작 각하를 노리고 날려드는 영애들도 좀 덜 꼬일 거예요. 편해지실 거라고요."

"……."

라크안은 아예 아무 말도 하지 않았다. 침묵이 길어지자 카루나는 불안해졌다.

'왜? 이 정도면 꽤 매력적인 제안 아닌가? 어차피 소문 날 대로 난 거, 그냥 좀 더 서로를 위해 이용하자고.'

카루나는 입술을 앙다물고 라크안의 대답을 기다렸다. 라크안은 웃음기 하나 없는 얼굴로 카루나를 바라보았다. 요즘에 전혀 볼 수 없었던 표정이었다. 후우. 라크안이 길게 한숨을 내쉬었다. 카루나는 저도 모르게 움츠러들었다.

"조금, 시간을 두고 의논하자."

"하, 하지만!"

"네가 무슨 말을 하고 싶은 건지는 충분히 알아들었으니까, 꼬맹아."

"공작 각하, 뭐가 마음에 안 드시는지는 모르겠지만."

"그만하라고 했다."

라크안이 냉정하게 카루나의 말을 끊었다. 목소리가 차가웠다. 라크안 자신도 놀랄 만큼. 하아. 라크안은 다시 한번 한숨을 내쉬었다.

머리가 지끈지끈하게 울렸다. 견딜 수 없이 짜증이 나서, 손으로 이마를 짚었다. 카루나가 놀랄까 봐 걱정되었지만 어쩔 수 없었다. 이렇게 하지 않고서는 제 못난 감정을 숨길 수가 없었다.

"……알았어요."

카루나는 고개를 푹 숙이며 개미만 한 목소리로 중얼거렸다. 물론 머리카락 사이로 숨은 얼굴은 부루퉁해 있었다.

'이 정도 가지고는 안 되는 건가? 좀 더 강력한 이유가 필요한 걸까?'

머릿속은 다음 단계를 밟으려는 생각으로 가득 찼다.

그런 카루나의 속마음을 알 리 없는 라크안은 그저, 풀 죽은 카루나의 모습이 안쓰러워 주먹을 꽉 쥐었다. 네가 하고 싶은 대로 마음대로 하라고,

그렇게 말하고 싶어 입이 근질근질했다. 하지만 입을 꽉 다물고 참아야 했다.

카루나는 이 보 전진을 위해 일 보 후퇴한다는 마음으로, 물러섰다. 그러면서도 최대한 라크안의 죄책감 따위를 자극하기 위해 애써 상처받은 얼굴을 꾸몄다.

"저 먼저, 가 볼게요."

다 죽어 가는 목소리로 말하며 카루나는 돌아섰다. 천천히 걷는 그 뒷모습은 더없이 가련하고 쓸쓸해 보였다. 라크안은 그 모습에서 눈을 떼지 못했다.

"그……."

하지만 카루나를 불러 세우진 않았다. 라크안은 조금 전 카루나가 숨었던 나무에 등을 기대고 섰다. 툭툭. 제 머리를 나무에 살살 내리쳤다. 그러면서도 눈으로는, 점점 멀어지는 카루나를 좇았다.

"미치겠네, 진짜."

안 그래도 요 며칠 전혀 잠을 잘 수 없어서, 죽을 것 같았건만. 카루나를 그렇게 보내고 나니 눈앞이 빙빙 도는 것 같았다. 약간의 현기증, 그리고 감당할 수 없을 만큼의 죄책감이 머리를 짓눌렀다.

라크안은 아예 그 자리에 주저앉았다. 카루나는 떠났지만, 카루나가 뿌린 옅은 장미수 향은 남아 있었다. 감각을 회복한 몸은 예민하게도 그 향기를 계속 잡아챘다.

코끝을 감도는 장미수는 은은했다. 아무리 깊게 들이마셔도 장미향뿐이었다. 사람이라면 누구나 가지고 있는, 본연의 고유한 체향 따위는 역시나 느껴지지 않았다. 그래서 미칠 것 같았다.

"차라리 발작이 일어났으면 좋겠다."

라크안은 저택 사람들이 들으면 기겁할 소리를 아무렇지 않게 했다. 하아. 내쉬는 숨마다 한숨이었다.

라크안과 그렇게 만난 후 저택으로 터덜터덜 걸어 들어오니, 세나와 리센이 카루나를 기다리고 있었다. 그들과 함께 지내면서도 영 흥이 나지 않았다. 재미없는 하루를 어찌 흘려보내고, 밤을 맞이했다.

"끝까지 안 된다고 하면 어쩌지."

자신만을 위한 화려하고 푹신한 침대 한가운데에 웅크리고 앉아, 카루나는 골머리를 앓았다.

"지켜 준다고 했으면서, 왜 고작 이런 거 때문에 화를 내는 건데. 이 방법이 날 마카레나 백작으로부터 구해 줄 수 있는 가장 좋은 방법인데! 그것도 모르면서!"

카루나는 분을 이기지 못하고 베개로 침대를 팡팡 두드렸다. 두툼한 베개에서 거위털이 삐져나와 사방팔방 흩어졌다.

'내가 반려도 아닌데, 자기 약혼녀인 척했다고 화가 난 거겠지.'

으으, 카루나는 분을 못 이겨 소리를 냈다.

'저 늑대 놈의 반려가 멍청한 클레이엔이 아닌 이상에야. 나처럼 예쁘고 똑똑한 여자가 약혼녀랍시고 옆에 서 있으면, 감히 다가오지 못하겠지. 저놈의 공작 각도 그걸 알고, 이러는 거겠지. 얼굴도 모르는 반려가 뭐 그리 중요하다고!'

에취, 에취. 카루나는 제 얼굴을 간지럽히는 깃털을 팔로 휘휘 흩어 내며, 잔뜩 울상을 지었다. 눈가에 살짝 눈물이 맺혔다.

"바이켈드 공작 따위 때문에 이러는 게 아니야. 깃털이, 깃털이 너무 간지러워서 그러는 거야."

카루나는 얼른 옷소매로 얼굴을 마구 문질렀다.

'고작 내가 약혼녀인 척했다고 이렇게 화를 내는데. 내가 클레이엔이었

다는 걸 알면 정말로 날 가만두지 않겠지?'

안 봐도 뻔했다. 지금 태도로 봐서는, 당장 죽이겠다고 달려들지 않아도 용할 터였다.

'오직 반려만을 위해 고이 아껴 둔 약혼녀라는 자리를 내가 건드려서 싫다는 거라면, 그 반려인지 뭔지가 나타나면 내가 비켜 주면 되잖아! 그럼 되는 거잖아. 알아서 비켜 주겠다고!'

얼굴이 흐릿한, 어떤 여자가 라크안의 팔짱을 끼고 서 있는 장면을 떠올려 보았다. 기분이 더러워졌다.

"이번에 루린토프한테 납치돼서 반려를 위한 순결을 잃을 위험에 처했을 때, 누가 구해 줬는데."

딱딱하게 굳었던 라크안의 얼굴을 떠올리며 카루나는 다시 한번 베개를 팡, 내리쳤다.

"누구 덕분에 아무 정치적 손해 없이 잘 해결됐는데. 다 내 덕분이잖아. 그런데 고작 약혼녀 자리, 조금 빌려주는 것도 안 되냐? 이쪽은 생사가 걸린 문제라고!"

결국 베개가 빵 터졌다. 베개 안에 가득 들어 있던 깃털이 사방팔방 날렸다. 앞이 보이지 않을 만큼, 깃털로 주변이 자욱해졌다. 이마저도 라크안 때문인 거 같아서 카루나는 분을 못 이기고 동동 발을 굴렀다.

"콜록, 콜록. 치사하고 더러워서, 내가…… 나중엔 제발 있어 달라고 해도, 안 있고 떠날 거야. 두고 봐."

그때였다. 똑똑, 노크 소리가 들렸다.

"콜록, 콜록! 자는 중이니까 나중에 와요. 누구든!"

카루나는 깃털을 손으로 헤치며 대답했다. 똑똑. 카루나의 목소리가 안 들린 건지, 아니면 무시하는 건지 또 노크 소리가 들렸다.

"지금 아무도 만나고 싶지 않다니까요!"

카루나가 소리를 빽 질렀다. 똑똑. 그렇게 크게 말했는데도 또 노크 소리가 들렸다.

"콜록, 콜록, 귀 멀쩡한 사람이기만 해 봐."

깃털을 헤치며 카루나는 침대에서 내려왔다. 온 방 안이 깃털 천지였다. 카루나도 새가 되다 만 사람처럼 깃털투성이였다. 갈색 머리에도 가득 깃털이 달려 있었고, 잠옷으로 입은 얇은 드레스에도 깃털이 잔뜩 들러붙어 있었다. 카루나는 손으로 옷과 머리의 깃털을 털어 내며 문으로 갔다. 그리고 문을 열고, 빠끔히 눈만 내밀어 내다봤다.

"누군데, 이 밤에……."

귀가 잘 들리는 사람이라면 가만두지 않으리라 마음을 먹었건만. 문 밖에는 귀가 너무 잘 들려서 탈인 사람이 서 있었다.

"바이켈드 공작 각하?"

카루나가 그를 불렀다.

"어, 꼬맹아, 안녕? 자고 있었……던 건 아닌 거 같아 다행이네."

눈 밑이 시커메진 라크안이 서 있었다. 카루나는 얼결에 그를 안으로 들였다. 라크안은 카루나가 권하는 대로 소파에 얌전히 앉았다.

'뭐야, 낮에 그렇게 쫓아냈으면서 왜?'

카루나는 입을 삐죽 내밀며 라크안을 쳐다보았다. 두 손엔 두툼한 베개를 든 채였다.

'아까 낮에 그랬던 것처럼 또 그래 봐.'

이번엔 순순히 물러나지 않고 깃털 폭탄의 맛을 보여 주리라. 에취. 라크안이 기침하며, 입 안에 들어온 깃털을 퉤퉤 뱉었다.

"도대체 뭘 했기에."

라크안이 슬쩍 눈을 떼자마자 카루나가 찌릿- 눈치를 주었다. 라크안은 얼른 깨갱, 움츠렸다. 낮의 그 차가운 모습은 온데간데없었다. 카루나는 그런 라크안의 변화를 눈치챘다. 뭔지는 모르겠지만 라크안이 자신에게 바라는 것이 있어 찾아온 거라는 느낌이 팍! 들었다.

'뭔지는 모르겠지만, 이 기회를 놓치면 안 될 거 같아.'

카루나는 깃털이 바닥에 가라앉을 때까지 방 안을 서성거리며 시간을 끌었다. 소파에 앉은 라크안에게는 눈길 한 번 주지 않았다. 기선 제압을 하려는 것이었다.

깃털이 어느 정도 진정되자 카루나는 라크안의 맞은편에 앉았다. 그리고 라크안을 천천히 살폈다. 낮에도 피곤해 보였지만 밤이 되자 더욱 피곤해 보였다. 눈 밑의 다크서클도 진해졌다.

'갑자기 왜 이렇게 상태가 나빠진 거지?'

카루나는 고개를 갸웃했다.

라크안은 오래전부터 밤새 잠을 못 자고 새벽녘에나 겨우 잠드는 게 일상이었다. 그러다 몸이 못 버티면 어디서고 고꾸라져 잠들고. 그러니 요 며칠, 밀린 업무를 하느라 바빠서 잠을 못 잤다 한들, 늘 있던 일이니 버틸 만했을 텐데. 라크안은 평소 잘 자던 사람이 며칠 밤을 새운 것처럼 무척 지쳐 보였다.

"음…… 괜찮으세요?"

카루나가 이렇게 물어볼 수밖에 없을 정도였다.

"아니, 하나도 안 괜찮아."

라크안은 두 손에 얼굴을 묻었다. 그 넓고 탄탄한 어깨가 축 처졌다. 보는 것만으로도 안쓰러워서 카루나는 저도 모르게 손을 내밀 뻔했다. 물론 손을 내밀지는 않았다. 바로 오늘 낮에 보았던 라크안의 쌀쌀맞은 모습이 아직 눈에 선했다.

'낮에는 그렇게 밀어냈으면서, 갑자기 한밤중에 찾아와 불쌍한 척을 하다니.'

카루나는 애써 마음을 모질게 먹었다.

"피곤하면 침실로 돌아가서서 쉬시지, 저한테는 왜 찾아오신 건데요?"

목소리가 절로 퉁명스러워졌다.

"잠이 안 와서."

"잠이 안 오더라도 눈을 감고 있으면."

"그게 안 돼. 하나도 안 돼."

라크안이 고개를 저었다. 왠지 절박해 보이기까지 했다.

"하루 이틀도 아니잖아요."

"아니, 이젠 아니야."

라크안이 고개를 들었다. 피곤함에 찌든 붉은 눈이 카루나를 간절히 바라보았다.

"꼬맹아, 미안한데…… 나 좀 재워 줘라."

"……네?"

조금 전까지만 해도 온갖 생각으로 복잡해졌던 머리가 한순간, 하얗게 변해 버렸다. 약이 올라 베개를 파괴하기까지 했건만. 해결 방법은 예상치 못한 곳에서 나타났다.

한번 숙면을 맛본 라크안은 더 이상 자신의 불면증을 견디지 못했다. 아예 모르고 살았다면 모를까. 푹 자고 난 뒤의 그 상쾌함과 개운함을 경험했는데, 어찌 잊을 수 있을까. 라크안은 고작 사흘을 버티고는 항복했다.

라크안은 카루나에게 자신이 사흘간 얼마나 힘들었는지를 두서없이 늘어놓았다. 눈 밑이 새까매져서는 울적하게 말을 하는 모습이 참 안쓰럽기는 했다.

"그걸 왜 저한테 부탁하시나요?"

카루나는 고개를 갸웃했다.

'뭔가 아쉬운 소리를 하러 온 줄은 알았는데, 생뚱맞네? 재워 달라니?

나보고 보모가 되어 달라는 건가?'

하지만 라크안은 아무리 어리게 봐 줘도, 보모가 없다고 잠을 설칠 나이는 아니었다.

"뭐라고 말해야 할지 모르겠는데……."

하아. 라크안이 한숨을 푹 내쉬었다. 두 손으로 얼굴을 마구 문질렀다. 본인도 자신의 부탁이 어처구니없다는 걸 아는 듯했다. 그리고 라크안은 그대로 돌이 되었다.

'아니, 뭐라고 말을 해 봐. 말을 하라고.'

정보, 정보가 필요했다. 제 발로 숙이고 들어온 라크안을 꽉 휘어잡을 수 있도록. 카루나는 라크안을 유심히 살폈다. 눈을 깜빡이는 동작조차 놓치지 않으려 애썼다. 그러면서 라크안이 구구절절, 혹은 횡설수설 설명을 늘어놓길 기다렸다.

하지만 라크안은 자꾸 머뭇거리기만 했다. 부탁하러 온 사람의 자세가 영 안 좋았다. 결국 기다리다 지친 카루나가 먼저 말을 꺼냈다.

"그러니까 제가 공작 각하의 숙면을 도울 수 있다는 건가요?"

라크안은 멈칫, 하더니.

"……아마?"

자신 없는 말투로 대답했다.

"확실하지 않은데 절 찾아온 건가요?"

"……."

"어쩌면 좋을까……."

카루나는 흐흥, 콧노래를 부르며 의자에 등을 폭 파묻었다. 카루나의 마음은 더없이 여유로웠다. 한 손에는 리센의 청혼을, 다른 한 손에는 라크안의 숙면을 손에 쥐게 되었다.

그간 마음고생했던 것이 무색하게도, 카루나는 곤란한 상황을 해결할 수 있는 열쇠를 획득했다. 이리도 쉽게. 카루나는 그날, 자신의 옆에서 라크안의 모습을 떠올려 보았다.

눈을 뜨고 나서 경악하며 침대에서 굴러 떨어지는 모습이 더 기억에 남긴 했지만. 세상모르고 푹 자던 라크안의 모습도 나름 인상적이었다.

'그때 내가 뭘 했다고, 이렇게 날 찾아온 걸까?'

아무리 그때 상황을 떠올려 봐도 별다를 게 없었다. 그나마 마음에 걸리는 게 있다면, 손을 잡고 있었다는 것 정도? 라크안은 잠들어 있는 상태에서도 카루나의 손을 놓지 않았다.

'뭐, 손잡아 주고 옆에서 동화책을 읽어 주거나 자장가나 좀 불러 주면 되는 건가?'

카루나는 풋, 웃음을 터트렸다.

'그건 아니겠지. 뭐, 뭐든 상관없기도 하고.'

어떻게 하면 자신이 라크안을 재워 줄 수 있는지는 몰랐다. 다만, 라크안이 그렇게 믿고 있다는 것이 중요했다.

"제가 공작 각하가 푹 주무실 수 있도록 도와준다면."

말이 채 끝나지도 않았는데 라크안의 고개가 번쩍 들렸다. 카루나는 그런 라크안을 바라보며 싱긋 웃어 보였다.

"공작 각하는 저한테 뭘 해 주실 건가요?"

"……날 도와주겠다는 건가?"

"서로 원하는 걸 주고받자는 거지요."

카루나는 분명히 못 박아 두었다. 아무 대가도 받지 않는 상냥함 따위는 카루나의 인생엔 존재하지 않았다. 지금처럼, 자신이 상대방의 약점을 쥐고 우위를 점하고 있을 때는 더더욱.

"나한테 무얼 원하는 건데? 그렇다면 그냥 말해, 네가 원하는 건 뭐든지 들어줄 테니까."

부탁하러 온 주제에, 라크안은 오히려 부탁받는 사람처럼 굴었다. 권력과 재력, 명예, 거기에 잘난 외모까지. 라크안은 가진 게 너무 많은 남자였다. 카루나가 무엇을 원하든 들어주고 싶은 의욕도 가득했다.

"좋은 마음가짐이시네요."

카루나는 고분고분하게 목을 들이대는 라크안을 보며, 심히 만족했다.

"자, 그럼 협상을 시작해 볼까요?"

무엇이든 다 들어주겠다고 했으니, 카루나는 기꺼이 자신이 원하는 것을 말했다.

"공작 각하의 반려가 나타나기 전까지, 계속 저를 약혼녀로 삼아 주세요."

카루나가 원하는 건 단 하나였다. 그것을 위해 라크안을 구해 온 공로와 라크안의 숙면을 책임지는 대가를 올인했다.

"뭐? 그건……."

라크안이 기겁하며 화를 내려 했다. 하지만 카루나는 그럴 틈을 주지 않았다.

"공작 각하를 루린토프 영애에게서 구해 준 사람이 누구죠?"

"……."

"보쉬엔 자작 가문은 황제파에 없어선 안 될 존재죠. 그런 가문과 척지지 않고 무난히 상황을 마무리 지을 수 있도록 꾀를 낸 게 누구인 거 같나요?"

"……."

으득. 라크안이 이를 악다물었다. 이글이글 불타오르는 붉은 눈이 카루나를 뚫어질 듯 쳐다보았다. 카루나는 코웃음을 치며 그 열기를 비웃어 주었다.

"그리고 공작 각하가 앞으로 푹 잘 수 있도록 도와줄 수 있는 사람은 또 누구일까요?"

"……."

답은 이미 정해져 있었다. 라크안은 그저 그 답을 입 밖으로 꺼내기만 하면 됐다. 그런데 이놈의 공작은 도통 입을 열고 말을 하지 못했다.

"공작 각하?"

"……."

"어머? 계속 말씀을 안 하시네요. 협상 결렬인가요?"

카루나는 천연덕스럽게 웃으며 고개를 갸웃, 흔들었다.

"뭐, 싫으시다면 어쩔 수 없죠."

아쉬울 것 하나도 없다는 듯, 카루나가 툭툭 손을 털고 자리에서 일어 섰다.

"자, 잠깐!"

미련 없이 돌아서려는 카루나를 라크안이 다급히 불렀다. 카루나는 라 크안 몰래 씨익, 웃었다가 얼른 표정을 고쳤다. 차분하게, 담담하게, 무표 정하게. 그러고는 다시 돌아서 라크안을 보았다. 라크안은 두 손을 모아 제 코 앞에 가져다 댔다.

"그거 말고, 다른 걸 말해 봐. 뭐든 들어줄 테니까."

그는 감히 타협안을 제시했다.

"전 그거 말고 원하는 게 없어요."

"아니, 잘 생각해 보면 분명 다른 거, 더 원하는 게 있을 거야."

"아니요, 공작 각하. 없어요."

카루나는 단호하게 타협의 여지를 없앴다.

"제가 원하는 건 단 한 가지예요. 공작 각하의 약혼녀 자리. 그걸 공작 각하께서 주시지 못한다면, 지금 저희의 대화는 아무 의미 없는 잠꼬대가 되는 거지요."

라크안은 마른침을 삼키며, 다시 침묵을 지켰다. 왜 약혼녀가 되고 싶 다고 그러냐고 묻지 않았다. 카루나가 왜 이런 요구를 하는지 그 이유를 짐작하고 있다는 뜻일 터. 그게 카루나의 심기를 거슬렀다.

'내가 왜 굳이 그 자리를 원하는지 모르지 않을 텐데. 그 대단하신 반려님이 오실 때까지 계속 그렇게 옆자리를 비워 두셔야겠다?'

카루나의 고운 눈썹이 위로 삐죽 솟았다.

"싫으시다면, 계속 그렇게 푹 자지도 못하고 악몽이나 꾸면서 지내세요."

카루나는 다시 돌아섰다.

"전 뭐, 공작 각하의 약혼녀 소문이 잠잠해질 때까지 리센 님께 도움을 구해야겠네요."

덧붙인 말은 반쯤 투정이었다. 자신에게 간도 쓸개도 다 빼 줄 것처럼 구는 리센이 문득 생각나서 한 말이었다. 그런데 라크안이 바로 그 말에 반응했다.

"잠깐, 멈춰."

라크안의 나직한 저음이 카르나를 붙잡았다. 순간 방 안의 온도가 낮아졌다. 카루나는 등줄기를 타고 내리는 오싹한 감각에 어깨를 떨었다.

"돌아서 날 봐. 딴 데 보지 말고."

목소리가 점점 더 싸늘해졌다.

"뭐, 왜요."

카루나는 잠시라도 라크안의 목소리에 쫄았다는 것을 들키지 않기 위해, 더 당당한 척하며 돌아섰다.

"리센, 그 자식이 여기서 왜 나와?"

라크안이 눈을 번뜩이며 물었다. 딱히 답을 바라는 건 아니었다.

"이건 너랑 나, 우리 둘의 문제잖아. 안 그래?"

"맞아요. 공작 각하와 저의 협상이었죠. 그리고 방금, 결렬된 거 아닌가요? 저는 공작 각하께서 원하는 걸 해 드릴 수 있는데, 공작 각하는 제가 원하는 걸 거절하셨잖아요."

'갑자기 왜 화를 내는 거야? 화를 내야 하는 건 나라고!'

카루나는 갑자기 성내는 라크안을 이해할 수 없었다.

"좋아, 네 제안을 받아들이지. 그럼 되는 거야?"

그리고 대뜸 자신의 제안을 받아들이겠다는 라크안을 더더욱 이해할 수 없었다.

"네?"

카루나는 제 귀를 의심했다.

"받아들이겠다고, 너의 제안을. 내가."

라크안은 친절하게도 목소리에 힘을 주어 다시 한번 분명히 말해 주었다. 안돼안돼안돼를 입에 달고 다니던 사람이 갑자기 된다고 말하니, 카루나는 얼떨떨해졌다.

"정말요?"

"그래. 못 믿겠어? 계약서라도 쓸까?"

"그거 좋죠."

카루나는 냉큼 고개를 끄덕였다.

'무슨 바람이 불어 갑자기 하겠다고 하는 건지는 모르겠지만, 마음 바뀌기 전에 얼른 증거를 남겨 놔야지.'

이제는 카루나의 마음이 급해졌다. 카루나는 얼른 서랍에서 종이와 펜, 잉크를 꺼내 와 탁자에 펼쳤다.

"너…… 날, 그렇게 못 믿는 거냐?"

그 신속한 태도에 라크안은 조금 상처를 받은 듯했다. 카루나는 아랑곳하지 않고 종이를 활짝 펼쳤다. 카루나는 별생각 없이 오른손으로 펜을 들었다. 그러고는 라크안에게 묻고 자시고 할 새도 없이 알아서 계약서를 작성했다.

10년간 클레이엔인 척하며 갈고닦았던 필기체가 손끝에서 술술 흘러나왔다. 라크안의 요구와 자신의 요구를 순서대로 적었다. 어길 시엔 어떤 처벌을 받을 건지, 보통 귀족들이 계약서에 쓰는 내용을 썼다.

라크안은 계약서를 써 내려가는 카루나를 보고는 어이없다는 듯 웃었다. 어디까지 하나 보자, 라는 태도로 카루나가 만드는 계약서를 쳐다보았다.

"……!"

라크안의 얼굴이 딱딱하게 굳었다. 라크안은 믿을 수 없다는 듯 눈을 들어 카루나를 바라보았다. 그러고는 다시 종이를 내려다보았다. 몇 번이나 같은 행동을 반복했다.

그러는 사이 카루나는 계약서를 모두 작성했다. 새 종이에 내용을 옮겨 적어 계약서를 한 장 더 만들었다. 카루나는 두 장에 각각 서명하고는 라크안에게 내밀었다.

라크안은 기다렸다는 듯 계약서를 받아 들었다. 그리고 천천히 계약서를 읽어 내려갔다. 유려한 글씨체가 한눈에 들어왔다. 두 사람의 요구가 간결하면서도 정확하게 쓰여 있었다. 계약서를 여러 번 작성해 본 귀족의 솜씨였다.

바로 눈앞에서 카루나가 쓰는 걸 보지 않았다면, 유명한 법률가에게 의뢰해 만들어 온 것으로 착각하고도 남을 만했다. 라크안이 계약서를 쳐다보는 시간이 길어지자.

'벌써 마음이 바뀐 건가?'

카루나는 슬쩍 불안해졌다.

"설마 한 입으로 두말하려는 건 아니시죠?"

카루나는 라크안의 손에 펜을 억지로 쥐여 주며 서명을 재촉했다. 그제야 라크안은 계약서를 탁자 위에 내려놓았다. 그리고 손에 쥔 펜으로 서명했다. 카루나는 얼른 계약서를 빼앗아 들어 후후- 입김을 불어 잉크를 말렸다. 계약의 내용이 내용이니만큼 공증인을 세우는 건 생략하였다.

계약서 한 장을 라크안에게 건네주고, 자신의 몫은 곱게 접었다. 그런 다음 카루나는 목에서 조그만 주머니를 꺼냈다. 꼬깃꼬깃 적은 계약서를 그 안에 넣고는 입구를 꽉 묶었다. 그렇게 둘 사이의 계약이 번갯불에 콩 구워 먹듯 후다닥 완료되었다.

"만족스러운 거래였어요."

카루나는 만족하다 못해 뿌듯함까지 느꼈다.

'리센은 나한테 호감이 있으니 당분간은 입을 다물어 줄 거야. 그렇다면, 어설프게 도망가는 것보다는 여기에서 보호받고 있는 게 더 안전해.'

드디어 '바이켈드 공작의 약혼녀'라는 타이틀을 획득했다. 튼튼한 울타리를 두른 듯 든든한 기분이 들었다. 카루나와 반대로 라크안은 고개를 갸웃하며, 미심쩍은 생각에 사로잡혀 헤어나지 못했다.

"일단 자자, 자고 나서 내일 맑은 정신으로 다시 보자, 내 눈이 삔 건지도 몰라."

중얼거리는 소리가 카루나의 귓가에 닿을락 말락 하다 흩어졌다. 계약 성사의 기쁨에 사로잡힌 카루나는 미처 그 목소리를 듣지 못했다.

"지금 뭐라고 하셨어요?"

"아니, 말은 아니었어."

라크안이 태연하게 대답했다.

"그냥, 계약이 잘돼서 좋다고 말했을 뿐이야."

"그래요?"

카루나는 별생각 없이 고개를 끄덕였다. 들릴 듯 말 듯 하게 스쳤던 그 작은 목소리를 지워 버렸다.

"계약이 성사됐으니, 나는 나의 권리를 행사해도 되는 거겠지?"

라크안이 약간 쉰 목소리로 말했다.

"좋아요, 제가 뭘 어떻게 하면 되나…… 꺅!"

아직 말이 끝나지도 않았는데, 라크안이 카루나를 번쩍 들어 올렸다. 카루나의 양팔 사이에 손을 집어넣어, 고양이를 들어 올리는 듯한 자세였다.

"지금 이게 뭐 하는 짓인가요?"

계약 성사의 기쁨은 단번에 사그라들었다. 카루나는 뚱한 표정으로 라크안을 째려보았다.

"내 숙면에 꼭 필요한 너를 내 침실로 들고 가는 짓."

라크안은 그대로 카루나를 들고 자신의 침실로 갔다.

"좀 더 상냥하게 정성들여 들고 갈 수는 없나요?"

카루나가 불만 어린 목소리로 물었다. 공주님 안기나 등에 업기까지는 바라지 않았지만. 그래도 이건 너무 애완동물 취급이 아닌지? 카루나는 그게 불만이었다.

"최선을 다해, 예의를 차리고 들고 가는 거야."

라크안은 카루나의 눈을 피해 고개를 돌리며 변명했다.

"이게?"

"그래, 이게."

카루나는 어이가 없어서 버둥거릴 기운도 나지 않았다. 덕분에 라크안은 편히 자신의 침실까지 카루나를 배달할 수 있었다.

그렇게 둘은 라크안의 침실로 갔다. 라크안은 푹신한 소파에 카루나를 앉히고는, 그 소파를 번쩍 들었다. 말이 소파지 카루나가 침대로 삼아도 될 정도로 큰 소파였건만. 라크안은 눈썹 한 번 꿈쩍이지 않고 아주 쉽게 들어 올렸다.

소파를 머리맡에 가져다 놓고, 라크안은 침대에 반듯이 누웠다. 기다렸다는 듯 척척 움직이는 꼴을 보아하니, 지금의 상황을 머릿속으로 꽤 많이 상상한 듯했다.

"이제 제가 뭘 하면 되죠?"

"그냥 거기 가만히 있어."

"공작 각하가 잘 때까지?"

"음…… 아마?"

"동화책을 읽어 준다거나 자장가를 불러 주지 않아도 되는 건가요?"

카루나가 무심코 묻자 라크안의 붉은 눈이 조금 커졌다. 뭔가 혹한 기색이었다.

'내가 괜한 걸 말한 건가?'

카루나는 아차 싶었다.

"뭐, 당연히 필요가 없……."

그래서 얼른 뒷수습에 나섰건만.

"아직 동화책이 없어. 내일 구비해 놓도록 하지."

라크안이 카루나의 말을 댕강 자르며 급히 말했다. 목소리는 무뚝뚝했으나, 얼굴에 설레는 표정이 드러나 있어서 별로 위엄 있어 보이지 않았다.

'뭐야, 내가 스무 살이고 저쪽이 열두 살 같잖아?'

카루나는 피식 웃으며 침대에 누운 라크안을 바라보았다. 붉은 눈이 어쩐지 간절하게 카루나를 바라보고 있었다. 무언가를 바라는 눈빛이었다.

"뭐예요, 설마 자장가를 불러 달라는 건 아니죠?"

"안 되나?"

"동화책이 지금 없듯이 저도 아직 자장가를 부를 마음의 준비가 되지 않았네요."

"……그렇군."

라크안이 살포시 눈을 내리깔았다. 긴 속눈썹이 파르르, 떨리는 게 보였다. 그 광경을 가까이에서 실시간으로 관람한 카루나는 소리 없이 웃고 말았다.

'실망했네, 실망했어.'

주인이 놀아 주지 않는다고 풀이 죽어 버린 커다란 개, 아니 늑대를 보는 것 같았다. 어쩐지 머리를 쓰다듬어 주거나 맛있는 간식을 줘야 할 것 같다는 의무감이 들 정도였다. 그런데 알아서 길들여진 늑대가 먼저 주인에게 손을 내밀었다.

'이건 뭔 의미?'

카루나는 제게 슬그머니 다가온 커다란 손을 가만히 내려다보았다.

"……손만 잡고 잘게."

라크안이 고개를 돌려 다른 곳을 바라보며 말했다.

"저번에도 그랬던 거 같아서."

"저번에?"

카루나는 기억을 더듬어 보았다.

바로 생각이 났다. 라크안이 손을 놔주지 않아서, 라크안이 깰 때까지 계속 기다려야 했던 그 긴 시간이.

"그럼 전 어떻게 해요? 공작 각하 잠들고 나서 제 손을 안 놔주면 전 자러 가질 못하잖아요."

"안 그럴 거야. 알아서 뿌리치고 가."

"그게 안 되니까 하는 말이잖아요."

라크안과 카루나는 옥신각신 말다툼을 이어 나갔다.

"진짜 손만 잡고 잘게."

"차라리 동화책을 읽어 드릴게요."

"지금 동화책이 없잖아."

"이 넓은 저택에 동화책 하나 없어요? 도대체 있는 게 뭐예요?"

"도, 동화책 빼고 전부 다?"

"뭐야, 정말 필요한 거만 빼고 다 있잖아. 뭐 공작가가 이래?"

카루나가 바이퀠드 공작가를 같잖다는 듯 취급하며 발을 굴렀다. 졸지에 바이켈드 공작가는 동화책 한 권 없는 모자란 곳이 되었다. 그 한없이 가벼운 취급이 마음에 들어서, 라크안은 픽 웃었다.

카루나를 보노라면 두 어깨에 얹어졌던 바이켈드 공작 가문이 정말 아무것도 아닌 것처럼 느껴졌다. 수백 년을 내려온 명예라든가, 황제와 황태자에 대한 의무라는 게 동화책 한 권만도 못했다.

발작이나 바이켈드 공작 가문의 이름값 따위는 카루나의 앞에서는 아무것도 아니었다. 카루나와 함께 있으면 라크안을 짓누르던 모든 것들이 너무도 가벼워졌다. 라크안은 그게 좋았다.

카루나와 함께 있으면, 라크안의 세상은 그저 카루나로 가득 채워졌다. 꿍얼대는 카루나의 목소리를 듣노라니, 몸에서 긴장이 풀렸다.

언제부터인지 모르게, 라크안은 졸리기 시작했다.

카루나의 말을 받아치는 라크안의 목소리가 점점 느려졌다. 카루나는 라크안보다 먼저 그걸 깨달았다.

"그러니까 손을!"

"……으응."

"공작 각하, 졸려요?"

카루나가 말똥말똥한 눈을 크게 뜨고 라크안을 불렀다.

"……아니, 하나도 안 졸려……."

라고 말하면서 라크안이 느리게 눈을 감았다 떴다.

'졸리네, 졸려. 어떻게 자기가 졸린 줄도 몰라?'

카루나는 쯧쯧, 혀를 찼다.

"진짜, 안 졸려…… 아직……."

라크안은 애써 눈에 힘을 줬다. 자고 싶다면서, 밀려오는 졸음에 고꾸라지지 않으려 부질없는 반항을 하고 있었다. 보다 못한 카루나는 그동안 아껴 두었던 자신의 손을 라크안에게 주었다. 침대 위에 널브러져 있는 라크안의 손바닥 위에 제 손을 올렸다. 라크안은 깃털을 손에 쥐듯 조심스럽게 카루나의 손을 잡았다. 라크안의 손은 거칠고 딱딱했다. 하지만 따뜻했다.

"따듯, 하네……."

라크안도 비슷한 느낌을 받은 건지 한숨 반, 목소리 반을 섞어 잠꼬대하듯 말했다.

"어서 자기나 해요."

카루나는 언젠가 라크안이 제게 해 주었듯, 다른 한 손으로 라크안의 두 눈을 가려 주었다. 카루나의 손은 라크안의 눈가를 겨우 덮었다. 손바닥에 라크안의 눈썹이 닿았다. 그 느낌이 간지러워서, 카루나는 킥킥, 웃음을 터뜨렸다. 라크안은 그 소리를 자장가 삼아 천천히 눈을 감았다.

잠시 뒤. 반듯이 누웠던 라크안이 카루나 쪽으로 몸을 돌렸다. 카루나의 손이 구명줄이라도 되는 양 꼭 움켜쥐고, 고른 숨을 내쉬었다.

'잠든 건가?'

카루나는 눈을 가린 손을 치우고 라크안의 얼굴을 확인했다. 세상모르게 곤히 잠들어 있었다. 누가 업어 가도 모를 정도였다.

"주무시는 건가요?"

그렇게 작게 말하며, 손을 라크안의 눈앞에서 휘휘 흔들었다. 라크안은 깨지 않았다. 그리고,

"내 이럴 줄 알았어."

라크안에게 내준 손은 빼낼 수 없었다. 역시나. 아프지 않게 잡고 있었으나 카루나가 살짝만 손을 빼내려 해도, 놓치지 않겠다는 듯 움켜잡았다. 지난번과 똑같은 상황이었다.

카루나는 한숨을 푹 내쉬고는 미끄러지듯 소파에 누웠다. 소파가 워낙 크고 푹신해서 침대나 다름없었다. 손잡이를 베개 삼아 누우니 딱 카루나

전용 침대였다.

라크안의 방 안은 여전히 대낮처럼 환했다. 백 개의 촛불이 활활 제 몸을 태우며 빛을 냈다. 남들이라면 눈이 따가워서라도 쉬이 잠들지 못할 텐데, 라크안은 그 속에서 쿨쿨 잘도 잤다. 눈 밑이 시꺼멓지만 않다면 불면증에 걸린 사람이라고는 믿기지 않을 모습이었다.

카루나는 바로 눈앞에 놓인, 잠든 라크안의 얼굴을 바라보았다. 아무런 경계 없이 깊이 잠든 라크안의 얼굴은 참 순해 보였다.

앞으로 쏟아진 까만 머리와 대조되는, 창백할 만치 하얀 얼굴. 긴 속눈썹, 오똑한 코. 붉은 입술, 선이 굵은 듯 날카로운 턱선. 이어지는 긴 목과 톡 불거진 목젖. 어느 것 하나 부족함 없이 아름다운 사람이었다.

"정말 자는 거 맞죠?"

카루나가 조그만 목소리로 물어보았다. 라크안은 후우, 긴 숨을 내뱉었다.

"저기요, 우리는 무슨 사이인 걸까요?"

클레이엔인 척할 때는 서로 못 죽여 안달 난 사이. 카루나가 되어서는 계약에 의한 약혼녀. 가까운 듯하면서도…….

'내가 클레이엔이었다는 걸 루시온도 알고 리센도 아는데, 당신만 모르고 있다는 거 알아요?'

너무도 먼 사이였다. 카루나는 라크안에게 붙잡힌 손을 달랑, 흔들어 보았다. 절대 놓치지 않겠다는 듯 꽉 움켜잡은 라크안의 손이. 그 손에 얌전히 잡힌 자신의 손이. 둘의 사이를 보여 주고 있었다.

이렇게 맞닿아 있지만, 그래도 소파와 침대 거리만큼 떨어져 있는 사이. 그 거리가 좁은 듯 보여도 그 사이 골이 너무 깊어서, 카루나는 감히 뛰어넘을 엄두가 나지 않았다.

"나는 이제, 어떻게 해야 하는 걸까요?"

카루나가 다시 물었다.

딱히 답을 바라는 건 아니었다. 이미 답은 정해져 있으니까.

'바이켈드 공작의 약혼녀로서 보호받으면서 도망갈 구멍을 만들자. 마카레나로부터, 그리고 바이켈드로부터.'

그뿐인데. 그뿐이어야 하는데. 이상하게도 자꾸 라크안이 눈에 밟혔다.

'욕심내지 않기로 했는데…….'

카루나의 눈꺼풀도 차츰 무거워졌다.

'곧 돌아오실 겁니다, 클레이엔 아가씨께서.'

루시온의 말이 생각났다. 곧 돌아온다, 진짜 클레이엔이.

'바이켈드 공작의 약혼녀라는 허울이 나를 얼마나 보호해 줄 수 있을까?'

카루나는 한숨 같은 긴 숨을 마지막으로 눈을 감았다. 라크안을 뒤덮은 졸음이 카루나마저 집어삼켰다.

* * *

다음 날 아침, 카루나와 라크안은 푹 자고 일어나 부스스한 얼굴로 서로를 마주 보았다.

"……."

"……."

막 자고 일어나서 둘 다 정신을 못 차리고 눈만 껌벅였다.

"아……."

꿈인지 생시인지 모르겠다는 듯 라크안이 입을 벌렸다. 먼저 정신을 차린 건 카루나였다. 카루나는 라크안을 보고 풋, 웃음을 터뜨렸다.

"……왜?"

사흘 만에 푹 자고 일어난 라크안은 눈을 뜨고도 한동안 정신을 차리지 못했다. 라크안은 어딘지 멍-해 보였다.

자신이 카루나의 손을 잡고 있다는 걸 까먹은 건지, 그 손으로 눈을 비비려 했다. 눈에 자신의 손이 아니라 카루나의 손가락이 닿자 기겁하며 손을 풀었다. 드디어 손의 자유를 얻은 카루나는 소파에서 폴짝 뛰어내렸다. 라크안의 눈이 자신을 따라오는 걸 느끼고는, 살짝 무릎을 굽혔다 펴며 인사했다.

"안녕히 주무셨어요?"

"어, 응. 꼬맹아, 너도 잘 잤……니?"

라크안이 어색해하며 고개를 숙였다. 그렇게 하루가 시작되었다.

* * *

이후 카루나의 위치는 굳건해졌다. 라크안은 계약서대로 카루나를 자신의 약혼녀로 대우했다. 대외적으로 카루나가 바이켈드 공작의 약혼녀임을 공식적으로 발표했다. 저택 사람들에게도 카루나를 자신의 약혼녀라 생각하고 알아서 잘 모시라고 말을 했다.

라크안이 납치되어 있을 때부터 카루나를 떠받들어 모셨던 저택 사람들은 크게 동요하지 않았다. 단 한 사람만 제외하고.

"라안, 네가 어떻게 나한테 이럴 수가 있어!"

리센은 소식을 듣자마자 라크안에게 달려왔다.

"뭐가?"

동화책 전집 구매 영수증에 사인하고 있던 라크안은 귀찮다는 듯 리센을 뿌리쳤다.

"카루나를, 카루나 아가씨를 네 약혼녀로 삼다니!"

리센은 그답지 않게 목소리를 높였다. 이토록 다급한 모습은 생전 처음 보는 것이었다. 언제나 싱글싱글 웃으며 여유로운 태도로 백 년 삶의 연륜을 드러내던 그였건만.

하지만 라크안은 그런 리센을 수상히 여길 여유가 없었다. 라크안은 고개를 옆으로 돌리며, 제 마음을 숨기기 바빴다.

"아, 그거, 꼬맹이 안전을 위해서 어쩔 수 없이 그런 거야."

뻣뻣한 목소리로 변명을 늘어놓았다. 누가 봐도 빈말이라는 티가 팍팍 났지만, 과하게 흥분한 리센은 그 어색한 태도를 눈치채지 못했다.

"안전? 무슨 안전? 그게 약혼녀랑 무슨 상관이야, 안 돼, 무슨 이유에서든 절대 그것만은 안 돼!"

리센은 절박했다.

"라안, 들어 봐. 카루나는 사실 내⋯⋯."

다급히 무언가 말하려는 리센을 제지하며, 라크안이 입을 열었다.

"진정하고, 꼬맹이 처지에서 생각해 봐."

"카루나의 입장에서라니?"

"날 구하겠다고 그렇게 판을 벌였는데, 사실 약혼녀가 아니었다고 물리고 꼬맹이를 그냥 놔두면 어떻게 되겠어. 마카레나 백작 측에서 기다렸다는 듯 꼬맹이에게 해코지할지도 몰라."

안 그래도 마카레나의 사냥개, 루시온을 보고 두려워하던 카루나였다.

'자기 자신을 지키고 싶어서 그렇게 바이퀼드 공작의 약혼녀 자리에 매달리는 거겠지.'

라크안의 얼굴에 씁쓸한 기색이 스쳤다. 이어지는 생각은 어젯밤 건네받았던 계약서로 향했다. 라크안의 눈이 가늘어졌다.

"마카레나 백작 가문으로부터 지키기 위해서라고?"

라크안의 멱살을 잡으려던 리센이 움찔, 뒤로 물러섰다. 노을빛 눈동자가 사정없이 흔들렸다. 그 안에 온갖 생각들이 제멋대로 날뛰었다.

'숲 밖이 그녀에게 이토록 위험하다면, 차라리 내가 카루나를 데리고 숲으로 돌아간다면, 더 안전해지지 않을까?'

리센은 저도 모르게 주머니에 손을 넣었다.

카루나를 숲으로 데리고 가야 하는데, 가장 큰 '장애물'이 눈앞에 있었다. 감히 자신의 반려에게 약혼이라는 멍에를 씌워 탐내는 자. 자신 말고 또 다른 수컷 늑대.

'그는 너의 반려를 빼앗을 것이다.'

음습한 목소리가 쉭쉭- 그의 귓가에 속삭였다. 작고 차가운 약병의 감촉이 손끝에 닿았다.

'이걸 쓰면…….'

그때였다.

"리센, 너만 알고 있어."

라크안이 목소리를 낮춰 리센을 불렀다. 그러고는 리센에게만 자신과 카루나가 맺은 계약에 대해 말해 주었다. 물론 카루나가 그 대가로 자신을 재워 준다는 건 말하지 않았다.

"꼬맹이가 안전해질 때까지만이야. 꼬맹이가 군이 부탁해서 어젯밤에 어쩔 수 없이, 계약서까지 작성했다고. 당분간만 약혼녀인 척만 하는 거야."

말끄트머리에 이르러 라크안의 목소리가 울적해졌다. 계약서를 쓸 때, 카루나는 계약의 기한에 이렇게 단서를 달았다.

'라크안이 반려를 찾을 때까지,'

라크안은 그 말을 할 때의 카루나가 자꾸 눈에 선했다.

'네가 내 반려인 줄은 꿈에도 모르고 있겠지.'

우울해할 일이 아니라고 생각하면서도, 가라앉는 기분을 어찌할 도리가 없었다.

"카루나 아가씨가 원해서 하는 일이라고?"

리센은 리센 나름대로 멈칫할 수밖에 없었다. 숲 밖에서 카루나를 지키기 위한 일시적인 계약뿐이라는 말에 정신이 번쩍 들었다. 초조함이 걷히자 지금 자신이 손에 무얼 쥐고 있는지 깨달았다. 리센은 얼른 주머니에서 손을 뺐다.

'난 왜 아직까지도 이걸 못 버리고 있는 걸까.'

죄책감이 몰려왔다. 주머니 속에 든 그것 때문에 라크안의 얼굴을 똑바로 보는 게 부끄러웠다.

"라안, 나 말야, 사실."

리센은 충동적으로 입을 열었다. 하지만 라크안은 그 조그만 목소리를 새치기하며 말했다.

"지금까지도 잘해 주었지만, 앞으로도 잘 부탁해. 꼬맹이 그 녀석을 잘 좀 돌봐 줘."

라크안이 부탁했다.

"……그래."

리센은 머뭇거리다가 고개를 끄덕였다.

"아니. 네 부탁이 아니어도 그렇게 할 거야."

리센이 조금 전 약병을 쥐었던 손을 꽉 주먹 쥐며 대답했다.

"그래, 딴 사람은 몰라도 넌 내가 믿지."

라크안의 얼굴이 부드러워졌다. 그는 펜을 내려놓고 손을 내밀었다.

"나 또한 마찬가지야. 라안, 넌 내 소중한 친구니까."

리센은 그간 라크안과 쌓아 온 우정으로 죄책감을 밀쳐 냈다.

'라안은 내 친구야. 그리고 분명 카루나가 자신의 반려가 아니라고 말했어.'

그렇게 두 남자는 처음으로, 진짜 속마음을 숨긴 채 서로를 바라보며 악수를 하였다.

* * *

바이켈드 공작가가 바이켈드 공작의 약혼녀를 공식 발표한 날 이후로 사흘 뒤. 황실의 문장이 새겨진 하얀 사두마차가 바이켈드 공작저를 찾아왔다. 황실의 시종은 붉은 비단 쿠션 위에 하얀 봉투를 들고 저택 안으로 들어왔다.

"황제 폐하께서 보내신 건가? 아니면 황태자 전하께서?"

당연히 자신에게 온 소식이겠거니 싶어 라크안이 앞으로 나섰다.

"황태자 전하께서 보내셨습니다."

시종은 공손히 대답하고는 라크안을 지나쳤다. 몰려든 저택 사람들이 어? 하며 당황하는 사이, 시종은 카루나의 앞에서 한쪽 무릎을 꿇고 앉았다.

"바이켈드 공작의 약혼녀께 황태자 전하께서 직접 보내신 초대장입니다."

저택 안 모든 사람의 시선이 카루나에게 향했다.

"저요?"

카루나의 눈이 휘둥그레졌다.

"곧 있을 황실 무도회에 꼭 참가해 주었으면 좋겠다고, 따로 말씀을 내리셨습니다."

시종이 쿠션을 치켜들었다. 카루나는 그 위에 놓인 흰 봉투를 받아 들었다. 봉투는 두툼했다.

초대장 전달을 마친 시종이 떠나자, 저택 사람들이 슬금슬금 카루나의 곁으로 몰려들었다. 라크안은 대놓고 카루나의 앞에 서서 봉투를 노려보았다. 카루나는 모두의 기대 어린 시선을 차마 외면할 수 없어, 모두가 보는 앞에서 봉투를 개봉했다.

시종의 말마따나 그건 황실 무도회 초대장이었다. 다름 아닌 황태자의 친필 서한이었다. 꼭 만날 수 있기를 고대한다는 아름다운 필기체가 눈을 간지럽혔다.

"저의 첫 공식 활동이네요?"

카루나는 초대장을 라크안에게 건네며 말했다.

"처음이라니요, 재개라고 말씀하셔야 하지 않겠습니까?"

어느새 등 뒤에 선 세나가 반문했다. 카루나는 생긋 웃으며, 라크안을 올려다보았다. 계약서를 작성한 후의 첫 활동이라는 뜻이라는 걸, 다른 사람은 몰라도 라크안은 알았다.

"이전까지는 비공식 활동이었던 거고. 사교계에서 선을 보이는 첫 자리가 황태자 전하께서 주최하는 황실 무도회라면, 적당하겠군. 나쁘지 않아."

라크안은 초대장을 접어 하녀장에게 건넸다. 그러고는 조금 전 시종이 그러했듯 한쪽 무릎을 꿇고 앉았다. 카루나에게 손을 내밀었다.

"제게 황실 무도회에서 영애를 에스코트할 수 있도록 허락해 주시겠습니까?"

주변이 소란스러워졌다. '뭐 하는 짓이냐.'라고 소리치는 리센의 목소리가. '아, 부단장님. 이럴 땐 가만히 있는 거예요. 언제 또 라안 님이 질투심에 불타는 걸 보겠어요?'라고 말리는 세나의 목소리가. '질투? 무슨 질투? 황태자한테? 아니면 저 시종한테?'라고 어리바리하게 묻는 하인들의 목소리가. 라크안과 카루나의 곁에서 어지럽게 흩어졌다.

"어머나, 당연하죠. 저의 약혼자님 말고, 제가 누구의 손을 잡겠어요?"

카루나는 모두의 시선을 한 몸에 받으며, 라크안의 손바닥 위에 제 손을 얹었다. 둘의 모습을 지켜본 저택 사람들이 꽤액 비명을 질렀다. 더러는 닭살이 돋는다며 기겁하는 비명이었다. 더러는 앞으로 벌어질 일을 생각하며 행복에 찬 비명을 내지르는 것이었다.

* * *

초대장에 적힌 황실 무도회의 날짜는 초대장을 받은 날로부터 2주 뒤였다.

하녀장은 바로 라크안을 따라 집무실로 올라가 예산을 요청했다. 라크안은 그런 하녀장을 이상하다는 듯 바라보다 대뜸 카루나를 불렀다.

라크안은 하녀장이 보는 앞에서 카루나에게 열쇠를 건넸다. 아침 식사 때 빵을 찢어 건네듯 대수롭지 않게 던져서, 카루나 또한 별생각 없이 받아 챘다. 하지만 막상 손에 든 열쇠를 살펴보고는 깜짝 놀랐다.

열쇠는 백금으로 틀을 잡고 푸른 사파이어로 장식한 것이었다. 척 봐도 가벼운 물건은 아니었다.

"이게 뭔가요?"

"대대로 바이켈드 공작가의 안주인이 관리하는 열쇠. 내 부모님 때에는 아버지께서 가지고 계셨지."

"그런 걸 왜 저한테 주시는 건가요?"

여차하면 라크안에게 다시 던질 기세로 물었다.

"내 약혼녀잖아? 그걸 가질 자격은 충분하지. 안에 들어 있는 건 다 꼬맹이, 네 거니까 마음대로 써."

라크안은 이어 하녀장에게도 얇은 장부 한 권을 건넸다.

"바이켈드 공작가는 매년 안주인이 쓰는 예산을 배정해 두지. 그동안 안 쓰고 쌓아 두었으니 당분간 쓸 정도는 될 거야. 모자라다면 그때 와서 말해."

"명을 따르겠습니다."

하녀장은 공손히 장부를 받아 들었다.

"음, 저기요. 공작 각하. 사실 공작 각하를 구할 준비를 할 때 큰 비용을 쓰긴 했는데요."

카루나가 슬쩍, 지난번에 수백 벌의 드레스를 주문했던 일을 말했다. 그때 꽤 큰 비용을 썼던 게 새삼 걱정이 되어 말했건만.

"그런데?"

라크안은 '그게 뭐? 왜?'라는 표정으로 되물었다.

"아가씨, 아가씨."

하녀장이 장부를 펴서 카루나에게 보여 주었다.

"아……."

장부에 적힌 숫자를 본 카루나는 할 말을 잃었다. 지난번에 드레스를 주문하며 썼던 금액이 우습게 느껴질 만큼, 어마어마한 금액이 장부에 적혀 있었다. 매년, 매년.

"문제없는 거지?"

라크안이 확인차 물어보았다.

"……."

카루나는 고개를 끄덕였다.

"그럼 됐네. 네게 할당된 금액이니까, 마음대로 해. 갖고 싶은 게 있다면 다 사."

그렇게 말하는 라크안은 잘 찢어지지 않는 게 장점인 흰 셔츠와 검은 바지를 입고 있었다. 이어 기사단장이 급한 서류를 한가득 안고 들어와 카루나와 하녀장은 집무실을 나섰다.

"아, 이 열쇠가 어디 열쇠인지 안 물어봤는데, 혹시 아나요?"

카루나는 열쇠를 잡고 흔들며 하녀장에게 물어보았다.

"지금 안내해 드리겠습니다."

두 사람은 그 길로 바이켈드 공작저 본채를 나와 동쪽의 정원으로 향했다. 정원의 가운데에 라임스톤으로 지어진 돔 형식의 구조물이 있었다. 외벽에는 제국 신화의 여러 장면이 섬세한 솜씨로 조각되어 있었다. 거대한 예술품이었다.

하녀장이 구조물을 운치 있게 덮은 담쟁이덩굴을 들어 올리자 문이 드러났다. 녹주석이 박힌 손잡이 아래 열쇠 구멍이 있었다. 카루나는 그 열쇠 구멍에 열쇠를 꽂고 돌렸다.

스르륵— 문이 자동으로 열렸다. 안은 생각보다 환했다. 밖에서 보기에는 전체가 다 막혀 있는 걸로 보였는데, 안으로 들어가니 유리 정원에 온 것 같았다.

밖의 풍경이, 하늘이 보였다. 숨이 답답하지도 않았다. 바람이 통하는 것처럼 공기가 살랑살랑 흔들리고 상쾌했다.

"신기하네요."

"이전에는 불을 가지고 들어와야 했지요. 그런데 선대 바이켈드 공작님의 부군께서 숲의 마법을 걸어 이렇게 만들어 주셨답니다."

하녀장의 설명을 들으며 카루나는 건물 안을 한 바퀴 빙 돌아보았다. 이곳은 말 그대로 보물창고였다. 둥근 벽에 맞춰 천장까지 가득 짜 올린 선반과 서랍장에는 온갖 귀한 물건들이 가득했다.

무엇보다 눈길을 끈 건 한쪽 벽면을 가득 채운 수정 장식장이었다. 장식장만으로도 반짝반짝 예뻤지만, 그 안에 담긴 장식물들은 할 말을 잃게 했다. 온갖 보석들이 눈이 따가울 정도로 빛나고 있었다.

클레이엔으로 살며 온갖 사치를 누렸고, 라크안을 구하기 위해 약혼녀인 척하며 바이켈드 공작가의 보석함을 사용하기도 했건만. 그에 비교하는 게 미안해질 정도로 엄청났다.

"본채의 지하 금고와는 별개로, 가문의 안주인께서 관리하시는 곳입니다."

"이런 걸 제게 맡긴다고요? 맙소사."

카루나는 뒤로 물러섰다. 휘황한 아름다움에 취하기보다는 두려움이 밀려들었다.

'계약을 맺고, 서로 원하는 걸 주고받았을 뿐이야. 난 내 안전을 위해 약혼녀 행세를 하게 해 달라고 조건을 걸었어. 그뿐인데, 왜 이런 걸 나한테 주는 거야?'

이해할 수 없었다. 하녀장의 말마따나 이건 바이퀠드 공작 부인이 될 사람이 받아 마땅한 것이었다. 사파이어 열쇠를 쥔 손이 살짝 떨렸다.

"열쇠를 공작 각하께 돌려드려야겠어요."

카루나는 장식장에서 한 걸음 더 뒤로 물러서며 말했다.

"아니, 돌려줄 필요 없어."

하녀장의 목소리라기엔 너무 낮은, 묵직한 저음이 등 뒤에서 들렸다. 뒤를 돌아보니, 라크안이 보였다. 언제 와 있었던 건지, 반쯤 열린 문에 기대서 있었다. 그의 등 뒤로 햇살이 비쳐 역광이 돌았다. 그래서 지금 그가 어떤 표정을 짓고 있는지 보이지 않았다.

"공작 각하?"

"내가 이럴 줄 알았지."

라크안이 카루나에게로 걸어왔다. 하녀장은 눈치껏 자리를 피해 주었다. 카루나는 라크안의 얼굴을 확인했다. 평소처럼 담담한 표정이었다.

"마침 잘 오셨어요. 이거 돌려드릴게요. 받을 수 없어요."

카루나는 손에 든 열쇠를 내밀었다.

"난 돌려받을 생각이 없는데?"

라크안은 성큼 걸어 카루나를 지나쳤다.

"공작 각하?"

카루나는 라크안을 따라 몸을 뒤로 돌렸다. 라크안은 조금 전 카루나가 서 있던 수정 장식장 앞에 섰다. 그리고 달칵, 거침없이 문을 열었다. 카루나의 눈을 단번에 사로잡았던 티아라를 한 손으로 꺼냈다.

그건 일전에 바이퀠드 공작가의 보석함에서 봤던 티아라보다 훨씬 화려하고 아름다웠다.

얼음처럼 투명한 보석을 깔고 백금으로 틀을 잡았다. 자잘한 에메랄드를 주렴처럼 내려 서로 부딪칠 때마다 영롱한 소리가 났다. 연한 핑크와 라임색이 도는 귀한 다이아몬드로 꽃 모양을 만들고, 다채로운 빛을 내는 커다란 페리도트와 오팔로 주변을 장식했다.

세상의 빛을 주관하는 여신에게 어울릴 법한 빛의 관이었다.

"내 할아버지께서 할머니께 드렸던 거라더군."

라크안은 그것을 두 손으로 잡고 조심스럽게 카루나의 머리에 얹었다. 그리고는 두 걸음 뒤로 물러서 티아라를 쓴 카루나를 보며 씩 웃었다.

"잘 어울리네."

"공작 각하, 하지만 이건……."

"여기에 있는 건 다 네 거야. 여기에 없는 것도 다 구해 올게. 그래서 네게 줄게. 꼬맹아. 원하는 게 있으면 뭐든 말해."

바이켈드 공작가에서 수백 년간 모아 온 귀한 것 중 가장 귀한 것만 모아 놨다는 이곳. 이곳에서 라크안에게 가장 귀한 게 바로 눈앞에 있었다. 빛나는 티아라를 쓰고는 기뻐하기는커녕 난감한 듯 얼굴을 찡그리는 카루나.

그 찡그린 얼굴을 보자니 가슴 한구석이 뻐근하게 저렸다. 라크안은 자신이 바이켈드 공작가의 주인이라는 게, 오늘만큼 고마웠던 적이 없었다.

"이 세상에서 가장 좋은 것, 가장 귀한 것만 전부 다 네게 줄게."

그는 이 말을 현실로 이루어 낼 힘을 가지고 있었다.

"왜요?"

그리고 카루나는 그런 그의 마음을 대수롭지 않은 것으로 여길 수 있는 힘을 가지고 있었다.

"제가 바이켈드 공작의 약혼녀라서요?"

카루나는 스르륵 아래로 내려오는 티아라를 손으로 받쳐 들며 물었다. 보물창고의 풍경에 압도되어 살짝 기죽었던 마음은 라크안이 나타난 후 어느 정도 회복되었다.

'바이퀠드 공작가에 맞는 위엄을 갖추기 위해서 이 정도는 하고 다녀야 한다는 건가?'

클레이엔인 척할 때, 카루나도 마카레나 백작가에서 대대로 내려오는 보석들을 잘 써먹었다. 처음엔 괜히 걸치고 나가 잃어버리면 어쩌나 벌벌 떨었지만. 몇 년 지나지 않아 익숙해졌다. 그와 비슷한 상황이리라. 카루나는 생각했다.

"그래, 그런 거로 해 두자."

라크안은 티아라를 쓴 카루나의 머리를 마구 헤집어 엉망으로 만들며 대꾸했다. 그 바람에 티아라가 바닥으로 떨어질 뻔했다. 카루나는 얼른 두 손으로 티아라를 움켜잡았다.

"조심 좀 하세요. 이건 공작 각하가 휘두르는 칼처럼 막 튼튼하고 그러지 않다고요. 제 머리도 마찬가지거든요? 숙녀의 머리를 이렇게 함부로 만지지 마세요!"

카루나는 거친 라크안의 손길을 피해 문 쪽으로 후다닥 달아났다. 얼결에 티아라를 손에 쥔 채였다.

"뭐야, 갈 때 가더라도 고맙다는 말은 해야지?"

라크안은 장난기 어린 목소리로 말하며 카루나를 천천히 따라갔다. 카루나는 문에 매달려 라크안을 보며 흥, 코웃음을 쳤다.

"공작 각하가 저한테 고마워해야 하는 거 아닌가요? 저처럼 이런 것들이 잘 어울리는 사람이 공작 각하의 약혼녀가 되어 준 거니까요. 고마워하세요!"

카루나는 완전히 기운을 되찾고는 하녀장을 찾아 밖으로 뛰어나갔다. 등 뒤에서 라크안의 웃음소리가 들리는 것 같았다.

'문을 닫아 버리고 올 걸 그랬어. 거기에서 온종일 갇혀 있게.'

카루나는 티아라와 열쇠를 손에 꼭 쥐며 투덜거렸다.

* * *

사파이어 열쇠의 방을 확인하고 돌아온 후. 하녀장은 다시 한번 유명 드레스 숍 마담들을 저택으로 불러들였다. 이전엔 그러게까지 할 필요 없다고 난감해했지만, 이번만큼은 카루나도 적극적으로 뛰어들었다.

'바이켈드 공작도, 마카레나 백작도, 누구도 날 함부로 대할 수 없도록 해야 해. 다시 한번 사교계의 꽃이 되어 주겠어.'

한 번 해 본 것을 두 번은 못 해 보랴. 카루나는 자신 있었다. 다만 걱정이 전혀 없지는 않았다.

'이번엔 클레이엔인 척하던 때와는 달라. 좀 더 내숭을 떨어야 할 텐데.'

자칫 잘못하면 너무 약해 보일 수도 있는지라 그게 조금 걱정이 되었다. 적당히 착한 척을 해야 할 텐데. 그 '적당히'가 어느 정도여야 할까 고민이 되었다.

그때 카루나의 눈에 사파이어 열쇠의 방에서 가져온 티아라가 눈에 띄었다. 바이켈드 공작 가문의 이름에 누가 되지 않기 위해. 무엇보다 사교계에서 다른 귀부인과 영애들을 기선 제압하기 위해. 카루나는 누구보다 아름다워야 했다. 카루나는 사파이어 열쇠를 자신에게 준 라크안의 뜻을 그렇게 해석했다.

'걱정하지 말아요. 내가 어설프거나 수수해서 당신이 쪽팔릴 일은 없을 테니까.'

카루나는 마음을 단단히 먹었다.

카루나가 황실 무도회에 참석한다는 소문이 퍼지자, 황제파 가문들에서 무도회 전에 카루나를 만나 인사하고 싶다며 연락을 보냈다. 라크안에게 혹은 카루나에게 초대장을 보내기도 했고, 초대해 달라고 요청하기도 했다.

라크안은 매일같이 은쟁반 위에 가득 쌓이는 그 편지들을 읽고 씹었다. 라크안이 도통 아무 언질도 주지 않자, 황제과 귀족들은 철십자 기사단장을 내세웠다. 기사단장은 여느 때처럼 귀족들의 불만을 모아 라크안에게 전달했다.

"왜 남의 약혼녀를 가지고 난리들이야, 내 약혼녀 얼굴 닳아서 안 된다고 그래. 어딜 함부로 본다 만다야."

라크안은 인상을 팍 쓰더니, 비난의 화살을 기사단장에게로 돌렸다.

"경, 경은 철십자 기사단장 자리는 내버리고, 말 전하는 대리인으로 업을 바꾼 건가? 그런 거라면 내가 내려 준 검은 반납하게. 녹슬게 놔두기엔 아까우니까."

기사단장은 허리춤에 찬 검을 손에 꾹 쥔 채로 물러났다. 그러고는 자신을 기다리는 귀족들에게로 돌아가 라크안의 대답을 조금 순화하여 전달했다. '약혼녀가 병약하여 그 일 이후 충격이 심해 쉬는 중이니 안 된다.'라고.

카루나가 모르는 사이, 카루나는 귀족들 사이에서 약혼자를 위해 귀족 저택을 부수지만 의외로 몸이 약하고 연약한 영애가 되었다.

그리고 2주 뒤, 황실에서 무도회가 열리는 날.

하늘에서 어스름이 내리고 저택에서 불을 환하게 밝혀 밤을 대비하기 시작할 때. 라크안은 먼저 준비를 끝마치고 1층 계단 아래에 섰다. 평소와 다른 차림새였다.

항상 입던 검은색 예복 대신 짙은 청색에 은사로 무늬를 수놓은 예복을 갖춰 입었다. 어깨에는 은사루 꼰 술이 달린 에폴레트를 얹었다. 지수정에 새긴 바이켈드 공작가의 문장이 반짝 빛났다. 망토도 평소와 달리 연보라색의 비단으로 만든 것이었다. 라크안으로서는 무슨 무늬인지 알 수 없는 화려한 무늬가 잔뜩 수놓아져 있었다.

크림색 크라바트는 진주가루를 뿌려 은은하게 빛났다. 다행히 그건 후 춧가루처럼 재채기를 유발하진 않았다. 오늘, 카루나가 하녀장을 통해 라 크안에게 전달한 새 예복이었다.

평소 입는 것보다 더 화려하고 장식도 많이 달린 예복을 보자마자 라크 안은 질색했다. 하지만 카루나가 자신에게 보내 준 거라는 말에, 두말하지 않고 옷을 갈아입었다.

라크안은 지나가던 하녀를 붙들었다. 자신이 준비를 마치고 기다리고 있다는 말을 전하라고 위로 올려 보냈다. 하녀에게서 전갈을 받은 카루나 는 싱긋 웃으며 거울에 비친 자신을 바라보았다.

카루나는 짙은 청색 공단을 기본으로 눈처럼 하얀 레이스와 동방에서 어렵게 구해 온 비단을 더해 만든 드레스를 입고 있었다. 움직일 때마다 풍성한 치맛자락이 사락사락, 가볍게 흔들렸다.

어깨에 닿는 밝은 갈색 머리카락은 꼬아서 틀어 올렸다. 과해 보이지 않도록 작은 진주와 비취를 박은 머리핀을 둘러 머리카락을 고정했다. 머 리에는 라크안이 씌워 준 그 티아라를 얹었다.

카루나는 하녀들의 도움을 받아 긴 치맛자락을 들고 투왈렛 룸을 나 섰다.

"하아, 어쩜 이렇게 어여쁠까요."

"오늘따라 기분이 좋네요. 예쁜 걸 봐서 그런가?"

"저도요, 갑자기 공중에 붕 뜬 기분이에요."

한 발 한 발 걸을수록 주변의 하녀들이 카루나보다 더 설레 했다. 카루 나는 고개를 당당히 들고 더욱 우아하게 걷고자 노력했다. 칭찬은 아무리 들어도 질리지 않았다.

계단 앞에 서자 저 아래, 계단 난간에 비스듬히 기대서 있는 라크안이 보였다. 자신이 보낸 정장을 입고 있는 게 한눈에 보여 더없이 만족스러 웠다.

머리 위에서 기척이 느껴지자 라크안이 고개를 들고 카루나를 바라봤다.

"꼬맹이, 왜 이렇게 늦……."

평소처럼 농담하듯 카루나를 구박하려던 라크안이 채 말을 끝맺지 못했다.

"……."

라크안이 멍하니 입을 벌리고 눈을 깜박였다.

"공작 각하?"

카루나가 라크안을 불렀다. 하지만 라크안은 카루나의 목소리가 안 들리는 듯 굴었다. 어쩐지 눈이 흐려 보이기도 했다.

'혹시 발작인가? 발작이 일어난 거?'

카루나는 라크안의 눈깔에 매우 예민했다. 지난 경험에 비추어 볼 때, 라크안이 평소와 다른 눈을 하고 있을 때, 이상한 일들이 일어나고는 했다.

"공작 각하!"

불길한 예감에 카루나는 서둘러 계단을 내려갔다. 라크안은 제게 다가오는 카루나를 멍하니 바라보았다.

'……누구지?'

카루나의 위로, 한 여인의 모습이 덧씌워졌다. 보름달 아래에서 봤던 여인. 단 한 번 봤을 뿐이었다. 그리고 이제 영영 자신의 기억 속에서 쓸어내 버렸다고 생각했던 모습이건만.

환영 마법에라도 걸린 듯 그 모습이 너무도 선명하게 카루나의 모습 위로 나타났다. 카루나의 모습을 지워 버릴 듯 선명했다. 라크안은 자신의 왼쪽 가슴을 움켜쥐었다.

'이건…… 뭐지?'

두근, 두근. 심장이 뛰었다. 미친 듯이 뛰었다. 여느 때처럼 카루나를 보는 게 좋아서, 행복하고 기뻐서 그런 건가 싶었지만. 뭔가 느낌이 달랐다. 늪에 빨려 들어가는 느낌이었다.

맹목적으로 따르고 싶고, 바라보고 싶고, 그런. 분명, 비슷하면서도 달랐다. 이전이라면 이걸 사랑이라고, 기쁨이라고 생각할 수도 있었겠지만. 이제는 알았다. 이건, 분명 다른 감정이었다. 라크안이 카루나에게 느끼는 진짜 감정과는 다른, 다른 무언가였다.

"헉."

그런데 그 감정이 점점 더 심해졌다. 자신에게 무릎 꿇지 않는 라크안을 탓하는 듯, 심장이 더욱 세게 뛰었다. 당장이라도 터질 것 같았다.

'발……작인가?'

카루나를 자신의 반려라고 생각한 뒤 단 한 번도 발작의 기미가 없었건만. 라크안은 발작을 닮은 그 감정에 당황하여 난간을 움켜쥐었다. 손안에서 난간이 일그러졌다.

"뭐지? 어디서 이렇게 좋은 느낌이?"

"라안, 혹시 카루나 아가씨가 여기에 있는 거야?"

밖에서 대기하고 있기로 한 세나와 리센이 저택 안으로 뛰어 들어왔다. 서로 경쟁이라도 하는 듯 급한 걸음이었다. 둘은 라크안을 따라 계단 위를 올려다보았다.

"우와!"

"아, 맙소사."

두 사람의 얼굴이 풀어졌다. 뜨거운 물에 푹 담갔다 꺼낸 빨랫감같이 흐느적댔다. 그때였다.

"아가씨, 이걸 놓고 가셨어요."

계단 위에서 하녀장이 카루나를 불렀다. 계단을 반쯤 내려간 카루나가 뒤를 돌아보았다. 하녀장이 손에 든 걸 흔들어 보였다. 드레스를 입느라 잠시 벗어 두었던 주머니 목걸이였다.

"깜빡했네요. 고마워요!"

카루나는 얼른 다시 계단을 올라가 목걸이를 건네받았다.

'이걸 잊다니, 내가 정말 정신이 나갔구나.'

무도회 준비로 정신이 없는 건 하녀들뿐 아니라 카루나도 마찬가지였다. 평소 단 한 번도 몸에서 떼어 놓은 적이 없었건만. 잠시나마 몸에서 떼어 놓았다 다시 붙잡았다 생각하니, 안도의 한숨이 절로 나왔다.

'이따 마차를 타고 나서, 발목에다 묶어 두어야겠어.'

일단은 목걸이를 손목에 감았다.

"가지고 가시는 건가요?"

하녀장이 물었다. 카루나는 당연하다는 듯 고개를 끄덕였다. 브로치만 들어 있어도 그냥 놓고 가기 망설여질 텐데, 이제 그 안에는 그만큼이나 소중한 계약서도 들어 있었다. 한시도 몸에서 떼어 놓고 싶지 않았다. 카루나는 다시 계단 아래를 바라보았다.

"아니, 이게 뭐야!"

라크안이 제가 우그러뜨린 계단 난간을 보고 화들짝 놀라 뒤로 물러서는 게 보였다. 예복을 차려입은 모습은 더없이 아름답건만 하는 짓이 맹했다. 카루나는 라크안의 눈을 유심히 바라보았다.

'아까 내가 잘못 본 건가?'

살짝 숨을 몰아쉬고는 있지만 붉은 눈은 평소와 다름없었다. 제정신인 듯했다. 카루나는 작게 숨을 내쉬고는 다시 계단을 내려갔다.

"아, 조금 전에 서 완전 이상한 기분이었습니다. 카루나 아가씨의 저 아름다운 모습을 봐서 그런 거였을까요?"

"나도. 그렇다고 지금 기분이 안 좋다는 건 아냐."

"동감입니다."

세나와 리셴이 주고받는 말소리가 귓가에 닿았다. 카루나는 좀 더 자신감이 쌓였다. 아직 내려갈 계단이 몇 개 남았을 때. 카루나는 걸음을 멈췄다. 아까의 어설픈 모습을 지우고 반듯이 선 라크안과 눈높이가 맞았다.

라크안이 말없이 손을 내밀었다. 카루나는 기꺼이 그 손을 잡고 나머지 계단을 사뿐히 내려왔다.

"아름다우십니다."

세나가 얼른 카루나의 뒤에 서며 열정적으로 카루나를 찬양했다. 리셴은 앞서 걸어 나갔다. 카루나의 앞길을 가로막는 모든 걸 치워 버릴 기세로 문을 열어젖혔다.

"황태자 전하께서 여는 연회니 분위기가 나쁘지는 않겠지만. 내 약혼녀가 참석한다는 소문이 퍼졌을 테니, 마카레나 백작 쪽 사람들이 참석했을 수도 있어."

라크안은 카루나를 마차에 태우며 말했다.

"뭔가 곤란한 일을 당할지도 모르니, 되도록 내 곁에서 떨어지지 마. 알았지?"

라크안은 쓸데없는 걱정을 하며 마차 문을 닫지 못했다. 물가에 내놓은 애를 바라보듯 카루나를 바라보았다.

"알았어요, 알았으니까 이제 출발하죠?"

카루나는 마차 손잡이를 잡은 라크안의 손을 떼어 내고는 큰 소리가 나게 문을 닫았다. 호위 기사의 자격으로 함께 마차에 탄 세나가 낄낄 웃으며 자신이 충성을 맹세한 주인을 놀렸다.

"예쁘게 봐 주십시오. 본인께서 무려 귀족 영애에게 납치를 한 번 당해 봤잖습니까. 세상 모든 게 다 무섭게 느껴지나 봅니다."

그 가벼운 말을 듣자니 카루나의 마음도 한결 가벼워졌다.

'저택 사람들에게 내가 얼마나 우아하게 귀족 흉내를 잘 내는지는 아직 못 들었나 보지? 아니면 듣고도 못 믿거나.'

무도회장에 가면 보여 주리라. 자신이 얼마나 바이켈드 공작의 약혼녀답게 구는지를.

카루나는 창문의 커튼을 걷어 밖을 바라보았다. 하늘의 별빛을 모아 가둔 것처럼, 밤하늘 아래 환하게 빛나는 황성이 보였다.

chapter 6
공작의 약혼녀로 사는 법

황실 무도회는 화려함 그 자체였다. 초대를 받은 귀족들이 구름같이 몰려, 무도회가 열리는 홀은 사람으로 빼곡히 찼다.

황태자가 주최한 무도회였으나, 오늘의 주인공은 바이켈드 공작과 그의 어린 약혼녀였다. 바이켈드 공작이 자신의 약혼녀를 에스코트하며 등장한 이후. 사람들은 라크안과 카루나의 일거수일투족을 감시하듯 쳐다봤다.

"무서워하지 마, 떨지도 말고. 내가 옆에 있잖아, 아무 걱정도 하지 마."

라크안은 그런 눈빛들로부터 카루나를 지키려는 듯 한 발 앞섰다. 픽, 카루나의 등 뒤에서 작은 웃음소리가 들렸다.

"세나 경."

카루나가 조그만 목소리로 등 뒤의 호위 기사를 말렸다.

"아, 즈에송하니다. 느므 웃기어스요."

세나는 입술을 깨물고는 뭉개진 발음으로 대답했다. 에휴. 카루나는 작게 한숨을 내쉬고, 눈앞에 펼쳐진 라크안의 널따란 등짝을 바라보았다. 함께 입장해서는 앞서 나가는 약혼자라니. 정말 예의라고는 밥 말아 먹은 태도였다.

에스코트를 받으려 라크안의 손 위에 제 손을 얹었건만. 이제는 어른 뒤에 대롱대롱 매달려 가는 어린아이 모양새가 되어 버렸다. 생각 같아서는 앞서 달려 나가 저 무식한 발을 구두 뒷굽으로 꾹꾹 밟아 버리고 싶지만.

'참자, 참아.'

카루나는 성질을 꾹 참고.

"라안 님. 저 안 떨고 있는데요. 라안 님이나 저랑 걷는 속도 맞추시죠."

제가 잡고 있는 라크안의 손을 꾹 눌렀다.

"……어?"

라크안이 홀 한가운데서 멈춰 섰다. 에스코트받고 있던 카루나는 하마터면 치맛자락을 밟고 넘어질 뻔했다.

"아니, 속도 맞추랬지, 내가 언제 멈추랬어요."

카루나는 애써 방긋 웃으며 라크안을 보았다. 그런데 어서 다시 걸으라고 손을 잡아끌어도 라크안은 움직이지 않았다. 소처럼 눈을 껌뻑거리며 카루나를 바라볼 뿐이었다.

둘이 홀 한가운데에 멈춰 서서 시간을 끌자, 주변 사람들이 웅성거리기 시작했다. 황태자도 저 멀리에서 고개를 내젓는 게 보였다.

"왜 그래요, 갑자기?"

카루나는 주변 시선보다 라크안의 상태가 더 걱정되었다.

'몸이 갑자기 안 좋아졌나?'

그래서 한 발자국 다가가며 물었건만.

"아니, 아니야. 아무것도."

라크안은 한 발자국 뒤로 물러서며 고개를 저었다. 슬쩍 고개를 돌리고 카루나의 시선을 피하기까지 했다. 귓불이 불그스레해졌으나, 머리카락에 덮여 카루나는 보지 못했다.

"가자, 잠깐 딴생각을 했어."

뒤늦게 정신을 차린 라크안이 다시 걷기 시작했다. 카루나의 걸음에 맞춘 느리고 작은 보폭이었다.

"정말 괜찮은 거죠?"

카루나가 미심쩍은 듯 묻자 라크안이 작게 고개를 끄덕였다.

'그럼 다행이긴 한데.'

끄응. 카루나는 속으로 한숨을 삼켰다.

'아니, 그동안 이렇게 사람 많은 곳에서 어떻게 태연하게 다녔던 거야. 언제 발작이 일어날지도 모르는데?'

모를 땐 모르니까 별생각이 없었는데. 라크안의 발작에 대해 알고 난 후로는 자꾸 라크안이 신경 쓰였다. 라크안의 작은 행동에도 얼른 라크안을 살피게 되었다.

그런 카루나의 마음을 아는지 모르는지. 라크안은 카루나에게 눈길 한 번 안 주고는 앞만 보고 걸었다. 둘은 그렇게 황태자 앞에 섰다. 라크안이 먼저 고개를 숙여 경의를 표하고는 카루나를 소개했다.

"제 약혼녀, 카루나 폰 바이켈드입니다."

그에 맞추어 카루나는 라크안의 손을 놓았다. 라크안의 얼굴에 살짝 아쉬움이 스쳤으나 황태자도 카루나도 알지 못했다. 카루나는 양손으로 치맛자락을 살짝 들고 무릎을 굽히고 고개를 숙였다.

물 흐르듯 매끄럽게. 과하지도 덜하지도 않게. 황태자에게 굽히면서도 바이켈드 공작가의 위엄이 흠집 나지 않도록. 인사 동작 하나만으로도 여러 가지를 표현할 수 있다. 카루나는 여느 귀부인 못지않은 우아한 몸짓으로 황족에 대한 경의를 표했다.

주변에 몰려든 귀족들은 그런 카루나를 보고서도 놀라지 않았다. 정작 놀란 건 황태자와 라크안이었다. 황태자는 카루나가 실수를 해도 모른 척 덮어 주려고 긴장하고 있었다. 라크안은 황태자가 카루나의 귀족스럽지 않은 태도를 보고 뭐라 하면 막아 주려고 벼르고 있었다.

그런데 괜한 생각이었다. 카루나는 멍한 표정을 한 남자 둘 사이에서 생긋 웃어 보였다.

"카루나입니다, 오래전 부모님께서 라안 님과 절 맺어 주셨지요. 아, 라안 님의 아버님께서 제 먼 친척이 되신답니다."

'나 숲의 일족이야.'라고 티를 팍팍 냈다. 라크안이 이런 가증스러운 것, 이란 표정으로 카루나를 바라봤다. 카루나는 미소를 유지한 채 곁눈질로 그런 라크안을 한번 째려보았다.

황태자는 라크안보다는 태연했다. 이미 라크안에게 연락을 받기도 했던 터라, 능숙하게 카루나의 장단에 맞춰 어울려 주었다.

"영애, 만나서 반가워요. 그대를 위한 자리이니 부디 편히 즐겨 주었으면 좋겠습니다."

그리 말하며 황태자가 카루나를 보며 사르륵, 웃었다. 안 그래도 잘생긴 미남이 화사하게 웃으니, 머리 뒤에 후광이 비치는 듯했다. 눈이 부실 정도로 아름다웠다. 하지만 카루나는 눈 하나 깜짝하지 않고 그 미모를 감당해 냈다.

"저를 환영해 주셔서 감사합니다. 오늘, 전하를 뵙고 인사를 드린 것이 얼마나 영광스러운지 모릅니다."

"음…… 다음에 기회가 된다면, 조용한 곳에서 차나 한잔했으면 좋겠군요."

황태자는 카루나와 좀 더 이야기를 나누고 싶은 눈치였다. 하지만 황태자란 자리가 가지는 무게가 그걸 허락하지 않았다. 라크안과 카루나의 뒤에는 황태자에게 인사를 하려는 귀족들이 줄줄이 서 있었다.

라크안과 카루나는 아쉬워하는 황태자를 뒤로하고 물러섰다. 귀족들이 기다렸다는 듯 라크안과 카루나에게 몰려들었다. 주로 황제파 귀족들이었다. 귀족파는 멀찍하게 떨어져서 쳐다만 보고 있었다.

카루나는 귀족파 귀족들이 모여 있는 곳을 재빨리 둘러보았다. 마카레나 백작과 루시온이 보이지 않았다.

'오늘 안 오려나? 하긴. 굳이 참석할 필요는 없겠지.'

오늘의 무도회는 황태자가 바이켈드 공작의 약혼녀를 환영하기 위해 연 무도회다. 클레이엔이 있다면 모를까. 마카레나 백작이 굳이 참석할 필요가 없는 무대였다. 마카레나 백작이 없는 걸 확인하니 마음이 한결 가벼워졌다.

'가까이에서 보니 기분이 또 남다르네.'

카루나는 제 옆에서 능숙하게 귀족들을 상대하는 라크안을 바라보았다. 클레이엔일 때 멀찍이서 떨어져 봤을 때는 몰랐던 게 눈에 보였다.

그때는 오만할 정도로 무례하고 제멋대로라고 생각했는데, 가까이에서 보니 그게 아니었다. 라크안은 제게 말을 거는 귀족들 한 명 한 명을 다 상대해 주고 있었다. 단답형으로나마 꼬박 대답을 해 주었고, 그들의 이름과 작위를 모두 기억하고 있었다.

적당히 쳐내도 좋으련마는. 물론 그런 와중에도 성실하게도, 카루나에게 호기심을 보이는 귀족들은 냉정하게 쳐냈다. 카루나에게 말이라도 한마디 걸려는 남자들을 그 새빨간 눈으로 노려봐 기를 죽였다.

챙겨 주고 토닥토닥해 주고, 손잡아 주며 재워야 하는 망충한 늑대는 온데간데없었다. 주인을 지키려고 잔뜩 긴장해 으르렁거리는 커다란 멍뭉이만 있었다. 카루나는 주변에 몰려든 남자 귀족들 너머에 몰려 있는 귀부인들과 귀족 영애들을 보았다.

"라안 님."

카루나는 어느 귀족과 대화를 나누고 있는 라안의 손등에 손을 올렸다.

"……그래."

라크안은 움찔, 하더니 즉각 카루나 쪽으로 고개를 돌렸다. 한창 침을 튀기며 이야기를 늘어놓던 귀족이 어벙한 표정을 지으며 라크안을 쳐다보았다. 카루나는 그에게 살짝 고개를 까닥이며 양해를 구했다. 그사이 라크안은 허리를 숙여 카루나에게 얼굴을 가까이 댔다.

"왜 그래, 피곤해? 휴게실을 안내해 줄까?"

귀족들과 말을 나눌 때와는 비교도 되지 않을 만큼 부드러운 목소리였다. 주변 귀족들의 눈이 번쩍 뜨였다. 하지만 라크안과 카루나는 평소와 다름없이 태연했다.

"아니요, 라안 님. 저는 잠시 저분들과 인사를 나누고 오고 싶어요."

카루나가 눈짓으로 저 너머의 여인들을 가리켰다.

"괜찮겠어?"

라크안이 미간을 찌푸리며 물었다. 화가 난 듯 보였지만, 카루나는 라크안이 걱정하는 걸 알았다.

"괜찮아요, 아까 보셨잖아요."

카루나는 손끝으로 라크안의 손등을 톡톡 두드렸다. 걱정 말라며 안심시키는 마법이라도 걸어 주듯이.

"음……."

라크안이 주저하며 카루나를 붙잡았다.

'아까 봤으면서, 그래도 못 믿어?'

카루나는 주변에서 귀를 쫑긋이고 있는 귀족들을 의식하여 밝게 웃어 보였다.

"라안 님, 걱정 마시……."

"그래, 꼬…… 아니, 카루나, 그대라면 걱정이 없겠지."

라크안이 한 소리 하려던 카루나의 말을 싹둑 자르며 말했다. 조금 전 머뭇거리던 기색은 순식간에 사라졌다.

"세나 경, 내 약혼녀를 잘 호위하게."

라크안은 카루나의 뒤에 바짝 서 있는 세나에게 눈짓했다. 세나는 아까부터 카루나의 등 뒤로 와서 말을 걸려는 귀족들을 가차 없이 막고 있던 차였다.

"명을 따릅니다."

세나는 평소와 달리 무표정한 얼굴로 고개를 숙였다. 라크안은 고개를 들어 자신에게 몰려든 무리 너머를 휘- 둘러보았다. 누군가를 찾듯 했으나 누구에게도 시선이 머물지 않았다. 후우. 라크안은 작게 한도의 한숨을 내쉬고는 다시 카루나를 보았다.

"무슨 일 있으면 바로 내게 와. 알았지?"

다정한 걱정이었다.

"염려 마세요."

카루나는 세나의 도움을 받아 귀족들을 헤치고 무리에서 벗어났다. 역시나 기다렸다는 듯 황제과 귀족 가문의 여인들이 카루나에게 살살 다가왔다.

'바이켈드 공작에게 아내가 없었으니, 보쉬엔 자작 부인과 울리히 백작 부인이 그동안 구심점 노릇을 했겠지. 마카레나 백작한테 내가 있었던 것처럼.'

하지만 지금은 양쪽 모두 공석이었다.

'울리히 백작 부인은 지병으로 요양을 떠났고, 보쉬엔 자작 부인은 나 때문에 감히 사교계에 얼굴을 들이밀지 못할 테니.'

카루나는 저를 중심으로 무리를 이루는 귀족 가문 여인들의 얼굴을 살폈다. 모두 익숙한 얼굴이었다. 어느 가문의 누구인지, 빠삭했다.

'결국 나를 중심으로 모여들 수밖에 없어.'

카루나는 그들과 눈을 마주치며 웃어 보였다.

'내가 어리기 때문에 등 뒤에서는 바이켈드 공작과 나에 대해 멋대로 떠들어 대겠지만, 내 앞에서까지 감히 그러지는 못할 거야. 물론, 내가 절대 그렇게 놔두지도 않을 테고.'

몇몇은 라크안을 구하기 위해 비공식적인 사교계 활동을 할 때 인사를 나눈 사람들이었다. 카루나는 그들을 점으로 삼아 주변의 귀부인들을 선으로 엮었다. 능숙하게 그들이 자신에게 작위와 이름을 밝히고 인사를 하도록 만들었다.

금세 카루나의 근처에서 웃음꽃이 잔뜩 피어올랐다. 카루나는 슬쩍 라크안을 보았다. 라크안은 자꾸 카루나 쪽을 쳐다보았다. 대놓고 고개를 돌리는 타라, 주변 귀족들이 약혼녀 걱정에 푹 빠진 바이켈드 공작의 시선을 못 받아 쭈글쭈글해졌다.

'걱정 마시라니까. 잘하고 있으니 걱정 말아요.'

카루나는 또 자신을 바라보는 라크안에게 자신만만하게 웃어 보였다.

"어머, 공작 각하께서 영애에게서 눈을 떼질 못하시네요."

아까부터 카루나의 옆자리를 차지하고 있던 시펜 자작가의 둘째 여식이 호호, 웃으며 말했다.

"약혼녀께서 너무 어리셔서 걱정이 되시나아."

말꼬리를 길게 늘이는 기색이 영 공손하지 못했다. 화기애애한 분위기를 잘못 읽고는 카루나를 얕잡아 보는 사람도 없진 않았다. 시펜 자작가의 둘째 여식이 딱 그런 부류였다. 눈치 빠른 사람들이 주변에서 옆구리를 콕콕 찌르며 말려도 소용없었디.

'감히?'

카루나의 눈썹이 삐쭉 솟았다.

"그러게요, 얼마 전 있었던 일도 그렇고…… 제가 아직 숲 밖에 익숙하지 않아서, 라안 님께서 제 걱정이 너무 심하시네요."

카루나는 눈꼬리를 접어 웃으며 대답했다.

"약혼자에게 사랑을 받는 게 이런 거 아닐까요?"

슬쩍 주변을 돌아보며 동의를 구했다.

"제가 눈에 보이지 않으면 불안해하고, 한시도 떨어져 있길 싫어하니. 약혼자가 있는 분이라면 누구든 경험해 보셨겠지요. 영애도 그러하지요?"

카루나가 '약혼자에게 사랑을 듬뿍 받는 내가 부러워 죽겠지?'라는 기운을 뿜뿜 내뿜었다. 시펜 자작가 둘째 여식의 입가가 대번 굳었다. 그녀는 약혼자의 바람기 때문에 마음고생을 하는 중이었다.

카루나는 매몰차게 그녀에게 등을 보였다. 이 무리의 중심은 엄연히 카루나였다. 카루나가 그녀에게 눈길을 주지 않자 그녀는 금세 카루나의 옆자리에서 밀려났다. 그렇게 적절히 분위기를 주도하며 대화를 이끌어 나가던 때였다.

카루나의 왼편에 섰던 사람들이 갑자기 옆으로 물러나며 길을 텄다.

'뭐지?'

이상한 기분이 들었다.

'지금 여기에 웬만한 황제파는 다 모인 거 같은데. 이렇게 길을 터 줄 정도의 가문의 사람은…… 설마 울리히 백작 부인이 돌아온 건가?'

카루나는 재빨리 울리히 백작 부인에 대한 정보를 떠올렸다. 그러면서 제게 다가오는 사람들을 보았다. 아름다운 드레스를 입고 한껏 꾸민 귀부인과 귀족 영애가 카루나의 앞에 섰다. 그 둘의 얼굴을 본 카루나는 대번 얼굴을 굳혔다.

"……어떻게?"

두 여인은 카루나가 어이없어 툭 내뱉은 말을 듣고는 사뿐히 인사했다.

"다시 뵙게 되어 영광입니다, 영애."

"이, 인사드려요."

두 여인이 카루나에게 고개를 숙였다. 하얗게 분을 바른 얼굴은 카루나만큼이나 굳어 있었다. 귀부인은 식은땀을 흘리고 있었다. 귀족 영애는 가녀린 어깨를 바들바들 떨고 있었다.

"보쉬엔 자작 부인, 그리고 루린토프 영애."

카루나는 한숨을 내쉬듯 그들을 불렀다. 그게 고개를 들어도 된다는 허락으로 들린 건지 두 여인이 고개를 들었다. 잔뜩 긴장하고 있을 뿐. 두 여인은 멀쩡했다. 어디에도 가문의 내리막길을 맛보고 있는 그늘이 보이지 않았다.

바로 등 뒤로 세나가 가까이 서는 게 느껴졌다. 세나가 경계하는 기운이 살갗으로 느껴질 정도였다. 하하호호 웃음이 가득하던 모임은 싸늘하게 가라앉았다.

카루나는 웃음기 하나 없는 눈으로 제 앞에 선 보쉬엔 자작 부인과 루린토프를 보았다. 둘에게 어떤 인사말도 건네지 않았다. 한동안 얼음보다 차가운 침묵이 감돌았다. 주변의 귀족들이 힐끔힐끔 이쪽을 쳐다볼 정도였다.

"저, 저, 영애……."

보쉬엔 자작 부인이 견디다 못해 카루나에게 말을 걸려 했다. 카루나는 바로 고개를 옆으로 돌렸다. 명백한 거절이었다. 보쉬엔 자작 부인의 얼굴이 시뻘겋게 달아올랐다. 주변에 모여든 귀부인들이 수군거리는 소리가 커졌다.

"이게 무슨 일인가요."

"그 소문이 정말 사실이었나 봐요."

알면서도 새삼스럽게 묻는 말.

"아무리 그래도 보쉬엔 자작가를 이렇게 대하면 되나요."

"먼저 자작가 저택을 부순 건 카루나 영애 쪽이잖아요. 오히려 미안해 해야 하는 건 영애 아니신가요?"

카루나보고 들으라는 듯 말하는 목소리. 가장 큰 목소리는 아까 창피를 당한 시펜 자작가 둘째 여식의 것이었다.

"약혼자와 그런 염문을 뿌린 영애인데, 아무렴 태연히 대할 수 있으려고요."

"이건 보쉐엔 자작 부인이 실수하신 거네요. 하필, 공식적인 첫 자리에서 이렇게……."

카루나의 편을 들어 주는 듯한 소곤거림. 카루나는 고개를 돌린 채 그 소리를 고스란히 들었다. 어떤 말도 카루나의 마음을 흔들지 못했다. 정말 카루나를 열 받게 만드는 건 따로 있었다.

혹시나 하는 마음. 아니길 바라는 마음으로, 카루나는 라크안이 있는 쪽을 바라보았다. 하지만 역시나. 보쉐엔 자작이 라크안의 옆에 서 있었다. 라크안은 고개를 조아리는 보쉐엔 자작의 어깨를 잡아 일으켜 세워 주기까지 했다. 그걸 보는 것만으로도 짜증이 났다.

"저런, 등신 같은……!"

악다문 잇새에서 센 소리가 흘러나왔다. 주변의 귀부인들이 눈이 휘둥그레져서는 카루나를 바라보았다. 보쉐엔 자작 부인과 루린토프는 그날의 기억이 떠오르는지 주춤주춤 뒤로 물러섰다.

"아가씨, 괜찮으십니까?"

세나가 조그만 목소리로 카루나에게 물었다.

"아니요, 하나도 괜찮지 않아요."

카루나는 큰 소리로 쌀쌀맞게 대답했다. 주변에 몰려든 모든 사람들이 들으라는 듯이.

보쉐엔 자작 부인과 루린토프가 겁을 먹고는 다시 한 걸음 뒤로 물러섰다. 카루나는 세나에게 손을 내밀었다. 세나는 얼른 카루나의 손을 잡고 그녀를 부축했다.

"조금 피곤하네요, 잠시 쉬고 오겠습니다. 부디 양해해 주세요."

주변을 둘러보며 카루나는 생긋, 웃어 보였다. 마지막으로 시선이 머무른 곳은 보쉬엔 자작 부인과 루린토프였다. 카루나는 말없이 둘을 지그시 노려봤다. 그러고는 휙- 몸을 돌렸다. 보쉬엔 자작 부인과 루린토프에게 등을 보이고는 곧장 라크안을 향해 걸어갔다. 여전히 우아했으나 얼굴은 무표정했다.

"세나 경."

카루나가 작은 목소리로 세나를 불렀다.

"말씀하십시오, 아가씨."

세나가 등 뒤로 가깝게 붙으며 더 작은 목소리로 대답했다.

"그날 이후로 바이퀠드 공작가에선 보쉬엔 자작가에 어떻게 대처했나요?"

화가 나서, 목소리가 자꾸 커지려 했다. 카루나는 목소리를 가다듬으려 애썼다.

"별다른 조치는 없었습니다. 저희가 부순 저택을 복구해 주었지요."

"보쉬엔 자작을 슬슬 중심부에서 배제하거나 중요 안건 처리에서 뺀다거나 하지는 않았나요?"

"전혀요. 오히려 라안 님이 저택에 계시는 동안 대외 중요한 일을 계속 맡으셨습니다. 자작 본인이 민망하다며 사양하긴 하셨지만, 라안 님이 직접 편지를 보내 위로해 주셨지요."

"역시."

쯧, 카루나는 혀를 찼다.

'그러니 저렇게 기가 살았지. 감히 여길 참석해서 나한테 인사를 할 생각을 했겠지.'

오늘 이 자리에서 보쉬엔 자작가의 사람을 볼 수 있을 거라고는 조금도 생각하지 못했다. 수치스러워서라도 못 나올 거라는 감성적인 생각이 아니었다. 라크안과 황제파의 수뇌부가 보쉬엔 자작가를 천천히 중심에서 밀어내 고립시킬 거라는 계산을 했을 뿐이다.

귀족의 명예는 꺾이지 않은 백합이다. 줄기가 꺾이는 순간 백합은 시들고 썩는다. 더는 누구도 아름답다고 향기롭다고 말해 주지 않는다.

보쉬엔 자작가는 어떤 이유에서든 바이켈드 공작에게 직접적으로 해를 입혔다. 이상한 약을 먹이고, 가두고, 다치게 했다. 그걸 가만 놔둔다는 건 바이켈드 공작의 명예와 위엄을 진창에 깔아뭉개는 것과 다름없다.

'그런데 가만 놔뒀다고? 아니, 오히려 더 잘 대해 줬어?'

카루나는 이를 갈며, 라크안을 노려보았다.

현재, 제국의 상층부는 황제파와 귀족파로 나뉘어 있다. 보쉬엔 자작가는 황제파의 핵심 가문 중 하나이다. 그러니 바이켈드 공작가가 확실한 증거와 명분 없이 바로 보쉬엔 자작가를 쳐내는 건 위험한 일이었다.

그랬기에 치정싸움인 척하며 포장을 했다. 겉으로는 무난히 상황이 해결된 척 보이게 만들었다. 그게 카루나가 바이켈드 공작의 약혼녀로 나선 이유였다. 하지만 그걸로 끝나선 안 됐다.

이후 바이켈드 공작은 황제파 내부에서 어떻게든 보쉬엔 자작가를 제거해야 했다. 그가 알고 있는 기밀을 가지고 귀족파로 넘어가지 못하도록 처리하고. 말려 죽이든 찢어 죽이든 단죄를 해야 했다. 그리고 그 모습을 다른 황제파 귀족들에게 보여야 했다. 그렇게 하면 황제파는 바이켈드 공작을 중심으로 더욱 단결하리라.

그게 마카레나 백작의 방식이었다. 귀족파가 똘똘 뭉쳐 황제파에게 대항할 수 있는 힘이었다. 마카레나 백작을 정점으로 하여 거미줄처럼 연결된 상하관계. 그 위아래의 엄격함. 그건 수백 년 동안 이어져 내려온 가문의 격을 기본으로 삼고, 그 위에 마카레나 백작과 귀족파에 대한 충성을 더해 만들어지는 피라미드였다.

그런데 황제파엔 그게 없었다. 정점에 서 있어야 할 바이켈드 공작 라크안은 그런 걸 만들 생각조차 없었다. 카루나가 깔아 준 판 위에서 칼을 휘두르긴커녕 물컹한 푸딩이나 나눠 주고 있었다.

자신을 우습게 보라고. 더 만만하게 보라고. 마음껏 자신을 해치라고. '한 번 용서했으니, 두 번이든 세 번이든 용서를 못 할까.'라고 인자하게 웃으면서.

'설마, 이딴 식으로 일을 처리했을 줄이야.'

카루나는 어이가 없었다. 너무 어이가 없어서 허탈했고. 허탈하다 못해 분노가 일었다.

보쉬엔 자작가에서 라크안을 구해 온 이후 카루나는 바이켈드 공작가의 공식적인 일에 신경을 껐다. 주인인 라크안이 돌아왔으니 어련히 알아서 잘할까 싶었다. 나설 명분도 없었고, 나설 생각도 없었다.

'그러면 안 됐어. 어떻게 굴러가는지 정도는 파악해 두었어야 했어.'

그게 이렇게 후회가 될지 몰랐다.

'어떻게 이렇게까지 바보 같을 수가 있어!'

분노는 오롯이 바이켈드 공작, 라크안에게 향했다. 카루나는 거침없이 귀족들을 헤치고 걸었다. 귀족들은 얼른 길을 비켜 주었다. 카루나는 쉽게 다시 라크안의 옆에 설 수 있었다.

라크안은 보쉬엔 자작과 이야기를 나누다가 카루나에게 고개를 돌렸다. 보쉬엔 자작은 카루나에게 얼른 인사를 했다. 아버지, 아니 어쩌면 할아버지뻘인 나이지만, 보쉬엔 자작은 나이를 잊고 넙죽 카루나에서 허리를 굽혔다. 하지만 카루나는 그에게 눈길 한 번 주지 않았다. 철저하게 그의 인사를 무시했다.

"꼬…… 카루나, 무슨 일이 있는 거야?"

"네. 무슨 일이 생겨 버렸어요. 무슨 일이 있으면 바로 곁으로 돌아오라고 하셨잖아요? 그래서 왔어요."

카루나가 웃으며 말했다. 입으로는 웃고 있으나 눈은 웃고 있지 않았다. 라크안은 카루나가 단단히 화난 걸 금세 알아차렸다.

'왜 화가 난 거지? 그 잠깐 사이에 무슨 일이라도 있었던 건가?'

라크안이 카루나 뒤에 선 세나를 보았다. 세나는 살짝 어깨를 으쓱였다.

"피곤해요, 라안 님."

카루나가 손을 들어 라크안에게 내밀었다. 라크안은 또 움찔거리더니 카루나의 손을 멍하니 쳐다만 봤다.

"절 부끄럽게 하실 참인가요?"

카루나의 목소리가 바로 뾰족해졌다.

"그럴 리가."

그 소릴 듣고서야 라크안은 정신을 차리고 카루나의 손을 제 손 위에 얹었다.

"실례하겠어요."

카루나는 주변을 둘러보며 양해를 구하고는 라크안을 끌고 무리를 벗어 났다. 등 뒤에서 사람들의 시선이 무수하게 쏟아졌다. 카루나는 라크안을 데리고 빈 테라스로 나갔다. 세나는 얼른 커튼을 내리고 창문을 닫은 뒤 그 앞에 섰다. 호기심에 기웃거리는 사람들에게 싸늘한 눈빛을 뿌렸다.

테라스로 나가자마자 시원한 찬 바람이 뺨을 감쌌다. 카루나는 대리석 난간에 기대 라크안을 째려보았다.

"왜 그래, 무슨 일이야?"

라크안은 멀뚱한 얼굴로 테라스 입구에 서 있다가 슬그머니 카루나의 옆으로 걸어왔다.

"무슨 일이냐고요? 제가 드리고 싶은 말씀인데요."

카루나가 닫힌 테라스 문을 손으로 가리켰다.

"지금 저게 무슨 상황인가요?"

"무슨 상황은…… 설마 누가 널 무시하거나 괴롭혔어? 그런 거야?"

라크안이 헛다리를 짚고 목소리를 높였다.

"누구야, 어떤 자식이야."

붉은 눈이 번뜩였다.

"괴롭히긴 무슨! 누가 감히 날 무시하거나 괴롭혀요? 감히?"

"……그래, 그건 그렇지."

라크안은 급인정했다.

"맞장구치지 말고, 제 질문에나 대답하세요. 보쉬엔 자작가, 그 가문 사람들이 왜 여기에 있는 거죠? 어떻게 여기에 얼굴을 들이밀도록 가만 놔둘 수 있어요!"

"뭐? 갑자기 보쉬엔 가문은 왜?"

"보쉬엔 자작 부인이랑 그 루린토프, 갈가리 찢어 죽여도 시원찮을 그 여자가 태연히 얼굴을 들고 나한테 인사를 하러 왔거든요."

카루나가 이를 갈며 말했다.

"그것만으로도 어이가 없는데, 공작 각하는 보쉬엔 자작이랑 웃고 떠들고, 아주 장난도 아니던데요?"

"잠깐. 무슨 소리를 하는 거야. 잠깐만, 꼬맹아."

"잠깐? 아니, 난 잠깐이라도 그냥 두고 보고 싶지 않은데요?"

카루나는 코웃음을 치며 라크안의 손을 밀쳤다.

"남들이 보면 내가 아니라 보쉬엔 자작이 공작 가하랑 야훈한 사이인 줄 알겠더라고요? 그 쭈그렁 할아범이 그렇게 좋아요? 어떻게 보쉬엔 자작을 옆에 데려다 놓고 좋다고 웃고 있을 수 있어요!"

카루나가 라크안을 노려보았다.

"꼬맹아, 너 설마, 지금…… 나랑 보쉬엔 자작 사이를 오해하는 거야? 질투라든가, 그런 거?"

라크안이 얼떨떨한 목소리로 말했다.

"이런 등신 같은!"

카루나는 두 주먹을 불끈 쥐었다.

"질투? 질투 같은 소리하고 앉아 있네."

"아니, 그럼 왜……."

"왜?"

라크안은 영 말귀를 못 알아들었다.

'역시 말로 해서는 안 돼.'

카루나는 라크안에게 등을 돌리고, 아예 난간 위로 올라갔다. 치렁치렁한 드레스를 입고도 능숙하게 장식을 밟고 올라가 가느다란 난간 위에 섰다.

"뭐 하는 거야, 위험하게!"

라크안이 기겁하며 카루나에게 다가왔다. 카루나는 그 틈을 놓치지 않고 라크안의 크라바트를 붙잡았다.

"큭!"

라크안은 단번에 목줄이 붙잡혔다. 카루나는 느슨하게 묶은 크라바트를 두 손으로 단단히 조이고, 목을 조를 듯 잡아당겼다.

"큭! 억! 야, 꼬, 맹, 이, 너! 큭, 이, 거, 놓고!"

"정신 차리세요, 정신 차리라고요!"

그리고 크라바트를 앞뒤로 마구 흔들었다.

"입은 얼굴 만들다 가죽이 모자라서 구멍을 뚫어 놓은 건가요? 머리는 어깨 위가 허전해서 장식으로 달아 놓으셨어요?"

카루나가 크라바트를 아래로 훅 잡아당겼다.

"아니면."

라크안의 허리가 훅 꺾이며, 카루나와 라크안의 눈높이가 똑같아졌다.

"여기가 만만해요? 잘난 제국의 검, 제국의 방벽, 광기사 라크안 폰 바이켈드 각하?"

카루나는 숨 막혀 괴로워하는 얼굴, 잔뜩 찡그린 붉은 눈을 가만히 들여다보았다. 그러고는.

"하, 역시 그런 거구나."

두 손을 탁- 놓았다. 라크안은 켁켁거리며 한 손으로 크라바트를 찢을 듯 풀었다.

카루나는 라크안의 다른 한 손을 내려다보았다. 목이 졸려 죽을 위기에 처한 그 상황에서도 라크안의 한 손은 카루나를 붙잡고 있었다. 혹시라도 카루나가 뒤로 넘어가 떨어질까 봐.

"목이 조여 죽을 위기에서도 나를 챙길 만큼 착하신 건가요, 공작 각하."

"큭, 꼬맹이…… 너, 이번엔 진짜 죽을 뻔했다고!"

라크안은 늘어질 대로 늘어진 크라바트를 풀어 바닥에 집어 던졌다. 눈가가 촉촉한 게 눈물이 맺힌 듯했다.

"아니면 여유로운 건가. 내 손에 죽을 리 없다는 자신감 때문에."

카루나는 그런 라크안을 가만히 올려다보았다.

'이 사람한테는 이곳이 그냥 애들 장난 같았던 걸까?'

찬물을 뒤집어쓴 듯 기분이 단번에 가라앉았다.

"꼬맹아? 너 왜 그러는 거야, 도대체."

라크안은 한 손으로 제 목을 문지르며, 잔뜩 쉰 목소리로 말했다.

"이거 놔요."

카루나는 제 허리를 감싸 쥔 라크안의 팔을 찰싹, 때렸다.

"위험해. 일단 내려와."

라크안은 따가워 손을 움찔 떨면서도, 카루나를 놓지 않았다. 그 모습을 보며 카루나는 다시 한번 푹 한숨을 내쉬었다. 그러고는 순순히, 라크안의 팔에 기대 난간 아래로 내려왔다. 그제야 라크안은 카루나를 놓아주었다.

카루나는 땅에 발이 닿자마자 뒤로 물러섰다. 라크안은 당연히 그에 맞춰 카루나에게 다가가려 했다.

"다가오지 마요. 거기 서세요."

카루나가 손을 들어 라크안을 제지했다.

"꼬맹아?"

라크안이 눈물에 젖은 붉은 눈을 깜박이며 카루나를 불렀다.

"바이켈드 공작 각하."

조금 전까지 '라안 님'이라고 불렀던 붉은 입술이 냉정하게 '바이켈드 공작'을 불렀다. 라크안은 마법에 걸린 사람처럼 멈춰 섰다. 조금 전, 라안 님이라고 처음 불렸을 때와 같으면서도 달랐다. 귓불은 붉어지지 않았다.

"다시 한번 물어볼게요. 보쉬엔 자작 가문을 왜 저대로 놔두는 건가요?"

"저대로 놔두다니? 철십자 기사단이 부순 저택은 복구해 줬고."

"나는 왜 중심에서 배제하고 도태시켜서, 망하게 만들지 않았냐고 물었어요."

"……."

라크안이 미간을 찌푸렸다.

"내가 그런 짓을 왜 해야 하는 거지?"

"공작 각하의 위엄을 살리기 위해서요."

"내 위엄을 살리자고 보쉬엔 자작 가문을 없애라고?"

"네."

카루나는 주저 없이 대답했다.

"……."

카루나를 바라보는 붉은 눈이 일순간, 깊어졌다. 하아. 라크안은 한숨을 내쉬더니, 손으로 얼굴을 문질렀다. 마른세수를 하며 눈가에 맺힌 물기를 털어 냈다. 다시 고개를 든 얼굴엔 표정이 없었다. 카루나는 그 표정을 잘 알았다.

'예전에 날 보던 그 표정이네.'

바이켈드 공작이 마카레나 백작 영애, 클레이엔을 쳐다볼 때의 그 눈이 었다.

'그렇게 쳐다보면 뭐, 어쩔 건데?'

카루나는 머리 꼭대기까지 짜증이 솟아 있었다. 라크안의 표정 변화는 그 짜증을 돋울 뿐이었다. 카루나와 비교도 할 수 없을 만큼 차분해진 라크안은 한쪽 무릎을 꿇고 앉았다. 그렇게 카루나와 눈높이를 맞췄다.

"……왜?"

나지막한 목소리가 카루나를 붙들었다.

"……."

"왜 그래야 하는데?"

붉은 눈이 탐색하듯 카루나를 보았다.

"내가 왜 그래야 하는 건데. 말해 봐, 꼬맹아."

라크안의 목소리가 카루나의 것 이상으로 낮게 가라앉았다. 하지만 카루나는 그저 분노와 짜증에 사로잡혀, 그런 라크안의 변화를 미처 눈치 채지 못했다.

"그래야지 황제파 귀족들이 자신들의 수장인 바이켈드 공작을 우습게 보지 못하고, 다시는 그 같은 일을 또 저지를 엄두조차 못 낼 테니까요."

카루나는 가차 없이 라크안의 질문에 대답했다.

"보쉬엔 자작은 인덕 있는 사람이야. 황제파에 없어선 안 되는 인재기도 하고. 그런 사람을, 고작 내 명예를 지키기 위해 죽이라고?"

라크안은 기다렸다는 듯 다시 물었다.

"그의 인덕, 재능은 중요하지 않아요. 무능하든 유능하든 상관없어요. 공작 각하 밑에 있다면 무조건 공작 각하에게 충성해야 하죠. 그러지 않는다면 죽음뿐이어야 해요."

"그들이 충성해야 할 대상은 황제 폐하와 황태자 전하야."

"한낱 기사는 제게 말과 갑옷을 주고 먹을 걸 주는 영주에게 충성을 신서하죠. 하지만 그렇다고 황제 폐하에게 충성하지 않는 건 아니에요. 그 말은 멍청한 소리예요."

카루나는 라크안의 눈을 똑바로 바라보며 말했다.

"지금, 공작 각하는 황제 폐하가 공작 각하를 중앙으로 끌어들인 노력을 우습게 보고 태만한 거예요."

제국의 중앙 정치는 오랫동안 권세를 가진 백작들에 의해 휘둘렸다. 황제는 이를 견제하기 위해 지방의 남작과 자작을 중앙에 끌어들였다. 하지만 그들을 상대하기엔 역부족이었다.

후작은 변경의 사령관을 겸하는 경우가 많아 중앙의 정치와는 거리가 멀었다. 때문에 황제는 제국의 유일한 공작 가문인 바이켈드를 자신의 대리인으로 삼았다. 그런데 황제 대신 황제파의 정점에 서야 할 바이켈드 공작이 이렇게 무르다.

"전쟁터에서 몇 년을 구르며 죽고 사는 경계를 넘으신 분께 중앙의 정치 싸움 따위는 우습게 느껴지는 건가요?"

그러지 않고서야 이럴 수 있을 리가 없다.

'하지만 이 우스운 싸움터에서 당신은 적군도 아니고 아군한테 붙잡혀 죽을 뻔했어.'

카루나는 라크안을 보쉬엔 자작가에서 구해 올 때의 기억을 떠올리며 몸을 잘게 떨었다. 그런데 정작 당사자는 태연하다 못해 그때의 고통을 잊은 사람처럼 굴었다.

"다음에 또 루린토프든 누구든 공작 각하, 당신을 납치하든 감금하든 하려 한다면, 그때도 이렇게 다 용서해 줄 건가요?"

"그런 일이 또 일어날 리가 없잖아."

"단 한 번도 일어나지 않았던 일이 딱 한 번 생기는 건 진짜 어려워요. 하지만 한 번 일어났던 일이 두 번, 세 번 일어나는 일은 아주 쉽죠."

카루나는 라크안의 대답을 비웃었다.

"그때마다 공작 각하는 그들을 다 용서할 건가요? 예전에 보쉬엔 자작 가도 용서해 주었듯 자신들도 용서해 달라고 하면 용서해줄 건가요? 두 번이든 세 번이든 백 번이든 천 번이든?"

"……."

"전쟁터에서도 그러셨어요? 탈영한 병사를 잡아 와서, 다신 그러지 말라고 봐주나요? 적에게 기밀 정보를 팔아넘긴 부하를 잡아 와서는 다시는 그러지 말라고 사과하고, 잡을 때 실수로 부순 칼과 갑옷을 새로 사 주시나요?"

"아니, 그러지 않지."

라크안이 씁쓸히 웃으며 대꾸했다. 카루나는 그것 보라는 듯 말을 이었다.

"공작 각하, 저는 전쟁을 몰라요. 전술이니 군량미 수송이니 뭐니, 전쟁에서 이기는 방법 같은 건 하나도 모르죠. 하지만 이건 알아요. 탈영한 병사를, 적에게 기밀을 넘긴 부하를 죽여야 한다는 것."

10년간, 카루나의 전쟁터는 이곳이었다. 라크안이 같잖게 보고 있는 중앙의 정치판, 그리고 사교계. 칼과 방패가 부딪치는 대신 말과 독이 오가는 곳.

카루나는 이곳을 만만하게 보며 제 위엄과 명예를 스스로 깎아내리는 라크안을, 가만 두고 볼 수 없었다.

"공작 각하가 못 하면 내가 해요. 보쉬엔 자작가, 내가 절대 가만히 두지 않을 거야."

녹색 눈이 표독스럽게 빛났다.

"내가 부숴 버릴 거야."

불명예스럽게. 비참하게. 이후 살아남은 보쉬엔 자작가 사람 중 누구도 감히 자신이 보쉬엔이었다고 말하지 못할 만큼, 수치스럽고 비참하게 만들리라. 무슨 수를 써서라도.

"꼬맹이. 너, 역시……."

그때였다. 누군가 닫힌 테라스의 창문을 두드렸다. 유리창을 깰 듯 세찬 소리였다. 라크안과 카루나는 놀라 문 쪽으로 고개를 돌렸다. 테라스 창문이 벌컥 열리며 세나가 얼굴을 내밀었다.

"무슨 일이야, 곧 나갈 테니 기다리고 있어."

라크안은 얼굴을 구기며 손을 내저었다.

"말씀 중 죄송합니다만, 아무래도 좀 나와 보셔야 할 것 같습니다."

세나의 얼굴은 라크안보다 더 구겨져 있었다. 열린 창문 사이로 홀의 떠들썩한 분위기가 흘러 들어왔다. 카루나는 뭔가 심상치 않게 돌아가고 있음을 눈치챘다.

"우리 이야기는 나중에 마저 해요."

카루나는 바로 홀 쪽으로 걸어갔다.

"잠깐만. 꼬맹아, 너한테 확인하고 싶은 게 있어."

라크안은 몸을 일으켜 카루나의 뒤를 쫓았다. 카루나가 다시 홀 안으로 들어가고, 라크안이 테라스의 창문을 잡았을 때였다.

"어머나, 마카레나 백작 영애. 저를 기억해 주시다니 영광이에요."

누군가의 목소리가 라크안과 카루나를 꿰뚫었다.

"마카레나 백작 영애가 방금, 도착했습니다."

세나가 굳은 얼굴로 말했다. 라크안과 카루나, 둘은 목소리가 들린 쪽을 바라보았다. 잔뜩 몰려 있는 사람들 사이로 누군가가 보였다.

"진짜로 마카레나 백작 영애라고?"

라크안은 카루나보다 먼저 그녀를 알아보았다.

"그럴 리가…… 어떻게?"

그러고는 믿을 수 없다는 듯 카루나와 그녀를 번갈아 바라보았다. 카루나는 그런 라크안을 알아챌 여유가 없었다.

몸의 모든 감각이 사람들에게 둘러싸여 있는 여인을 향했다. 불타오르는 듯한 붉은 머리카락이 눈에 띄었다. 붉은 머리를 높이 틀어 올려 진주와 비취 장식으로 고정했다. 샹들리에 불빛을 받아 번쩍이는 다이아몬드 목걸이를 하고 있었다.

'새끼손톱만 한 다이아몬드가 199개…….'

카루나에게 익숙한 목걸이였다. 입고 있는 푸른 드레스는 동방의 비단에 은실로 자수를 놓은 것이었다. 섬세한 무늬로 짜인 레이스, 부풀린 치맛자락 여기저기에 박힌 색이 고운 비취. 마치 열 달 전의 어느 날이 생각나는 모습이었다.

마카레나 백작의 여식이 황태자의 약혼녀가 되었던 날. 그 여식의 대역이 배에 칼이 박혀 죽었던 그날. 카루나는 저도 모르게 자신의 배에 손을 가져다 댔다.

'곧 돌아오실 겁니다, 클레이엔 아가씨께서.'

루시온의 낮은 목소리가 카루나를 움켜쥐었다. 각오했지만 막상, 현실을 마주하려니 숨이 턱, 막혔다. 눈앞에 진짜 클레이엔이 나타났다. 그동안 비워 두었던 자신이 자리를 찾으려고.

카루나는 무의식적으로 보지 않으려 피했던 클레이엔의 얼굴을 쳐다보았다.

"아……."

클레이엔인 척했던 스무 살의 카루나와 정말로 똑같이 생긴 얼굴이 거기 있었다.

'나랑 똑같이 생겼구나. 정말 똑같이 생겼어.'

보고 있는데도 믿을 수가 없었다. 카루나는 헛웃음을 터뜨렸다.

'항상 궁금했어, 10년 내내 궁금했다고. 도대체 뒷수습을 어떻게 하려고 날 대역으로 삼은 걸까 궁금했는데.'

아무리 흉내를 낸다 해도 완벽히 똑같진 않을 텐데. 대역이 사라진 자리에 진짜가 오면 적응이나 제대로 할까. 걱정 아닌 걱정이 무색하게도. 지난 10년간의 클레이엔과 더없이 똑같은 클레이엔이 거기 있었다.

다른 사람은 몰라도 카루나는 알 수 있었다. 흘깃 보이는 손짓 하나, 웃는 표정 하나, 고개를 젓는 행동 하나. 모든 게 클레이엔인 척했던 카루나와 똑같았다.

가짜는 10년간의 자신과 똑같은 진짜를 보며, 오싹함마저 느꼈다. 카루나는 진짜 클레이엔의 뒤에 그림같이 서 있는 루시온을 바라보았다. 이미 루시온은 홀에 들어왔을 때부터 카루나를 바라보고 있었다.

그 남색 눈과 눈이 마주쳤다고 생각했을 때. 갑자기 눈앞이 까매졌다. 라크안이 그녀의 앞을 막아선 것이었다.

"공작 각하?"

"……"

라크안은 대답하는 대신 클레이엔과 루시온이 있는 쪽을 노려보았다.

'괜찮아, 계속 생각했던 거잖아. 이런 날이 올 줄 알았잖아.'

카루나는 자기 자신에게 말하며 두 손을 꼭 맞잡고 잠시 어깨를 웅크렸다. 숨이 턱턱 막혔다. 애써 의식하며 숨을 들이쉬고 내쉬어야 했다.

'이미 예상하고 있었던 거야. 루시온이 말한 것처럼…… 진짜 클레이엔이

원래 자리로 돌아온 것뿐이야. 대비도 다 해 놨잖아. 그러니까 괜찮아.'

손끝에서 시작된 떨림이 온몸으로 퍼졌다. 특히나 배가 시렸다. 칼에 찔렸던 그 언저리가 새삼 아파 왔다. 무서웠다. 아닌 척 배짱을 부리려 해도, 몸이 그때의 일을 기억하고 있었다.

'괜찮아, 괜찮을 거야. 무서워하지 않아도 돼. 도망치지 않아도 돼. 난 바이켈드 공작의 약혼녀니까, 그러니까 그때처럼 날 죽이지 못할 거야.'

카루나는 자꾸 속으로 똑같은 말을 반복하며, 눈을 들어 앞을 바라보았다. 단정히 빗어 넘긴 까만 머리카락이 보였고, 널찍한 등이 보였다.

'계속 내 옆에 있어. 난 엄청 강한 사람이야. 네가 무서워하는 그 자식보다 훨씬 더 강해. 너 정도는 거뜬히 지켜 줄 수 있어. 걱정하지 마.'

라크안은 카루나에게 이렇게 말했다. 그때, 그의 몸엔 상처가 가득했다. 얼굴은 지독하게 피곤해 보였다. 그런 상태에서 카루나에게 손을 내밀어 주었다.

그런 남자가 카루나를 보호하려는 듯 앞을 막아서고 있었다. 커다란 방패 뒤에 숨은 기분이 들었다. 이상하게도 마음이 편해졌다. 여전히 배가 시리고 뱀이 꾸물꾸물 지나가는 느낌이 들었지만, 몸의 떨림은 가라앉았다.

'그래, 난 지금 카루나야. 가짜 클레이엔이 아니야. 그리고 지금 내 앞에는 바이켈드 공작이 있어.'

자신이 클레이엔이었다는 걸 알기 전까지, 시한부의 보호라 해도 상관없다. 어쨌든 지금 이 순간, 라크안은 카루나를 지키려 하고 있었다.

'하나도, 하나도 무섭지 않아.'

카루나는 이를 악물고 고개를 뻣뻣하게 들었다. 누가 봐도 자신만만하다 못해 오만해 보일 정도로 허리를 세우고 눈을 크게 떴다. 귀족들에게 둘러싸여 웃고 있는 클레이엔이 보였다.

클레이엔은 뒤에 서 있던 루시온에게 귓속말을 하더니, 고개를 돌려 카루나와 라크안이 서 있는 쪽을 바라보았다. 입가엔 여전히 웃음이 가득했다. 클레이엔과 눈을 마주치자마자 라크안은 쯧, 혀를 찼다.

"아주 영영 안 올라왔어도 좋았을 텐데."

혼잣말이 카루나에게만 들릴 듯 말 듯 하게 닿았다. 어떻게 들어도 어린아이 투정같이 들렸다. 카루나는 피식, 웃었다. 그러자 그나마 남아 있던 두려움마저도 사라지는 것 같았다.

클레이엔이 사뿐히 라크안과 카루나가 있는 쪽으로 걸어왔다. 귀족들은 얼른 길을 터 주고는 주변으로 몰려들었다.

근 1년 만의 재회였다. 황제파의 수장 바이켈드 공작과 귀족파의 독을 품은 꽃, 마카레나 백작 영애. 귀족들은 황제파나 귀족파, 너 나 할 것 없이 흥미진진하게 그 광경을 지켜보았다.

"오랜만에 뵈어요, 바이켈드 공작 각하."

클레이엔이 라크안에게 살짝 무릎을 굽혔다 펴며 인사했다. 얼굴엔 생글생글, 밝은 웃음이 가득했다. 라크안의 미간엔 주름이 생겼다.

"어머나, 제 인사를 받아 주지 않으시는 건가요?"

손을 가슴에 모으고 상처 입은 척 표정을 짓는 게 더없이 클레이엔다워 보였다.

'저거 내가 잘하던 건데.'

카루나는 팔에 오드득, 소름이 돋는 걸 느꼈다.

'똑같아도 너무 똑같잖아.'

단지 머리색과 눈동자, 옷차림만 똑같은 게 아니었다. 예법에서 한 치도 벗어나지 않는 몸짓과 우아하고 상냥한 척하며 상대방을 골리는 가벼운 수법까지. 모든 게 정말로 자신이 대역으로 있던 시절의 그 '클레이엔'이었다. 라크안의 팔을 잡은 카루나의 손에 힘이 들어갔다.

"무슨 수작인가?"

라크안은 근 1년 만에 만난 정적에게 역시나 냉정했다.

"수작이라니, 어찌 그런 말씀을 하시는지? 오랜만에 만났기에 인사를 드리는 것뿐이랍니다."

"우리가 정답게 인사를 나눌 사이는 아닌 것 같은데."

"그런가요? 그동안 그렇게 생각하셨던 거군요."

"그건 그쪽 역시 마찬가지였을 텐데?"

"글쎄요. 이전까지라면 모를까 이제부터는 달라지려고 한답니다."

클레이엔은 다퉜던 친구와 화해를 하려는 듯 상냥하게 말했다.

"달라지려고 한다?"

"네, 이제 모든 게 바뀌었으니까요."

눈초리가 치켜 올라간 녹색 눈을 곱게 휘며 클레이엔이 눈웃음을 쳤다. 살갑게 웃는 얼굴이 아름다웠으나 그 얼굴을 보는 라크안은 얼굴을 굳혔다. 지켜보던 카루나는 놀라 눈을 깜박였다.

'왜 저렇게 웃는 거야. 클레이엔은 그렇게 웃지 않아.'

클레이엔은 비꼬려 말하는 게 아니었다. 그냥 속뜻 없이 상냥한 척을 하고 있었다. 원래 상냥하고 착한 사람이었다는 양.

'나라면 절대 이렇게 굴지 않았을 거야. 왜 자꾸 바이켈드 공작의 비위를 맞추려 구는 거야.'

카루나는 그게 자꾸 눈에 거슬렸다.

"……그댄, 누구지?"

라크안 갑자기 물었다. 클레이엔 말고 카루나의 몸이 순간, 굳었다.

'설마.'

싶으면서도.

'괜히 하는 소리겠지. 속 긁으려고.'

라고 애써 생각하고 싶었다. 도둑이 제 발 저린다던가. 카루나는 눈만 데굴, 굴려 라크안을 쳐다보았다. 그러다 마찬가지로 라크안을 바라보던 루시온과 눈이 마주쳤다.

"……."

"……."

잠시였지만 둘은 한마음이었다. 카루나는 루시온이 자신만큼이나 긴장한 것을 눈치챘다. 얼굴은 여전히 무표정이었지만 남색 눈동자가 살짝, 흔들리는 게 보였다.

"그게 무슨 말씀이신가요?"

클레이엔만 태연했다.

"누구냐고 물었소만."

라크안의 목소리가 한층 낮아졌다. 옆에서 듣는 것만으로도 뒷목이 오싹할 정도였다.

'설마 바뀐 걸 눈치챈 건가?'

생각만으로도 뒷골이 서늘해졌다.

'그런데 왜 화가 난 거지?'

5년 동안 치고받고 싸웠던 카루나는 그의 분위기가 바뀐 것을 바로 알아챘다.

라크안은 화를 내고 있었다.

그는 정말 화가 나면 오히려 차분해지고 차가워지는 성미였다. 목소리가 얼음처럼 차가워지고, 두 눈이 날카로워졌다.

붙잡고 있던 팔은 힘이 들어가서 단단해졌다. 바늘로 찌르면 바늘이 구부러질 것 같았다. 카루나는 슬그머니 라크안의 팔에서 손을 뗐다. 어쩐지 몸이 으스스한 게, 라크안의 옆에 있으면 안 된다는 생각이 들었다. 이를테면 생존 본능이었다.

하지만 라크안은 카루나가 멀어지는 걸 용납하지 않았다. 카루나의 손을 쥐고는 다시 자신의 팔에 얹도록 했다. 카루나의 손을 움켜잡고 놔주지 않았다.

"대화 도중에 제가 누구인지 잊으신 건 아닌 것 같은데요."

"내가 아는 마카레나 백작 영애가 아닌 것 같아서 묻는 것이오만."

"아."

그제야 클레이엔은 탄성을 내지르며 방긋 웃어 보였다.

"공작 각하의 마음을 충분히 이해한답니다."

클레이엔이 다시 손을 가슴에 다소곳이 모으며 말했다. 클레이엔의 트레이드 마크였으나, 이런 상황에서 써서는 안 될 자세였다.

"오늘 제가 이곳에 온 것은 저의 이런 달라진 모습을 공작 각하와 다른 분들께 보여 드리기 위해서랍니다."

클레이엔은 마치 이 무도회가 자신을 위해 열린 것이라는 듯 말했다.

'그 자신감은 클레이엔답네.'

카루나는 입술을 삐죽이다가,

'아까부터 무슨 생각을 하고 있는 거야?'

그제야 자신이 클레이엔의 몸짓 하나 말투 하나하나를 평가하고 있다는 걸 깨달았다.

'뭐 하는 거냐, 나.'

어이가 없었다. 하지만 그 마음은 오래가지 못했다.

"공작 각하, 저는 요양을 가서 많은 것을 반성하고 또 깨달았답니다."

클레이엔의 뜬금없는 고백 때문이었다.

이어지는 말은 더욱 가관이었다. 요양하러 내려간 영지에서 힐빗고 굶주린 백성들을 보며 충격을 받았다고 했다. 그간 황태자비가 되겠다는 목표를 이루기 위해 살아온 10년을 반성하였노라고. 카루나는 표정

관리를 하기 위해 안간힘을 써야 했다.

'뭐? 반성을 해? 10년 동안 살아온 게 후회가 돼?'

10년간 황태자비가 되기 위해 뼈 빠지게 고생했던 건 진짜 클레이엔이 아니었다. 카루나였다. 얼마나 많은 고생을 했던가. 딱히 진짜 클레이엔이 그 노고를 알아주길 바란 적은 없었지만. 이렇게까지 깔아뭉개리라고는 생각조차 하지 못했다. 클레이엔은 아예 지난 10년간을 철저히 부정하는 방향으로 나아가려는 듯했다.

'어떤 의미론, 현명한 방법이네.'

물론 당장이라도 클레이엔의 얼굴을 손톱으로 확 긁어 버리고 싶은 심정은 별개였다. 카루나는 클레이엔의 뒤에 서 있는 루시온을 바라보았다. 분명 그의 계획이리라. 루시온은 무표정한 얼굴로 살짝 눈을 내리깔아, 카루나의 시선을 피했다.

"앞으로 황태자비로서 몸가짐을 바르게 하고, 오직 황태자 전하와 제국을 위해 살고자 마음을 먹었답니다."

클레이엔의 일장 연설은 계속되는 중이었다.

'얼씨구?'

카루나는 어디까지 계속되나, 지켜보았다.

"그러니 공작 각하께서 저를 도와주시겠어요? 이제 더 이상 귀족들이 황제파니 귀족파니 나뉘어 제국의 재력을 낭비하는 걸 지켜보고만 있을 순 없네요. 아무래도 저와 공작 각하가 나서야 하지 않을까요?"

"아가씨, 국력입니다."

루시온이 옆에서 조그만 목소리로 말했다.

"아, 국력이요."

클레이엔이 빙긋 웃으며 자신의 말을 고쳤다. 아주 자연스러웠다.

"이제 와서 화해를 하자고?"

라크안이 기가 차다는 듯 물었다.

"음, 그리 속 좁은 분은 아니라 생각했는데. 제 생각이 짧았던 건가요?"

"글쎄, 그대가 나에게 그렇게 말해선 안 될 것 같은데."

"과거는 과거일 뿐. 지난 일에 매여서는 큰일을 할 수 없지요. 공작 각하."

"그 또한 그대가 내게 할 말은 아닌 듯싶소만."

라크안이 한쪽 입술만 비쭉 올려 싸늘히 웃으며 말했다.

"부디, 오늘 이곳에서 지난날의 섭섭함을 모두 푸셔요. 제가 수도로 돌아온 기념으로요."

"마카레나 백작 영애? 내 말이 이해가 되지 않나?"

"충분히 이해하고 있어요. 그렇기에 저도 여러 번, 계속해서 공작 각하께 제안을 하고 있는 거잖아요?"

클레이엔이 왼손을 들어 라크안에게 내밀었다.

"어떤가요, 모두가 보는 앞에서 화해의 춤이라도?"

티스푼보다 무거운 걸 들어 본 적 없을 것 같은 가녀린 손이 허공에서 까딱였다. 어서 내가 내민 손을 황송해하며 잡으라는 태도였다. 루시온이 드물게도 움찔, 하고 몸을 떨었다. 라크안은 어이없다는 듯 클레이엔을 바라보았다.

"실례되는 말인지 모르나, 지금 제정신인가, 영애?"

"실례되는 말이네요. 그런 말은 하지 말아 주세요."

클레이엔은 완벽하게 라크안의 말을 차단했다. 그 모든 상황을 제3자 입장이 되어 지켜보고 있는 카루나는 입을 가리고 웃었다. 어깨를 들썩이지 않고 웃는 게 영 힘들었다. 혼자 고생하고 있는 라크안에게 미안하긴 했지만, 구경하는 재미가 있었다. 그리고 라크안과 클레이엔의 춤이라니?

'한번 보고 싶기는 하네.'

어이가 없어서 궁금하기까지 했다. 흠흠. 뒤에서 루시온이 헛기침을 했다.

둘 사이에 주고받는 신호인 듯했다.

"아, 물론 그냥 해 본 말이에요."

클레이엔이 얼른 자신이 내뱉었던 말을 취소했다. 그러고는 자연스럽게 황태자를 돌아보았다.

"저의 황태자 전하께서 너무 바쁘셔서, 제게 춤을 신청할 틈이 없으시네요."

우아하게 도는 사이에 잠깐 스친 눈빛은 촉촉했다. 황태자에 대한 감정이 듬뿍 담겨 있었다.

'……진짜 클레이엔이구나.'

카루나는 그 눈빛 때문에 그녀가 진짜 클레이엔이라는 걸 새삼 실감했다. 클레이엔인 척하던 카루나는 단 한 번도, 황태자를 저런 눈으로 본 적이 없었다.

좋아하는 척하며 쫓아다니긴 했지만 눈빛까지 꾸밀 순 없었다. 방심하면 멍청하리만치 순진한 황태자를 띠껍게 바라보게 돼서 문제였다. 그 눈빛을 숨기려 고생을 하면 했지, 단 한 번도 저런 눈빛을 해 본 적이 없었다.

진짜 클레이엔을 상대하는 라크안은 그녀를 감당하지 못해 폭발하기 일보 직전이었다. 약혼자의 인내심이 바닥나 폭발하기 전에 막는 것 역시 약혼녀가 해야 할 일.

'구경은 여기까지만 해야겠네.'

에휴. 카루나는 한숨을 내쉬며 한 발, 앞으로 나섰다.

루시온의 눈이 단번에 카루나에게 꽂혔다. 카루나는 싱긋 웃으며 등 뒤의 세나에게 눈짓했다. 세나는 얼른 품속에 보관하고 있던 부채를 내밀었다. 카루나는 부채를 있는 힘껏 폈다. 차르륵- 소리가 나도록. 그 소리에 하염없이 황태자를 바라보던 클레이엔이 다시 고개를 돌렸다.

"이건 뭐……."

흠흠. 루시온이 다시 헛기침을 했다. 클레이엔이 멈칫했다. 그 틈에 카루나는 얼른 입을 열었다.

"제 약혼자의 첫 춤을 가져가려 하시다니, 너무하시네요. 영애."

"너는, 아니, 그쪽은……."

클레이엔이 무어라 말하려 했으나 카루나는 잽싸게 말을 잘라 먹었다.

"저는 카루나 폰 바이켈드입니다. 라안 님이 제 약혼자가 되시죠."

카루나는 부채를 들지 않은 오른손을 우아하게 들어 올렸다. 눈썰미가 있는 사람이라면 클레이엔과 카루나의 손짓이 매우 비슷하다는 걸 눈치챌 것이었다.

하지만 클레이엔과의 짤막한 대화에서 너무 큰 스트레스를 받은 라크안은 미처 눈치채지 못했다. 라크안은 그저 카루나를 보며 만족스럽게 웃으며 고개만 끄덕였다.

'……이 멍청한 늑대.'

카루나는 슬쩍, 라크안의 발을 밟았다. 라크안이 눈을 찌푸리며 카루나를 내려다보았다. 카루나는 제 손을 까닥였다. 그제야 라크안은 아- 하며 자신의 팔을 내밀었다. 카루나는 그 팔에 살포시 손을 얹고 클레이엔을 바라보았다.

"누구신지, 내게 알려 주시겠어요. 영애?"

카루나는 방긋 웃으며 물었다. 등 뒤에서 세나가 신나 하는 게 느껴졌다. 라크안 또한 오호, 싶은 표정으로 카루나를 바라보았다.

루시온의 눈가가 움찔, 떨렸다. 하급 귀족은 상급 귀족에게 먼저 말을 걸지 못한다. 상급 귀족은 하급 귀족에게 자신의 가문과 이름을 밝힐 수 있는 기회를 줄 수 있다. 옛날, 귀족 간이 급이 명확히 구분돼 있던 시절부터 이어진 관습과 같은 것이다. 요즘에야 귀족 간에 작위의 급보다는 가문이 얼마나 오래되었는지를 더 따지기에 거의 의미 없는 예절이었지만.

그래도 간혹, 사교계에서는 비슷한 시기에 데뷔한 영애들 사이에 신경전을 벌이며 이 예법을 들먹일 때가 있었다. 누구든 먼저 치고 나가 자신의 이름과 가문을 밝히고, 상대방에게 은혜를 내리듯 이름을 물어보는 식이었다. 카루나는 그 잔기술을 시전했다.

"날 모른다고?"

클레이엔은 그걸 알아채지 못했다. 기분 나쁜 티를 내며 눈살을 찌푸릴 뿐이었다. 결국 루시온이 클레이엔의 귀에 속삭였다.

'지금 말해 줘 봤자 좋을 게 없을 텐데. 저택에 돌아가서나 말해 주지?'

카루나는 루시온의 판단 착오를 안타까이 여겼다. 역시나. 카루나의 생각대로 클레이엔의 얼굴이 금세 시뻘겋게 달아올랐다. 루시온은 그제야 아차 싶은 듯했다.

표면적으로는 1년이 안 되는 기간 동안, 하지만 실제로는 약 10년 이상 클레이엔은 중앙 사교계에서 떠나 있었다. 얼마나 단단히 마음을 먹고 공부하고 온 건지는 모르겠으나, 분명 이런 틈은 계속 나타날 터였다. 그걸 잘 메워 주는 게 루시온의 역할이었다. 카루나는 루시온이 끼어들기 전 그 틈을 파고든 것이었다.

'인생은 실전이라고, 진짜 클레이엔 아가씨.'

카루나는 속으로 중얼거리며, 겉으로는 화사한 미소를 유지했다.

"이잇……."

클레이엔은 이를 갈며 부채를 움켜쥐었다. 조금만 더 힘을 주면 아름다운 깃털 부채가 부서질 것 같았다. 그 부채가 끝내 망가질까 안 망가질까, 카루나는 호기심이 들었다. 그런데 적도 아닌, 동료가 그녀의 호기심을 망쳤다.

"서로 건강한 걸 보았으니, 더는 얼굴을 맞댈 필요가 없겠지."

라크안은 짤막하게 인사말을 남기고는 클레이엔에게 등을 보였다. 원래

서로가 예의 따위는 밥 말아먹은 사이이니만큼 평소와 다를 바 없는 행동이었다. 등 뒤에서 클레이엔이 뭐라 말하고 루시온이 말리는 소리가 들렸다.

카루나는 부채가 동강 나는지 확인하진 못했지만 섭섭하지는 않았다. 어쩐지 발걸음이 가벼웠다. 치렁치렁한 드레스가 전혀 거추장스럽지 않았다. 오히려 잠자리 날개처럼 얇게 느껴졌다. 카루나는 상쾌한 기분으로 라크안을 보았다.

'어라?'

그런데 라크안은 카루나와 달리 기분이 안 좋아 보였다. 안 그래도 안 웃고 있으면 화나 보이는 사람이, 아예 얼굴을 딱딱하게 굳히고 있었다.

'클레이엔이 그렇게 싫은 건가?'

사실 라크안이 이렇게 싫어하는 클레이엔은 저 진짜 클레이엔이 아니라 자신이었다.

'아주 내가 클레이엔이었다는 걸 알면 난리 나겠네.'

매우 상쾌했던 카루나의 마음에도 살짝 먹구름이 꼈다.

"공작 각하, 왜 그러세요?"

카루나가 라크안의 팔소매를 잡아당기며 물었다. 목소리가 퉁명스러워져다. 마음이 삐뚤어졌는데 고운 소리가 날 리 없었다.

"아."

라크안은 그제야 제가 무도회장을 뚜벅뚜벅 가로질러 걷고 있었다는 걸 깨달은 듯했다. 뒤늦게 걸음을 멈추고 카루나를 바라보았다. 둘은 어쩌다 보니 홀의 중앙에 와 있었다. 서서 이야기를 나누는 사람들과 남녀 짝을 이루어 춤을 추는 사람들의 경계선에 서 있었다.

무도회장에서 춤추는 걸 한 번도 본 적 없는 바이켈드 공작과 그의 어린 약혼녀. 주변 귀족들은 둘을 힐끔힐끔 쳐다보았다.

"설마? 공작이 춤을 추는 건 아니겠지?"

"공작 각하가 춤을 출 줄 안다고?"

수군대는 소리가 카루나에게도 들렸다.

"음…… 이쪽으로 오시는 게 어떨지……."

세나가 슬쩍, 귀족들 사이에 길을 트며 카루나에게 손짓을 했다. 춤출 생각이 없었던 카루나는 기꺼이 세나의 도움을 받으려 했다. 그런데 카루나를 에스코트하는 라크안이 꿈쩍도 하지 않았다.

카루나는 볼썽사납게 라크안을 질질 잡아끄는 약혼녀가 되고 싶진 않았다. 그래서 라크안의 팔을 손가락으로 톡톡 두드렸다. 라크안의 시선을 끌려고 했건만. 괜한 손짓이었다. 라크안은 줄곧 카루나를 바라보고 있었다.

붉은 눈은 차분하게 가라앉은 상태였다. 생각에 잠긴 것 같기도 했고, 카루나를 관찰하는 것 같기도 했다. 낯선 얼굴이었다. 클레이엔인 척할 때 봤던 화내는 얼굴도, 카루나가 되어서 봤던 실없이 웃고 좋아 죽는 모습도 아니었다.

카루나는 그제야 이상함을 느꼈다.

'그러고 보니 오늘 내내 이상했어. 아까 테라스에서도 심각한 척 뭔가 말하려고 했고, 지금도…….'

낯선 무언가를 보듯 바라보는 무표정한 얼굴과 웃지 않는 붉은 눈이라니.

'이런 모습은 싫어. 나한테 이러지 마.'

카루나는 저도 모르게 라크안의 팔을 흔들었다. 잠에서 깨듯 라크안이 이 모습에서 얼른 깨어났으면 좋겠다는 생각에서였다.

"무슨 생각을 그렇게 하세요?"

카루나가 라크안에게만 들릴 정도로 작은 목소리로 속삭였다.

"……아니, 별로."

"별생각이 아닌데 왜 그렇게 멍하니 있는 건데요?"

"그러게."

라크안은 카루나의 녹색 눈을 바라보며, 혼잣말을 하듯 중얼거렸다.

"그냥, 너무 말도 안 되는…… 어이없는 생각이 들었는데, 자꾸 그게 맞을지도 모른다는 생각이 들어서."

낮게 가라앉은 목소리가 카루나의 목에 감겼다.

"어이없는 생각?"

라크안이 고개를 끄덕였다.

"……냄새가 나."

라크안이 한숨을 쉬듯 말했다.

"냄새요?"

카루나는 자신의 어깨와 손을 코에 가져다 댔다. 은은한 향이 코끝에 감돌았다. 굳이 '냄새'라고 말할 정도로 땀 냄새가 심하게 나지 않았다. 다른 이상한 냄새가 나지도 않았다. 전혀.

"아니, 이 정도는 기본이죠. 냄새가 뭐예요, 냄새가. 향기라고 하세요."

카루나는 라크안을 올려다보며 톡 쏘듯 말했다.

"아니, 너 말고."

"나 말고? 그럼 마카레나 백작 영애요?"

"그래."

"냄새?"

카루나는 고개를 갸웃, 흔들었다.

아무리 생각해 봐도 클레이엔에게 '냄새'랄 것이 없었다. 무도회장엔 사람들이 많았다. 온갖 향수 냄새로 가득 차 있었다. 아주 가까이 서 있지 않는 이상 그중 누구 한 명의 냄새를 구분해 맡을 수 없었다. 클레이엔과 라크안은 그만큼 가까이 붙어 있지도 않았다.

'늑대의 감각인 건가? 개처럼 냄새를 잘 맡나? 그런데 그게 왜 저렇게 기분이 가라앉을 만한 일인 거지?'

카루나는 잘 이해가 가지 않았다. 마침 연주단에서 빠른 템포의 왈츠 곡을 끝내고 느릿한 곡을 새로 연주하기 시작했다. 아주 기본적인 사교춤곡이었다. 혹시나 싶어 슬쩍 연주단이 있는 쪽을 돌아보니, 황태자의 시종이 옆에 서 있었다. 중앙으로 나오는 라크안과 카루나를 본 듯했다.

에휴, 카루나가 한숨을 쉬었다.

"냄새는 이따 생각하시고, 어서 저한테 춤 신청을 하시죠?"

카루나는 라크안의 옆구리를 쿡 찔렀다.

"윽."

라크안은 뒤로 물러서며 카루나를 보았다.

"춤?"

표정을 보아하니 뜨악해 보였다.

'뭐야, 나랑 첫 춤 안 추려고?'

카루나는 살짝 짜증이 났다.

"설마 춤 한 번 안 추고 이곳을 무사히 빠져나갈 수 있을 거라 생각한 건 아니시겠죠?"

"난 원래 춤 같은 건 안 춰."

"오늘은 춰야 해요. 설마 제가 첫 춤을 다른 사람이랑 추길 바라시는 건가요?"

카루나가 눈을 치켜뜨고 라크안을 올려다보았다. 라크안은 윽, 소리를 내며 고개를 저었다.

"그건 아니지만……."

"협조하세요, 협조. 공작 각하가 요즘 누구 덕분에 푹 잘 수 있는지를 잊으시면 안 되죠. 절 위해 황궁에서 무도회가 열렸는데, 거기서 약혼자랑 춤 한 번 안 춘다는 게 말이 되나요?"

"……."

당연히 말이 안 되는 일이었다. 그렇기에 라크안은 아무 말도 하지 못했다. 카루나는 거보란 듯 웃어 보이고는 들고 있던 부채를 세나에게 넘겨주었다. 그러고는 네 어디 한번 정중히 춤을 청해 보거라, 라는 표정으로 라크안을 바라보았다.

라크안은 떨떠름한 표정으로 어정쩡하게 서서 카루나를 바라보았다. 둘 사이에 눈치 싸움 같은 침묵이 흘렀다. 승자는 언제나처럼 카루나였다.

"부디, 저에게……."

라크안은 카루나에게 허리를 굽히고 정중히 춤을 신청하다가.

"음……."

말았다.

"왜요?"

"아니, 좀 뭔가…… 그래서."

라크안이 슬쩍 고개를 들어 카루나와 눈을 맞추었다. 라크안이 한껏 허리를 숙이고 있기에 오랜만에 두 사람은 눈높이가 맞았다. 라크안의 얼굴과 귓불이 살짝 붉어져 있었다. 카루나와 눈을 한 번 마주치고는 슬쩍 눈을 내리깔았다. 보아하니, 민망쩍고 부끄러운 듯했다.

라크안은 말을 더 하는 대신 슬쩍 손만 내밀었다. 카루나는 그 손을 잡아주지 않았다.

"천년만년 그런 자세로 굳어 있을 거 아니면 얼른 마저 말하세요."

"……적당히 좀 하지?"

"제대로 하셔야지요, 라안 님이."

카루나가 한껏 달콤하게 꾸민 목소리로 말했다.

"으으"

라크안은 소름이 돋았는지 어깨를 부르르 떨었다. 라크안은 카루나가 자신을 '라안'이라고 부르는 게 영 익숙하지 않았다. 자꾸 등에 소름이 돋았다. 물론, 싫지는 않았다. 익숙하지 않을 뿐이었다.

둘이 티격태격 말싸움을 하는 새 주변 귀족들의 시선이 둘에게 모였다. 라크안은 한껏 허리를 굽혀 카루나와 얼굴을 맞대고 있었다. 춤을 신청하는 척하며 소곤소곤, 서로에게만 들리게 둘만의 대화를 나누는데, 라크안은 얼굴을 붉히고 있고 카루나는 꺄르륵, 웃고 있었다.

난생처음, 아니 라크안이 수도로 올라온 후 5년 동안 단 한 번도 보인 적 없는 광경이었다. 귀족들은 제 눈을 의심하며, 눈을 깜박이거나 손으로 비비기 바빴다. 그런 주변의 시선을 의식하며 카루나는 한껏 미소 지었다. 억지로 웃느라 입가가 부르르 떨렸다.

"빨리 좀 하시죠? 어차피 할 거, 좀!"

카루나가 라크안을 재촉했다.

"……부디, 제게 영애와 춤출 수 있는 영광을 주시겠습니까?"

결국 라안은 정석적인 대사를 모두 말했다. 더없이 무뚝뚝한 목소리였다. 책을 처음 읽는 사람같이 어색하기 그지없었다. 귀는 더 빨개져 있었다.

"물론이죠, 나의 약혼자님."

그제야 카루나는 라크안이 내민 손에 자신의 손을 얹었다. 둘은 서로의 손을 잡고 홀의 중앙으로 걸어갔다. 춤을 추고 있던 사람들이 알아서 길을 내주었다.

"당연히 춤은 출 줄 알겠지?"

라크안이 물었다.

"물론이죠."

카루나가 주저 없이 답했다.

'난 공작 각하, 당신이 걱정인데?'

카루나는 한 번도 라크안이 무도회에서 춤을 추는 걸 본 적이 없었다.

'남들은 여자가 남자 발을 밟을까 봐 걱정한다던데, 난 거꾸로일지도 몰라.'

카루나는 슬쩍 라크안의 다리를 내려다보았다. 라크안은 발이 컸다. 까만 물개 가죽으로 만든 검은 구두는 광택이 흐르고 있었다.

'여차하면 내가 먼저 밟아 버려야지.'

카루나가 굳은 다짐을 했다. 그런 다짐을 알 리 없는 라크안은 카루나와 두 손을 맞잡았다.

춤이 시작되었다. 카루나는 여유롭게 웃으며 우아하게 움직였다. 빙그르르 돌면 드레스가 사방으로 퍼지며 아름답게 반짝였다. 그때마다 사방에서 탄성이 터져 나왔다.

라크안은 카루나만 못했다. 팔다리는 뻣뻣하고 얼굴은 굳어 있었다. 마치 통나무로 만든 인형과 춤을 추는 기분이 들었다. 카루나의 얼굴에 점점 불만이 드러났지만 라크안은 눈치채지 못했다.

'설마? 하지만…… 아냐.'

라크안은 자신만의 생각에 푹 빠져 있었다. 몇 가지 퍼즐 조각이 자꾸 머릿속을 어지럽혔다.

익숙한 글씨체로 유려하게 쓰인 계약서. 경험한 게 아니라면 그리 유창하게 말할 수 없을, 중앙 정치에 대한 식견. 적어도 10년 이상 사교계에서 활약한 귀부인같이 우아한 몸짓, 예법에 익숙한 태도. 그리고 겁 없는 성격이면서 유독 단 한 사람, 루시온을 두려워하는 모습까지.

모든 게 다 의심스러운 것투성이였다. 따로따로 조각 나 있었을 때는 수상하고 이상한 일일 뿐이지만. 묘하게도 그것들이 맞물리며 어떤 그림을 그려 냈다. 모든 조각을 가지고 있지 않기에 확신할 수는 없지만, 짐작할 수는 있었다.

'……설마.'

라크안은 제 발을 밟으려 애쓰는 자신의 약혼녀를 바라보았다. 밝은 갈색 머리에 생기발랄한 녹색 눈.

녹색 눈.

조금 전 만난 클레이엔에게 느껴졌던 '냄새'가 자꾸 라크안을 자극했다. 붉은 눈이 깊이 가라앉았다.

카루나는 카루나 나름대로 불만에 차올랐다.

'나랑 춤을 추는데 딴생각을 해?'

단지 춤을 잘 추고 못 추고를 논할 수 있는 상황이 아니었다. 라크안은 카루나와 춤을 추면서 딴생각에 정신이 나가 있었다. 발이 밟힐까 걱정할 게 아니었다. 춤을 추는 파트너가 자신을 놔두고 딴생각을 하는 걸 눈 뜨고 지켜봐야 할 판이었다. 물론 카루나는 그런 꼴은 절대 두고 보지 못했다.

"공작 각하."

카루나는 다시 한번 빙그르르 도는 부분에서 라크안의 발을 꾹 밟았다. 부드럽게 무두질한 물개 가죽은 뾰족한 굽을 이기지 못했다. 푹. 굽이 구두에 박혔다. 불시의 공격을 당한 라크안은 피하지 못했다.

"윽!"

"정신 차리세요. 지금 저랑 춤추면서 딴생각을 하고 있는 건가요?"

카루나는 한 발 뒤로 물러서 짝짝, 박수를 쳤다. 다시 라크안에게 다가가며 구두 굽으로 발을 찍으려 했다.

"꼬맹이, 너 자꾸 이럴래?"

라크안은 이를 갈며 얼른 뒤로 물러섰다. 짝짝, 박수를 치고는 다시 카루나에게 다가가 손을 맞잡고 한 바퀴를 크게 돌았다. 다시 주변에서 감탄사가 쏟아졌다.

겉으로 보기에 카루나와 라크안은 더없이 정겹게 춤추는 것으로 보였다. 서로를 뚫어져라 바라보며, 잠깐 손을 놓치는 것도 아쉬워하는 듯했다. 하지만 실상은 발을 밟으려는 자와 밟히지 않으려는 자의 현란한 발싸움 전쟁이었다.

춤에 일가견이 있는 카루나는 날랜 라크안에게 쉽게 지지 않았다. 밀리지 않고 계속 라크안의 발을 공략했다. 라크안은 발을 밟히지 않으려 집중했다. 그 덕에 계속 그를 붙잡고 있던 생각에서 잠시나마 벗어날 수 있었다.

결국 곡이 끝날 때까지 카루나는 라크안의 발을 밟을 수 없었다. 처음 라크안이 방심했을 때 한 번 밟은 게 전부였다. 카루나는 아쉬움을 뒤로한 채 치맛자락을 살짝 들고 우아하게 인사했다. 라크안은 맞인사를 하다가 잠시, 반성의 시간을 가졌다.

'발 밟히는 게 뭐라고…… 이렇게 열심히 피한 거지?'

피하는 데 정신이 팔려 곡이 끝나는 것을 모르고 춤을 추었다. 굳이 이렇게까지 집중해야 할 필요가 있었을까. 허탈함이 몰려왔다. 카루나의 또래 친구가 된 것 같은 기분이 들었다. 그리 즐거운 기분은 아니었다. 카루나 역시 라크안과 비슷한 상태였다.

'내가 바이켈드 공작의 발을 밟아 무슨 영화를 누리겠다고…….'

부끄러워서 얼굴에 피가 몰렸다.

'아니, 그러기에. 나랑 있는데 왜 나한테 집중을 안 해!'

물론 나쁜 점만 있는 건 아니었다. 실컷 스텝을 밟고 나니 한결, 기분이 나아졌다. 진짜 클레이엔의 등장, 툭하면 딴생각을 하느라 정신이 나가 있는 라크안. 이 두 사람이 자꾸 카루나의 신경을 거슬렀다. 오늘 무도회장에서 만난 보쉬엔 자작 부인과 루린토프는 덤이었다.

어쨌거나 둘은 무도회에서의 첫 춤을 무사히 마쳤다. 이후 귀족들에게 정다운 모습을 보여 준 뒤 유유히 무도회장을 빠져나왔다. 그 와중에도 라크안은 자꾸 딴생각에 빠졌다.

'설마…….'

카루나는 슬그머니 고개를 쳐드는 불안을 마주했다.

'내가 클레이엔이었다는 걸 알아챘다거나, 그런 건 아니겠지?'

하지만 이내 고개를 내저었다.

'아니, 그럴 리 없어. 리센이나 루시온이 말했다면 모를까. 갑자기 오늘 알아챌 리가 없어. 그럴 만한 일도 없었고.'

카루나는 애써 불안한 마음을 접었다.

'난 그동안 완벽하게 잘 숨겨 왔어. 오늘 본 진짜 클레이엔도 날 제법 잘 따라 하고 있었고.'

마음에 안 들지만 인정할 건 인정해야 했다. 보는 순간 숨이 턱 막히고 짜증이 밀려들 만큼, 진짜 클레이엔은 정말 클레이엔 같았다. 10년 동안 카루나가 만들어 낸 마카레나 백작 영애, 클레이엔의 모습이었다.

이상한 부분이 몇몇 있긴 했지만 치명적인 것이 아니었다. 사정을 모르는 사람들이 본다면 그저 1년 새 무슨 일이 있었는지 사람이 좀 바뀌었구나, 생각하고 말 정도였다.

'설마.'

카루나는 생각했다.

'설마.'

라크안 또한 생각했다.

그렇게 둘은 같은 길을 걸어가며 서로 다른 생각에 빠졌다.

* * *

무도회를 다녀온 후 카루나의 앞으로 온갖 편지와 선물, 초대장이 날아들었다.

카루나는 능숙하게 그것들을 처리했다. 물론 초대에는 응하진 않았다. 카루나는 신중하고자 했다. 하지만 라크안이 그런 카루나를 움직이게 만들었다. 보쉬엔 자작가 때문이었다.

황실 무도회 이후로 라크안과 카루나는 얼굴을 맞닥트리기만 하면 투닥투닥 다퉜다.

"제 말대로 하는 게 좋을 거예요. 슬슬 황제파의 중요한 회의에서 보쉬엔 자작을 제외하세요. 고립시켜서 제거해 버리라고요!"

카루나는 보쉬엔 자작 가문의 척살을 주장했다.

"충분히 반성하고 있고, 애초부터 내 개인의 일이지, 가문 간의 문제로까지 비화될 일은 아니었어. 내 결정은 변하지 않아, 꼬맹아."

라크안은 보쉬엔 자작 가문을 옹호했다.

"말도 안 되는 소리 말고, 당장 제거해 버리라니까요."

"안 돼. 안 그럴 거야."

"그래야 해요."

"안 그럴 거라고 했지!"

"그래야 한다고 말하고 있는 거 안 들리세요?"

둘은 음악 수업이라도 하는 양 목소리를 높여 가며 다퉜다.

"내 사람이야, 내가 알아서 할 테니까 더 이상 신경 쓰지 마."

"전 공작 각하의 약혼녀예요, 참견할 권리가 있죠."

카루나는 치맛자락을 움켜잡고, 종종걸음으로 라크안을 따라다녔다. 라크안은 으으, 진절머리를 내면서도 빠른 걸음으로 카루나를 따돌리지는 않았다. 그래서 바이퀼드 공작저는 단 하루도 조용할 날이 없었다.

먼저 인내심이 바닥난 건 카루나였다.

"그렇게 나온다 이거지."

카루나는 일주일 후 아무리 라크안과 싸워 봤자 결론이 나지 않으리라는 걸 알게 됐다.

"어디 한번 마음껏 해 보세요. 난 나대로 마음대로 할 테니까."

라크안을 구할 때 보쉬엔 자작가를 절대 가만두지 않겠다고 맹세했다.

카루나는 그날의 맹세를 반드시 지킬 작정이었다.

그러기 위해서 카루나는 일단, 자신에게 쏟아지는 초대에 응했다. 라크 안이 제국의 정무와 정치판에서 보쉬엔 자작가를 배제하지 않겠다니. 카루나는 사교계에서 보쉬엔 자작가를 궁지에 몰 생각이었다.

마음먹은 이후 카루나는 바빠졌다. 하루도 저택에 가만히 있는 날이 없었다. 매일같이 티 파티, 연회, 무도회, 살롱, 오페라 관람 등등. 온갖 모임에 참석했다. 귀족들은 나이 차 나는 바이켈드 공작과 카루나에 대해 뒷말을 수군댔지만, 카루나 앞에선 공손했다. 카루나가 등에 업은 바이켈드 공작가의 위엄 덕이었다.

라크안이 황제파 귀족들에게 물렁한 모습을 보인다 하지만, 그렇다 해도 라크안은 엄연히 제국 최고의 기사였다. 수백 년간 이어져 내려온 바이켈드 공작가의 명망과 라크안이 변경에서 수년간 쌓은 업적. 그 무게는 결코 가볍지 않았다.

'중앙 정치를 우습게 보고 있는 바이켈드 공작은 전혀 써먹질 못하고 있지만.'

카루나는 자기 딸자식보다 어린 자신에게 말 한 마디 못 걸어 안달 난 귀족들을 둘러보며 생긋, 웃었다.

'권력의 맛을 모르는 당신이 불쌍하네요, 바이켈드 공작 각하.'

카루나는 클레이엔인 척할 때의 기억을 되살려, 제게 몰려드는 귀족들을 상대했다. 충성스러운 황제파 귀족 가문과는 친분을 다졌다. 곰살맞게 굴며 가문의 여인들과 어울렸다. 귀족파로 넘어갈락 말락 하거나 보쉬엔 자작가와 교제가 깊은 가문과는 가까이 지내지 않았다.

얼마 가지 않아 황제파 귀족 여인들 내부에 균열이 발생했다. 희미한 금이 갔을 뿐이지만, 사교계 여인들은 예민하게 반응했다. 황제파 귀족 가문의 귀부인들이라면 누구나 그 기묘한 분위기를 깨달았다.

귀부인들은 슬금슬금 눈치를 보며 이쪽, 혹은 저쪽에 무게를 실었다. 물론 어느 한쪽으로 과하게 기울었다. 좀 더 신중한 여인들은 숨을 죽이고 상황을 지켜보았다. 카루나의 계획대로였다.

"그럼 슬슬, 시작해 볼까?"

카루나는 하녀장에게 부탁해 황제파 귀족 가문에 초대장을 뿌렸다. 바이켈드 공작가에서 여는 첫 티 파티였다. 대부분의 가문이 초대장을 받았지만 딱 한 가문은 초대장을 받지 못했다. 보쉬엔 자작 가문이었다.

* * *

이른 아침. 라크안이 황성으로 떠나자 카루나는 저택에서 티 파티를 열었다. 오랜만에 바이켈드 공작 저택의 문이 활짝 열렸다. 수도에서 내로라 하는 황제파 가문의 마차들이 줄줄이 도착했다.

저택 고용인들은 오랜만에 외부 손님들을 맞이하며 잔뜩 긴장했다. 여유로운 건 카루나뿐이었다. 카루나는 여러 번 티 파티를 열어 본 사람처럼 능숙했다. 카루나와 하녀장의 지시에 따라 저택 사람들은 바삐 움직였다.

티 파티는 대성공이었다. 초대받은 귀부인과 영애들은 카루나의 말 한 마디에 죽는 시늉도 마다 않는 바이켈드 공작저의 고용인들을 두 눈으로 직접 보았다. 이보다 카루나의 위치를 굳건히 해 주는 건 없었다.

화기애애한 분위기 속에서 귀부인들이 앞다퉈 자신의 사교계 모임에 카루나를 초대했다. 카루나는 대부분의 제안에 기꺼이 응했다. 하지만 몇몇의 제안은 웃는 듯 마는 듯한 얼굴로 거절했다. 모두 보쉬엔 자작 가문과 친분이 깊은 가문이었다.

티 파티가 끝나고, 돌아가는 귀부인들은 보다 확신을 가졌다. '바이켈드 공작의 약혼녀가 보쉬엔 자작 가문을 꺼려 하고 있다.'고.

"어찌 보면 당연한 일이지. 약혼자를 건드렸잖아. 나라도 가만 놔두지 않았을걸?"

"공작 각하는 다 용서하고 여전히 보쉬엔 자작을 가까이하시는데. 약혼녀가 너무 어려서 뭘 모르는 게 아닐까?"

"그렇다기엔 오늘 모습이 예사롭지 않았는걸."

"……어쨌든 당분간, 보쉬엔 자작 가문과 가까이 지내지 않는 게 좋겠어."

누군가의 말에 다른 귀부인들이 고개를 끄덕였다. 보쉬엔 자작 가문과 친분 있는 가문들은 복잡한 속내를 감추지 못했다. 영 얼굴이 심란해 보였다.

티 파티 이후 카루나는 라크안을 찾아갔다.

"사교계 활동을 하겠다고?"

"네. 공작 각하의 약혼녀가 아무것도 안 하고 가만히 있으면, 뒷말이 나오지 않겠어요?"

"굳이 그런 걸 신경 쓸 필요는."

"신경 쓰여요."

카루나는 칼같이 라크안의 말을 잘라 냈다.

"제대로 하고 싶어요. 누가 뭐라 하든, 전 지금 공작 각하의 약혼녀잖아요?"

카루나가 맑은 녹색 눈을 들어 라크안을 바라보았다. 라크안은 슬쩍 고개를 돌려 카루나의 눈을 피했다.

"그래. 뭐, 네가 그렇게까지 말한다면야. 하고 싶으면 한번 해 봐."

라크안은 딱히 카루나를 막아서지 않았다.

'어라?'

카루나는 잠시 고개를 갸웃했다. 분명 반대할 줄 알았는데, 라크안은 너무 쉽게 허락했다.

'뭐, 아무튼 허락을 받긴 받았으니. 그럼 된 거겠지.'

기분이 찜찜하긴 했지만. 어쨌든 카루나는 본격적으로 사교계 활동을 시작했다. 라크안이 자신을 어떤 눈으로 지켜보고 있는지 알지 못한 채.

* * *

황제과 귀족 가문의 귀부인들은 하루가 멀다 하고 카루나에게 초대장을 보냈다. 매일 카루나에게 도착하는 초대장이 산더미처럼 쌓였다. 카루나는 그중 알짜배기 모임만을 쏙쏙 골라 나갔다. 옆에서 지켜보던 하녀장이 감탄을 할 정도였다.

"제가…… 조금 도움이 될 수 있을 거라 생각했는데, 괜한 생각이었군요."

하녀장은 민망한 마음을 감추지 못했다.

"대단하십니다. 어떻게 그렇게 잘 알고 계신 겁니까?"

호위를 맡은 세나는 휘유- 휘파람을 불며 물었다.

"뽑기를 잘하는 거지요. 제가 뭘 안다고 골랐겠어요. 그렇게들 봐 주니까 오히려 고맙네요."

카루나는 싱긋 웃으며 대답했다. 더없이 여유만만한 태도였다.

'우리가 쓸데없는 걱정을 했네요.'

'그러게 말이에요.'

하녀장과 세나는 눈을 서로 눈을 마주치고는 어깨를 으쓱였다.

카루나는 모임에서 자주 보쉬엔 자작 부인과 루린토프를 만났다. 당연한 일이었다. 모임의 참석자 명단을 미리 받아 보고, 루린토프가 참석한다면 카루나도 참석했으니까.

카루나는 자신에게 다가오는 보쉬엔 자작 부인과 루린토프를 무시했다.

둘은 카루나가 자신들을 무시하는 걸 알면서도, 카루나를 만날 때마다 고개를 숙여야 했다.

'사람의 마음이란 참 변덕스럽지. 당신은 얼마나 이 미안한 마음을 유지할까?'

카루나는 제 앞에 선 보쉬엔 자작 부인의 표정을 관찰했다.

잘못을 저지른 사람은 대개 처음엔 미안해한다. 진심으로 사과하며 기꺼이 고개를 숙인다. 하지만 상대가 자신의 사과를 받아 주지 않으면, 곧 돌변한다. 오히려 자신이 더 화를 낸다. 내가 이렇게까지 하는데 왜 받아 주지 않는 거냐고.

언제나 그랬다. 누구나 그랬다. 유약하고 착한 보쉬엔 자작 부인이라고 다를까. 납치, 감금할 정도로 좋아한 라크안을 카루나에게 빼앗긴 루린토프가 참을 수 있을까.

'아니, 절대 그럴 리 없어.'

카루나는 확신했다. 그리고 카루나의 확신은 곧 현실이 되었다. 정확히 아홉 번째, 공식 석상에서였다.

"영애, 여기에서 또 뵙네요. 저는 보쉬……."

"그래서, 그 일은 어떻게 되었나요?"

보쉬엔 자작 부인은 언제나처럼 카루나에게 공손히 고개를 숙였다. 카루나는 획- 소리가 날 정도로 등을 돌렸다. 그러고는 옆에서 재잘재잘 떠드는 귀부인에게 말을 걸었다.

"말씀하시는 그 귀걸이 말인데요, 정말 잘 어울리시네요."

의미 없는 말이었다. 카루나는 보쉬엔 자작 부인에게 말을 걸지 않았다. 보쉬엔 자작 부인은 알아서 고개를 들고 물러나야 했다. 그런데 보쉬엔 자작 부인이 평소보다 천천히 고개를 들었다.

카루나는 안 보는 척하며 곁눈질로 보쉬엔 자작 부인을 살폈다. 보쉬엔 자작 부인의 얼굴색이 변했다. 카루나는 그걸 놓치지 않았다. 언제나 죄송하다며 어쩔 줄 몰라 하던 얼굴은 온데간데없었다. 짜증, 혹은 분노. 보쉬엔 자작 부인의 얼굴에 금이 갔다.

'바이켈드 공작 각하께서도 용서하신 일을…… 숲의 일족이라고는 하지만, 신분도 모호한 여자가, 감히…….'

보쉬엔 자작 부인은 더 이상 카루나에게 매달리지 않았다. 드레스 자락을 꽉 움켜쥐고서는 돌아서서 카루나와 반대편으로 갔다. 그곳엔 몇 명의 귀부인들이 모여 있었다. 아직도 보쉬엔 자작 부인과 친분을 유지하는 이들이었다. 그들은 호들갑을 떨며 보쉬엔 자작 부인을 자신들의 무리로 끌어당겼다.

"정말 너무하네요. 이렇게까지 할 필요가 있나요?"

"역시 나이가 어려서 그런 거예요……."

"아니, 공작 각하께서도 괜찮다고 하신 일을 왜 저렇게 난리법석이래요? 너무 좋아하면 그럴 수도 있지."

"솔직히 공작 각하 정도 되는 분이, 정말로 싫었다면 루린토프 영애가 그렇게 할 수 있었을까요?"

"맞아요. 제국 최고의 기사이신 분이 순순히 잡혀 있었다는 건 분명, 공작 각하도 루린토프 영애에게 마음이 있었던…… 어머, 제가 너무 나갔네요. 죄송해요."

그들이 떠드는 소리가 카루나에게까지 고스란히 들렸다.

"저것들이 지금 뭐라고 떠드는 겁니까?"

카루나의 뒤에 서서 호위하고 있던 세나의 눈에서 불똥이 튀었다.

"세나 경, 진정해요."

카루나는 한 손을 뒤로 돌려 세나의 손등에 손을 얹었다.

"저걸 가만 놔둡니까? 정말로요?"

"설마, 제가 가만 놔두겠어요?"

카루나는 부채를 살랑이며 대답했다. 미소 짓고 있는 입가를 가리기 위해서였다.

"아가씨? 지금 웃음이 나오십니까?"

세나는 웃고 있는 카루나를 보고는 미간을 찡그렸다.

"그럼요. 그물을 치자마자 물고기가 낚이는데, 어떻게 안 웃을 수 있나요?"

카루나는 세나에게만 들리도록 소곤소곤 말했다. 카루나의 말에 세나는 일단 흥분을 가라앉혔다. 그래도 보쉬엔 자작 부인 쪽을 노려보는 눈빛은 변하지 않았다.

이후로도 카루나는 거의 매일매일, 수도 곳곳의 무도회, 연회, 음악회 등에 참석하고 다녔다. 그리고 거기서 만난 보쉬엔 자작 부인과 루린토프를 철저하게 무시했다. 때론 자신에게 철썩 달라붙은 귀부인들과 하하 호호 떠들며, 들란 듯이 보쉬엔 자작 가문을 비꼬고 놀려 먹었다.

그렇게 2주가 흘렀다.

아침 일찍 일어난 카루나는 라크안과 함께 아침 식사를 했다. 이어 황궁으로 가는 라크안을 배웅했다. 그러고는 하녀장과 함께 어제 도착한 초대장들을 뜯었다. 개중 다음 번에 참석할 모임을 선택했다.

똑똑. 문밖에서 대기하고 있던 하녀가 노크를 하고 들어왔다.

"아가씨, 그리고 하녀장님. 손님이 방문하셨습니다."

"손님이? 오늘 누가 올 일이 있던가요?"

"아니요, 없습니다."

카루나는 고개를 갸웃했다. 하녀장은 곰곰이 생각하더니 역시나 없다며 고개를 저었다.

"저…… 카루나 아가씨를 꼭 뵙고 싶다고 하시는데요. 어떻게 할까요?"

하녀가 조심스럽게 물었다. 미리 약속을 잡지 않고 찾아온 것이었다. 급작스러운 방문은 무례한 것이니, 소식을 전하는 입장에서도 조심스러웠다. 역시나 하녀의 우려대로, 카루나와 하녀장은 인상을 찌푸렸다.

"본인의 신분과 이름을 밝히던가?"

"네, 네."

하녀는 하녀장의 질문에 허둥지둥, 자신이 들었던 이름을 꺼냈다. 하녀가 급작스러운 방문자가 누군지 말하자, 카루나의 얼굴은 대번 밝아졌다.

'드디어 왔구나!'

방문자는 보쉔 자작 가문의 후계자인, 자작의 장녀였다.

"어서, 어서 안으로 모시도록 해."

카루나는 급히 손짓했다. 그러고는 마치 오랫동안 떨어져 지냈던 가족을 만나러 가듯, 그녀가 기다리고 있을 응접실로 갔다. 카루나가 무슨 일을 벌이고 다니는지 대충 눈치챈 하녀장은 걱정하는 기색을 숨기지 못했다.

"꼭 만나지 않으셔도 됩니다. 무례한 방문을 거절하는 건 예의에 어긋나지 않아요."

"꼭 만나고 싶은걸요. 와서 무슨 말을 할지 너무 기대돼요."

"분명 항의하러 온 걸 겁니다. 자신의 어머니와 막냇동생이 겪은 부당함을 따지러 온 거겠지요. 가문이 손해 보는 걸 못 견뎌 하시는 분이니까요."

하녀장은 자신이 알고 있는 보쉔 소자작, 아체리프에 대해 설명해 주었다.

"아, 네네. 그렇구나."

카루나는 대충 흘려들으며 고개를 끄덕끄덕 흔들었다. 이미 다 알고 있는 내용이었다. 하녀장은 자신의 걱정을 건성으로 넘기는 카루나를 보다 못해, 세나를 불렀다.

세나는 바람같이 달려왔다. 카루나는 세나와 함께 응접실 안으로 들어

갔다. 보쉬엔 자작을 꼭 빼닮은 여인이 소파에 앉아 있었다. 루린토프보다는 마른 체형이었다. 가느다랗게 뜬 눈이 인상적이었다.

"보쉬엔 자작가의 아체리프가 영애를 뵙습니다."

그녀는 카루나를 보자마자 자리에서 벌떡 일어나 고개를 숙였다. 딱딱하지만 예의 바른 몸짓이었다. 카루나는 그녀에게 고개를 들라 말하지도 않고, 맞은편 자리로 갔다. 아체리프는 알아서 고개를 들고 자리에 앉았다.

"저의 갑작스러운 방문으로 놀라셨을 거라고 생각합니다. 그럼에도 만남을 허락해 주셔서 감사합니다."

"불쾌할 거란 걸 알았다면 불쾌한 일을 만들지 말았어야지요."

"죄송합니다. 하지만 제가 정식으로 방문을 청했다면, 허락해 주지 않으셨겠지요."

"마음대로 추측하는 버릇이 있으시군요."

"죄송합니다. 두 가문 사이에서 일어났던 흉물스러운 사건과 오늘 방금 전 제가 벌였던 흉한 모습 또한 사죄드립니다."

아체리프는 기다렸다는 듯 능숙히 말을 늘어놓았다.

"제가 수도에 있었다면 결단코 그날의 일이 일어나지 않았을 겁니다. 막냇동생을 제대로 단속하지 못한 것을 다시 한번 사과드립니다."

아체리프가 또 고개를 숙였다. 그녀로서는 나름 스스로의 자존심을 깎아내리며 굽히는 것이었다. 어머니, 보쉬엔 자작 부인이 그러했듯이. 물론 카루나가 보기엔 더없이 가소로웠다.

'벌벌 떨며 엎드려 손이 발이 되도록 싹싹 빌고, 죽는 시늉을 해도 봐줄까 말까인데. 이렇게 뻣뻣하게 나와?'

과연 기다린 보람이 있었다. 카루나는 고개 숙인 아체리프를 내려다보며 슬쩍, 미소 지었다. 한창 때의 클레이엔을 꼭 닮은 싸늘한 웃음이었다. 곁에서 있던 세나가 카루나의 얼굴을 보고 흠칫 놀랐다.

"저는 오늘, 가문의 영지를 순찰하고 돌아왔습니다. 두 가문 사이에 벌어진 일을 듣고, 바로 말을 몰아 달려왔지요."

"고생하셨군요."

"놀라고, 죄송스러운 마음으로 옷을 갈아입지도 않고 찾아뵈었습니다."

아체리프가 흙먼지 묻은 제 옷소매를 들어 올렸다. 카루나는 그저 바라볼 뿐, 아무 말도 하지 않았다. 아체리프는 아랫입술을 꽉 깨물더니 말을 이었다.

"얼마나 화가 나셨을지 감히 짐작이 되질 않습니다. 하지만 부디 두 가문의 오랜 교류를 생각해서라도, 마음을 풀어 주실 순 없겠습니까?"

아체리프가 고개를 숙여 간청했다. 아버지를 꼭 빼닮은 큰딸은 아버지와 달리 강단이 있었다. 카루나가 아무리 쌀쌀맞게 대답해도 굴하지 않고 묵묵히 사과했다.

카루나는 가만히 그녀를 바라보았다. 역시나. 카루나가 별말을 하지 않았는데도 아체리프는 고개를 들었다. 카루나는 픽, 웃었다.

"사과를 꽤 당당하게 하시네요, 소자작."

"당당하다니요. 당치도 않습니다."

"그럼 제 느낌이 잘못되었다는 건가요?"

어머나. 카루나가 입가에 손을 가져다 대며 놀란 표정을 지었다. 아체리프는 잠시 머뭇거리더니 한숨을 내쉬듯 물었다

"어떻게 해야 마음이 풀리시겠습니까. 원하신다면 몇 번이든 사과드리겠습니다. 무릎을 꿇으라 하시면 꿇겠습니다."

"그래요? 그럼 꿇으세요."

카루나가 곧바로 대답했다.

"……."

아체리프는 침묵했다. 말처럼 당장 일어나 무릎을 꿇고 고개를 숙이지 않았다.

"저는 소자작이 내게 무릎을 꿇고 사과하기를 원해요. 그러니까 어디 한번 꿇어 보세요."

카루나는 웃으며 그녀에게 말했다.

"아, 단 용서는 하지 않을 거예요. 사과하는 건 그쪽 마음이지만, 용서를 하고 말고는 내 마음이니까요."

"⋯⋯영애."

아체리프가 무릎 위에 올린 주먹을 꽉 쥐었다. 두 눈에 힘을 주고 카루나를 쏘아보았다.

"무례하오!"

뒤에 서 있던 세나가 나섰다.

"괜찮아요, 세나 경."

카루나는 그런 세나를 다시 뒤로 물리고 아체리프를 바라봤다. 아체리프는 반듯한 삼십 대 중반의 여성이었다. 세나와 마찬가지로 활동성 좋게 바지를 입고 있었는데, 옷맵시가 좋았다. 젊었을 적 보쉬엔 자작이 이렇게 생기지 않았을까. 짐작이 갈 법한 모습이었다. 다만 아버지보다는 눈매가 날카로웠다. 노려보는 것만으로도 상대방에게 위압감을 줄 법했다.

그녀는 카루나가 클레이엔인 척할 때부터 익히 알고 있는 사람이었다. 능력 있고 이성적인 인물이었다. 바이켈드 공작, 라크안에게 딱히 충성심을 드러내지는 않았다. 하지만 황제와 황태자를 지지했다. 언제나 황제파의 일원으로 포함되어 있었다.

아직은 아버지, 보쉬엔 자작의 뒤에 서 있을 뿐이지마는. 몇 년 후엔 보쉬엔 자작을 대신하여 두각을 나타내리라.

'유능하면 뭘 해? 충성스럽지 않은데.'

아체리프를 바라보는 카루나의 녹색 눈은 더없이 싸늘했다. 아체리프는 자신보다 한참이나 어린 카루나 앞에서도 예의가 발랐다. 하지만 그뿐이었다. 사과하러 왔다는 사람의 얼굴이 너무도 멀쩡했다. 아니, 오히려 화나 보였다.

'조만간 찾아오겠다 생각하긴 했는데, 수도에 올라오자마자 찾아오다니. 급하긴 했네.'

그 급한 마음이 사과하고 싶은 마음은 아니라는 것이 문제지만.

'말처럼 미안해서가 아니겠지. 내게 홀대당한 보쉬엔 자작 부인의 하소연을 듣고 따지러 온 거면 모를까.'

카루나는 빙긋, 웃어 보였다. 마음속은 짜증으로 부글부글 끓었지만 겉으로 내색하지 않았다. 오히려 상냥하게 아체리프에게 말을 걸었다.

"제게 하고 싶은 말이 있으시죠? 해 보세요."

카루나가 판을 깔아 주자 아체리프는 기다렸다는 듯 입을 열었다.

"제 동생이 공작 각하와 영애께 큰 무례를 저지른 걸 알고 있습니다. 천 번 만번 사죄드릴 큰 잘못을 저질렀지요."

"알고 있으시니 다행이네요."

"네, 잘 알고 있습니다. 영애. 제 가문의 명예를 걸고 말씀드리건대."

아체리프가 주먹을 쥐어 자신의 왼쪽 가슴을 쳤다.

"우리 가문에서는 그날의 일이 전적으로 우리 가문의 잘못이라는 것을 잘 알고 있습니다. 때문에 항상 사죄하는 마음으로 공작 각하를 섬길 겁니다."

"네에, 잘도 그러시겠군요."

"……공작 각하께서는 우리 가문의 뜻을 알아주시고, 오히려 제 아버지를 위로해 주셨습니다. 그날의 일로 망가진 저택을 복구하는 데 도움을 주시기도 하셨지요. 폐하와 황태자 전하를 위해, 분열을 원치 않으셨기에 용단을 내리신 거라 생각됩니다."

"네, 그렇죠."

카루나는 건성건성 대답했다. 눈에 띄게 아체리프의 얼굴이 굳었다.

"그런데 어째서 영애께서는 우리 가문에 계속 모욕을 주시는 겁니까."

차분히 말을 이어 가던 아체리프는 결국 이를 꽉 깨물었다.

"모욕이라 하시면?"

카루나가 고개를 갸웃하며 물었다. 아무것도 모르겠다는 듯 천진난만한 표정을 지었기에, 아체리프는 더욱 제 분을 참지 못했다.

"공식석상에서 제 어머니, 보쉬엔 자작 부인에게 숱하게 모욕을 주셨지 않습니까!"

아체리프가 열변을 토했다.

"그 충격을 견디지 못하시고 어머니는 지금 몸져누워 계십니다. 제 동생, 루린토프도 더 이상 사교계 모임에 나가지 않겠다며 방에 틀어박혀 나오지 않고 있습니다."

"오오."

카루나는 저도 모르게 탄성을 질렀다. 조금만 더 긴장이 풀려 있었다면 박수까지 짝짝짝 쳤을지도 모를 일이었다.

'왜 이제 와서? 처음부터 그러고 있었으면, 혹시 알아? 내가 깜박하고 넘어갔을지?'

이제 와 상처받은 척, 힘든 척 가문의 그늘 아래 숨어 버린 두 여인의 처세에 감탄이 절로 나올 뿐이었다.

"그건 무슨 뜻이신 겁니까!"

그런 카루나를 본 아체리프의 얼굴이 와그작 구겨졌다. 언제나 차분하고 이성적이던 아체리프는 가장 이성적이어야 할 순간에, 가장 비이성적으로 흥분해 버렸다.

아체리프는 이제 막 수도에 올라왔다. 때문에 그녀는 아직 카루나에 대해 잘 몰랐다. 다만 구구절절 전해 들었을 뿐이다. 카루나가 어떤 패악을 부려 가문의 저택을 부쉈는지, 공식 석상에서 어떻게 보쉬엔 자작 부인과 루린토프를 모욕 주었는지.

아체리프는 가문의 명예를 망토로 두르고, 귀족으로서의 긍지를 머리에 관처럼 얹은 귀족이다. 그녀에게 카루나의 태도는 지극히 모욕적으로 느껴졌다. 그래서 아체리프는 참지 않았다.

"보쉬엔은 비록 자작 가문이기는 하나, 제국 건국 초부터 존재했던 유서 깊은 가문입니다. 아무리 권세 있는 공작가라 할지라도, 우리 가문의 명예를 함부로 하셔선 안 됩니다."

"어머, 큰소리는 자제해 주세요. 시끄럽네요."

카루나가 두 손으로 귀를 틀어막았다.

"예의 없게."

혼잣말을 하듯 한마디를 덧붙이는 것도 잊지 않았다.

"영애!"

아체리프가 모멸감을 견디지 못하고 어깨를 떨었다. 카루나는 그 모습을 같잖다는 듯 바라보았다.

'고작 이 정도에?'

루린토프에게 붙잡혀 있는 동안 상처투성이가 되었던 라크안의 모습이 눈에 선했다. 그것만으로도 화가 치솟았다.

'감히 바이켈드 공작을 그렇게 만들어 놓고, 고작 이 정도를 못 참아?'

카루나의 녹색 눈이 매섭게 빛났다.

'마카레나 백작 영애가 수도로 돌아와서 다툼이 더 심해질 이때, 이런 어린 영애가 공작 각하의 약혼녀가 되다니…….'

아체리프는 아체리프 나름대로 카루나를 보며 울분을 삼켰다.

'철이 없어도 이렇게 없을 수 있다니. 황제파와 귀족파가 나뉘어 치열하게 싸우고 있는 이때, 공작 각하께서도 용서하신 일을 왜 괜히 들쑤시는

건지. 어쩜 이렇게 생각이 없단 말인가.'

그녀의 눈에 비치는 카루나는 납작 엎드려 사과해야 할 대상이 아니었다. 가르치고, 혼내야 할 미숙한 사람이었다. 아체리프는 자신의 감정을 고스란히 얼굴에 드러냈다.

아체리프는 그런 카루나를 얕봤다. 카루나에게 속내를 숨길 필요도 없다는 오만한 생각이 그녀의 태도를 흐트러뜨렸다. 만약 카루나가 아니라 라크안이나 클레이엔이 앞에 있었다면, 아체리프는 결코 이렇게 행동하지 않았을 것이다. 그것을 알고 있기에 카루나는 일부러, 더욱 천진난만한 표정을 지으며 아체리프를 대했다. 물론 짜증은 머리끝까지 치솟은 상태였다.

'이런 걸, 혹시나 나중에 위협이 되진 않을까 경계했다니.'

아체리프 따위는 카루나의 분노를 받을 만한 급이 못 됐다.

'고작 이딴 것들을 아래에 거느리면서, 나랑 맞섰단 말이야? 바이켈드 공작, 어떤 의미론 정말 대단한 능력자셨네.'

짜증은 아체리프가 아니라 라크안에게 향했다.

"소자작. 소자작은 당신의 막냇동생이 내 약혼자를 납치, 감금했다는 걸 알고 있나요?"

"……물론입니다."

"알면서도 내게 이렇게 얼굴을 들이밀 수 있다니, 참으로 놀랍네요."

"누차 말씀드렸지만 그 일은 분명, 공작 각하께서……."

"내 약혼자는 용서했을지 몰라도 난 아니에요. 그리고 소자작, 당신은 내게 용서를 강요할 수 없어요."

카루나는 아체리프의 말을 끊어 냈다.

"분명히 말하죠, 나는 절대로 용서할 생각이 없어요. 소자작."

이건 이를테면 결투장이었다. 장갑을 벗어 던지는 제스처를 취하진 않았지만.

"그건…… 보쉬엔 자작가와 적대적 관계가 되겠다는 뜻이십니까? 영애?"

"적대적 관계라…… 어떻게 여기에서 그런 말이 나올 수 있는지 모르겠군요. 난 그저, 내게 잘못을 저지른 당신들을 절대 용서하지 않겠다고 말한 건데."

카루나는 코웃음 치며 당황한 그녀를 비웃었다.

사람들은 종종 착각한다. 잘못을 저지른 후 진심을 다해 사과하면 용서받을 수 있다고. 사과의 말 몇 마디를 들은 상대방은 당연히 자신을 용서해 줘야 한다고.

카루나는 그게 싫었다.

"당신네 가문이 한 일은 그 어떤 일로도 용서받을 수 없는 일이에요. 나는 그렇게 생각해요. 그 생각은 영원히 변치 않을 거고요."

고작 말 따위로 피 흘리는 상처를 낫게 만들 순 없다. 상처가 나지 않았던 상황으로 되돌릴 수도 없다. 그런데 왜, 고작 잘못했다는 말 몇 마디를 듣고 상대를 용서해야 한단 말인가? 그건 힘 가진 자가 잘못을 저지르고, 힘없는 자를 억누르는 수작질일 뿐이다.

지금 카루나는 공작의 약혼녀라는 위치에 서 있다. 라크안처럼 제게 잘못한 사람을 몇 마디 말로 용서하는 등신 같은 성격을 가지고 있지도 않다.

그러니 고작 말뿐인 사과를 받아들이지 않아도 된다. 아니, 오히려 말뿐인 사과를 짓밟아 버릴 수도 있다. 그래서 기꺼이 그렇게 할 생각이었다.

"공작 각하께서도 같은 생각이신 겁니까?"

아체리프가 떨리는 목소리로 물었다.

"부부는 한 몸 같다고들 하지 않나요?"

카루나는 두루뭉술하게 대답했다. 어떻게 받아들일지는 아체리프의 마음이었다. 역시나. 멋대로 오해한 건지 아체리프의 얼굴이 하얗게 질렸다.

"제 사과를 받아 주시지 않으신다니, 그렇다면 더는 이곳에 있을 필요가 없겠군요. 실례지만 먼저 일어나 보겠습니다."

아체리프가 자리에서 벌떡 일어섰다. 카루나는 그 무례를 굳이 탓하지 않았다. 아체리프는 모멸감에 몸을 떨며 응접실을 나갔다. 역시나 카루나는 배웅하지도, 하녀를 부르지도 않았다. 문이 닫히자 옆에 우뚝하니 서 있던 세나가 물었다.

"이래도 괜찮은 겁니까?"

목소리엔 걱정이 듬뿍 묻어났다.

"뭐가 걱정되는데요. 왜요? 황제파를 훌륭히 뒷받침하고 있는 보쉬엔 자작가를 건드려서, 바이퀠드 공작 가문에 좋을 게 하나도 없다는 생각인가요. 세나 경도?"

카루나의 목소리가 자연히 뾰족해졌다. 딴 사람은 몰라도 세나까지 그렇게 말할 줄이야. 카루나는 약간 배신감이 들었다.

"뭐, 전 정치에 대해서는 잘 모르니까. 보쉬엔 가문이 어떻게 되든 상관은 없지만."

세나는 얼른 변명하며 고개를 저었다.

"마카레나 백작 영애가 수도로 돌아왔는데, 내부에 괜한 적을 만드는 게 좀 걱정이 됩니다. 혹시나 아가씨가 위험해질까 봐 말입니다. 보쉬엔이 앙심을 품고 아가씨에게 해를 끼치려 하면 어떡합니까."

카루나는 그렇게 말하는 세나의 얼굴을 빤히 보았다. 세나는 정말로 카루나에 대한 걱정뿐이었다. 그걸 확인하니 기분이 풀렸다. 카루나는 약간 너그러운 기분이 되었다. 조금 전 아체리프 때문에 더러워졌던 기분도 좀 나아지는 것 같았다.

"괜찮아요, 제발 그렇게 되어 달라고 일부러 이러는 거니까요."

카루나는 자리에서 일어나 창가로 갔다. 살짝 커튼을 들고 밖을 내다보았다. 아체리프가 뒤쫓아 오는 하인을 밀치고, 말에 올라타 말채찍을 크게 휘두르는 게 보였다. 그녀는 한 번 뒤돌아보지도 않고 바로 바이켈드 공작저를 떠났다. 그 뒷모습을 보며 카루나는 미소 지었다.

"계획대로 잘되어 가네요."

내우외환. 내부에는 충성스럽지 못한 신하가 있고, 외부에는 적이 있다. 외부의 적을 가지고 내부의 신하를 쳐낼 더없이 좋은 기회지 않은가. 카루나는 저 멀리 보이는 황성을 바라보았다. 지금쯤 라크안은 저곳에서 정무 회의를 하고 있을 터였다.

'얌전히 약혼녀 노릇이나 하며 도망칠 기회나 노리고 있으려고 했는데. 내가 이렇게까지 나서게 만들다니.'

카루나는 속으로 중얼거리며 커튼을 꽉 움켜쥐었다.

'내게 약혼녀 자리를 내주고, 보호해 준 값을 치르는 거라고 생각하자고요.'

이런 식으로 값을 치르라고 한 적이 없다고 아우성치는 라크안의 모습이 상상됐다. 흥. 코웃음이 났다.

그저 잘 때 옆에서 손이나 잡아 주고 동화책이나 읽어 주길 바라는 순진한 늑대 같으니라고. 도대체 이 험한 세상을 어떻게 살아가려고 그러는지. 도무지 걱정이 되어서 가만있을 수가 없었다.

'나중에 나 없으면, 혼자서 마카레나 백작이랑 영애, 루시온과 싸워야 할 텐데. 고작 이 정도 충성심 가지고는 절대 안 돼요. 안 된다고요.'

아무리 생각해도, 보쉬엔 자작 가문은 가만 놔둘 수가 없었다. 오직 라크안을 위해서였다.

* * *

아체리프가 다녀간 이후. 보쉬엔 자작 부인과 루린토프는 사교계 모임에 나서지 않았다. 표면상의 이유는 심한 감기에 걸려 휴식을 취하고 있다는 것이었다. 하지만 사교계 인사들 누구도 그 같은 변명을 믿지 않았다.

그들은 사교계의 어느 모임에서나 카루나를 볼 수 있었다. 카루나는 물 만난 고기처럼 사교계를 휘젓고 다니고 있었다. 언제나 잔잔하던 황제파 귀족들의 느슨한 연결 고리가 마구 흔들렸다. 이 공작의 약혼녀로 인해서.

마냥 황제파 쪽만 시끄러운 건 아니었다. 귀족파에선 그 나름대로 소란이 일었다. 마카레나 백작 영애, 클레이엔 때문이었다.

"악녀가 갑자기 성녀가 되었다."

누군가의 외침이 지금의 그녀를 가장 잘 설명해 주었다. 몸이 아파 요양을 떠났다 근 1년 만에 돌아온 클레이엔은 완전히 변해 버렸다. 화려한 겉모습은 그대로였지만, 알맹이는 완전 딴사람이 되었다.

"우리는 이제 불쌍한 백성들에게 관심을 가져 주어야 해요. 곧 황태자 비가 될 저로서는, 비참한 백성들의 삶에 눈을 돌리지 않을 수가 없네요."

클레이엔은 그 고운 손으로 자신의 눈가의 눈물을 훔치며 이리 말하곤 했다. 마카레나 백작 가문에서는 수도 여러 곳에 구빈원을 세우기 시작했다. 구빈원의 명패엔 클레이엔의 이름을 내걸었다.

클레이엔은 일주일에 적어도 이틀 이상 거리로 나갔다. 굶주린 거지들에게 빵을 나누어 주고, 쓰러진 병자들에게 약을 나누어 주었다. 수수한 드레스를 입고, 더러운 손으로 자신의 치맛자락을 붙잡는 빈민들에게 상냥하게 웃어 주었다.

그녀의 그런 행동은 고스란히 백성들이 보는 신문에 실리고, 사교계에 말로 떠돌았다. 처음 얼마간은 누구도 클레이엔의 변심을 믿지 않았다.

"황태자 전하의 시선을 끌 셈이겠지."

"아직 한 번도 황태자 전하를 못 만났다면서요. 그리고 보면 황태자 전하도 참 잘 피해 다니시네요."

"사람이 어떻게 그렇게 확 바뀔 수 있겠어. 괜히 저러는 걸 거야."

"영애의 성격에 사흘이나 가겠어요? 곧 다 때려 부수고 뒤엎을 거예요."

같은 귀족파 내부에서마저 클레이엔의 진심을 믿지 않았다.

"도대체 무슨 일을 꾸미는 건지…… 괜히 등골이 으스스하네요."

"우리에게 아무 말도 없이 저러시는 거 보면 정말 큰일을 벌이시려는 거 같은데……."

클레이엔이 선행을 베풀면 그건 미담이 아니라, 엄청난 계략의 시작으로 여겨졌다. 하지만 일주일, 이주일. 시간이 지나도 클레이엔은 바뀌지 않았다. 여전히 수수한 드레스를 입고 알이 작은 진주로 만든 장식을 쓸 뿐. 예전처럼 화려하게 꾸미지 않았다.

선행도 멈추지 않았다. 아예 자신이 정기적으로 여는 티 파티를 자선 행사로 바꾸기까지 했다. 자선 행사에서는 거리의 병자들을 위한 모금이나 경매를 진행했다.

몸이 약해 외부에 거의 나서지 않는 황후에게까지 이 소식이 닿았다. 황후는 자신이 클레이엔을 만나 직접 확인해 보겠다며, 클레이엔을 자신의 궁으로 불러들였다. 처음 있는 일이었다. 클레이엔은 단 한 번도 황후의 초대를 받은 적이 없었다. 황태자비가 되기 전에도, 되고 나서도.

모두의 시선이 황후의 궁에 집중되었다.

클레이엔이 황후를 찾아간 다음 날. 황후는 왕궁에서 열리는 저녁 연주회에 모습을 드러냈다. 클레이엔이 옆에서 황후를 부축하고 있었다. 황후는 연주회 내내 클레이엔을 자신의 옆에 앉혀 두었다. 그러고는 오직 클레이엔하고만 대화를 나누었다. 황후와 클레이엔은 모녀지간처럼 서로를 바라보며 정답게 웃었다.

"영애가 이미 황태자비로 확정이 나서, 내 시녀로 두지 못하는 게 너무 아쉽구나."

황후는 모두의 앞에서 이렇게 말하기까지 했다. 클레이엔은 은빛 드레스를 입고, 황후의 옆에서 수줍게 웃었다. 그 둘의 모습을 본 사교계 인사들은 충격과 공포, 혼돈에 빠져들었다. 그간 클레이엔에게 괴롭힘당하고 구박받았던 귀족들에게는 더 큰 충격이었다.

"클레이엔이 정말 마음을 고쳐먹고, 황태자에게 어울리는 황태자비가 되기 위해 노력하고 있는 걸 내가 확인했습니다. 정말 고운 성품을 갈고 닦았더군요."

이후 황후는 누굴 만나나 이렇게 클레이엔을 칭찬하고 다녔다. 반신반의는커녕, 클레이엔의 변심을 조금도 믿지 않았던 귀족들은 그제야 클레이엔을 다시 보게 되었다. 모두의 경악 어린 시선 속에서 클레이엔은 순수하게 웃으며 얼굴을 붉힐 뿐이었다.

"어서, 황태자 전하께 저의 진심을 보여 드리고 싶어요."

그건 여태 자신을 피해 도망 다니는 황태자에게 보내는 협박 아닌 협박이었다. 그런 클레이엔의 변화에 누구보다 충격을 받은 건 황태자였다.

카루나를 위해 황실 무도회를 열었을 때 황태자는 클레이엔을 보자마자 도망쳤다. 이후부터 황태자는 클레이엔이 참석하는 사교계 모임에는 절대 모습을 드러내지 않았다.

클레이엔은 금세 황태자가 자신을 피해 도망치고 있다는 걸 눈치챘다. 클레이엔은 어떻게 해서든 황태자를 만나기 위해, 온갖 사교계 모임에 참석하며 눈에 불을 켜고 다녔다.

황태자로서 모든 사교계 활동을 내팽개치고 방구석에 틀어박혀 있을 수는 없는지라, 둘은 결국 어느 모임에선가는 마주칠 수밖에 없는 운명이었다. 황태자는 그 운명에 저항하기 위해 노력했다. 어딜 가든 자신을 쫓아오는 클레이엔의 그림자만 봐도 갑자기 몸이 아파졌다고 변명하며 도망쳤다.

카루나가 보쉬엔 자작 가문을 냉대하고 외면하는 동안, 황태자와 클레이엔은 눈물 없이는 볼 수 없는 치열한 추격전을 벌이고 있었다. 보다 못한 황후가 두 사람 사이의 관계를 중재해 주겠다며 나섰다. 클레이엔의 손을 맞잡고 황태자궁을 찾아간 것이다.

황태자는 둘이 궁에 왔다는 소식을 듣고는 기겁하며 도망쳤다. 호위 기사와 옷을 바꿔 입고 궁에서 도망쳐 버린 것이다. 자신의 궁에서 도망친 황태자가 갈 수 있는 곳은 정해져 있었다. 어디로 가야 안전할까. 굳이 고민할 필요도 없었다. 황태자는 클레이엔이 절대 찾아올 수 없는 곳으로 말을 몰았다.

그렇게 바이켈드 공작저로 왔다. 그러고는 라크안의 옆에 꼭 붙어 떨어지려 하지 않았다. 모든 일을 내팽개치고 도망친 황태자는 한가로웠지만, 라크안은 산더미처럼 쌓인 서류에 파묻힌 상태였다.

"황태자 전하, 지금 제가 미친 듯이 바쁜 게 보이지 않습니까?"

라크안은 한 손으로는 자꾸 치대는 황태자를 밀어내며 이를 갈았다. 다른 한 손으로는 서류에 사인을 했다.

"아아…… 무정한 소리 말아, 라안. 자네 말고는 내가 믿을 수 있는 사람이 아무도 없어."

황태자는 그 아름다운 얼굴에 애수를 드리우며 말했다. 보는 사람으로 하여금 절로 가슴을 미어지게 만드는 슬픈 모습이었으나 라크안은 눈 하나 깜짝하지 않았다.

"거, 마카레나 백작 영애가 착해졌다는데. 한번 만나 보지 그러십니까. 혹시 압니까? 황태자 전하께서도 황후 폐하처럼 단번에 그 선한 성품에 반하실지도."

"라안, 설마 그걸 농담이라고 말하는 건 아니겠지?"

황태자가 기겁하며 셔츠의 팔소매를 걷어 냈다. 오도독, 소름이 돋아 있는 게 보였다. 진심으로 기겁하는 황태자를 보며 라크안은 픽, 웃었다. 황태자는 그 모습을 신기하게 바라보았다.

"라안, 자네가 웃는 모습을 보다니. 정말 곧 이 제국에 멸망이 드리울지도 모르겠군. 마카레나 백작 영애가 착해지질 않나, 자네가 웃지를 않나."

"제국의 차기 태양이신 황태자 전하께서 이렇게 멍청한 소리를 하고 있질 않나?"

라크안이 얼굴의 표정을 싹 지우고 말을 받아쳤다.

"이런, 이거 보이나. 라안이 농담을 하고 있질 않나."

그러자 황태자는 더욱 신기해하며, 소파에 앉아 있는 리센에게 말을 걸었다.

"요즘, 라안이 많이 변하긴 변했습니다."

리센은 손으로 눈을 비비며 답했다. 눈앞에서 아름다운 사람이 반짝반짝 빛나고 있어 자꾸 눈이 부셨다.

"오, 혹시 카루나가 이곳에 온 뒤로 바뀐 건가? 역시 그 아이는 행운의 아이로군. 그리고 보니 카루나가 보이지 않는군. 어디 있나?"

황태자의 말에 라크안과 리센, 두 사람의 어깨가 흔들렸다.

"……전하께서 그 아이를 왜 찾으십니까?"

라크안이 인상을 팍 쓰고 황태자를 바라보았다. 귀찮아 죽겠다는 아까의 태도는 온데간데없었다. 꼭 제 짝을 등 뒤에 숨기고 잔뜩 경계하는 모양새였다. 리센 역시 마찬가지였다.

"황태자 전하께서 우리 카루나 아가씨를 왜……?"

노을을 닮은 맑은 눈동자가 일순간, 날카로워졌다. 두 늑대의 눈빛이 황태자를 향했다. 이내 서로를 바라보았다. 서로의 날 선 기운을 느낀 것이었다.

'네가 왜?'

'라크안, 네가 자꾸 왜…….'

아직은 의구심. 하지만 한편에서 불안감이 피어오르고 있었다.

"아니, 나는 그냥…… 마카레나 백작 영애에게 시달린 마음을 위로받으려 온 건데. 카루나, 그 아이가 갑자기 라안의 약혼녀가 된 이야기가 궁금하기도 하고."

두 사람의 눈 밖에 밀려난 황태자는 푸른 눈을 깜박이며 어깨를 축 늘어트렸다.

* * *

세 남자가 카루나를 놓고 신경전을 벌이고 있을 때. 카루나는 클레이엔의 자선 경매 행사에 참여하고 있었다. 황후에게 인정을 받은 이후 클레이엔은 사교계 활동에 꽤나 자신이 붙은 듯했다. 이제는 자신의 모임에 귀족파뿐 아니라 황제파까지도 초대하였다.

"이제 우리는 더 이상 반목하고 싸워서는 안 되어요. 제국의 미래를 위해 협력해야 하지 않겠어요?"

클레이엔은 자애롭게 웃으며 황제파와 귀족파의 다툼을 끝내자 호소했다. 지난 10년간 황제파와 귀족파 사이의 골이 깊어지게 한 일등 공신은 다름 아닌 클레이엔이었다.

물론 진짜 클레이엔은 자신이 한 일이 아니라며 억울할 수도 있겠지만.

사정을 모르는 사람들이 보기엔, 지금의 클레이엔이 하는 말과 행동은 말도 안 되는 것이었다. 황후의 비호를 받고 있으니, 누구도 대놓고 클레이엔을 비웃진 못했으나. 다들 내심 씁쓸해하고 어이없어했다.

"우선 저와 바이퀼드 공작의 약혼녀가 사이좋게 지내는 게 우선이겠지요."

클레이엔은 언제나 말끝마다 카루나를 언급했다.

"그래서 저는 언제나 모임을 열 때마다 그 영애에게 초대장을 보내곤 한답니다. 하지만 아직 참석하겠다는 답장을 받은 적은 없지요. 참으로 안타까운 일이어요."

열심히 노력하는 나. 하지만 내 노력을 알아주지 않고 여전히 과거에 사로잡혀 있는 걔.

클레이엔이 말하고자 하는 바는 명확했다. 황후는 바로 클레이엔을 편들었다. 도대체 얼마나 클레이엔에게 푹 빠져 있는 건지 놀랍기만 할 따름이었다.

"바이켈드 공작의 약혼녀가 아직 어려서 생각이 미숙한 거 같아 아쉽군요. 클레이엔이 이렇게나 마음을 쓰고 있는데. 누구든 바이켈드 공작의 약혼녀를 만난다면 클레이엔의 이 아름다운 마음씨를 이야기해 주겠어요?"

카루나는 황제과 귀부인들에게 그 이야기를 전해 듣고는 픽, 웃고 말았다.

"잔머리를 굴리네? 귀엽지도 않게."

그러고는 제 앞에 쌓인 클레이엔의 초대장을 바라보았다.

분명, 예전부터 클레이엔은 계속 초대장을 보냈다. 카루나는 언제나 참석하지 않겠다고 답변을 보내곤 했다. 모임 장소가 항상 마카레나 백작저였기에 갈 엄두가 나지 않았다. 10년 동안 자신을 가두었던 그곳에 제 발로 걸어 들어가고 싶지 않았다. 또 거기서 혹시라도 마카레나 백작을 만나게 된다면.

'내가 제정신일 수 있을까?'

생각만으로도 심장이 떨려 왔다.

피하고 싶지만 클레이엔이 이렇게 치사하게 나오는 이상, 한 번은 초대에 응해 주어야 할 터였다. 적당히 기회를 보고 있던 차였건만. 클레이엔은 지치지도 않고 다시 한번 초대장을 보내왔다. 이번엔 카루나도 더는 거절하지 않고 참석 의사를 밝혔다.

이번 모임이 열리는 장소는 새로 건축하여 문을 여는 자선 병원이었다. 모임은 클레이엔의 이름을 딴 '클레이엔 자선 병원'의 운영비를 모으기 위한 경매 행사였다.

경매품은 그간 클레이엔이 모았던 개인 소장품이었다. 화려한 드레스와 섬세하게 세공된 보석 장신구, 깃털 부채, 은과 황동으로 만든 거울 등이었다. 클레이엔의 자선 행사 모임은 그 경매품 때문이라도 사교계에서 인기 있는 모임이 되었다.

경매가 시작되기 전, 자선 병원 곳곳에는 이번 행사의 경매품이 전시되어 있었다. 행사에 참여한 귀족들은 전시된 경매품을 보고 감탄해 마지않았다. 오직 카루나만 쓰린 속을 달래야 했다.

'내가 10년 동안 모은 걸 이렇게 가져다 버려? 나쁜 계집애. 이럴 거면 그냥 나한테 줘, 돌려 달라고.'

10년 동안 썼던 머리 장식과 반지, 팔찌. 구두와 드레스. 어느 것 하나 카루나의 손이 닿지 않은 것이 없었다. 유독 마음에 들어서 중요한 행사가 아니고선 잘 끼지도 않았던 루비 귀걸이까지 나와 있었다.

'내가 오늘, 딴 건 몰라도 저건 반드시 사 간다.'

카루나는 유리 장식장 안에서 반짝이는 루비 귀걸이를 보며 각오를 다졌다.

한가로이 병원 내부를 둘러보며 경매품을 감상하고 있는데, 병원 입구가 시끄러워졌다. 2층에 올라와 있던 카루나는 아래를 내려다보았다. 오늘 모임의 주인공이 도착했다.

클레이엔은 루시온의 에스코트를 받으며 사뿐사뿐 병원 안으로 걸어 들어왔다. 여전히 눈에 띄는 외모였다. 불타오르는 듯한 붉은 머리카락과 새침한 녹색 눈. 멀리서도 눈에 띄었다.

입고 있는 드레스와 온몸에 휘감은 보석은 그 외모를 더욱 눈에 띄게 만들어 주었다. 수수한 드레스에 진주 장식. 검소한 모습으로 황후의 마음을 사로잡았던 클레이엔은 여기 없었다.

오늘 클레이엔은 가슴과 등 부분이 깊게 파인 마담 마돌레나의 드레스를 입고 있었다. 풍성한 드레스 자락은 다이아몬드라도 박은 건지 반짝반짝했다. 우윳빛 피부에 걸친 다이아몬드 목걸이가 샹들리에 불빛을 받아 빛났다.

'그러고 보니 자선 병원에 웬 샹들리에?'

카루나는 천장에 걸려 휘황하게 빛을 뿜내는 수정 장식의 샹들리에를 삐딱하게 올려다보았다. 이내, 카루나는 혀를 차며 주변을 둘러보았다. 귀족과 귀족들이 클레이엔을 겹겹이 둘러쌌다.

오늘의 모임에는 황제파도 제법 참석해 있었는데, 여기저기 퍼져 있었다. 클레이엔을 중심으로 똘똘 뭉쳐 있는 귀족파와 너무 대비되었다. 클레이엔은 성녀라도 된 듯 자애롭게 웃으며 곁에 몰려든 귀부인들과 대화를 나누었다.

카루나는 턱을 괴고 그 모습을 지켜보았다. 처음 클레이엔을 봤을 때는 숨도 못 쉴 만큼 놀랐건만. 자꾸 보다 보니 익숙해졌다.

'피도 안 섞였는데 이렇게 닮을 수가 있는 건가?'

고명한 귀족 나리의 외동딸과 뒷골목을 전전하며 쓰레기통을 뒤지고 남의 지갑이나 훔치던 천것 계집애가 닮아도 이렇게 닮을 수 있다니. 환각 마법에라도 걸린 것 같았다.

"뭘 그리 보십니까. 뭐 볼 게 있다고."

세나가 틱틱거렸다. 덕분에 카루나는 금방 상념에서 빠져나올 수 있었다.

"마카레나 백작 영애를 볼 시간에 거울을 보십시오. 그게 더 이득입니다."

"세나 경. 제가 마카레나 백작 영애보다 더 예쁘다고 말씀해 주시는 건가요?"

"당연한 거 아닙니까?"

세나가 툴툴거리며 대답했다. 카루나가 클레이엔에게 신경을 쏟는 게 영 마음에 안 드는 듯했다.

"나쁜 걸 보면 눈이 나빠집니다. 아예 보지를 마십시오."

"그럴 순 없겠는데요. 저는 오늘, 마카레나 백작 영애를 보러 온 거니까요."

카루나는 계속 클레이엔을 바라보며 대꾸했다. 그때. 클레이엔이 고개를 들어 위층을 올려다보았다. 카루나와 클레이엔의 눈이 마주쳤다.

"어머나, 드디어 제 초대에 응해 주셨군요. 보세요, 바이켈드 공작의 약혼녀께서 마침내 제 모임에 참석해 주셨네요."

클레이엔이 두 손을 가슴께에 모아 쥐고 활짝 웃었다. 그러자 주변에 몰려선 귀족들이 동시에 카루나를 올려다보았다.

'다른 건 몰라도 이거 하나만은 인정해 줄게. 진짜 클레이엔.'

카루나는 마음속으로 클레이엔에게 말했다.

'사람 짜증 나게 만드는 데에는 아주 탁월하네.'

카루나는 모두의 시선을 한 몸에 받으며 빙긋 웃었다.

'그런데 짓밟을 사람을 잘못 골랐어.'

진짜 클레이엔은 나대는 걸 무척이나 좋아했다. 특히나 자신이 주인공이 되어, 자신을 빛내 줄 조연을 고르는 눈 또한 뛰어났다. 문제는 카루나가 그저 평범하게 당하고만 있을 조연이 아니라는 것이었다.

클레이엔 뒤에는 언제나처럼 루시온이 반듯이 서 있었다. 클레이엔이 카루나를 보기 전부터 카루나를 뚫어져라 바라보고 있었다. 멀리 떨어져 있지만, 그리고 언제나처럼 무표정한 얼굴이었지만. 카루나는 그가 지금 무슨 생각을 하고 있는지 짐작할 수 있었다.

'루시온이라면 이미 눈치챘겠지, 내가 무슨 수작을 부리고 있는지.'

카루나는 루시온을 보며 좀 더 환하게 웃어 보였다.

'어디, 막을 수 있으면 막아 봐. 당신의 클레이엔 아가씨를 위해서.'

언제나 카루나와 같은 곳을 바라보던 남색 눈이 이제는 카루나를 바라보고 있다. 카루나는 그 시선을 의식하며 세나에게 손을 내밀었다. 세나는 냉큼 손을 맞잡았다. 카루나를 에스코트할 영광을 얻어 행복하다 큰 소리로 말하는 것도 잊지 않았다. 모두의 눈이 카루나를 향했다.

카루나는 떨거나 긴장하지 않고 한 발 한 발 천천히 계단을 내려갔다. 겹겹이 싸인 귀족들을 헤치고 클레이엔에게 다가가는 건 새로운 경험이었다. 귀족들은 물러서며 길을 터 줬다. 카루나는 손쉽게 클레이엔의 앞에 섰다.

둘은 서로를 마주 보며 방긋 웃었다. 그림으로 그린 듯이 똑같은 미소였다.

"둘이 좀 닮은 거 같지 않아요?"

"그러게요. 이전부터 그런 생각이 들긴 했는데, 막상 두 분이 함께 있는 걸 보니, 좀……."

"머리색만 같으면 완전, 나이 차 많이 나는 자매라 해도 되겠는데?"

주변에서 수군거리는 소리가 귀에 닿았다. 세나가 카루나 대신 눈을 부라리며 주변을 노려보았다. 눈이 마주친 귀족들이 이크, 하며 고개를 돌렸다.

카루나는 저를 꼭 닮은 클레이엔을 바라보았다. 카루나를 알아본 척 소란을 떨었으면서, 막상 마주 서니 입을 꾹 다물고 있었다. 저번에 당했던 일 때문인 듯했다.

'내가 먼저 인사하기를 바라는 건가? 유치하긴.'

카루나는 속으로 그런 그녀를 비웃으며 먼저 입을 열었다.

"잘 지내셨나요? 오늘도 아름다우시네요."

방긋, 웃어 보이는 것도 잊지 않았다. 이미 한번 통성명을 한 사이이니

군이 또 인사를 나눌 필요가 무어 있겠는가. 카루나는 인사를 건너뛰었다.

"칭찬, 감사해요."

클레이엔이 떨떠름한 얼굴로 대답했다. 귀족들의 앞에서 카루나에게 먼저 인사를 받고 싶었던 듯했다.

'어쩌나. 그렇게 못 해서?'

카루나는 조금도 물러설 마음이 없었다. 적어도 진짜 클레이엔에게만큼은.

"좋은 취지의 행사에 초대해 주셔서 감사드려요. 샹들리에가 참 아름답네요."

취지는 좋은데, 하는 꼴을 보니 별로 진정성이 안 느껴진다?

"별말씀을요. 영애께서 드디어 제 초대에 응해 주셔서 얼마나 감사한지 몰라요."

내가 무서워서 그동안 못 온 거지?

"언제나 영애를 마음 깊이 존경하여, 교제를 나누고 싶은 마음이 간절하였답니다. 다만 이제야 그 기회를 얻은 게 안타까우면서도 다행스럽네요."

내가 좀 바빠. 네가 초대한다고 내가 왔다 갔다 할 정도로 한가롭진 않거든. 이제야 한 번 와 줬으니 됐지?

"이제라도 와 주셔서 고맙답니다."

그래도 지금 온 걸 보니, 내가 무섭긴 무섭구나?

둘 사이에 영양가 없는 대화가 오갔다.

'제법이네?'

카루나는 내심 감탄했다.

처음 봤을 때와 달리 클레이엔은 꽤나 안정적이었다. 빈틈을 보이지 않았다. 얼굴에 상냥한 웃음을 잃지 않았다. 목소리도 정말 성품이 칙힌 사람처럼 따스했다. 황후가 넘어갈 만했다. 그러면서도 카루나를 내리누르려는 시도도 잊지 않았다.

이렇게나 나이가 어린데 어떻게 바이켈드 공작의 약혼녀가 되었느냐면서 걱정을 해 다 해 줬다. 제대로 예법을 배울 틈은 있었느냐. 모르는 게 있으면 무엇이든지 물어봐라.

그녀답지 않게 선심을 썼다. 카루나는 빈말로 고맙다고 대답하며 실소를 흘렸다.

'잘 받쳐 주고 있나 보네.'

클레이엔 뒤에 인형처럼 서 있는 루시온을 흘겨보았다. 언제쯤 본론이 나오려나, 슬슬 지루해지던 차.

"요즘, 주변이 소란스러우신 것 같던데. 괜찮으신가요? 제가 자리를 비웠을 때 일어난 일이 아직도 해결이 안 되었다면서요."

클레이엔이 자못 걱정스럽다는 듯 표정을 지으며 카루나에게 물었다.

'옳거니.'

물고기가 떡밥을 물었다. 카루나는 슬그머니 올라가는 입꼬리를 애써 내리누르며 울상을 지었다.

"벌써, 소문이 그렇게 퍼졌나요?"

"그럼요, 요즘 어디를 가나 다들 그 이야기들만 하시던데요. 워낙 좀, 사연이 구질구질하잖아요."

클레이엔이 활짝 웃으며 말했다. 카루나는 잠시 제 귀를 의심했다. 진짜 클레이엔을 너무 싫어한 나머지 환청을 들은 게 아닌가 싶었다. 하지만 주변 귀족들의 수군거림 때문에 현실임을 깨달았다.

'대놓고 갈구네?'

카루나는 표정을 관리하기 위해 눈에 힘을 주었다.

"아, 예. 구질구질이라……."

일부러 말끝을 흘리며 눈을 내리깔았다. 허벅지를 꼬집어 눈물이라도 찔끔해 볼까 싶었으나 시도는 하지 않았다. 진짜 클레이엔 앞에서 가짜로

라도 눈물을 흘리고 싶지 않았다. 대신 우울한 표정을 유지하며 한숨을 폭- 내쉬었다.

"제가 착각을 했나 보네요."

"뭘 말인가요?"

"상냥한 마카레나 백작 영애께선 분명 절 따뜻하게 위로해 주실 줄 알았는데……."

"어머, 당연히 그럴 생각……."

"구질구질하다고 말씀하시다니요."

"아……?"

클레이엔이 고개를 갸웃, 옆으로 꺾었다. 왜 카루나가 이런 말을 하는지 모르겠다는 표정이었다.

'의욕이 안 생기네.'

슬쩍 클레이엔 뒤에 서 있는 루시온을 바라보았다. 여전히 무표정한 얼굴이었지만, 난감해하고 있었다. 다른 사람은 몰라도 카루나는 알았다.

'설마 루시온이 써 준 대본만 달달 외워서 말하고 다니는 건 아니겠지?'

상냥한 성품과 재치 있는 말솜씨로 제국의 황후까지 사로잡았다는 클레이엔은 어디로 간 건지. 카루나의 앞에 선 클레이엔은 맹했다.

'아까 나랑 대화한 건 뭔데?'

싶다가도.

'루시온이 연습이라도 시킨 건가?'

자신에 대해 잘 알고 있는 루시온이라면 대비할 수 있었을 거라는 생각이 들었다. 만약 이것이 카루나의 경계심을 풀게 만들려는 수작이라면, 클레이엔은 정말 이 제국 최고의 계략꾼이자 연기 천재이리라.

카루나는 마음속으로 으득, 이를 갈았다.

"마카레나 백작 영애께서는 황태자 전하에게 애틋하시지요."

그래서 카루나는 클레이엔의 가장 큰 약점을 후벼 팠다.

"그러니 충분히 제 상황을 이해해 주실 줄 알았는데, 전혀 아니네요."

"그, 그대와 나는 달라요, 나와 황태자 전하 사이에는 그 어떤 여인도 없."

"아, 물론 다르지요. 저의 라안 님은 저를 너무 사랑해 주시니까요."

카루나가 생긋, 웃어 보였다.

클레이엔은 금세 울상이 되었다. 그녀는 황태자를 애칭으로 부르지 못한다. 허락받지 못했기 때문이다. 카루나는 클레이엔일 때 굳이 황태자에게 애칭을 허락해 달라고 조르지 않았다. 전혀 관심이 없었기 때문이다. 그것이 클레이엔에게는 꽤나 치명적이리라.

상대에게 허락받지도 않고 멋대로 애칭을 부르는 건 큰 실례다. 이 클레이엔마저도 감히, 황태자를 애칭으로 부르지 못한다. 그러니 멋대로 라크안을 라안이라고 부르고 다닌 루린토프가 얼마나 정신 나간 영애였던 건지.

'짜증 나.'

클레이엔을 앞에 두고도 애써 참고 있던 짜증이, 고작 루린토프 때문에 폭발했다. 그러고 보면 카루나도 딱히 라크안에게 애칭을 허락받지 않았다. 그저 제가 알아서 필요할 때마다 라안이라고 부르고 다닐 뿐이다.

그럼에도 카루나는 자신은 괜찮지만, 루린토프는 절대 용서가 안 됐다. 그 분노를 눈앞에 없는 루린토프 대신, 눈앞에 있는 클레이엔에게 쏟아부었다.

"마카레나 백작 영애, 요즘 황태자 전하와는 자주 만나시나요? 저는 라안 님을 찾아온 황태자 전하와 차를 마시기도 했는데."

"……뭐?"

"역시 상냥한 분이시더군요, 황태자 전하는. 더없이 상냥한 마카레나 백작 영애와 잘 어울리는 한 쌍이세요. 저에게 계속 웃어 주시고 얼마나 친절하게 대해 주시던지, 제게 라안 님이 있지 않았다면."

카루나는 자신을 죽일 듯 노려보는 클레이엔에게 기꺼이 결투장을 내밀었다.

"황태자 전하께 반했을지도 모를 것 같더라고요."

"……!"

클레이엔의 녹색 눈이 활활 타올랐다. 두 손에 움켜쥔 부채는 부러질 듯 파르르 떨렸다. 당장이라도 카루나에게 달려들어 뺨싸대기라도 올려치고 싶은 표정이었다.

'하지만 넌 못 그러겠지.'

카루나는 그런 클레이엔에게 생글, 웃어 보였다.

'상냥하고 착한 클레이엔이 되려고 했다면 이 정도는 대비해 두어야 하지 않겠어? 뭐, 나 말고 딱히 시비 거는 사람은 없었겠지만.'

주도권은 단번에 카루나에게로 넘어왔다. 클레이엔은 성난 황소처럼 씩씩거렸다. 카루나는 한 발자국, 클레이엔에게로 다가갔다. 자신보다 작은 카루나가 다가가는 건데도, 클레이엔은 놀란 듯 뒤로 물러섰다.

카루나는 그녀가 물러선 만큼 더 다가갔다. 기어이, 귓속말을 나눌 만큼 가까워졌다. 입술은 클레이엔의 귀 가까이에 닿았지만, 녹색 눈은 그 너머의 루시온을 바라보았다.

"만약 황태자 전하께 다른 여자가 생겼다고 생각해 보세요."

카루나가 곱게 눈웃음을 쳤다.

"그런 일은 절대 있을 수 없어!"

주변 귀족들이 들을 수 없다 생각한 건지, 바로 반말이 튀어나왔다.

'어머. 상스러워라.'

카루나는 눈살을 찌푸렸다. 하지만 생각을 입 밖으로 꺼내진 않았다. 대신 클레이엔을 더 화나게 만들 수 있는 말을 꺼냈다.

"아이 참, 어떻게 그렇게 속 편하실 수가 있어요?"

"……무슨 소리를 하고 싶은 거야?"

"전 물론 오로지 라안 님뿐이지만, 그렇다고 해서 다른 분이 절 사모하는 걸 막을 순 없거든요. 좀 더 분발하셔야겠어요."

"뭐?"

카루나는 혹시나 클레이엔이 못 알아들었나 싶어, 좀 더 친절해지기로 했다. 한 걸음 뒤로 물러나, 손에 든 부채로 자기 자신을 가리켰다. 클레이엔이 충분히 볼 수 있도록. 루시온 또한 자신을 집요하게 바라보고 있다는 건 미처 알지 못하였다.

"황태자 전하께서 다른 여인을 마음에 담을지 모른다는 생각, 안 해보셨나요?"

"그게 너라고? 말도 안 돼!"

클레이엔의 목소리가 커졌다.

주변에서 그 목소리를 들은 귀족들이 깜짝 놀라 클레이엔을 바라보았다. 상냥한 클레이엔이 반말을 찍찍 갈기다니? 하지만 흥분한 클레이엔은 주변의 시선에 아랑곳하지 않았다. 상황을 해결하는 건 언제나처럼 루시온의 몫이었다.

"아가씨, 경매가 시작될 시간입니다. 모임을 주관해 주셔야지요."

루시온은 카루나와 클레이엔, 두 사람 주변에 몰려든 귀족들에게 정중히 양해를 구했다. 귀족들은 좀 더 클레이엔과 카루나가 대화를 나누길, 아니 대화를 나누다 못해 싸우길 바랐지만, 물러설 수밖에 없었다.

"아가씨, 이쪽으로."

루시온이 클레이엔을 한쪽으로 인도했다. 클레이엔은 카루나를 노려보면서 루시온이 이끄는 대로 걸었다. 카루나는 순순히 클레이엔을 보내 줬다. 카루나가 뒤돌아서며 흥, 코웃음을 쳤다.

"헐, 아가씨 정말입니까? 감히 황태자 전하가 아가씨를?"

세나가 바짝 따라붙으며 빠른 목소리로 물었다.

"감히?"

카루나는 고개를 갸웃, 했다. 감히가 붙은 위치가 잘못된 듯하여 세나를 올려다봤지만, 세나는 정정할 생각이 없어 보였다.

"당연히 거짓말이죠."

카루나는 피식 웃으며 답했다.

"아아, 역시. 하긴, 그랬다면 라안 님이 황태자 전하를 가만두지 않았겠지요. 아, 우리 부단장님도 가만 안 있으려나? 한창 구애 중인데, 딴 놈이 끼어드는 걸, 그냥 두고 볼 성격은 아니니까."

세나가 들릴 듯 말 듯 중얼거렸다. 루시온이 어디까지 클레이엔을 데리고 가나 살피던 카루나는 그 말을 흘려들었다.

"방금 뭐라고 한 건가요?"

카루나가 여전히 클레이엔과 루시온을 바라보며 물었다.

"아, 못 들으셨습니까? 그럼 됐습니다. 별말 아니었습니다."

"흐음, 알았어요."

뭔가 찜찜하긴 했지만, 세나이기에 카루나는 믿고 넘어갔다.

시작을 알리는 종이 울렸다. 병원 건물 여기저기에 흩어져 있던 귀족들이 1층에 마련된 단상으로 모였다. 카루나 또한 세나와 함께 사람들 뒤에, 한적히 자리에 섰다.

"의자도 탁자도 없습니다. 서서 있으라는 거 같은데, 준비가 영 소홀하네요."

세나가 투덜거렸다. 아닌 게 아니라 서서 경매를 봐야 하는 귀족들의 표정이 좋지 않았다. 불만이 커지자, 경매 진행자로 나선 귀족파의 올겐 남작이 해명했다. 빈민들의 힘겨움을 잠시나마 경험해 보자는 뜻이라는 것이었다.

누구의 머리에서 나온 생각인지는 굳이 묻지 않아도 짐작이 갔다. 단상의 맨 앞자리에는 고풍스러운 탁자와 의자가 놓여 있었다. 거기에 클레이엔이 앉아 있었다.

귀족들의 시선이 따갑게 내리꽂혔지만 클레이엔은 아랑곳하지 않았다. 오히려 휘휘 주변을 둘러보다 서서 자신을 보는 카루나를 발견하고는 의기양양하게 웃어 보였다. 카루나는 그저 혀를 차고 말았지만 세나는 분노했다.

"제가 의자를 찾아보겠습니다. 없으면 만들어서라도 가지고 오겠습니다."

"아니, 굳이 그럴 필요까지는…… 세나 경? 세나 경?"

카루나가 세나를 말리려 했지만 소용없었다. 평소엔 무슨 일이 있어도 카루나의 곁을 떠나려 하지 않았던 세나건만. 카루나가 조금이라도 클레이엔에게 꿀릴 것 같은 상황이 되자 우선순위가 바뀐 듯했다.

세나는 정말 없는 의자를 만들어 올 것 같은 기세로 사람들 틈으로 사라졌다. 혼자 남은 카루나의 입에서 아이고, 소리가 절로 나왔다. 기분이 나쁘진 않았다. 자신에게 최선을 다하려는 세나를 보니, 조금 뿌듯하기까지 했다.

정말로 세나가 의자를 가져온다면 어떨까. 세나의 성격상 보통 의자를 들고 오지는 않을 것이다. 적어도 클레이엔이 앉아 있는 의자보다는 더 화려하고 큰 의자를 들고 올 터. 그 의자에 떡하니 앉으면 클레이엔의 표정이 어떻게 변할지. 벌써부터 기대가 되었다.

그래서 카루나는 혼자 남겨졌지만 조금도 위축되지 않았다. 오히려 더 당당해졌다. 자신이 노리고 있는 루비 귀고리가 언제쯤 나타날지 가늠해 보고 있던 즈음. 단상 위에 준비된 화려한 클레이엔의 소장품 사이에서 한 남자가 나타났다.

"와우, 오셨네요. 설마 오실까 싶었는데."

"따님이 여는 모임인데, 당연히 나타나 자리를 빛내 주셔야지요."

"무척 오랜만에 뵙는 것 같네요. 그런데도 여전하십니다, 저분은."

그를 알아본 귀족들의 함성이 파도처럼 사방에서 일렁였다.

"……!"

카루나도 단번에, 그를 알아보았다. 올겐 남작은 혹여 그의 그림자라도 밟을까 봐 조심하며 뒤로 물러섰다. 그는 당연하다는 듯 귀족들 위에 서서, 귀족들을 내려다보았다.

올백으로 넘긴 머리카락은 붉었다. 귀밑머리가 희끗해지긴 했지만, 여전히 불꽃같았다. 마른 얼굴에 날카로운 눈매. 약간 굽은 매부리코, 그리고 각진 턱. 고집과 정력이 상당하리라는 걸 충분히 예상할 수 있을 만한 단단한 얼굴이었다.

그는 그 예리한 눈빛으로 단상 아래 모여 있는 귀족들을 둘러보았다. 눈이 마주친 귀족들은 고양이 앞에 선 쥐처럼 꼼짝하지 못했다. 황제파니, 귀족파니 구분은 그 앞에서 소용이 없었다.

그건 카루나 또한 마찬가지였다. 그를 본 순간 심장이 덜컥 내려앉았다. 마카레나 백작이었다. 그가 단상 위에 서 있었다.

'어째서?'

카루나는 주춤거리며 뒤로 물러섰다. 딸의 모임에 참석하는 게 이상할 일이 있으랴마는. 오늘, 그는 참석하지 않을 예정이었다. 분명 카루나는 그렇게 알고 있었다.

사교계 모임에 참석할 때는 언제나 참석 명단을 미리 받아 보았다. 모임 주최자에게 부탁해 얻기도 하고, 다른 방법으로 몰래 빼돌려 확인하기도 하였다. 언제나 카루나는 클레이엔이 있는지 없는지, 보쉔 자작 부인과 루린토프가 참석하는지 안 하는지를 확인했다. 그러면서 한 가지를 더 확인했다. 마카레나 백작, 그가 참석하는지 안 하는지.

그는 본디 시끄러운 곳을 좋아하지 않았다. 그래서 카루나가 클레이엔인 척할 때에도 주요 대외 활동은 모두 카루나가 도맡았다. 그는 음침한 서재에 들어앉아 계략을 짜고, 사람들을 움직이는 걸 좋아했다. 자신이 자주 모습을 비추지 않으면 않을수록 귀족들을 다루는 데 유리하다고 생각했다. 자주 볼 수 없다면, 따르는 귀족들이 자신을 신비롭게 여기고 종내에는 두렵게 여길 거라고 믿었다.

그의 생각은 어느 정도 맞아떨어졌다. 귀족파 귀족들은 그의 눈과 귀가 어느 곳에든 숨어 있어 자신들을 감시한다고 믿었다. 그는 배신과 명령 불복종을 절대 용서하지 않았다. 보복은 철저했다.

그러니 귀족파 귀족들은 그가 있는 곳에서든 없는 곳에서든 감히 그에 대해 떠들거나 배신할 생각을 하지 못했다. 그리고 지금처럼 그가 가끔 모습을 드러내면, 반가워하고 또 한편으론 그 속셈을 궁금해했다.

"백작 영애가 요양을 갔던 근 1년 동안은 거의 사교계 활동을 안 하시지 않았나?"

"친분이 깊은 몇몇 분들과는 꾸준히 모임을 가졌다는 소식은 있던걸요."

"백작 영애에 이어 백작님까지 이렇게 공식 석상에 모습을 드러내다니, 정말로 예전으로 돌아온 느낌이네요. 1년 전, 그때처럼 말이에요."

귀족파 귀족들이 황홀해하는 목소리가 사방에서 들렸다. 그것들은 커다란 망치가 돼서 카루나를 내리쳤다. 클레이엔인 척하던 카루나가 황태자비가 되었던 날, 그날의 기억이 카루나를 덮쳤다.

그날. 카루나는 불편한 유리 구두를 신었다. 더 불편한 드레스를 입었다. 그리고 마카레나 백작과 춤을 추며 황궁의 아름다운 홀을 뱅글뱅글 돌았다. 그때 마카레나 백작과 어떤 대화를 나누었던가. 마카레나 백작이 어떤 표정으로 자신을 바라봤던가.

화려한 샹들리에 불빛 아래에서 더없이 인자하고 자애로웠던, 아니 그런 척을 했던 마카레나 백작의 얼굴이 떠올랐다. 그의 손은 클레이엔처럼 꾸민 카루나의 손을 움켜잡고 허리를 휘어 안았다.

카루나는 언제나 그의 손아귀 아래에서 두려움에 떨고 겁에 질려 있었다. 애써 당당한 척했다. 애교 많고 제멋대로여도 아버지 말은 잘 듣는 딸을 연기했다.

그렇게 10년을 버텼건만. 그날, 카루나는 정말로 마카레나 백작을 믿을 뻔했다.

'10년간, 너무도 고생해 주었다. 내 딸아. 정말로 네가 내 딸이었으면 좋았을 것을.'

옅게 주름진 눈가가 살짝 접히며 눈웃음 지었다. 옅은 녹색의 눈은 정말로 제 딸을 바라보는 아비의 눈과 같았다.

'네가 그동안 고생한 것을 내가 두고두고, 갚으마. 너는 내 은인이다.'

그리고 그 순진한 믿음의 대가는 죽음이었다. 자애로웠던 입술은 그날 새벽, 카루나를 죽이라고 명령했다. 카루나를 붙잡고 춤을 추었던 그 손의 대리자가 카루나의 배에 칼을 박았다.

"……."

카루나는 두 손으로 배를 움켜잡았다. 상처는 없었다. 드레스를 입은 배에서는 피 한 방울 새지 않았다. 그럼에도. 칼이 박혔던 그 자리가 시큰하니 아려 왔다.

아팠다.

못내 아팠다.

당장이라도 피가 철철 흐를 것 같았다. 다시 상처가 벌어지고, 그 외진 골목에 쓰러져 죽게 될 것 같았다. 이마에 식은땀이 맺혔다. 진정해야 된다는 생각 따위는 들지 않았다. 아니, 아무 생각도 들지 않았다.

오직 두려움과 공포에 물든 머리는 종잇장처럼 새하얬다. 그 위에 마카레나 백작의 서늘한 눈빛이 비추었다. 잠깐, 아주 잠깐이었다. 마카레나 백작의 눈이 카루나에게 닿았다. 카루나는 마카레나 백작과 눈이 마주쳤다고 느꼈다.

그 순간. 더는 견딜 수가 없었다.

'싫어!'

카루나는 돌아서서, 달려 나갔다. 어디로 가는지 스스로도 알지 못했다. 걷는지 뛰는지도 몰랐다.

'도망쳐야 해. 도망가야 해. 안 돼……. 잡히면, 죽을 거야. 이번에야말로 날 죽일 거야. 완전히, 날 죽여 버릴 거야.'

드레스 자락을 움켜쥔 손에 파르르 떨렸다. 얼마 뛰지 않아 숨이 가빠왔다. 극도로 겁에 질린 몸은 잠시 걷고 뛰는 것도 감당하지 못했다. 카루나는 커다란 기둥 뒤로 몸을 숨겼다.

헉, 헉. 숨소리가 거칠었다. 그리고 너무 크게 들렸다. 이 건물에 가득 차서 마카레나 백작에게까지 닿을 것 같았다.

'안 돼, 들킬 거야.'

카루나는 한 손으로 입과 코를 막았다. 쿵쿵, 귀에서 심장 뛰는 소리가 울렸다.

'도와줘.'

문득, 라크안이 생각났다. 어쩔 수 없었다.

'계속 내 옆에 있어.'

'너 정도는 거뜬히 지켜 줄 수 있어. 걱정하지 마.'

자기 몸이 피투성이에 엉망진창이 되어서도, 뭐가 좋다고 하하 웃으며 손을 내밀던 사람. 지켜 주겠다고 곁에 있으라고 말해 주었던 사람. 지금 이 순간, 카루나는 그 사람을 바랐다.

이제껏 그녀에게 그렇게 말해 준 사람은 아무도 없었다. 스무 살, 그리고 다시 일 년.

짧다면 짧겠지만, 단 하루도 마음 편히 살 수 없었던 이십여 년의 삶. 그 삶을 아무리 흔들어 보아도, 라크안뿐이었다. 곁에 있으라고, 지켜 주겠다고, 걱정하지 말라고. 아무도 그렇게 말해 주지 않았다. 오직 라크안뿐이었다.

'제발 도와줘요.'

배를 움켜잡은 손이 파들파들 떨렸다. 아니, 온몸이 사시나무 떨리듯 떨렸다. 하얗게 질린 얼굴엔 핏기 한 방울 없었다.

'지켜 주겠다고 했잖아. 그랬잖아요. 그러니까 제발, 제발 나 좀 도와주세요. 제발.'

지금 이 순간, 마법처럼 라크안이 나타나 주기를. 우습게도, 카루나는 간절히 바랐다. 그래서.

"여기 계셨습니까?"

등 뒤에서 차갑고도 단정한 누군가의 목소리가 들렸을 때.

'왜…… 왜?'

카루나는 차마 울 수도 없었다. 간절히 바랐건만. 바람은 이뤄지지 않았다. 그녀에게 다가온 사람은 그녀의 눈물을 닦아 줄 수 있는 사람이 아니었다.

'왜 당신이 아니야?'

카루나는 저도 모르게 라크안을 탓했다.

이곳에 오기 전, 라크안은 카루나를 배웅해 주었다. 라크안은 하루 종일 저택에 머물며 밀린 서류 결재나 하고 있을 거라고 했다. 그런 라크안이 어떻게 갑자기 이 자리에 나타날 수 있을까.

올 수 없다. 올 리가 없다.

머리로 충분히 알고 있다. 이해하고 있다. 그런데 심장이 멋대로 기대하고, 또 실망했다. 심장에서부터 온몸으로 실망감이 번져 나갔다. 카루나는 물기 진 눈으로 기둥 너머를 돌아보았다. 한 치의 흐트러짐도 없는 단정한 외모.

한쪽으로 묶어 내린 긴 머리카락. 차분하게 가라앉은 남색 눈. 루시온이었다.

카루나는 다시 고개를 돌렸다. 찬물을 뒤집어쓴 듯 정신이 번쩍 들었다.

"아…… 하하."

웃음이 나왔다. 한심해서, 바보 같아서. 그리고 너무 불쌍해서. 고작 커다란 기둥 뒤에 숨어 웅크리고 앉아 있는 자신의 모습이 우스워서.

'뭘 바랐던 거야.'

아무도 구해 주지 않는다. 아무도 도와주지 않는다. 혼자서 버티고, 살아남아야 한다. 아무도 믿지 않았고 누구의 도움도 받지 않았기 때문에 지금까지 살아남을 수 있었다.

마카레나 백작의 거짓된 애정에 잠시 흔들렸을 때, 바로 그 마카레나 백작의 독니에 물려 죽을 뻔했다. 그랬으면서. 또 흔들릴 뻔했다.

'안 돼. 그러면 안 돼. 정신 차려, 카루나.'

카루나는 이를 악물고 고개를 들었다. 몸의 떨림은 어느새 멈췄다. 배에서 느껴지는 것 같았던 고통도 사라졌다.

"아가씨?"

다시 루시온의 목소리가 들렸다. 그가 다가오는 발소리가 이어졌다.

"잠시만요, 거기 멈춰 서세요."

카루나는 목소리를 가다듬고 말했다. 그래도 목소리에 떨림이 묻어났다. 루시온이 멈칫하는 게 느껴졌다.

"설마…… 우신 겁니까?"

루시온의 목소리가 흔들렸다. 카루나는 대답하지 않았다. 대신 후들거리는 두 다리에 힘을 주고 다시 일어섰다. 사락, 사락. 드레스 자락에 달린 자잘한 보석과 레이스가 부딪치며 소리를 냈다.

카루나는 크게 숨을 들이쉬고, 두 손으로 제 뺨을 톡톡 두드렸다. 바로 앞의 창문에 얼굴이 비쳤다. 카루나는 화장이 번지거나 드레스가 크게 구겨지지 않았는지 확인하고는 기둥 밖으로 나왔다.

루시온이 바로 앞에 반듯이 서 있었다. 이렇게 가까운 줄은 몰랐던지라 저도 모르게 몸을 뒤로 뺐냈다. 카루나와 달리 루시온은 딱히 뒤로 물러서다거나 하지 않았다. 오히려 카루나를 내려다보며 눈썹을 찡그렸다.

"아가씨."

막 루시온이 입을 열려는데 누군가의 발소리가 들렸다. 묵직하고 느릿했다. 딱, 딱. 지팡이 소리도 함께였다. 루시온은 물론이거니와 카루나도 누구인지 알아챘다. 안 그래도 창백한 카루나의 얼굴에 다시 핏기가 가셨다.

루시온은 그 모습을 보고 얕게 한숨을 내쉬었다. 그러더니 카루나의 팔을 잡아끌었다. 카루나는 미처 피할 새도 없이 그의 손에 이끌려 다시 기둥 뒤로 밀려났다.

기둥에는 커다란 태피스트리가 걸려 있었다. 천은 도톰하고 길어 바닥까지 늘어져 있었다. 루시온은 그 태피스트리를 들춰 카루나를 안으로 밀어 넣었다.

"루시온?"

카루나가 루시온을 불렀다. 태피스트리를 다시 내리려던 루시온은 손을 멈추고, 기둥에 등을 기댄 카루나를 바라보았다. 물기 진 녹색 눈, 창백한 안색. 바싹 마른 입술. 태피스트리를 쥔 손에 힘이 들어갔다. 할 수만 있다면 이대로, 이 두꺼운 천에 꽁꽁 감싸 가져가고 싶었다. 그런 욕심이 들었다. 오직 카루나만이 그에게 이런 감정을 불러일으켰다.

'……아직은 아니야.'

욕망을 억누른다는 건 힘든 일이었다. 특히나 평소 감정이란 것에 휘둘리지 않고 살아왔던 루시온에게는 더더욱, 낯선 고통이었다. 루시온은 지도 모르게 카루나를 향해 손을 내밀었다.

그 손이 막 카루나의 뺨에 닿으려 할 때. 카루나가 어깨를 떨었다. 그 떨림이 남색 눈에 고스란히 박혔다. 루시온의 손이 허공에서 멈췄다. 조금만 더 내밀면 카루나와 닿을 수 있건만.

"……."

루시온은 손을 물렸다. 대신 그 손가락을 제 입술에 댔다.

"쉬잇."

그러고는 태피스트리를 내리고 그 앞에 섰다. 살짝 볼록해진 태피스트리는 루시온의 몸에 완전히 가려졌다. 곧 건너편 복도에서 사람의 모습이 드러났다. 루시온과 카루나가 눈치챘던 대로, 마카레나 백작이었다. 그는 커다란 자수정을 박고 손잡이 부분을 도금한 지팡이를 짚고 있었다.

"여기에 있었군."

뚜벅, 뚜벅. 마카레나 백작이 걸어와 루시온 앞에 섰다.

"찾으셨습니까, 백작님."

루시온이 깍듯이 고개를 숙였다. 루시온의 등 뒤에 숨은 격이 된 카루나는 흡, 숨을 들이켰다. 바로 지근거리에 마카레나 백작이 있다는 게 여실히 실감났다. 다시 살살, 배가 아파 왔다.

"내 딸이 저기 있는데, 자네는 여기서 무얼 하고 있는 건가."

"하인들에게 지시를 내리고 있었습니다."

"지시를 받는 하인들은?"

"지시를 받고 떠났습니다."

마카레나 백작은 주변을 휘- 둘러보았다.

"흐음."

모임에 참석한 모든 귀족들이 경매가 열리는 1층 로비에 몰려 있었다. 덕분에 외곽의 복도는 상대적으로 한적했다. 루시온이 말한 하인들도 전혀 보이지 않았다. 마카레나 백작은 루시온의 얼굴을 지그시 바라보았다. 루시온은 그 눈을 피하지 않았다.

"……."

"……."

침묵 속에서 두 사람의 시선이 얽혔다. 주먹만 한 자수정을 움켜쥔 마카레나 백작의 손등에 힘줄이 솟았다.

"류헤든 남작은 안녕하신가?"

마카레나 백작이 평온한 목소리로 물었다.

"아버님을 뵌 지 너무 오래되어서 잘 모르겠습니다. 클레이엔 아가씨의 곁을 비울 수 없기에."

"그렇군. 그거 참 미안하게 됐네. 자네가 우리 가문의 가신이지 노예가 아닌 것을."

쯧쯧, 마카레나 백작이 혀를 차며 안타깝다는 듯이 말했다.

"요 얼마간만 더 수고해 주게. 클레이엔이 적응하면 내 얼마간 말미를 줄 테니, 집에 좀 다녀오게나."

태피스트리 속에 선 카루나에게는 마카레나 백작의 목소리만 닿았다. 10년 동안 자신을 이용해 먹고 끝내 죽이기까지 했던 사람의 목소리. 그 목소리가 말하는 '클레이엔'은 더없이 달콤했다.

지난 10년간, 카루나는 단 한 번도 들어 본 적 없는 따사로운 목소리였다. 가짜에겐 단 한 톨도 보이지 않았던 애정이 진짜 클레이엔에게는 아무렇지 않게 쏟아졌다.

카루나는 주먹을 움켜쥐었다. 두려움 속에서도 분노는 샘솟았다.

"아닙니다, 아버님께서는 제가 백작님과 아가씨께 충실한 것을 더 원하실 겁니다."

루시오우는 여전히 무표정한 얼굴로 공손히 답했다.

"그래, 그렇겠지. 류헤든 남작은 더없이 충성스러운 사람이니."

루시온의 대답이 만족스러운지 마카레나 백작이 고개를 끄덕였다. 순간,

차가운 뱀의 시선이 루시온을 위아래로 훑었다.

"류헤든 남작가는 대를 이어 우리 가문에 충성을 한 가문이네. 부디, 자네가 가문의 가풍을 잘 이어 나가 주길 바라네만."

"물론입니다. 최선을 다하겠습니다."

루시온이 손을 왼쪽 가슴에 얹고 말했다. 한 치의 흐트러짐도 없는 모습이었다. 평소와 다를 바 없는 모습이건만. 마카레나 백작의 시선은 루시온에게서 떨어지지 않았다.

"루시온!"

마카레나 백작이 걸어온 그 복도에서 클레이엔의 목소리가 울렸다. 루시온을 갈가리 찢을 듯 예리하게 바라보던 녹색 눈이 금세 풀어졌다.

"오, 내 딸아. 이 아비는 보이지 않는 게냐."

마카레나 백작이 얼른 돌아서더니 두 손을 활짝 펼쳤다. 방금까지 루시온을 압박하던 차가운 모습은 온데간데없었다. 클레이엔은 그런 마카레나 백작을 거들떠보지도 않았다. 그녀의 목표는 오직 루시온이었다.

"어디로 갔어? 어? 그 쪼그만 거 말이야!"

"누구를 말씀하시는 건지요, 아가씨."

"모르는 척하지 말고! 그 바이켈드 공작의 약혼자인지 뭔지 하는 그 애!"

클레이엔이 냅다 소리 질렀다. 숨어 있는 카루나마저 귀가 얼얼해질 정도로 큰 목소리였다. 이 정도면 아마 경매가 이뤄지는 장소까지 들릴 텐데. 클레이엔은 거기까진 생각을 못 하는 듯했다.

"내가 가 보지."

마카레나 백작이 돌아섰다. 경매가 한창일 모임을 살피러 가는 것이었다. 이럴 때의 클레이엔을 다룰 자신이 없어 물러서는 것 같기도 했다. 마카레나 백작의 발소리와 지팡이 소리가 멀어졌다. 카루나는 안도의 한숨을 내쉬었다.

"그 계집애가 갑자기 사라져 버렸어. 당장, 당장 찾아와서 내 앞에 무릎을 꿇려! 어서!"

"진정하십시오, 아가씨."

"내가 진정하게 만들고 싶으면 당장 그년을 잡아 오라고! 감히, 감히 내 앞에서 황태자 전하를 뭐? 어떻게 한다고? 그깟 게 뭔데! 뭔데!"

"아까 나눈 대화라면 거짓말일 확률이 큽니다. 아가씨를 이렇게 화나게 만들기 위한 술책입니다. 말려들지 마십시오."

클레이엔은 불이었고 루시온은 얼음이었다. 아무리 불이 활활 타올라도 얼음은 녹지 않을 것 같았다. 그런데.

"그게 거짓말이면 내가 이러겠어? 루시온! 내 옆에서 도대체 뭘 하는 거야, 황태자 전하가 그런 계집을 찾아가는 걸 그냥 눈 뜨고 지켜보다니!"

클레이엔의 말에 얼음에 금이 갔다. 쩌적.

"……황태자 전하께서 누굴, 찾아가셨단 말입니까?"

루시온이 얼굴을 찌푸렸다. 카루나가 보았다면 그가 짜증, 혹은 화를 내고 있다는 걸 알아차렸을 것이다. 하지만 클레이엔은 카루나가 아니었다.

"황태자 전하가 지금 바이켈드 공작의 저택에 있다잖아! 그것도 몰랐어? 그런 주제에 내 비서를 하겠다고 날 쫓아다니고 있는 거야? 이 무능한 것!"

클레이엔이 루시온이 팔을 잡아당기며 화풀이를 했다.

"오늘, 황태자 전하 동선을 미처 보고받지 못했습니다. 죄송합니다."

클레이엔 대신 자선 병원에서의 경매 행사를 준비하느라 바빠서 그런 것이었지만. 루시온도 클레이엔도 굳이 언급하지 않았다.

"무능해! 무능해도 이렇게 무능할 수가 천것하고 10년 동안 어울렸더니 같이 멍청해져 버린 거야? 도대체 일을 어떻게 처리하고 다니는 거야!"

"죄송합니다."

"죄송하면 다야? 황태자 전하에 대한 일이 무조건 최우선이라고 했지! 난 황태자비가 될 몸이야. 황태자 전하의 아내가 될 사람이라고!"

"네, 아가씨. 황태자 전하에 관한 건 앞으로 좀 더 세심히 살피겠습니다."

루시온은 적당히 클레이엔을 상대해 주었다. 정신은 온통 등 뒤에 가 있었다. 자신이 가리고 선 태피스트리 아래엔 카루나가 숨어 있다. 손을 뻗으면 닿을 듯 가까이에 있건만. 자꾸 멀어지려 발버둥을 치고 있었다. 감히.

'바이켈드 공작도 모자라 황태자 전하까지 홀리다니. 너무 과하시군요, 나의 아가씨.'

한 번 놓쳤지만 결국 찾아냈다. 손이 닿는 곳에 두고 지켜보았다. 모든 준비가 끝날 때까지 바깥바람이나 쐬라고 풀어 줬건만. 주인을 몰라보고 이리저리 사람을 홀리고 다니고 있었다.

'역시 손에 쥐고 놓치면 안 되는 거였는데.'

또 생소한 감정이 심장을 뛰게 만들었다. 그 감정은 자신의 모든 계획을 망가뜨린 마카레나 백작을 향했다. 남색 눈이 더없이 싸늘해졌지만, 클레이엔은 알아차리지 못했다.

한편. 태피스트리 뒤에서 둘의 대화를 고스란히 듣고 있던 카루나는 뜻밖의 우연에 기분이 좋아졌다.

'뭐야, 지금 바이켈드 공작한테 가 있는 거야?'

타이밍이 엇갈렸는지 황태자와는 만나지 못했지만. 덕분에 클레이엔이 멋대로 오해하고 있으니, 충분히 만족스러웠다.

이후 한참 동안 클레이엔은 루시온을 붙잡고 있는 대로 분풀이를 했다. 황태자가 자신을 피하는 것도 루시온 탓이고, 황태자가 바이켈드 저택에 있는 것도 루시온 탓이었다. 망할 바이켈드 공작의 약혼녀가 황태자에게

꼬리를 치는 것도 루시온 탓이었다. 지금 바이켈드 공작의 약혼녀가 안 보이는 것도 루시온 탓이었다.

수많은 불평 중 단 하나만은 진실이었기에 루시온은 순순히 시달려 주었다.

"아가씨, 루시온 님. 백작님께서 찾으십니다."

복도 끝에서 하인이 두 사람을 불렀다.

"지금 바쁜 거 안 보여? 기다려!"

클레이엔이 빽- 소리를 질렀지만,

"백작님께서 찾으십니다. 모임의 주인공이신 아가씨께서 안 보이시니 다른 분들이 불안해하신다고 하셨습니다요."

하인은 꿋꿋하게 버텼다.

"난 좀 더 처리해야 할 일이 있으니 그것만 확인하고 곧 가겠습니다."

루시온은 클레이엔만 보내려 하였으나,

"백작님께서는 루시온 님도 꼭 모셔오라고 하셨습니다. 한동안 아가씨 옆에는 꼭 루시온 님이 계셔야 하지 않습니까요."

하인은 물러서지 않았다. 마카레나 백작이 용케 배짱 두둑한 하인을 보낸 듯했다.

"내가 그렇다고 하면 그런 거지, 네가 뭔데!"

클레이엔의 분노가 루시온에게서 하인에게로 옮겨 갔다. 카루나가 사라졌으니, 대신 욕받이를 할 인간 모양의 무언가가 필요할 뿐이었다. 클레이엔은 분노로 움직이는 태엽 인형 같았다. 거침없이 하인에게 달려가 하인을 밀치고 발로 차고 꼬집었다. 배짱만이 아니라 맷집도 두둑한 건지, 하인은 클레이엔의 괴롭힘을 묵묵히 버텼다.

루시온은 그런 클레이엔은 내버려 두고 제 옷차림을 바로 했다. 클레이엔에게 붙잡혀 있는 동안 구겨진 크라바트를 고치고, 정장 재킷의 주름을 폈다. 그러고는 뒤를 돌아보았다.

성녀가 수놓인 태피스트리 속에는 루시온의 성녀, 루시온만의 천사가 숨어 있었다. 카루나를 이렇게 놔두고 떠나는 것이 더없이 안타깝지만. 이성은 분명, 그에게 돌아서라고 명령을 내리고 있었다.

루시온은 아직 이성에 충실하였다. 카루나를 등 뒤에 두고 클레이엔을 향해 다가갔다. 발이 잘 떨어지지 않았다. 이 역시 카루나 덕분에 처음 겪는 감각이었다.

루시온은 한동안 난동을 부리고 지친 건지 숨을 씩씩 몰아대는 클레이엔을 돌봤다. 그녀를 진정시켜 다시 상냥한 클레이엔으로 만드는 것이 루시온의 역할이었다.

"이 모임이 잘 마무리되면, 황후 폐하께서는 분명 아가씨를 칭찬하시기 위해 아가씨를 부르실 겁니다. 그때 꼭 황태자 전하를 만날 수 있도록 제가 수를 써 놓겠습니다."

마카레나 백작마저도 슬슬 피할 정도로 폭주하던 클레이엔은 그 말 한 마디에 급 차분해졌다.

"정말로? 네 목숨을 걸고 맹세할 수 있어?"

클레이엔이 하인의 멱살을 쥔 채로 물었다.

"황후 폐하께서는 분명 저녁 만찬 자리에 아가씨와 황태자 전하를 초대하려 하실 겁니다."

"전하께서 또 도망쳐 버리면!"

"그러니까 그런 공식적인 자리 말고, 도망칠 수 없는 상황을 만들어야겠지요."

"할 수 있어?"

"황궁에 심어 놓은 심복들이 몇 있습니다."

"그게 뭐, 어쨌다고?"

"그들을 이용해, 만찬 자리를 피하고 마음이 놓인 황태자 전하를 외진 곳으로 모시도록 하겠습니다. 절대 아가씨를 피할 수 없는 곳으로 말입니다."

루시온의 말이 끝나기가 무섭게 클레이엔이 하인을 놓아주었다. 하인은 그제야 숨을 들이켜며 거칠게 기침을 했다.

"어머, 어쩜 좋아. 숨이 많이 막혔지?"

클레이엔은 안쓰럽다는 듯 하인을 위로했다.

"그러게 왜 그렇게 살이 쪘어. 내 가문 저택에서 일하는 게 꽤 쉽고 만만한가 봐?"

"죄, 죄송합니다."

"그래, 죄송해야지. 내가 널 고용해서 밥도 주고 돈도 주고 있잖아. 그러니까 그만큼 값을 해야 하지 않겠어? 일은 안 하고 처먹기만 하니까 이렇게 살이 뒤룩뒤룩 찐 거 아냐."

"살을 당장 빼겠습니다. 죽을 만큼 열심히 일하겠습니다."

하인은 그 자리에 넙죽 엎드렸다. 하인의 이마가 클레이엔의 구두코에 닿았다.

"뭐 하는 거야, 더럽게."

클레이엔은 오물이라도 묻은 듯 질색하며 구둣발로 하인의 이마를 찼다. 하인은 비명도 못 지르고 뒤로 발라당 넘어졌다. 그 모습을 보며 클레이엔이 깔깔, 웃음을 터뜨렸다. 기분이 완전히 풀린 듯했다.

"나한테 한 말을 반드시 이뤄 내야 할 거야."

"예."

루시온은 언제나처럼 차분하게 대답했다.

"좋아, 한번 기대해 볼게."

클레이엔이 루시온에게 손을 내밀었다. 루시온은 클레이엔을 에스코트하여 경매가 이루어지는 곳으로 걸어갔다. 두 사람이 사라지자, 그제야 복도에 울음소리가 들렸다.

하인은 두 손으로 입을 막고 끅끅거리며 흐느꼈다. 하지만 그것마저도 마음 놓고 하진 못했다. 하인은 손으로 얼굴을 마구 비벼 울음을 닦아 내고는 자리에서 벌떡 일어섰다. 이마가 찢겨 피가 줄줄 샜다. 폭풍을 온몸으로 맞은 것처럼 머리와 옷이 엉망이었다.

이럴 때 하인은 제가 어떻게 움직여야 하는지 잘 알고 있었다. 다른 사람들의 눈에 띄지 않도록 뒷문으로 나가 마카레나 백작저로 가야 한다. 하인은 익숙하게 몸을 굽히고 사라졌다.

한동안 시끌시끌했던 복도가 단숨에 고요해졌다. 살짝 볼록한 태피스트리가 작게 흔들렸다.

'이제는 나가도 될까?'

카루나는 고민했다. 무턱대고 나갔는데 누군가가 서 있다면 뭐라고 변명을 해야 할까. 하인이나 하녀를 만나면 다행인데, 혹시 귀족이라면? 생각이 꼬리에 꼬리를 물었다. 일단 살짝 천을 들추고 밖을 확인해 봐야겠다고 마음을 굳혔을 때였다.

누군가 태피스트리를 확- 젖혔다. 밝은 햇빛이 눈으로 쏟아졌다.

"윽!"

카루나는 얼굴을 찡그렸다. 눈앞에 커다란 사람의 형상이 보였다. 컸다. 역광 때문에 얼굴은 보이지 않았다. 다만, 루시온이나 라크안이 아니라는 건 확실했다.

'누구지?'

카루나는 바짝 긴장했다. 뒤로 물러서고 싶었으나 물러설 곳이 없었다.

"흐음, 루시온이 숨긴 게 무엇인가 했더니, 어린 고양이 한 마리였군."

머리 위로 굵은 목소리가 들렸다.

"······!"

목소리만 들어도 알 수 있었다.

'마카레나 백작?'

카루나는 경악했다.

'어떻게?'

자신이 여기에 있는 걸 들킨 건 둘째 치고서라도, 카루나는 어째서 그가 제 앞에 서 있는지 이해할 수 없었다. 발소리가 들리지 않았다. 지팡이 짚는 소리도 들리지 않았다. 그런데.

"참 재미있지 않은가."

그가 눈앞에 와 있었다.

"인간이란 제가 한 번 보고 들은 걸 쉬이 믿는단다. 굳이 발소리를 내고 지팡이를 짚고 다니는 사람을 보면, 그 사람이 지나갈 때는 언제나 발소리가 나고 지팡이 소리가 날 거라 믿지."

마카레나 백작은 카루나의 마음속 말을 듣기라도 한 듯 말했다.

"어느 때고 긴장을 늦추지 말라 내 그리 일렀거늘."

마카레나 백작이 들고 있던 지팡이 끝을 카루나의 목에 댔다. 턱 아래에 닿은 지팡이 끝은 차고 단단했다. 그리고 날카로웠다. 마카레나 백작은 그것으로 카루나의 얼굴을 들어 올렸다.

마카레나 백작과 눈을 마주쳤다. 녹색 눈. 클레이엔과 똑같은 색이었다. 카루나와도 비슷한 색이었다. 하지만 전혀 달랐다. 그의 눈은 먹잇감을 바라보는 배부른 독사의 눈이었다. 굳이 죽이지 않아도 되는데, 장난으로라도 물어 죽이고 싶어 하는.

아마 진짜 클레이엔은 단 한 번도 본 적 없을 터. 하지만 카루나는 지난 10년간 이 눈빛 아래에서 살았다.

"사람에 대한 인상도 마찬가지란다. 한번 상대가 포식자이며 자신이 먹잇감이라고 인식하면, 결코 그 생각을 바꾸질 못하지."

"……."

"개구리가 뱀 앞에서 도망치지 못하고 벌벌 떠는 것처럼 말이다. 당연한 자연의 이치가 되어 버리는 거란다."

마카레나 백작은 어린아이에게 동화를 들려주듯 나긋한 목소리로 말을 이었다.

"어디 한번 볼까, 내가 잃어버린 그 들고양이가 맞는지 말이야."

그 말에 덜컥, 숨이 막혔다.

"아, 아니, 나는…… 나는……."

"배은망덕하게도, 살아 있으면서도 주인에게 돌아오지 않는 고양이에게 무슨 벌을 내려야 할까?"

카루나는 그 목소리가 제 뺨에, 귀에, 제 팔에 닿을 때마다 몸서리쳤다. 몸이 오한이 든 사람처럼 벌벌 떨렸다.

"나, 나는…… 나는……."

나는 바이켈드 공작의 약혼녀, 카루나 폰 바이켈드다. 지금 당신이 내게 이 같은 무례를 범하는 걸, 바이켈드 공작은 절대로, 절대로 용서하지 않을 거다.

이렇게 말해야 하는데, 입이 떨어지지 않았다.

카루나는 고장 난 풍차 같았다. 삐걱거리는 소리만 낼 뿐 뱅뱅 돌지 못하는 것처럼 '나는…….'만 반복했다.

"카루나 폰 바이켈드. 바이켈드 공작의 약혼녀."

마카레나 백작이 카루나가 하고 싶은 말을 대신 해 주었다. 그리고 살짝 허리를 굽혀 속삭이듯 말했다.

"그런데 내가 잃어버린 들고양이와 닮았구나. 매우."

등줄기를 타고 소름이 쫙- 돋았다. 카루나는 이제 아무 말도 하지 못했다.

얼굴은 창백하다 못해 새파래졌다.

카루나란 이름을 당당히 썼던 건, 더 이상 가짜 이름을 뒤집어쓰고 싶지 않아서였다. 또한 마카레나 백작을 비롯한 누구도 자신의 진짜 이름 '카루나'를 모르기 때문이었다. 이름 때문에 자신의 정체를 들킬 일은 없다.

그렇게 자신했건만. 지금 이 순간만큼은 자신의 이름을 '카루나'라고 밝히고 다닌 것이 너무도 후회되었다. 마카레나 백작의 입에서 '카루나'란 이름이 나오는 게 소름 끼치도록 싫었다.

'도망쳐야 돼. 도망가야 해.'

오직 이 자리를 벗어나야 한다는 생각뿐이었다. 그런데 몸이 움직이질 않았다. 아무리 힘을 주어도 꿈쩍도 하지 않았다. 꼭 마법에 걸린 것 같았다. 그러면서도 마카레나 백작의 눈을 피할 수가 없었다.

머리끝부터 발끝까지, 자신을 집어삼키려는 듯 노려보는 그 뱀의 눈이 무서웠다. 혼자서는 벗어날 수가 없었다.

'도와줘. 누구라도 좋아, 제발.'

그 바람은 마카레나 백작에게 짓밟히지 않았다. 카루나는 알아서 제 스스로 그 바람을 꺾었다.

'아무도 날 구해 줄 수 없어.'

이미 한 번 경험했지 않은가. 그랬으면서 또 바라는 건 멍청한 짓이다. 그렇게 생각하고 체념하려 할 때였다.

"멈춰."

낮은 목소리가 복도에 울렸다. 짐승의 울음소리까지 섞인 듯한 저음이었다. 당장이라도 터져 버릴 듯한 분노가 느껴졌다. 복도가 단번에 싸늘해졌다. 오직 한 사람만을 향한 살기에 주변의 온도가 내려앉은 듯 느껴졌다.

"이런, 황제의 젊은 늑대가 납시셨군요."

마카레나 백작이 허헛, 웃으며 반쯤 뒤로 돌아섰다. 언제든 다시 카루나에게 고개를 돌릴 수 있는 자세였다. 카루나는 그제야 마카레나 백작의 눈길에서 풀려날 수 있었다. 다시 숨을 쉴 수 있게 되었다.

카루나는 눈을 들어 앞을 바라봤다.

'……바이켈드 공작?'

거기에 라크안이 있었다. 깔끔한 정장 차림이었다. 오늘 아침에, 카루나가 직접 골라 준 옷이었다.

'제발 저택에서도 이렇게 좀 입고 다니시라고요!'

'아, 귀찮아. 귀찮아. 아무튼 몸만 가리면 되잖아. 내 저택에서 왜 이렇게 불편하게 입고 있어야 하는 건데?'

'여기에 공작 각하 혼자만 살아요? 아니잖아요! 그리고 툭하면 기사단장도 그렇고 부하들이 찾아오잖아요. 셔츠 쪼가리에 바지만 입고 있다가 맞이하니까 위엄이 없어 보이잖아요. 잘생기면 뭐 해? 입는 게 엉망인데! 하나도 안 멋있다고요!'

'내가 잘생겼어? 꼬맹이, 네가 보기에 그래?'

'제가 한 많고 많은 말 중에 딱 그것만 기억하는 건 아니겠죠?'

'질문은 내가 먼저 했잖아. 말해 봐. 얼른.'

'잘 차려입으면 좀 볼만은 해요. 지금처럼 입고 다니면 무슨 야생에서 사는 늑대인간 같고! 하나도 안 멋있어요!'

'뭐? 늑대인간 같다고? 내가?'

라크안은 충격을 먹은 듯 벙-한 표정을 짓더니, 순순히 정장을 받아 들었다. 옷을 갈아입고 나온 라크안은 어쩐지 풀이 죽어 보였다. 카루나는 의자 위에 올라가 손을 뻗었다. 라크안은 순순히 목을 내밀었다.

카루나는 진주가 달린 하얀 크라바트를 라크안의 목에 감아 주며.

'와, 진짜 잘생겼다. 이대로 무도회에 데리고 가도 좋을 만큼 잘생겼어요.'

우쭈쭈 얼러 주었다. 하는 김에 앞으로 쏟아진 머리카락도 쓸어 넘겨 주었다.

'정말? 이제 좀 잘생겨 보여? 늑대인간 안 같고?'

라크안이 물어보았다. 그는 매우 진지했다.

'늑대인간이랑 친척뻘 아니에요? 왜 그렇게 싫어해요? 좀 닮으면 어떻다고?'

그때, 카루나는 어젯밤 라크안에게 읽어 주었던 동화책에 그려져 있던 늑대인간을 떠올렸다.

'그딴 괴수랑 친척일 리 없잖아!'

라크안은 배신감에 젖어 카루나에게 투덜거렸다. 카루나가 자선 경매 모임에 가려 마차를 탈 때까지 계속 저기압 상태였다. 그 모습이 괜히 눈에 밟혔다.

'사실 하나도 늑대인간 안 닮았는데요.'

'진짜 잘생겼어요.'

그렇게 말해 주고 싶었다. 하지만 하지 못했다. 계속 말이 혀끝에서 맴돌았는데 민망해서 그냥 돌아섰다. 그랬는데. 아침에 자신이 입혀 준 모습 그대로, 라크안이 카루나의 앞에 나타났다. 다른 거라고는 한쪽 어깨에만 까만 망토를 걸치고 있는 것뿐이었다.

허리춤 부근이 툭 도드라져 나와 있었다. 반대쪽 손이 거기에 들어가 있었다. 당장이라도 검을 뽑아 들 태세였다. 라크안의 붉은 눈이 마카레나 백작을 죽일 듯 노려보았다. 오롯이 그 분노를 받아 내는 마카레나 백작은 조금도 겁먹지 않았다. 아니, 겁먹은 티를 내지 않으려 했다.

온몸이 화상을 입은 것처럼 쓰렸다. 제게 쏟아지는 살기를 감당해 내는 건, 문관 출신인 마카레나 백작에게 쉬운 일이 아니었다. 카루나의 목에 닿은 지팡이가 흔들렸다. 지팡이에 박힌 자수정을 움켜잡은 손이 떨렸다.

카루나의 눈에 그게 보였다.

'바이켈드 공작을 무서워하고 있어?'

자신이 두려워하는 존재가 누군가를 두려워한다. 그 머리 위에 더 큰 포식자가 있다. 그런데 그 존재는 카루나를 지켜 주겠다고 했다. 그걸 깨닫자 놀랍게도 몸의 떨림이 잦아들었다. 후들거리던 두 다리에도 힘이 들어갔다.

"감히 내 약혼녀를 건드리다니."

라크안은 카루나의 목에 닿은 지팡이를 보고 이를 드러냈다. 마카레나 백작은 그제야 자신이 아직도 카루나에게 지팡이를 겨누고 있는 걸 깨달았다. 그는 급히 지팡이를 내려 딱- 땅을 짚었다. 라크안이 성큼성큼, 마카레나 백작에게로 걸어갔다.

"우리 제국의 자랑, 제국의 방패, 그리고 제국 최고의 기사. 바이켈드 공작 각하. 인사드립니다."

마카레나 백작이 서둘러 인사하였지만 라크안은 듣지 않았다. 그의 붉은 눈은 오직, 카루나만을 향했다.

"공작 각하, 일단 제 말을 들어 보심이……."

마카레나 백작이 한 걸음 뒤로 물러서며 손을 내저었다. 일단 라크안을 진정시키고 세 치 혀를 놀려 변명을 하려는 듯했으나. 역효과를 낼 뿐이었다. 마카레나 백작이 몸을 움직이다 카루나를 등 뒤로 숨기는 듯한 자세를 취했다.

순간, 붉은 눈동자가 짐승의 눈처럼 반으로 갈라졌다. 기둥에 등을 댄 채 옆으로 움직여 마카레나 백작에게서 벗어나려 하던 카루나가 그걸 보았다.

'안 돼!'

다른 생각은 들지 않았다. 오직, 당장 발작을 일으키려는 라크안을 막아야 된다는 생각뿐이었다. 마카레나 백작에 대한 두려움 따윈 멀찌감치 날아갔다.

"공작 각하!"

카루나는 두 손을 뻗어 마카레나 백작을 밀쳤다.

"어어."

갑자기 뒤에서 공격이 들어오자 마카레나 백작이 크게 휘청였다. 그 틈에 카루나는 라크안에게로 달려갔다. 라크안은 시뻘건 눈으로 마카레나 백작을 노려보고 있었다.

'죽여 버리겠어.'

'죽여 버려.'

'갈가리 찢어 버려. 감히 내 반려를 빼앗으려고 했어.'

'감히 내 반려를 겁줬어. 다치게 하려고 했어.'

'죽여, 죽여, 죽여.'

마음속에서 단 한 명이 소리쳤다. 그건 메아리처럼 울려 수십, 수백 명의 목소리로 갈라졌다. 하나같이 피, 죽음, 분노, 그리고 복수. 타르처럼 찐득하고 지독한 감정을 부추겼다. 검을 잡은 손에 하얀 뼈가 도드라졌다. 당장 저놈의 목을 베고, 몸을 갈가리 찢어 그 피를 마셔야 했다. 그래야만 했다. 붉은 눈이 거의 완전히 짐승의 눈으로 바뀌었을 때였다.

"정신 차려요!"

소중하고 깜찍한 목소리가 목줄이 되어 그의 목을 휘감았다. 따뜻한 온기가, 작고 연약한 것이 답삭, 품에 안겼다.

"정신 안 차리면 나중에 포도주 통에 열 번 파묻어 버릴 거예요. 후추로 목욕을 하게 만들 거라고요. 내가 못 할 거 같아요?"

달콤한 목소리가 다급히 쏟아졌다. 그러자 라크안을 부추기던 목소리가 단번에 사라졌다. 온통 시뻘겋던 세상이 빛을 되찾았다. 그 빛의 근원은 이미 그의 품 안에 있었다.

"아아."

라크안은 신음을 내뱉으며 힘을 풀었다.

잔뜩 긴장하여 부풀어 올랐던 온몸의 근육이 가라앉았다. 라크안은 칼 손잡이를 놓았다. 대신 제 목을 껴안고 대롱 매달린 카루나를 꽉 끌어안 았다. 눈가가 시큰해졌다. 하아. 한숨이 나왔다. 숨에 물기가 섞여 있었다.

'내 반려. 내 하나뿐인 사람.'

눈물이 날 것만 같았다. 라크안은 그 상태로 가만히 서서, 숨을 내쉬 었다. 라크안에게 덥석 안긴 카루나는 눈을 데굴, 굴리며 라크안의 상태 를 파악하고자 애썼다.

'발작이 일어나지 않는 거지? 괜찮은 거지?'

일단 급한 김에 달려들긴 했는데. 기다렸다는 듯이 라크안이 자신을 껴 안고 놔주질 않으니, 뭔가 멋쩍었다.

'뭐, 그래도. 다행이네. 혹시라도 여기에서 늑대로 변하기라도 했어 봐. 그 뒷감당을 어떻게 해?'

으으. 생각만으로도 다시 몸이 떨렸다.

"괜찮아?"

카루나가 몸을 떨자 라크안이 득달같이 카루나에게 물었다. 조금 전의 무시무시하던 모습은 온데간데없었다. 주인을 걱정하는 잘 훈련된 사냥개 같은 태도에, 카루나는 잠시 상황의 심각성을 잊고 웃음을 터뜨렸다.

"제가 할 말이거든요?"

"그건, 그렇지."

"저기…… 괜찮은 거죠? 이제?"

카루나가 마카레나 백작의 눈치를 보며 '발작'이란 단어를 말하지 않고 에둘러 물었다.

"그런 거 같네."

라크안은 카루나가 좀 더 편하도록 고쳐 안으며 답했다. 졸지에 카루나는 공주님 안기 방식으로 안긴 격이 되었다.

"뭐 하는 거예요, 괜찮으면 이제 내려 줘요."

카루나가 버둥거리자,

"가만히 있어."

라크안은 목소리를 깔고 엄히 말하며 카루나를 놔주지 않았다. 카루나는 쳇, 혀를 차고는 반항을 멈췄다.

"괜찮아?"

라크안이 물었다.

"……."

카루나는 고개를 들어 라크안을 바라보았다. 루비처럼 붉은 눈이 카루나를 내려다보고 있었다. 더없이 걱정스럽다는 듯이. 보고 있자니 어쩐지 기분이 좋아졌다. 카루나는 라크안을 올려다보며 헤헤, 웃었다.

마카레나 백작에 대한 두려움과 압박에 시달리다가 라크안을 만나니, 긴장이 풀리며 기분이 들떴다. 라크안의 품에 안겨 있으니 세상 무서울 것이 없었다. 바로 앞에 마카레나 백작이 있는데도, 더 이상 그가 무섭지 않았다.

'정말로 나타났어. 날 구해 주려고.'

카루나에게는 이제 기다렸다는 듯이 나타나서 구해 주는 사람이 있었다. 때론 멍청한 거 아닐까 싶을 정도로 생각이 없어 보이지만. 그래도 이 제국에서 제일 강한 사람이었다. 마카레나 백작마저도 무서워하는 사람이었다. 그리고 이렇게, 카루나를 구름을 안듯 조심스럽게 안고 지켜 주는 사람이었다.

카루나가 방긋 웃자 라크안의 얼굴에도 엷게 웃음이 감돌았다.

"가자, 꼬맹아. 이제 이딴 데 오지 마."

라크안은 카루나를 안은 채로 걸었다. 마카레나 백작은 라크안의 살기에 젖어 어느새 바닥에 주저앉아 있었다. 라크안은 그를 흘깃 바라보았다. 카루나를 볼 때와는 비교도 안 될 정도로 싸늘한 눈이었다.

다시 저를 향하는 살기 어린 눈빛에 마카레나 백작의 손이 부르르 떨렸다. 라크안은 그런 그를 그대로 지나쳤다. 카루나는 애써 마카레나 백작을 보지 않았다. 긴 복도를 걷는 동안, 계속 구름에 두둥실 떠 있는 기분이 들었다.

"그나저나 이번엔 꽤 수월하게 막았네요."

그래서 카루나는 별생각 없이 말했다.

"그래, 그러니까 포도주 통하고 후추는 이제 그만 졸업하자."

라크안은 당연하다는 듯 대꾸했다. 라크안에게 포도주 통이나 후추 따위는 필요 없었다. 카루나만 있으면 됐다. 그것이 어떤 의미인지, 라크안은 알았고 카루나는 몰랐다. 라크안은 굳이 카루나에게 설명해 주지 않았다.

* * *

라크안이 카루나와 함께 떠난 후. 마카레나 백작은 홀로 복도에 남았다. 그는 조금 전, 클레이엔이 떠난 뒤 어느 하인이 그랬던 것처럼 널브러졌다. 지팡이에 달린 자수정을 움켜쥐고, 지팡이로 허벅지를 찍었다.

"허억."

그제야 막혔던 숨이 터졌다. 켁켁. 마카레나 백작은 목을 움켜잡고 기침을 내뱉었다. 귀족파의 수장, 마카레나 백작의 꼴이 말이 아니었다. 아무에게도 들키지 않아 다행이었다.

마카레나 백작은 다른 사람들의 눈을 피해 근처의 빈 방으로 들어갔다. 창문이 없어 한낮인데도 방 안은 한밤처럼 어두웠다. 마카레나 백작은 딱딱한 침대에 앉고서야 긴 숨을 내쉬었다.

지팡이를 쥔 손은 아직도 간헐적으로 떨렸다. 마카레나 백작은 다른

손으로 그 손을 꽉 움켜쥐며 고개를 들었다. 덜 닫은 문틈 사이로 빛이
비쳤다. 그 가느다란 빛을 보며, 마카레나 백작이 중얼거리듯 말했다.

"바이켈드 공작에게 약점이 생겼군. 드디어."

뱀의 눈을 닮은 녹색 눈이 어둠 속에서 빛났다.

* * *

마차를 타고 돌아오는 내내 라크안은 카루나의 곁에서 떨어지지 않았다.
평소 말을 타고 다니던 사람이 굳이 함께 마차에 올라 카루나의 맞은편에
앉았다. 그러고는 카루나를 감시하듯 지그시 바라보았다.

카루나는 라크안과 눈을 마주치지 않으려 아래를 보거나 괜히 창밖을
내다보았다. 둘 사이에 숨 막힐 정도로 무거운 침묵이 흘렀다. 저택에서
돌아온 후에야 라크안은 불같이 화를 냈다.

"거길 왜 가. 가긴!"

"초대를 받았으니까 갔죠."

카루나는 찔끔하여 뒤로 물러섰다.

"초대받았다고 다 가? 누가 올 줄 알고? 마카레나 백작이 올 것 같았으면
알아서 재깍 피했어야지. 붙들려서 뭔 짓을 당할 줄 알고 거기에 가 있어."

라크안이 계속 카루나를 혼냈다. 풀 죽어 있던 카루나는 슬슬, 성질이
나기 시작했다. 마카레나 백작으로부터 구해 준 게 고마워서 가만히 있었
건만. 그 고마움은 봄바람에 눈 녹듯 금세 사라져 버렸다.

'왜 무조건 마카레나 백작을 피하라고 하는 건데? 물론 나야 피하고
싶긴 하지만.'

카루나가 듣기에 라크안의 말은 모순투성이였다.

'바이켈드 공작의 약혼녀가 왜 마카레나 백작을 피해야 하는 건데.'

카루나는 뚱한 표정으로 라크안을 올려다보았다.

"그나저나 거긴 어떻게 왔던 거예요? 오늘 분명."

"그게 중요해? 네가 마카레나 백작을 만나서 잘못됐을 뻔했다는 게 중요하지."

라크안은 두 손으로 머리를 마구 헝클어트리며 말했다. 그러더니 고개를 들고 다시 카루나를 쳐다보았다. 붉은 눈이 불안하게 일렁였다. 혼나는 와중에도 그 눈빛이 자꾸 눈에 밟혔다. 발작을 일으키는 건 아니겠지만, 그만큼이나 불안정해 보였다.

카루나는 저도 모르게 손을 내밀었다. 라크안은 그 손목을 낚아채듯 붙잡고 하아, 한숨을 내쉬었다.

"꼬맹아."

라크안의 목소리가 한층 낮아졌다. 라크안은 카루나의 작고 하얀 손을 내려다보았다.

"너는 내가 가만히 있으라고 말한들 듣지 않겠지."

"……."

"무슨 일을 벌이고 있는지 모르겠지만, 뭐든 하고 싶으면 해 봐. 대신 내 눈에 보이는 곳에 있어. 내 곁에 있거나, 아니면 적어도 리센이나 세나를 곁에 둬."

하아. 라크안은 다시 한번 한숨을 내쉬었다.

"내가 뭘 걱정하고 있는지 알겠어?"

라크안이 물었다.

"알아요, 충분히."

카루나는 바로 답했다. 바이켈드 공작의 약혼녀가 마카레나 백작에게 위협을 당했다. 황제파와 귀족파 양측에 자극이 될 만한 일이었다. 나서기 좋아하지 않는 라크안은 분명 그런 소란이 일어나는 게 싫은 것이리라.

"아니, 넌 몰라. 전혀."

라크안은 이를 악물었다. 제 안의 분을 카루나에게 쏟아 내지 않기 위해 애쓰는 듯했다. 그렇게 억지로 마음을 가라앉히고는 다시 입을 열었다.

"세나 경."

"예, 라안 님."

뒤에 서 있던 세나가 바로 앞으로 튀어나와 고개를 숙였다.

"호위기사로서 임무를 소홀히 했으니, 처벌할 거다. 당분간 숙소에서 근신하도록."

라크안의 목소리는 싸늘했다.

"명을 받듭니다."

세나는 바로 수긍하며 고개를 숙였다.

"왜 세나 경한테 그러세요, 세나 경은 아무 잘못이 없어요. 단지 절 위해 의자를 찾으러 갔던 것뿐이라고요."

오히려 카루나가 나서서 세나를 변론했다.

"잘못이 왜 없다는 거지? 세나의 임무는 널 지키는 거였어. 그런데 오늘, 그러지 못했지."

"맞습니다. 제가 임무에 소홀했습니다."

"하지만."

카루나가 더 말을 꺼내려 했다.

'저는 괜찮습니다.'

세나가 카루나와 눈을 마주치고는 고개를 내저었다.

"……."

카루나는 입술을 앙다물었다. 라크안은 카루나를 하녀장에게 떠밀고는 뚜벅뚜벅 걸어 저택 안으로 사라졌다. 세나와 다른 기사들이 그 뒤를 따랐다.

"큰일을 당할 뻔하셨다고요."

하녀장이 카루나를 끌어안고 어깨를 토닥여 주었다.

"도련님께서 황태자 전하와 이야기 나누시던 중에 황태자 전하께서 하시는 말씀을 듣고는 갑자기 뛰쳐나가셔서, 저희도 깜짝 놀랐답니다. 아가씨께서⋯⋯."

하녀장이 카루나를 위로하려 애썼다. 이런저런 말을 꺼냈지만 카루나의 귀엔 하나도 들어오지 않았다. 카루나는 하녀장의 치마폭에 얼굴을 묻었다. 그저 피곤했다.

* * *

푹신한 침대에서 잠시 쉬고 나니 해가 지고 밤이 몰려들었다. 하녀장이 식사를 방에 올려 주어서 카루나는 침대 위에서 편히 식사를 했다. 깜깜해진 창밖을 보며 카루나는 고민했다.

'가, 말아?'

자선 경매 모임에서 돌아오는 길, 그리고 저택에 돌아오고 나서 내내 까칠하게 굴던 라크안을 생각하면 가고 싶지 않았다.

'맨날 푹 자다가 하룻밤 잠 못 드는 것도 나쁘지 않을 것 같은데?'

카루나가 생각하기로, 자신이 라크안에게 심술을 부릴 수 있는 유일한 방법은 이것뿐이었다. 눈 밑이 까매져서는 베개를 들고 제 방문 앞을 서성거릴 라크안을 생각하니, 기분이 좀 나아졌다.

하지만.

'그래도 구하러 와 줬잖아.'

마카레나 백작 앞에서 카루나는 고양이 앞에 선 쥐나 다름없었다. 라크안은 그런 카루나를 마카레나 백작의 발톱에서 빼내 주었다. 그때를 생각하면 그 이후에 까칠하게 굴었던 건 다 용서가 되었다.

'안 가면 계약 위반이라고 뭐라 하겠지?'

카루나는 괜히 계약서가 든 주머니를 꼭 움켜쥐었다.

"그래서 가는 거야, 그래서. 계약은 지켜야 하니까."

카루나는 계약을 성실히 이행하기로 마음을 먹고, 침대에서 몸을 일으켰다. 커다란 숄을 어깨에 망토처럼 두르고 방문을 열었다.

복도는 싸늘하고 고요했다. 사람은 눈에 띄지 않았다. 자박자박. 카루나는 홀로 복도를 걸었다. 문득 낮에 들었던 마카레나 백작의 목소리가 귓가에 쟁쟁 울렸다.

'카루나 폰 바이켈드. 바이켈드 공작의 약혼녀. 그런데 내가 잃어버린 들고양이와 닮았구나. 매우.'

카루나는 걸음을 멈춰 섰다. 커다란 복도에 카루나가 홀로 섰다.

'마카레나 백작이 날……'

카루나는 두 손으로 자신의 어깨를 움켜쥐었다. 두꺼운 숄을 둘렀는데도 추웠다. 자꾸 몸이 떨렸다.

"빨리 안 오고 거기서 왜 멈춰 서 있어."

그때였다.

복도 저편에서 낮은 목소리가 울렸다. 그 울림이 포근히 카루나를 감쌌다.

"……공작 각하?"

카루나가 고개를 들어 앞을 바라보았다. 무척 피곤해 보이는 라크안이 서 있었다. 카루나를 기다리다 못해 마중을, 혹은 연행하러 나온 듯했다. 라크안은 카루나에게 뚜벅뚜벅 걸어왔다. 카루나의 앞에 멈춰 서서는 한쪽 무릎을 꿇고 눈을 마주쳤다.

"아무튼 손이 많이 간다니까. 예전에도 그렇고, 지금도 그렇고."

손을 들어 카루나의 머리를 쓸어 넘겨 주었다. 풀어 내린 밝은 갈색 머리카락이 라크안의 손 안에서 사라락 미끄러졌다. 겁에 질린 듯한 카루나를 바라보는 라크안의 얼굴에 씁쓸한 기색이 스쳤다.

"손이 많이 가는 건 내가 아니라 공작 각하 아닌가요?"

카루나는 라크안의 손을 쳐내며 대꾸했다. 어느새 몸의 떨림은 멈춰 있었다. 하지만 얼굴은 여전히 창백했다. 하얗게 질린 얼굴을 하고서는, 카루나는 그래도 꼬박꼬박 대답했다. 라크안은 그런 카루나를 보며 피식, 웃었다.

"누가 더 처치 곤란인지는 내일 아침에 다른 사람들한테 물어보자고."

라크안은 배개를 꼭 안고 웅크려 있는 카루나를 번쩍 들어 올렸다. 고양이를 들어 올리는 듯한 자세였다. 카루나는 미간을 찌푸렸다.

"일단, 내일 누구에게 물어보든 저택의 모든 사람들이 공작 각하를 지목할 거라는 건 확신하고요. 그리고 언제나 말하지만 이 자세, 마음에 안 들어요."

카루나가 뾰족한 목소리로 항의했지만, 라크안은 들은 척도 하지 않았다.

"계약이나 지키러 갑시다, 꼬맹이 아가씨."

"좋아요, 그렇다면 오늘도 늑대인간 이야기를 읽어 드릴게요."

카루나의 말에 바삐 걷던 라크안이 잠시 삐끗, 했다.

"꼬맹아, 내가 여러 번 말했지만, 나랑 늑대인간은 전혀 다른 종족이거든?"

"제가 뭐라고 했나요? 뭐, 찔리는 점이라도 있으세요? 정말로 늑대인간이랑 친척이기라도 하던지."

"으니르그 흐앴지."

라크안이 이를 갈며 말했다. 정말로 억울해 보이는 표정인지라. 그 얼굴을 정면에서 본 카루나는 웃음을 터뜨렸다.

"어머, 이렇게 부인하시니 정말로 의심이 가네요."

"의심은 무슨. 사람을 마수와 비교하는 것부터가 무척 예의 없는 행동이란 생각은 안 드나?"

"네."

"……단호하군."

그렇게 둘은 투닥거리며 라크안의 방으로 갔다. 둘 중 누구도 낮에 있었던 일을 입 밖으로 꺼내지 않았다.

그 뒤는 언제나와 같았다. 라크안은 침대에 누워 카루나에게 손을 내밀었다. 카루나는 한 손을 내어 주고, 다른 한 손으로는 어제 읽다 만 늑대 인간이 나오는 동화책을 폈다.

라크안은 침대 밑에 칼을 놔두지도, 주변을 경계하지도 않았다. 카루나의 목소리를 들으며, 눈을 느리게 떴다 감았다. 이내 잠들었다. 카루나는 오늘도 다 읽지 못한 동화책을 내려놓았다. 이제는 자신의 침대가 되어 버린 커다란 소파에 누웠다.

새근새근 잘도 자는 라크안을 보며, 언제나처럼 라크안이 듣지 못하는 인사를 했다.

"잘 자요. 그리고……."

잠시 머뭇거리던 카루나는 들릴 듯 말 듯한 조그만 목소리로 속삭였다.

"오늘 고마웠어요."

부디 라크안에게 들리기를, 아니, 들리지 않기를. 겨우 말을 꺼내고는 숄을 확 들어 올려 얼굴을 덮어 버렸다. 어째서인지 얼굴이 화끈했다. 라크안에게 붙잡혀 있는 팔까지도 괜히 뜨끈뜨끈해지는 느낌이었다. 괜히 부끄러워서 팔을 흔들어 보았지만, 역시나 라크안은 팔을 놓아주지 않았다.

'으아아아아.'

카루나는 괜히 다리를 버둥거렸다. 숄로 여전히 얼굴을 가린 채였다. 그래서 카루나는 라크안의 입가에 슬그머니 미소가 번지는 걸 미처 보지 못했다.

* * *

　라크안의 방에서 한숨 푹 잔 카루나는 상쾌하게 새벽을 맞이했다. 팔을 꼭 붙잡은 라크안의 손을 털어 낸 뒤 자신의 방으로 돌아왔다. 아침 식사를 마치니 새로운 호위기사가 왔다. 처음 카루나가 저택에 왔을 때 만났던 네 기사 중 한 명이었다.

　"솔렌토입니다. 편하게 솔토라고 불러 주세요."

　카루나와 솔토는 금세 친해졌다. 그녀도 세나처럼 카루나에게 금방 마음을 열었다.

　카루나는 간단히 식사를 하고 산책을 나섰다. 고작 저택 뒤쪽 정원을 거니는 것뿐인데도 솔토가 호위를 나섰다. 아직은 세나처럼 함께 어울려 논다는 느낌이 나지 않아 조금 부담스러웠다.

　"고작 후원을 거닐 뿐인데도 호위가 필요한 건가요?"

　"라안 님의 명령이십니다."

　솔토는 카루나의 투정을 가벼이 넘기며 곁을 따라붙었다. 어쩔 수 없이 솔토와 함께 정원을 거닐었다. 솔토와 같은 복장을 한 기사 한 명이 바삐 달려가는 게 보였다. 그는 커다란 꽃다발을 안고 있었다.

　기사의 얼굴이 눈에 익었다. 역시나 카루나가 처음 저택에 왔을 때 만났던 네 기사 중 한 명이었다. 그때는 나무를 깎아 만든 듯 무표정한 얼굴이었는데, 지금은 환히 웃고 있었다. 카루나의 시선이 그 기사에게서 떨어지지 않자, 솔토가 슬쩍 말을 걸었다.

　"최근에 반려를 찾았거든요. 구애하느라 정신이 나가 버렸어요."

　"구애?"

　카루나가 고개를 갸웃했다.

　"반려에게 구애하는 건가요?"

"그렇지요."

"반려를 찾으면 서로 알아볼 수 있다면서요. 그럼 바로 교제하고 결혼하는 게 아닌 건가요? 왜 구애가 필요하죠?"

카루나가 묻자 솔토가 웃음 지었다. 카루나가 귀여워 죽겠다는 표정이었다.

"그렇게 쉬우면 얼마나 좋을까요. 뭐, 옛날엔 정말 그랬던 시절도 있었다고 하지만."

"요즘은 아닌 건가요?"

"저희 같은 혼혈이 많아서 그런 건지 아니면 숲의 힘이 약해져서 그런 건지, 말씀하신 것처럼 단번에 철썩인 경우는 많지 않다고 하더라고요."

솔토가 짝, 손뼉을 쳤다.

"뭐, 숲에 죽 살았던 일족들은 더러 그런 경우도 있다고는 하지만요."

솔토는 카루나와 편히 말할 기회를 얻은 게 좋은지, 계속 주절주절 말을 늘어놓았다. 덕분에 카루나는 숲의 일족의 '반려'에 대해 좀 더 잘 알 수 있게 되었다.

'아무튼 상대방이 자신의 반려라는 걸 바로 밝히지 않고 구애 기간을 가진다는 거지? 상대방이 부담스러워할까 봐. 또 상대방에게 선택받기 위해서.'

카루나는 더없이 행복해 보이는 얼굴로 뛰어가는 기사를 유심히 바라보았다. 그 기사가 흘린 꽃이 점점이 정원에 흩어졌다.

* * *

클레이엔의 자선 경매 행사에 다녀온 이후 카루나는 며칠간 평화롭게……는 무슨. 라크안의 눈치를 보며 살아야 했다.

라크안은 카루나가 어디 가려고만 해도 눈을 부라리며 어딜 가는 거냐고 물었다. 여차하면 동행하겠다고 나서기까지 했다. 덕분에 카루나는 도저히 밖으로 나갈 수 없었다.

'뭐, 이즈음 해서 며칠 쉬려고 했으니까.'

카루나는 애써 좋게 생각했다.

'그동안 매일매일 사교계 행사를 다니느라 피곤하기도 했으니, 이참에 푹 쉬지 뭐.'

카루나는 침대 위에서 뒹굴거리며, 하루가 멀다 하고 날아오는 초대를 거절하는 편지를 썼다. 라크안은 시간이 나는 대로 카루나를 찾아왔다. 카루나가 별일 없이 한가롭게 노니는 걸 보고서야 안심하고 돌아갔다.

'아무리 그래 봐라, 내가 가만히 있나.'

카루나는 그런 라크안을 보며 입을 삐죽였다. 안타깝게도 라크안이 간과한 게 있었다. 리센이 이미 카루나의 편에 선 지 오래라는 것.

라크안은 저택에 갇히다시피 한 카루나가 리센을 만나는 걸 딱히 막지 않았다. 세나가 없는데 리센마저 만나지 못하면 카루나가 심심할까 봐 배려한 것이었다. 카루나와 리센이 내통하고 있다는 걸 전혀 몰랐기에 아량을 베푼 것이기도 했다.

해질녘 즈음이면 리센은 카루나를 찾아왔다.

"카루나 아가씨, 오늘도 잘 지냈나요?"

리센이 손에 든 체스판을 흔들어 보였다. 카루나는 얼른 그를 반기며 테이블로 안내했다. 둘은 함께 체스를 두었다. 체스판 아래에는 세나가 혹은 기사단장이 카루나에게 보내는 편지가 껴 있었다.

라크안이 들이닥치지 않거나 하녀장이 바빠 잠시 자리를 비울 때면, 카루나는 차를 홀짝 마시며 편지를 읽었다. 간단하게 답장을 써 다시 체스판에 끼워 넣어 리센에게 건네주었다. 그러면 리센은 그 편지를 세나와 기사단장에게 건네주었다.

리센은 성실한 배달부였다. 아무것도 묻지 않고 그저 카루나의 부탁을 들어주었다.

"안 궁금한가요? 제가 여기에 뭐라고 썼는지, 왜 공작 각하의 눈을 피해서 이런 편지를 주고받는지요."

오히려 카루나가 리센에게 물어보았다. 그러면 리센은 생글 웃으며 카루나와 눈을 마주쳤다. 노을빛 눈에는 오직 카루나만 비쳤다.

"카루나 아가씨가 내게 부탁할 것이 있고, 제가 들어줄 수 있는데, 무슨 이유가 더 필요한가요?"

"제가 나쁜 짓을 할 수도 있잖아요. 예를 들면 공작 각하에게 해가 될 만한 일을 한다든가?"

"아니요, 그럴 리 없어요."

리센이 단호하게 말했다.

'이 사람은 내가 클레이엔이었다는 걸 알면서도…… 정말 이렇게 믿는 건가?'

카루나는 그런 리센이 신기했다. 리센은 토끼 눈을 뜨고 자신을 보는 카루나에게서 눈을 떼지 못했다. 굳이 말을 하지 않아도, 리센이 자신을 좋아한다는 게 느껴졌다. 온몸에서 핑크빛 하트가 뿜뿜 뿜어져 나오는 것 같았다.

'이게 구애……라는 걸까?'

카루나는 며칠 전 솔토가 말해 주었던 이야기를 떠올렸다. 그 이야기를 들어서일까. 요즘 들어 리센을 볼 때마다 마음 한구석이 불편해졌다. 리센이 자신에게 호감을 가지고 있다는 걸 알고 있다. 기꺼이 그 감정을 이용해 이곳에 버티고 있고.

처음엔 아무 생각이 없었다. 그저 살아남아야 한다는 생각으로만 가득 차서, 남의 감정 따윈 배려할 여유가 없었다. 하지만 시간이 지날수록. 한 결같이 애정과 정성을 보내는 리센을 보자니, 마음이 콕콕 찔렸다.

'내게 양심이란 게 남아 있다니.'

카루나는 자신에게도 양심이 있다는 걸 알려 준 리센을 바라보았다. 리센은 방긋 웃으며 카루나와 눈을 마주쳤다. 영 마음이 불편했다. 카루나는 자신도 모르게 목에 건 가죽 주머니를 움켜잡았다. 그러자 조금은 마음이 편해졌다.

"왜 그러나요, 아가씨?"

"아니, 아무것도 아니에요."

카루나는 고개를 내저으며 다시 편지로 눈을 돌렸다. 편지엔 요 며칠 사이 보쉔 자작가의 움직임이 적혀 있었다. 카루나가 얼마간 사교계에 모습을 드러내지 않자, 보쉔 자작 부인과 루린토프가 다시 나타났다고 했다. 그리고 귀족파의 귀족들이 그 둘에게 슬그머니 접근하고 있다고도 했다.

'역시나, 움직이네.'

카루나는 미소 지었다. 하지만 보쉔 자작 부인과 루린토프에게 붙었다는 귀족파 귀족들의 명단을 보고는.

"쳇."

혀를 찼다.

'순 잔챙이들뿐이잖아.'

카루나가 기대했던 이름이 없었다. 클레이엔이라거나 루시온이라거나.

'역시나 이 정도로는 안 되는 건가?'

카루나는 편지를 내려놓고, 손가락으로 체스판을 톡톡 두드렸다. 바이켈드 공작의 약혼녀가 치정 싸움 문제로 황제파의 핵심 세력인 보쉔 자작가를 홀대하고 있다.

귀족파가 보기엔 먹음직스러운 먹잇감이 아닐 수 없다. 서운해하는 보쉬엔 자작가에게 접근하여 보쉬엔 자작가를 회유한다면. 그래서 보쉬엔 자작가를 통해 황제파의 기밀을 빼내 올 수 있다면, 얼마나 좋을까.

지금 보쉬엔 자작 부인과 루린토프에게 접근하는 귀족파 귀족들은 모두 그런 생각일 것이다. 루시온만 제외하고.

'루시온이라면 지금 이게 내 수작질이라는 걸 당연히 알고 있겠지. 그러니까 나서지 않는 걸 거야.'

체스판을 톡톡 두드리던 손이 멈췄다.

'하지만 클레이엔이 직접 나선다면 어떨까?'

지난번 자선 행사에서 클레이엔의 진짜 성격을 보았다. 역시나 예상했던 대로였다. 카루나는 클레이엔의 성질을 제대로 긁어 놨다. 그러니 클레이엔은 어떻게 해서든 카루나를 한 방 먹이고 싶어 안달이 났을 것이다. 그 클레이엔에게 루시온마저 흔들려, 보쉬엔 자작 가문에 접근하도록 만들어야 했다.

카루나는 앞으로도 보쉬엔 자작가를 잘 살펴보라는 편지를 써서 리센에게 건네주었다. 그러면서 고민했다.

'한 번만 더 클레이엔을 건드리면 될 것 같은데, 무슨 좋은 방법이 없을까나?'

카루나의 고민을 알고 있다는 듯, 다음 날 황궁에서 초대장이 날아왔다. 이번에도 받는 사람은 라크안이 아니라 카루나였다.

'또 황태자가 무도회라도 여는 건가? 클레이엔이 무서워서 못 그럴 텐데?'

카루나는 별 감흥 없이 초대장을 열어 보았다. 초대장은 황태자가 아니라 황후가 보낸 것이었다. 내용은 간단했다. 황후궁에서 새로운 시녀를 모집한다는 것이었다.

오랫동안 황후를 옆에서 모셨던 론넬 후작 부인이 이번에 물러나게 되었다. 론넬 후작 부인은 연달아 식중독에 걸려 고생하다 지방의 영지로 요양을 떠날 예정이었다.

황후의 시녀가 되는 건 귀족 여인에게는 무척이나 명예로운 일이다. 황후의 시녀가 되려면 적어도 백작 가문 이상의 작위를 가지고 있어야 했다. 그뿐이 아니다. 황실의 예법에 능숙하고, 사교계에서 어느 정도 명망이 있어야 했다.

'너무 시기적절하게 론넬 후작 부인이 아프다니, 좀 수상쩍긴 한데.'

의심은 바로 루시온과 마카레나 백작에게로 향했다.

'만약 진짜 클레이엔이 이번에 황후의 시녀가 된다면, 정말로 입지가 단단해질 수 있을 테니…….'

카루나는 지금 사교계에서 황후의 시녀로 추천받을 만한 귀족 부인을 손꼽아 보았다. 황후는 항상 미혼의 영애를 시녀로 거느려 그 시녀의 혼인을 자신이 주관하는 것을 좋아했다. 때문에 이번에 시녀 후보로 꼽히는 귀족 여인 또한 미혼의 영애일 게 분명했다.

'나는 나이가 어리긴 하지만 바이켈드 공작을 봐서라도 후보로 넣지 않을 수 없었을 테고. 나 말고 또 누굴 후보로 정했을까. 클레이엔?'

카루나는 하녀장을 불러 초대장을 건넸다. 이미 알고 있었던 일인지 하녀장은 놀라지 않았다. 그래서 카루나는 하녀장에게 물어보았다.

"마카레나 백작 영애는?"

"초대를 받았다고 합니다."

하녀장이 공손히 답했다.

"역시, 그렇군요."

카루나는 혀를 찼다.

'떠도는 소문이 사실이었네.'

황후가 정말로 클레이엔을 아끼는 게 맞는 듯했다. 자신의 최측근 자리라

할 수 있는 시녀 후보 자리에 클레이엔을 끼워 넣다니.

'어쩌면 이 빈자리는 클레이엔을 위한 자리일 수도 있겠네.'

그렇게 생각하면 앞뒤가 꼭 맞았다. 건강하던 황후의 시녀 중 한 명이 갑자기 아파 시녀 자리가 비었다. 때마침 진짜 클레이엔이 수도로 돌아왔고, 황후와도 돈독한 사이를 유지하고 있다.

곧 황태자비가 될 클레이엔이 잠시라도 황후의 시녀 자리를 거친다면. 그녀는 귀족파이면서도 황후의 신임과 총애를 받게 된다.

'어째서 황후가 이렇게까지 클레이엔 편을 들어주는지는 모르겠지만. 내게는 좋은 기회야.'

카루나는 손에 든 초대장을 곱게 접어 내려놓았다.

'내가 진짜 클레이엔을 제치고 황후궁의 시녀가 되면 어떻게 나올까. 진짜 클레이엔은?'

안 봐도 뻔했다. 잔뜩 열 받아서 더더욱 카루나를 못 잡아먹어 안달할 테고, 카루나의 유일한 약점이라고 할 수 있는 보쉬엔 자작가와 루린토프를 건드리려 할 것이다.

'그러면 루시온도 어쩔 수 없겠지.'

문득 마카레나 백작 생각이 났다. 자수정이 박힌 지팡이를 짚고 꼿꼿하게 서서 자신을 내려다보던 그 시선이라니. 생각하는 것만으로도 등골이 오싹했다. 카루나는 얼른 고개를 저었다.

'더는 무서워하지 않아. 난 가짜 클레이엔이 아니라 진짜 카루나니까.'

카루나가 힘주어 주먹을 쥐었다. 손 안에서 황실에서 보내온 초대장이 와그작, 구겨졌다.

* * *

황태자를 만나러 가겠다며 황궁으로 떠나는 클레이엔을 배웅한 후. 루시온은 부름을 받고 마카레나 백작의 집무실로 갔다. 마카레나 백작은 지팡이를 책상에 비스듬히 세워 놓고, 의자에 앉아 있었다. 루시온은 그 앞에 서서 고개를 숙였다.

"찾으셨습니까."

"내게 할 말이 있지 않나?"

마카레나 백작이 의자의 등받이에 몸을 기대며 느긋한 목소리로 물었다.

루시온은 무표정한 얼굴로 마카레나 백작을 바라보았다. 마카레나 백작은 손을 뻗어 지팡이에 박힌 자수정을 어루만졌다. 뽀득뽀득, 손 안에서 자수정이 미끄러지는 소리가 울렸다. 루시온의 남색 눈이 잠시 지팡이의 자수정을 향했다. 이내 다시 마카레나 백작을 바라보았다.

"늦게 보고드려 송구합니다."

루시온은 아까보다 더 깊이 고개를 숙였다.

"말해 보게."

마카레나 백작이 자애롭게 기회를 주었다. 루시온은 미리 준비했었다는 듯 바이퀠드 공작의 약혼녀, 카루나에 대해 말했다. 이윽고 루시온이 보고를 마치자.

"좋아, 좋네."

마카레나 백작은 별안간 웃으며 박수를 쳤다. 짝짝짝. 그러고는 지팡이를 움켜쥐어 쿵, 바닥을 굴렸다.

"자네 말대로, 그 계집이 맞아."

마카레나 백작의 입가에 찬 미소가 스몄다.

"영악한 것. 바이퀠드 공작의 그늘로 숨어들었을 줄이야."

"제가 알아차렸을 때는 이미 그곳에 자리를 잡고 있었습니다."

"그런데 왜, 내게 진작 말하지 않았나?"

"정확한 검증이 필요했습니다."

"그런가? 뭐, 그럴 수도 있겠지. 자네는 신중한 사람이니까."

마카레나 백작이 납득하는 척 고개를 끄덕였다. 그러더니 일순간, 얼굴에서 웃음기를 싹 지웠다.

"하지만 자네에겐 미안하게도, 의심을 안 할 순 없군. 이렇게 말하는 걸 서운하게 생각하지 말게. 오히려 반대로 생각해 줬으면 좋겠군. 내가 아직 자네에 대한 신임을 거두지 않았다는 뜻이기도 하니까."

마카레나 백작이 루시온을 노려보았다.

"예, 백작님."

루시온은 정말 감정이라고는 하나도 없는 사람 같았다. 하얀 얼굴은 무표정했고 서 있는 자세는 곧았다. 마카레나 백작은 오랫동안 그를 제 아래에 거두어 써먹었다.

하지만 그마저도 종종, 루시온이 무슨 생각을 하는지 알 수 없었다. 지금도 마찬가지였다. 대놓고 저를 의심한다고 말하고 있는데도, 루시온은 눈 하나 깜짝하지 않았다. 마카레나 백작은 그런 그를 꽤나 신임했다. 감정이 풍부하다는 건 인정에 흔들릴 가능성이 높다는 의미이기도 했으니까.

"클레이엔에겐 아직 말하지 말고 어떻게든 그 아이를 처리할 방도를 찾아야겠군."

마카레나 백작이 혼잣말을 하듯 중얼거렸다. 의심스럽다는 부하를 앞에 두고 할 소리는 아니었다.

"이번 황궁의 황후 폐하의 시녀 선발을 이용하시는 건 어떠십니까."

루시온은 기다렸다는 듯 제안했다. 역시나 의심받는 부하가 제 주인에게 감히 할 말은 아니었다.

"자세히 말해 보게."

바이켈드 공작은 아무렇지 않게 루시온에게 말했다. 루시온 또한 별

내색 없이 말을 이었다.

"황궁에서 바이켈드 공작의 약혼녀가 실종된다면, 황제와 바이켈드 공작의 사이는 어떻게 될 것 같으십니까."

"흐음……."

마카레나 백작이 턱을 문질렀다.

"내 보기엔, 꽤나 약혼녀를 아끼는 것 같던데."

"저 또한 그렇게 보았습니다."

루시온의 남색 눈에 라크안과 카루나가 함께 있는 모습이 떠올랐다. 생각만으로도 울컥, 감정이 솟았다. 루시온은 그것을 내리누르며 뒷짐을 졌다. 생각에 잠겨 있던 마카레나 백작은 루시온의 표정 변화를 미처 보지 못했다.

"내가 이번 일을 자네에게 맡겨도 되겠나?"

"실망시켜 드리지 않겠습니다. 언제나 그랬듯."

루시온은 단조로운 목소리로 답했다.

"이 세상에 다시 카루나란 이름이 나타날 일은 없을 겁니다."

뒷짐 진 손을 꽉, 움켜쥐었다.

* * *

카루나는 구겨진 초대장을 들고 라크안을 찾아갔다. 라크안은 막 황성에 다녀와서는 외출복을 벗고 편한 모습이었다. 셔츠를 하나 걸쳐 입고 바지를 하나 꿰어 입고는 벽난로 앞의 푹신한 의자에 널브러져 있었다.

카루나는 라크안이 누운 듯 앉아 있는 소파의 팔걸이에 매달려 초대장을 내밀었다. 초대장에 그려진 황실의 문장을 보자마자 라크안이 얼굴을 구겼다.

"안 돼, 하지 마."

그는 카루나에게 온 초대장의 내용을 이미 알고 있었다.

"하고 싶어서 하겠다고 말하러 온 건데요."

"어린 게 무슨."

"제 나이가 어때서요? 황후의 시녀가 되기 딱 좋은 나이거든요? 게다가 이건 황후궁에서 보낸 친서예요."

카루나는 라크안의 얼굴 앞에 초대장을 대고 팔랑팔랑 흔들었다.

"거절하면 바이켈드 공작 가문의 이름에 먹칠을 하는 거라고요!"

"그 정도 먹칠당해도 안 죽어. 하지 마."

황궁의 권위를 등에 업으려 했건만, 황제파의 수장은 영 심드렁했다.

"죽는 게 문제가 아니라 가문의 격이 떨어진다니까요? 명예가!"

"그딴 명예 없어도 안 죽어. 그러니까 하지 말라고."

라크안은 꽤 피곤한지 양 미간을 손으로 꾹꾹 눌렀다. 그러고 보니 목소리도 영 기운이 없고, 피곤해 보였다.

"왜 그래요, 무슨 일이 있으세요?"

"요즘 들어 신경 쓸 일이 많아서. 보쉬엔 자작가에서 영 비협조적으로 나와서, 그동안 신경 안 써도 될 일들까지 보게 되네."

라크안이 푸욱 한숨을 내쉬었다. 지쳐서 투정을 부리듯 한 말이었다. 그 말에 카루나는 순간 움찔, 했다. 카루나는 눈을 데굴 굴려 라크안을 올려다보았다. 라크안은 손으로 두 눈을 가리고 있어 다행히 동요한 걸 들키지 않았다.

'들킬 뻔했네.'

카루나는 얼른 놀란 마음을 갈무리했다.

"그러니까 당분간 날 좀 도와줘. 다른 일 벌이지 말고."

라크안이 손을 내리고 카루나를 보았다.

"바이켈드 공작의 약혼녀로서 일하고 싶다고? 그럼 날 도와. 실컷 일하게 해 주마. 약혼자를 도와 가문의 일을 처리하는 것도 약혼녀의 일이지 않나?"

라크안은 집무실에 쌓인 서류 더미를 기꺼이 카루나에게 떠넘기겠다고 말하고 있었다.

"싫어요, 공작 각하가 해야 할 일을 왜 나한테 넘기려고 하시나요? 전제가 할 일이 따로 있어요."

"뭐? 황후궁에 가서 시녀 후보 들러리 서는 거?"

라크안의 목소리가 날카로워졌다.

'왜 이래? 왜 이렇게 까칠해, 오늘따라.'

카루나가 입술을 쭉 내밀었다. 아무리 피곤해도 그렇지. 라크안의 태도가 영 사나워서 짜증이 났다. 라크안은 카루나의 표정을 보고는 크게 숨을 내쉬었다. 나름대로 날 선 감정을 스스로 누르려는 것 같았다.

"꼬맹아."

라크안이 아까보다 훨씬 부드러워진 목소리로 카루나를 불렀다.

"어차피 마카레나 백작 영애가 될 게 뻔해. 그런데 굳이 가서 들러리나 서고 오려고? 그게 내 가문에 도움이 될 거라고 생각하나?"

"어머. 왜 그렇게 장담하세요?"

카루나는 고개를 저었다.

"마카레나 백작 영애는 귀족파잖아요."

"하지만 황후 폐하께서 총애하는 영애지."

"전 바이켈드 공작 각하의 약혼녀잖아요? 저보다 마카레나 백작 영애를 더 좋아하실까요?"

"글쎄. 아니라고는 말 못 하겠는데?"

라크안의 목소리가 뜨뜻미지근했다. 황제나 황태자를 언급할 때와는 영

온도가 달랐다.

"설마 그렇다 하더라도 질까 두려우니 처음부터 꼬리를 말고 물러나 있으라고요? 안 돼요. 싫어요. 그렇게는 못 하겠어요."

카루나는 나름 호승심을 드러냈다. 진짜 클레이엔이 무슨 수를 써서 황후의 마음을 사로잡았는지는 모르겠으나. 카루나 또한 그에 뒤지지 않을 자신이 있었다.

'게다가 나는 바이켈드 공작의 약혼녀라는 기본 토대가 있잖아. 아무렴, 귀족파의 클레이엔을 황제파의 약혼녀인 나보다 더 좋아하겠어?'

이런 계산도 깔려 있었다. 라크안은 카루나가 그 조그만 머리로 무슨 잔머리를 굴리는지 구경했다. 꽤 구경할 맛이 났다. 물론 구경하는 것 허락하는 건 다른 문제였다.

"아무튼, 안 돼. 어떤 이유에서든 절대 안 돼."

라크안은 절대 반대였다. 무조건 반대였다.

"아, 왜요!"

카루나로서는 짜증스러운 일이 아닐 수 없었다.

'벌써 계획을 다 세워 놨는데, 왜!'

카루나는 강경히 라크안에게 맞섰다.

"생각해 보면 제가 공작 각하의 허락을 받을 필요는 없는 거죠. 전 그저 동의를 구하러 왔을 뿐 허락을 받으러 온 건 아니에요."

"내가 반대해도 끝까지 하시겠다?"

"전 지금 공작 각하와 동등하니까요. 설마 약혼녀가 내 밑이라는, 그런 무식하고 오만한 생각을 하시는 건 아니시겠죠?"

만약 라크안이 그렇다고 말한다면 이 세상 최고의 경멸을 쏟아부어 주마. 카루나는 단단히 마음먹고 라크안을 올려다보았다.

"설마, 내가 그런 말도 안 되는 생각을 할 리가 있나."

다행히도, 혹은 불행히도. 라크안은 잘도 빠져나갔다.

"그렇다면 반대는……."

"나는 나와 동등한 위치에서 나와 계약한 내 약혼자에게 계약 이행을 요구하는 것뿐이야."

라크안은 바지 주머니에서 두 번 접힌 종이를 꺼내 카루나에게 내밀었다. 카루나는 아차 싶었다.

'젠장.'

굳이 그 종이를 펴 보지 않더라도, 무슨 서류인지 알 것 같았다. 라크안 과 카루나 사이에 오갔던 계약서였다. 카루나가 목숨처럼 소중하게 목걸 이로 걸고 다니는 것처럼, 라크안도 항상 가지고 다니는 듯했다.

'설마 계약서를 들이밀 줄이야.'

카루나가 인상을 찡그리자 라크안이 승리의 미소를 지었다.

"부디, 동등한 위치에서 계약한 대로 계약을 잘 지켜 주길 바라지."

"……이런 경우는 예외로 쳐야지요. 저는 지금 바이퀠드 공작 가문의 명예를 지키려 황후 폐하의 부름을 받는 거잖아요!"

카루나는 제 코앞으로 다가온 계약서를 빼앗으려 손을 내밀었다. 라크 안은 그럴 줄 알았다는 듯 얼른 계약서를 높이 들어 올렸다. 카루나가 폴 짝 뛰어도 닿지 않을 높이였다. 일부러 약 올리듯 계약서를 팔랑팔랑 흔 들어 보이기까지 했다.

"계약서에 그런 내용은 없었어."

"없었으니까, 계약 위반이 아니지요."

"궤변 늘어놓지 마, 꼬맹이."

"궤변이 아니라 융통성을 발휘하는 거라고요!"

카루나는 머리 위에서 살랑거리는 계약서를 바라보며 입술을 깨물었다. 라크안의 목을 죄려 작성했던 계약서가 역으로 자신의 행동을 제약하는 족쇄가 될 줄이야. 자신이 저택을 떠나 있을 상황을 예상하지 못하고 계약서 조항에 넣지 못한 게 실수라면 실수였다.

"아니, 고작 한 달 남짓이잖아요. 그 기간 동안 잠 좀 못 자면 어때서요? 듣자하니 계속 잠 못 잤다면서요. 고작 한 달을 못 버텨요?"

카루나는 라크안이 앉아 있는 소파의 손잡이를 붙잡고 대신 화풀이를 했다. 이게 라크안이라고 생각을 하니 절로 손톱에 힘이 들어갔다. 두꺼운 가죽을 손톱으로 꾹꾹 누르자, 라크안이 어이없다는 듯 헛웃음을 지었다.

'한 달? 사흘도 못 버텼건만. 한 달을 버티라고?'

라크안은 남 일이라고 한없이 잔인해지는 카루나를 지그시 바라보았다. 서운함이 퐁퐁 샘솟았다. 카루나는 그것도 모르고 그저 한 달 정도는 잠 못 자도 안 죽는다며 라크안을 닦달할 뿐이었다. 라크안은 아예 두 손으로 귀를 막으며 절레절레 고개를 저었다.

"안 돼. 무조건 안 돼."

아무튼 라크안은 결사 반대였다.

두 사람의 목소리가 커지자 주변에서 바삐 움직이던 고용인들이 힐끔힐끔 라크안과 카루나를 쳐다보았다. 라크안은 지나가던 하녀장에게 눈짓하고는 턱으로 카루나를 가리켰다.

"안 된다고 말했다. 절대 안 돼."

카루나에게 말하고 있지만 눈은 하녀장을 향했다. '내가 안 된다고 했으니, 절대 이 꼬맹이 도와주지 마.'라고 하녀장에게 눈치를 주었다. 라크안은 하녀장뿐 아니라 다른 하인, 하녀들에게도 경고하며 눈을 부라렸다.

그 뒤에야 라크안은 다시 카루나를 바라보았다. 카루나는 라크안이 제 편들을 눈빛으로 협박했다는 것도 모른 채. 그저 라크안을 설득하는 데에만 열을 올렸다.

"가서, 어쩔 건데?"

"당연히 황후 폐하의 시녀가 되어야죠?"

"거긴 황궁이야. 이곳과 전혀 다른 곳이지. 나와 만나기도 쉽지 않을 거고, 무엇보다 네 주변에 널 도울 사람들이 거의 없어. 그러다 마카레나 백작을 또 만나면 어떡하려고?"

위험해질 수도 있다. 그리고 그때, 자신이 가서 구해 줄 수 없을지도 모른다. 라크안은 그게 걱정되었다. 카루나는 라크안의 말을 다르게 받아들였다.

"마카레나 백작이 왜요?"

되묻는 카루나의 목소리가 뾰족해졌다.

'이상하게 생각하고 있었던 건가? 당연히 이상하게 보였겠지.'

카루나는 마른침을 삼키며 슬그머니 라크안의 눈치를 보았다. 무어라 한 마디라도 한다면 내내 생각해 두었던 변명을 꺼낼 생각이었다.

"뭐, 됐다. 아무튼 안 돼."

하지만 라크안은 카루나의 걱정과 달리 더는 말하지 않았다. 대신 무조건 안 된다고 철벽을 세웠다. 카루나는 속으로 안도하며, 겉으로는 계속 황후의 시녀 후보로 들어가겠다고 주장했다.

결국 견디다 못한 라크안이 일어섰다. 자신은 도망치는 게 아니라고 여러 번 강조한 후 후다닥, 위층으로 올라가 버렸다. 카루나는 그를 좇다 놓치고는 분을 못 이겨 발을 쾅쾅 굴렀다.

"아, 왜! 한 달 정도도 못 참나? 그 뒤에 한 열흘 동안 푹 잘 수 있게 해 주겠다니까? 잠 좀 몰아서 잘 수도 있는 거지, 어떻게 그렇게 매일매일 꼬박꼬박 자려고 하는 건데!"

마침 그 근처를 지나던 리센이 카루나를 발견하고는 한걸음에 뛰어왔다. 옆구리에는 체스판을 끼고 있었다.

"안 그래도 찾아가려던 참이었는데, 잘 지내셨⋯⋯."

"리센 님!"

카루나가 잡아먹을 듯 리센을 불렀다.

"넵!"

리센은 저도 모르게 잔뜩 기합이 들어간 채로 대답했다가.

"아, 네. 카루나 아가씨."

슬그머니 긴장을 풀고 다시 답했다.

"가면서 이야기할까요. 여기는 이야기 나누기에는 그다지 좋지 못할 것 같은데요."

리센이 들고 있던 체스판을 흔들며 말했다. 카루나는 이 층 복도 한가운데에 서 있었다. 사방이 뻥 뚫려 있어, 확실히 둘만의 대화를 나누기에는 어울리지 않았다.

"좋아요."

카루나는 잠시 숨을 고르고는 수긍했다. 리센은 활짝 웃으며 손을 내밀었다. 엉덩이 근처에 커다란 꼬리가 파닥파닥 흔들리는 것 같은 착시가 보일 정도였다. 이렇게 좋아하는데 차마 에스코트를 거절할 순 없었다.

라크안 때문에 확 치솟았던 짜증이 리센의 순수한 호의에 짓눌려 가라앉았다. 카루나는 리센과 함께 복도를 걸으며, 라크안에게 쌓였던 불만을 털어놓았다.

"항상 라안에 대해서만 이야기하시는군요. 아가씨는."

리센이 씁쓸히 웃으며 말했다.

"아닌데요. 저는 요즘 리센 님과 만날 보쉬엔 자작가에 대해서 이야기를 나눴어요. 오늘만 특별한 거라고요."

카루나가 단칼에 아니라고 말했다. 그래도 리센의 얼굴에 드리워진 근심은 사라지지 않았다.

"그 보쉬엔 자작가에 대한 일 또한 라크안을 위한 것이잖아요."

"공작 각하가 등신 같…… 아니, 제대로 뒤처리를 못 하니 어쩌겠어요. 약혼녀인 제가 청소를 해 줘야 하지 않겠어요?"

카루나는 자연스럽게 자신을 라크안의 '약혼녀'라고 칭했다. 그게 너무도 당연하다는 듯한 카루나의 태도에 리센은 참을 수 없었다.

"왜 그렇게 라안만 보는 건가요?"

카루나의 방문 앞에 섰을 때였다. 참고, 참았던 속마음이 기어코 터져 나왔다. 평소보다 낮은 목소리였다.

"네? 방금 뭐라고 하셨나요?"

카루나는 문을 열고 안으로 들어가려다 말고 뒤를 돌아보았다.

"정말로 갈 건가요. 황궁에?"

카루나와 눈이 마주치자, 리센이 물었다.

"당연하죠. 방금까지 제가 한 말을 들으셨잖아요? 아무리 공작 각하가 반대를 한다고 해도, 저는 반드시 갈 거예요."

"그 또한 라안을 위해서겠죠?"

카루나는 당연하다는 듯 고개를 끄덕였다.

"공작 각하는 모르겠지만요. 결국 다 공작 각하한테 도움이 되는 일인데, 왜 그걸 모르고 반대만 하는지……."

"그렇게 계속, 라안만 신경 쓰고 라안만을 위해서 살 건가요?"

"당연히…… 예?"

굳은 의지를 뽐내던 카루나가 삐끗, 흔들렸다.

"……그게 무슨?"

카루나는 리센을 올려다보았다.

리센은 언제나 서글서글하게 웃고, 밝은 모습을 보여 주었다. 그런데 지금의 리센은 평소와 달랐다. 여전히 웃고 있긴 하지만, 입가의 미소는 그리 밝지 않았다. 오히려 자조적인 웃음에 가까웠다. 안색 또한 어두웠다.

세상은 아직 한낮이었다. 카루나의 방 앞 복도는 불을 따로 켜지 않았는데도 환했다. 그런데 리센만 어두웠다. 혼자서 까만 밤을 끌어안고 있는 듯. 그제야 카루나는 리센의 분위기가 평소와 다르다는 것을 알아차렸다.

"왜 그러세요, 무슨 일이 있어요? 혹시 날 몰래 도와주고 있는 걸 공작 각하한테 들킨 건가요? 그래서 혼났어요? 그런 거예요?"

카루나가 생각할 수 있는 건 이 정도였다. 그 외에는 항상 밝고 명랑하던 리센이 이렇게 변한 이유를 짐작할 수가 없었다.

"왜 이러는지 말을 해 봐요."

저도 모르게 카루나는 손을 내밀었다. 리센이 카루나의 손을 붙잡았다. 구름을 움켜쥔 듯 조심스럽고, 또 조심스러웠다.

"이렇게 가까운데…… 왜 나는……."

혼잣말에 가까운 엷은 목소리가 가까스로 카루나에게 닿았다.

"리센 님?"

카루나는 고개를 갸웃했다. 리센은 그런 카루나를 보고 또 보았다. 눈을 깜박이는 것조차 아쉬울 정도였다. 반려를 만나면 세상 모든 행복과 기쁨을 맛볼 수 있다고 하던데. 지금 리센은 오직 슬픔과 절망만을 맛보았다. 기다림에 지친 입술이 제멋대로 열렸다.

"제발 날 봐 줄 순 없나요? 내가 당신의 반려인데."

"……?"

카루나는 순간적으로 리센의 말을 이해하지 못했다. 복도의 창을 등진 리센의 긴 그림자가 카루나를 덮었다. 카루나는 뒤로 한 걸음 물러났다. 그래도 리센의 그림자에서 벗어날 수는 없었다.

"그게 무슨 말인지……."

카루나는 눈을 깜박였다. 그러자.

"헉."

리센이 손을 들어 급히 제 입을 틀어막았다. 그제야 제정신이 든 듯했다. 리센도 카루나만큼이나 놀란 기색이었다.

"……."

"……."

카루나와 리센. 둘 사이에 잠시 침묵이 흘렀다.

'내가 반려라고?'

카루나는 눈살을 찌푸렸다. 어쩐지 기시감이 들었다. 이런 소리를 한두 번 들어 본 게 아니었다. 말하는 사람만 달라졌을 뿐이지.

'도대체 이 늑대인간들은 뭐가 이렇게 헤퍼. 시도 때도 없이 반려라는 거야?'

안 그래도 라크안 때문에 짜증이 나 있었건만. 리센의 때 아닌 고백이 카루나의 분노에 불을 붙였다.

'내가 만만해? 툭하면 반려야, 반려가!'

으득. 카루나는 이를 깨물었다. 뭐라도 한 소리 퍼부어 주려고 했건만.

"이……!"

리센의 노을빛 눈과 마주치는 순간,

"……뭐예요. 그 눈."

할 말을 잃어버렸다. 리센의 두 눈엔 눈물이 그렁그렁했다. 카루나가 손끝으로 톡 건드리기만 해도 눈물이 쏟아져 내릴 것만 같았다.

"아……으. 아니, 아직 말할 때가 아닌데…… 더 있다가, 더 있다가…… 날 더 좋아해 주면…… 그때 말하려고 했는데……."

리센이 더듬더듬 말을 늘어놓았다. 횡설수설하며 문장을 제대로 끝맺지도 못했다.

'이런 건 반칙이잖아.'

카루나는 화낼 타이밍을 놓쳤다. 다 큰 어른이 돼서 어린아이를 겁주고 있는 거 같은 기분이 들었다. 어깨를 축 늘어뜨리고 그 순한 얼굴이 울상이 되어 있는 모습이라니. 새삼 카루나는 잊고 있던 사실을 떠올렸다.

'내 취향이야.'

순하디순하고, 남에게 못된 말 한 마디 할 줄 모르고. 자신이 휘두르는 대로 휘둘리고. 잘 웃지만 우는 얼굴도 예쁜 그런 남자. 이상형의 남자가 눈앞에 있었다. 카루나 때문에 울기 직전의 상태가 된 채로.

날카로웠던 기분이 단번에 누그러졌다. 리센을 보고 있자니, 없던 동정심마저 생길 것 같았다.

"울지 마요."

카루나는 한 손으로 리센의 어깨를 두드려 주었다. 그러자 리센의 눈에서 눈물이 뚝 떨어져 내렸다. 리센은 흐느끼지 않았다. 그저 눈물만 뚝뚝, 떨어뜨렸다. 그동안 마음속에 쌓여 있던 설움이 방울방울 흘러내렸다.

"울긴 왜 울어요, 응? 울지 말고 말을 해야지. 화 안 낼 테니까, 짜증도 안 낼게요. 그러니까 울지 말아요."

카루나는 어찌할 바 몰라 하며 우는 리센을 달래고자 했다. 자신보다 훨씬 덩치 큰 리센을 어르고 다독이기 바빴다. 혹여 다른 사람들에게 이 모습을 들킬까 걱정했건만. 다행인지 불행인지 하인이나 하녀는 한 명도 근처에 나타나지 않았다.

시간이 좀 지나, 당분간 근처에 사람이 지나갈 것 같지 않다는 생각이 들자 마음이 느슨해졌다. 카루나는 리센을 달래는 걸 멈추고, 가만히 기다려 주었다. 자신의 손을 소중히 움켜잡고 하염없이 우는 남자를.

한참 후. 리센이 겨우 눈물을 그쳤다. 눈이 많이 부었지만 그게 리센의 미모를 가리진 못했다. 오히려 눈물에 젖은 얼굴은 처연미를 드러냈다.

"……죄송해요."

훌쩍. 리센은 약간 쉰 목소리로 조그맣게 말했다.

"이제 다 울었어요?"

카루나는 리센에게 잡힌 손을 흔들었다. 진지하지 않게, 장난스럽게 자신을 대하는 카루나를 보며 리센은 슬그머니 웃음 지었다.

"울다가 웃으면 큰일 난다던데."

카루나는 까치발을 들고 두 손을 높이 들어 올렸다. 리센은 얼른 허리를 굽혀 제 얼굴을 내밀었다. 카루나가 옷소매로 리센의 눈물을 닦아 주었다. 그 잠깐 동안 리센은 너무나도 행복하게 웃었다. 리센은 한쪽 무릎을 꿇고 카루나와 눈높이를 맞췄다.

"갑작스러워서, 당황할 거라 생각해요. 그럴 거라고 생각해서 좀 더 친해진 다음에, 카루나 아가씨가 절 좀 더 좋아해 주면, 그때 말하려고 했어요."

리센이 천천히 말했다. 목소리가 살짝 떨렸다. 카루나의 손을 잡고 있는 리센의 손에서도 떨림이 느껴졌다.

"아아, 네, 그렇군요."

답하는 카루나의 목소리는 담담했다. 어쩌면 예견된 결과일지도 몰랐다.

'역시. 계속 내게 잘해 줄 때부터, 아니 저번에 청혼했을 때부터 알아봤어야 했는데.'

여태 모르고 있었다고 발뺌을 할 수 없었다. 그저 일부러 모르는 척했을 뿐이다. 부담스러워서. 답할 여력이 없어서. 그러면서도 이용할 생각만 했다.

'구애, 라는 거였겠지. 그 모든 게.'

카루나는 리센이 들고 있는 체스판을 바라보았다. 그러고 보면 리센에 한해서 모든 게 너무 쉬웠다. 카루나에게 쏟아지던 리센의 선의는 마르지 않는 우물물 같았다. 카루나는 그 우물물을 마음껏 퍼다 썼다. 리센이 어떤 마음인지 모른 척하면서.

이렇게까지 누군가의 애정 어린 선의와 무한정의 애정을 받아 본 적이 있었던가. 언뜻 라크안이 떠올랐지만 카루나는 급히 고개를 저었다. 지금 리셴 앞에서 라크안을 생각하는 건 내키지 않았다. 어쩐지 나쁜 짓이라는 생각이 들었다.

그러고 나니 아무도 생각나지 않았다. 어쩌면 리셴이 유일할는지도 모른다. 10년 동안 함께 지낸 루시온마저 정말 카루나의 사람은 아니었으니까. 새삼 죄책감이 밀려들었다.

"나는⋯⋯."

카루나는 채 말을 잇지 못했다. 무언가 리셴에게 말해야 한다는 생각은 들었지만, 무슨 말을 해야 할지 알 수 없었다.

고마워요, 날 좋아해 줘서?

아니면, 미안해요? 내가 살아남느라 바빠 당신의 그 마음을 외면하고 이용해 먹으려고만 해서.

그도 아니면. 내가 정말 당신의 반려가 맞아요? 저번에도 누가 나보고 자기 반려라고 했는데, 사실 반려가 아니었거든요.

카루나는 아랫입술을 깨물었다.

"곤란하다면 모른 척해도 된다고 말씀드리고 싶지만⋯⋯ 그런 말은 할 수 없을 것 같네요."

"그런 건 아니에요."

카루나는 서둘러 고개를 저었다. 리셴은 자신에게 한결같이 최선을 다했다. 그런 그에게 그렇게까지 말하고 싶은 마음은 없었다.

"그렇게 말해 줘서 고마워요."

리셴이 진심으로 감사해했다. 그게 어쩐지 안쓰러웠다. 리셴은 카루나의 말 한 마디, 표정 하나에 울고 웃었다. 그 무게가 제법 묵직했다.

'정말로 내가 반려라고 믿는 건가, 아니, 내가 이 사람의 반려인 건가?'

카루나는 왼쪽 가슴에 손을 얹어 보았다. 두근두근. 심장이 뛰었다. 빠르지도 않고 느리지도 않았다. 평소와 다르지 않았다. 바이퀠드 공작저에는 길을 걷다 보면 발에 차일 정도로 숲의 일족과 그 혼혈이 많았다.

카루나는 그들에게 '반려'에 대한 것을 자주 전해 들었다. 반려를 만나면 기쁨과 행복을 맛볼 수 있다고 했다. 그는 카루나를 보는 것만으로도 기쁘고 행복해진다고 온몸으로 표현하고 있었다. 굳이 말로 물어보지 않아도 알 수 있었다. 그런데 지금 카루나는 그런 걸 느낄 수 없었다.

'나는 평범한 인간이기 때문인 건가?'

카루나는 제 손을 붙잡은 리셴의 손을 바라보았다. 또 라크안이 생각났다. 매일 밤, 라크안은 카루나의 손을 잡고 잠든다. 그때와 지금의 기분은 분명 다른……

"지금 저를 반려로 생각하지 않는다는 건 알고 있습니다. 숲 밖의 사람에겐 낯선 것이라는 것도 알고 있고요. 하지만 분명, 카루나 아가씨는 제 반려입니다. 제 심장이 그렇게 말하고 있어요. 카루나 아가씨를 보는 것만으로도 전 너무도 행복하고, 또 기쁘니까요."

"아……"

"지금부터라도 좋아요. 부디, 저를 진지하게 봐 주시겠습니까? 부탁드립니다."

리셴이 관심과 애정을 구걸했다.

"리셴 님, 저는 그럴 여유가."

"라안에게 보여 주는 관심의 십 분의 일이라도 좋으니, 저를 봐 주세요."

"잠깐. 리셴 님, 뭔가 오해를 하신 거 같은데, 저랑 공작 각하를 그렇게 엮지 말아 주세요."

"불쾌하셨다면 사과드리겠습니다."

리셴은 재깍 고개를 숙였다. 카루나의 말 한 마디에 죽는 시늉까지 할 듯한 태도였다. 그렇게나 간절한 리셴에게 카루나는 모질게 굴지 못했다.

'내 비밀을 아는 사람이야. 거절했다고 앙심을 품으면 어떡해?'

리센이 그럴 리 없다고 생각한다. 하지만 그럼에도.

'조심해서 나쁠 건 없지.'

카루나는 만일의 상황까지 염두에 두었다.

리센의 마음속엔 저울이 있었다. 양쪽 끝엔 카루나와 라크안이 각각 놓여 있었다. 지금이야 카루나 쪽으로 기울어 있지만. 언제든 라크안 쪽으로 기울 수도 있었다. 카루나는 그것을 걱정하였다.

'왜 하필 나를 반려라고 생각하는 거지?'

카루나는 이런 자신을 좋아한다고 고백하는 리센이 불쌍했다. 살아남기 위한 계산, 그리고 어쩌면 약간의 연민이 섞였다. 카루나는 그 감정대로 움직였다.

"알았어요. 그렇게 해 볼게요."

리센의 제안을 받아들였다. 그러자 리센이 활짝 웃었다. 더없이 기쁘게, 그리고 행복하게. 그 모습을 보자니 마음이 더 무거워졌다. 카루나는 오랜만에 죄책감에 시달렸다.

* * *

그날 밤.

카루나는 여느 날과 다름없이 라크안의 방으로 왔다. 라크안은 다소곳이 카루나를 기다리고 있었다.

"어떤가요. 낮게 그렇게 싸우고도 저녁에 약속을 지키러 온 저에 대한 신뢰도가 상승했나요? 계약자분?"

"그래도 인 돼. 난 무조건 반대야."

카루나가 무슨 말을 해도 라크안은 안 된다는 소리뿐이었다. 그런 라크안을 괴롭힐 수 있는 유일한 방법은 어제도, 그제도 읽었던 늑대인간이 나오는 동화를 또 읽는 것이었다. 카루나가 또 똑같은 책을 집어 들자 라크안이 질색했다.

"저의 책 선택이 마음에 안 들면 얼마든지 계약 조정을 이야기해 봐요."

"아니, 난 아무 말도 하지 않았어. 우리의 계약은 조금도 수정되지 않고 그대로 이어지는 거야."

카루나가 계약의 '계' 자만 꺼내도 라크안은 금세 얌전해졌다. 카루나는 소파에 누워 책을 펴 들었다. 손을 내미니 라크안이 얼른 붙잡았다.

리센은 카루나의 손을 한 번 잡는 것도 조심스러워하며 어쩔 줄 몰라 했다. 그와 달리 라크안은 카루나에게 손을 맡겨 놓은 사람처럼 굴었다. 카루나의 손을 절대 놓아주지 않겠다는 듯 단단히 붙잡았다.

카루나는 그 온기에 안도감을 느끼다가도 리센을 떠올렸다. 안쓰럽게 웃으며 자신을 봐 달라고 말하는 리센의 모습이 자꾸 눈에 밟혔다.

'정말로 내가 리센의 반려일까? 그럼 나도 시간이 지나면…… 리센을 사랑하게 되는 걸까?'

잘 상상이 되질 않았다. 리센의 옆에 서서 행복하게 웃고 있는 자신이라니. 그보다는 차라리, 라크안의 옆에서 후추 묻은 셔츠를 휘두르는 자신의 모습이 더 익숙했다.

카루나는 라크안을 바라보았다. 라크안은 침대에 태평하게 누워 있었다. 본격적으로 잘 준비를 하는지 눈을 꼭 감고 있기까지 했다. 요즘 매일 숙면을 취해서 그런지 얼굴에서 번쩍번쩍 빛이 났다. 인상만 팍팍 쓰고 있던 얼굴에 웃음도 그득했다.

처음 봤을 때의 그 사납고 날카로운 모습은 온데간데없었다. 배불러서는 주인에게 애교를 부리느라 정신없는 강아지 같았다. 우울해 보였던 리센의 모습과 비교가 되었다.

카루나는 복잡한 속내를 감추지 못하고 책을 폈다. 당연하게도, 평소보다 책읽기에 집중하지 못했다. 읽었던 문장을 또 읽었다. 긴 단어를 더듬거리기도 했다. 어딘지 정신이 나가 보였다.

라크안은 카루나의 실수를 태업으로 받아들이고는.

"그래도 안 되는 건 안 되는 거야. 너무 위험해서, 안 돼."

잠에 취한 목소리로 이렇게 중얼거렸다. 그러더니 이내 잠들었다. 카루나의 손을 꼭 쥔 채로. 라크안이 완전히 잠들자, 카루나는 잘 안 읽히는 책을 덮었다. 그리고 라크안과 같은 방향으로 누웠다.

'모르겠다, 진짜.'

머릿속이 너무 복잡해 잠이 올는지 가늠조차 되지 않았다. 쿨쿨 잘 자는 라크안이 얄미울 정도로 눈이 말똥말똥했다. 이대로 잠들지 못하고 밤을 새지 않을까 생각했던 것도 잠시. 이내 카루나는 라크안을 따라 스르륵 잠들었다.

* * *

깜빡 잠이 들었다 눈을 뜨니, 새벽이었다. 카루나는 잠들기 직전까지 혹시나 잠들지 못할까 걱정했던 기억을 잊지 않았다. 그게 쪽팔려 잠시, 잠이 깨고도 꼼짝하지 않고 눈만 깜박였다.

커튼 사이로 빛이 가느다랗게 새어 들어왔다 카루나는 잠시 그걸 지켜보다 몸을 일으켰다.

손을 흔드니, 깊이 잠든 라크안이 카루나의 팔을 놓쳤다. 카루나는 올때 덮고 왔던 커다란 망토로 몸을 둘둘 말았다. 새벽의 복도는 추워서, 단단히 싸매고 나서야 했다.

기루나는 아직 눈썹에 잠기운이 덕지덕지 남은 채로 비틀비틀, 라크안의 방을 나섰다. 그저 아무에게도 들키지 않고 제 방으로 돌아갈 생각뿐이었다. 그래서 문을 열었을 때, 그 문 앞에 누군가가 서 있는 걸 보고도 별생각이 없었다. 아주 잠시 동안.

왜 문 앞에 사람이 서 있는 건지. 문을 두드리려고 했는지 손을 들고 있는 모습인데, 왜 그 모습 그대로 돌처럼 굳어 있는지. 보면서도 이해가 가지 않았다. 그래서 멍하니 바라만 보았다. 여기저기 삐쳐 있는 연두색 머리와 천천히 경악으로 물들어 가는 노을빛 눈동자를.

"아······!"

깨달음은 한 번에 몰려들었다. 그건 상대방 또한 마찬가지인 듯싶었다.

"카루나, 아가씨가 왜 여기에서 나오······ 나요?"

리센이 얼떨떨한 목소리로 물었다. 그의 눈이 카루나를 머리끝부터 발끝까지 훑었다. 방금 자다 일어난 듯 부스스한 갈색 머리. 조금 전까지 졸려서 반쯤 감겨 있던 녹색 눈. 어깨부터 온몸을 꽁꽁 동여맨 두꺼운 망토까지. 누가 봐도 오늘 밤을 여기서 보냈다는 티가 팍팍 났다.

리센이 그걸 깨닫는 순간. 카루나는 이 세상에서 가장 사나운 표정을 바로 눈앞에서 보았다.

"라안!"

리센이 포효했다.

언제나 부드럽게 미소 짓던 노을빛 눈이 짐승의 그것으로 바뀌었다. 먹잇감, 아니, 물어뜯어 갈가리 찢어 버려야 하는 목표물은 오직 하나였다. 침대 위에 늘어져 잠들어 있는 검은 머리의 남자. 리센은 단번에 카루나를 뛰어넘어 방 안으로 들어갔다.

"자, 잠깐만요!"

카루나는 그가 무슨 오해를 하는 건지 알아차렸다. 뒤늦게 리센을 말리려 손을 뻗었다. 하지만 그가 입고 있는 옷자락마저도 손에 걸리지 않았다.

리센의 양팔에 이상한 게 생겼다. 빛으로 만든 아지랑이 같은 게 일렁이더니, 짐승의 발톱처럼 날카로워졌다. 리센은 그걸 바로 침대에 박아 버렸다.

그 발톱이 막 라크안에게 닿기 직전. 깊이 잠들어 있던 라크안의 눈이 번뜩 뜨였다. 붉은 눈이 깜박이는 찰나, 퍽! 발톱이 빈 침대에 박혔다. 라크안은 그 찰나에 몸을 굴려 침대 아래로 떨어졌다. 몸이 바닥에 닿자마자 재빠르게 몸을 일으켰다.

"뭐 하는 짓이야!"

라크안이 소리쳤다. 방금 일어난 사람답지 않았다. 붉은 눈은 선명했다. 라크안은 바로 카루나가 어디 있는지 확인했다. 리센의 등 너머로 카루나를 보았다. 카루나가 문 앞에 안전히 서 있는 걸 보자 안도의 한숨을 내쉬었다. 라크안의 눈이 카루나에게 닿자마자 리센이 반응했다.

"감히!"

팔을 감쌌던 하얀 아지랑이가 번개처럼 파지직, 튀어 올랐다. 그 빛은 이내 리센의 온몸으로 흘러들었다. 리센은 번개를 장막처럼 온몸에 둘렀다.

라크안은 급히 제가 누워 있던 침대 위를 보았다. 리센의 공격에 침대는 반쯤 부서져 있었다. 베개는 갈가리 찢겨, 그 안의 깃털이 사방팔방으로 날리고 있었다. 거기에 라크안이 찾는 검은 없었다.

"젠장."

라크안은 욕지거리를 내뱉었다. 카루나가 밤마다 찾아오는 뒤로, 검을 곁에 두지 않았다. 혹여나 카루나가 겁을 먹을까 봐 멀찍이 떨어트려 놨다. 바로 지금 카루나가 있는 방문 근처에. 문 옆의 벽에 걸려 있는 검이 눈에 들어왔다.

"라안! 네가 감히!"

라크안의 눈이 다시 카루나가 있는 쪽으로 향하자 리센이 이를 갈았다.

"진정해, 발작을 일으키는 건 나지 네가 아니야."

라크안은 빈손을 들어 리센을 진정시키려 하였다. 자신이 카루나를 보는 게 리센을 더욱 흥분시킨다는 걸 눈치챘다. 라크안은 일부러라도 카루나가 있는 쪽을 바라보지 않으려 노력했다. 쉽지는 않았지만.

하지만 라크안의 노력은 허사였다. 리센은 이미 이성을 잃은 상태였다. 눈앞의 검은 머리 사내가 제 친구인지, 제 반려를 건드린 죽일 놈인지 구분하지 못했다.

"네가 감히 내 반려를!"

리센이 울부짖으며, 어깨에 두른 망토를 뜯어 집어 던졌다.

"반려? 반려라고?"

라크안이 인상을 팍 구겼다. 촤르륵— 망토가 허공에 날렸다. 라크안은 본능적으로 리센의 상태를 눈치챘다.

"진정해, 진정하라고! 정신 차려!"

잠자코 있을 틈이 없었다. 라크안은 망토를 헤치고 리센에게 달려들었다. 어떻게 해서든 '아직' 인간인 리센을 제압하려 했지만. 이미 늦었다. 커다란 앞발이 라크안을 후려갈겼다.

"큭!"

라크안은 창가 쪽으로 날아갔다. 와장창, 창문이 부서지며 라크안의 몸이 사라졌다. 리센의 망토가 바닥에 툭 떨어졌다. 거대한 짐승의 뒷발이 그것을 밟았다. 잘근잘근 짓이겼다. 날카로운 발톱에 찢긴 망토는 금세 넝마가 되었다.

침대에 누워 잠들어 있던 라크안은 창밖으로 날아갔다. 언제나 상냥하고 밝게 웃던 리센은 '사람'이 아니게 되었다. 바로 카루나의 눈앞에서 그 모든 일이 일어났다.

방금 전까지 리센이 서 있던 자리에 거대한 짐승이 네 발로 바닥을 딛고 섰다. 늑대였다. 그 늑대는 아름다운 노을빛 눈동자를 가지고 있으리라. 굳이 확인하지 않아도 짐작할 수 있었다.

카루나는 사람이 늑대로 변신하는 걸 처음 보았다. 그건 스무 살 여인이 마법의 약을 먹고 어려지는 것만큼이나, 아니 그 이상으로 신비로웠다.

"……."

현실감이 사라졌다. 그래서인지 도망가야 된다거나, 무섭다는 생각이 들지 않았다. 카루나는 멍하니 리센을, 아니 늑대가 된 리센을 바라보았다.

언젠가 보았던, 털이 온통 까맸던 늑대만큼 크지 않았다. 하지만 라크안의 방이 비좁게 느껴질 만큼 컸다. 보통의 늑대보다 훨씬 컸다. 늘씬한 몸을 덮은 털은 은회색이었다.

그 몸 주변에는 여전히 번개 같은 기운이 어려 있었다. 파직, 파직. 푸른 스파크가 튀었다. 크르르르르. 늑대는 울음소리를 내며 발을 굴렀다. 그러고는 라크안이 떨어진 창문을 향해 돌진했다. 와장창. 그나마 남아 있던 창문마저 모두 아작 났다.

은회색 늑대는 창문을 깨고 밖으로 뛰쳐나갔다. 카루나는 그 늑대를 따라 창문 쪽으로 달려갔다. 바삭바삭. 걸을 때마다 유리 조각이 밟혔다. 두꺼운 슬리퍼를 신고 있어서 다행이었다. 창문이 있던 곳은 뻥- 뚫려 있었다. 다만 창틀에는 뾰족해진 창문 유리가 남아 있어 위험했다.

카루나는 창틀에 박힌 유리 조각을 조심하며 창밖을 바라보았다. 화단은 푹 파여 있었다. 아마도 라크안과 은회색 늑대가 떨어졌던 자리이리라. 바로 앞의 공터에서 검은 머리의 남자와 은회색 늑대가 대치하고 있었다.

멀찍이 떨어진 곳에서 봐도 둘의 차이가 너무 컸다. 은회색 늑대에 비하면 라크안은 한 줌도 안 되어 보였다. 크아앙! 늑대가 앞발을 구르며 포효했다. 그 울음소리가 저택을 흔들었다. 먼 하늘에서 해가 뜨고 있었다. 늑대 덕에 바이렐드 공작저는 상제로 이른 아침을 맞이하게 되었다.

늑대는 날카로운 이빨을 드러내고 라크안을 위협했다. 크르르. 큰 발톱을 모두 세우고 땅바닥을 긁었다. 흙바닥은 죽죽 금이 갔다.

"이봐, 내 말 안 들려? 아예 정신을 잃은 거야? 젠장, 발작은 전염병이 아니라면서!"

라크안이 버럭, 외치는 소리가 카루나에게도 들렸다. 카루나는 아랫입술을 깨물었다.

"위험하게 뭐 하는 거야, 얼른 도망가야지!"

늑대 앞에 계속 서 있기만 하는 라크안이 걱정되었다. 라크안의 목소리는 차분하고 낮았다. 발작이 일어날 기미가 아니었다. 자신도 늑대로 변할 생각도 없는 듯했다.

뭘 믿고 저리 태평한 건지. 카루나는 마음이 다급해졌다. 좀 더 몸을 밖으로 내밀었다. 그러다 발을 잘못 디뎌 유리 조각이 쌓인 곳을 밟았다. 발이 미끄러지며 몸이 휘청- 흔들렸다. 다급히 잡은 건 유리 조각이 박힌 창틀이었다.

"윽!"

따끔, 하는 감각과 함께 손바닥에서 피가 스몄다. 카루나는 얼굴을 찡그리며 손바닥을 폈다. 꽤 깊게 베인 듯 손바닥 전체가 시뻘겠다. 뚝뚝, 피가 떨어졌다. 피 냄새가 바람을 타고 사방으로 흩어졌다. 바람이 늑대의 코를 간질였다.

라크안을 물어뜯으려던 은회색 늑대가 움찔, 했다. 늑대가 고개를 돌려 방금 자신이 뛰쳐나온 쪽을 바라보았다. 크르르. 목울대가 울리며 사나운 울음이 샜다. 날카로운 이빨이 드러났다. 늑대의 노을빛 눈동자에 카루나가 박혔다.

"빌어먹을!"

라크안에게도 피 냄새가 닿았다. 무엇이 리센의 시선을 끄는지 알아차리고는 얼굴을 굳혔다.

"정신 차려, 네가 그렇게 끔찍이 여기는 꼬맹이라고!"

라크안은 주먹으로 늑대의 몸통을 치며 늑대를 막아섰다.

"세나!"

저택이 떠나가라 고함을 쳤다.

"명을 따릅니다!"

카루나의 등 뒤에서 우렁찬 목소리가 울렸다.

"맙소사. 아가씨!"

이내 그 목소리의 주인은 포근히 카루나를 감싸 안았다. 굳이 뒤를 돌아보지 않아도 누군지 알아차렸다.

"세나 경!"

너무 반가워서 눈물이 나올 것 같았다.

"맙소사, 이렇게 다치시면 어떡합니까."

세나는 인사보다 카루나의 상처가 우선이었다. 품속에서 손수건을 꺼내더니 킁킁, 냄새를 맡았다. 그러고는 자신 없이 카루나에게 내보였다.

"어제 챙겼던 건데, 진짜 한 번도 안 쓴 건데, 약간 땀 냄새가 나기도 합니다."

"괜찮아요."

카루나는 지체 없이 답했다. 세나는 안도하며 네모난 손수건을 삼각형으로 반 접어 카루나의 다친 손을 꽁꽁 동여맸다. 지혈을 하려 꾹- 눌렀다.

"흐으……."

카루나는 신음했다.

"괜찮습니다, 조금만 참아 주십시오. 지혈을 해야 해서 그러는 거니까, 조금만."

세나는 카루나를 달래며 카루나의 상처를 살폈다. 지혈을 끝낸 후 세나는 카루나를 안은 채로 몸을 돌렸다.

"일단 몸을 피하시지요."

세나는 파괴된 창문을 보며 혀를 찼다.

"잠깐, 잠깐만요."

카루나는 그런 세나를 말렸다. 그리고 손을 들어 창밖을 가리켰다. 세나는 창밖을 내다보았다. 라크안과 은회색 늑대는 쉬이 눈에 띄었다.

"라안 님하고…… 부단장? 맙소사, 반대잖아?"

세나가 믿을 수 없다는 듯 중얼거렸다. 조금 전 라크안의 고함 소리를 들었으면서도, 그녀는 제 눈앞에 벌어진 상황을 쉬이 믿지 못했다.

"앗!"

카루나가 비명을 질렀다. 은회색 늑대가 다시 라크안에게 달려들었다. 라크안은 재빨리 옆으로 몸을 굴렸다. 늑대는 영악하게도 뛰다 말고 몸을 틀었다. 라크안에게 몸통으로 박치기했다.

"컥!"

라크안이 뻥- 날아가 저택의 담에 박혔다. 쩌적- 벽에 금이 갔다. 라크안이 부딪친 곳은 둥그렇게 파였다. 라크안은 그대로 피를 뿜으며 바닥에 쓰러졌다. 하지만 곧바로 일어섰다.

"너, 이 자식. 진짜로 해 보자 이거냐?"

입가의 피를 손등으로 닦으며 이를 갈았다. 붉은 눈이 시뻘겋게 빛나는 게 멀리서도 보였다.

'설마, 발작인가?'

카루나는 바짝 긴장했다. 근처 어디에 포도주 통이 쌓여 있는지 찾았다. 카루나가 고개를 두리번거릴 새, 이번엔 라크안이 은회색 늑대에게 달려들었다. 크르르. 은회색 늑대가 입을 쩍 벌렸다. 라크안을 물어뜯을 기세였다.

라크안은 높이 뛰어올랐다. 은회색 늑대의 콧등을 발로 박찼다. 늑대의 몸 뒤로 넘어가 털이 숭숭한 목에 매달렸다. 제 팔로 늑대의 목을 죄었다.

크허엉! 늑대가 포효하며 몸부림쳤다. 늑대가 라크안을 떨구려 발버둥 쳤다. 라크안의 몸이 개목줄처럼 팔락거렸다. 하지만 떨어지진 않았다. 그러자 늑대는 저택 벽을 향해 돌진했다.

콰앙! 늑대의 몸이 벽에 부딪쳤다. 라크안은 그 충격을 견디지 못하고 늑대를 놓쳤다. 늑대에 비하면 한없이 작은 몸이 바닥을 데굴데굴 굴렀다. 벽에 머리를 부딪쳐 잠시 해롱거리던 늑대는 금세 정신을 차렸다.

늑대는 바로 바닥을 구르는 라크안을 밟으려 발을 쿵쾅거렸다. 라크안은 몸을 웅크려 늑대의 공격을 피했다. 바로 몸을 일으키고, 뒤로 물러섰다. 안전거리를 두고 한숨 돌리려는 듯했다.

하지만 늑대는 그런 라크안을 순순히 놔주지 않았다. 늑대는 이를 드러내며 라크안에게 달려들었다.

이후 거대한 늑대와 인간의 싸움은 계속되었다. 저택 여기저기엔 금이 갔다. 늑대에게 받힌 라크안은 자꾸 날아다녔다. 여기 부딪치고 저기 처박히며 몸이 금세 엉망이 되었다. 하지만 라크안은 늑대로 변신하지 않았다.

"정신 차려, 정신 차리라고!"

씨알도 안 먹히는 걸 알면서도, 리센을 부르며 늑대에게 매달렸다. 얼마 뒤, 무장한 철십자 기사들이 달려왔다.

"그만. 다가오지 마!"

라크안은 그들에게 손짓했다. 늑대는 그 틈을 놓치지 않았다. 여지없이 앞발로 라크안의 얼굴을 후려쳤다. 라크안의 얼굴에 발톱 자국이 죽- 그어졌다.

"꺄악!"

카루나는 비명을 질렀다.

"괜찮습니다, 괜찮아요."

세나는 얼른 놀란 카루나를 달랬다.

"저 정도는 며칠만 지나면 다 낫습니다. 흔적도 남지 않고 매끈한 얼굴이 될 테니, 걱정하지 마세요."

세나가 믿을 수 없는 말을 하였다. 작은 생채기가 낫는 데에도 오랜 시간이 걸리건만. 맹수의 발톱에 당한 상처가 어떻게 그리 금방 나을 수 있단 말인가.

"왜 다들 가만히 보고 있는 거죠? 말려야죠!"

카루나는 불안에 떨며 세나에게 매달렸다. 어느 쪽을 걱정하고 있는지는 스스로도 몰랐다.

"아가씨, 진정하세요. 라안 님께서 끼어들지 말라고 명령하신 듯합니다."

멈춰 선 철십자 기사들을 보며 세나가 말을 이었다.

"라안 님을 믿어 주세요. 아가씨께서 걱정하실 만큼 약한 분이 아니십니다."

세나는 자신만만하게 말했지만. 그래도 카루나는 불안을 거두지 못했다. 라크안은 피투성이가 되어 있었다. 발톱에 긁힌 얼굴에서도 피가 철철 흐르고 있었다. 그런데도 철십자 기사들을 뒤로 물리고, 혼자 은회색 늑대를 감당하려 했다.

"꼭 결투라도 하는 것처럼, 혼자서 감당해 내시려고 하네요."

지켜보던 세나가 의아하다는 듯 중얼거렸다. 한참 뒤, 라크안은 자신이 공언한 대로 끝내 은회색 늑대를 제압했다. 기사 중 누군가가 자신의 검을 풀어 던져 준 덕분이었다.

라크안은 그마저도 칼을 뽑지 않고, 검집째로 은회색 늑대를 후려갈겼다. 졸지에 매타작을 당한 은회색 늑대는 길게 울음을 토해 내며 옆으로 쓰러졌다.커다란 늑대의 몸이 점점 줄어들었다.

얼마 안 가 늑대는 실오라기 하나 안 걸친 인간의 모습으로 돌아왔다.

항상 단정하게 땋았던 긴 연두색 머리카락이 엉망으로 늘어졌다. 라크안은 제 망토를 벗어 그에게 덮어 주었다.

"한숨 돌렸네요."

세나는 대놓고 안도했다.

"내려가 봐야겠어요."

"제가 호위하겠습니다."

카루나는 세나의 부축을 받아 아래로 내려갔다. 이미 사람들이 몰려 있었다. 철십자 기사, 하인, 하녀 할 것 없이 리센의 변신에 대해 떠들고 있었다. 카루나는 그들을 헤치고 나아갔다.

라크안과 리센이 보였다. 둘에게 다가가던 카루나는 잠시 걸음을 멈췄다. 선택해야 했다. 누구에게 다가가야 할지. 다치고 피 흘린 라크안인지. 아니면, 쓰러져 있는 리센인지.

고민은 오래 걸리지 않았다. 카루나는 라크안에게로 몸을 틀었다. 그때, 자신에게 관심과 사랑을 구걸하던 리센이 떠올랐다.

'제발 날 봐 줄 순 없나요? 내가 당신의 반려인데.'

참고 참고 또 참았던 숨이 한순간에 턱- 터져 나오듯. 리센은 그렇게 말했다. 그 목소리가 카루나를 잡아끌었다. 카루나는 다시 멈춰 섰다. 이번에는 리센 쪽으로 몸을 틀었다.

카루나가 제게 다가오는 걸 지켜보고 있던 라크안의 얼굴이 굳었다. 라크안은 제게 다가오지 않는 카루나와 쓰러진 리센을 번갈아 바라보았다. 막 카루나가 리센 쪽으로 한 걸음 내디디려 할 때였다.

"잠깐 멈춰."

아직 긴장에 떨리는 굵은 팔이 단숨에 카루나를 안아 들었다

"공작 각하?"

카루나가 놀라 눈을 깜박였다.

"리센을 방에다 옮겨 놔. 정신을 차리면 내게 알리고."

라크안이 근처의 철십자 기사들에게 손짓하였다. 그들은 큰 목소리로 대답하고는 리센의 양팔과 다리를 번쩍 들었다. 이 저택에서 라크안을 처음 만났을 때와 비슷한 상황이었다. 그들이 리센을 들고 사라지자 라크안은 카루나를 풀어주었다.

"꼬맹이, 넌 일단."

라크안의 눈이 손수건을 감은 카루나의 손에 닿았다.

"잠깐, 뭐야. 이건."

라크안이 카루나의 손을 잡아챘다.

"으."

카루나가 낮게 신음을 흘렸다. 라크안은 얼른 손에서 힘을 풀었다. 깃털을 쥐듯 조심히 카루나의 손을 폈다. 손바닥을 감싼 손수건에 엷게 피가 배어 있었다. 라크안은 제 손이 다친 것처럼 얼굴을 찡그렸다.

"이거 왜 이래, 언제 다친 거야."

겨우 피딱지가 내려앉았던 얼굴에 다시 피가 번졌다. 상처가 터진 듯했다.

'날 걱정할 게 아니라 본인 상처를 돌보는 게 더 우선일 거 같은데.'

카루나는 라크안에게 잡힌 손을 빼내 라크안의 얼굴로 가져갔다. 손에 감은 손수건이 금세 시뻘겋게 젖었다.

"날 반려라고 했어요."

카루나는 그걸 보며 무심코 말했다. 왜 말했는지는 스스로도 몰랐다. 다만, 말하고 나서야 실수인 걸 깨달았다.

"……."

라크안은 침묵했다. 그 침묵이 카루나에게 말했다.

'내가 리센의 반려인 걸…… 알고 있었어?'

평소라면 라크안은 말도 안 되는 소리를 하고 있다고 화를 냈을 것이다.

그런데 지금은, 그러지 않았다.

'알고 있었구나.'

라크안은 알고 있었다. 모르고 있었던 건 자신뿐이었다. 카루나는 배신감, 혹은 그 비슷한 감정에 휩싸였다. 왜 그런 감정이 드는 건지는 스스로도 알지 못했다. 그저, 라크안이 미웠다. 리센이 자신에게 그런 마음을 가지고 있는 걸 알면서도 자신의 옆에 놔뒀다니.

"……."

"……."

둘은 서로를 쳐다보며 아무 말도 하지 않았다. 라크안은 그 잠깐의 침묵도 견디지 못했다.

"세나, 솔토. 어디 있나!"

라크안은 카루나의 호위 기사들을 찾았다. 고개를 돌려 카루나의 눈을 피했다. 두 기사는 기다렸다는 듯 라크안의 눈앞에 나타났다. 라크안은 카루나를 등지고 서서, 두 기사에게 명령을 내렸다.

절대 카루나의 곁을 떠나지 말 것.

자신의 지시가 있을 때까지 누구든, 리센이라 하더라도 카루나와 만나지 못하게 할 것.

두 가지를 신신당부했다. 리센이 늑대의 몸을 입고 난동 부리는 것을 본 기사들은 수긍했다. 라크안은 버릇처럼 카루나의 머리 위에 손을 올리려 했다. 하지만 손이 막 카루나의 머리에 닿을락 말락 하게 가까워졌을 때. 라크안은 손을 뒤로 물렸다. 카루나는 그런 라크안을 가만히 바라보았다.

바로 오늘 새벽까지만 하더라도, 둘 사이에는 아무것도 없었다. 손을 뻗으면 닿을 수 있을 듯 가까웠건만. 어째서인지 지금은, 가까이 있는데도 라크안이 멀게만 느껴졌다.

소동을 대충 정리한 뒤, 라크안은 리셴을 찾아갔다. 리셴은 여전히 기절해 있었다. 라크안은 솔토를 불렀다. 리셴만큼은 아니지만 그래도 어느 정도 의술에 조예가 있는 기사였다. 그는 도착하자마자 변명을 하듯 보고했다.

"카루나 아가씨께서는 세나 경과 함께 계십니다. 경비에는 빈틈이 없습니다!"

라크안은 안 듣는 척 귀담아듣고는 솔토에게 리셴을 보였다. 솔토는 리셴을 진찰한 후 스트레스성 변신일 뿐, 라크안과 같은 발작은 아니라고 말했다. 그것만으로도 라크안은 안도했다.

진찰이 끝나자 라크안은 사람들을 모두 밖으로 내보냈다. 그리고 말했다.

"일어나."

마법의 주문이었다. 기절해 있던 리셴의 눈두덩이 움찔, 떨렸다. 이윽고 리셴이 눈을 떴다. 라크안은 깊게 한숨을 내쉬었다. 리셴은 그런 라크안을 보며 불만스러운 목소리로 중얼거렸다.

"왜 하필 너야."

눈을 뜨니, 지금 가장 보고 싶지 않은 얼굴이 가까이에 있었다. 적어도 카루나가 제 곁에 있어 주지 않을까, 헛된 기대를 품었건만.

"불평하지 마. 나도 지금은 네 얼굴, 꼴도 보기 싫으니까."

라크안이 대꾸했다. 리셴은 몸을 일으키려다 신음을 흘리며 다시 침대 위로 쓰러졌다.

"일어나지 말고 있어."

라크안은 예의상 리셴을 말렸다. 내내 그늘진 구석에서 앉아 있다 몸을 일으켜 리셴의 머리맡으로 왔다. 리셴은 라크안의 얼굴에 난 발톱 자국을 보았다.

"내가 그런 거야?"

"어, 아주 시원하게 잘도 긋더라."

"……미안."

"기억이 안 나?"

라크안의 미간이 꿈틀, 했다.

"아주 다 기억이 안 나는 건 아니고, 띄엄띄엄……."

리센의 목소리가 점점 더 작아졌다.

"그럼 카루나가 네 반려라고 내게 소리친 것도 기억하고 있어?"

"……."

리센은 입을 꾹 닫아걸고, 라크안의 표정을 살폈다. 라크안은 전혀 놀란 기색이 아니었다.

"설마…… 알고 있었어?"

"네가 허튼소리로 결혼 운운할 녀석은 아니지."

라크안이 피식, 웃으며 대답했다.

"그렇다면 나를 방해하지 말아 줘. 더는 나이라든가 그런 도의적인 이유로 날 막아서지 마. 카루나 아가씨는, 그녀는 분명히 내 반려니까 나는……."

"너도 모르는 척하지 마. 내가 그 꼬맹이를 어떻게 여기고 있는지."

"……."

"알잖아?"

"나는……."

라크안은 아랫입술을 깨물고 멈칫거리다가 고개를 내저었다.

"나는 몰라."

"아니, 넌 알아."

"아니, 나는."

"나 역시 그 꼬맹이를 반려로 생각하고 있다는 걸. 알잖아?"

리센이 애써 외면하고 있던 현실이었다. 라크안이 리센의 마음을 짐작했듯, 리센 또한 카루나를 가까이하는 라크안을 보며 짐작했다. 말로는 아니라고 하지만, 혹시 라크안은 카루나를 자신의 반려로 여기고 있는 건 아닐까.

때문에 라크안이 카루나를 싸고도는 걸 보면서 내내 불안에 떨었다. 아니라고 말하는 라크안의 말을 믿는 척하면서 필사적으로 이성을 붙잡고 있었다. 신사인 척하면서, 조금이라도 더 카루나와 가까워지려고 애썼다.

그렇게 둘은 지금까지 애써 모른 척하고 있었던 것이다.

후우. 라크안은 제 머리를 쓸어 넘기며 길게 한숨을 내쉬었다. 리센은 입을 굳게 닫고 아무 말도 하지 않았다. 둘 사이에 어색한 침묵이 흘렀다. 생각을, 아니, 생각하고 있던 말을 입 밖으로 꺼내는 데 시간이 필요했다.

라크안은 머릿속에 어지럽게 맴도는 생각들을 꽉 움켜잡고, 리센에게 물었다.

"넌 차기 장로니까 누구보다 반려에 대해 잘 알겠지. 이런 경우가 있었던 적이 있어?"

두 사람이 어느 한 명을 반려라고 느낀다. 라크안이 알기로 이것은 있을 수 없는 일이었다. 혹시나 하는 마음에 리센에게 물었건만. 리센은 침울한 얼굴로 고개를 내저었다.

"내가 읽은 기록엔 없었어. 단 한 번도."

반려가 서로를 못 알아보고 삽질하는 경우는 종종 있다. 그래서 구애 기간이라는 것도 있는 거니까. 하지만 한 반려에게 두 명이 달라붙다니. 그런 기록은 없었다.

"……"

"……"

숲의 일족 누구에게도 일어나지 않았던 일이 지금, 두 사람에게 일어난

것이다. 라크안은 리센에게, 리센은 라크안에게 어떤 말을 해야 할지 찾지
못했다.

누가 카루나의 진정한 반려인지 정하기 위해 싸우자고 해야 할까.

'아니, 그건 아니야.'

라크안은 밀려드는 생각을 털어 냈다. 대신, 카루나를 생각했다. 감당이
안 될 정도로 똑똑하고 귀엽고, 예쁘고, 소중한 반려를. 생각하는 것만으
로도 기분이 좋아졌다. 이 느낌이 바로 행복이고 기쁨이리라.

'내가 꼬맹이를 보며 느끼는 감정을, 너도 느끼고 있는 걸까.'

라크안은 리센을 보았다. 리센은 언제나 웃음이 많고 밝은 사람이었지
만, 카루나 앞에서는 특이나 더 행복해 보였다. 미리 알아챈다고 무슨 방
법이 있었겠느냐만. 라크안은 카루나에 대한 자신의 감정을 추스르는 데
급급하여, 그런 리센을 눈여겨보지 못했다. 알아챘을 땐 이미 늦었다. 리
센도 라크안 자신도 이미 카루나에게 푹 빠진 뒤였다.

차라리 그냥 카루나가 평범한 열두 살 소녀라고만 알고 있었을 때. 아
직 그녀를 자신의 반려라고 인식하지 못했을 때, 알았다면 어땠을까. 심장
한구석에 스미는 서늘한 감각을 애써 모른 척하며, 카루나와 리센을 이어
주려 애썼을지 모른다.

백여 년 넘게 반려를 찾아 헤매던 리센을 위해서.

그런 리센과 평범하게 행복할 수 있을지 모를 카루나를 위해서.

하지만 이제는 안 된다. 라크안은 카루나를 애써 밀어내야 할 명분을
잃었다. 또한 제 곁에 카루나가 없는 현실을 상상조차 할 수 없었다. 카루
나가 없는 세상은 지옥이었다.

단 하룻밤 푹 자 본 뒤, 잠 못 드는 밤을 견디지 못하고 카루나에게 달
려갔던 것처럼. 이제는 카루나 없는 하루하루를 상상조차 할 수 없었다.

'너도 마찬가지겠지.'

리센은 줄곧 라크안의 곁에 머물며 발작이 일어날 때마다 도와주었다. 라크안의 인생에서 몇 안 되는 친구였다. 반려에 관련된 일만 아니라면, 리센이 저를 필요로 한다면 무슨 일이든 도와 은혜를 갚으리라. 그리 맹세했건만. 하필이면 그와 같이 반려를 두고 다투게 되었다.

라크안은 카루나가 제 옆을 떠나는 상상을 해 보았다. 생각만으로도 숨이 막혔다. 리센 또한 자신과 같은 심정이리라. 알기에 감히, 포기하겠다는 말을 할 수 없었다. 포기하라고 윽박지를 수도 없었다.

생각은 극으로 치달았다. 라크안은 생각 속에서 리센과 서로 죽고 죽이는 싸움을 벌였다. 어느 때는 라크안이 죽고, 또 어느 때는 리센이 죽었다. 둘 모두가 죽을 때도 있었다.

그러한 생각의 끝은 언제나 카루나였다. 피투성이가 된 자신을 내려다보는 카루나의 얼굴. 어째서인지 상상 속에서마저 카루나는 웃고 있지 않았다. 잔인하게도 그를 포도주 통 더미에 처박고, 후추를 뿌려 코를 마비시키던 소녀가 슬픈 표정을 지었다.

그 본래 성격대로라면 피투성이가 된 둘을 보며 깔깔 웃음이라도 터트려야 할 텐데. 아무튼 라크안의 상상 속에서 카루나는 울었다. 카루나의 울음을 열 번, 스무 번, 아니, 이백 번쯤 상상했을 때. 라크안은 지쳤다. 지치다 못해 허탈해졌다. 자포자기의 심정이 되었다.

'될 대로 돼라. 뭐 어때, 아무튼 꼬맹이, 너만 슬프지 않으면 되지.'

반려를 누군가에게 빼앗기는 건 상상조차 할 수 없는 일이었다. 하지만 반려가 슬퍼하고, 힘들어하는 건. 아예 심장이 감당할 수 없었다. 그렇기에 라크안이 선택할 수 있는 길은, 하나였다.

"그럼 됐어. 어쩔 수 없지."

라크안이 덤덤한 목소리로 말했다.

"뭐?"

리센이 고개를 들어 라크안을 바라보았다. 라크안의 표정은 생각보다 밝았다. 후련해 보이기까지 했다.

"전례가 없는 일이라니까 더욱 명확해지네."

"뭐가?"

"우리가 어떻게 해야 하는지."

라크안이 말했다. 규정이 없다면 규정을 만들면 된다. 반려와 관련된 일에서 절대적인 규정은, 반려의 뜻이다. 그러니 이번 일도 그렇게 하면 된다.

"결정은 꼬맹이가 하는 거야."

리센은 단번에 말뜻을 알아들었다.

"너, 카루나 아가씨가…… 카루나가 어리다고, 안 된다고 그랬잖아."

"아, 상황이 바뀌었거든. 그렇다고 내 반려를 눈뜨고 빼앗길 생각도 없고."

라크안은 그렇게 말하며 소탈하게 웃었다. 얼굴에 죽─ 그어진 다섯 개의 발톱 자국이 흔들렸다.

리센은 믿을 수 없다는 듯한 얼굴로 라크안을 바라보았다. 카루나에 관해서 언제나 한 발자국 물러난 듯 보였던 라크안이, 이제 와서 카루나를 자신의 반려라고 강력하게 주장하는 게 어이없어서 그런 건지.

아니면 카루나를 자신의 반려라고 생각하면서도, 경쟁자 앞에서 반려의 선택만을 기다리겠다고 말하는 게 놀라워서인지. 리센 스스로도 알지 못하였다.

* * *

라크안은 꽤 오래 머물다 떠났다. 그마저도 카루나가 깨어났다는 소식을 듣고서 일어난 것이었다. 라크안이 떠난 후. 리센은 멍하니 창밖을 바라보았다. 라크안의 목소리가 자꾸 귀를 맴돌았다. 하하. 리센은 힘없이 웃었다.

'같이 구애를 하자니. 카루나 아가씨의 선택을 기다리자니…… 너답다. 라안.'

그런 말을 하기까지 마음고생이 얼마나 심했을까. 리센은 라크안을 존경했다. 자신의 반려를 두고 다른 늑대와 경쟁하는 걸 참을 수 있다니. 한편으로는 그런 말을 할 수 있는 라안이 부러웠다.

라안은 자신이 있는 걸지도 모른다. 지금 카루나와 가까운 건 누가 뭐래도 리센이 아니라 라크안이었으니까. 카루나가 자신 말고 리센을 선택할 리 없다고 생각하고 있으리라.

그러니 이런 알량한 관용을 베풀 수도 있는 거겠지. 어느 쪽이든 아량을 베푼 건 분명했다. 하지만 불행히도, 세상에는 모두 라크안과 같이 마음 넓은 늑대들만 있는 게 아니었다.

반려란 삶의 존재 이유다. 어떤 경우에서든, 어떤 이유로든, 그 무엇보다 중요하다. 그 무엇보다도.

"라안, 넌 아무것도 몰라. 백 년의 기다림이란 건 그렇게 간단한 게 아니야. 그리고, 그 기다림이 버림받는 건 더더욱."

왼손을 옆으로 뻗었다. 가까스로 창틀에 손이 닿았다. 창틀을 움켜쥐자, 틈 사이로 희미한 은빛 실이 새어 들어왔다. 그것은 뱀처럼 리센의 팔을 둥둥 감았다. 은빛 실이 리센의 팔을 터트릴 듯 꽉 조였다.

"크흑."

리센은 얼굴을 찡그리며 눈을 질끈 감았다. 잠시 뒤, 눈을 다시 떴을 때. 은빛의 실은 사라지고 없었다. 대신 팔에는 시커먼 자국이 나 있었다. 화상을 입은 것 같았다.

은빛 실로 감겼던 자국을 따라 살이 파이고, 피가 탄 냄새가 났다. 파기된 제약에 대한 숲의 경고였다. 리센은 숲의 일족을 이끄는 차기 장로가 될 몸. 여느 숲의 일족보다 월등히 뛰어난 능력을 가지고 있다.

그렇기에 숲 밖에 나올 때 여러 제약을 건다. 하나라도 어길 시에는 숲으로 끌려가 해명하고, 속죄해야 한다. 리센이 가진 제약 중 하나는 '늑대의 모습을 입고 다른 누군가를 공격하지 않는다.'였다.

오늘, 리센은 그 제약을 어겼다. 숲의 장로는 제약을 어긴 리센에게 더이상의 외유를 허가하지 않았다.

리센은 시꺼먼 줄을 감아 맨 듯 화상 입은 손을 제 베개 밑에 밀어 넣었다. 작은 약병이 손 안에 들어왔다. 리센은 그것을 꾹 움켜쥐었다. 노을빛 눈동자가 차갑게 빛났다.

* * *

저택은 종일 어지러웠다. 이른 아침부터 라크안과 늑대로 변한 리센이 소동을 벌인 덕분이었다. 저택의 외벽은 여기 저기 금이 갔고, 라크안의 침실은 한쪽 벽 전체가 날아가 버렸다. 그것을 보수하느라 하인과 하녀들이 매달렸다.

소란스러운 저택에서 무서울 정도로 차분함을 유지하는 건 라크안뿐이었다. 그 와중에도 준비를 하고 황성에 다녀왔다. 다만 평소보다 일찍 저택으로 돌아왔다.

해가 지기 전 돌아온 라크안은 카루나와 함께 저녁 식사를 했다. 평소라면 리센이 함께 식사를 하며 분위기를 밝혀 주었을 텐데. 둘만의 식사 시간은 분위기가 무거웠다.

카루나는 말을 아꼈다. 손을 다쳐 칼질이 쉽지 않았다. 카루나는 굳이 칼질을 하지 않아도 되는 음식들을 찾아 먹었다. 라크안은 종종 생각에 잠겨 칼질하고 고기를 씹는 것도 잊었다. 붉은 눈은 자꾸 카루나의 다친 손을 향했다.

그렇게 둘은 먹는 둥 마는 둥 저녁식사를 마쳤다. 식사 후, 라크안은 카루나를 서재로 불렀다. 카루나는 세나와 함께 라크안에게로 갔다.

세나는 오늘, 슬그머니 근신을 무시하고 카루나를 찾아왔다. 솔토는 카루나를 호위하는 임무는 이제 자신의 것이라며 세나를 구박했다. 카루나는 둘의 투닥거림 덕분에 잠깐이라도 웃을 수 있었다. 라크안이 명령한 근신도 풀 겸 카루나는 세나와 동행했다.

"마침 같이 왔군. 안 그래도 부를 참이었는데."

라크안은 세나를 보고는 오히려 반겼다.

"무슨 일이시죠?"

카루나가 묻자, 라크안은 서랍에서 서류를 한 장 꺼내 카루나 앞으로 내밀었다. 두툼한 종이의 질이 가장 먼저 눈에 들어왔다. 그다음으로 금박을 입힌 황실의 문장이 눈에 띄었다.

문서는 [황후 폐하의 시녀 후보 자격으로 입궁하는 바이켈드 가문의 귀부인에 대한 출입 허가서]였다.

"이거?"

카루나는 서류에 코를 박을 기세로 살펴 읽었다. 보고 또 봐도 분명, 황궁 출입증이었다. 황후의 시녀 후보가 된 카루나에게 꼭 필요한 것이었다.

"공작 각하!"

"그래, 허락이야."

라크안이 힘없는 목소리로 답했다.

"어차피 반대해 봤자 말 안 들을 거지?"

"당연하죠!"

"그럴 바엔, 그냥 지원해 줄 테니까. 어디 하고 싶은 거 마음껏 다 해 봐."

라크안이 순순히 항복을 선언했다. 예상치 못한 순간에 난데없이 승리를 얻었다. 갑자기 상황이 바뀌자 카루나는 얼떨떨하였다.

'설마 꿈인가?'

한 손에 서류를 든 채 다른 손으로 볼을 잡아당겨 보았다. 하나도 아프지 않았다.

"뭐야, 꿈인가?"

카루나가 중얼거리자 라크안이 쯧, 혀를 찼다. 그러고는 카루나의 다친 손을 조심스럽게 잡아 들어 올렸다. 손에는 붕대가 꼼꼼히 감겨 있었다. 라크안은 손을 앞뒤로 뒤집어 살피고는 코를 가져다 댔다.

"피가 멈췄군."

"냄새로 그걸 알아요?"

"피 냄새가 안 나니까."

라크안이 카루나를 보며 씩 웃었다. 카루나는 라크안의 손등을 찰싹 내리쳐서 자신의 손을 빼냈다.

"함부로 숙녀의 손에 코를 들이대다니. 주의하세요!"

"꿈이라고 생각해. 꿈속에서 뭔들 못 하겠어?"

라크안이 어깨를 으쓱이며 대꾸했다. 더없이 얄미워 보였다.

"공작 각하를 보니 현실이라는 게 팍팍 느껴지네요."

카루나는 으으, 소리를 내며 질색하는 표정을 지었다.

"좋아. 꿈에서 깼다니, 선물을 주지."

라크안이 카루나의 곁에 선 세나에게 손짓했다.

"세나, 그대도 카루나를 따라 들어갈 준비를 하도록 해."

라크안의 말에 카루나와 세나의 얼굴이 동시에 환해졌다.

"두고 보세요. 공작 각하의 약혼녀로서 부끄럽지 않은 모습을 보이고 올게요!"

카루나가 자신 있게 외쳤다. 라크안은 응원 대신 한숨을 내쉬었다.

"가서 사고나 치지 말아라. 꼬맹아."

라크안의 진심이었다.

* * *

카루나와 세나는 각기 원하는 걸 얻고 라크안의 서재를 나섰다. 서재에 홀로 남게 된 라크안은 의자의 등받이에 몸을 기대며 신음을 흘렸다. 머릿속이 어지러워 빵- 터져 버릴 것 같았다.

하아. 몇 번째인지 모를 한숨이 자꾸 흘러나왔다. 내내 반대하던 카루나의 황궁 입궁을 허락했다. 그것이 못내 마음에 걸렸다.

'나와 리센의 상태를 생각해 보면…… 카루나를 잠시 우리에게서 떨어트려 놓는 것도 괜찮을 거야.'

라크안은 나름 합리적인 이유를 꼽아 보았다. 하지만 그러기가 무섭게 마음 한구석에서 새까만 목소리가 들끓었다.

'정말로? 진짜 그런 생각 때문에서인가?'

'리센과 카루나를 갈라놓고, 혼자 카루나를 독점하고 싶어서 그런 건 아니고?'

'이기적인 놈.'

양심의 소리였다. 라크안은 씁쓸히 웃으며, 자신의 이기심을 인정했다. 자신은 매일같이 황성을 드나들며 카루나를 만날 수 있을 것이다. 하지만 리센은 그럴 수 없다. 그러니 카루나가 황성에 입궁해 있는 동안 리센은 카루나에게 구애할 수 없다.

더없이 이기적인 선택이었다. 내내 카루나의 입궁을 반대했으면서 갑자기 손바닥을 뒤집듯 생각을 바꾸었다. 그도 모자라 일부러 황궁에 가서 황궁

출입 허가증까지 받아 온 행동력이라니.

　라크안은 잠시, 자기 자신에게 환멸을 느꼈다. 하지만 정말로 잠시였다.

　'그렇다고 순순히, 빼앗길 순 없잖아.'

　라크안은 주먹을 꽉 쥐었다. 나이 때문에, 그리고 또 다른 이유 때문에 카루나를 멀리했다. 반려라 하여도 욕심 부리지 않고, 그저 곁에서 지켜 주고 보호해 주겠다고 생각했는데. 리센이 그 틈을 치고 들어왔다.

　'내 반려가 분명한데, 리센의 반려이기도 하다니.'

　생각만으로도 주먹 쥔 손에 핏줄이 도드라졌다. 그동안 리센을 믿고 카루나를 맡겼다. 고양이에게 생선을 맡긴 꼴이었다. 이런 마음을 애써 숨기고 리센에게 페어플레이를 하자고 제안했다. 선택은 카루나의 몫이 라고, 신사인 척했다. 그러고서는 이렇게 이기적으로 굴고 있다.

　'하지만 어쩔 수 없어.'

　누구든, 리센마저도 그러할 거라고. 라크안은 감히 변명했다.

　……반려를 빼앗길 순 없으니까.

chapter 7
노을의 티타임 (1)

입궁 준비는 착착 진행되었다. 카루나가 황후가 보낸 친서에 답장을 하자 일주일 뒤, 황궁에서 칙서가 내려왔다. 정식으로 카루나를 황후의 시녀 후보로 정하는 공식 문서였다. 2주 뒤 황궁으로 입궁하라는 명이 떨어졌다.

바이켈드 공작저는 카루나를 입궁시킬 준비로 바빠졌다. 가장 바빠진 건 세나였다. 단순한 호위 기사가 아니라 카루나의 곁에서 카루나를 돕는 하녀로서 함께하기로 한 탓에 드레스와 구두에 익숙해져야 했다.

세나는 드레스를 입고 구두를 신고, 머리를 틀어 올리는 데 영 서툴렀다. 카루나는 하녀장과 함께 세나를 도왔다. 한편으론 라크안에게 부탁하여 지금의 황후궁에 대한 정보를 얻었다.

카루나가 알고 있는 건 1년 전의 정보였다. 1년 사이 바뀐 것을 정리하고, 외워 둬야 했다. 그렇게 준비하는 것만으로 시간이 금방 흘러갔다.

2주 뒤.

카루나와 세나는 수수한 색의 드레스를 입고 마차에 올랐다. 라크안과 철십자 기사들은 말을 타고 마차를 빙 둘러 호위를 섰다.

"제가 호위를 받게 되는 날이 오다니, 허, 참."

세나는 마차에 오르자마자 호탕하게 치마를 젖히고 다리를 꼬고 앉았다. 그러면서 연신 혀를 내둘렀다. 어색하고 민망해 어쩔 줄 몰라 하는 게 눈에 보였다. 카루나는 싱긋 웃으며 세나의 치맛자락을 끌어내려 주었다.

"잘 부탁해요, 세나 경. 아니, 세나. 가면 내 편은 오직 세나뿐이에요."

"저만 믿으십시오. 철통같이 호위하겠습니다. 그러기 위해서 이 꼴을 하고 있는 거니까요."

세나는 치렁치렁 땋아 내린 제 머리카락을 가리키며 말했다. 머리카락이 무겁다고 우는 소리를 냈던 게 바로 어제였건만. 긴 머리카락에 금방 적응했다. 카루나와 세나가 도란도란 이야기를 나누는 사이 마차는 목적지에 도착했다.

라크안과 철십자 기사단은 황후궁까지는 함께 갈 수 없었다. 라크안은 마차를 황후궁으로 떠나보내기 전 톡톡, 마차 문을 두드렸다. 카루나는 창문을 열고 밖을 내다보았다.

"허락해 줘서 고마워요. 절대로 바이켈드 공작가의 명예를 실추시키지 않겠어요. 저 진짜 자신이 있어요."

카루나는 다시 한번 감사 인사를 했다.

"바이켈드 공작가는 네가 뭘 잘못한다고 궁지에 몰리지 않을 거다. 오히려 네가 어떤 일을 벌이든 바이켈드 공작가가 다 감당할 수 있으니."

라크안이 손을 내밀었다. 카루나는 그 손 위에 살짝, 자신의 손을 얹었다. 라크안은 붕대를 푼 손을 멋대로 뒤집어 보았다. 손바닥에 난 희미한 상처 자국을 보고는 잠깐 한숨짓고는, 다시 손등이 보이도록 했다. 맞잡은 손을 타고, 희미한 떨림이 느껴졌다.

"마음껏, 하고 싶은 일을 다 벌이고 와 봐."

라크안이 카루나의 손등 위에 살짝 입을 맞추고는 눈을 들어 카루나를 바라보았다. 씩, 웃는 얼굴이 더없이 매력적이었다.

"진작 그렇게 좀 말해 줬으면 좋았잖아요."

흥. 카루나는 새침하게 손을 빼내며 대꾸했다.

"그러게."

라크안은 어젯밤을 마지막으로 당분간 또 잠들지 못할 불면증의 나날을 떠올리며 넌더리를 냈다.

"아, 그리고."

라크안은 애써 자신에게 주어진 페널티를 머릿속에서 지웠다. 지금은 바이켈드의 품을 떠나 황궁으로 입궁하는 카루나만을 생각해야 했다.

"마카레나 백작 쪽은 염려하지 마."

"……네?"

카루나는 눈을 데굴 굴리며 머리를 굴리더니, 이내 모르는 척했다. 훌륭한 태도였다.

"마카레나 백작 측이 네게 함부로 손대지 못하도록 이쪽에서 잘 막고 있을 테니까. 꼬맹이, 넌 가서 마카레나 백작 영애에게 당하고만 오지 마. 뭐, 너 정도면 지금이 마카레나 백작 영애가 열 명이든 백 명이든 별로 걱정은 안 된다만."

라크안이 잠시 멈칫하다 말을 이었다.

"황후도 좀 조심하고."

다시 한번 느끼는 것이지만, 황후에 대한 평가가 매우 박했다. 카루나는 고개를 갸웃했다.

"새겨들을게요. 그리고 고마워요. 신경 써 줘서."

카루나는 다시 손을 내밀었다. 이번에는 동등한 계약을 나눈 계약자 간에 악수를 나누자는 의미였다. 라크안은 기꺼이 카루나의 손을 맞잡았다. 그리고 황후궁으로 떠나는 마차를 배웅했다.

라크안은 오래도록 그 자리에 서서 멀어지는 마차를 배웅했다. 카루나는 창문 밖으로 고개를 내밀고, 라크안에게 손을 흔들었다. 라크안이 보이지 않자 마차 안에 얌전히 앉았다. 어쩐지 자꾸 라크안이 걱정되었다.

'잠을 잘 수는 있으려나.'

라크안과 멀어지고 나니 새삼, 걱정이 되었다.

"걱정이 되십니까?"

세나가 복잡한 카루나의 얼굴을 보며 슬쩍, 물었다. 카루나는 잠시 멈칫, 했지만 이내 씩씩하게 고개를 저었다.

"아니요. 제가 왜요? 설마 또 납치당하진 않겠죠. 학습 능력이란 게 있으면. 그러니까 전 절대 걱정하지 않아요."

절대 걱정하지 않는다는 사람치고 대답이 너무 구구절절하였다. 듣는 세나는 금세 눈치챘다. 말하는 카루나도 곧 깨달았다. 하지만 둘은 굳이 그걸 말로 꺼내지 않았다. 카루나는 고개를 도리도리 저으며, 머릿속에 가득 찬 라크안에 대한 생각을 털어 냈다.

* * *

영 마음이 복잡한 카루나를 태운 마차는 곧바로 황궁으로 향했다. 카루나는 시종의 안내를 받아 황후궁에 도착했다. 황후궁은 백합궁이라고도 불렸다. 정원에 각종 백합꽃이 만발해서 그렇기도 하지만, 백암으로 지은 궁 지제가 백합을 연상시켰기 때문이었다.

"우와."

그 우아한 화려함에 카루나는 순순히 감탄했다. 클레이엔인 척할 때도 황후궁에 와 본 적이 없었다. 한 번도 정식으로 초대를 받지 못했기에 근처에 얼쩡거려 본 적도 없었다.

'클레이엔일 때도 못 와 본 곳을 카루나가 되어 오다니.'

감회가 새로웠다.

'힘내자. 잘할 수 있을 거야, 나.'

카루나는 잔뜩 기합을 넣고 씩씩하게 황후궁으로 들어갔다. 그리고 얼마 안 되어, 그토록 고마웠던 라크안을 원망하게 되었다.

'젠장, 황후랑 사이가 안 좋으면 안 좋다고 말을 했어야지. 바이켈드 공작!'

왜 그리도 라크안이 황후궁으로 가는 걸 반대했는지, 마지막에 마지막까지 주저하며 황후를 조심하라고 변명 같은 경고를 했는지. 카루나는 황후궁에 입궁한 지 채 하루도 안 되어 실감할 수 있었다. 황후의 온갖 냉대를 받으며.

* * *

황후 소이프리나는 고슬고슬한 금발과 푸른 눈을 가진 미인이었다. 나이는 마흔 중반에 접어들었다. 눈가에 자잘한 주름이 지긴 했으나, 성년의 아들을 두었다고는 믿기지 않을 만큼 젊고 아름다웠다. 황태자의 미모는 어머니인 황후에게서 물려받은 것이었다.

황후는 제국 출신이 아니었다. 대륙 남쪽 끝에 위치한 작은 왕국의 공주였다. 황제는 외척을 원치 않았기에 제국 내에서 아내를 찾지 않았다. 굳이 제국과 국경이 닿지 않는 먼 나라의 공주에게 청혼을 했다.

황후는 청혼서에 딸려 온 남편의 초상화만 보고 제국으로 왔다. 황제는 미남은 아니었으나 풍채가 좋았다. 턱이 크고 사내답게 생겼다. 배불뚝이도 아니었다. 제법 멀쩡한 신랑감을 본 남쪽 왕국의 공주 소이프리나는 어쩌면, 조금 마음이 설렜을지도 모른다.

하지만 그 마음은 오래가지 못했다. 황제는 바람둥이였다. 황후가 있는데도 공공연하게 정부를 두었다. 한 번에 여러 정부를 두지는 않았으나 정부가 없었던 적은 없었다. 그나마 황후를 존중한답시고 지킨 마지막 선은 정부에게서 자식을 보지 않은 것이었다.

때로 황제의 총애를 잃은 정부가 자신의 애가 황제의 자식이라 주장하기도 했다. 하지만 황제는 사생아를 인정하지 않았다. 황제의 공식적인 자식은 황후에게서 난 황태자와 황녀, 둘이 전부였다.

모국은 제국과 멀리 떨어져 있고 왕래가 뜸해 지원을 기대할 수 없었다. 남편은 툭하면 정부를 갈아치우는 남자였다. 황후는 어린 나이에 홀로 낯선 곳으로 왔다. 타국의 황실에서 가장 높은 자리에 올라 외로운 시간을 견뎌야 했다.

하지만 그녀는 20여 년의 긴 시간을 슬픔으로만 채우지 않았다. 소이프리나 황후는 뱃사람들의 나라에서 나고 자란 여인이었다. 거친 파도와 맞서 싸우는 법을 알았다. 삶의 거센 풍랑에서 살아남기 위해서 어떻게 처신해야 하는지 궁리했다. 배의 키를 단단히 움켜잡고 앞으로 나아가기 위해 노력했다.

황후는 스스로 자신의 세력을 만들었다. 그 영향력을 바탕으로 자신의 자리를 탄탄히 굳혔다. 자신을 위해서, 그리고 훗날 황제가 될 자신의 아들을 위해서.

외척의 도움을 기대할 수 없기에 스스로 입지를 다져야 했다. 황후는 황궁의 시녀 제도를 이용했다. 황궁에 사는 황후와 황족들은 시녀를 거느릴 수 있다. 귀족 십안의 여식을 측근이나 말동무로 곁에 두는 것이다.

그중에서도 황후의 시녀는 모든 귀족 여인들이 꿈꾸는 자리였다. 대대로 제국의 중앙 정치를 장악한 백작 가문의 여식들이 이 자리를 독차지해 왔다. 황후는 당연시되던 방식을 벗어났다. 자신이 스스로 시녀들을 선발하였다.

처음 선발한 시녀들 중에는 남작가나 자작가의 여식도 있었다. 반발이 거셌으나 황제는 황후의 편을 들어주었다. 오랜만에 황후의 침실을 찾아와 황후와 오붓한 시간을 보내기까지 했다.

황제는 황후가 자신에게 총애를 받기 위해 용기를 낸 거라고 생각했다. 황제파를 지지하고, 귀족파의 세력을 누르는 데 도움을 주기 위해 귀족파의 여식들을 곁에 두지 않는 거라고.

착각이었다.

황후의 목적은 황제와 황제파를 돕는 것이 아니었다. 황후의 행동이 황제파에게 도움이 되었을지 모르나 그건 부가적인 것이었다. 황후는 사교계에서 자신의 입지를 단단히 하기 위해 움직였다. 훗날 황제가 될 자신의 아들, 황태자를 지지하기 위해서.

황후는 일부러 미혼의 귀족 여식들을 시녀로 뽑았다. 그리고 그들의 혼인에까지 관여했다. 결혼식은 황족의 결혼식만큼 화려했다. 또한 제일 상석에는 황후가 참석하여 자리를 빛내 주었다.

시녀가 남작의 여식이든, 후작의 여식이든 그건 중요하지 않았다. 신부가 황후의 시녀라는 것이 중요했다. 황후는 시녀들을 거느리며, 그녀들을 통해 사교계를 휘어잡았다.

클레이엔인 척하던 시기, 카루나는 황후의 그 그물 속에서 자신만의 세력을 만들기 위해 꽤나 고생했다.

황후는 오히려 공식 석상에 모습을 잘 드러내지도 않았다. 하지만 사교계에는 황후와 연결된 귀부인들이 곳곳에 퍼져 있었다. 그들은 황제파와 귀족파를 가리지 않았다. 그들을 연결한 그물은 성기지만 끈끈하게 사교계를 감싸고 있었다. 그 그물의 주인은 누가 뭐라 해도 황후였다.

귀족파 수장의 딸, 클레이엔이 가진 건 귀족파 내의 얄팍한 세력이었다. 사교계는 정치판과는 또 다른 싸움터였다. 그곳에서는 그곳에서만 통하는 법칙이 있었다. 모두의 인정을 받지 못한다면, 귀족파 수장의 딸이라 할지라도 귀족파 귀부인들을 모두 아우를 수 없었다.

하지만 그 사교계의 법칙 위에 설 수 있게 된다면.

귀족파뿐만 아니라 황제파의 귀부인들과의 우호적인 관계를 손에 넣을 수 있었다. 카루나는 사교계의 주인이 되고자 했다. 단지 귀족파만 손아귀에 넣는 게 아니라 황제파까지 모두 다. 필연적으로 황후와 부딪칠 수밖에 없는 상황이었다.

하지만 카루나는 그 '필연'을 '선택'으로 바꾸었다. 카루나는 황후와 싸우기를 원치 않았다. 이전에 황후의 아성에 도전했던 고귀한 귀부인들이 어떻게 실패하고, 우아하게 짓밟혀 사라졌는지 잘 알고 있었다. 무엇보다 본능이 경고했다. 독니를 품은 독사를 건들지 말라고. 카루나는 황후와의 공존을 선택했다.

굳이 황후의 그늘을 찢을 필요가 없다. 그저, 황후의 그늘 위에 자신의 그늘을 하나 더 드리우면 된다. 카루나는 황후의 눈과 귀를 밀어내지 않았다. 오히려 그들의 눈과 귀를 자신도 이용했다. 황후는 그런 카루나에게 딱히, 아무런 반응도 보이지 않았다.

그렇게 황후와 클레이엔의 대역, 카루나는 수년간 사교계를 공유했다. 그 기간 동안 시녀장 론넬 후작 부인은 오랫동안 황후의 곁을 지켰다. 평소 소식을 하고 먹는 것을 조심하던 그녀가 갑자기 식중독으로 쓰러졌다. 누가 봐도 이상한 일이었다.

하지만 황후는 그 일을 크게 벌이지 않았다. 그저 후작 부인을 찾아 위로하고, 변히 요양을 다녀올 것을 권하였다. 잠시 떨어져 있다고 하더라도, 자신의 총애가 여전히 그녀에게 머물 거라고 말해 주었다.

그렇게 후작 부인을 안심시키고, 황후는 새로운 시녀를 선발하기로 하였다. 사교계 유명 인사들과 전직 시녀였던 귀부인들의 추천을 받아 세 명의 후보를 뽑았다.

바이켈드 공작의 약혼녀, 카루나.

마카레나 백작가의 여식, 클레이엔.

보쉬엔 자작가의 여식, 루린토프.

세 영애가 황후의 친서를 받았다는 소식은 단번에 사교계를 휩쓸었다. 귀부인들은 두 명 이상만 모여도 부채를 파닥이며 이 소식에 대해 이야기를 나누었다.

"도대체 누가 그분들을 추천했던 걸까요."

"소문에 의하면, 사실 추천받은 게 아니라고 해요."

"추천이 아니라니, 그럴 리가. 언젠가부터 황후 폐하의 시녀를 뽑을 때는 황후 폐하께서 주변에 의견을 묻고 추천을 받아 뽑으셨잖아요?"

누군가의 입에서 흘러나온 의문은 빠르게 퍼졌다. 과연 소문이란 발 달리지 않은 말과 같았다.

"그렇다면 역시, 황후 폐하께서는?"

"그 소문이 사실인 걸까요? 황후 폐하께서 요양을 다녀온 이후 변해 버린 마카레나 영애를 꽤나 마음에 들어하신다고요."

"황태자비가 될 마카레나 영애에게 힘을 실어 주기 위해서?"

"아니라면 굳이 마카레나 백작 영애와 바이켈드 공작 영애를 함께 뽑으셨겠어요? 하물며 바이켈드 공작 영애와 루린토프 영애라니요. 이건, 바이켈드 공작의 약혼녀인 그 영애를 골탕 먹이려는 속셈이 아니겠어요?"

"맙소사. 황후 폐하께서 이렇게나 의뭉스러운 분이셨다니!"

살랑살랑 흔들리는 부채 아래에서는 온갖 이야기들이 나돌았다. 귀족들은 황제파나 귀족파, 가릴 것 없이 제멋대로 떠들어 댔다.

화제의 인물들. 황후의 시녀 후보인 세 명의 영애는 그렇게 모두의 관심을 한 몸에 받으며 백합궁으로 들어갔다. 사교계의 매서운 눈들이 황후의 궁인 백합궁에서 떠나지 않았다.

* * *

　"······도대체 바이켈드 공작은 뭘 한 거야? 아직도 사이가 안 좋은 거야?"

　고작 사흘. 황후궁에 들어온 지 사흘 만에, 카루나는 폭발하고야 말았다.

　"딱히 별다른 사이는 아니었던 것 같았는데, 말입니다."

　세나가 어깨를 으쓱이며 대답했다. 황궁 하녀복을 입고 긴 머리를 하나로 단정히 묶어 내렸다. 더없이 완벽한 하녀의 모습이었으나 어쩐지 어색했다. 세나는 자꾸 두 다리를 쩍 벌렸다. 무심코 허리춤에 손을 가져다 댔다. 평생 기사로 살았던 사람이 새삼 하녀인 척하려니 자세가 요상해졌다. 카루나는 그런 세나를 굳이 지적하지 않았다.

　'뭐 어때. 내가 완벽하니까 괜찮아.'

　과거, 클레이엔인 척할 때는 하녀들이 숨만 크게 쉬어도 화를 내며 닦달했던 기억은 저 멀리 던져둔 지 오래였다. 카루나는 앞에 놓인 커다란 거울을 바라보았다. 기분이 안 좋은지 표정이 뚱한 소녀가 앉아 있었다.

　소녀는 옅은 연두색 드레스를 입고 있었다. 수수한 디자인이었다. 별다른 장신구도 하지 않았다. 그저 머리 양옆에 꽃 모양의 보석 핀을 꽂은 게 전부였다. 시녀 후보로서 황후나 다른 시녀들만큼 화려하게 꾸미지 않으려 조심하고 있었다.

　그래서 이렇게 무던하게 입고 있건만. 황후는 카루나의 이런 노력을 조금도 알아주지 않았다. 오히려 삐뻔쩍뻔쩍하게 차려입은 클레이엔을 보며 칭찬을 아끼지 않았다.

"과연, 사교계의 꽃답군요. 낯선 황궁에 와서 적응하기도 힘들 텐데, 조금도 흐트러지지 않고 이렇게 완벽한 모습을 보이다니. 아주 보기 좋네요."

클레이엔의 드레스는 금실로 수놓고 다이아몬드를 박은 것이었다. 높이 틀어 올린 머리에는 금가루까지 뿌린 듯했다. 황후보다 화려하게 차려입고 있어, 모르는 사람이 본다면 클레이엔이 더 지체 높은 여인이라 생각할 수도 있을 것 같건만.

황후는 그런 클레이엔에게 치장하느라 고생했다고, 아름답다고 칭찬까지 해 주었다. 카루나와 마찬가지로 수수하게 차려입었던 루린토프는 몸 둘 바를 몰라 했다.

상식을 지킨 사람은 무시받고 제멋대로 구는 사람이 찬사받는다. 이런 상황은 계속 이어졌다. 사흘 내내.

황후는 카루나와 루린토프를 공기 취급했다. 오직 클레이엔만 곁에 두었다. 무슨 일을 하든 클레이엔만 칭찬하기 바빴다.

루린토프는 이렇게 대놓고 무시당하자 어쩔 줄 몰라 했다. 카루나가 조기 교육 삼아 여러 번 무시하고 면박을 줬는데. 카루나에게 당한 걸 까맣게 잊고 초심으로 돌아간 듯싶었다. 황후가 자신의 인사를 못 들은 척하고 고개를 돌릴 때마다 얼굴 표정이 무너졌다. 카루나는 그런 루린토프를 보며 고개를 설레설레 저었다.

'고작 이런 것에 저렇게 되다니.'

카루나는 루린토프와 달랐다. 황후의 냉대를 받아도 슬프지 않았다. 충격을 받지도 않았다. 그저 신기해할 따름이었다.

'밖에서 봤던 거랑 정말로 똑같잖아. 정말로 이렇게나 사이가 안 좋다니.'

카루나는 황후가 왜 이렇게 행동하는지 알고 있었다. 황후는 카루나를 무시하는 게 아니었다. 카루나의 등 뒤에 있는 바이켈드 공작, 라크안을 뿌리치는 것이었다.

클레이엔인 척할 때, 가장 버거운 상대는 바이켈드 공작인 라크안이었다. 또 한 명을 더 꼽자면 황후였다. 황제나 황태자는 이들에 비하면 아무것도 아니었다.

때문에 카루나는 라크안과 황후에 대한 정보를 최대한 끌어 모았다. 그들의 일정을 거의 빼놓지 않고 보고받곤 했다. 그러던 중 자연스럽게 두 사람 사이가 꽤나 나쁘다는 걸 알게 됐다. 아니, 나쁘다는 말은 어울리지 않는다. 라크안은 아무 반응도 보이지 않고 있건만. 황후가 일방적으로 적의와 경계를 드러내고 있는 것이니까.

황후는 라크안을 두려워하고 있었다.

'바이켈드 공작이 황태자를 짓누르지 않을까 경계하는 거겠지.'

카루나는 황후에게 약간의 동지애를 느꼈다. 적의 적은 친구이니까.

'황후와 힘을 합쳐 바이켈드 공작, 라크안을 공격하면 어떨까.'

아직 어렸던 카루나는 이런 치기에 휩싸여 황후와 친해지고자 애썼다. 지금 와서 생각해 보건대, 다시 또 그렇게 하라고 하면 싫다고 도망가고 싶어질 만큼 카루나는 노력했다.

정성을 다해 황후에 대한 정보를 끌어모았다. 황후가 좋아한다는 건 어떻게 해서든 다 구해 백합궁으로 보냈다. 황후가 나온다는 사교계 모임은 빠지지 않고 찾아갔다.

노력은 매번 수포로 돌아갔다. 황후는 클레이엔인 척하던 카루나를 무시했다. 그녀를 시녀로 뽑아 주지도 않았다. 황후는 절벽 위의 만병통치 약초처럼 고고하게 굴었다. 카루나는 그저 황후와 라크안의 사이가 점점 더 나빠진다는 걸 위안으로 삼아야 했다. 그랬건만.

무슨 이유인지 황후는 지금의 진짜 클레이엔을 총애하고 있다. 바이켈드 공작의 약혼녀인 카루나에게 보란 듯이 행동하는 것이긴 했지만. 그래도 분한 마음이 드는 건 어쩔 수 없는 노릇이었다.

'내가 그렇게 정성을 들였을 때는 매번 본체만체하더니, 왜 저 클레이엔은 돌아오자마자 반겨 주고 총애하는 건데! 바이켈드 공작은 왜 여태 황후랑 관계를 개선하지 않은 건데. 황후한테 미움받는 걸 즐기기라도 하는 거야? 이 변태 공작.'

신기해했던 마음은 데굴데굴 구를수록 커져서, 감당할 수 없을 만치 커다란 걱정거리로 변했다.

'그래서 이 험한 곳에서 어떻게 살아남으려고.'

카루나는 공작저에서 태평하게 서류나 보고 있을 라크안을 떠올렸다.

'역시 내가 도와주지 않으면 안 되나 봐. 나 없으면 어쩔 뻔했어.'

그동안 이 험한 정치판에서 살아남은 건 기적이라고밖에 볼 수 없으리라. 카루나에게 라크안은 전쟁밖에 모르는 순진무구한 늑대였다. 카루나는 라크안이 수년간 자신의 정적으로 훌륭히 잘 버텼다는 걸 까맣게 잊어버렸다. 거울 속 소녀의 얼굴이 울적해지자, 세나가 카루나를 다독였다.

"너무…… 그렇게 라안 님한테 화내거나 그러지는 말아 주십시오. 진짜 라안 님은 아무 잘못이 없거든요."

"알아요. 아니, 알아."

카루나가 다리를 앞뒤로 움직이며 대답했다. 목소리엔 영 힘이 없었다. 세나는 그런 카루나의 모습을 보고는 얼른 말을 이었다.

"황후 폐하께서 작정하여 라안 님을 멀리하시는데, 라안 님이라고 별수가 있겠습니까."

세나가 열심히 라크안을 두둔했다. 아마도 카루나가 황후에게 냉대를 받고 라크안을 원망한다고 생각하고 있는 듯했다. 카루나는 세나가 착각하고 있다는 걸 깨달았으나 굳이 고쳐 주지 않았다. 치명적인 생각은 아니었으니까. 세나는 자신이 아는 황후와 라크안의 사이에 대해 구구절절 늘어놓았다.

황후는 처음 라크안이 수도에 돌아왔을 때부터 그를 탐탁지 않아 했다.

라크안이 수도에서 자리를 잡아 갈수록 더더욱 라크안을 멀리했다. 이제는 멀리하다 못해 내치는 수준이다.

하지만 라크안은 황후가 자신을 미워하든 말든 전혀 상관하지 않았다. 황후에게 예를 다할 뿐, 딱히 황후와 관계를 개선하고자 애쓰지도 않았다. 그게 황후의 속을 더 긁는다는 걸 모르는 건지, 알고도 모르는 척하는 건지. 라크안의 속내는 세나도 모르고 주변 사람들도 모른다.

대부분 카루나가 알고 있는 내용이었다.

"참 한결같은 사람이네요. 바이켈드 공작님은."

카루나는 어깨를 으쓱였다.

"그게 라안 님의 장점이자 단점이지요."

"본인은 모르겠지만요."

카루나와 세나는 서로를 마주 보며 싱긋, 웃었다. 에구구. 카루나는 외모에 어울리지 않는 신음을 내뱉으며 화장대 위에 엎어졌다.

"황후가 왜 바이켈드 공작을 멀리하고 날 미워하는지는 대충 알겠는데."

톡톡, 손가락으로 화장대를 두드렸다.

'바이켈드 공작도 그걸 알고, 얌전히 있는 걸까? 괜한 의심을 안 받으려고?'

문득 이런 생각이 들었다.

'아니야, 그럴 리 없어. 그런 생각을 할 줄 아는 사람이었다면 수도로 돌아와 황제파의 수장 역할을 하지도 않았겠지.'

카루나는 이내 고개를 저었다.

라크안에 대한 기대를 버린 지는 이미 오래되었다. 보쉬엔 자작가를 가만 둘 때부터, 답이 없다고 느꼈다. 마카레나 백작의 눈을 피해 숨어 다녀야 할 카루나가 군이 이렇게 바삐 움직이는 것도, 결국엔 다 라크안 때문이었다.

'못난이, 칠칠이 늑대 같으니라고.'

하지만 어쩌랴.

못나도 자신의 약혼자이고, 몇 번이나 자신을 구해 준 사람인 것을.

"아무튼, 이건 너무 정도가 심하다고. 내 약혼자님한테 너무 가혹해."

황후가 좀 더 라크안을 믿고 가까이할 수 있도록 만들고 싶었다. 이 멍충한 늑대에게는 좀 더 많은 자기편이 필요했다. 황후 같은 높은 인물의 지지와 총애는 필수적이었다.

백합궁에 들어올 때만 해도 카루나의 목표는 단순했다. 적당히 클레이엔을 자극하고, 루린토프를 망신 주는 것. 하지만 이제는 중요한 목표가 하나 더 생겼다.

황후가 라크안의 충성심을 믿고, 라크안을 가까이하도록 만드는 것.

오직 라크안을 위한 목표였다. 자신이 떠난 뒤, 라크안이 좀 더 안전해지기를 바라는 마음에서 나온 것이었다. 하지만 카루나는 자신의 생각이 어디에서 시작되었는지 따지지 않았다. 그저 그 목표를 이루기 위한 방법만을 고민하였다.

"문제는 이걸 어떻게 해결하느냐, 인데"

에휴. 한숨이 절로 나왔다.

"뭔가 상황이 안 좋은 겁니까?"

잠자코 있던 세나가 불쑥, 물었다. 세나는 이제 카루나가 라크안을 하찮게 취급해도 눈 하나 깜짝 하지 않았다. 카루나 역시 세나를 믿고, 마음껏 자신의 속내를 드러내 보였다. 세나는 언제나 카루나의 곁을 지켰다. 카루나는 루시온과는 다른 의미로, 세나를 믿었다.

"아니요, 그냥 해야 할 일이 하나 더 생겨서요."

카루나는 거울에 비친 세나를 바라보며 싱긋, 웃어 보였다.

사실, 상황은 더없이 나빴다. 황후는 카루나를 대놓고 무시하고 있고, 클레이엔은 황후를 등에 업고 황궁을 휘젓고 있었다. 루린토프는 슬슬, 클레이엔에게 붙으려 하고 있었다.

하지만 이런 상황에서도 카루나는 여유롭게 웃을 수 있었다. 길거리에 버려진 아이로 살았을 때도, 마카레나 백작의 눈에 띄어 클레이엔인 척 살았을 때도. 언제나 주변 상황은 카루나에게 호의적이지 않았다.

최악, 혹은 그보다 더한 최악의 상황 속에서 아득바득 살아남아야 했다. 그에 비하면 이토록 고상하게 사람을 물 먹이는 황궁, 황후의 궁 따위는, 카루나에게 아무것도 아니었다.

카루나는 거울 속에 비친 소녀에게서 눈을 뗐다. 고개를 돌려, 거울에 비친 세나가 아니라 정말로 살아 움직이는 세나를 올려다보았다.

"일단, 든든히 식사를 할까요?"

조금도 기죽지 않은 씩씩한 목소리였다. 걱정스럽게 카루나를 바라보던 세나의 얼굴에 웃음이 번졌다.

"역시, 우리의 카루나 아가씨. 좋은 생각이십니다. 배가 든든해야 잘 싸울 수 있는 법이지요."

하녀 복장을 한 세나가 기사의 몸짓으로 카루나에게 고개를 숙였다. 그러고는 카루나의 점심 식사를 가지러 밖으로 나갔다. 발에 날개라도 달린 듯 빠르고 날랬다.

원래대로라면 황후와 함께 식사를 해야 하나, 황후는 오늘 약속이 있었다. 황태자와 그의 약혼녀, 클레이엔과 함께 점심 만찬을 즐기기로 한 것이었다. 정식 시녀들이 곁에서 식사를 돕기로 했다.

오랜만에 시녀 후보들은 쉴 수 있는 시간을 얻었다. 그래 봤자 카루나와 루린토프뿐이었지만. 카루나는 세나와 함께 마음 편히 점심 식사를 마쳤다. 그러고는 드레스를 갈아입었다.

괜히 어울리지 않는 수수한 드레스는 벗어 버렸다. 대신 프릴과 레이스가 잔뜩 달린 진한 분홍색의 드레스를 입었다. 세나는 급히 하녀장에게 배웠던 대로 카루나의 옆머리를 가느다랗게 땋아서 모아 묶었다. 활짝 핀 장미꽃 모양의 보석 머리핀을 뒷머리에 꽂아 주었다.

치장을 마친 클레이엔은 세나와 함께 황후에게로 갔다. 이르게 식사를 마친 루린토프가 먼저 와 있었다. 그녀는 카루나를 보고는 움찔, 몸을 떨었다. 루린토프의 뒤에 서 있던 하녀가 잔뜩 경계하며 카루나를 바라보았다. 카루나는 코웃음을 치며 그들을 무시했다.

"시, 식사는 즐거우셨나요. 바이켈드 영애."

루린토프가 기어들어 가는 목소리로 인사를 건넸다. 카루나는 고개를 돌리고 받아 주지 않았다.

시간이 지나도 황후는 오지 않았다. 카루나는 시간을 확인하고는 일어섰다.

'이 정도 기다렸으면 예의는 차린 거겠지.'

카루나는 황후가 어디에 있을까 생각해 보았다. 답은 바로 나왔다. 카루나가 움직이자 눈치를 보던 루린토프도 따라 일어섰다. 카루나는 황후의 침실로 향했다. 카루나가 앞장서고, 루린토프가 뒤따르는 모양새였다.

역시나 황후는 거기에 있었다. 침실의 문 앞에는 황후가 데리고 다니는 시종과 하녀들이 줄지어 서 있었다.

'점심 식사가 끝난 후 응접실로 와 있으라더니.'

카루나는 살짝 눈썹을 찌푸렸다.

"황후 폐하께 저희들이 왔다고 고하세요."

카루나가 문 앞을 지키고 선 시종에게 말했다.

"황후 폐하께서는 오수에 드셨습니다."

"나와 여기 루린토프 영애는 황후 폐하의 곁을 지켜야 합니다. 황후 폐하가 편히 주무실 수 있도록 살피는 것 또한 우리의 일이니, 문을 여세요."

"아무도 들이지 말라고 명하셨습니다."

시종은 카루나의 눈치를 보면서도 물러서지 않았다.

그때. 침실 문 안쪽에서 꺄르륵─ 요란한 웃음소리가 들렸다. 클레이엔이었다. 지난 사흘 동안 질리게 들어 왔기에 바로 알 수 있었다.

"곤히 주무시는 황후 폐하의 침실 안에서, 누군가 시끄럽게 굴고 있군요. 감히?"

"그, 그건……."

시종이 감히 답하지 못했다. 침실 안에 있는 고귀한 두 여인은 문을 지키고 선 시종의 곤란함 따위는 신경 쓰지 않았다. 연이어 문 안쪽에서 황후의 웃음소리와 클레이엔이 명랑하게 말하는 소리가 들려왔다.

"황후 폐하께서 참 재미있는 잠버릇이 있으시군요."

카루나의 말에 시종은 아무 말도 하지 못했다. 시종은 이런 상황에서조차 문 앞을 지켰다. 황실을 향한 충성심은 가히 인정할 만했다.

'재미있네.'

카루나는 미소 지으며 굳게 닫힌 문을 바라보았다. 문을 지키고 선 시종이 자신의 그런 표정을 보고 두려움에 떨든 말든, 상관하지 않았다.

"어, 어떻게 이럴 수 있어요! 내게 거짓을 고하다니, 감히!"

카루나가 조용하자 뒤에 있는 루린토프가 나섰다. 그녀는 시종을 꾸짖으며 화를 냈다. 시종은 어찌할 바를 몰라 했다. 황후의 명령을 받은 몸이니 끝까지 죄송하다는 말 한마디를 하지 못했는데, 그게 루린토프의 심기를 거슬렸다.

'애먼 사람을 잡고 난리야. 시끄럽게.'

그동안 내내 클레이엔과 카루나 사이에서 기가 팍 눌려 있던 루린토프였다. 모처럼 자신보다 낮은 사람을 만나 스트레스 풀 기회를 얻은 게 좋은지, 얼굴색이 아주 생기가 넘쳤다. 그 얼굴을 보니 애써 생기려던 의욕도 달아날 것 같았다. 상대할 가치조차 없었다.

루린토프가 시종에게 소리칠 때마다 문 안쪽에서 두 사람분의 웃음소리가 들렸다. 안의 소리가 밖으로 들리는 만큼 밖의 소리 또한 안에 들리는 것 같았다. 분명 안쪽의 두 사람은 바깥쪽이 소란을 즐기고 있을 터.

카루나는 허리를 세우고 고개를 똑바로 들었다. 그렇게 꼿꼿하고 바른 자세로 침실 문 앞에 버티고 섰다.

"돌아가 계시면 황후 폐하께서 깨어나실 때 즈음, 제가 두 분께 사람을 보내겠습니다."

한참 루린토프에게 시달리던 시종이 카루나와 루린토프에게 제안했다. 루린토프는 슬쩍, 카루나의 눈치를 보았다.

"난 여기서 황후 폐하를 기다리겠어요."

카루나가 이렇게 대답하자.

"나, 나도. 그럴 거예요."

루린토프도 카루나를 따라 했다.

"그러시군요. 알겠습니다."

시종은 두 번 권하지 않고 깔끔하게 물러났다.

카루나는 시종에게 눈길 한 번 주지 않고 닫힌 침실 문만을 바라보았다. 밖이 조용해지자 안쪽도 조용해졌다. 비웃고 떠들 거리가 없어서인지 아니면 정말 잠든 건지, 조용해졌다.

한참 후.

루린토프는 밀려오는 졸음과 지루함을 견디지 못하고 꾸벅꾸벅, 졸다 앞으로 엎어질 뻔했다. 뒤에 서 있던 하녀가 얼른 잡아 주지 않았다면 앞으로 넘어져 코가 깨졌을지도 모를 일이었다.

"황후 폐하께서는 낮의 만찬을 끝내신 후 많이 피곤하시어, 오래 오수에 드실 거라 하셨습니다."

"그걸 왜 지금에야 말하는 거예요."

루린토프가 졸린 눈을 비벼 뜨며 짜증을 내었다.

"송구합니다. 다시 한번 간청드리건대, 돌아가 쉬십시오. 황후 폐하께서 깨어나실 즈음, 사람을 보내 알려 드리겠습니다."

"하지만, 어찌 우리가 감히."

"귀하신 분들께서 여기서 이러고 계시면 황후 폐하 또한 맘 편히 주무시지 못할 겁니다."

시종이 술술 말을 늘어놓았다. 얼마나 유창한지, 시종이 아니라 연설꾼을 하면 딱 좋겠다는 생각이 들 정도였다. 졸리고 피곤한 루린토프는 금세 혹했다.

"그, 그럼…… 정말로 꼭 사람을 보내야 해요."

"물론입니다. 최선을 다하겠습니다."

시종은 마지막까지 믿음직스럽게 대답하며 신뢰를 주었다. 루린토프는 또 카루나의 눈치를 봤다. 카루나가 심드렁하게 자신을 보자 주저하다가 끝내 돌아섰다. 혹시나 카루나가 저를 잡을까 두려운 건지 잽싸게 사라졌다. 물론 카루나는 그녀를 잡고 싶은 마음이 조금도 없었다.

"영애께서는……."

"저는 여기 있겠어요."

"알겠습니다."

시종은 카루나에게 더는 쉬러 가시라 권하지 않았다.

얼마의 시간이 지났을까. 발이 나무토막처럼 딱딱해지는 느낌이 들었다. 발바닥도 바늘 백 개로 콕콕 찌르는 것처럼 따가워졌다. 카루나는 이를 악물고 참았다. 겉으로는 힘든 내색을 보이지 않았다. 하지만 세나의 눈을 속일 수는 없었다.

"힘드시면 제게 기대도 됩니다. 아가씨."

세나가 조그만 목소리로 말했다. 달콤한 유혹이었다.

"아니요, 괜찮아요."

카루나는 단호하게 고개를 저었다. 그 뒤로도 한참, 시간이 지났다.

황후가 오늘 하루 종일 잠만 퍼 자려는 게 아닐까 의심이 될 때 즈음. 영원히 열리지 않을 것 같았던 문이 열렸다. 카루나의 눈앞에서 문이 반으로 갈라졌다.

하얀 태피스트리로 싸인 황후의 침실이 나타났다. 곳곳에 흰 백합이 꽂혀 있었다. 곤히 잠들었다던 황후는 침대가 아니라 백합 모양의 테이블 앞에 앉아 있었다. 잠들긴커녕 침대에 몸을 뉘인 적도 없는 듯, 머리 모양이 멀쩡했다. 입고 있는 드레스 또한 점심 만찬 전에 보았던 그 드레스였다.

'깜빡 속을 뻔했네.'

카루나는 내심 혀를 찼다. 그리고 황후의 옆에 앉아 있는 여인을 보았다. 클레이엔이 아니었다. 황후의 시녀 중 한 사람이었다. 카루나도 알고 있는 사람이었다.

'사람 웃음소리도 흉내 낼 줄 아는 거였군.'

황후궁으로 온 첫날. 카루나는 대놓고 홀대당하며 방치되었다. 황후는 늦게 도착한 클레이엔과 루린토프를 먼저 만나고, 카루나와의 만남을 미뤘다. 그때 카루나의 말동무가 되어 주었던 시녀였다.

어린 카루나가 황후의 미움을 받는 게 안쓰러웠던 듯했다. 카루나의 겉모습만 보고, 제멋대로 카루나가 상처받고 슬퍼할 거라고 착각했다. 그 착각에서 나온 친절은 카루나에게 꽤 유용했다.

카루나는 굳이 그 착각을 고쳐 주지 않았다. 시녀는 카루나가 황후에게 불려 가기 전까지 내내 카루나의 곁에 있어 주었다. 어릴 때 카루나 또래만 한 동생에게 많이 해 줬다며 각종 새와 동물 소리를 흉내 내 들려주었다. 진짜처럼 똑같아서 카루나는 잠시 긴장을 잊고 순수하게 감탄했었더랬다. 그 시녀가 내내, 황후의 옆에 있었던 것이다. 클레이엔이 아니라.

"편히 쉬셨습니까, 황후 폐하."

카루나는 잠든 적 없는 황후에게 천연덕스럽게 인사했다.

"독한 것."

황후는 질린다는 눈빛으로 카루나를 바라보았다. 카루나는 빙긋 웃어 보였다. 조금도 기분이 나쁘지 않았다. 등 뒤에 서 있던 세나가 대신 화내 주고 있는 게 느껴졌기 때문이었다.

"나머지 둘은 어찌 되었는가."

황후가 카루나의 옆에 선 시종에게 물었다.

"마카레나 백작 영애는 만찬 직후 황태자 전하를 쫓아갔습니다. 보쉬엔 자작가의 루린토프 영애는 이곳에서 기다리다 중간에 돌아갔습니다."

"그나마 마카레나 백작 영애가 낫군. 제 남편을 따를 줄 아니."

황후는 카루나 앞에서 굳이 클레이엔을 언급했다. 카루나는 웃는 얼굴을 유지했다. 황후가 자신을 머리끝부터 발끝까지 훑어보는 게 느껴졌다. 드레스를 쥔 손에 힘이 들어갔다. 클레이엔으로 살며 황후의 비위를 맞추고자 애썼던 지난 나날이 머릿속에 스쳤다.

이것보다 더한 모욕을 당한 적도 많았다. 다른 귀족들 앞에서 무시를 당하기도 했다. 그래도 참아야 했다. 상대는 황후니까. 물론 덩달아 자신을 깔보려 하는 다른 귀족들은 철저하게 짓밟았다. 자신을 감히 무시하고 비웃을 수 있는 건 황제와 황후뿐이었으니까.

'이건 아무것도 아니야. 괜찮아.'

카루나는 치맛자락을 쥔 손에 힘을 풀었다.

'얕은 수작에 넘어가지 말자.'

카루나는 마음을 다잡았다. 마음은 금방 가라앉았다.

'내가 어리게 보여서 고작 이런 수를 쓰는 건가? 황후답지 않은데?'

카루나는 오히려 고작 이 정도에서 그치는 황후에게 약간 실망하였다.

'굳이 일부러 내 앞에서 클레이엔을 언급하는 건, 날 자극하기 위해서겠지? 그렇다면 일단, 날 바이켈드 공작의 약혼녀로 인정하긴 했다는 거네.'

황후의 시험은 카루나를 조금도 흔들지 못했다. 오히려 황후의 생각을 카루나에게 선명히 보여 주었다. 다른 영애였다면 지금의 상황에서 쩔쩔매느라 바빴겠지만. 카루나는 아니었다.

클레이엔이었을 때의 10년의 세월은 그냥 날로 먹은 게 아니었다. 카루나는 그때의 모든 기억과 경험을 가지고 있었다. 실패의 경험도 분명 값진 경험이긴 하니까. 카루나는 자신이 겪었던 황후에 대한 기억을 토대로, 황후의 지금 생각을 가늠해 보았다.

감히 단언하건대, 그리 나쁘지 않았다.

'그나마 다행인 건, 아주 맨땅에 부딪치는 건 아니라는 거지.'

카루나는 황후에 대해 충분히 잘 알고 있었다. 때문에 황후의 이런 장난질에도 상처받지 않고 담담할 수 있었다.

'결실을 모두 진짜 클레이엔에게 빼앗긴 줄 알았는데. 그래도 내가 기억하고 있는 이런 것들이 아주 유용하네.'

카루나는 자신이 가지고 있는 지난 10년간의 기억을 그동안 아무렇지 않게 써먹었다. 그에 대해 별 감흥이 없었다. 그런데 지금, 황후의 태도를 보고 황후의 생각이 어떤지 고민하고 있자니 새삼 실감이 났다.

감히 황후의 생각을 지레짐작해 볼 수 있는 경험과 정보, 그리고 기억 따위들. 이것들은 어쩌면 꽤나 가치 있는 것일지도 모른다.

10년 내내 고생해서 사교계의 꽃이 되고 황태자비가 되었다. 그 노력의 결실은 카루나의 손 안에 들어오지 않았다. 뒤에서 내내 아무것도 하지 않았던 클레이엔이 톡- 따먹어 버렸다. 날로 먹은 것이다.

모든 걸 진짜 클레이엔에게 빼앗긴, 아니, 돌려줘 버렸으니. 두 손은 빈손이 되었으며, 가진 건 아무것도 없다고 생각했건만. 클레이엔으로서 살아왔던 시절에 경험한 것들, 보고 배웠던 모든 것들이 매순간, 카루나를 지탱해 주었다.

'어쩌면 이것도 나름의 결실이 아닐까. 진짜 클레이엔이 빼앗을 수 없는.'

진짜 클레이엔은 지금 무엇을 하고 있을까. 이런 상황을 전혀 예상하지 못하고 칠렐레 팔렐레 황태자 뒤나 쫓고 있으리라. 정말 황태자를 손에 넣고 싶다면, 지금은 황후의 곁을 지켜야 한다. 그걸 카루나는 알고 클레이엔은 몰랐다.

'이게 내 무기야.'

카루나의 입가에 웃음이 번졌다. 여전히 황후는 클레이엔을 옹호하는 듯한 말을 하며, 정작 지금 이 자리를 지킨 카루나는 본척만척하고 있었다. 카루나는 그런 황후의 앞에서 각오를 다졌다.

'클레이엔일 때 미처 공략하지 못했던 황후를, 이번에야말로 반드시 쓰러 넘어뜨려 보이겠어. 클레이엔이 아니라 카루나로서.'

카루나는 숨을 크게 들이쉬며 더욱 밝게 웃어 보였다.

"두 분 영애가 돌아올 때까지 제가 황후 폐하의 곁을 지키겠습니다."

딴 후보들이 놀러 나가고 쉬러 나갔을 때 네 곁을 지키고 있었던 건 나라는 걸 잊지 말아 줬으면 좋겠어.

카루나는 그렇게 황후에게 눈치를 주며 한 발, 침실 안으로 내디뎠다. 황후는 살짝 눈살을 찌푸렸지만 카루나를 내치지는 않았다.

'도대체 지금 클레이엔의 무엇이 그렇게 마음에 들었던 걸까. 황후는.'

카루나는 사뿐히 걸어 황후에게로 다가갔다.

'그리고 그때, 클레이엔이었던 내 무엇이 그리도 마음에 안 들었던 걸까.'

테이블의 빈자리에 앉아, 흉내를 잘 내는 시녀에게서 찻주전자를 건네받았다. 더없이 우아한 태도로 황후와 시녀의 빈 찻잔에 차를 따르며, 카루나는 방긋 웃어 보였다.

'반드시 찾아내 주겠어. 두고 봐.'

결의에 찬 카루나의 얼굴이 찰랑이는 찻물에 비쳤다 일렁이며 사라졌다.

　　　　　　　　　　　* * *

　황후가 카루나가 따라 준 차를 다 마셨을 때, 클레이엔과 루린토프가 급히 황후에게로 돌아왔다. 클레이엔의 얼굴은 붉게 달아올라 있었다. 무언가 좋은 일이 있었던 듯했다. 반대로 루린토프의 얼굴은 새하얗게 질려 있었다. 테이블에 앉아 있는 황후와 카루나를 보고는 더욱 창백해졌다. 황후는 그 두 사람에게 별다른 말을 하지 않았다.

　이후 황후는 계속 침실에 머물렀다. 카루나와 클레이엔, 루린토프는 황후의 곁을 지키며 책을 읽고 편지를 대신 읽었다. 황후가 부르는 대로 편지를 받아 적기도 했다.

　그러는 중 종종 클레이엔과 루린토프는 문 앞에 서 있는 시종을 노려보았다. 두 여인의 원한을 한 몸에 받은 시종은 감히 이쪽으로 고개를 돌리지 못했다. 자꾸 빈 허공만을 바라보았다. 황후가 시종을 따로 챙겨 주지 않는다면 그는 조만간 큰일을 겪을 듯했다.

　'오히려 이걸 기회 삼아 저 시종을 회유할 생각을 해야지. 복수할 생각이나 하다니.'

　카루나는 그 두 여인을 하찮게 바라보았다.

　이후에도 황후는 몇 번이나 더 시녀 후보들을 시험했다. 대부분 소소한 상황 속에서 일어난 일이었다. 클레이엔과 루린토프는 속지 않으려 잔뜩 긴장했으나 여지없이 걸려들었다. 카루나는 매번 속지 않고 통과했다. 그럴수록 카루나를 바라보는 클레이엔의 눈빛이 변해 갔다.

　문제는 황후였다. 황후는 카루나에게 단 한 번도 칭찬의 말을 건네지 않았다. 번번이 틈을 보이는 클레이엔을 너그럽게 감싸 주었다. 클레이엔이 실수하면 실수할수록 오히려 좋아하는 것 같았다.

　'뭐야, 왜 저래?'

카루나는 점점 표정을 관리하는 게 힘들어졌다. 황후가 계속 클레이엔의 편을 들자, 루린토프는 클레이엔에게 가까이 다가가기 시작했다. 훌륭한 생존 본능이었다. 아니면 사랑하는 남자를 빼앗긴 앙금이 남아 있는 건지도 몰랐다.

클레이엔은 루린토프에게 상냥했다. 카루나에게 보란 듯이 루린토프와 둘만이서 떠들고 함께 어울렸다. 셋이 함께 있으면 카루나는 혼자 동떨어졌다. 클레이엔과 루린토프는 서로에게만 귓속말을 하고 꺄르륵, 웃음을 터뜨렸다.

그러다 클레이엔이 황후에게 부름을 받아 자리를 뜨면, 루린토프는 돌처럼 굳어 버렸다. 카루나와 눈을 마주치려고도 하지 않았다. 처음엔 두려움이 있었다. 하지만 시간이 지날수록 그 위에 희미한 우월감이 쌓이기 시작했다.

백합궁은 밀폐된 곳이었다. 황후는 대외 활동을 거의 하지 않았고 궁에만 머물렀다. 찾아오는 손님도 거의 없었다. 자연히 백합궁의 시녀들은 자신들끼리만 어울리게 되었다.

황후는 그녀들에게 많은 특혜를 주었다. 때문에 황후의 시녀들은 자연히 다른 황족의 시녀들보다 자신들이 더 우월하다는 의식에 사로잡혔다. 그래서 자신들끼리 똘똘 뭉쳐 다니며 우정을 나누었다. 황후가 바라던 대로였다.

간혹 시녀들 사이에서 따돌림당하는 사람이 나오기도 했다. 황후는 그런 상황을 그냥 두고 보지 못했다. 가해자를 찾아내 처벌하고 시녀 자리를 박탈했다. 따돌림당하던 피해자를 철저히 감싸 안아 주었다. 그러면 피해자는 더더욱 황후에게 충성했다.

그런데 이번엔 황후가 움직이지 않았다. 세 시녀 후보들 사이에서 카루나가 고립되고 있는 모습을 보면서도, 클레이엔을 혼내지도 내쫓지도 않았다. 그렇다고 카루나를 보호해 주지도 않았다. 황후는 방관자처럼 지켜만 보았다.

보통의 귀족 여식이었다면 이 상황을 견디지 못했을 것이다. 남들이 정답게 이야기 나눌 때 혼자 옆에서 멀뚱히 앉아만 있어야 하다니. 하지만 카루나는 보통의 귀족 여식이 아니었다.

카루나는 오히려 저를 따돌리는 클레이엔과 루린토프를 깔보았다. 자신의 험담을 하는 듯 곁눈질로 바라보고, 서로 귓속말을 속닥속닥하며 까르르 웃는 꼴이라니.

'귀족파와 황제파가 이토록 정다울 수 있다는 걸 황제와 마카레나 백작이 봐야 할 텐데.'

그저 같잖을 뿐이었다. 점점 생기를 되찾는 루린토프의 모습을 보는 재미도 꽤나 쏠쏠했다.

그렇게 백합궁에서 보내는 시간이 하루하루 흘러갔다. 열흘째 되던 날. 결국 일이 터졌다.

매일 오후, 황후는 시녀들과 함께 차 마시는 시간을 가졌다. 시녀 후보들은 하루씩 돌아가며 티타임 준비를 전담했다. 오늘은 클레이엔이 티타임을 준비하는 날이었다.

티타임을 준비하는 동안 시녀들은 각자의 방에 돌아가 잠시 쉬는 시간을 가졌다. 카루나와 루린토프도 배정받은 방으로 돌아가 클레이엔이 사람을 보내오길 기다렸다. 하지만 시간이 되어도 클레이엔은 연락이 없었다. 티타임 시간이 다 되어 가자, 카루나는 문득 의심이 들었다.

'설마 나만 빼놓고 연락을 돌린 건가?'

유치한 짓이었다. 사방에 시종과 하녀들이 깔려 있는데. 조사해 보면 카루나에게만 연락하지 않은 게 금방 밝혀질 것이다. 카루나가 클레이엔인 척하던 열두 살 때도 하지 않은 짓이거늘.

쯧, 하루나는 혀를 찼다. 설마, 싶긴 했지만. 클레이엔이라면 이런 유치한 짓을 벌이고도 남았다. 카루나는 세나와 함께 티타임이 열리는 장소로 갔다.

점심 식사를 할 때, 황후는 궁의 후원에서 차를 마셨으면 좋겠다고 말했다. 클레이엔은 기꺼이 준비하겠다며 화사하게 웃어 보였다. 카루나는 조금 전의 기억을 떠올리며 백합궁의 후원으로 갔다.

후원은 아름다웠다. 황후가 좋아하는 백합이 가득 펴 있었다. 정원사 대신 마탑 마법사들이 관리하는 곳이었다. 한겨울을 제외하고는 언제나 흰 백합이 가득 피어 있었다. 백합 꽃밭 안에는 연꽃이 핀 연못과 백합의 모양을 본떠 만든 정자가 있었다. 그곳에서 시녀 몇 명이 서성대고 있었다.

'진짜로 나한테만 연락을 안 한 거야?'

카루나는 이를 갈며 바삐 걸었다.

'이런 유치한 짓거리로 날 골탕 먹이려고 해? 내가 가만히 당할 거라 생각했던 거야? 정말로?'

클레이엔이 카루나에게만 티타임을 알리지 않았다는 걸 증명해 줄 증인은 차고 넘쳤다. 당장 카루나가 머무는 방에는 벽난로를 청소하기 위해 하녀와 하인 여럿이 와 있었다.

'이번엔 어떻게 편을 들어주실지 기대하겠습니다, 황후 폐하?'

내내 클레이엔의 편만 드는 황후에 대한 빈정거림도 잊지 않을 생각이었다. 어떻게 터트리면 좀 더 속 시원하게 클레이엔을 물 먹일 수 있을까. 카루나는 그런 생각을 하며 정자에 올랐다. 다음 순간.

"……이게 뭔가요?"

카루나는 자신의 눈을 의심했다.

"우리가 묻고 싶은 말이에요, 바이켈드 영애."

"마카레나 백작 영애는 어디 있나요? 설마, 티타임 장소가 바뀐 거가요?"

"분명 황후 폐하께서는 이곳에서 차를 마시겠다고 말씀하셨잖아요."

먼저 와 있던 시녀들이 다짜고짜 카루나에게 질문 세례를 쏟아부었다.

카루나야말로 묻고 싶은 말이었다.

"……?"

카루나는 정자를 둘러보았다. 아름다운 장식도, 비단 차양도, 황후가 좋아하는 무늬 없이 하얀 찻잔과 찻주전자도, 달콤한 냄새를 풍기는 핑거 푸드도. 무엇 하나 없었다. 정말 아무것도 없었다. 그저 당황해서 발을 동동 구르는 시녀들만 있을 뿐이었다.

"어머, 이게 무슨 일인가요? 오늘 티타임이…… 여기가 아닌가요?"

루린토프 또한 연락을 기다리다 그냥 온 건지 뒤이어 정자에 나타났다. 카루나는 혹시나 해서 루린토프를 살폈다. 클레이엔과 둘이서 뭔가 모의한 게 아닌가 의심이 들었다. 하지만 아니었다. 루린토프는 카루나와 다른 시녀들만큼이나 당황했다.

"클레이엔 백작 영애는요? 설마 아직도 티타임 준비가 안 된 건가요?"

루린토프는 먼저 온 카루나와 시녀들이 이미 서로에게 물어보았던 질문을 다시 하며, 그들을 바라보았다. 정말 영문을 모르겠다는 얼굴이었다.

"이를 어쩌면 좋나요. 곧 황후 폐하께서 도착하실 텐데."

"맙소사, 세 명 중 두 명이 여기에 있는데. 하필이면 티타임을 준비하는 당사자만 없다니."

시녀들이 발을 동동 구르며 어쩔 줄 몰라 했다. 그들 중 유일하게 차분한 시녀가 한 명 있었다. 소리를 잘 흉내 내던 그 시녀였다. 그녀는 루린토프가 아니라 카루나의 손을 붙들었다.

"어떡하면 좋지요?"

마치 카루나에게 답을 구하듯 물었다. 카루나는 세 시녀 후보 중 가장 어리지만 황후의 작은 시험들을 곧잘 통과했다. 시녀는 카루나의 그 재치와 지혜에 기대고 싶어 했다.

"괜찮을 거예요, 진정하세요."

카루나는 그녀의 손등을 토닥토닥 두드리며 달래 주었다. 그러고는 루린토프와 다른 시녀들을 바라보며 물었다.

"혹시 점심 식사 후에 마카레나 백작 영애를 보신 분은 없나요?"

차분한 목소리가 그들의 정신을 붙들었다. 다들 한목소리로 보지 못했다고 대답했다. 루린토프만이 머뭇거리며 대답하지 못했다.

이어서 계속 시녀들이 도착했다. 연락을 기다리다 못해 후원으로 왔다고들 했다. 그들 중 누구도 클레이엔이 어디에 있는지, 오늘 티타임이 어떻게 된 건지 상황을 정확히 알지 못했다. 사람들이 모일수록 동요는 더욱 심해졌다.

황후는 세찬 파도도 짓누르는 거대한 함선처럼 정적인 사람이었다. 하루 전날 일정을 정하고, 정확히 그 일정대로 움직였다. 특별한 이유 없이, 고작 아랫사람들의 실수로 일정이 어그러지는 걸 몹시 싫어했다.

시녀들은 그런 황후의 성정을 잘 알기에, 더욱 당황했다. 곧 자신들에게 떨어질 황후의 실망과 분노를 두려워했다. 카루나에게 말을 건 시녀마저도 안색이 창백했다. 차분한 건 카루나뿐이었다.

카루나 또한 처음엔 당황했으나 상황을 파악하고는 빠르게 이성을 되찾았다.

"여기 가만히 있어 봤자 달라질 건 없어요. 우선, 두 분께서 황후 폐하께 다녀와 주시겠어요?"

일단 카루나는 시녀들 중 가장 나이가 많은 두 명을 지목했다. 그래 봤자 모두 미혼의 영애들이라 스무 살 남짓이었지만.

"혹시나 클레이엔 영애가 황후 폐하와 함께 있는지, 또는 티타임 장소가 우리 모르게 다른 곳으로 바뀐 것은 아닌지 확인하고 와 주세요. 황후 폐하께서 모르시도록 확인해 주실 수 있겠지요?"

두 시녀들은 카루나의 말에 고개를 끄덕였다. 그건 그녀들이 더없이 바라던 바였다.

"그리고, 루린토프 영애."

클레이엔은 두 시녀를 보내고 바로 루린토프를 붙잡았다.

"영애는 알고 있죠? 지금 클레이엔 영애는 어디에 있나요?"

"저, 나, 나는 몰라요. 제가 알 리가 없잖아요. 전 그저 바, 방에서 쉬고 있었어요."

루린토프가 격하게 고개를 저었다. 클레이엔의 옆에 있을 때는 세상 무서울 것이 없는 사람처럼 굴었으면서. 클레이엔이 곁에 없자 금세 쭈 글쭈글해졌다. 카루나에게 당했던 기억이 떠오르는지 슬금슬금, 뒤로 물 러서기까지 했다.

지금의 루린토프는 우아하지도 귀족답지도 않았다. 남은 시녀들은 루린 토프의 그런 모습을 보며 눈살을 찌푸렸다. 자기보다 훨씬 어려 보이는 카루나에게 밀려 겁먹은 모습을 보이는 건 둘째 문제였다.

시녀들이 보기에도 루린토프는 뭔가 석연치 않은 구석이 있는 듯 보였다. 클레이엔이 어디에 있는지 아는데 숨기는 사람같이 보였다. 무엇보다 그것이 눈에 거슬렸다.

"어서 말하세요! 지금 이 상황이 장난으로 보이는 건가요?"

"곧 황후 폐하께서 오실 텐데, 아무것도 준비되어 있지 않은 이 모습을 보면, 어떻게 될 것 같은가요."

"마카레나 백작 영애는 물론이거니와 당신도, 그리고 우리 모두도 황후 폐하의 분노를 살 거라고요!"

〈다음 권에서 계속〉